白道

王晓方 著

作家出版社

献给竹青、千一

我仰望星空，它是那样寥廓而深邃；
那无穷的真理，让我苦苦地求索、追随。
我仰望星空，它是那样庄严而圣洁；
那凛然的正义，让我充满热爱、感到敬畏。
我仰望星空，它是那样自由而宁静；
那博大的胸怀，让我的心灵栖息、依偎。
我仰望星空，它是那样壮丽而光辉；
那永恒的炽热，让我心中燃起希望的烈焰、
响起春雷。

——温家宝

目 录

阴：真真假假

引言：商政其人

最近我得知一个令人吃惊的消息，商政出事了，这是我万万没有想到的。消息是我老婆告诉我的，当时我正在开车，手机里传出我老婆失魂落魄的声音，我一紧张，猛踩油门，险些追尾。我把车停在路边，点了一支烟猛吸几口，稳了稳心神，正值盛夏，又是下午两点钟左右，炙热的阳光像炭火一样灼烧着，刺得我睁不开眼，我赶紧戴上墨镜，由于缺少睡眠，我的眼皮下出现了像磨毛了的砂布似的东西，又干又涩，刚才老中医号了我的脉，说我肾水不足，气血不旺，要补肾，如今我听到商政出事的消息后，仿佛肾水一下子被抽干了。

我之所以对商政如此感兴趣，是因为他是我老婆在大学时暗恋的梦中情人。商政在大学时是个偶像式的人物，虽然和我老婆是一个系的，但比我老婆高两个年级。据我老婆讲，当时商政一表人才，风流倜傥，再加上学生领袖的特殊身份，身边始终美女如云，根本不可能注意到长相极为普通的我老婆。那时和商政死缠烂打的女孩子不在少数，暗恋的就更多，但是商政是那种政治野心极强的人，用我老婆的话讲，商政是那种有大抱负、大志向、大目标的人，这种人为了实现自己的野心，会严格控制自己的欲望。因此，相对于爱情或女人来说，商政更热衷于政治活动，整日热衷于组织社团、演讲、聚会等与政治有关的活动。大学毕业后，商政如愿以偿地走上了从政之路。我和老婆结婚后，几乎每年都能从她嘴里听到商政在仕途之路上进步的消息。有一天，我老婆下班回家，一进门就像哥伦布发现新大陆似的告诉我，商政又高升了，当上了市委书记的秘书。紧接着我老婆就嘲笑我是一个没有大出息的小作家，一脸“我怎么嫁给你这个小男人”的无奈。那眼神恨不得让我一头钻进她两腿中间柔软光滑的凹入处，重新回一回炉。尽管我事业上毫无起色，但我在人格上从来就不觉得低人一等，我故作不屑地说：“不就是小秘书吗？早晚有一天让你知道什么是大作家！”我老婆撇着嘴啧啧地讥笑道：“狗屁！大作家有多大？在权力面前，有几个不是摇头摆尾的犬儒？不然怎么会有那么多趋炎附势和吹捧媚俗的作品，你要真想让老婆过好日子，就应该好好学学商政！”我老婆的一句“狗屁”，让我的脑海里浮现出一只摇头摆尾的哈巴狗，一边汪汪叫着一边抬腿向一棵大树的根部浇了一泡尿，那棵大树被狗尿浇了以后像权杖一样闪烁着金光。我苦笑着摇摇头，心想早晚有一天我要让手中的笔化作金光闪闪的权杖，这可是许多作家梦寐以求的事情。说句心里话，即使我老婆不在我面前唠叨，希望我成为像商政那样的人，我骨子里也藏着一个类似于商政式的家伙，不然我老婆也不会选择我做丈夫，只是我没有商政那么幸运，或者说没有商政那么有城府。大学毕业后，我本想进入政界发展，却阴差阳错地走上了创作之路。但是我的从政梦想从未泯灭过。我认为，搞文学创作同样是仕途之路的终南捷径，和商政选择的路相比，很可能是殊途同归。许多大作家写出名堂后，都成了正厅级作家，这可跟东州市委副书记、副市长级别相同。榜样的力量是无穷的，这个潜藏在我心中的政治梦想，从未敢向我老婆透露过。其实我老婆如此关注商政，并不是旧情不死，而是她太希望自己的丈夫成为有身份有地位的人了。也别说，由于我经常琢磨商政，久而久之，我还真觉得自己有朝一日会成为商政，只是有一个问题时常困扰着我，我想成为商政，那么商政想成为谁呢？“谁”又想成为谁呢？这大概是一个“我是谁”的哲学问题，恐怕每个人一生都在追问这个问题，都在“谁”中寻找“我”，这大概就是谁的心里都藏着一个偶像的原因，或许我们的生命就存在于想成为偶像的梦里，为此不惜失落自己的本性。我之所以如此感慨，是因为有一次我出差去东州，偶然遇上了商政，却意外地发现他是个野心极大的人。当时商政已经是市委书记的秘书了，省报的一位同学会同文坛的几个朋友请我在一家海鲜大酒店吃饭，想不到酒过三巡、菜过五味之后，一位漂亮的女诗人的手机响了，她不避讳地张口一个“政哥”，闭口一个“政哥”，声音嗲哩嗲气的。我低声问省报的同学：“政哥是谁?”省报的同学悄声说：“市委书记的秘书商政。”然后向我挤了挤眼，意思是说，女诗人和商政是那种关系，我会意地笑了笑。女诗人接完手机脸色绯红地说：“死鬼也在这家酒店吃饭，大概是看见我了，让我到包房见见他的朋友，我说你先见见我的朋友再说。”说话间，一位满面红光的英俊男人，官味十足地端着酒杯微笑着过来敬酒。我的心顿时一紧，肺部像缺水的鱼一样紧吸了几口混浊的空气，我心里自问："眼前这个居高临下、踌躇满志的男人就是我老婆的梦中情人，也就是我想成为的那个人？"很显然权力可以支撑人的信心、增长人的魄力，女诗人介绍我们握手的瞬间，我便自惭形秽不敢直视商政的眼睛，他那双漆黑的眼睛虽然微笑着，但深不可测，充满了例行公事式的平易近人。省报的同学似乎和商政认识，双方很自然地就谈到了市委书记，想不到商政竟然亲切地称他服务的领导为"老大"，可想而知两个人的感情深厚的程度。在商政谈及"老大"时，在座的人无不肃然起敬，有一种"老大"就在我们身边的幸福感。别看商政在酒桌上嬉笑言谈颇为亲切，但我能感觉到商政的心像石头一样根本没有跳动。我是个不知名的小作家，深知不会给商政留下什么印象，或许是自卑心理作怪，觥筹交错之间，我躲在暗处透过商政的面具观察他的内心，惊奇地发现，商政的性格似乎是无性格，天生就是做政治家的料，因为政治家最优秀的性格就是无性格。一个人一旦无性格，似乎他的血管里需要流什么颜色的血，就流什么颜色的血，需要血保持什么样的温度，就能保持什么样的温度。这种人可以将血气、情感、心灵统统隐藏起来，表面上给人的感觉既随和又干练，但在谈笑风生中会给对手致命一击。或许我高看了商政，但是当时他给我的印象就是如此。我认为，商政这种人在仕途上爬多高都有可能。如果有一天我老婆告诉我，商政当上"老大"了，我一点都不吃惊。然而，出乎我意料的是，商政竟然出事了，这的确是我万万没有想到的。

得知商政出事的消息后，我的心情既复杂又矛盾。商政是我老婆心目中最理想的丈夫形象，出于对我老婆的爱，结婚以来，我一直模仿商政生活，你们可能不太相信，一个人怎么可能模仿另一个人生活呢？不相信不要紧，有我的小说为证，商政以不同的形象一直出现在我的小说里，他在我的小说里不仅是主人公，而且是个地道的马基雅维利派的高手，既有英雄的激情，亦有卑下的欲念。做"老大"的秘书，不过是他登顶的一个台阶，他的目标是金字塔的塔尖，这不仅是他的目标，更是他的信仰。为此他不惜卑躬屈膝，为别人作嫁衣。其实他的心机犹如钟表里的机械，伺机捕捉一切成功的瞬间。然而这么一个政治天才，一个善于躲在后面窥察别人眼神的人，却因为老板的贪婪而被对手从蓄意藏身的阴影中拖了出来。这可真是"仕"事难料啊！想不到革命的霞光正在光芒四射之时，突然幻化成大海的浪花，被无情的巨浪摔在礁石上撞得粉碎。幸灾乐祸之余，我感到了一种莫名的失落，好像不是商政出事了，而是我出事了似的。

长期以来，我一直梦想以文学为手段，实现我从政的梦想，像那些实现了自己政治梦想的大作家一样，有朝一日击垮潜藏在我老婆心目中的那个梦中情人，成为文坛上“老大”式的人物，然而，我还没有等到那一天，一切就都结束了，失落之余，我有一种迷失方向的感觉。长期以来，商政既是我想成为的人，也是我最嫉妒的人，我和他就像孪生兄弟，尽管只是偶然见过一面，却觉得形影不离很久了，我在暗中一直观察他、揣摩他、效仿他，努力想成为像他那样在政治上如鱼得水的人，好让我老婆真正享受到夫贵妻荣的幸福，也不枉她嫁给我一场。如今商政突然出事了，我和我老婆的梦似乎被击碎了，我老婆失去了梦中情人，像失恋的小姑娘一样沮丧；我失去了偶像和情敌，像失去了奋斗目标一样迷茫。迷茫之际，我似乎看见一个失魂落魄的人，正站在十字路口东张西望，那分明是一个拙劣的模仿者，他梦想成为他人，却丢掉了自己。就犹如老婆都是他人的好一样，我发现好像每个人的一生都在模仿他人的生活。萨特认为，他人即地狱，人们却趋之若鹜地想做他人，以为成为他人，成为偶像式的人物才能找到幸福。我不明白为什么会如此，我迫不及待地想找到原因，我不能就这样让自己的美梦破灭了，我是一个以美梦为信仰的人，我坚信商政也一定是这样的人。如今商政的美梦破灭了，他会不会成为一个没有信仰的人呢？尽管我和商政只见过一面，平时也没有什么交往，而且生活在不同的城市，但是我自认为自己是最了解商政的人，我认为他仍然挣扎在破碎的美梦中。我突发奇想地认为，商政这次出事，是命运赐予我的一次机会，如果我以商政触目惊心的经历为素材，创作一部长篇小说，是不是也会让读者触目惊心呢？果真如此，或许我以笔为手段从政的理想会梦想成真！自从得知商政出事以后，每当我萌生这个想法，心中就涌起阵阵窃喜。我觉得应当去一趟东州，了解一下商政的情况，这与其说是搜集小说素材，不如说是为了寻找一个真实的“我”，我就想弄明白，商政在这场劫难中是只火凤凰，还是只烤熟的烧鸡。

我以前一直以为，人一旦掌握了权力，便会要风得风、要雨得雨，到了东州以后，随着关于商政的八卦传闻越听越多，我忽然发现，政治“像一袭华美的袍，上面爬满了虱子”。商政不过是琥珀中的一只小昆虫，尽管有往上爬的梦想，但早已丧失了自己爬行的技能。因为从他跨进市委大院那天起，他就像被拔光了毛的鸡一样扔进了烤箱。当然我感兴趣的不是虱子和烧鸡，我感兴趣的是商政的命运。

一进东州市，我就从出租车司机、酒店服务员、烧烤店食客、擦皮鞋摊主、盗版书小贩、足疗馆小姐等人物的嘴里，听到了关于商政及其亲历的腐败大案五花八门的传闻。这些传闻带着大街小巷的气味，当然也有海鲜大酒店残羹冷炙的气味，更有落井下石、幸灾乐祸者牙垢和舌苔的腐臭味，混混浊浊地弥漫在夏天闷热的空气里和如火的阳光中。让人听了以后像喝了小烧一样兴奋，像吃了臭豆腐一样过瘾。整座东州城被各种传闻充斥着，让不明真相的人听了以后有一种迷迷糊糊、云遮雾罩、影影绰绰、暧昧兴奋的感觉。谁没有猎奇心理呢？这些传闻正中有猎奇心理者的下怀。人们似乎有一个共同的心理，对这些传闻宁可信其真不愿信其假，至于真相是什么没有人关心，人们沉湎于真真假假的传闻中不能自拔，就连我这个渴望得知真相的人，也被这些传闻所吸引，不得不叹服传播者的想象力，而想象力恰恰是一个作家的基本能力，于是我决定搜集这些传闻，因为这些传闻比所谓的真相更适合做小说素材。我越搜集越惊讶，因为我发现传闻也好、流言也罢，并不一定是胡编乱造、信口雌黄的，仔细品味，里面的确有一些真东西，因为即使是编造的，也是用了心的，当然越是真东西就越拿不到台面上，于是只能私下里传播，传来传去就和闷热的空气混合在一起了，见缝就钻，于是不论是龙门还是狗洞，传闻以各种形式粉墨登场，为沉闷的东州古城增添了不少茶余饭后的乐趣。其实，获得这种乐趣早就成了人们的生活方式，当然也就成了一些作家的创作方式。我作为作家，当然就成了这种乐趣的直接受益者，因为我对这种传闻悉心整理之后发现，仅与商政有关的就有八种之多：被双规了、被逮捕了、精神分裂了、逃出国门了、陷入情网了、调往外省了、当作家了、重新上任了。这些传闻无论哪一种整理一下都是一部长篇小说精彩的开头。从事文学创作以来，我还从未如此充满创作激情，我以宾馆为基地，白天躲在房间里搞创作，晚上像幽灵一样溜出房间，到外面搜集传闻，不知不觉中竟然给即将创作的长篇小说写了八个开头……

1. 八卦：传闻

传闻一

我被带进一间极普通的标准间，房间在五楼，由于正值中午，光线格外刺眼。靠窗的一对单人沙发上坐着两个人，一个是秃顶的中年人，一双明亮的小眼睛显得很干练，旁边坐着的也是个中年人，长着一个大鼻子，衬托得一张大脸有些狭长。我被带进房间后，这两个人足足盯了我十分钟，盯得我手足无措，不停地耳鸣，看来这两个人就是想用沉默搅乱我的心绪，我被他们盯得几乎听到了心脏的地狱般的怦怦声，我的畏惧和恐怖在突如其来的沉闷中加深着，我只有一个感觉：看来我是死定了！就在我被盯得浑身发毛之际，秃顶的人突然开口问："你就是商政？""对。"我故作镇静地点了点头。"你知道为什么带你到这里来吗？"秃顶继续问。我摇摇头。"装什么糊涂？你自己干了什么难道你不知道？"大鼻子恶狠狠地说。"商政，你还年轻，应该放聪明一点，专案组决定对你实施双规，相信你心里不会没有个判断。实话告诉你，你的问题可大可小，关键看你的态度。如果你执迷不悟，甘愿当替罪羊，那么后果我不说，我相信你心里也会有数，那无异于自掘坟墓、自毁前程，你自己想做腐败者的牺牲品，我们也只好成全你；不过话又说回来了，如果你能认清形势，积极配合专案组，在说清自己问题的同时，为反腐败事业贡献一份力量，那么我保证你的前途像以前一样光明。你是文学硕士，又是正处级秘书，对是非曲直不会没有自己的评价标准，何去何从，你好好想想，想好了我们再谈。"说完，秃顶向大鼻子递了一个眼神，两个人起身离去，大鼻子走到我身边时还拍了拍我的肩膀。

房间里一下子静了下来，负责看管我的大个子和矮胖子，连忙关严门，我垂头丧气地站了一会儿，然后懵懵懂懂地坐在了单人床上。矮胖子一屁股坐在沙发上点了一支烟，大个子打开床对面的电视，刚好是东州市午间新闻，画面是老大陪京城大员视察棚户区改造工程，这是昨天下午的事，今天上午老大召开书记办公会，落实省委书记指示，开会间隙，我去卫生间，刚出卫生间就被专案组的人塞进一辆奥迪，带进了这个房间。炫目的光线中浮尘飘动，像污浊的水，悬在半空，此时心烦意乱的恐惧不停地撞击着我的心，但是大个子和矮胖子的面容几乎看不出一点心烦和焦躁，仿佛这两个人不是来看着我的，而是来度假的。大个子已经打来了午饭，和矮胖子一边看电视一边香甜甘美地嚼着，我看着摆在我面前的米饭和芹菜炒肉、煎刀鱼，一点胃口也没有。我深知，自己突然被专案组双规绝不是空穴来风，他们根本不是冲我来的，而是冲着老大来的，他们之所以没有直接对老大下手，我断定，专案组尚未拿到老大腐败的直接证据，撑死是接到了内容详实的举报信。此时此刻，我的心情复杂极了。我从小接受的教育就是做叛徒是可耻的，许多电影里的叛徒的下场在我脑海里闪现，更有无数经受严刑拷打的英雄形象激励着我。我不知道为什么自己会有如此荒谬的想法，我只知道政治斗争是残酷的，不是你吃掉我，就是我吃掉你。如今的反腐败有时已经成为一种排斥异己的手段，既然我成了老大的秘书，当然是一荣俱荣、一损俱损了，在这种情况下，我不下地狱谁下地狱？保住老大，我或许还有一线生机，如果老大完蛋了，我只能跟着一起完蛋，怎么可能还有光明前途？因此，我下定决心绝不背叛老大。然而每个人都可能有致命的弱点，尽管我不知道我的致命弱点是什么，但是我相信专案组一定会找到的，为此，我的恐惧进一步加深了。

一晃三天过去了，大个子和矮胖子和我熟了起来，两个人时不时地和我搭讪几句。很显然他们对我感到惋惜。正因为如此，大个子才同情地劝我："商秘书，常言道，识时务者为俊杰，想必这三天你也想出个结果来了，我看你还是向专案组实话实说吧。""就是，"矮胖子接过话茬说，"犯不上为一个贪官搭上自己的政治生命。你在仕途上熬到今天的位置，该不会就为了当一只替罪羊吧。""谁又不是替罪羊?"我不以为然地说，"为别人作嫁衣的人没有人能做自己，只能做他人，做他人做不成或做不好，就难免做替罪羊。不瞒两位大哥，我这辈子的政治梦想就是想成为老大式的人物。"

"老大是谁?"大个子不解地问。"就是我的老板。"我情绪低落地说。"你叫得可够亲切的，"矮胖子揶揄道，"如果他成了阶下囚，你也想成为他?"我沉默不语。

"商秘书,"大个子平和地说,"不瞒你说,给你老板送钱的开发商是和你脚前脚后被双规的,他现在就在你楼上,他可不像你这么执迷不悟,该说的可都说了,那家伙可比你识时务,人家做梦都想成为李嘉诚,唯恐因为这件事受牵连做不成呢,可把责任一推六二五,都推到你老板身上了。"

"我看他不是想做李嘉诚,而是想做伏脱冷,这种人可以把灵魂出卖给魔鬼。这种人的话,你们也信?"我愤愤地说。

"商秘书,"矮胖子讥讽道,"你现在正站在十字路口,一条路叫灵,一条路叫肉,你还是好自为之吧!"

矮胖子的话深深地触动了我,一大堆往事涌入脑海,凌乱不堪,无法梳理。只感觉三十六年的人生并不清晰,只不过是个模糊的轮廓罢了。我知道我是抱着鸿鹄之志从政的,然而在市委大院混迹了十年,好像从来不曾做过自己,当年的鸿鹄之志早已变成别人的嫁衣,以至于我是谁、我为何而来都成了问题。我好像唯一的收获就是灵魂变成了一只巨大的甲虫。

夜色像黏糊糊的沥青粘在我汗津津的肉上,我有一种马上就要腐烂的恐惧感,不知道为什么一天没喝水,却一泡尿接着一泡尿地撒,仿佛前列腺突然肥大起来。我打定主意不出卖任何人,这可能是使我紧张的主要原因。我在卫生间撒尿时有一种想哭的感觉,做梦也想不到我会落到这种地步。"该死的开发商。"我咬牙切齿地骂道,要不是王八蛋到处张扬和我老大是铁哥们儿,也不会让对立面抓住把柄,害得我落到今天这种地步。王八蛋确实是通过我认识老大的,但是他们之间干不干净,我并不太清楚,总之王八蛋看中的那块黄金宝地已经矗起一座商业城,以我对官场的了解,这里面不可能没有交易,而且王八蛋有一次喝醉了,当着我的面透露他已经给老大送过五十万美金,狗日的满嘴跑火车,下地狱是早晚的事,只是把我给害苦了,老大一旦东窗事发,恐怕我所有的政治梦想都将化为乌有。为此,我下定决心不做叛徒。然而一言不发也不是回事,只好随机应变了。

第四天早饭后,秃顶和大鼻子终于露面了,他们像第一天一样坐在靠窗户的沙发上,盯了我十分钟,将我的恐惧调动起来,秃顶不慌不忙地问:"想得怎么样了?"这时,大鼻子突然起身走到我身边,一边盯着我一边围着我转了两圈,这家伙显然是想使我慑服。"怎么,还没想明白?"大鼻子没好气地说。此时此刻,我心虚极了,应当承认,这些天我忽然发现,我躯体里藏着两个人,犹如一对孪生兄弟,而且不停地争辩,吵得我心神不宁、坐立不安,此时面对秃顶和大鼻子,我躯体里的孪生兄弟吵得更凶了,一个让我说,一个阻止我说,我被吵得头昏眼花，恐怖感像《一千零一夜》那瓶子里的烟雾中升起的魔鬼，让我有一种站在悬崖边一跃而下的冲动，说，还是不说，两种念头像潮水一样一浪接一浪地涌着，我有一种就要被淹死的痛苦，此时我感觉一个无形的魔鬼用他那宽大的手在我背上击了一掌，我终于开口了，故作镇静地说："你们到底想知道什么？"大鼻子不耐烦地说："你少揣着明白装糊涂，我就不信那五十万美金的事你一点也不知道。我问你，那五十万美金藏在哪儿啦？"我打定主意不说实话，便满嘴胡诌道："谁知道，不是在老房子的橱柜里，就是在新房子的橱柜里，信不信由你！""新房子在哪儿？有几处？"大鼻子逼问道。"这我可不知道。"我搪塞地说。我之所以有勇气顺嘴胡诌，是因为怀揣着侥幸心理，我坚信，老大不会袖手旁观的，他深知专案组双规我是冲他去的，他会启动所有的人脉关系去摆平这件事的，他在北京有那么多老大，他们不会见死不救的，因为他们也是一荣俱荣、一损俱损的关系。秃顶听了我的话顿时站了起来，他捏了捏我的肩膀一本正经地说："如果你说的是真话，我先前的承诺一定兑现。"说完他轻轻地挥了挥手，大鼻子会意地点了点头，两个人匆匆忙忙地走了。紧接着大个子和矮胖子又进来了，矮胖子关严门微笑着说："商秘书，看来你是说了，不然他们不会这么兴奋地走了，这就对了，做人不能一根筋。"大个子也附和道："如果你说的是实话的话，我断定东州官场很快就要发生一场大地震了。"我觉得大个子和矮胖子有些可笑，东州市是一个拥有八百万人口的省会城市，这么重要的城市，上面怎么会轻易让它闹地震呢？我顺嘴胡诌不过是缓兵之计，拖一天是一天，我是想给老大充足的时间，让他赶紧想办法斡旋，再说，我做人是有原则的，谁自作谁自受，我不想害任何人！

想不到一个星期后，大个子和矮胖子向我透露，老大被专案组双规了，我吃惊地问："怎么可能呢？"大个子笑嘻嘻地说："你小子装什么蒜？你不向专案组说实话，他怎么可能被双规？"矮胖子接过话茬说："这也是天意，他这种身份的人，专案组没拿到直接证据不好抄他的家，他有几处房产，专案组也不掌握，要不是河畔花园有一户人家被楼上淹了，那五十万美金也不会这么快找到。"我脸色苍白地问："到底是怎么回事？"大个子补充说："河畔花园有一户人家被楼上淹了，可是楼上七年没有人住，连物业也搞不清楚楼上是什么人家，被淹的人家只好拨打了110，警察来了以后也无法马上找到楼上的主人，只好采取断然措施，强行打开了楼上的门，结果水暖工维修自来水管时，打开橱柜的门，漂出几张美金，立即引起警察的警觉，彻底搜查橱柜后，发现一个底儿被泡烂的纸箱子，里面足足有五十万美金，警方这才全力寻找房主，你猜房主是谁？

你老板的小姨子。”我听了以后惊得目瞪口呆，就在我呆若木鸡之时，秃顶和大鼻子和颜悦色地走了进来……

我不知道以这样的方式开头，商政看了会作何感想，但是有一点是可以肯定的，这则传闻多半是真实的，因为我了解商政就像了解我自己一样，我们都信仰权力，为此我们的欲望会像水中的浮尸一样，只要不将它打捞上来，每时每刻都会变得越来越膨胀。当然，在一本小说中，真实性就像晨雾一样是不可获得的，但是总要有一个开头，因为没有起点，终点就毫无意义。正因为开头如此重要，我才决定多开几个头，你们可能怕不同的开头，会产生不同的结尾，我倒觉得殊途同归，你们可能不信，那么我们接着往下看。

传闻二

他从小就幻想世界上有一个和他一模一样的人，为此他养成了照镜子的习惯。他给市委书记当了五年秘书了，最了解老板的习惯，在书记的办公桌里有一面小巧的圆镜子，每当书记一个人在办公室静坐时，总要拿出这面小镜子照照自己，为此他在自己的办公桌内也藏了一面小镜子。他从跨进市委大院那天起，就想成为像老板一样的人，他暗中模仿书记，并不放过一切投其所好的机会，终于当上了书记的秘书，他可以更深入地模仿老板了。当秘书这五年的最大收获，就是他越来越欣喜地发现，机关干部谁见了他都说他越来越像书记，他也尝试着拿着自己的照片与书记的照片偷偷对比，发现西服是一样的、领带是一样的，连微笑的表情都很像，只是自己的脸年轻一些，头发是黑色的，而书记的脸皱纹多一些，本来头发是灰白的，但焗过之后，和自己的一样黑亮。如果不了解实情的人看了这两张照片，要么认为两个人是父子，要么认为两个人是兄弟。他曾经在报纸上看过一则信息，英国科学家经研究认为，多照镜子可以增加人的自信心，对此他深信不疑。他坚信书记的命运就是他的命运，他依附于书记的政治生命，他觉得自己在这种依附中越来越清楚自己想要什么。他断定，自己真正的镜子实际上就是书记，尽管他始终不清楚书记的镜子是谁。

经过多年的仕途修炼，他几乎可以肯定，人人心中都有一面镜子，就像人人心中都有一个魔鬼一样。他还可以肯定，每个人心目中的镜子组合在一起就是一面犹如太阳一般的大镜子，这面镜子只能是权力。因为只有权力能将人们心目中的镜子拼凑起来，构筑秩序井然的和谐。在他看来，在这个世界上猎者与猎物之间的秩序是根深蒂固的。要想成为猎者，当然要手握权力。他认为，诚实不可能成为猎者的美德，因为兵不厌诈。因此，他一向认为书记既是一面镜子，也是一个跳板，而不是一条人行道。在这一点上，他不乏精明与狡猾。尽管他认为，让一个猎者诚实等于期待一只死去的母鸡下蛋，不过，在就任秘书之前，他自认为和书记之间确有过一次开诚布公的谈话，也正是在那次谈话之后不久，他成了书记的秘书。

那天午饭后，书记把他叫到自己的办公室陪着下棋，书记一边“抽车”一边不动声色地问：“商政，到机关工作有六七年了，说说，你的政治抱负是什么?”他深知书记看似漫不经心的一问，绝不是空穴来风，于是灵机一动，机敏地回答：“书记，每个人心目中都有一个偶像，我知道您是沿着老领导的足迹走过来的，不怕您笑我，我的偶像就是您，我下决心沿着您的足迹走。”他深知，正因为书记给老领导当过秘书，才有了今天的成就。每个手握权力的人都觉得自己本身是伟大的，而不是由于他手里掌握的权力。伟大的人当然会成为偶像。正因为书记感觉太好了，太自信了，所以他相信商政说的是心里话，是实话。商政说的的确是实话，但他心里很清楚，既然一条得势的狗也能使人唯命是从，自己一时掌握不到权力，何不先成为权力的影子呢？这是他苦苦想成为书记秘书的真正目的。尽管书记听奉承话听惯了，但是权力使他达到自我崇拜的地步，一个人一旦被奉承拍马者包围了，会漫无节制地抬高自己的价值，很有一种当偶像的冲动，但实实在在地亲耳听到有人以他为偶像，这还是第一次，他语重心长地说：“商政，但丁有一句很荒谬的话，叫做走自己的路，让别人去说吧。其实这个世界上哪儿有什么自己的路，每个人都是在沿着前人或别人的足迹走，那些以为自己走的是自己的路的人，最后都迷失在别人走过的路上。为什么会如此，因为人人心目中都有一个偶像，走在路上的人，谁又不是为成为他人而努力呢？其实在人生的旅途上，自己是谁并不重要，关键要弄清楚想做什么，想要什么。我很欣慰你能明白这个道理。我这个人喜欢照镜子，你可能以为照镜子是女人的专利，其实不然，我照镜子的谜底就是想在自己的脸上发现老领导的面孔，看看自己与老领导有几分相似，这是激励自己前行的最好方法啊。”那天书记的话对他触动很大，以至于他已经当了五年秘书了，对那天的情景还记忆犹新。

原来人生根本用不着推开一千零一扇门，走进一千零一间房子，解开一千零一个谜，就能发现自己寻找的那张脸，只要用一面镜子照照自己就一切全解决了，正如书记从镜子里发现了老领导的脸，他在镜子里发现了书记的脸一样。然而当他读了博尔赫斯的小说《特隆、乌克巴尔，奥比斯、特蒂乌斯》时，发现了一句让他无法接受的话："镜子和父亲身份是可憎的，因为它使宇宙倍增和扩散。"起初他弄不清楚为什么镜子和父亲扯到了一起，但是他深知在儒家思想中，父亲代表权力，从古到今都有父母官的说法，也就是说，镜子与权力是可憎的。但是无论如何他也无法憎恨权力，就像他无法憎恨镜子一样，当他读到另一句"镜子与男女交媾是可憎的"后，他似乎明白了博尔赫斯的本意，其实无论是权力，还是男女交媾，令人膨胀的都是欲望，这欲望一旦膨胀就犹如宇宙一样倍增和扩散。他的欲望就是在照镜子过程中膨胀的，但是他毕竟是个权力的影子，一个拙劣的模仿者，因此他的欲望膨胀也是模仿出来的。或许模仿出来的膨胀多少有一些虚幻色彩，犹如气球一样，不用剑，用一根针就扎破了。因此当他得知书记的儿子突然被北京来的专案组带走后，他像惊弓之鸟一样顿时紧张起来。要知道，东州人都知道他是"东州第一秘"，而书记的儿子是"东州第一开发商"，他平时不跟书记在一起，就跟书记的儿子在一起，这次北京的专案组来势既突然且凶猛，一到东州就控制了书记的儿子，很显然是冲书记来的。书记的儿子被专案组双规了，这则消息在东州犹如一声惊雷，东州官场顿时炸开了锅。他发现就连一向以沉稳著称的书记也有些发毛了，坐在自己的办公室要么不停地抽烟，要么像热锅上的蚂蚁一样来回踱步。起初他并不相信书记会找不到化解这场劫难的办法，毕竟北京还有老领导，但是一个星期后的上午，书记坐在办公室既不抽烟，也不踱步了，而是拿出自己心爱的小镜子照过之后猛然摔在了地上。他明白了，老领导在书记心目中的形象破碎了。"天哪，接下来会发生什么？"他绝望地想。就在他想将地上的碎片打扫干净之时，书记长叹一声，起身打开保险柜，从里面拿出一大堆大大小小颜色各异的信封和红包，他惴惴不安地望着堆满茶几的信封和红包，不明白书记是什么意思。书记关上保险柜后沮丧地说："商政，这些红包都是下面人送的，有美元，也有人民币，我也没整理过，估计少说也有五六十万，我本来是想当零花钱的，现在用不着了，留着还是祸害，还是烧了吧。""烧了?!"他惊讶地问。几乎不敢相信自己的耳朵。"对，烧了，别留下一点痕迹，"书记咬着牙关说，"今天上午你哪儿也别去，把这些钱处理干净。""太可惜了！"他小声嘀咕道，然后认真地问，"书记，这些钱当初不收不行吗？""商政，"书记慨叹道，"别看我是东州市最大的官，也抵挡不住这些红包啊，给我送钱的力量太大了，逼得我拒也拒绝不了，藏也藏不住，用也用不得，退也退不成，交也交不得，毁了又可惜，有时候我觉得就像一个被强暴的小女子。"望着老板无奈的神情，他想起去年书记生日前夕，省检察院副检察长来看书记，扔给书记两万元人民币，送走检察长后，书记把他叫进办公室为难地问："商政，你说这两万块，咱是留下，还是退回去。"当时他不假思索地说："退回去，不就把人家得罪了吗？"书记听了他的话后，打开保险柜随手把两万块钱扔了进去。就在他转身从门口洗脸架上取下洗脸盆准备烧钱之际，书记铁青着脸说："商政，咱们绝不能坐以待毙，我听说专案组住在省迎宾馆十三号楼，从明天起，你不用跟着我，采取一切手段监视专案组动向，能收买的收买，能贿赂的贿赂，专案组的人也是肉长的，我就不信打不开缺口。"他听了老板的话以后，后脖颈子直冒凉气。

书记交代完到省里开会去了，办公室内只剩下他一个人，他把门锁好后，望着堆在茶几上像小山似的红包，茫然不知所措。他情不自禁地掏出自己的小镜子照了照，发现镜子里的脸突然不像自己的老板了，奇怪了，以前以为自己几乎就要变成书记了，今天怎么突然找不到感觉了？他又仔细端详了一下自己，镜子里的脸不仅不像书记，也不像自己，这张脸如此陌生，究竟是谁？阳光像幽灵一样弥漫在空气中，他有一种眩晕的感觉，他知道自己迷失了。"谁能告诉我，我是什么人？"这是莎士比亚笔下李尔王的呼喊，这喊声振聋发聩，让他情不自禁地用手捂了捂耳朵。他随手拿起一个沉甸甸的红包，抽出一沓绿票子，刚好是一万美金，多么漂亮的绿票子，烧了多可惜啊！可是他还是抽出一张，用打火机点着了，火苗欢快地舞动着，像老鼠一样一口一口地撕咬着绿票子，仿佛撕咬着他的心，一张绿票子化作了灰烬，屋子里弥漫着灰烬的香味，他猛然激灵了一下子，耳畔响起一个声音："难道你也想如此毁灭吗？""不！"他情不自禁地回答。"我得自救，我还没到无可救药的地步！"他自言自语地说着，手忙脚乱地将红包和信封里的钱一沓一沓地抽出，整整五万美金，三十万人民币，望着这些耀眼的金钱，他猛然清醒了，心情复杂地想："老板，对不住了，我不想成为你手中的镜子。我只好走自己的路了。"想到这儿，他将钱收进随时准备出差用的拉杆箱内，然后将地上撒落的信封一张一张地烧掉，直烧到夜幕降了下来，仿佛自己已经被打发到了阴间。他毅然决然地站起身，走到窗前向外望了一眼，外面早已华灯初上，他平静地给书记打了个手机，告诉他该烧的都烧了，书记说辛苦了，一切按计划办吧。然后挂断了手机。他呆立了片刻，拽起拉杆箱走出办公室。"不能再拖了，否则一切都完了！"他在电梯里想。

他开着车快到迎宾馆时，又犹豫了，他知道一旦自己走进十三号楼，自己的政治生命或许就彻底结束了，即使仍然能留在官场，也不会有人重用自己了，因为谁都不会容忍背叛。他不知道自己的行为算不算背叛，背叛了什么，他只知道自己心目中的偶像已经碎了，他又掏出小镜子照了照自己，感觉镜子里的脸很像自己，他淡淡地笑了，摇下车窗，随手将小镜子扔出窗外，随着“砰”的一声脆响，他毅然决然地将车驶进省迎宾馆……

在实际传闻中，商政的确是烧掉了五十万，信以为真的人极尽辱骂之能事，我住的酒店附近有一个公园，里面有一个小广场，每天都聚集着百儿八十人在那里高谈阔论，简直就是民间沙龙，我曾经好奇地去听过几次，一些人在谈及商政烧钱这件事时，简直是怒发冲冠、血贯瞳仁，将世界上最难听的词都送给了他。我不知道商政听了这些话会作何感想，反正我听了以后，有一种无地自容的感觉。但是我并不认同这些下三烂的胡编乱造，因为这座公园是东州最丑陋的一座公园，别看它紧挨着几十栋退休老领导的别墅，却是一个极黄极肮脏的所在，一些无业游民、闲散人员抽着劣质香烟东瞅瞅西望望，搭讪着那些涂脂抹粉、花枝招展的卖淫女，常言道狗嘴里吐不出象牙，商政在这些人嘴里难免被糟蹋得一身下水道味儿。说句心里话，我心目中的商政只是一时迷失了，因此我认为，书记摔碎了小镜子，预示着商政想做他人的梦想破灭了，商政扔掉小镜子，寓意着他开始寻找自我。我觉得小说家要能抓住关键时刻，像用快镜头摄影似的，抓住“现在”或“即时”的一刹那间。我认为商政在面对一大堆红包时恰恰就是这一刹那，不管故事往下如何发展，我都希望抓住这一刹那。

传闻三

我曾经是一个风风光光的市委书记秘书，如今却成了一个人格分裂的患者，听上去，谁都会认为这太荒谬，但是在这个世界上，荒谬就是真实。这年头某某市委书记被双规已经不是什么新鲜事，因此东州一把手腐败了也并未引起什么轩然大波，但是我作为他的秘书竟然能够出污泥而不染的确令人匪夷所思。于是来自四面八方的唾沫星子几乎要把我淹死了。“常在河边走怎能不湿鞋，我就不信他是清白的。”“这种人为了保全自己，肯定一进去就全说了。”“不会是漏网之鱼吧？”“这种人天生就是他妈的叛徒！”常言道人言可畏，舆论杀人，我万万没有想到，解除双规后的我所承受的压力要比被双规时不知要大多少倍。然而相比老板的老婆给我带来的压力和痛苦，这些只能算是小菜一碟。

自从老板和他的儿子一起被专案组双规后，他的老婆就从东州市第一夫人变成了人们唯恐避之不及的孤苦伶仃的女人，于是我作为她老公的秘书、她儿子的朋友，一下子就成了她唯一可以依靠的男人。她经常一个人开车到我家楼下，而且多半是夜半时分，电话一响，无论我妻子多么担心，我都得下楼，钻进她的车里，便不知所终。当然商量的都是如何救她老公和儿子的事，比如，如何打点北京的关系，如何收买贿赂专案组成员，甚至包括如何藏匿赃款赃物，搞得我整日在悬崖边上打转，只要稍稍打点退堂鼓，她便向我哭诉道："商政，好兄弟，你可是嫂子唯一的亲人了，过去那些前呼后拥的势利小人，要么袖手旁观，要么落井下石，你可千万别嫌弃嫂子，否则嫂子可真是走投无路了。"我怎么能对一个几近绝望的女人的哀求奉上一个懦夫的歉意呢？但是每次帮她做完亏心事，我就觉得自己像手术台上一个麻醉过的病人，感觉心已经开始腐烂。我经常在夜里梦见自己的脑袋被人放在托盘里端到了宴会的餐桌上，我的血管的图案被大厅内辉煌的灯火投射到墙壁上。我的耳畔经常回荡着的咒语是：危险不危险……危险不危险……危险不危险……危险不危险……最令我毛骨悚然的是这声音很像是老板的声音，就仿佛哈姆雷特在露台上遇上了鬼魂。我知道我从小就想成为王子，因为只有王子可以娶白雪公主，但是我不是哈姆雷特，天生就不够格，我只是个小秘书，却以为……哈哈，我不过是个顺从的工具，怪不得老板在任时最爱看的书是超级畅销书《狗图腾》，我问他："这本书有什么好？"他感慨地说："狗是狼的本家，狼都灭绝了，只剩下狗了。"我疑惑地说："或许狼也是狗。"他笑了笑说："反正都是犬科。"那次谈话后，出于好奇，我查阅了《东州市志》，确实没有狼的记载，只有狗的传奇。东州人竟然从古到今没见过狼，只见过狗。这是我万万没有想到的。查阅《东州市志》后，我明白了一个道理：原来历史只是一出闹剧。但是在《狗图腾》里找不到最后的救命稻草，那个"危险不危险……危险不危险……危险不危险……"的咒语有一天夜里突然变成了"危险……危险……危险……"。我不知道"危险"究竟是什么，但我知道有一股诡秘的力量开始操控我的心灵。或许真正的危险就是灵魂出窍，我已经感觉到灵魂在我的脑袋里撞击，它迫不及待地想寻找自我，只要有人敲一敲我的脑壳，灵魂就会冲出头颅。知道了自己的危险，我像保护卵子一样保护我的脑袋，直到有一天老板的老婆过生日，酒后她像抚摸哈巴狗一样抚摸了我的脑袋，我的灵魂顿时飞升了。

那一天大概是她做东州市第一夫人以来头一次凄凄惨惨地躲在家里过生日，前来祝贺的只有我一个人，实际上我也是她打电话约来的，她自己亲手炒了四个菜，开了一瓶法国红酒，生日就在淡淡的哀愁和凄苦的惆怅中透过缠绵的音乐开始了。窗外凄美的夕阳射进来，多少唤醒了我已经埋葬掉的心气，她在落下窗帘的房间里点着许多支蜡烛，头顶的天花板上是蜡烛映照的光圈，我抬头望着红红的光圈，有一种花圈的沮丧，总觉得房间内有一种祝英台坟墓式的气氛。没想到貌似坚强的她几杯红酒下肚，眼泪便止不住地流了出来，想到自己未卜的前程，我也左一杯右一杯地麻醉着愁肠，不知不觉间我们俩已经醉作一团，她把我的头抱在怀里像抚摸哈巴狗似的抚摸着，一边抚摸一边呼唤她老公的名字，她每呼唤一声就仿佛有一根针在刺戳我的脑子，我的灵魂在脑子里嗡嗡直叫。一开始我还是被搂在内衣外面，不知什么时候，我的脸已经埋在一对松懈得像面袋子一般的乳房内，松松软软、暖暖和和、热热乎乎，我的自控力刹那间闪现了火花，装作什么也没发生似的猛灌自己红酒。没想到她倒出手来，竟垂着一对奶子站起身走到镜子前，左照一照右照一照，像个疯女人一样没羞没臊地开始脱衣服，东扔一件、西扔一件，不一会儿镜子里便出现了一个裸体的女人，我望着眼前白花花的胴体，身子突然一哆嗦，灵魂终于出窍了，耳边响起老板曾经的声音："商政，你嫂子这星期不在家。"我下意识地回答："老板，我安排。"或许是我的声音太像她的老公了，她猛然转过身来，用一双泪眼望着我，此时的我早已不是我，而是我的分身之一，也就是她的丈夫，于是我那自我控制的最后火花熄灭了，我猛然起身吹灭屋子里所有的蜡烛，迫不及待地冲向镜子前那臃肿雪白的胴体……

人生之所以残酷，就在于无法追悔。干完那见不得人的勾当后，我似乎是清醒的，因为我离开她的家时，心情羞愧到了极点，怀着无地自容的感觉回到我家楼下，一进楼道便跪在了地上，几乎是跪着用双手和膝盖上的楼，我妻子给我开门时乍然惊叫起来，连我都吓得当场吐了一地。

第二天清晨，妻子早早地上班走了，我起得非常晚，快中午了才睡醒，一睁眼，脑袋里叽叽喳喳地挤满了人，我踉踉跄跄地走进卫生间，照镜子时，只觉得身体猛然一哆嗦，倏地，我消失了。一个黑脸的专案组成员接管了我的身体，他一脸严肃地问镜子里的人影："你昨天晚上干了什么见不得人的勾当？"镜子里的人影好像是我，一脸得意地看着黑脸。黑脸厉声喝道："坦白从宽，抗拒从严！"黑脸魁梧的身材面对镜子里的我好像居高临下，我反问道："你是谁？"黑脸答："专案组成员。"我继续问："是龙的传人吗？"黑脸答："我是，但你已经不是。"镜子里的我嘿嘿笑道："你知道谁是龙吗？告诉你，记住了，天子也叫真龙，所谓龙的传人也就是天子的传人。天子代表什么？"黑脸怒道："一派胡言！”这时我又觉得身体猛然一哆嗦，黑脸已经变成了红脸，只见他扶了扶鼻梁上的眼镜，给人一种奇怪的亲切之感。他温和地说：“想不到你还挺有思想。有思想是好事，但不能胡思乱想，思想不是越多越好，多了就要出乱子。什么叫解放？解放也是消灭。像你这种为虎作伥之辈，必须消灭。”红脸话音刚落，我的躯体又猛然一哆嗦，一个脸上蒙着黑布的大汉接管了我的躯体，他从盥洗台上的牙具杯内拿出我的刮脸刀，熟练地卸下刀片，向镜子里的我挥了挥，然后说了两个字：“保密！”就像切面包片一样，在我的前胸横一下竖一下地割了起来，带着体温的血液无声无息地流了出来，我的前胸很快变成了纵横交错的小溪。万幸的是蒙脸大汉用力不猛，否则我的心脏很可能被当做土豆挖出来。大汉割完后轻蔑地看了一眼镜子里的我，身体突然膨胀起来，我借机钻进了他的身体，对着镜子一瞧，站在镜子前的血人不是别人，正是我，右手还捏着滴血的刀片。“我的天！我这是怎么了？”我赶紧给妻子打了电话，她慌慌张张地赶回家，见到血肉模糊的我顿时就吓傻了，她赶紧叫救护车送我去了医院。在医院处置完伤口后，医生建议我妻子领我去看心理医生，我当时就拒绝了，我不想我的脑袋全部被撬开，任由别人窥探。但是接下来的日子里，我的躯体痛苦地被我的分身们接管着，特别是老板和他的儿子接管我的躯体时，两个人密谋利用地皮赚黑心钱的丑事一五一十地从我嘴里说了出来，吓得我妻子目瞪口呆，她鼻涕一把泪一把地问我到底怎么了。我只好将老板的老婆过生日勾引我的丑事说了出来，我妻子听了以后痛苦万分。刚好半夜老板的老婆又把车开到了我家楼下，我妻子怒从心起，二话没说就下了楼，“臭婆娘！”我妻子一边冲出楼道一边大吼，就像魔鬼从阿拉丁的瓶子里钻了出来，她一把将老板的老婆从车里揪出来劈头盖脸地就抓，一边抓一边扯着嗓门吼道：“你这个臭不要脸的，你可把我老公害惨了！”老板的老婆被突如其来的袭击吓蒙了，她连忙钻进车内，一踩油门，逃掉了。我妻子不依不饶地一边喘着粗气一边大骂：“臭婆娘，你们一家子都是王八蛋！”搞得许多人家打开窗户向外窥探。风波虽然过去了，但是我的痛苦却越来越重，老板因为有严重的牛皮癣，满后背都是，一到夏天不仅奇痒无比，而且流脓流血，因此每当他的分身接管我的身体时，我就使劲抓挠后背，抓得血肉模糊，我妻子见我痛苦万分，不顾我的反对，毅然决然地领我去看了心理医生，医生诊断后非常沉重地告诉我妻子：“你老公人格分裂了！”

应该说关于商政的所有传闻中，这一段是最离奇的。“人格”这个词，据说是从拉丁文译过来的，指的是“演戏时应剧情需要所戴的脸谱”，很像川剧的变脸。但是我不相信商政会人格分裂，因为在仕途上混久了，很可能将人格混丢了，一个没有人格的人根本谈不上人格分裂。当然像商政这种有远大政治抱负的人，还不至于混丢了人格，尽管他目前的处境非常艰难。当然，仅凭一则传闻还无法判断主人公的未来命运，但有一点我是可以肯定的，商政不会停止追寻，他的心灵始终都在路上，只是人生犹如一座迷宫，我们很难分清镜子与面具的区别，因为“我是谁?”既是问题，也是答案。

传闻四

他被谋杀了，市刑警支队支队长接到报案大吃一惊，连忙带领干警赶到案发现场，也就是他的办公室。他的办公室与市委书记的办公室是里外屋，中间隔一道门，由于市委书记因经济问题已经被北京的专案组双规，因此中间隔着的一道门已经贴了封条，好在他虽然一直协助调查，但并未发现什么问题，因此每天还按点上班，只是没有什么工作可做，不过是当一天和尚撞一天钟。别看表面上他优哉游哉，但是作为被双规了的东州市一把手的秘书，其压力可想而知。市刑警支队支队长和他是朋友，他解除双规后，支队长请他吃过饭，在酒桌上支队长就提示他注意安全，当时他不以为然地说：“我做人的原则是不害任何人，有什么可防的?”支队长担心地说：“还是防着点好，你知道得太多了，关系到太多人的身家性命!”他苦笑道：“这年头，防君子防不了小人，连书记都不能自保，何况我一个小秘书，听天由命吧。”支队长没想到这么快就被自己言中了。报案的是市委办公厅保卫处处长，据这位处长反映第一个看见尸体的是一个公务班的女孩，这个女孩是专门负责书记和副书记办公室清扫的，正值清晨，她一进办公室就被吓呆了，发现他趴在办公桌上，后背刺入一把匕首，办公桌和地上都是血。她扔掉手中的东西，尖叫着跑出来慌乱地喊道：“杀人啦！杀人啦!”刚好保卫处处长值班，迎头撞上了公务班的女孩，连忙跑进他的办公室了，顿时惊呆了，又连忙退出房间，保护好现场，然后直接向市刑警支队支队长报了案。

支队长带领干警查看了杀人现场后，又到保卫处查看了监控录像，发现昨天他十点钟进入办公室后，上午只有副书记秘书进入过他的办公室了，中午他去食堂吃午饭，然后大约十二点钟回到办公室，大约一点半，秘书一处处长去了他的办公室，呆了一个小时左右离开，然后他去了卫生间，卫生间就在他办公室斜对面，他在卫生间门口遇上了卫生间清洁工，此人是五十岁左右的中年男人，在卫生间门口，他和清洁工聊了几句，清洁工的表情非常谦卑，他方便完后，清洁工随他去了办公室，大约二十分钟后，清洁工小心翼翼地关上门离开。查看完监控录像后，支队长决定将这几个人带到刑警支队问话，并通知他的妻子也到市刑警支队。以下是这几个人的口供。

公务班女孩：昨天晚上我眼皮就跳个不停，我妈说出门过马路当心点，没想到还真碰上了倒霉事。我昨天在食堂还看见商秘书了，当时我就觉得他情绪不对头，一个人坐在角落里吃饭，心事重重的，也难怪，谁碰上像商秘书这么倒霉的事都会很难受的，商秘书这个人一向很和气，不像有些秘书从来不把我们放在眼里。这可真是好人没好报。我万万没想到，他会在自己的办公室被人谋杀了。警察同志，当时可把我吓晕了，谁跟商秘书有那么大的仇，把那么长的匕首扎在他的后背上，太可怕了，桌子和地毯都被染红了，不，是黑红色，血早已不流了，有几只苍蝇围着尸体飞。什么？还发现了什么？没有没有，当时我吓坏了，觉得头发根都竖了起来，手里的东西一丢，没命地往外跑，多亏在门口碰上了保卫处处长，不然我的魂都吓飞了。

保卫处处长：我昨天上午在市委大院碰到过商政，当时他夹着皮包情绪低落地走过来。我们还聊了几句，主要是问他书记的案子进展情况，他当时很无奈，但也像憋了一肚子气，话里话外，好像是为书记打抱不平，说什么正义也有相对性，不是所有正义的人都能辨别谬误，正因为如此，他说他感到恐惧，一种莫名其妙的不安。他的话虽然很费解，但是我敢断定他心里非常缺乏安全感。我当时对商政就有一种不好的预感，想不到竟然会落得被谋杀的下场。我作为保卫处处长深感内疚。应该说，商政的死，我有不可推卸的责任。但是不瞒你们说，我昨天夜里值班时，确实没发现任何异常情况，从血都干了这一点来说，案发时间应该是昨天白天，但这怎么可能呢。走廊里人来人往的，如果有人作案，怎么可能一点动静都没有。从监控录像看，确实没有可疑人员进入商政办公室，公务班女孩、副书记的秘书、秘书一处处长和卫生间清洁工，没有一个有作案动机，如果你们怀疑这几个人，我看是白费工夫，打死我都不信这几个人会谋杀商政，案犯一定另有其人。从案发现场来看，凶手一定是男性，不然那把匕首不会捅得那么深，而且是在商政不知情的情况下，因为我在现场没发现任何搏斗的痕迹。会不会有人事先就潜藏在办公室了，以前发生过书记办公室被盗的情况，小偷是怎么进入办公室的，保卫处的监控录像并没有反映出来。到现在也没有破案，看来凶手像小偷一样狡猾。想不到，真是想不到，商政死得这么惨，这可真是天有不测风云，人有旦夕祸福，商政这么一走，留下孤儿寡母可怎么过呀！

商政的妻子：他从解除双规那天起就忧心忡忡的，我以为他因为前程未卜不开心呢，结果他说，陷害书记那些人不会轻易放过他，因为他知道他们的丑事太多了，我问他那些人是什么人，他只是唉声叹气，并不告诉我。后来家里接到过恐吓电话，让商政小心点，我就劝他报案，他说报案还不如不报，我说能不能先不上班，到哪儿躲一躲，也好散散心，他说躲过一时，躲不了一世，再说专案组也不允许他离开东州。没办法，我只能天天为他提心吊胆。原以为当了市委书记秘书就等于上天堂了，没想到书记会出这么大的事。怪不得商政说，天堂是从另一个方面看的地狱。当时我还不明白这句话的含义，现在明白已经晚了……（哽咽）昨天早晨，我上班走时，他还没有起床，临走时，他说晚上去看我公公婆婆，然后住一宿，今天从他爸妈家上班，我知道他心情不好，就没打扰他，想不到昨天早晨竟然成了我们夫妻的诀别……（泣不成声）

秘书一处处长：别看商政是市委书记秘书，但他的关系在秘书一处。我去他的办公室无非是想和他聊聊，看他有什么困难没，总不能人在得势时，我们就前呼后拥的，人家一失势，就躲得远远的，我最看不惯势利小人。我去找商政聊聊，也是厅领导的意思，厅领导深知商政承受着巨大的压力，厅领导希望我疏导一下商政，没有过不去的火焰山。什么？我们谈了些什么？不瞒你们说，商政最关心的还是他的政治生命。不过，他很悲观，他说他上班的路上有一家服装模特店，里面的假人全都赤裸身体，他看到那些假人觉得比真人真实。他说现实是历史的傀儡，活人是死人的傀儡，真人是假人的傀儡，但是人人都以傀儡为偶像，以至于站在了深渊的边缘还不知道，眼前是深渊连着深渊，深渊引出深渊，险象环生，还以为是灿烂千阳。每个人都想成为心中的偶像，却成了偶像的傀儡，在这个世界上，没有人是他自己，就连偶像也是傀儡……权力的傀儡。你们可能以为商政说的是疯话，不错，任何人承受商政那样的压力都难免说几句疯话。当然商政是有感而发，但是我感觉他不仅仅是有感而发，因为从他的话里话外，我体会到一种不祥的味道，是不是他对自己的命运已经有了预感？我认为凶手不是他指的傀儡，就是他指的偶像。因此，我建议你们去那家服装模特店走一走，或许能找到凶手的蛛丝马迹。

副书记秘书：书记出事后，只要我有空就到商政办公室坐一坐，这也是我老板的意思。我老板说，我和商政是班对班的秘书，越在这个时候，越应该多关心多关爱，所谓患难见真情嘛。设身处地地想一想，商政也确实令人同情，本来马上就安排到县里当县长了，没想到书记突然出事。你们千万别听信谣言，说什么书记出事是我老板陷害的，纯属无稽之谈，那些别有用心的人，唯恐天下不乱。书记和我老板之间的关系，我和商政最清楚，好的就像一个人。谁不知道没有书记，就没有我老板的今天。当然话又说回来了，正因为我老板和书记有一层特殊关系，书记出事后，我老板也承受了巨大的压力。书记现在还没开口，书记一旦开口，东州官场还不知会乱成什么样子呢。不瞒你们说，我昨天找商政是想了解一下案子的进展情况，因为前几天专案组刚找过商政，好像牵涉到我老板。当然商政是个守口如瓶的人，告诉我他做人的原则是不害任何人。我们聊了很多，书记出事以后，我还是第一次看到商政如此放松，给我的感觉好像书记的案子有眉目了。他说最近总是梦见书记，我说书记也一定梦见了你。他说每个人的生命都在他人的梦里。我问他是不是一个人想成为谁，他的生命就在谁的梦里？他说正因为如此我们才迷失了自己。他还说书记出事以后，他经常做一个怪梦，一个黑头发、黄皮肤的武士和一个黄头发、蓝眼睛的武士不停地格斗，格斗一阵子后就互换盔甲，换完盔甲后再斗，然后又互换盔甲，打到后来黑头发、黄皮肤的武士眼睛变蓝了，黄头发、蓝眼睛的武士头发变黑了。讲完以后，他让我帮他解梦，我当时想了半天也没想明白，不过现在我似乎明白了，正所谓日有所思夜有所梦，会不会这两个武士是商政所认识的人的变形，杀害商政的人必定是这两个武士，我建议在商政的人脉圈子里立即寻找黑头发、黄皮肤的人和黄头发、蓝眼睛的人。

卫生间清洁工：商秘书可是个大好人啊！他知道我家生活困难，经常接济我。昨天我在卫生间门口遇上他，他马上就打听我家里的情况，还让我到他办公室去一趟。他上完卫生间后，我随他去了办公室，他送给我一双旧皮鞋和两个旧公文包。不瞒你们说，还给了我一百块钱，我不好意思要，一再推托，他说拿着吧，也许以后想接济你也没有机会了。我只好收下了，我以为他说的是泄气话，谁摊上这么大的倒霉事，肚子里会没有一点委屈，何况书记那个人在老百姓中一直口碑不错，竟然……唉！我就劝商秘书别泄气，好人有好报，总有雨过天晴的时候，谁承想他和我的缘分还真的到头了。我琢磨着，他一定预感到自己有危险才说了不吉利的话。警察同志，你们可得把案子破了，找到凶手，不然商秘书即使在九泉之下也不会瞑目的……

支队长身材高大，脸孔瘦削，眼光敏锐得入木三分，薄薄的高鼻梁，显示出职业的机警。他认真研究了几个人的口供后认为，除了商政妻子外，每个人都有作案的可能。首先公务班女孩和副书记秘书有不正当的男女关系，经调查这个女孩子非常爱慕虚荣，她随时都有进商政办公室的可能，会不会被副书记的秘书所利用呢？之所以这么分析，是因为副书记和书记确实矛盾很深，正如外界谣传的，这次书记东窗事发，始作俑者就是副书记，政治斗争是最残酷的。商政关于人人都是傀儡的观点很偏激，但是也有一定道理，会不会副书记遥控了秘书，秘书又遥控了情人呢？很显然副书记的秘书到商政办公室的动机不纯，最起码是想通过商政了解专案组的动态，这说明副书记心里有鬼。同样，秘书一处处长是厅领导的心腹，打着关心商政的旗号，其实动机和副书记秘书一样。不过不知道商政是否掌握秘书一处处长和厅领导的秘密，如果掌握的话，秘书一处处长排不除凶手的嫌疑。当然保卫处处长若想作案就更方便了，对市委办公大楼再也没有谁比他更熟悉的了，正因为他掌握着市委办公大楼的监控设备，因此，他不仅可以在进入商政办公室时，不出现在监控录像中，而且他还可以对监控录像做手脚。卫生间清洁工也非常有可能，别看他可怜兮兮的，正因为穷，他才有可能被想要商政命的人所收买，当然也不排除保卫处处长所说的，凶手有可以躲过监控录像进入商政办公室的途径。但是由于保卫处处长是嫌疑人之一，因此监控录像已经不足以采信。不过无论自己对这个案子怎么感兴趣也无济于事了，案情太重大了，专案组根本不允许东州市刑警支队介入此案，甚至连受害者的尸体还未经检验就被专案组从市刑警支队取走了，尽管他心里很不舒服，但是他也认为专案组不让插手是对的，因为东州市能够左右他的人太多了，他再一次体会到商政的傀儡说很有道理。

如果按照这个开头创作这部长篇小说的话，就只能写成一部侦探小说，而且是一部有凶杀案却没指明凶手是谁的侦探小说。当然这么写的好处是可以尝试让读者用自己的推理能力发现凶手。然而，我实在不忍心将商政写死，别说商政被谋杀只是一种传闻，就是他真被谋杀了，他作为我小说的主人公，我也不会让他死掉。因为我不能让我想成为商政的梦想破灭，即使这个梦想在现实中破灭了，我也会让它在我的小说中复活。每个人在追求梦想的过程中都不会是一帆风顺的，小说创作也是如此，关于商政的传闻都很传奇，我陷入选择的困境，刚好手边有一本爱情小说，我随手翻了翻，猛然醒悟，商政与女人之间的传闻也很多，何不从中找一找灵感，相对于谋杀来说，陷入情网更容易引起人们的欲望。

传闻五

人到了这个地步，我真不想知道我是谁。但是我又不得不面对自己的存在。没完没了的协助调查，几乎快让我崩溃了，我不想害人，更不想被人害，然而自从老大被双规后，我一直处于一种要么害人，要么被人害的尴尬境地。我觉得自己很像是一条横过马路的虫子，能不能活着，只能靠运气了。

夜已经深了，两只为了争夺领地的野猫，躲在一辆奥迪车的底盘下面正相互撕咬，并且发出弃婴一般的哭声。我踉踉跄跄地走进酒吧，想通过酒精让自己麻木。

一瓶威士忌只剩下一个瓶底了，我正想倒进酒杯一饮而尽，一个长得像香港影星张曼玉的女人款款走过来，一只玉手搭在我的肩头温情地问："哥，一个人喝酒多闷哪，能请我喝一杯吗？"我知道她盯了我一晚上了。我把我的酒杯递给她，然后点了一支烟，猛吸一口慢慢地喷在她的脸上，醉眼迷离地说："我们好像早就认识了。"她娉婷风姿背后似乎承载的是另一个女人依稀可闻的叹息声："哥，我的身体里裹着两个女人，不知哥哥想认识哪一个？""说说看。"我笑眯眯地说。"一个是早上提前两个小时起床，端坐镜子旁让化妆师和发型师双指齐飞，描出一个精华璀璨的女神才出门；另一个是素面朝天，骑自行车或乘公交车上班，看到名牌衣服会想'那是大明星张曼玉某次参加晚宴穿的衣服，我才不想穿'，皱皱眉走开。哥，不知道你认识的是我躯体内的哪个女人？""真把自己当成张曼玉了，"我微微一笑说，"看来你是个活在电影里的女人。""人家正在努力寻找其他方面的工作，不想自己的一生就只是个演员。"她那猫一样的眼神让我有一种沉沦的快感。我逗趣地问："其实我们每个人都是演员，除了做演员，其他的工作就只剩下做爱了。""不是做爱，是爱情，"她像白蛇一样柔媚地说，"爱情永远是我在乎的事情。"我在她游戏般的情绪刺激下，仿佛变成了《花样年华》中那个对苏太太欲火难耐的周先生。"有多在乎？"我递给她一支烟问。"女人的成功是临死前有爱人在身边。"她还是用张曼玉式的语言狐媚地回答。我觉得心里有些燥热，便接过她手中的酒杯猛灌了一口，一股呛人的威士忌酒伴着杯边唇膏的香味流进我的喉咙里，我干咳了几声伤感地说："浮生如斯，缘生缘死，谁知，谁知？妹妹，你今晚是想当衣美鬓香的阮玲玉呢，还是想当一往情深的白蛇女？""哥哥，朔风洗涤下的大漠只剩下一个至情至性风骚入骨的老板娘，"她媚眼诱惑地说，"怎么样，哥哥，跟我去新龙门客栈吧?”“金湘玉,”我捏了捏她的脸蛋说,“你是不是有点爱上我了?”她连忙用纤细的食指挡在唇边“嘘”道:“不要说出来,放在心里,让我慢慢享受。”我们用电影台词像地下工作者对暗号一样,彼此表明了一夜情的心思,然后耳鬓厮磨地走出酒吧。

走进她的房间,到处都贴满了张曼玉的电影照片和艺术照片,这个假扮的张曼玉还真把我带入了张曼玉的世界。不过有几张她自己的艺术照,尽管服装颜色都是张曼玉最喜欢的紫色,但是我仍然看出了她的职业,她根本不是野鸡,而是模特,一联想到她是服装模特,就觉得和她似曾相识。因为老大被双规前,就喜欢个子高高的服装模特,为此我没少和模特们打交道,为的是给老大找乐,当他累得想休息时经常会说:“商政,找几个模特乐乐!”好在我的老板并不是一个用情专一的人,基本上是打一枪换一个地方,因此尽管身为东州市一把手的他被双规了,但是在大街小巷的传闻中,并未听见关于他生活糜烂的流言。不过,我作为曾经为他拉皮条的秘书,和东州市的服装模特们搞得都有些似曾相识,当然也有几个处成了好朋友,因为没有她们,我也不可能源源不断地为老大输送新鲜血液。我望着墙上的照片,心想,说不定这个假张曼玉曾经为我所用过,亦未可知。我极力挖空心思想捕捉点记忆中的蛛丝马迹,脑海中却回荡着老大最喜欢的一句新龙门客栈里大太监魏总管的台词:“不要因为你的敌人是个无赖、阴险、狡猾的人而讨厌他,痛恨他,反过来也不要因为你手下的人是很能干、有眼光、有魄力的人而去喜欢他,感情的东西多了不如少了,多了是麻烦。”或许正是囿于这样的理念,老板虽然喜欢女人,特别是女模特,但从来不用情,不与她们有任何感情上的纠缠,一把一利索,然而,这年头,只动性不动情未必能风平浪静,因为凡是沉溺于发泄的人,必然是欲望强烈的人。

“看了我的照片,是不是想起很多往事呀,商哥?”就在我胡思乱想之际,她换上紫纱睡衣,将束成一团的头发散开,一边用梳子顺着波浪似的头发慢慢地滑行,一边娇嗲甜柔地说。她一声“商哥”,让我心头一紧,从酒吧到她家,我们谁也没打听过彼此的姓名,她怎么会知道我姓商?我一把将她搂进怀里,用鹰一样的目光盯着她猫一般的眼睛说:“这么说你早就认识我?”她娇滴滴地说:“商哥,你可真是贵人多忘事,当初我陪你的老板还是你安排的呢!今天晚上,你一进酒吧,我就认出你来了,怎么还没想起我来?你忘了在丽景花园别墅……”我顿时想了起来,那天晚上老大享受完后,已经是下半夜三点钟了,我送这个女孩回家,半路上遇到堵卡的警察,由于我开的不是老大的专车,而是从朋友手里借来的奔驰,警察们一点面子也没给我,一个劲地逼问我和她之间的关系，我说她是我的女朋友，警察问我她叫什么名字？我顿时卡住了，警察马上从车里把我拽了出来，我见势头不对，连忙从车里拿出公文包，然后请警察借一步说话，低声告诉他们我是老大的秘书。他们根本不相信，我只好从公文包内拿出了市委书记的工作证，警察看过后，连忙给我敬礼，然后亲自给我开车门，嘴里连说"对不起"，我趾高气扬地打着火，一踩油门扬长而去。想必这个假张曼玉就是那天那个我叫不上名字的女孩。"小妖精，原来是你，"我佯装恍然大悟地说，"你勾引我，莫不是为了看我出事后的倒霉相？""你想哪儿去了，商哥，"她用一副金湘玉的表情说，"陪你老板那天，你都没正眼看我一眼，这很伤我的自尊，我从离开你的那一刻起，就暗下决心，早晚有一天我要把你这根蜡烛点着，谁让你有眼不识'金湘玉'了。"我一把将她从我怀里推开，不屑地说："天下的蜡烛怕是都被你点遍了吧？"她媚声媚气地说："商哥，你说实话，那天你之所以没看我，是不是因为你的老板在，其实你从心里已经把我看了好几遍了，我说得对不对？"说完她柔软香滑的舌头已经蛇似的游进了我的嘴里。

从那天晚上起，我再也不去桑拿浴找按摩女厮混，因为我发现躲在她的怀里可以让我找到点往日当秘书时的自信，特别是和她做爱的床尾有一面镜子，我们一起游龙戏凤的各种把戏映在镜子里，我看着那个充满亚洲雄风的假我，似乎自己真的金蝉脱壳已经成了旁观者。尽管镜子里的假我是糜烂的，但是镜子外的旁观者似乎是纯净的，其实此时此刻无论真我还是假我都是一种错觉，那么我是谁？那个曾经风光的市委书记的秘书哪里去了？此时被我搞得神魂颠倒的她不停地呻吟道："商哥，我已经飘起来了，快爽死了，我到底是谁？我是谁？"我们在发泄中都迷失在镜子里，我不知道她是不是还在演张曼玉，只觉得我的下半身正深深地陷在泥沼中，渐渐地糜烂，内脏也变成了黏糊糊的东西，射进了女人的生殖器内。我一边射一边想，或许这些黏糊糊的东西进入她的体内，她就成了我，抑或我就成了她。一切都归于平静了，两个赤裸裸的胴体仿佛两具古墓里的骷髅光滑而僵直。"你这么晚不回家，你老婆不说你？"她突然转过身，将一条热乎乎的大腿搭在我的肚皮上，酸溜溜地问。"从当秘书那天起，她就习惯了。"我捏了捏她的乳头说。"你老婆可真够宽容的，"说着她转过身从床头柜上拿了一本书在我眼前晃着说，"商哥，我在这本小说里看见一个与你一模一样的人，真是一模一样的！"我接过书翻了翻，是一本官场小说，便随手扔在了地上，嘴里嘟囔着说："这不可能。"她爬到我的身上娇柔地说："是真的，这本小说里的主人公太像你了，我刚看时都怀疑这本小说是不是你写的，结果不是你，是一个叫何许人的人写的。""何许人这个笔名起得好，"

我将她压在身下说，“其实人人都不知道自己是何许人也，你说，对不对？”“你老板也不知道吗？”她推开我，起身点了一支烟问。“当然，他如果知道他是谁，就不会落得这个下场了。”我夺过她嘴里的烟深吸一口说。“可是我觉得案子好像有眉目了，不像一开始哄哄得那么厉害了，我的姐妹里有陪省领导吃饭的，也有陪市领导吃饭的，她们都说你老板的案子可能大事化小，小事化了，我一直纳闷，这怎么可能呢？”她一脸疑惑地说。“这有什么不可能的，有钱能使鬼推磨，我老板的老婆一直在北京活动，不瞒你说，连专案组副组长的儿子都被拿下了，收了钱，当然要办事了。”我吐了一个烟圈说。“你的老板娘还真不简单，这要花多少钱才能摆平专案组副组长的儿子？”“至少一百万，”我不假思索地说，说完就后悔了，连忙叮嘱道，“这可是绝密，千万别对外人说，一旦泄露出去，不光我老板没救了，连老板娘也要搭进去，说不定还要连累专案组里的一些人。”“商哥，你把我看成什么人了！”说完她一骨碌下了床，光着屁股去了洗手间。

清晨，阳光从百叶窗的缝里偷偷地爬进来，人们戴着面具又开始了一天的挣扎，她已经出去了，说是有演出，让我乖乖地在家等她，我懒得起床，一直赖在床上朦朦胧胧地似睡非睡，脑海中像演电影拉片子一样不停地抛出一堆扭曲的东西。我感觉自己很像海滩上一根被扒了皮的树枝，被冲得光滑而洁白，又像掉进了一个无底深渊的梦境里，心里恐怖极了。

没过几天，我老板的案子急转直下，又抓进去很多人，老板娘因行贿被双规了，而且连专案组也换了人。我预感到大势已去，心里既害怕又迷茫，根本不敢直面自己的存在，只想用性发泄内心的郁积。但是她不仅对我越来越冷淡，而且最后一次做爱时，我发现她雪白的大腿上有一个被男人深吮过的嘴唇印，我知道她又有了新的男人，便醋海翻波地和她吵了一架。那天晚上吵后，我一连好几天没去她家，她也没再联系我，应该说在我接触过的女人中，她的确是别有风味的，起始是花丛中的一朵嫣红，越品越觉得是最精粹的一滴金黄色的花蜜。那天吵完后本想就此分手的，结果只几日不见便情不自禁地将车开到了她家楼下，但是我万万没想到，敲开门，房间已经换了主人，声称先前租房子的女孩已经搬走了。于是我便拨她的手机，竟然一直关机。我心里既失落，又沮丧，在大街上漫无目的地开着车，不知不觉开到了黑水河畔，刚好是周末，黑水河浴场有许多情侣在水中嬉戏，我羡慕地凝视着水面，突然发现三点紫色比基尼裹着一个熟悉的倩影，正咯咯笑着躺在一个红色救生圈上，那个倩影太像张曼玉了，不是她，还能是谁？但是让我大吃一惊的是，和她一起嬉戏的男人竟然是市长的秘书，我当时就瘫坐在草坪边的休闲椅上，心想，坏了，我竟然中了老大死对头的美人计……

说句心里话，我一直将商政看做我生命中的一种幻象，而且我一直试图用小说将这种幻象表现出来。但是并不是想表现商政经历了些什么，而是想通过内心世界的挖掘揭示出商政感受到了些什么。我不知道商政心中是不是也有一种生命不可分割的幻象，我只知道相对于真实的商政来说，我早就创造出一个虚拟的商政，现在他只存在于我的幻象中，我坚信，通过我对那些关于商政传闻的整理，那个在我内心深处虚拟出来的商政，一定会独立出我的心灵，成为一个既像我又像商政的人。但是我在整理过程中，却被这些传闻深深刺痛了，我发现传闻犹如眼睛，当人们津津乐道商政那些所谓秘密之时，传播者内心的险恶也随着传闻散布出来，以至于听者无不窥视到他们内心深处最不可告人的东西，当然我在搜集这些传闻时不知不觉地加入到窥视者的行列，让我震惊的是我所窥视的那些最不可告人的东西，都存在于我内心深处的角落里。

传闻六

任何一个悲剧事件发生后，逃避不仅是必要的，也是人之常情。但是并不是所有的人都有幸从悲剧中逃离出来，这取决于自作自受的程度。自从他的老板因腐败而判刑后，他作为秘书仍迷失在协助调查的氛围中不能自拔，尽管他现在是市委办公厅常秘室主任，但他觉得刚刚结束的这场肃贪大案只给他留下半个灵魂，他不知道另一半灵魂哪里去了，他也不知道拥有半个灵魂的人算不算一个完整的人。为此他陷入极度的痛苦和压抑之中。

在新书记上任前，他就被重新安排了工作，但是他在新岗位上始终有一种惊魂甫定的感觉，特别是新书记上任以后，他这种感觉更加强烈了，甚至有一种像一头被追逐的野兽似的感觉，迫切想找一个洞窟藏身。他知道自己之所以像一只帆樯绳索被风暴所摧折的船，都是缘于失去了半个灵魂所造成的。还记得新书记第一次开常委会前曾让自己的秘书将他叫进办公室，他惴惴不安地走进办公室后，发现新书记与自己老板不同的是，新书记坐在自己的肖像下面，微笑得像老大哥一样慈善，而他的老板在任时，背后是“廉洁自律”几个字，而且从来都不苟言笑。看惯了冷峻的表情，突然看见和善的面孔，他有一种莫名的恐惧。他茫然地站在新书记面前，好像法庭上等待宣判的犯罪嫌疑人。新书记抬起头，眯起一双小眼睛，探照灯似的目光在他身上巡游了几个来回，然后平和地问他叫什么名字，他惴惴不安地回答叫商政，“商政……”新书记若有所思地重复着，不仅让他的名字悬在半空好一会儿，也让他的心悬了起来。他觉得胖乎乎的新书记的躯体像一口炖锅，水已经烧开了，大概要炖的就是自己。还好新书记只是交代了几件这次常委会需要注意的事项，便将他打发走了。一走出新书记的办公室，他一头扎进了卫生间，他一紧张就想撒尿，这是被双规时落下的毛病。洗手时，他看了一眼镜子里的自己，他不相信那张沮丧的脸就是自己的，他讨厌镜子的愚忠，管你情愿不情愿，它都把你的相貌给原原本本地照出来。这次召见，让他心里涌起一股不祥的预感。前几天和他关系不错的一位厅领导向他透露，新书记对常秘室很重视，怕是心中有取代他的人选，让他务必多加小心。正所谓一朝君子一朝臣，他深知，无论自己多么加小心，也很难得到新书记的赏识了，只能当一天和尚撞一天钟了。想虽然这么想，但工作却从来不敢懈怠。在被双规的日子里，他感到自己已经跨过边境进入恐怖地带，却根本没有人要他出示护照，他庆幸自己躲过一劫，然而老话说得好，躲过初一躲不过十五，新书记上任以后，长着一对招风耳朵的新书记的秘书处处给他难堪，他把自己伪装成忍者神龟，其实回到家里他恨不得在自己身上用刀捅几个洞，否则他会憋爆的。记忆好像一顿长久吃不完的饭，每当此时，他曾经给老板当秘书的风光日子就会在大脑中某条幽暗的廊道里飘忽漫游，耳畔回荡着已经成了阶下囚的老板在大会上作报告的声音。他时不时陷入记忆的迷恋中，然而让他不可思议的是，五年的秘书生涯几乎是一部灰蒙蒙的电影，只有零星的片段，其中他的形象就那么短暂而突兀地闪现了几下。他骂记忆是条狗，竟然也会趋炎附势，曾经的日子明明是风光的，变成记忆后竟然成了一条不认主人的狗，只顾趴在自己喜欢的地方。在他心目中，不安、愤懑和怨毒的柔软酵素在暗暗地酝酿着，终于在和几个朋友喝酒时爆发了。当然导火索不是那几个朋友，也不是酒，而是一个不速之客，也就是他最为讨厌的“招风耳朵”，他不承想会和“招风耳朵”在同一家海鲜酒店喝酒，而且会在自己有了七分醉意后在洗手间碰上。两个人一见面就话不投机，“招风耳朵”一开口就带有挑衅的意味：“商政，满身茅台味，够腐败的呀！”他一见“招风耳朵”，气就不打一处来，只是身在矮檐下不得不低头，他强赔笑脸说：“老弟喝多了吧，连二锅头和茅台都分不清了。”“招风耳朵”轻蔑地说：“商政，喝茅台就喝茅台了，干吗非得此地无银地解释，你老板要不是玩此地无银三百两的花招，还不至于东窗事发呢！怪不得书记说，你很像你老板，滑得像条泥鳅，要不然你也不会成为漏网之鱼。”不提他的老板则已，一提他的老板，他忍无可忍的火一下子爆发了，他怒不可遏地说：“小子，刚当几天秘书就找不到北了，小心我的今天就是你的明天，你和你老板倒真般配，你肥得像头猪，你老板肥得像口大炖锅，你小子小心点，说不定哪天你就变成猪头肉被炖了。”“招风耳朵”没承想平时被自己挤兑得像耗子似的他今天会一反常态，不仅侮辱自己，还敢侮辱自己的老板，顿时露出一副狗仗人势的嘴脸吼道：“商政，你敢辱骂书记，我看你是干到头了，你等着！”说完气哼哼地走了。他只当自己说的是酒话，根本没当回事，回到包房继续和朋友若无其事地喝酒。酒席散后，他坐在朋友车里，夜风一吹，酒醒了一半，他回想起刚才在卫生间发生的一幕，不禁后悔不已。

其实事情迟早是要发生的。几天后在新书记的指示下，市委办公厅召开了干部大会，新书记亲自到会讲话，他强调了转变工作作风的重要性后，话锋一转，就转到了他的身上，新书记一脸严肃地说：“我为什么要强调转变工作作风，那是因为有极个别人已经膨胀到老虎屁股摸不得的地步，连我这个市委书记都不放在眼里，说什么老百姓说‘宁要腐败的能干事的贪官，也不要廉洁的无能的清官’，不要打着老百姓的旗号掩盖自己的叵测居心，反对我可以，但你不要忘记了，我是党派来的，反对我就是反对党！”新书记的话句句像钢刀一样扎进了他的心脏，尽管他从来都没说过什么“宁要腐败的能干事的贪官，也不要廉洁的无能的清官”这种丧失原则的话，但是好像人人都知道他说过这种话似的，会场的目光齐刷刷地射向了他，他知道自己完了，像一条落水狗似的瘫坐在椅子上，一动也不动，他的表情带着一种吓人的心不在焉。他只觉得台上有一张脸，像是虚构出来的，绝对不可能真正属于一个活生生的人，而是存在了几千年了，这张脸太古老了，简直犹如雕像。

死亡的天空布满了乌云，它们沿着黑水河在树梢上追逐。一辆本田轿车沿着黑水河岸失魂落魄地开来，将风景切成两片，往后面随意抛去。与此同时，也将开车人曾经的生活抛散而去。本田车突然停下，从车上走下来的不是别人，正是他。连日来，去还是留，犹如生还是死，简直要把他逼疯了。他伫立河岸，好像一个将死的人还有一刻好活，无论多么短暂，他都要将其进行无限的分割，试图看到他的生命历程在眼前一一闪过。然而记忆就像是没有固定形状的一大团东西，他根本无法将其分割开。他只好抛弃回忆，转向未来，他感到另一半灵魂一直在召唤他，他心中早有了寻找的冲动，然而无论是未来还是正在召唤自己的另一半灵魂，都没有给出任何明确的标示，告诉他上哪条路才能脱身而去。他脑海中再一次浮现出新书记的脸，他闭目盯着那张脸，而每一秒钟，脸都变得越发陌生，陌生得像冷漠的面具。东州无论如何不能再呆下去了，那次干部大会后，他的常秘室主任就被别人取而代之了，他现在不仅没有位置了，而且厅领导暗示他只要新书记在，他在东州就不可能有政治前程了，还是想办法离开东州吧。离开东州，自己去哪儿呢？他怎么也压抑不住对改变的恐惧，离开仕途，他一无所能，更何况他全部的理想都寄托在政治上了。再说他也不甘心自己就这么被扫地出门。曾几何时，他曾信誓旦旦地想通过仕途发现自我，为此他在不断地变幻着心目中的偶像，不断地在心中模仿那些政治上的成功者，他想成为他们，他做梦都想像他们那样在仕途上取得巨大成功。然而此时此刻，面对滚滚滔滔的黑水河，他迷茫了，他不知道真正的自我有多少能被他人看到。正如他觉得自己丢掉了半个灵魂好像无人察觉一样，这是不是说明，做半个人和做一个完整的人并没有本质的区别？想到这儿，他随手从口袋里掏出一张报纸，那上面有外省向全国招聘人才的广告，这张报纸他反复看了多少遍了，他越觉得现在的自己不像自己，他跃跃欲试的想法就越强烈，他觉得或许南方的椰风会让他更加清醒，他喃喃地说："此处不留爷自有留爷处！"于是他撕碎报纸，一头钻进车里。

对于这段传闻的整理，我故意淡化了它的情节，而增加了商政的思考，其实商政的思考就是我的思考，每当我拿起笔的时候，甚至分不清我和他究竟谁是真实的商政，这不能不引起我的思考。当然这些思考在整理传闻的过程中不知不觉地会流露出来，尽管有人认为情节是小说的救命稻草，但是靠情节取胜的作家成千上万，以至于他们之间互相重复和模仿，却偏偏忽视了哲学性的思考，殊不知小说是形象化的哲学，如果一部小说单纯讲了一个大故事，毫无对存在的思考，我不知道这样的作品写出来会有什么意义。因此，我希望我所创作的小说富含隐喻性的暗示，哲思遍布在最平常的叙述中。

传闻七

"你好像非常痛苦。"

"不是痛苦，是恐惧！"

"为什么？"

"我好像越来越不习惯呆在我自己的身体里。"

"人总是向着'他者'逃逸的。"

“但是我的全部努力都是希望向着‘自我’追求的。只是在追求过程中，我发现‘自我’根本无法确定。”

“那是因为你丢了乌纱帽之后，也丢掉了政治抱负。要知道你曾经的全部信仰就是政治。”

“经过那场肃贪风暴后，我觉得过去的政治信念多少有点精神病态。”

“这么说你已经没有了信仰，也难怪，在物质世界极为丰富的今天，许多人已经不再以信仰滋养自己了。”

“那靠什么？”

“靠偶像。”

“可是我现在的内心世界没有任何可以确定的东西。”

“人们在犹豫的时候才会睁开双眼。你有什么打算？”

“我想创作一部长篇小说。”

“关于什么的？”

“当然是政治。”

“该不会是自传体的吧？”

“也许，谁知道，反正很想写。”

“只是不知道你想通过小说创作寻找自己，还是逃向他者？”

“应该是一种寻找。”

“不见得，小说是给别人看的，别人是什么？就是他者，或许你的主观意图是寻找自我，但是客观上却是一种变相的逃逸，正如你从官场逃到世俗世界一样，现在你又想从世俗世界逃到小说里。”

“你不认为我从前的政治抱负或许会在小说里实现吗？”

“也许能够实现，也许是一种乌托邦。不过总算你又上路了，前面的路你会很孤独，而且越成功越孤独。孤独是一种痛，当然也是一种快乐。”

“这很刺激。”

“这种刺激有自我的惩罚，也有快乐，是二者的结合，不过，我得提醒你，真理常常无从寻找。”

“起码我有寻找的激情。”

“别忘了恐惧也是一种激情。”

“别打击我，我知道你会帮助我。”

在完成长篇小说《庙堂》之前，我常常和我的灵感如此对话。辞职以后，我成了一个游荡者，我常常漫无目的地在东州游荡。如果有人踩着记忆之履游荡的话，那就是我。是我的灵感提醒我，与其用脚游荡，不如用心梳理，于是我躲在书房里不断地向我的灵感求教。我的灵感使我的生活变成了一次次的冥想。灵感要求我每天夜里向它讲一个故事，于是我白天睡觉，晚上将白日梦用笔写出来，不到一年时间，便写成了这部长篇小说《庙堂》。我之所以取名为《庙堂》是借用了范仲淹的那两句名言："居庙堂之高则忧其民，处江湖之远则忧其君"之意，谁都知道，"庙堂"指的就是官场。正因为如此，《庙堂》一书一经出版，便引起了东州官场的一片哗然。不，不是哗然，是震撼、愤怒、声讨、谩骂、打击、恐吓、报复，甚至下毒手。当然一切都是躲在暗处进行的。之所以会产生这么严重的影响，是因为我将《庙堂》打磨成了一面镜子，准确地说是我将我自己的心灵之镜映射出的所有东西整理成了这部书，目的是寻找那个丢失了的自我，我不得不遗憾地说，我并没有找到自我，仿佛"自我"从我的生命里消失了，就像滑雪的人顺着山坡滑进了山谷。虽然我在创作《庙堂》的过程中没有寻找到自我，但是《庙堂》毕竟是一面镜子，它散射着一些为信仰殉难的可疑而陈腐的气息，这信仰不是别的，就是因崇拜权力而导致的腐败。腐败听起来像是个答案，这是这个词最厉害的地方。那些读了《庙堂》的权力崇拜者，天真地以为自己就是时代的主宰。但是照了《庙堂》这面镜子之后，他们看见了自己的原形，发现自己原来生活在一副死亡的面具后面。我不仅没有寻找到自己的自我，还粉碎了他人的自我，当然就犯了众怒，遭受声讨在所难免。最开始时有人声称再写就要剁掉我的手，恐吓我的竟然是一位副市长，当然他是通过黑老大给我递的话。多亏那位黑老大曾经是朋友，我服务过的老板曾经帮过他，当然那位副市长并不清楚我们之间的关系，以为黑老大是受他掌控的，但有一点是可以肯定的，过去我老板保护过这位黑老大。黑老大先是请我吃了一顿鱼翅鲍鱼，然后又洗了澡，在澡堂子的休息大厅，他劝我如果想继续写，还是离开东州为好，因为仅这一部书就将东州官场有头有脸的人都得罪光了，如果再写下去恐怕有性命之忧。和黑老大分手后，我心中油然而生一股英雄气概，我庆幸自己再也不用追求任何雕像的意义了，因为在我心目中权力那个巨大的黑影已经落在地上，犹如一只死去的野狗。那具狗骸似乎已经被土地吸收了一半，但是苍蝇们仍然不肯放弃它那腐败的肚子，黑压压的一大群蛆虫爬来爬去，我远远地望着这腐烂的一大团，似乎在蛆虫中发现了自己从前的影子。"烂吧，"我情不自禁地感慨，"万物终将回归泥土。"

但是英雄气概并未让我躲过劫难，有一天晚上我独自一个人从公园散步回家，在快到我家小区的小路上，突然后脖颈子一阵凉风，我便人事不省地栽在路边，醒来时已经躺在医院里，头上戴着纱网，缠着绷带，我老婆正坐在床边抹眼泪。不用我老婆解释我已经明白了，医生说我命大，砖头再拍正一点，我就去另一个世界了。我实在没有想到，一部小说竟然会让一些人吓得想要结果我的性命，这说明《庙堂》不是一面普通的镜子，它是一面照妖镜，这的确是我事先没有想到的。出院后，我确实恐惧了一阵子，我老婆劝我离开东州，我思来想去没同意，因为我现在只能靠写作为生，既然我的笔可以让邪恶的势力心惊肉跳，当然就可以让正义的力量信心百倍。这么一想我有一种重获新生的感觉。原来从开始创作《庙堂》那天起我的新生活就开始了，而在这之前的一切都是导言，是半黑暗的史前纪。然而我想得太简单了，我在东州遇到的困境扩大到了全省。一个明显的证据就是全国的媒体都在宣传《庙堂》，称它是一把利剑，一把匕首，一柄锋利的手术刀，然而省内的媒体对《庙堂》却鸦雀无声，我感到了不正常，但是并未往深处想，直到省内一位评论家写了一篇关于《庙堂》的评论被省报拒绝，我才意识到问题的严重性。那天省内的那位评论家将稿子交给了文化版的编辑部主任，主任一口承诺这篇稿子全文发表没问题，可是很快这位主任又给那位评论家打电话告诉他对不起，报社主管领导将稿子枪毙了，评论家问理由是什么，编辑部主任支吾了半天，在评论家一再要求下，编辑部主任压低声音念了报社主管领导在稿子上的批示："商政作为腐败书记的秘书，适合党报宣传吗？"评论家听后肺都快气炸了，当时在电话中骂道："他妈的，都什么年代了，还搞株连！商政怎么了？人家出污泥而不染，这么大的腐败案干干净净地走出来，堂堂正正地辞职，官场上又有几人能做到？这样的人不仅应该宣传，还应当大力宣传，你们不宣传也就罢了，还搞封杀，难道商政没有腐败反倒有罪了吗？不就是一部《庙堂》让一些人看了不舒服吗？他妈的这些人心里没有鬼会不舒服？"过后，这位评论家特意请我喝酒，并将这件事告诉了我，还鼓励我千万别停笔，他认为省内的情况很不正常，越是不正常，就越要将这种不正常公之于众，他们越是讳疾忌医，就越是要对其望闻问切，我们的社会从来就不缺乏唱颂歌的作品，缺的是具有批判性和反思性的力作，从这个意义上讲，《庙堂》写得还不够，要知道具有批判精神和反思性的作家是社会的良知，具有批判精神和反思性的作品是社会的眼睛。这位评论家的话让我备受鼓舞，回家的路上，我发现路边花园的一栋栋别墅如一座座坟墓一般幽暗地矗立着，雨后浓酽的花气熏得令人窒息，一切都有点雾蒙蒙的，溽热得很，不知为什么，我心中有一种行将告别的奇怪滋味，我不知道要向什么告别，我只知道寻找自我的路仍旧漫长，但是值得庆幸的是我不再用脚跋涉，而是用笔,因为笔会让我走得更远。这时我的灵感突然跳出来问我:“商政,是不是有一群魔鬼正在你的脑海里狂欢?”

“灵感,”我深沉地说,“我发现权力的动物园里污秽不堪。”

“商政,你这是在寻求危险带来的激动。”

“我喜欢观看笼子里的老虎。”

“你要小心,那笼子的门只是虚掩着。”

“不瞒你说,我还真想走进笼子里试试它的凶残。”

“你就不怕那笼子里是一座监狱,自己被囚禁其中?”

“谁又不被围在城堡中,要知道那可怕的孤独是自我判处的刑罚。”

“也许你的所有努力都像西西弗斯一样徒劳。”

“西西弗斯最可贵的是勇气。”

“既然你已经决定了,那就为撒旦祈祷吧。”

“其实撒旦已经出现了。”

“谁?”

“你?!”

我之所以喜欢这则传闻,是因为我一直认为文学之路也是从政之路的终南捷径,如果运气好的话,不比领导秘书升得慢,而且可能一步到位。如果这则传闻是真的,那么商政遇到的问题是由于他不知道小说为何物造成的,虽然说艺术来源于生活,但是不等于模仿生活、抄袭现实,写作和从政一样,都需要一份圆熟。当然既然这是我必须走的一条路,我自然会在这部长篇小说创作过程中给予全新的演绎,我一直没有机会将我理想的宏图变成现实,如果通过小说再现一遍,或许当运气来临时,应对起来更加从容。当然这毕竟是想象,而不是生活,或许演绎起来会陷入无言所说,无从说起,却又不得不说的境地,但这又何尝不是当今作家共同面对的难言之隐呢?

传闻八

黎明前到中午往往是他睡得最香的时候,他记得后半夜响了几声闷雷,那个时候他还在半睡半醒之间,觉得自己一个人正站在井口,井里似乎有人在喊:“商政,快跳下来,下面好舒服啊!”他正探头往井里看时,有人在背后踹了他 脚,然后他就“扑通”一声掉了下去。掉到井里,他发现一具尸骨,狰狞恐怖，这具枯骨不是别人的，正是他自己的。枯骨见他掉下来十分兴奋，张牙舞爪地来抓他，他吓坏了，拼命往上爬，却怎么也爬不上去，只觉得后背有一只鬼爪捅他的腰眼，一边捅一边嘻嘻笑道："你不是想寻找自我吗？找到了干吗要跑，难道你不知道每个人的自我都是一个幽灵吗？下来，快下来！"他被捅得难受极了，毛骨悚然地大喊却喊不出声来，只好拼命挣扎，终于从井上扔下一根井绳，他抓住救命井绳拼命往上爬，快到井口时，一双大手抓住了他，像抓小鸡一样把他提了上去。他上到井口定睛一看，惊魂甫定地发现，救他的竟然是刚刚上任的代市长，这怎么可能呢？他的老板腐败后，东州的班子做了调整，尽管党政一把手都换了新的，但是他的工作还未安排，人们还像躲瘟疫一样躲着他，令他匪夷所思的是，自己与新任代市长素不相识，为什么总是梦见他呢？

自从腐败大案尘埃落定之后，尽管他还算清白地躲过一劫，但前途未卜，他的心情阴郁极了，每天过着黑白颠倒的日子，白天蒙头大睡，晚上和朋友胡吃海喝，日子过得如同嚼蜡一样无滋无味。政治在他心目中早就成了顶礼膜拜的宗教，他认为世界万物的中心和本质只能是政治，他觉得他就是为政治而生的，他的整个生命必须致力于政治，甚至可以为政治而牺牲，如今他失去了侍奉权力的机会，被边缘化了，他怎么可能不抑郁呢？要知道，一旦离开仕途，他将无法寻找自我。他有一种平白无故被抛弃的失落感，他不知道为什么自己一直煞费苦心去做心目中的"他"或"他们"让他做的人，"他"或"他们"却在关键时刻无情地抛弃了他。他心有不甘，尽管他从小就唱"从来就没有救世主"的歌，但是他更喜欢"他是人民的大救星"的曲调。在这些命运乖舛的日子里，他太希望有一位大救星能拉他一把了，于是他在梦中反复梦见他的大救星，只是让他百思不得其解的是，为什么每一次梦见的大救星都是刚刚上任不久的新任代市长。难道自己与这位代市长还会有什么缘分吗？这是怎样一个妄想啊！谁还会用腐败分子的秘书呢？

就在他躲在睡梦中痴心妄想时，他竟然意外地接到了代市长秘书打来的电话，通知他马上去见代市长。他受宠若惊地问，代市长为什么要见他？秘书话里有话地说，去了你就知道了。语气让他心里非常紧张，这种紧张只有专案组找他时有过，他不知道是福是祸，撂下电话后，他下意识地从床上一骨碌爬了起来。

市政府大楼庄严肃穆，"实事求是"四个大字在阳光的照耀下异常鲜红，他怀着复杂的心情仰望了一眼八楼东南角的几扇窗户，心情久久不能平静，那是代市长的办公室。

他怀着惴惴不安的心情敲了敲代市长办公室的门，没想到开门的不是秘书，竟然是代市长本人。这个经常在他梦中出现的高大身躯，面皮黝黑，鼻直口阔，一双小眼睛，炯炯有神。代市长热情地将他迎进办公室，亲自在饮水机上给他倒了杯水，一番嘘寒问暖之后，代市长充分肯定了他在协助调查期间的表现，称赞他出污泥而不染的品德，这种品德在腐败如麻的今天显得尤为难能可贵。他万万想不到代市长会给他如此高的评价，一激动眼泪险些涌出来。代市长拍了拍他的肩膀和蔼地说："商政，机关里都称赞你的笔杆子硬，综合一处缺一位像你这样久经历练的处长，跟我干点实事怎么样？"他几乎不敢相信自己的耳朵，激动地支吾道："市长，只是会不会……会不会……"代市长声音洪亮地笑道："你是说我起用你在我身边工作，会不会遭人诟病，我就是要把你当做一面'廉洁自律'的镜子，让全市机关干部看见你都情不自禁地照一照自己，打铁还需自身硬啊！"代市长抛出的橄榄枝太诱人了，他的心一下子就被招安了，但是他毕竟是刚刚经历了风雨的人，一时还搞不清楚，这次机遇是天上掉下来的馅饼，还是砖头，他深知官场上最怕讲错话、上错床、跟错人，他已经跟错一次人了，会不会跟错第二次？他窥视了一眼代市长高大的背影，心想，应该不会！这是个值得信赖的人，也是一个魅力十足的人。他心里还隐藏着在政治上"小卒过河"的理想，想不到命运又给了他一次东山再起的机会，他怎么可能放过呢？为了实现自己的政治抱负，成为心目中的"他"或"他们"，他宁愿成为代市长政治棋坛上的一枚棋子。

没想到，他上任的第二天，就被代市长震撼了。原来他上任头一天下班前，放在代市长办公桌上十几封群众来信，大多是农民工讨薪的，他知道代市长有个习惯，每天早晨浏览一遍报纸后，先看群众来信。当然每天两三百封群众来信，代市长不可能封封都看，这件事由综合一处负责筛选。代市长非常重视民生问题，特别是弱势群体的权益得不到保障时，会义愤填膺。

第二天早晨，代市长浏览完报纸后，开始处理群众来信，当然大部分信件按惯例都批转到相关部门处理，但是有一封信代市长看罢却坐不住了，在办公室来回踱了十几圈，连秘书看着都有些发毛了。"太不像话了，人家三年上访几百次，问题都得不到解决，这还叫人民政府吗？"代市长握着那封皱巴巴的群众来信的手在微微颤抖，黑着脸让秘书马上备车，同时通知他一起进山。秘书为难地说："市长，两会马上就要召开了，今天上午安排您走访人大代表。"代市长不容置疑地说："走访人大代表取消，咱们今天走访这对可怜的老夫妻！""不行！市长！"秘书上来了倔劲顶撞道，"两会召开之前，走访人大代表是最重要的，您别忘了，您的市长前还有个'代'字呢！""如果这对老夫妻反映的问题不能够及时得到解决，我还有什么脸去见人大代表！"代市长的话掷地有声，秘书无奈地摇了摇头。

一辆吉普车拖着长长的尾尘，顺着黑水河向山里疾驶，一路上，代市长面色凝重，不停地抽烟，黧黑的脸庞，越发显得铁青难看。

正是开河的季节，黑水河上游一块块冰凌汹涌而下，迫不及待地撕裂原野，摩擦着、撞击着、倾轧着、摞叠着，泡沫横飞地向远方艰难地奔去，水汽之中似有一群群传说中的黑龙，一会儿探头探脑地窥测着两岸，一会儿嚣张地施展着吓人的淫威。吉普车仿佛是与黑水河赛跑，终于在一个山口处将黑水河甩在了后面，顺着一条土路七弯八拐地一路颠簸，驶进了一个小山村，停在了三间黄泥房前。

他第一个下了车，发现院子里一个枯瘦的老汉正在拾掇农具。

"是姚大爷家吗？"他客气地问。老汉直起腰，泥塑一般望着从车上下来的几个人，苍老的脸上布满了刀刻般的皱纹，目光呆滞，仿佛是个瞎子。"你们是……？"老汉凄然地问。

"姚大爷，我们是市政府的，市长看了您老写给他的信很重视，亲自来看您来了！"他放开嗓音温和地说。

老汉不敢相信自己的耳朵，揉了揉眼睛定睛打量着代市长，由于畏惧，两条腿就像是不会打弯的木棍一样，杵在那里，代市长紧走两步，一把抓住老汉干枯的双手，脸上挂着愧疚的神情，亲切地说："老哥哥，我是新任代市长，今天是专程登门向您道歉的，我们的工作没做好啊，让您受了不少委屈，实在对不起啊！"

"……市长！"老汉这下信了，两颗混浊的老泪从深陷的眼窝里慢慢地滚落下来，激动得两片厚嘴唇翕动着，想说什么，但哽咽得什么也说不出来，这时黄泥房的旧木门咣当开了，一位白发苍苍的老农妇走了出来，恍惚地问："孩子他爹，来客人了？"老汉如梦初醒地一把拉过妻子的手，两眼闪着混浊的泪光，激动地说："救星！老伴，快跪下，咱们的救星来了！"说完"扑通"跪在地上，"咚咚咚"地在地上磕起头来。

代市长赶紧扶起老两口，满脸惭愧的神情，用无地自容的口吻说："使不得，使不得，老哥，老嫂子，是我们当干部的没做好工作，该磕头的是我们啊！"

"市长啊，三年啦，三年没见到我那可怜的儿啦！"老妇泣不成声地哭诉道，"孩子他爹到处找官不见官呀！想不到，市长咋就辛辛苦苦地来看我们了？菩萨显灵了，青天大老爷呀！可得为我苦命的儿子做主啊！……”哭诉声惊天地，泣鬼神，令人撕心裂肺。

一阵哭诉之后，老两口哆哆嗦嗦地拉着代市长的手，将他们请进黑黢黢的屋子，坐在火炕上，你一句我一句地又哭诉起来。

“那是三年前的事情了，”老汉抹了一把眼泪，悲愤地说，“刚插完秧，我儿子就带着几十个小伙子到东州西塘区河滩镇黑水河畔的一个大采沙场打工……”

他听罢心里一紧，因为他知道那个采沙场是常务副市长的小舅子开的，他觉得有必要提醒代市长。代市长显然不知道这里面还有这么复杂的一层关系，听罢脸色更加铁青起来。

“市长啊，”老汉塌陷的两腮痛苦地抽动着，松垂的眼皮里兜着混浊的泪水，酸楚地说，“我儿子领着村里几十个壮劳力足足在这个采沙场干了一年啊，可是老板连一分工资也没给，我儿子领着大伙找老板要工钱，结果老板让保安放出五六条大狼狗见人就咬，保安们也手拿铁棍见人就打，不光我儿子的腿被打折了，村上去的几十人身上都带了伤。我儿子咽不下这口气，伤好后再去讨薪，结果这一去就再也没见人影……”

老汉说到这儿，哽咽着说不下去了，老妇的表情痛苦难言，嘴角一直在颤抖嚅动，泪水一直不停地迸流着，呜咽着说：“可怜我那儿啊，平白无故地被关进了劳教所，老头子气不过，就到市里告，三年多了，老头子跑了市里几百趟啊，家里该卖的都卖了，市长，苦啊！呜呜呜……”

“市长，青天白日，竟然有人如此欺压百姓，也不知俺可怜的儿子是死是活呀！青天大老爷啊，既然您来看我们了，我们……我们说啥好啊，只求求您救救我苦命的儿子吧！……”说完，老汉拽着老伴又要给市长磕头，代市长连忙拦住，强烈的负疚感涌上心头，激愤地一拍炕桌说：“老哥哥，我以代市长的名义，向您保证，我今天就还您一个公道！”说完就让他和秘书分别通知十几个相关部门的一把手立即赶到这里，代市长要现场办公。

就这样，一场别开生面的市长办公会震动了东州官场……

这是我最为感动的一则传闻，只是传闻中并没有提到这到底是东州市哪个县哪个乡哪个村发生的故事。传闻中老汉的姓氏五花八门，我只是选择了其中的一个姓，可是我打听了很多人都说不清这件事到底发生在哪个村子，其实一切貌似合理的生活都经不起推敲。不过，我的确从商政花样翻新的传闻中悟出了小说的味道。我说过，我搜集这些传闻是想创作一部长篇小说，但是我无法将这些传闻都演绎下去，以我对商政的了解，我猜测但凡有一线希望回归仕途，他也不会放弃的，政治犹如美女，连我都有一种与之交合的快感，何况视政治如生命的商政？离开政治，我和商政寻找自我的意义都将丧失，而且不是部分丧失，是全部丧失，荡然无存。因此，我觉得如果让这些传闻像小说一样继续演绎下去，必须让商政回归仕途，当然这种"必须"是我的猜测。尽管是我的一厢情愿，但我却觉得很贴近实际。为了使以后的文字更生动，我们将不再像整理传闻似的模糊人物姓名，而是让各种有名有姓有身份的人物都粉墨登场，如果对号入座的话，传闻中的新任市委书记应该是罗立山。新任代市长应该是廖天北，他的秘书叫郭鹤年。常务副市长应该是王伯寿。一旦人物有名有姓，你们或许会发现生命就是一场即兴演出，所不同的是每个人演的都是他人，而不是自己，为什么在所有的时候，我们都不是自己，而只是一个角色，这正是我试图回答的问题。

2. 四象：猜测

猜测一

做自己还是做一个模仿者？这种哈姆雷特式的问题一直纠缠着我。得到廖天北的赏识，我多么希望能像重生的凤凰一样，找到属于自己的"真正的生命"，然而与从前一样，人生就像一个有活动关节的木偶，注定是一场模仿。我不再想做一个拙劣的模仿者，因为我深知所有赝品都难逃可悲的下场。然而连廖天北都曾感慨地说："商政，你知道做市长最难的是什么吗？就是没有办法做自己。"他都苦于没有办法做自己，我一个小幕僚又如何寻找自我的意义呢？无非是躲在别人的梦里当一个看客而已。对我来说，我做梦都想钻进廖天北的躯体内，展开一场新生活。然而当我第一次尝试着钻进他的梦里时，就深深体会到了他无法做自己的无奈。

那是我被廖天北重新起用的第二天，阳光像被染上了灰蒙蒙的颜色，他为了一对上访几百次未果的老夫妇，亲自登门道歉，并拍着胸脯承诺一定还老夫妇一个公道，为此召集十几个部门的一把手召开了现场办公会。然而问题并没有当场解决，因为那些部门的一把手大多是归王伯寿主管的，采沙场老板又是王伯寿的小舅子，他沮丧地意识到在自己声音后面总有一种嗡嗡的背景噪音不停地萦绕，这让他十分恼火，却又无从发泄。王伯寿在东州经营二十多年了，根基深厚。他虽然是从副省长的位置上派过来的强龙，但是俗话说得好，强龙压不住地头蛇，他着实体味了一次强龙的孤寂和地头蛇的强悍。地头蛇欺的是他这条强龙脑袋上的"代"字，却不知他是个不信邪的人，他拉着架势要给地头蛇一点颜色看看，为此他决定回去后，立即召开常务会议，继续研究解决老夫妇的上访问题。

告别了那对枯蒂莲般的老夫妻，吉普车风驰电掣地向东州城驶去，一路上，廖天北在不停地抽着烟仿佛在极力遏制内心深处汹涌澎湃的内疚，又像是在忍受来自地狱的阴冷的嘲笑声。郭鹤年觉得有必要提醒他几句，便壮着胆子问："廖市长，要不要和王伯寿打个招呼？""没必要，"廖天北没好气地说，"难道他不清楚自己的小舅子每天都在干什么！他小舅子如果没有他这个当常务副市长的姐夫，敢这么无法无天吗？！"一句话噎得郭鹤年再也不敢言语。我们在沉默中急速前行，我抬眼望了望车窗外的天空，一大片灰蒙蒙的寒云压了过来，看来又要下雪了。老大腐败掉后，王伯寿预料到东州的党政班子必做大的调整，他一直有当市长的梦想，为此没少进京搞动作，但是他忙活了半天，还是枉费了心机。廖天北的到来彻底断了他当市长的念想，但是他在东州经营多年，上上下下的关系盘根错节。廖天北一到东州就感到了有一股难以驾驭的势力。我猜想，廖天北大刀阔斧地处理王伯寿的小舅子，而且不跟他打招呼，就是想杀一杀这股势力的煞气，镇不住这股势力，廖天北很难打开东州的工作局面。然而让他没有想到的是，他亲自召集的常务会议并不像他想象的那么过瘾，因为王伯寿早就得知了他进山的消息。王伯寿很清楚，廖天北此行是冲他来的，正所谓来者不善，善者不来，王伯寿更清楚"两会"前夕正值选举，任何负面消息都可能影响选票，为了自己的前途委屈一下自己的小舅子还是值得的，正所谓留得青山在，不怕没柴烧。因此，王伯寿在廖天北尚未出城时就已经下手了。到晚上开会时，老夫妻的儿子已经从劳教所放了出来，而且由市公安局派专车送回了家，几十位农民工的工资也得到了解决。王伯寿还亲自命令市公安局刑拘了自己的小舅子。他还在廖天北返回东州城之前，派人给老夫妻送去了三万块钱，作为他们的儿子平白无故被劳动教养三年的补偿。他如此工于心计，让廖天北非常被动，本来想打一场聚拢人心的漂亮仗，中途却流产了，不仅没有起到敲山震虎的作用，还让王伯寿博得个大义灭亲的美名，廖天北不禁为对手的狡猾与强大而暗自叫苦。

正是在那次常务会之后，廖天北向我发出了"做市长最难的就是不能做自己"的感慨。不过，他还是一直试图按自己的意图做市长的，为此他像一部坦克车似的呼呼往前冲，不讲规矩，不讲套数，甚至不讲人情，为了能做成自己心目中的市长，他连市委常委会也说不参加就不参加，搞得市委书记罗立山不止一次和他拍桌子。党政一把手的矛盾越来越公开化。

最近两个人又弄了个半红脸。那天罗立山下乡检查农村工作淋了雨，回到东州就感冒了，发高烧三十九度，并引发了肺炎，只好住院治疗。刚好郭鹤年老父亲过生日请了假，廖天北带着我去医院看望罗立山。两个人一见面就围绕着东州文化特色的问题戗戗了起来。问题是由罗立山提出来的。当时他的脸颊烧得通红，但眼睛里仍然闪耀着深不可测的目光。罗立山长着个圆脑袋，五官也是圆的，由于长得胖，脸上几乎没有皱纹。给人一种圆熟而亲切的感觉，但这只是表面印象，其实他的气质犹如他的目光一样，于平易近人中透出一种威严，让人不得不敬，又不得不怕。反正罗立山给我的印象就是这样。他当时提出一个非常有意思的问题，就是东州的文化特色是什么？他的结论是除了重工业之外，毫无特色可言。罗立山很想去一去重工业城市傻大憨粗的土腥味。廖天北颇感兴趣地问他怎么去。罗立山的神情似乎是在憧憬着什么，我猜测他脑海中肯定浮现出一幅东州城去掉土腥味的美丽画卷。然而他的神情被突如其来的咳嗽打断了，一阵咳嗽过后，他上气不接下气地描绘了曾经观看西州市国际服装节的情景，最后他用非常向往的口气说："我们是不是也可以模仿西州市搞一个国际服装节？"廖天北听罢脑袋摇得像拨浪鼓似的，他是个特立独行的人，很希望自己管理的城市也能独树一帜，因此当即表示反对。理由是，一个没有文化的城市是没有底气和活力的，文化是一个城市的灵魂。既然是灵魂，就一定是原生态的，跟在别人屁股后面模仿是模仿不出灵魂的。灵魂不可复制，一定是独一无二的。罗立山虽然虚弱不堪，但听到"独一无二"四个字还是勉强坐了起来，因为这四个字不仅锥心，而且刺耳。他深知廖天北是个只想做一不想为二的人，这让他时常有一种危机感。每当廖天北冒出这种思想时，他便毫不犹豫地予以反驳。我感觉这应该是他维护自身权威的本能反应。此时此刻，他的目光是顽固而执著的，尽管他下垂的嘴角挂着微笑，但更像是从面具后面透出来的带着不自信的傲慢。他滔滔不绝地铺陈了一番什么是模仿，无非强调模仿就是最好的学习，然后举例说明计划经济是从前苏联模仿来的，市场经济是我们从西方模仿来的，如果没有模仿，中国会有今天这个局面吗？此时我正站在窗前，窗外挤满人的街道上看起来一片空荡，我看见廖天北的表情就像是被人突然往脸上泼了一瓢冷水似的，我的心蓦地悬了起来。原来犹如蝉鸣的耳鸣变成了河面上冰块相互挤压的声响。廖天北反驳的语气仿佛太阳冲破云层钻了出来，给人一种穿透感。他用反问的方式对罗立山的观点一一驳斥，前苏联模仿了谁？西方发达国家模仿了谁？这些年我们的发展如果说有什么失误的话，首当其冲就是模仿。接着他以东州为例现身说法，如果街上的人不是黑头发黄皮肤，我甚至都不知道身在何国。

然后他铿锵有力地说："模仿出来的东西只能叫赝品，唯有独创才是唯一的出路。"很显然，罗立山无法容忍他的观点，竟然以满大街都是复制品为例，抛出了天下文章一大抄的荒谬观点，强调当今世界不再是圆的，而是平的，难免东方模仿西方，西方模仿东方，他深信每个人都渴望成为他人，而不是自己，成为他人的唯一途径就是模仿。整个世界就是相互模仿的结果。罗立山的观点深深地刺痛了廖天北，从他翕动的鼻翼看，他情绪有些激动，但他仍然没有乱阵脚，而且不失时机地强调道："正因为如此，我们才不能迷失在模仿中。最起码在我的任期内，东州要做自己，要有自己的文化特色。"争论又回到了那个困惑罗立山的老问题，东州的文化特色是什么？或许是罗立山体力不支，这回他没有用咄咄逼人的口吻发问，而是换了一副苦恼的表情。剑拔弩张的气氛似乎缓和了下来，廖天北显然已经找到了答案，但他不急于说出，而是先阐述了一大堆"一个地方的文化就是一个地方的根"的大道理，他认为东州的根是黑土地，还用启发式的语气问："老罗，你知道黑土地的魂是什么吗？"罗立山急于知道答案，他不耐烦地说："你就别卖关子了。"廖天北这才兴奋地抖出了自己的包袱，他说出的答案，连我都不敢相信自己的耳朵，就别提罗立山了。我感觉罗立山呈现出来的表情就像是脑袋被门挤了似的。也难怪，谁能相信黑土地的魂竟然是大秧歌？但廖天北说得眉飞色舞，给人的感觉他坚信不疑。然而罗立山烧得通红的大圆脸宛如火热的太阳突然被乌云遮住了似的，他冷冷地问："你该不会举办秧歌节吧？"他的语气像是害了牙疼病，每个字都像是从牙缝里挤出来似的。廖天北的态度是毋庸置疑的，而且整个人完全陷入一种亢奋的状态，毫不顾及罗立山大失所望的表情，用一种执拗的口吻说："我就是要用大秧歌吸引金凤凰。"罗立山听罢，流露出的表情就像是医生通知他得了绝症似的，脸上的五官好像是临时拼凑起来的，扭曲得极其不协调，我担心如果廖天北继续坚持自己的观点，他的五官随时会分崩离析。可是无论罗立山如何反对，廖天北就是不妥协。土得掉渣的大秧歌在罗立山眼里完全是下里巴人，根本算不上文化，更别谈登大雅之堂了。因此他气得咳嗽不止，也绝不同意。两个人你一言我一语争得不可开交，谁也不肯让步，仿佛来自远方的两头怪兽，在藤蔓交织、邃如深渊的林窟里撕扯着、扭打着。我站在旁边宛若一个吓呆了的小动物，哆哆嗦嗦地躲在杂草丛中，用惊惧敬畏的目光出神地盯着他们。最后罗立山不得不抛出自己的撒手锏，开常委会。廖天北听罢，猛然站起身，用鼻子冷哼一声，抬起眼睑，带着嘲讽的冷笑，不以为然地说："随你的便！"言罢向我一挥手气呼呼地拂袖而去。我尴尬地看了一眼罗立山难看的脸色，心里猛然想起“金鸳鸯三宣牙牌令”时，史湘云接的那句：“双悬日月照乾坤”。

其实我也认为大秧歌登不了大雅之堂，认定大秧歌为东州文化之魂有失偏颇。然而廖天北就是我的庙堂，命运要求我必须对他马首是瞻。自从我跟上他以来，那个一直纠缠我的哈姆雷特式的问题“做自己，还是做一个模仿者”，在我心目中似乎有了清晰的答案。我的体会是命运为每个人都设计好了身份，你只能成为身份，却成不了自己。但廖天北却偏偏要做自己，以至于根本没有参加罗立山主持的常委会。这让罗立山大为恼火，很快《东州日报》就成了讨伐秧歌节的阵地，一篇篇犀利的文章对秧歌节大加诟病，恼得廖天北看了报纸后，每次都将报纸撕得粉碎。那天我刚将一份会议纪要写好，想请他过目，正赶上他看了《东州日报》的文章发脾气，便小心翼翼地给他出了个主意：“何不做一做省报的工作，刚好省报要搬迁，看上了市中心一块地，正想打您的主意呢！”廖天北听罢一双小眼睛顿时一亮，迫不及待地问：“你是怎么知道这个消息的？”我告诉他，我的大学同学欧贝妮是省报的骨干记者，深得社长和总编的赏识，如果我们用那块地做文章，迫使省报发出声音，市报必将有所收敛。我的这番话说得廖天北紧蹙的眉头立即舒展开来，他用非常赏识的口吻说：“在智谋方面，你总是比郭鹤年棋高一着啊！”他不仅采纳了我的意见，而且还叮嘱我私下里做一做欧贝妮的工作，让她写文章时多下点工夫。我诡谲地告诉他，我让贝妮怎么写，她就会怎么写。廖天北听罢，像是从一个不属于自己的躯壳内跳了出来，露出了如释重负的微笑。一个星期后，欧贝妮以一篇《啥节也不如秧歌节》的文章有理有据地论述了“原生态”文化的重要性，文章称，在漫长的岁月中，土生土长的东州大秧歌已经形成了粗犷、豪迈、火爆、热烈、欢快、强劲、自由、奔放的艺术个性和鲜明的地方民族风格，是地地道道的民间舞蹈，具有强烈的时代精神，完全可以代表东州“原生态”文化的魂，吸引全世界的民间舞蹈到东州来，进而形成诚招天下客的良好局面。由于省报发出了声音，廖天北很快在舆论上占了上风。他不失时机地抓紧筹备秧歌节，一个月后，终于在黑水河体育场开幕了。尽管罗立山对秧歌节憋了一肚子气，但他还是如约参加了开幕式。在开幕式上，我观察与廖天北貌合神离的罗立山，竟然觉得他活脱脱就是廖天北的另一个我，一个向往做他人的廖天北。我不知道廖天北是否意识到了这一点，反正我经常会觉得自己变成了两个人，一个向往做他人，一个向往做自己。我认为每个人都是由两个我组成的，只不过有的人的两个我尚被困在一个躯壳内，有的人的两个我已经变成两个人同时存在。

秧歌节成功举办后，我在廖天北心目中的地位提升了。也许我是多心了，我总觉得郭鹤年心里很不舒服。我是个经历过风雨的人，深知今天的位置来之不易，郭鹤年在廖天北当副省长时就给他当秘书，两个人的关系亲如父子，无论如何我都不能让郭鹤年对我有想法，一旦郭鹤年在廖天北面前给我进谗言，后果不堪设想。于是我请郭鹤年吃饭，还特意叫上了孙小波，在市长秘书当中，他们俩的关系是最好的。为了能让郭鹤年开心，我特意给在派出所当所长的大学同学马杰打了电话，想让他在辖区内找个寻开心的地方，我的本意是找个有小姐的歌厅，大家放松放松乐和乐和。马杰却说，这段时间风声紧，还是不去那种地方为好，不如找一家上档次的海鲜坊热闹热闹，一切由他来安排。我逗趣地说："男女搭配，喝酒不醉，能不能找几个女的？"马杰别有深意地说："干吗不叫上贝妮呢？她一个顶十个。"一句话点醒了我，秧歌节贝妮帮了我大忙，我正想请贝妮吃饭，想好好谢谢她，这顿饭刚好是个机会。

我和马杰是大学同班同学，马杰出身武术世家，从小就喜欢打打杀杀的，因此毕业后剜门子盗洞分配到了市公安局，在大学人们都说我和马杰长得很像，为此我们一起照过镜子，尽管我们长得像一个人，但他比我英俊得多。正因为如此，追他的女孩子比追我的多得多。但是这家伙谁都看不上，只追比我们小两届的文学院新闻系的欧贝妮。当时贝妮在全校是数一数二的校花，一对水晶般晶莹的大眼睛充满了夏荷的诗韵，典雅高贵的气质带着些许神秘，摇曳婆娑的体态，玲珑婀娜的曲线，出水芙蓉般妖娆。当时全校的多情才子不知有多少人惦记她，但是欧贝妮是一个很高傲的人，一般的男生是不会放在眼里的。马杰从来都认为自己不一般。在欧贝妮身上不知费了多少心机，全然没有打动这位冰美人，倒是一个初夏的夜晚，机遇垂青到了我的头上。那天晚上校园里幽静极了，和煦的晚风像个顽皮的孩子，轻轻摇曳着圆顶伞槐，像摇动着的一把漏筛，摇碎了天上的月光。上晚自习累了，我一个人溜出教学楼想独自散散步，阶梯教室在学校的西南角，这里林荫树密，灌木丛生，好在路灯通明，更显得林荫小道曲径通幽。可是那天路灯却没有亮，反倒给人一种月黑风高的感觉。我一个人漫不经心地走着，想起朱自清《荷塘月色》里我喜欢的句子："路上只我一个人，背着手踱着。这一片天地好像是我的；我也像超出了平常的终极，到了另一个世界里。我爱热闹，也爱冷静；爱群居，也爱独处。像今晚上，一个人在这苍茫的月光下，什么都可以想，什么都可以不想，便觉得是个自由人。"朱自清这段话特别能代表我此时的心境。就在我一个人独享独处的妙处时，一声女孩子的惨叫惊醒了我，我连忙猫腰向林荫处细看，只见有两个人在不远处的小路上翻滚着、厮打着。我顺手捡起一根木棍便飞奔过去，厮打中的一个人看见有人奔了过来，慌忙推开另一个人，站起身跃上放在旁边的自行车，迅速消失在夜幕之中。我跑过去一看，受伤害的不是别人，正是校花欧贝妮。只见她满脸是血，红色衬衫已被撕开，酥胸半露，呆呆地站着，月光下仿佛是一个受伤的天使。“贝妮，怎么了？那个人是谁?”我慌慌张张地问。“商政，多亏你来了，不然我就被色魔……”我听了贝妮的哭诉心里着实为她捏了把汗。我一边安慰一边让她整理好衣服。“贝妮，不用怕，都过去了，有我呢!”我怜爱地说，心里充满了男子汉的血气。“我让你发誓，今晚的事儿死也不能对任何人说。”欧贝妮突然推开我，目光哀怨地说。我非常理解她的心情，即使她不嘱咐我，我也不会对任何人说的。不过为了让她放心，我还是发了誓：“今晚的事我要是说出去，就不得好死!”我话一出口，贝妮就用手一下子捂住了我的嘴，我能感觉到，此时此刻，贝妮被我打动了，瞬间，这个高傲的冰美人默默地爱上了我。我虽然一直暗恋着贝妮，但从她爱上我的那一刻起，我再也说不出“我爱你”三个字，因为我怕贝妮误会我图她报答，有乘人之危之嫌，便暗下决心忘掉她的爱，只做好朋友。然而，马杰却穷追不舍，贝妮其实对马杰极有好感，但并不爱他，因为自从我英雄救美之后，欧贝妮的心里就再也装不下别的男人了。但是马杰不知道内情，贝妮越是对他冷，他心里的爱火烧得越猛，直到有一天贝妮约马杰走了一次阶梯教室西南角的小路，马杰的爱火才慢慢熄灭。这件事，大学毕业时我才从马杰嘴里得知，贝妮向马杰讲述了那天晚上我和贝妮之间发生的故事，她告诉马杰，她今生今世不会再爱别的男人了，断然拒绝了马杰的爱，马杰这才彻底死了追求贝妮的心。由于我碍于面子也没有接受贝妮的爱，我们三个人从此成了莫逆之交。人类在男女关系上生发出气象万千的故事来，贝妮与我和马杰之间的故事只是其中的一个小插曲。大学毕业以后，贝妮通过父亲的关系去了省报当记者，一直未嫁。我分配到市委办公厅工作。日月如梭，一晃大学毕业十多年了，我却因人生的大起大落而有恍如隔世之感!

贝妮的到来不仅给我们带来感官的享受，更带来了一场精神上的盛宴。由头是由孙小波的模仿秀开始的。孙小波的老板主管文教卫生，这小子由于经常与艺术家们鬼混，学了不少绝活，再加上他天生是个活宝，席间不停地模仿当下流行的几大笑星抖包袱，众人嬉笑之余，贝妮提出了一个发人深省的问题：“你们知道电视上的模仿秀为什么受欢迎吗?”马杰的梦想是成为英雄，他做梦都在模仿英雄，因此他不假思索地说：“因为人生就是一场模仿秀。”说完故意瞥了我一眼，脸上掠过得意的神色，那神情仿佛我是摆在他面前的一面镜子。“马杰的回答很有道理。”贝妮莞尔一笑说，样子宛如娇艳欲滴的玫瑰，“中国人一生下来，父母就为他们定好了目标，就是望子成龙，大部分人认为‘成龙’就是做自己，就是人生的终极追求，于是人们为了‘成龙’便不断地为他人作嫁衣，他人再为另一些他人作嫁衣，忙来忙去，‘龙’没做成，却迷失了自己，殊不知生命中最重要的问题是一个人一生能否做自己，而不是‘成龙’。”贝妮的观点让我的思绪变成了一片沙漠，我艰难地在沙海中跋涉，被炽热的阳光晒得焦渴难耐，却看不见一丝绿色。但郭鹤年的感觉似乎与我截然相反，因为他的目光中涌动着不安分的光芒，他跟随廖天北多年，我深知他深受廖天北思想的影响，果然，他语出惊人地说：“其实生活中绝大部分人都是模特，是有血有肉的假人。”思想的张力仿佛让空气产生了悸动，每个人的内心似乎都受到了激荡，我不失时机地说：“你们别忘了，上帝取了一块泥土，向它吹了口气，便创造了亚当，亚当是第一个有生命的假人。按照《圣经》的说法，亚当是人类的先祖。”我的话似乎刺痛了孙小波的神经，话音刚落，他就发出了便秘似的嗤笑，眼神犀利地看着我说：“亚当算什么先祖，不过是人类创造的一个偶像，西方人是亚当的传人，而中国人并不认同亚当，我们是龙的传人。”马杰是个性情中人，或许是职业的缘故，几杯酒下肚，他周身的空气都会噼啪作响，此时他侧着脑袋用审视犯罪嫌疑人的眼神看着孙小波，嘴角带着一抹微笑反驳道：“小波，别忘了你儿子和我儿子都是吃肯德基、比萨饼长大的，你看看街上的女孩子还有几个是黑头发，圣诞节都快变成情人节了。”马杰的观点明明和贝妮截然不同，但他就像特意为贝妮做注脚似的，这让我心里酸溜溜的，感觉自己就像是一头抢不上槽的蠢猪。当然贝妮并未察觉我的情绪，但是她一句“阿杰观察得还挺细”，让我有一种如鲠在喉的难耐。她微笑着说：“你们男人不喜欢逛街，不过我们女人最大的爱好就是逛街，商店橱窗里的模特都是按西方人的脸制作的，有的模特甚至是一张模糊的脸，只有一个隆起的鼻子，但那鼻子绝不是东方人的。还有各种化妆品、服装广告基本都是好莱坞明星。我认识美术学院的一位教授，他是著名画家，据说中国有十万人在仿他的画，他的画每幅都在几百万，甚至上千万。在北京一个著名的艺术品拍卖会上，他的一幅画起拍价就超过了千万，他听说后立即赶到了拍卖会现场，因为那幅画是假的，是别人仿的，为了对收藏者负责，他当场指认那幅画是假的，结果被当做疯子给轰了出去。你们说好笑不好笑？”贝妮的话让我有一种戴着面具的感觉，好像在座的每一位的脸都是假的，我下意识地摸了摸脸，似乎想试探一下自己的脸上是否有一层薄如蝉翼的隔膜，我一边摸着脸一边慨叹道：“这可真是‘假作真时真亦假'呀!"孙小波由于经常模仿笑星,脸上时常流露出某个笑星的神情,我断定他已经找不到属于自己的一张脸,果然他一双小眼睛闪动着贼头贼脑的目光,模仿着某个笑星半男不女的声音,嬉笑着说:"我也有个打眼的故事。我有幸参加过一次电视台举办的鉴宝节目,瓷器组专家对一个青花瓶大为赞赏,认定是元青花。搞古玩的都知道,元青花少之又少,非常珍贵,观众席上有一位年过七十的老爷子发言说,你们弄错了,这个元青花是件仿品,并讲了自己的几点理由,专家组的几位专家不以为然,还讥笑老者是不是上了年纪眼花了,老者一气之下走上台去二话没说拿起青花瓶就摔在了地上,全场都被惊得目瞪口呆,老者却从容地捡起一块瓷片递给专家说,你们瞧好了,这是老朽的名号,这个瓶子就是在下仿的。羞得那些专家无地自容。"马杰由于贪杯,情绪颇为高涨,说话的声音与空气碰撞时仿佛产生了电火花,他如饥似渴地喝了一大口酒,喘着粗气说:"就拿东州的城市建设来说吧,越来越像西方的城市,草坪是引进的外国草,雕塑是抽象派的,建筑是土不土洋不洋的高楼大厦,连路灯都是欧式的。还别说,就大秧歌是东州的本土文化,可是大街小巷没有不骂秧歌节的,都认为有损东州形象。这说明什么?这说明东州人不再想当东州人了,他们想做他人。"一提到秧歌节,我和郭鹤年不约而同地敬了贝妮,放下酒杯后,郭鹤年长叹了一声,很显然,马杰的话让他颇为感慨,然而郭鹤年是个喜怒不形于色的人,如此外露自己的情绪颇为反常,我正低头思忖之际,他竟然对我说出了一番更为反常的话:"商政,当着几位好朋友的面,我跟你说几句掏心窝子的话,你可能觉得我这几天情绪不太对劲,以为我对你有看法,其实你小看兄弟了。我跟廖市长的年头也不短了,从他当副省长时我就给他当秘书,深知他的梦想就是实现自我,但是在官场,自我就是乌托邦,我甚至怀疑在这个世界上真正成为自己的人是否存在。一个人如果没有自己的声音、自己的故事、自己的梦想,怎么可能做自己?我们只是些为他人作嫁衣的人,还是实实在在地活着为好。我算看透了,即使我们当了这个长,那个长,也摆脱不了提线木偶的命运,我们摆脱不了,廖市长同样摆脱不了。既然我们在官场做不了自己,还不如到商海里闯一闯,说不定能发现一个新人生。"孙小波脑子活,他一下子就听出了弦外之音,连忙插嘴问:"鹤年,听你这口气你是有想法了?"我的神经顿时绷紧了,因为郭鹤年的命运和我的命运息息相关,我尽量用优雅掩饰着内心的紧张,眼神中却流露出一触即发的警惕。郭鹤年淡然一笑说:"不是我有想法了,而是我遇上了一个大机遇。今天上午廖市长会见泰国大洋集团董事局主席柴康林,两个人定下了一件事。大洋集团要在东州市挑选二十一名正处级干部充实到他们在中国的分公司做总经理助理，这是他们实施的本土化战略，其根本用意在于，经过一段时间的培养锻炼后，替换掉高新聘请的外籍总经理。当然廖市长的用意是为东州培养一批外向型干部，因此定了三年的时间，三年后，这批人愿意留在大洋就留，不愿意留还可以回东州，组织部重新安排职位。我决定了，绝不放过这次机遇。"孙小波听罢，脸上顿时露出惊叹、羡慕、渴望，甚至嫉妒的神情，我更是不敢相信自己的耳朵，孙小波唉声叹气地说："太可惜了，我只是副处级，不然我也不放过这次机遇。不过，商政，你可以试一试。"马杰瞥了我一眼，脸上浮现出一抹称不上敌意的怀疑，仿佛他是我创造出的一只"眼"，悬在我头顶上，目的就是怀疑我。接下来他说的话恰恰是另一个我想说的。"你们是不是疯了？"他不解地说，"你们都是市长身边的红人，前途无量，干吗要放弃大好前程呢？"我感觉贝妮宛如一面会移动的梳妆镜，将每个人的心事都映照出来，不仅我从镜子里惊讶地看到了自己，仿佛在座的每一位在她面前都露出了真面目。她看了一眼郭鹤年，妩媚地笑了笑说："这就叫人各有志，看来鹤年是受廖市长影响也想做自己呀，只不过觉得连廖市长都做不了自己，何况自己是个小秘书，于是想另辟蹊径，到商海里闯一闯，我说得对不对？"郭鹤年宛如一架突然被奏响的钢琴，脸上挂着觅到知音的快感，心底流出激荡悦耳的共鸣。他心悦诚服地说："贝妮可真是花神转世，一下子就看透了我的心思。"马杰的脸在贝妮洁白无瑕的脖子的辉映下，挂着诡谲的微笑，他开玩笑地说："鹤年，你可别夸她了，什么花神转世，我看是狐狸精下凡！"一句话逗得众人哈哈大笑。

大家分手时已经是半夜时分，回家的路上，我坐在出租车里，心里一阵窃喜，心想，郭鹤年如果真的去了大洋集团，我就成了廖天北身边最值得信赖的人，说不定还会处长、秘书一肩挑呢。想到这，我忽然发现，我活着就是为了成全商政，原来我和商政不是一回事。我不过是寄身于商政的身体里，活着的意义似乎只是为了让商政做不成自己，那么我是谁？我的命运为什么要和商政联系在一起？我和商政究竟谁是真人，谁是假人？莫非我就是寄身于商政身上的那个偶像？不，不可能，博尔赫斯说，偶像是最大的罪孽之一，而我并未犯过罪，我只不过是含有一些神的灵性罢了。

我的预感应验了，郭鹤年果断地抓住了他所说的大机遇，去了厦门，我也如愿以偿地处长、秘书一肩挑了。我又重新找到了当市委书记秘书时的感觉，不过只是找到了感觉，并未找到自我。不过自从秧歌节成功举办后，东州城大有万商云集之势，七八个月时间签了近千个项目，廖天北的情绪高涨，似乎还真找着点自我的感觉。

临近年底，柴康林再次莅临东州，廖天北在市招商局副局长许莉莉的陪同下，在市迎宾馆宴请柴康林一行。席间许莉莉左右逢源、格外活跃，宛如一个明亮的发光体，粉嫩的脸蛋和白皙的脖子，在灯光的辉映下，整个人仿佛都在熠熠闪光。许莉莉从政前是大学副教授，教英语的，三十七八岁，属于第一眼看着很一般但越看越有味道的那种女人，皮肤白如凝脂，说话语调柔媚，颇有些交际花的魅力。不过我总认为这只是做他人的她，做自己的她躲在一副绝妙柔嫩的躯壳内，无法触及。不过还是有人成功突破了她的娇美的躯壳，触及到了真实的她。这个人当然是廖天北。我还是接了郭鹤年的秘书职位后，逐渐看清廖天北与许莉莉之间的暧昧关系的，不过他们之间到底暧昧到什么程度，我心里还没数，一直想找个机会试探试探。我敢断定，他们之间绝不是那种无限接近却永不越轨式的关系，因为我发现廖天北的公文包里经常塞着一瓶叫做“春江花月液”的保健品。

一场大雪让城市在人们心头凝固，雪夜给我们的最大启示就是里尔克的信仰：“黑暗啊，我的本原。”我一直思索许莉莉在廖天北心目中究竟算作什么，但百思不得其解，还是这场大雪让我猛然明白，许莉莉犹如廖天北的信仰，她像欧律狄刻一样从黑暗中走来，只是不知道廖天北为什么就比俄尔普斯幸运？正因为如此，我对许莉莉的一切都感兴趣。

每年的春节前夕，廖天北都要到东州市的重要地段看望堵卡的公安干警，今年也不例外。唯一例外的就是晚上车队出发时，廖天北乘坐的中巴车内，除了相关单位一把手外，还多了妩媚动人的许莉莉。谁都知道这次慰问活动与市招商局毫无关系，而且各单位来的都是一把手，许莉莉只是个副局长，因此她一上车便引来许多疑惑的目光。当然只有我心里有数。难得有机会和许莉莉坐在一起，因此我不失时机地坐在了她的身边。透过车窗，一辆辆铲雪车正在作业，那闪烁的琥珀色灯光似乎是想把凝固的积雪点燃一般。我斜睨了一眼许莉莉，她的脸、脖子是那么白皙，简直能透出玫瑰色光泽来。我套近乎地说：“许姐，我第一次见到你的时候，就觉得你像一个人。”她自信地一笑问：“谁？”我摇摇头说：“究竟像谁我也拿不准，许姐，你心目中有偶像吗？”她妩媚地一笑说：“人人心目中都有偶像。”我好奇地问：“那么你心目中的偶像是谁？”她柔美地说：“有过一个神话传说，一位清丽动人的水仙姑娘，由于孤芳自赏，顾影自怜，天天在水边欣赏自己的倒影，最后终于爱上了水中的影子，投水自尽了。”我恍然大悟地问：“许姐，临水照花人该不会是你吧？”她莞尔一笑否认道："我哪儿有这份自信，不过确实有一位红极一时的女作家就是这样的人。"我好奇地问："谁会把自己作为心目中的偶像呢？"许莉莉用崇拜的口吻说："当然是零落成泥碾作尘，只有香如故的张爱玲了。"我如被点醒一般地脱口而出："许姐，我觉得你特像一个人，其实就是张爱玲啊。"许莉莉叹息道："商政，不瞒你说，张爱玲不过是我的一个梦，我知道我不可能成为她，想要成为另一个人是要有决心的，人生最痛苦的就是你想做另一个人却做不得，而只能模仿，人生下来就不停地模仿，模仿父母、模仿老师、模仿英雄、模仿书中喜欢的人物、模仿影视剧中的主人公、模仿自己喜欢的任何人，模仿得久了，也丢失了自己。然而，人生是不能重来的，我之所以崇拜张爱玲是因为她从来都不模仿任何人，只做她自己。"我仔细想了想张爱玲的人生，充满了特立独行的痕迹，还真是个做自己的典型。以前我一直认为许莉莉不过是个被张爱玲称之为"猫"的俗女人，听了她这番见解，我还真有些刮目相看了。

此时车队停在了高速公路零公里处，这是全市最重要的也是最大的堵卡点，荷枪实弹的干警足有四五十人，而且有十几条高大威猛的警犬条条伸着长舌头，露着锋利的牙齿。廖天北下车后与干警一一握手，当握到最后一个干警时，廖天北用手拍了一下他的肩膀，意思是说，小伙子真棒！没想到小伙子牵着的警犬不干了，猛地往前一蹿，狂吠了起来，廖天北猝不及防，一个屁股蹾儿摔在了地上，在场的人都吓坏了，赶紧围上去搀扶，那个警察更是吓得手足无措，紧紧抓住牵狗的牛皮绳一边吆喝一边拍警犬的脑门子，警犬这才老实下来，重新蹲坐在小伙子身边。其实场面很滑稽，但谁也不敢笑。慰问活动一直到下半夜一点钟才结束，大家坐着中巴车一起回到市政府大院，陪同领导分别坐着自己的专车消失在夜幕之中，廖天北对我说了一句："商政，累了一天了，不用等我了！"说完和许莉莉一起走进政府办公大楼。我仰望着刚刚亮灯的市长办公室，心想，廖天北今天让狗吓得摔了一跤，是不是有什么预示呢？便情不自禁地想起张爱玲《读女人》中的一句话："女人与狗的唯一分别就是：狗不像女人一般地被宠坏了，它们不戴珠宝，而且——谢天谢地！——它们不会说话！"这么一想，我脑海中全是许莉莉的倩影，很显然许莉莉太会说话了，她会不会被廖天北宠坏了呢？

大年初三，常委们携家属在警官俱乐部搞联欢。互相拜年后，罗立山和廖天北饶有兴趣地谈起了春江花月液，两个人对这种保健品啧啧称赞，自从廖天北喝了春江花月液之后，不仅满面红光，而且白头发也变灰了，大有变黑的趋势，没想到罗立山的气色比廖天北还要好，两个人切磋了一番保健心得之后，话题一下子转到了象棋上，两个人棋逢对手就战在了一起。不知为什么，廖天北棋运不佳，连输三局，脸色顿时黑了起来，就在罗立山洋洋自得之时，廖天北鸡皮酸脸地喊我，此时我正陪王伯寿打台球，我拿着台球杆就跑了过来，廖天北不怀好意地说："老罗，你别得意得太早，敢不敢和我的秘书下几局？我让他用马将死你，他就不会用炮将死你，你信不信？"罗立山揶揄道："天北，我看你是黔驴技穷了吧？常言道，兵来将挡，秘书只能算个卒啊！""老罗，"廖天北爽朗一笑说，"商政可是个过了河的卒子，不信你就试一试。"又转身对我说："商政，我命令你第一局用马将死他，第二局用炮将死他，第三局用车将死他。"说完哈哈大笑，然后接过我手中的台球杆去和王伯寿打台球去了。难得有机会给罗立山留下点印象，我心想，廖市长你就瞧好吧！要是按以往陪领导下棋的经验，我一定会让领导三局两胜，而且胜得非常艰难，这样才能吊足领导经常找我下棋的兴趣。我就是这样让老大欣赏并喜欢上我的。然而今天下棋的意义似有不同，廖天北对我有知遇之恩，我必须为他挽回面子。尽管罗立山的棋艺在市领导中算是上乘的，但是与身陷囹圄的老大相比还是略显逊色，头两局我故意表现出赢得很艰难的样子，但完全按廖天北的意图，第一局用马将死了他，第二局用炮将死了他，罗立山本来没把我放在眼里，此时用惊异的目光看了我一眼，然后点了一支烟，一边摆棋一边漫不经心地问："商政，看来我是小瞧你了，咱们下棋时，我并没有感觉到你的棋艺高我多少，怎么就不知不觉地赢了我呢？"我故作谦逊地说："其中的道理其实很简单，就是下棋时不想自己的身份，我不把您当做书记，而是当棋手，我也不把我当秘书，只当做自己。"罗立山饶有兴趣地问："这么说我输是因为我考虑身份考虑得太多了？"我谦和地笑着说："您在下棋时，是在用市委书记的身份跟我下棋，而不是您自己在跟我下棋。"罗立山略显惊异地笑着问："你觉得一个人真能做自己吗？"我意味深长地说："忘掉身份或许有可能。"罗立山思忖着问："如果人没有办法做自己怎么办？"我不假思索地说："如果我不可能做自己，那么我就做他人。"罗立山不露声色地问："什么样的他人？"我看了罗立山一眼，在他没有察觉的情况下，通过小卒配合用车将死了他，然后不露声色地说："你看这三局我完全是按廖市长的部署执行的，现在我的任务完成了，如果您问我做什么样的他人，我的回答很简单，我做领导让我做的人！""好小子，"罗立山一拍大腿说，"怪不得市委办公厅很多人说你不简单，你还真是不简单，我问你，"说着罗立山压低声音问，"跟着我怎么样？如果你同意，我去跟廖天北要人，不瞒你说，我身边就缺你这样的人才。"我听罢心里咯噔一下，不知道罗立山怎么突然冒出这么一句话，便嘻嘻笑着打马虎眼说："您可真会开玩笑……"话没说完，只听背后有人问："开什么玩笑呢？"我转头一看正是廖天北，连忙起身说："廖市长，我完成任务了。"廖天北得意地笑着问："老罗，领教得怎么样？"罗立山用惋惜的口吻说："天北，依我看，好好一个人才让你用糟了……"我一听罗立山要拿我说事，连忙谎称去洗手间躲开了。心想，罗立山问我"跟着他怎么样？"不像是跟我开玩笑，他葫芦里究竟卖的是什么药？我还真得仔细琢磨琢磨。

我向罗立山承诺，如果我不能做自己，就做领导让我做的人。其实我在给老大当秘书时就是这么做的，原以为跟着廖天北这个一心想做自己的市长或许真的能够做自己，却发现其实每天呈现在我面前的他不过也是一个演员而已。关于这一点我也是在廖天北陪陆老视察白山县时悟出来的。那天上午，我接到省委办公厅通知，说是下午一点半，原省委组织部部长陆香梅去视察白山县，点名请廖天北陪同。我赶紧向廖天北汇报。他连忙要求我推掉所有工作，全力安排好陆老视察事宜。其实下午已经安排好了到东州最大的棚户区开现场办公会，既然廖天北让推掉，我也只好通知市建委取消这次会议。廖天北之所以如此重视陆老视察白山县，是因为他能有今天完全是陆老的老伴、原清江省委书记王峰一手栽培的，也就是说一心想做自己的廖天北能走上今天的领导岗位，是按照王老和陆老的要求一步一步进步的，是典型的按照领导要求做人的人。王老和陆老早年在白山县一带打过土匪，这次陆老去白山县是省电视台要拍一部反映剿匪的纪录片。有陆老几个镜头，本来在北京的家里拍几个镜头说说也行，但陆老越是年纪大越是怀旧，就跟摄制组商量能不能实地拍摄，摄制组当然求之不得。就这样，陆老到了东州，这两天一直是省里接待。

驱车不到一小时，就进入白山县县界了。廖天北陪着陆老坐在奥迪车里，谦和地听着陆老讲当年在这一带剿匪和搞土改的故事。陆老虽然已经年逾古稀，但保养得白白胖胖的，是个很富态的老太太，同时又不乏老干部的风度。这一带盛产水蜜桃，四野低矮的山丘上，栽满了桃树，正是桃花盛开的时节，远远望去一片片的粉红，宛若云霞。山丘间是开阔的田野，正是水稻插秧前期，农民们正在田野间整地。车队穿村而过，桃树几乎扫着车顶。很快就到了桃源村了，远远的就见村口聚了好些人，都是县乡村里的头头脑脑。车一停下来，廖天北扶陆老刚下车，那些头头脑脑就围了上来。廖天北简单做了介绍，陆老一边说"同志们辛苦了"，一边与县乡村的头头脑脑们握手，这些人都异口同声地说："老领导辛苦了！"这时，有位老汉赶着马车路过，陆老感慨地说："几十年没碰马车了，剿匪和土改时我常赶。"廖天北连忙讨好地说："陆老，要不咱们先坐马车考察一圈桃源，看看跟您当年剿匪时比变化有多大?”陆老高兴地说：“好哇，好哇!”村支书一听连忙派人去套车，不一会儿赶来两架马车，我和廖天北扶陆老上了前面的一架马车，县乡村的干部上了后面的一架。车老板喊了一声“驾”，马车围着桃源村转了起来，后面跟着一群看热闹的村民，摄制组开着面包车跟着抢镜头。村里的狗也不知出了什么大事，也跟着人群跑，不停地狂吠。陆老情绪激动地说：“天北，这里的群众一点都没变，和剿匪那会儿一样好!”转了大半个村子，马车来到一座土坯房前停了下来。廖天北扶陆老走进了这家院子，这时从屋子里出来一位面容苍老、体态精瘦的老太太，手里拄着一根拐杖。村支书高声说：“李奶奶，领导们来看你了!”老太太受宠若惊地招呼道：“快屋里坐！快屋里坐!”这时县委书记塞给廖天北一个信封，廖天北塞给了陆老，陆老当时就明白了，进屋后，陆老亲切地问：“老姐姐身体可好啊?”老太太热情地回答：“好啊，就是上了年纪腿脚不利索。”两个人坐在炕头上，陆老把信封塞给老太太，深情地说：“老姐姐，这是我的一点心意，要多保重身子骨啊!”老太太也不客气，乐呵呵地揣进了怀里。摄制组见陆老和老太太坐在炕沿儿的镜头很好，就让老太太配合陆老拍些镜头，老太太觉得挺新鲜，还挺配合。可是拍了半天，摄像师说光线太暗，靠窗户前坐着好，老太太只好又陪陆老坐在窗户前的椅子上拍了半天，陆老嘘寒问暖还是那些话，结果光线还是不理想，导演建议陆老到院子里拍。老太太只好拄着拐杖陪陆老到院子里坐在一条板凳上拍了半天，陆老车轱辘话又说了一遍，老太太的脸色明显表现出了不耐烦。结果导演又建议到院子里开花的桃树下再补几个镜头，老太太终于急眼了，用力戳着拐杖说：“你们是看我老太太的，还是来折腾我老太太的？看我老太太好欺负耍着玩怎么着?”说完就用拐杖往外轰众人：“走吧，走吧，我老婆子用不着你们看。”场面尴尬极了，等老太太气哼哼地回屋后，廖天北挂不住脸了，他对摄制组吼道：“你们以为这是拍电视剧呀，没完没了的，乱弹琴!”话一出口，围观的村民都哄堂大笑起来。我环顾四周，还真觉得围观的村民像是些群众演员，很像是从电视剧里走出来的人。我心想，谁说一个人不能做自己，刚才那位李奶奶明明就是一个本真的老太太，就是一个真实的自己。在回东州的路上，我一直在想，那个老太太为什么能够做自己？我为什么不能做自己？廖天北为什么不能做自己？那些县乡村的头头脑脑为什么不能做自己？答案似乎仍然无法找到。

晚上我躲在书房里整理工作日记，脑海里仍回想着在桃源村的情景，心想，在伊甸园里，人类一直是幸福的，直到有一天他们去寻找自我，莫非自我是座迷宫？想到这儿，我站起身伸了个懒腰，从书房里来到阳台上，一弯新月高悬天空，笑眯眯地望着人间的原罪。我点上一支烟刚刚抽两口，突然发现对面楼的一扇窗户开着，一个胖男人肩上搭着一条毛巾正赤裸身体与一个年龄与他相差很大的瘦女人做爱，女人的两条大腿伸成 V 字，我几乎能听见胖男人呼哧呼哧的声音，和女人爽快的呻吟声，看两个人做爱投入的样子，我断定他们不是夫妻，但是从他们的忘我神情看，我似乎进一步明白了什么是自我，或许自我不是迷宫，而是禁果！

为了验证“自我是禁果”的判断，我一直想利用廖天北与许莉莉之间的暧昧关系验证一下，但苦于没有合适的机会。第二届秧歌节之后，机会终于来了。

那天廖天北开完市长办公会一进办公室，就对我说：“商政，有什么休闲项目吗？这一段我累坏了。”我心里一阵窃喜，心领神会地说：“我听说您枪打得特别好，读大学时是校射击队队员，我知道个射击俱乐部，档次非常高，风景也好，在南州市，如果您同意，我安排一下，周末咱们去那休息休息，好不好？”廖天北颇感兴趣地问：“有这种地方？”我诡谲地一笑说：“当然有了，如果您同意，我通知许姐一起去，陪您散散心。”廖天北会心地一笑说：“混小子，好了，周末我就交给你了。”我领了任务以后，赶紧给马杰打电话。让他和南州射击俱乐部联系一下。我之所以让马杰联系，是因为这小子经常去那里度周末，和老板早就混熟了。马杰没想到他一个小小的派出所所长会有机会陪市长去度周末，有点受宠若惊，仿佛遇上了天上掉馅饼的大机遇，一再向我表示，保证让我露脸。其实我听得出来，他是想抓住机遇自己露露脸，这小子做梦都想往上爬，就是苦于上边没有人，一直央求我将他推荐给廖天北，这次我将廖天北度周末的事全权交代给他来安排，他当然以为我是在帮他，自然心存感激。

星期五上午，廖天北在办公室处理完日常工作，我也把手头的文件整理完毕，中午我们在市政府食堂吃完饭后，廖天北在办公室休息了一个小时。下午一点半，马杰开了一辆紫色的别克面包车进了市政府大院，按我的意思，他已经把许莉莉接到了车上。天太热了，廖天北醒了以后，我给他投了一条凉毛巾，他擦了把脸问：“咱们该走了吧？”我微笑着说：“车已经在楼下等你了。”

廖天北刚走出市政府大楼，马杰就把车开上了大楼门前的缓坡台。我和廖天北上车后，发现许莉莉今天穿了一件特别刺眼的裙子，大红颜色的底子上面，是大朵大朵白颜色蓝颜色的花，这样扎眼的花色在平时她是绝对不敢穿的，不过许莉莉一向是喜欢自己设计服装的，她将女性的服装应在哪里突出美，应在哪里表现美，琢磨得玲珑剔透。我笑着恭维说："许姐，你越来越像张爱玲了。"许莉莉得意地说："是指我这件裙子吗？我还嫌它不够特别呢。"我心想，这个一心想做张爱玲的女人也只有在这种场合才会显露个性。廖市长一上车就说马杰长得像我，简直就是一个人。我得意地说，朋友们都说马杰是我的影子。马杰却大言不惭地说："也有人说我是你的灵魂的。"廖天北听罢哈哈大笑地说："这么说，你们两个不仅是一个人，而且是两个我喽。"一句话，说得我们全都笑了。

车在高速公路上飞速行驶着，马杰在车载CD里放着理查德·克莱德曼的钢琴曲，不到一个半小时就到了南州市，穿过市区，又开了半个多小时，来到一处码头。大家下车后，我向廖天北介绍说："这里叫莲湖，湖中心的小岛就是射击俱乐部，现在咱们坐船去湖心岛。"望着四周的旖旎风光，廖天北感叹道："这里还真有点世外桃源的味道啊！"马杰把车存在了码头停车场配备的车库里，我们四个人登上一艘快艇，飞速向湖心岛驶去。

十五六分钟后，我们就登上了湖心岛。放眼望去，真可谓是"接天莲叶无穷碧，映日荷花别样红"。在岛上，建有十几幢新颖别致的木屋别墅，水榭格调，高雅脱俗。由于木屋别墅的五分之四临水，似泰国的"高脚屋"，所以能让人在拥抱大自然的同时，充分享受钓鱼不出门的乐趣。

马杰事先订了三间木屋，他的用意是廖天北和许莉莉各住一个木屋，办手续时我没征求廖天北和许莉莉的意见，就退掉了一个，因为一路上我发现许莉莉对廖天北的柔情蜜意是化不开的甜，又悠悠地带着一丝冷，有一种南方雨季湿乎乎的感觉。这种美的享受可以化掉廖天北所有的烦闷和苦恼。果然我的安排廖天北和许莉莉都很满意。

木屋别墅的设施绝对是五星级的，分楼上楼下两层，楼上是卧室，楼下是客厅、餐厅和厨房。走进别墅，我殷勤地说："廖市长，您和许姐先洗一洗，今晚晚饭我和阿杰做，一会儿，你可以坐在门口给我们钓两条鱼，晚上做下酒菜。"廖天北开心地说："商政，这个地方选得好，有意思，有意思。"我和马杰离开廖天北和许莉莉的木屋别墅，晚霞已经红透了半边天，我们来到自己的别墅，简简单单地洗了洗。然后我大包大揽地说："阿杰，你就一件事，把钓鱼竿准备好，一会儿陪廖市长钓鱼，剩下的事我全包了。"说完我就进了厨房。

二十分钟后，廖天北穿着休闲T恤衫和大裤衩子，趿拉着拖鞋走了过来，马杰给廖天北准备好了鱼竿，廖天北兴奋地坐在门口木廊的折叠椅上优哉游哉地钓起了鱼。不一会儿，一条活蹦乱跳的大鲤鱼就上了钩，马杰把大鲤鱼从钓钩上摘下来，放在塑料桶里，又重新给鱼钩上了鱼饵，这时许莉莉穿一件白纱裙风摆荷塘地走了过来。廖天北连忙起身邀请说："莉莉，你来试试！"许莉莉妩媚地摆了摆手说："我不行，我不行。"廖天北哈哈大笑道："试试嘛。"许莉莉只好接过鱼竿坐了下来，想不到刚抛下钩入水，鱼就上钩了，而且是一条长着两根胡须的大鲇鱼，两个人手忙脚乱地将鱼弄上来，木屋内充溢着许莉莉甜美清脆的笑声。我还从未见过廖天北如此放开过，更是看见了一个别样的许莉莉，心想，看来每个人身上都藏着人性的秘密，这秘密是不是我苦苦寻找的自我呢？钓完鱼，廖天北大声对厨房里正忙着的我说："商政，我们出去走走。"说完便和许莉莉手牵手地出去了。

两个人走后，马杰进厨房给我打下手，我俩忙活了一个多小时，饭菜终于上桌了。这时廖天北牵着许莉莉的手有说有笑地走了进来。一进门两个人就说"香"，我得意地问他们，喝点什么酒？廖天北爽快地说："来瓶红酒吧。"马杰从酒柜内拿出一瓶拉菲，"嘣"的一声启了瓶塞，给大家满上，廖天北端起酒杯豪放地说："这可真是'红藕香中酒味，碧萝阴里琴心'，人生享乐也不过如此呀！来，咱们大家干一杯。"许莉莉抿了一口红酒娇媚地说："此情此景，不知道张爱玲在此会作何感想？"廖天北看许莉莉的目光像是在欣赏一道美丽的彩虹，满脸的幸福状，他戏谑地说："当然会说，你们男人没有一个好东西，'娶了红玫瑰，久而久之，红的变成了墙上的一抹蚊子血，白的还是床前明月光；娶了白玫瑰，白的便是衣服上沾的一粒饭粒子，红的却是心口上一颗朱砂痣'。"话一出口，我和马杰被逗得哈哈大笑。我接过话茬说："张爱玲用这句话是形容男人至少有两个女人，其实无论男人还是女人都是由两个我组成的，一个主体的我，一个欲望的我。"红酒染得许莉莉脸色绯红，显得越发妩媚动人，她莞尔一笑说："商政，我并不敢苟同，一个人连一个自我都是空的，又怎么会生出两个自我呢？赫拉克利特说，'一个人的性格就是他的守护神'，可是体制早就取代了人的天性成为我们的守护神，人的天性没有了，又怎么可能有自我，没有自我，就只能做他人，我的偶像是张爱玲，你们呢？"马杰像个忠实的追随者，脸上带着讨好的微笑，插嘴说："我同意许姐的观点，我觉得自己就是一只破皮球，必须用他人这个充气筒不断充气才能保持外形，从某种程度讲，一个人是否成功是用他人的标准来评判的。因此做自己，不如按照他人的标准做别人。许姐的偶像是张爱玲，我的偶像是侦探小说中的英雄，比如福尔摩斯。"廖天北似乎进入了某种神灵的境界，呼吸低沉缓慢，神色志得意满，他不以为然地说："我问你莉莉，就让你完全作为张爱玲，生活在她那个时代，嫁一个汉奸丈夫，暂短的婚姻结束后，不仅凋谢了心，惊世骇俗的写作才华也随之而逝，你真愿意做这样的张爱玲吗？我再问你马杰，福尔摩斯不仅是个大侦探、大英雄，也是个性格尖刻、傲慢的吸毒者，何况他还是小说中虚构的人物，如果真让你完全成为福尔摩斯，你真愿意像他一样生活吗？如果你们从身体到灵魂都成为你们心中的偶像，整个变成了另一个人，不就是没有自我了吗？难道你们真希望你们在这个世界上没有了吗？"廖天北说完似笑非笑地看着我们仨，仿佛我们都是找不到自我的小丑，只有他才是达到无限未知彼岸的先知。我心领神会地说："廖市长的意思是每个人都应该为自己成为怎样的人负责，对不对？"水色的晚霞透过窗户射进来，为每个人的脸上增添了一层朦胧的光晕，屋子里的场景宛如印象派画家的作品，许莉莉无疑是这幅作品的中心人物，她在我们心目中不仅是张爱玲，更像是白雪公主，尽管围在她身边的只有三个小矮人，她娇嗔地反驳说："'自我'并不是每个人一出生就拥有的，难道不是不断模仿的结果吗？我认为每个人正是在想成为他人的过程中，实现自我的，他人即是镜子，人生活在社会关系里，怎么可能不受他人的影响呢？"我知道马杰从骨子里赞同许莉莉的观点，他瞥了我一眼后，试探地问："廖市长，像您这样事业上成功的人算不算实现了自我？"其实，这正是我憋在肚子里一直想问的问题，马杰这家伙总是能窥透我的心思。廖天北意味深长地说："耶稣说，一个人得到了整个世界，却失去了自我，又有何益？因此，所谓世俗意义上的成功并非实现了自我，或许离自我越来越远，真正想实现自我谈何容易呀，大家还是用笛卡尔那句'我思故我在'自勉吧。怎么样，大家为'我思故我在'干一杯？"于是大家都举杯响应并都一饮而尽。

这时我发现许莉莉坐在那儿有一种不动声色的美，简直是对廖天北的一种衬托，她给人的感觉是冷艳的，但却分明是廖天北的光源。

吃完饭以后，廖天北和许莉莉回了自己的别墅，我与马杰简单收拾了餐桌，坐在木屋前的木廊上，望着静静的湖水，享受着弥漫着荷香的空气，一边抽烟，一边闲聊。马杰羡慕地说："商政，廖市长连搞女人都不背着你，说明他已经非常信任你了，看来你小子将来前途无量啊！"我不满地说："你小子说话别那么难听好不好，其实廖市长是个心里很苦的人，他老婆几年前得了乳腺癌，一对乳房都割掉了，我估计他和妻子之间不存在正常的夫妻生活，你别忘了，他是个年富力强的男人！"马杰不以为然地笑着说："照你这么说，许莉莉的丈夫该不会得了阳痿久治不愈吧？"我用手指点了点他说："你小子积点口德好不好？许莉莉的老公去美国读博士，毕业了也不回国，两个人分居好几年了。"马杰笑嘻嘻地说："这还真是干柴遇上烈火了，商政，刚才在酒桌上廖市长一直强调寻找自我的重要性，莫非这自我就是禁果？"马杰的话让我心里咯噔一下，我心想，这不正是我苦心安排这次休闲之旅想要验证的问题吗？！此时此刻，想必廖天北与许莉莉已经在爱河里徜徉了，但是我却有一种迷失自我的失落感，佛法讲，诸法无我，我发现无论是用"他人"否定"自我"，还是用"自我"否定"他人"，结局都是虚无，莫非"自我"就是"虚无"？就这个问题我和马杰讨论到很晚才去睡觉。

第二天早晨吃过早餐以后，我和马杰陪廖天北和许莉莉来到射击俱乐部。射击俱乐部拥有二十六条射击场靶道，自动换靶并且拥有彩显功能。枪展室集中了我国自行研究的五十多种枪械实物，还有小动物狩猎及各种趣味射击。廖天北一见枪就兴奋起来，他跃跃欲试地选了一把国际射联标准比赛用的速射手枪。

"先生，"身穿迷彩服头戴贝雷帽的枪械员恭维道，"您真有眼力，这把手枪集合了该系列二十五年改进的结晶，莫里尼手柄，一流的扳机，离枪筒最低的准星线。""你还给我上课，"廖天北傲慢地说，"我摆弄枪的年头比你的年龄都长。"然后他接过枪械员递给他的护耳，用寻找对手的口吻问："商政，打枪怎么样？"我谦逊地说："瞎打过几回，基本算外行。"廖天北大手一挥说："马杰，你是内行，咱们去比试比试。"

来到射击场，廖天北选好靶道，连射两枪，全是十环。许莉莉顿时露出崇拜的目光。马杰满脸堆笑地说："廖市长，打死靶子没有意思，要比咱们就比一比小动物狩猎怎么样？"廖天北跃跃欲试地说："好啊！"于是我们随马杰来到小动物狩猎场，廖天北拿起一把五四式手枪，"啪、啪"抬手就是两枪，一只鸡和一只兔子应声倒地，大家一阵赞许。我心想，此时的廖天北或许才是真正的自己。许莉莉倒是更像张爱玲了，一旁看得紧张兮兮的，但我知道她的心里是欢喜的，欢喜得像是从尘埃里开出的一朵花。"莉莉，"廖天北兴奋地说，"别光看着，来，打几枪。"许莉莉面露窘色地说："打小动物，太残忍了，我下不了手。"我在一旁撺掇说："许姐，你不打，别人也打，这些兔子和鸡早晚是个死。"许莉莉只好接过廖天北的五四式手枪，工作人员提示她不要紧张，许莉莉拿枪的手还是有些抖。"莉莉，射击。"廖天北在一旁鼓励道。许莉莉一咬牙一闭眼，扣动了扳机，"啪"的一声，枪响了，许莉莉却突然把枪扔在地上乱跳起来，一边跳一边"哎呀，妈呀！"地喊着，众人都纳闷时，"当"的一声，一颗子弹壳从许莉莉裙子的下摆中掉了出来。原来由于许莉莉过于紧张，姿势不正确，子弹壳掉进了乳房前的裙口处，又从裙摆下掉了出来，许莉莉被烫得又跳又叫，我和马杰想笑却不敢笑，廖天北倒是笑得前仰后合，开心极了。

南州之行让我在廖天北心目中的地位进一步得到提升，就在我踌躇满志之时，却遇上了一件非常棘手的事。那天中午，廖天北正在办公室批阅文件，王伯寿迈着方步走了进来，对我和颜悦色地打了个招呼，便进了廖天北的办公室，还随手关上了门。我感觉王伯寿看我的目光有些异样，便小心翼翼地将耳朵贴在门上听了听，竟然是罗立山派王伯寿当说客，游说廖天北放我一马，然后给罗立山当秘书。我听了以后大为惊讶，想起年初与罗立山下棋时他问我想不想跟着他，我还以为他跟我开玩笑，想不到他说的竟然是真的。我的心里顿时七上八下地打起了鼓，心想，罗立山葫芦里究竟卖的是什么药呢？王伯寿走后，廖天北根本没和我提这件事。想不到半个月以后，廖天北竟然被罗立山请到了办公室，我的心顿时紧张起来，我心想，罗立山该不会为了我亲自跟廖天北谈吧。果不其然，回到市政府后，廖天北不露声色地问我，愿不愿意重新当市委书记秘书，我毫不犹豫地说："廖市长，我生是你的人，死是你的鬼。"他欣慰地拍了拍我的肩膀说："商政，看来我用你并没有看走眼。罗立山表面上说是看中了你的才华和人品，其实是醉翁之意不在酒啊！"他说的"醉翁之意不在酒"我琢磨了好几天，有一天傍晚我站在办公室的窗户前，望着熙熙攘攘的市府广场，发现一条哈巴狗正抬腿冲着一棵银杏树撒尿，我猛然明白了罗立山非要让我给他当秘书的用意，看来罗立山对廖天北这辆坦克车已经不耐烦了，我诡谲地一笑，仰面望了一眼天边的晚霞，喃喃自嘲道："昏黄的落日，忠诚的狗，一个充满原罪的世界。"

我不太肯定这种猜测是否可信，但是我一放下笔，就觉得商政已经走进我的书房，就站在我的旁边，手搭在我的肩膀上低头看我整理的文字，抑或我站在商政身旁，低头看他埋头写作，我只觉得桌上写满文字的这沓纸根本就是我们之间互相沟通的记录。这是否说明我塑造的人物是逼真鲜活的呢？我不敢肯定，但起码在逻辑和情感上是真实的，这也是艺术的真实。当然在细节上还有待进一步挖掘，因为细节可以使人物更丰满生动。然而，这段充满猜测的文字之所以让我感动并不是因为鲜活的人物和生动的细节，而是透过人物和细节所呈现的心灵状态，并不是商政经历了什么，而是商政感受了什么。即使下一步我真正进入小说创作时，我也不会因写人物和细节而忽略了温暖心灵。毫无疑问，我完全可以将这段猜测继续进行下去，但是我不想将我的文字演化成老套的俗不可耐的官场故事，我所追求的是通过多视角的猜想挖掘出人性深处最隐秘的东西，或许这些最隐秘的东西中就潜藏着自我，正如生活无需寻找一样，因为我们每天都在生活中，会不会自我也无需寻找呢？或许自我就潜藏在我们心灵世界的某个角落里。我无法肯定我的判断是否准确，抑或你自以为你是你自己，可你身子里有的是别的人，这些别人就藏在你心灵世界的某个角落里，目的就是不让你发现那些最隐秘的东西，亦未可知。我在这段猜测的文字中，试图在商政的心灵世界中寻找到这个角落，想一探究竟，但是我无功而返，只能另辟蹊径。当然，这并不是说我已经失去了创作冲动，事实上句子在我的头脑里不断地涌动，仿佛我是在对着一个声音做听写记录。不过，我想换一种记录方式，就像换一条路走一样，我不喜欢走太平坦的大道，毫无奇迹可言，我喜欢走小路，因为小路更诱人、更神秘，也更具有探索性。不要苛求我的猜测是否真实，对号入座是对小说艺术的亵渎，在接下来的猜测中，我所能保证的真实只能是心灵感悟上的真实。应当承认商政寻找自我的历程是痛苦的，因此，心灵感悟也必然是痛苦的。的确，即使你身是自由的，你心也未必能逃避囚禁，我现在正囚禁在商政的心灵世界里，正如商政被他心中的偶像所囚禁一样，我们所面临的共同问题就是如何逃离。

猜测二

人们经常误认为马杰就是他，他们实在太像了，以至于他从骨子里认为马杰就是他的影子。正因为如此，当他听到马杰亲口告诉他自己得了性病后，他脸上挂着警告式的微笑本能地阻止马杰去东州的医院就诊，还讲了一大堆一旦马杰去医院不堪设想的后果，其骨子里就是担心被别人误解为自己得了性病。他的想法虽然很自私，却正中马杰的下怀。因为碍于自己的老婆在医院妇产科工作，再加上派出所所长的身份，马杰实在是没有勇气到东州市任何一家医院就诊，怕一旦遇上熟人，传到老婆的耳朵里，或者被同事撞上传到领导耳朵里，后果确实不堪设想，更何况得了性病本身就是一件羞于见人的事。马杰这是头一次“中彩”，不仅心虚得很，甚至有几分恐惧，只好找他想办法。他经过一番恐吓后，见马杰根本不敢到东州的医院就诊，这才如释重负地奚落起马杰来。“你小子该不会是卧底，中了美人计了吧？”他嘲笑地说，表情像是发现了骇人听闻的秘密。马杰尽管心里焦虑、情绪混乱，但由于职业习惯，仍然咧着嘴露出无所谓的笑容，大萝卜脸不红不白地说：“我只是想验证一下男人的自我是不是在女人心里，张爱玲不是说‘到女人心里的路通过阴道’嘛！”马杰的话让他有些无地自容，因为这恰恰是他经常思考的问题，明明是马杰做了卑劣的事儿，但他却有一种被马杰看透心思的惊恐，这也恰恰是他和马杰形影不离的原因，他们不仅外表相像，思想也互为镜子，正因为如此，彼此像噩梦一样互相迷恋。但有一点他始终不明白，自己藏在心里的一些不可告人的想法，总是能被马杰窃取并付诸行动，这次也不例外。不过每次马杰行动后，他都幸灾乐祸地想：总算把这家伙抓在手里了。当然他不会将这种心理表现出来，甚至还会佯装同情。不过这次他换了一副不屑的面孔，因为难得有机会奚落一下马杰，他讥笑道："诡辩，我看你小子是中了《色·戒》的毒了。"马杰的脸上挂着不可救药的神情，自嘲地说："反正人的一生不是中这种毒，就是中那种毒，这就是人性。人性的意思就是说，是人就离不开性，这次‘中彩’，我似乎懂得了一个道理，我怀疑自我就在性中，最起码‘性’也是寻找自我的一种方式。每个人都是在女人的子宫中孕育的，你不觉得子宫很神奇吗？说不定自我就在子宫中，要想寻找自我就应该在子宫里不断地探寻。"这恰恰是他藏在心里一直思索的问题，不知为什么，他时常有一种返回子宫的梦想，他多次在梦中回到了母亲的子宫里，醒来以后又大失所望，因为孤独让他时常感到自己像断了线的风筝一样漫无目的地飘荡，他害怕极了，他不知道自己将飘向何方。他觉得自己就像一个营养不良的婴儿，精神上一直渴望寻找到一双奶水充足的乳房。他自以为自己将这种恋母情结藏得很深，没想到这层窗户纸又被马杰捅破了，他从心里升起一股恼羞成怒的情绪，好像离开马杰他就无法探索自己是谁似的。尽管他压抑着自己的情绪，但仍然嗤之以鼻地笑道："谬论，我看你小子不应该得性病，应该得艾滋病！"讥讽归讥讽，马杰脸上魔鬼般的表情太像自己了，马杰的脸犹如一面镜子照得他无地自容，只要看一看马杰的脸，马杰的任何痛苦，他都无法袖手旁观。因此他毫不犹豫地亲自开车陪马杰去了南州市。

马杰的性病刚好，就赶上了贝妮的生日，每年这个时候，他和马杰都要找家酒楼为贝妮大摆一桌，今年也不例外。席间贝妮讲了一个很有趣的想法，她想将自己每天做的梦都记录下来，写成一本小说。他听了觉得很有创意，马杰却不以为然，讥笑贝妮的想法不切实际，还阴风阳气地说："干吗不脚踏实地地干点儿实事呢？"这恰恰是他一直思索着的一个问题，在官场，他一直有一种被囚禁的感觉，为此他一直试图寻找突破口，在他眼里马杰就是另一个我，当然和他一样，也在试图突围，莫非马杰已经找到了突破口？于是他颇感兴趣地问："干点什么实事？"马杰露出诡秘的神情，压低声音说："我发现了一个大商机。"说完视线划过贝妮的香肩，嘴角挂着得意的微笑。他讨厌马杰这副嘴脸，不耐烦地说："你就别卖关子了。"贝妮的表情也如迷人的花蕾，含苞待放地看着马杰。马杰跷着二郎腿，优雅地点上一支烟，洋洋得意地说："眼下性病患者的数量不亚于糖尿病患者的数量，要是咱们三个人联手开一家性病诊所会不会发大财？"他听了以后心里不住地暗笑，真想不到"中彩"也会让人发现商机，不过马杰的想法他也一直在琢磨，他陪马杰到南州那家小医院看性病时，发现性病患者不仅多，而且因羞于启齿，大多不问价钱。听说那家小医院的老板竟是个农民，只有小学四年级文化，在城里打了几年工，竟然摸清了开性病诊所的门路，结果越做越大，性病诊所已经扩展为私家医院，虽然规模有限，却日进斗金。连一个只有小学四年级文化的农民都能潇洒地做自己，这着实刺激了他。特别是前些日子郭鹤年回东州时向他炫耀自己现在活得多么自在，心灵从未如此自由过，从物质到精神都非常充实，他听了以后既羡慕又嫉妒。这两件事让他思考了很多，他不得不对自己的理想重新审视，既然在官场上不能做自己，那么在商海会如何？俗话说条条大路通罗马，自己是不是应该另辟蹊径呢？但这只是一个想法，尚不够成熟，因此他一直也没敢在贝妮和马杰面前暴露出来，没想到马杰竟道破天机地说出了他的想法，这让他心里很兴奋。他情不自禁地向贝妮投去了探寻的目光，贝妮竟然兴奋地赞许道："阿杰的想法太好了，商政，我们在体制内做机器人做得太久了，何不尝试着换一种活法！"贝妮的话犹如金色的阳光射入两个男人膨胀的心田，马杰用挑衅式的目光看了他一眼，意思是说，就看你的了。他讨厌马杰沾沾自喜、贪得无厌的嘴脸，故意不露声色地说："尽管我们都是体制内用血肉做成的机器人，可是你们别忘了，眼下是千军万马争着做机器人呢。阿杰，别看派出所所长官不大，可是在常人眼里也是个人物啊；贝妮，你现在也算是省内颇有名气的记者，你们俩的饭碗不是金的就是银的，何苦瞎折腾？"马杰早就看透了他的伪装，每当他在马杰面前自作聪明时，总会被揭穿，关于这一点他非常苦恼。因为这犹如自己在愚弄自己，他有一种照镜子做鬼脸的感觉。"商政，"马杰用鄙视的口吻说，"我不过是个小警察，贝妮不过是个小记者，我们都算不得人物，说到身份，我们仨只有你在东州算得上人物。我这辈子想通过权力实现自我已经不太可能了，只能通过财富提高身价了。商政，我想提醒你的是，仕途争斗云诡波谲，你给老大当秘书时已经领教过一次了，难道跟着廖天北就能稳坐钓鱼船？看他横冲直撞的那股劲儿，没少得罪人吧，不如我们以性病诊所为起点，冒险一试，说不定真能搞起一家私营医院来，真要是有了一块属于自己的新天地，我们还在体制里混什么？贝妮，你说是不是这个理儿?”贝妮的脸上泛着红晕，宛如一个闪闪发光的天使，她沉思片刻，谨慎地说：“只是在这片新天地还没有闯出来之前，我们还得靠体制吃饭，最好是找一个信得过、能力强的人替我们管理日常工作。”三个人思虑再三，马杰突然提议道：“找我小舅子吧，医科大学毕业，一直没找到理想的工作，在家闲着呢。”“那当然好，”他一拍桌子说，“明海那小子挺实在的，我信得过。”贝妮也附和道：“既然这样，就交给明海吧。”这个结果让马杰颇为兴奋，二郎腿不停地摇晃着，可能是太得意了，手里的烟头猛然烧到了手指，贝妮不由得咯咯咯地笑了起来，马杰咧着嘴像是突然想起什么似的，关切地问：“不过，我们从哪家医院下手呢?”贝妮用双手拢了拢自己的披肩秀发，眼神优雅地扫视着两个极为相像的男人，莞尔一笑说：“这事儿交给我吧，我跟天柱区中心医院的刘院长挺熟的，前两天还求我给他们医院写了一篇报道，已经在省报发了。我和明海去找他谈肯定行。”马杰脸上飞快地掠过不放心的神色，迫不及待地说：“这么大的事，明海分量不够，还是我和你去吧。”他哧哧地笑起来，话里有话地一笑说：“我看你就别去了，万一被人看见，还以为你‘中彩’了呢，传到你老婆耳朵里，有你好看的。”贝妮听罢，花枝乱颤地笑了起来，裹在白色水红碎花裙里的胴体淡雅高贵，活像一条在夜色里媚人的美人鱼。

连日来，他为性病诊所悄然开张而暗自欣喜，终于为自己内心世界的不安分找到了一个出口，他似乎有一种找到自我的幸福感。尽管这种幸福感像一张模糊的脸，然而正是这张模糊的脸攫住了他的全副身心。他内心深处感到一阵正在复苏的自信冒着嗖嗖的凉气，他依稀觉得，自我的涟漪已经形成并且一圈接一圈地荡漾。攫住他全副身心的脸虽然模糊，却充满了气派非凡的神气。全然没有了木偶人那白痴般的充实感，其实那不是充实，而是压抑，他的心似乎受蛊惑太久了，他感觉心灵不仅疲乏，而且污浊，木偶哪有什么心灵，一举一动都被一根线牵着，这根线不是阿里阿德涅线团，因为这根线是由一个一个的虱子连结而成。此时此刻，他感觉自己像虱子一样爬出了市广播电台，这还是他第一次觉得自己像虱子而不是狮子。性病诊所开张以来，患者不是很多，贝妮建议他找一下市电台台长，开辟一档“午夜悄悄话”栏目。贝妮的理由是“大凡得了性病或怀疑自己得了性病的人都难于启齿，如果我们在每晚十点钟以后，专门在电台开辟一个性病义诊栏目，为得了性病的人提供咨询服务，收听率一定会高。收听率高，到我们性病诊所的患者自然会增多。”贝妮不愧是搞媒体的，这个点子表面上是为性病患者做义诊，实际上就是为自己的性病诊所做广告。性病诊所刚开张不久，要想在市电台开辟这样一档节目费用相当大，为了将费用降到可承受的程度，他这个市长秘书必须亲自出马。当然他虽然感觉自己像虱子一样爬出了市电台大门，但还是马到成功了。他一走出市电台大门，就在心里暗自骂了一句："狗日的权力！"这时，一条哈巴狗鼻子蹭着主人的脚后跟，忽左忽右地从一个跪在地上抓着身上虱子的乞丐身旁蹒跚而过，他情不自禁地想起了自己在日记中写的几句诗："信仰犹如乞丐，信仰者犹如虱子，乞丐身上爬满了虱子。"此时此刻，他不知道自己是乞丐还是虱子，他只感觉权力犹如一个老妓干瘪的乳房，自己竟然也成了吸吮者。或许真应了那句话"丑到了极点就美到了极点"，怪不得波德莱尔在腐尸中发现了美，原来在对美的可望而不可即的追求中，命运走过了一条崎岖坎坷的道路。其实这条路不是通向美，只通向人的灵魂深处。灵魂的气息不是花香，而是散发着腐肉的臭味。他在心里暗骂："那些连腐肉都没有得到的人，都是因灵魂太过怯懦而失去了机会，还寻找什么面具，撕下脸皮就是面具。"他过去的确崇拜权力，但是当他走出市电台大门的刹那，他开始崇拜一切不受权力影响的人的头脑。只有在这样的头脑中才会有自我，即使做不成自己，只能做他人，他也要做拥有自我的他人。他觉得自己在官场上即使熬到廖天北、罗立山的地位，也未必有自己的声音，一个人如果一辈子发不出自己的声音是不是太可悲了？那么怎么才能发出自己的声音呢？或许只有财富支撑起来的实力才是发出自己声音的基础，做不成政治家，就做一个拥有自我的企业家抑或是大慈善家，岂不是更好？他觉得要实现自己的目标必须将自己分成两个人，一个在官场上熬地位，另一个去商海中拼财富，用官场中的"我"帮助商海中的"我"，双管齐下，比翼齐飞，一旦官场上有风吹草动，他便可以溜之大吉。他断定，以廖天北我行我素的打法，罗立山是早晚要反击的，一旦龙虎相争起来，东州官场就难免发生一场大地震，如果不做第二手准备，一旦大地震发生了，怕是自己又要陷入孤立无援的境地，这种灾难他已经遭受过一次了，绝不能再遭受第二次。他发现人生难免陷入两个世界的悖论之中，他属于官场，但又迷恋商海，他属于现实，却又向往心灵，他总是从他那着了魔的权力之树上伸出手臂，从匆匆而过的官场生活的溪流中抓住一些碎片，从这些碎片中，他一直试图拼出自己的影像。

不过，他并没有通过碎片拼出自己的影像，却在听到"午夜悄悄话"时拼出了一张"他人"的欲望的脸。这张被欲望折磨得抽搐蜷缩的脸是一张真诚的面具，在面具之下藏着怎样诱人的谜？他被这谜一般的面具陶醉了，他的灵魂在这张脸抽搐的波涛中畅饮。"听众朋友们，大家好！"女主持人甜美地问候道，

"午夜悄悄话节目是专门针对性病患者的咨询节目,欢迎广大性病患者踊跃拨打两部热线电话,无论您有什么难言之隐,我都会耐心解答,解除您的难言痛苦,是我的职责,我愿意成为你们最知心的朋友。"一段优美的音乐过后,电话铃声响起,一个接一个的电话后面隐藏着一张接一张痛苦的脸,电话铃声此起彼伏,构成了脸的波浪,而电话却成了脸的面具。他突然意识到,这就是妄想返回子宫的代价。奥古斯丁说:"人心真是一个无底深渊!"他却以为子宫也是。突然电话中传出一个熟悉的声音:"主持人,你好,我的阴茎上长了许多淡红色小疙瘩是怎么回事呢?"他当时就笑喷了,他老婆江冰冰也听出了这个熟悉的声音,她惊异不解地问:"商政,这不是马杰吗?怎么他得性病了?"马杰的恶作剧正是他向往做却又没有勇气做的。他之所以形影相随地迷恋马杰,就是因为马杰可以实现他心中所有世俗的想法。他用羡慕的口吻嘿嘿笑着对老婆说:"说什么呢,这不过是阿杰为了收听率,故意打电话当托儿呢!这小子可真能恶搞。"江冰冰是个很懂得夫唱妇随的女人,见丈夫高兴,她的情绪也一下子高涨起来,她用手指轻轻戳了一下丈夫的脑门,娇嗔地说:"亏你们能想出'午夜悄悄话'这种点子,是不是你的主意?"她一向认为丈夫是个诡计多端的人,自己被他卖了还得帮他数钱,可是他却直言不讳地告诉她,主意是贝妮出的,贝妮是搞媒体的,广告意识强。这大大出乎她的意料,她深知欧贝妮在丈夫心目中的位置,为此在暗自嫉妒的同时,她一直渴望成为像欧贝妮一样的女人,恨不得滑出自己的躯壳钻进欧贝妮的躯壳里,与贝妮合二为一。她模仿贝妮的穿着打扮,模仿贝妮走路的姿势,甚至模仿贝妮说话的声音,一颦一笑恨不得都成为贝妮,按理说她也是见过世面的女人,当空中小姐时飞过很多地方,丈夫就是出差坐飞机与她结缘的,现在转到地面售票处工作,受老公身份的影响,大小也熬上了副经理,可每次见到贝妮,她都有一种丑小丫见到白天鹅的感觉。妻子一直在暗中模仿欧贝妮,他心知肚明,但是顾及老婆的自尊心,他从未捅破这层窗户纸,只不过他觉得老婆很可怜,自从嫁给他以后就再也没有做过自己,而是不断地在演绎"东施效颦"的故事。

就在两个人你一言我一语地议论"午夜悄悄话"这档节目之时,楼上传出一个女人"啊、啊"的叫床声。声音很大而且伴随着床一起一伏的嘎吱嘎吱的声音,很有点像隐藏在电话里面的脸的波浪式的起伏。他冲老婆诡谲地一笑,然后把耳朵贴在了墙上。江冰冰脸色羞红地问:"楼上两口子不是闹离婚分居了吗,怎么又和好了?"老婆的天真让他颇为得意,他心中流露出厚颜无耻的兴奋感,狎邪地笑道:"我断定楼上叫床的女人不是他老婆。"江冰冰也把耳朵贴在墙上，眼神中闪烁着警觉和猜疑，兴奋而困惑地问："你凭什么断定？"他一脸坏笑地说："我们住在这儿也有几年了，只听见楼上吵架声音很大，啥时候你听过做爱声这么大过？"江冰冰认同地点着头说："可也是，那么不是他老婆，会是谁呀？"话音刚落，楼上的女人又"啊、啊"地叫了起来。女人的叫声让他和老婆很兴奋，他毋庸置疑地说："我断定，这两口子闹离婚是因为这个女人，谁会跟老婆做爱做一宿的，又不是新婚之夜，你听那女人都叫了三个来回了。"江冰冰轻轻地"呸"了一声，娇嗔地说："你们男人没一个好东西。"他像吃了春药似的亢奋，目光淫邪地说："我看过一本杂志，上面有一篇文章说，一天半夜，一个新婚女人，完全在昏迷状态下被送进了医院，医生立刻施以人工呼吸急救，一会儿她终于清醒过来。原来她的昏迷原因是，每次做爱中都会大声叫着：'我是谁？我是谁？'这回由于嚷得声太大，她的丈夫怕邻居听见，就用双手卡她的脖子，阻止她大嚷大叫，结果使她昏迷了过去。她的丈夫见状不好，赶紧把她送到医院，这才保住了她的一条命。当妻子清醒后，丈夫也放声大哭起来。"江冰冰目光朦胧，脸上泛着水一样的光泽，不可思议地问："难道做爱也会迷失自我吗？"他身上流露出放荡不羁的气息，眼神中潜藏着诡计多端的审慎，用轻蔑的口吻说："人一旦丧失了寻找自我的能力，只能用堕落来表现超越。"江冰冰的体香让空气厚重起来，她发出一声忧郁的轻笑，咬着唇瓣问："如果连堕落的能力都丧失了，该怎么办？"他一下子被噎住了，竟无言以对。这时，楼上的女人又"啊、啊"地叫起来，还不停地喊："亲爱的，我要，我要！"江冰冰听得实在受不了了，她一头扑进丈夫的怀里说："老公，我也要！"

有什么样的播种就有什么样的收获，"午夜悄悄话"节目极大地提高了性病诊所的知名度，患者骤然陡增，效益极佳。在他的精神世界里，性病诊所犹如一个小小的"诺亚方舟"。他梦想着，这个小小的"诺亚方舟"能载着他驶往他心目中的另一个世界，一个可以自由自在做自己的世界。他知道这是一个梦，但他庆幸自己还有梦做。然而就在他沉浸在美梦中憧憬着未来之时，性病诊所被突然查封了。当白明海打电话告诉他这个消息时，他就像"诺亚方舟"倾覆一般震惊。他问白明海是哪个单位查的？白明海说是市药监局。他又问是谁带的队？白明海说带队的叫全维汉。他思来想去，对此人竟没有一点儿印象，侧面一打听才知道是新上任的，只好找孙小波想办法，因为孙小波的老板是主管文教卫生的，卫生口的头头脑脑，孙小波熟得很。当然他见了孙小波后说得很委婉，只说是马杰的小舅子承包了天柱区中心医院的性病科，被市药监局稽查大队以销售假药为名查封了，其实哪儿是什么假药，根本就是老中医开的中药，而且是祖传秘方。孙小波随口问："是谁领着去查的?"他脱口说出"全维汉"三个字。孙小波大喘气地说："老全啊，刚上任才一星期，看来是新官上任三把火啊!"然后孙小波拍了拍胸脯，胸有成竹地说："没问题，一会儿我给他打个电话，晚上在一起吃个饭，你让马杰的小舅子也参加，人怕见面，树怕扒皮，这事儿包在我身上了。"其实以他自己的身份完全可以摆平这件事儿，但是他与全维汉不熟，只能找全维汉的上司，这样做动静太大，小小的性病诊所承载了他太多的梦想，在这块小天地没有成气候之前，他不想让它目标太大，更不想暴露自己。他知道自己也许想得太复杂了，没办法，曾经的风雨要求他必须谨慎，有时候他谨慎得不可救药。

晚上的饭，他想让马杰、贝妮和白明海都参加，但是马杰值夜班，他只能叫上贝妮和白明海。全维汉万万没有想到，查封一家小小的性病诊所，不仅有两位市长秘书出面说情，还有一位名气不小的美女记者作陪，表现得很知趣。他一向不喜欢长得尖嘴猴腮、贼眉鼠眼的人，全维汉恰恰是这种人，要不是为了性病诊所，他永远都不会与这种人坐在一张桌子上吃饭。席间，孙小波又活宝式的做了一番模仿秀，然后逗趣地说："老全，你查封什么都不能查封性病诊所。"孙小波本来是想开句玩笑，但全维汉心里盘算得太多了，竟然没转过弯儿来。与其说是盘算，不如说是紧张，全维汉刚刚戴上乌纱帽一个星期，竟然险些得罪了两位市长秘书，这两个人无论是谁在他们的老板面前给自己配点药，都可能让自己跑肚拉稀，此时此刻，全维汉脖梗子后面正冒着凉气呢，怎么可能参透孙小波的幽默，便满脸堆笑地问："为什么?"孙小波是个将幽默进行到底的人，很善于讲精彩荒谬的笑话，众人以为孙小波又要抖包袱了，却听到一句很沉重的答案："因为总得给国人的欲望留个避难所吧。"他没想到孙小波也有深刻的时候，颇有同感的附和道："什么避难所，根本就是归宿，欲望横流者的归宿。"全维汉听罢，勉强地咧了咧嘴，那难看的笑容宛如欲望残留的痕迹。贝妮却爽脆地笑起来，宛如放荡的孩子，接着她不失时机地问："全大队，你为什么要查封性病诊所呢?"全维汉显然不喜欢这个问题，一直狎邪地看着贝妮的目光顿时阴沉下来，但脸上仍然挂着谄媚式的微笑，平和悦耳地说："我查封是因为我想查封。"所有人听了全维汉的回答都惊住了，不由得面面相觑，呈现出不可思议的神情，白明海不解地问："难道不是因为性病诊所有问题才查封的吗?"全维汉竟然用质疑的口吻问："什么问题? 查封是我的工作，整天坐在办公室会把人闷死的，总要找点儿事儿干吧，你们说是不是?"说完，竟咧着嘴给众人一个得意的小微笑。沉默像沥青一样黏稠起来，全维汉觉得气氛不太对劲儿，连忙讨好地说："承蒙商政、小波瞧得起我，我保证从此以后市药监局稽查大队再也不会找明海老弟的毛病，不过，老中医的祖传秘方还是搞个内部批号更好一些。当然，这事我来办吧。"

在孙小波的斡旋下，问题全部解决了。席散时，全维汉相见恨晚地拉着他的手将他请到角落里，一番推心置腹之后，竟然出他意料地说："兄弟，你朋友的忙哥哥我帮定了，哥哥也有个为难的事，想求兄弟帮帮忙怎么样?"他深知全维汉这类人的特点，专门善于蹬着鼻子上脸，但为了让这家伙今后不再到性病诊所无理取闹，他用非常讲义气的口吻说："有什么事，全哥尽管说。"全维汉警觉地用鼠眼的余光扫了扫四周，一副唯恐隔墙有耳的神情，压低声音说："前两天王市长找过我，说是北京一位老领导要来检查性病，不仅老领导要检查，还有老领导的情人，王市长之所以找我，就是因为这位领导的身份太特殊，必须绝对保密，不瞒你说，我还真为这件事发愁了，你说东州市卫生系统哪儿有不知道我的，要想做到绝对保密太不容易了。干脆，这件事就交给明海的诊所得了。"他顿时想起陪马杰去南州市看性病的情景，看来全维汉说的这位老领导和当初马杰的心理是一样的，他不禁悲凉地明白了人与动物的区别：动物有发情期，人却没有，因为人无时无刻不在发情。但同时他又有几分窃喜，因为他有一个预感，越来越多的人要皈依性病诊所。这恰恰是性病诊所的大商机。他感觉自己正站在泰坦尼克号的船头，隐约瞥见一片新大陆。或许是查封事件让他有些上火，他下嘴唇里面有一块溃疡，此时一跳一跳地疼了起来，他下意识地捂着嘴巴，好奇地问："什么老领导，这么神秘?"全维汉耳语后，他倒吸了一口凉气。

席散后，他开车送贝妮回家，将北京老领导的事告诉了贝妮，嘱咐贝妮一旦全维汉领那位老领导去诊所，由她和明海一起出面接待为好。贝妮嗤之以鼻地说："腐尸永远离不开蛆虫，说不定那位老领导的情人就是王伯寿拉的皮条。"他非常理解贝妮的心情，这是一种混合着迷茫和忧愤的情绪，在这个浮躁丑陋、欲望横流的世界里，性病诊所竟然成了他们的理想国，这让他有一种同流合污的恐惧感，他若有所思地说："千万别小看了全维汉这条小小的蛆虫，你忘了蛆是什么地方生出来的，蛆活得越如鱼得水，我们就越要加小心。我把这句话放在这儿，一旦我失去现有的身份，他这条小蛆虫一下子就会变成恶狗。"贝妮半侧着脸凝视着他，似乎觉得他的话有些危言耸听，便用开玩笑的口吻说："可是全维汉长了一张猴脸，并没长狗脸呀。"他瞪了贝妮一眼，虽然表情并没有什么特殊的异样，但言语中却充满强调的意味，他冷哼一声说："你没看过川剧变脸吗？从猪脸变成狗脸，还不就是瞬间的事。”贝妮沉默了良久，终于叹了口气，悲凉地说：“为什么有些人非要弄张狗脸、猴脸，就是不要自己的人脸呢？”

“五一”过后，廖天北率团去了泰国，市政府大事小情暂时由王伯寿全权负责。他一下子清闲不少。前一段工作太累了，他很想到哪去散散心，便征求马杰和贝妮的意见，两个人都建议去白山泡温泉。

连绵起伏的白山郁郁葱葱，宛如用粗犷的线条直接画在湛蓝的天上似的，重峦叠嶂，静穆幽远，袅袅婷婷，逶迤连绵。山谷里鸟鸣啾啾，溪水潺潺。三个人沿着一条山间小路蜿蜒而行。他们很久没有亲近青山绿水了，山间的空气清爽柔和，令人心旷神怡。难得如此放松身心，三个人都有一种沉醉的感觉。山路两侧，尽情盛开着各种野花，贝妮被那些五颜六色的野花深深吸引着，她像个小女孩似的一会儿蹦到这边采一朵，一会儿跳到那边摘一枝儿，采着摘着，她亭亭玉立地站住了，像是突然想起了什么有趣的问题，一双美目诡秘地看着他们，一只玉手捧着野花，另一只玉手拨弄秀发，微笑着问：“但丁说‘走自己的路，让别人说去吧’，鲁迅说‘地上本没有路，走的人多了，也便成了路’，这两句名言，你们更喜欢哪一句？”当着贝妮的面，马杰永远不会在他面前示弱，斑驳的阳光照在马杰脸上，就像是戴了张面具，马杰眯着眼睛透过日影看了她一眼，嘻嘻笑着说：“当然是走的人多的路更安全。”他早就看透了马杰的心思，因为他一直对马杰内心深处想些什么很感兴趣，他觉得马杰是命运跟他开的一个玩笑，马杰曾经跟他说过：“商政，有时候我以为我就是你。”这种感觉他有时比马杰更强烈。其实马杰的话才是他更想说的，但他不知为什么总是拧不过躯壳里的那个我。此时他正弯腰捡起一块小石子用力扔进灌木丛，惊得一只喜鹊从树枝上倏地飞起，发出几声刺耳的鸣叫，好像是对他提出的抗议，他目送着飞走的喜鹊，用质问的口吻说：“无数只脚踏过的路能留下什么痕迹？我更喜欢独辟蹊径。”马杰跳到一块巨大的岩石上，呈现出肚子里正在酝酿笑料的表情，似笑非笑地问：“前面是悬崖你也走？”他走出树影，暴露在阳光下，仿佛藏在他躯壳里的那个我飞出了体外，变成了影子，尽管他分不清躯壳和影子谁是我，但他还是被满眼的葱绿苍翠所感动，从容一笑说：“对你是悬崖，对我未必是，你没有听过《小马过河》的寓言吗？松鼠葬身的小河却挡不住小马的去路。大多数人都喜欢随波逐流、人云亦云，如果一个人总是别人认为对的，他去做，别人认为不对的，他就不做，那么这个人就永远也做不成自己。”在两树之间，一张蜘蛛网挡住了去路，马杰随手折了一根细细的树枝，一边捅着贴在蜘蛛网中央黑乎乎的蜘蛛，一边振振有词地反驳说："商政，别忘了我们生活在一张巨大的关系网中，怎么可能走自己的路？其实透过别人的眼光才能更透彻地看清自己，要知道，当局者迷，旁观者清，如果一点也不顾忌他人说什么，很可能误入歧途的。"不知什么时候贝妮已经将采摘的野花编成了花环戴在头上，微笑着看着两个十分相像的男人斗嘴，就像是刚刚下凡的天使，阳光就是她金色的羽翼，她清脆地笑道："你们俩说的虽然都有道理，但是你们想过吗？但丁说的'走自己的路'也未必是别人没有走过的路，鲁迅说的'走的人多了，也便成了路'，也未必是无数双脚踏出的路，因为总要有人踏上第一脚。还是陆游说得好，'山重水复疑无路，柳暗花明又一村'，你们看前面就是汤坡子温泉山庄了。"不远处的半山坡上，一片古香古色的建筑掩映在雾霭之中，宛如仙境，他和马杰顿时兴奋起来，早就将刚才的话题抛到了脑后。

传说唐太宗李世民东征时，曾在汤坡子温泉沐浴，因此这里的温泉又称龙泉。从地下花岗岩缝隙中流出的龙泉共有十八眼，人称十八游龙。由此，当地流传一首诗盛赞龙泉："十八游龙云气蒸，金鳞花石碧波澄。龙泉古刹相辉映，濯足温流浪几层。"三个人在温泉山庄吃过午饭，略作休息，便纷纷换上泳衣，贝妮率先跳进了温泉游泳池。围绕着游泳池周围有七八处温泉池，他和马杰钻进其中的一处泡池，水温温的，滑滑的，散发着矿物质的气味。两个人望着美人鱼似的贝妮都别有一番滋味在心头。贝妮今天情绪特别好，她来回游着蛙泳，肤如凝脂，泳姿优美，宛如钢琴曲中跃动着的音符，引来许多神魂颠倒的目光。马杰望着泉水中水母般敏捷蠕动的贝妮，在大学时向她求爱的情景立即浮现在脑海中，那女神似的眼神宛如照片般牢牢定格在记忆的相册里，心头颤动着痛并快乐的痉挛，以至于嘴里溢出老陈醋的酸味。"商政，"马杰酸溜溜地揶揄道，"当年要不是你死要面子，你和贝妮是不是有情人终成眷属了？"此时他正望着贝妮小白兔般的一双莲足精妙细碎地拍打着水面而神魂颠倒，想象着自己海豚般跃入水中与她一起游龙戏凤，却被马杰寒流般的一句话打断思绪，他看着马杰，仿佛在看一面移动的镜子，他从镜子里惊讶地看见一个贼头贼脑的我正探出身子，张口结舌地凝视着贝妮鱼肚白的美腿，脸上挂着傻瓜似的微笑，他顿时收回尴尬的目光，用感慨掩饰着心虚说："这就叫死要面子活受罪。随着年龄的增长，我们活得越来越不像自己，我倒挺怀念大学时代那个死要面子的自己，最起码那个时候的我是真实的。"马杰宛如他出窍的灵魂翕动着鼻翼，用猫戏老鼠的口吻撇着嘴说："真实个屁，我就不信当年在大学救了她之后，她非你不嫁，你心里就纯洁得一点也不想乘人之危。"他像一只受惊的乌龟缩在水里，只露出脑袋，警觉的表情像是要随时会咬谁一口似的，往事让他有一种摇摇欲坠的感觉，尽管他心中五味杂陈，但却毫不掩饰，他直言不讳地说："我心里当然想接受贝妮的爱了，但是不知为什么，当时心里越是想，嘴就越硬，简直是中邪了！你小子倒是脸皮厚，死缠烂打地追人家，还不是枉费心机。"马杰露出一副痛失所爱的表情，样子很像是他梦中的另一个我，以至于他无法理解为什么马杰的人生总是与自己的人生纠缠在一起，此时马杰就像是一只性情恶劣的癞蛤蟆，蹲在他面前抱怨道："还不是老天爷不公平，把英雄救美的机遇让给了你，要是当年机会给我，我和贝妮早就比翼齐飞了。"他心里暗骂，根本就是癞蛤蟆想吃天鹅肉，但脸上却呈现出一副妥协的神情，不怀好意地说："你小子这副嘴脸让我想起了鲁迅的一篇文章，叫做《"要面子"与"不要脸"》。"马杰绷紧了脸，扬起乖戾阴沉的大脸，不以为然地嗤笑道："说来听听。"他给了马杰一个揶揄的微笑，好像是刚刚从马杰的躯壳里蹑手蹑脚地爬出来，偷出了人家的灵魂似的，用一种诡秘的口吻笑着说："鲁迅先生说'要面子'与'不要脸'实在也有很难分辨的时候。不是有一个笑话吗？一个绅士有钱有势，假定他叫四大人吧，人们都以能够和他攀谈为荣。有一个专爱炫耀的小瘪三，一天高兴地告诉别人道：'四大人和我讲过话了！'人问他：'说什么呢？'答道：'我站在他家门口，四大人出来了，对我说：快滚开去！'所以有些自以为有了面子的人，实际上是'不要脸'的人。""好你个商政，"马杰掬起一捧水泼在他脸上，"你这是拐着弯骂我呀！"他连忙跳出泡池，嬉笑着一头扎进了游泳池。

在他的脑海里，一直期待奇迹的发生，他相信自己是一个有奇迹的人，他认为性病诊所仅仅是创造奇迹的起点，那么奇迹究竟是什么呢？他并不知道。但他知道奇迹就在人生的某个路口等着他，因此他对十字路口极为敏感。洗完温泉以后，三个人驱车回东州的路上，刚刚驶出汤池县城，前面十字路口一个小型制药企业的招牌触动了他的敏感神经。他让马杰赶紧停车，马杰丈二和尚摸不着头脑地看着他，意思是问，你发什么神经？他用手指了指旁边那家小型制药企业的招牌，马杰这才心领神会。常言道，"山不在高，有仙则名；水不在深，有龙则灵"，小小的汤池县城恰恰是这样一块人杰地灵的宝地。别看眼前这家小药厂不大，说不定就能淘出宝来。他向马杰和贝妮阐述了自己的观点，马杰和贝妮都觉得有道理，于是三个人决定会一会这家小药厂的老板。小药厂院内有两栋二层小楼，一看就知道一栋是办公楼，一栋是生产车间。经过与大门前的保安一番周旋后，三个人煞有介事地敲开了老板办公室的门。

老板是一位四十多岁的中年男人，长相朴实，精明而不失温厚，无论是言谈举止，还是音容笑貌，都很像江湖郎中。贝妮先递上了表明省报记者身份的名片，老板自称姓张，接过名片后表现出一副惊愕的神情，一再声称，本企业奉公守法、诚信经营，从未生产过假冒伪劣药品。贝妮见张老板有些误会，连忙解释说："我的两位朋友，商先生和马先生是开医药公司的，深知汤池县人杰地灵，很想了解一下你们企业的产品。"张老板这才如释重负地请三个人沙发上坐，并热情地为他们沏了茶。三个人一边品茶一边听张老板介绍产品，谁也没想到一家不起眼儿的小企业，竟然给产品起了个如雷贯耳的名字，叫"春江花月液"。三个人一下子就被深深地吸引了，都情不自禁地问名字的由来。张老板并没有马上回答，而是意味深长地问他和马杰是不是双胞胎兄弟，他淡淡地一笑说，一个姓商一个姓马，怎么可能是双胞胎兄弟呢？张老板听罢，竟然颇为感慨地说了一句没头没脑的话，你们长得简直太像了，像得完全可以交换人生。马杰听了却不以为然，随口揶揄道："莫非这'春江花月液'背后还隐藏着两个男人交换人生的故事？"没想到张老板竟然惊得立即从沙发上站起来，肃然起敬地说："莫非马先生是仙人转世，不然怎么会知道我祖上的秘密？"马杰被张老板怪异的举止弄蒙了，其实马杰非常反感什么仙人转世、神仙下凡之类的说法，见张老板一惊一乍的便有些不高兴，用嘲讽的口气问："莫非张老板祖上是皇亲国戚？"他很想听一听张老板祖上到底有什么秘密，便谦和地问张老板祖上到底与宫廷有没有关系，张老板坦言："'春江花月液'虽然是祖传秘方，但祖上与宫廷毫无关系。"他恍然大悟地问："莫非张老板祖上与'孤篇盖全唐'的大诗人张若虚有关系？"话一出口，贝妮扑哧笑出声来。马杰也看了他一眼，意思是说，你可真会异想天开。没想到张老板竟然从保险柜内拿出一本厚厚的陈旧得发黄的家谱递给他，非常自豪地说："张若虚的确是本人的先祖，'春江花月液'就是先祖传下来的。"马杰当场质疑道："这怎么可能？张若虚是唐朝大诗人，只有两首诗传世，怎么可能摇身一变成了江湖郎中了？"张老板似乎不止一次听到过这种质疑，不愠不火地说："这恰恰是祖上的秘密。"他深知其中一定有故事，便饶有兴趣地请张老板说来听听，没想到张老板竟然真的讲述了一个关于两个男人交换人生的故事。

原来张若虚父母早亡，由舅父抚养成人，其舅父是个私塾先生，张若虚从小就跟随舅父学习诗文，颇有文采，深得舅父喜爱，因此将女儿许配给他，在他就任兖州兵曹后完婚，由于与表妹青梅竹马，婚后夫妻非常恩爱，只是妻子一直未育，此时张若虚诗文已誉满天下，特别是《春江花月夜》更是广为传颂。然而张若虚空有一番报国志，在兖州兵曹这个卑微的官职上一做就是十年，其间他阅尽官场黑暗和腐败，对功名早已心灰意冷，就在他意志消沉之际，妻子染病而亡，张若虚悲痛万分。将妻子遗骨送回扬州安葬，回兖州的途中，不幸病倒在汤池县，生命垂危，也是张若虚命不该绝，竟被一位江湖郎中所救。有趣的是当他苏醒后竟然惊得险些又昏迷过去，因为给他治病的江湖郎中竟然和他长得一模一样，他看到了另一个自己，一个完全和他一样的人，他们两个人就像是一个人。他简直不敢相信自己的眼睛，还以为是因病而致的幻觉，但当江湖郎中开口说话时，他才知道这不是白日梦，是千真万确的。经过一番攀谈，他得知这位音容笑貌和自己极其相似的人，是一位走街串巷、四处云游的江湖郎中，靠祖传秘方治病救人为生。张若虚听罢慨叹自己既不能救世，也不能救人，流露出对江湖郎中羡慕的神情，没想到江湖郎中眼睛里射出渴望功名的目光，诡谲地笑道："想救人有何难，只要我们交换一下人生，你便可以悬壶济世了。"张若虚颇感兴趣地问："怎么个交换法？"江湖郎中竟然语出惊人地说："我将医术和祖传秘方传授给你，你将功名相赠与我。从此以后我去做兖州兵曹，你来当江湖郎中，如何？"张若虚听罢沉思良久，心想，当今政治黑暗，仕途险恶，在官场上熬功名，无异于浪费生命，眼前这个和我一样的人很有点悬壶济世的本事，如果真能将他的本事学到手再加以发扬光大，要比当一个小小的兵曹有意义。再者说，救命之恩无以为报，既然他恋慕我的功名，何不成全他，于是张若虚爽快同意与江湖郎中交换人生。江湖郎中听罢非常高兴，将自己的医术和祖传秘方倾囊相赠后，欣然前往兖州赴职。张若虚就在汤池县定居下来，苦心钻研医术，治病救人，还在江湖郎中的祖传秘方的基础上，独创养生汤，并以自己名满天下的诗文《春江花月夜》命名，只不过将"夜"改成了"液"，从此"春江花月液"成为张若虚传给后人的养生至宝，代代相传，绵延至今。

张老板讲得十分生动，三个人听得目瞪口呆。他更是觉得果然如张老板所言的话，无异于撞上了一座金山，便饶有兴趣地问"春江花月液"的功效，张老板用自豪的口吻夸赞"春江花月液"，组方独特，配伍合理，具有补肾壮阳、益髓健骨、延年益寿、抗衰老的功效，而且没有任何副作用。马杰将信将疑地问，与六味地黄丸比如何？张老板竟夸口说，功效远胜于六味地黄丸。贝妮看了一眼他和马杰，见二人对"春江花月液"颇为动心，便将话题转到了产品销售方面，没想到张老板顿时像霜打的茄子似的蔫儿了下来，原来由于"春江花月液"一直打不开销路，企业连年亏损，已经快支撑不下去了。夕阳西下，透过窗户可以看见落日的余晖映出大片火烧般的晚霞，他看了一眼手表，工于心计地感谢张老板热情的接待，然后使了个眼色示意马杰和贝妮告辞，三个人配合默契，不约而同地起身，张老板顿时慌了，连忙挽留，坚持请他们到车间看看产品，盛情难却，他显露出一副很勉强的表情，将计就计地跟随张老板来到车间。在车间，他一仰脖子喝下一瓶“春江花月液”之后，他就断定他梦寐以求的奇迹就要诞生了。如果说性病诊所是他通往另一个世界的起点的话，那么他预感“春江花月液”就是可以腾飞的翅膀。此时此刻，他不仅感到心里热乎乎的，腰部也热乎乎的。张老板见他和马杰喝了“春江花月液”未动声色，一再追问感觉怎么样，他微笑着说：“张老板，我对‘春江花月液’很感兴趣，愿意与我们合作吗？”张老板迫不及待地问：“怎么个合作方式？”他看了马杰和贝妮一眼，算是征求意见，然后卖关子地说：“怎么个合作方式，一个星期后我派人来和你谈。”张老板已经到了山穷水尽的地步，唯恐财神爷跑了，非要请他们吃饭不可，他胸有成竹地说：“等我们签了合同后，张老板再请也不迟啊。”就这样，他故意留下一个伏笔，吊足了张老板的胃口，然后扬长而去。

进入东州城时，天已经彻底黑了。滔滔黑水河滚滚向前，华灯初上的东州大桥上蒙上了一层神秘的夜色。他一直喜欢河流，喜欢它壮阔的流淌和激流勇进的精神，他在心中慨叹“上善若水”，此时此刻，他的雄心若奔腾的河水势不可挡。马杰和贝妮也很激动。他提议立即到他家商讨与张老板合作事宜，两个人都同意。于是他往家里打了个电话，让江冰冰下点面条准备点小菜，告诉老婆，今晚他和马杰、贝妮有重要事情要研究。挂断电话后，他非常兴奋，情不自禁地朗诵起张若虚的《春江花月夜》。

江冰冰一见贝妮就仿佛见到了自己的双胞胎姐妹，拉起贝妮的手就往镜子前走，照过镜子后就问丈夫她和贝妮长得像不像，他却笑而不答。马杰非常了解江冰冰的心思，便逗趣地揶揄道：“冰冰，你知道你哪儿最像贝妮吗？”江冰冰认真地问：“哪儿像？”马杰一本正经地说：“影子，你的影子和贝妮的影子简直是一个影子。”说完哈哈大笑起来。江冰冰撇了撇嘴说：“我就知道狗嘴里吐不出象牙来。”说着袅袅婷婷地走进了厨房，不一会儿在餐厅就准备好了饭菜。

三个人都饿了，都吃得津津有味。他一边吃一边富有激情地说：“白天咱们上山时一直争论是走但丁赞赏的‘路’还是走鲁迅赞赏的‘路’，我喝下第一瓶‘春江花月液’后心里就有答案了。我的想法是哪条路能让咱们实现自我就走哪条路。现在‘春江花月液’给我们提供了这样一次机遇，咱们何不放手一搏？”马杰举双手赞同，认为这是个政商合谋的时代，只要敢于冒险就能创造奇迹。“奇迹”两个字说到了他的心里，他坚信“奇迹”属于自我，绝不属于“他人”，只有独辟蹊径的人，才能创造奇迹。想到这，他越发觉得马杰是他的另一个我，只是不知道如果将他和马杰比作张若虚和江湖郎中的话，马杰相当于张若虚还是江湖郎中。贝妮很喜欢两个男人交换人生的故事，建议深入挖掘其中的文化内涵。这正是他看中“春江花月液”的原因之一，他坚信每个人都有两个我，只是大部分人没有意识到而已，他就是想通过张若虚与江湖郎中交换人生的故事，唤醒人们两个我的意识，进而达到让人们喜爱“春江花月液”的目的。他甚至想用“通过享用‘春江花月液’，体味两个我的人生”做广告语，他还想好了集中优势兵力打歼灭战的广告轰炸战术。最后三个人一致同意包销张老板全年的产品，并在产品包装上重新设计。当然，和张老板谈判的任务还是落在了贝妮和白明海的身上。三个人决定成立一家保健品公司，实行股份制，法人仍然是白明海。

这一夜，他失眠了。他隐隐约约地感到，自己上了一架新的战车，他的一切都绑在了这架战车上。他指挥着这架战车，充满了激情。黑水河之波融进了他的血管，巍巍白山在阳光的照耀下也不过是他的身影。为了做自己，他将不计代价，只求战得酣畅淋漓。人从来都不是僵死固定的存在，人有着无穷无尽的可能性。他笃信，执著就是长久的冲动，冲动过后人才懂得生命的意义。他不愿意成为卡夫卡笔下的甲虫，卑微到不配绝望，猥亵得自我痛恨。他知道甲虫也好，爬虫也罢，虫子之间是不会惺惺相惜的，那只是英雄们的特权。虫子们只能互相恐吓，或者从命运的缝隙里探出一只脚，互相践踏。每个人的自我都是他的精神家园，他渴望回家，渴望成为英雄，奥德修斯式的英雄。这种渴望就像鲜亮的青苹果，带着一层淡淡的绒毛，挂满枝头，让人充满希望，让人充满幻想。

这些日子，省报、市报整版套红广告都是宣传“春江花月液”的，同时，电台、电视台每天都集中一段时间介绍“春江花月液”，东州城的主要商场、药店都挂着“春江花月液”的大幅广告。同时，密密麻麻的“春江花月液”广告几乎包下了全省各市所有报纸的广告版面，半个月就攻下了东州城，东州城市场打下来之后，全省的其他城市不攻自破。他的广告轰炸战术取得了出人意料的效果。应该说，在商业运筹上，他的谋略、马杰的胆量、贝妮的细致和白明海的执行力，构成了他们商海淘金的最佳组合。当然他们也利用了一切可以利用的优势，到目前为止，他们是成功的，也是幸运的。

“我还是女人吗?”马杰的老婆白雪经常这样问自己。她一直为自己找不到做女人的感觉而苦恼。直到她在省委附近开了一家美容院并因此结识了省委副书记邵玉欣以后，才终于找到了点儿做女人的感觉。起初她并不明白邵玉欣为什么喜欢自己的美容院，几乎每个周末都要来美容一次，随着她对邵玉欣越来越熟悉，才终于悟明白，邵玉欣也是一个找不到做女人感觉的人，她喜欢到美容院，无非是寻找做女人的感觉。在白雪心目中，最有女人味儿的是欧贝妮，但是她深知自己做不了欧贝妮式的女人，因此她非常羡慕江冰冰模仿欧贝妮的勇气，她没有江冰冰的勇气，但又渴望找回做女人的感觉，因此常找江冰冰切磋做女人的心得。

星期六上午，江冰冰在美容院一边做头发，一边与白雪唠闲嗑，邵玉欣满脸倦容地走了进来。她梳着女干部常梳的齐耳短发，面容中性，有一种居高临下的气度。白雪赶紧迎上去殷勤地招呼道："哎呀，邵书记来了，我正盼着您呢！"邵玉欣像是走了一宿的夜路，终于看见启明星似的，一张紧绷绷的脸顿时松弛下来，犹如摘下了箍在脸上的面具，眼角顿时多了一些鱼尾纹，人似乎一下子也长了几岁。她疲倦地对白雪说，只有走进这里，我才想起自己是个女人。白雪一边让手下给邵玉欣沏茶，一边恭维她是巾帼不让须眉，可以让无数男人竞折腰。邵玉欣虽然喜欢听白雪的甜言蜜语，但不喜欢听她称自己"邵书记"，还不见外地倾诉道："我跟你说过多次，我到你这里放松来了，不要叫我书记，就叫大姐，好吗？你是不知道一个人不能做女人，只能做领导，不能做自己，只能做书记的痛苦啊！"白雪是个性情直爽、脾气刚烈的人，和马杰结婚十几年几乎没撒过娇，平时对那些很会小鸟依人的女人既羡慕又嫉妒，其实她时常对自己缺乏女人味儿很自卑，只有见到邵玉欣时她才觉得自己的确是个女人。听邵玉欣这么说，她心情会格外好，大姐长大姐短的不离口，还用宽慰的口吻说："大姐，您知道我为什么盼着您来吗？因为只有您来了，我才能找到做女人的感觉。"邵玉欣听了这话还以为她羡慕自己有女人味儿，心里特别受用。于是白雪借机把江冰冰介绍给邵玉欣，邵玉欣高兴地拉着江冰冰的手称赞商政聪明，江冰冰圆熟地说，还望邵书记多多关照他。邵玉欣冠冕堂皇地说："用不着我关照的，商政跟着廖天北还愁没有好前程？"俗话说，三个女人一台戏，什么美容啦、服装啦，邵玉欣似乎很陶醉这些女人的话题。做头发时，邵玉欣提出请白雪和江冰冰一会儿陪她逛逛街，白雪答应得非常爽快。其实白雪不止一次地陪邵玉欣逛过街，她很享受邵玉欣碍于自己的身份只逛不买的无奈。她之所以很享受，完全是出于五十步笑百步的心理，当一个普通女人目睹一个位高权重的女人想做女人而做不成时，难免有几分幸灾乐祸的心理。

一进商城，邵玉欣径直来到化妆品柜台。“白雪，我特别喜欢法国大牌子的口红，只是我现在的身份，不适合用。”邵玉欣望着琳琅满目的口红，略显失落地说。“大姐，今天是周末，你就当自己是普通女人，不妨让小姐拿样品，你试试！”白雪一边怂恿邵玉欣一边问柜台小姐，“兰蔻的口红都有什么红的？”“什么红都有，如果是这位女士用，暗红色好一点。”柜台小姐说着递给邵玉欣一个样品，邵玉欣照着镜子在自己的嘴唇上抹了一圈，上下唇瓣抿了抿，镜子里的女人顿时光鲜了不少。“真好看！”白雪和江冰冰一齐恭维道。邵玉欣美滋滋地在镜子前欣赏了半天，然后摇了摇头，接过柜台小姐递过来的纸巾擦掉口红，爱不释手地放在了柜台上。来到金银珠宝首饰柜台，邵玉欣在一条白金镶钻手链前停住了脚步。江冰冰一看这条精美的白金镶钻手链标价五万八千元，心里禁不住啧啧称赏。邵玉欣让柜台小姐拿出手链戴在自己胖乎乎的手腕上，左看看右看看，就是不愿意摘下来，直到柜台小姐不耐烦地问：“女士，买不买，你戴着特别漂亮。”邵玉欣恋恋不舍地摘下手链，酸溜溜地说：“小妹妹，这么精美的手链谁戴上都漂亮。”三个人乘滚梯上了二楼，二楼都是时尚精品女装，全部都是世界名牌，每件都价值不菲。三个人来到“凯撒”品牌专柜前，一个洋模特身上穿的一套墨绿色套装吸引了邵玉欣。“白雪，冰冰，我穿这套服装会好看吗？”邵玉欣一边用十分喜爱的目光端详着服装，一边问。“一定好看，试试吧。”江冰冰微笑着说。服务小姐取了一套服装，邵玉欣微胖，对服务小姐说：“得穿大号的。”小姐又换了一套大号的。邵玉欣兴奋地走进更衣室。江冰冰看着更衣室心想，官当大了真累，特别是女人，女人当官必然要失去做女人的乐趣，一个做不成女人的女人该有多痛苦。比如邵玉欣一定不会与丈夫撒娇儿，她试过的商品绝对买得起，但是她买回去，却不能用、不能戴、不能穿，只能放在家里看。有谁见过女省委副书记穿着露背装，抹着兰蔻口红，戴着铂金镶钻手链出入公众场合的？因此江冰冰断定上万元的“凯撒”套装邵玉欣再喜欢，也只能试试。这么一想，江冰冰庆幸自己是个普通女人。

邵玉欣从更衣室里出来，像模特一样走了三圈，白雪和江冰冰都赞不绝口。两个女人都恭维邵玉欣天生就是衣服架子，穿上这套凯撒服装真是光彩照人！服务小姐也说邵玉欣穿着好看，一个劲儿地劝她买。然而，在更衣室里，邵玉欣还是恋恋不舍地脱下这套服装。

就在他感觉自己的血肉像土地一样一天一天地肥沃起来时，“春江花月液”的全部广告被省工商局广告处查封了，理由是在满天乱飞的“春江花月液”

广告中，到处充斥着不实之词、夸大之举、违规之行。他得知消息后，一个劲地埋怨自己被胜利冲昏了头脑。尽管马杰、贝妮和白明海急得像热锅上的蚂蚁，但是几个人的主心骨仍然是他。然而他碍于自己的身份不方便直接出面干预，他左思右想，猛然想起江冰冰常跟自己提起，邵玉欣常到白雪的美容院做美容，关系处得像姐妹一样。尽管他从来都不认为以邵玉欣的身份会真拿白雪当姐妹，但是这种逢场作戏的关系倒是可以利用。于是他和马杰商量，可不可以让白雪找一找邵玉欣的秘书，请她的秘书给疏通一下，马杰也知道邵玉欣常常去白雪的美容院做美容，但他并不觉得自己的老婆能有这么大的力度，否则做梦都盼着夫贵妻荣的老婆怎么可能还容忍他做小小的派出所所长。马杰在他面前提出了自己的顾虑，他坚持认为，这件事对邵玉欣的秘书来说不过是举手之劳，别忘了邵玉欣可是主管全省的组织工作。马杰只好答应试一试，无论是他，还是贝妮和白明海，对马杰都抱着极大的希望。结果马杰反馈的消息却极其令人失望。因为邵玉欣的秘书出事了，据说是被自己的老公传染上了性病，邵玉欣得知消息后，一气之下废掉了秘书，新秘书暂时还没有人选，他听了这个消息后简直是哭笑不得。就在他一筹莫展之际，他抓住了一个难得的机会。因为廖天北在他的建议下，一直喝着“春江花月液”，当时他告诉廖天北，罗立山喝了“春江花月液”头发都变黑了，廖天北立即让他也弄两箱尝尝，没想到这么一尝，廖天北便喝上了瘾。就在他挂断马杰电话、心里盘算着如何破解眼前这道难题之际，廖天北会见完外宾推门走进办公室，他一进门就满面红光地说：“商政，‘春江花月液’我可喝没了，再给我弄两箱。”他一听心里一阵窃喜，左眼皮顿时跳了起来，他压抑着流淌在血液中的兴奋，故作为难地说：“廖市长，弄不到了。”一句话，廖天北就像是走路不小心一头撞在了墙上似的，一双泛着血丝的小眼睛瞪着他，脸一沉问：“怎么弄不到了？”他露出一副抱不平的表情，避开廖天北的目光，一丝无奈在眉宇间闪过，瞬间又挂在了恭敬的嘴角边，用抱怨的口吻说：“被省工商局查封了，说广告词有问题。其实就是没拜码头。我跟您说过，经销商是我的朋友，刚才还打电话让我帮忙疏通一下，可是省工商局并不归东州市管，我正犯难呢。”廖天北别有深意地看了他一眼，看得他后脊梁骨直冒凉气，心里升起一种被戳穿的恐惧，然而廖天北的心思似乎并不在他的脸上，显然对“春江花月液”更感兴趣，气哼哼地说了一句“乱弹琴”，然后一把操起电话愤愤地说：“‘春江花月液’，我和罗书记喝了这么长时间了，都觉得是好产品，这么好的产品怎么说查封就查封了呢？我得问问‘大胡子’。”省工商局局长因胡子重得了个“大胡子”的雅号。廖天北打完电话，他才弄明白"春江花月液"广告被查封的真实原因。原来"大胡子"也喝了很长时间"春江花月液"，只是"大胡子"越喝越觉得自己像换了一个人，甚至连他老婆都说丈夫越来越不像自己的老公了，属下也觉得自己的局长像换了一个人，一个人怎么可能成为另外一个人呢？后来"大胡子"仔细品味才发现都是喝"春江花月液"闹的，一定是喝太多产生了幻觉。"大胡子"觉得"春江花月液"太可怕了，喝了竟然可以迷失自己，这才决定查封。廖天北听后骂"大胡子"荒唐，问其是不是喝过量了，"大胡子"承认确实是多喝了一倍的量。廖天北质问道，为什么不按量喝？"大胡子"支吾半天才承认都是老婆闹的，廖天北一听才恍然大悟，因为"大胡子"二婚娶了一个小媳妇。挂断电话，廖天北笑呵呵地说："商政，你告诉你的朋友去省工商局广告处找一下水处长，办个手续，就没事了。"他一听非常高兴地说："廖市长，我替我朋友谢谢您了！"廖天北没说什么，他趁机溜出自己的办公室，找一个僻静处给白明海打电话，让白明海赶紧打听一下水处长的爱好，白明海说已经打听明白了，水处长是个京剧票友，唯一的爱好就是收藏脸谱。他只好又给市京剧院院长打电话，撒谎说有一位日本外商是廖市长的朋友，很喜欢中国的京剧脸谱，能不能帮忙搞几副有收藏价值的。院长一听是廖市长的朋友又是外宾，当即答应可以转让手中收藏的卷轴《闹天宫》，他赶紧让白明海去取，并亲自约水处长晚上吃饭。

水处长叫水彪，长得膀大腰圆，是个大块头，大脑袋、大鼻子、大眼睛、大耳朵，说话也是个大嗓门，给人的印象还真像个唱花脸的。他一见水彪就觉得此人是个性情中人，水彪为了套近乎，口口声声说和郭鹤年很熟，廖天北当副省长时刚好主管省工商局，水彪声称当时没少和郭鹤年打交道。他心想，早知道如此，让郭鹤年给水彪打个电话或许就能摆平此事。转念一想，不对，查封"春江花月液"广告的始作俑者是水彪的局长，并不是水彪，水彪怎么可能左右他的局长呢？但是有郭鹤年做话题，彼此的关系顿时拉近了许多。酒过三巡、菜过五味后，他给白明海使了个眼神，白明海心领神会地取出了脸谱卷轴，满脸堆笑地说："水处长，我听说您酷爱收藏京剧脸谱，老弟就多了个心眼，这是老弟特意为您准备的一副《闹天宫》京剧脸谱，也不知道您喜不喜欢？"说完缓缓展开了卷轴，尽管他和马杰、贝妮都是京剧外行，但是也被卷轴上精美的脸谱深深震撼了。画面的上方为美猴王，中间的蓝脸为雷公，绿脸的是青龙，下为白虎，笔法精到，谱式古朴，水彪接到手里目光炯炯，爱不释手。众人欣赏完脸谱后，水彪郑重地敬了一杯感谢酒，言称"想不到一场风波，让水某有如此收获"。空气中弥漫着贝妮身上散发出的体香，她低垂头，欣赏着卷轴上的脸谱，脸上挂着令人迷醉的微笑，好奇地说："水处长，既然您如此酷爱脸谱，一定对脸谱有一番独到的理解，可不可以和我们分享一下？"水彪仰起圆乎乎的下巴，枪管般的鼻孔里长满了鼻毛，好像此人的大脑袋是由于鼻孔堵塞而憋大的似的，尤其是一对玻璃球似的眼珠子，扫视众人时让人有一种无处隐藏的感觉，见众人对其收藏心得感兴趣，水彪感慨地说："一件好的脸谱，要让观众一眼就能识别出它的忠奸、贤愚、悲欢。"马杰蹙眉的表情活生生一张脸谱，仿佛心中早就背熟了所有台词，兴致盎然地问："怎么才能识别出忠奸、贤愚、悲欢呢？"水彪清了清嗓子，又扬了扬眉毛，脸上挂着大花脸似的神情，用卖弄的口吻说："京剧中的脸谱主要用于净角和丑角两类男性角色，每个脸谱都有三种以上的颜色组成，其中的'主色'象征人物的类型、性格、气度。颜色大体遵循以下规律：红色代表忠贞英勇，黑色代表刚直不阿，白色代表阴险奸诈，蓝色代表……"贝妮的体内似乎潜蜷着一个好奇的幽灵，总能提出令人惊愕的问题，就像她的脸蛋一样引人注目，没等水彪说完，她便发现了端倪，娇媚地一笑，插嘴问："在现实中，黑色代表黑暗、肮脏、丑陋，白色代表光明、圣洁、纯真，怎么在京剧里黑白的用意竟然颠倒了？"这个问题显然问到了点子上，水彪兴奋地晃动着平滑的大脑袋，仿佛空气受到了挤压，顿时颤抖起来，见众人屏息凝神，水彪兴致勃勃地说："这也恰恰是脸谱艺术的迷人之处，其实生活当中很多人都拥有一张脸谱，你很难看见他们真实的脸，因为真实的脸一直藏在脸谱后面，识别这些脸谱可比识别舞台上的脸谱要复杂得多、困难得多。"他的表情像是跋涉了很久，伴随着一声疲倦似的轻叹，脸上的毛孔里渗透出一种沧桑般的优雅，他颇为惆怅地说："是啊，水处长的话让我想起王尔德的长篇小说《道连·格雷的画像》，道连对那幅能够映射出其灵魂的'画像'充满恐惧之心，毫无疑问，他那张俊美的脸其实就是脸谱，而画布上的面孔才是他真实的脸。实际上，'道貌岸然'这个成语说的就是指有两张脸的人。"水彪眨着一对凸出的眼球，眼白带着烟熏似的黄色，神态颇为感慨，眼睛深处潜藏着的另一个我在探头探脑，正凝视着高高的杯子里冒着白沫的黄色的啤酒，水彪换了一副深沉的口吻，喘着粗气说："没有舞台就没有戏剧的脸谱，生活当中为什么有那么多人不敢露真容，只靠脸谱活着，根本原因就是滋生脸谱的土壤太肥沃，人们迷失在名、权、利当中，哪儿还记得有一个自我呢？"马杰一向对自我不感兴趣，狡黠地眨了眨眼睛，点上一支烟，叼在嘴角，对着烟的一只眼睛眯着，好奇地问："水处长如此酷爱收藏脸谱，一定是出身京剧世家吧？"一句话似乎问到了水彪的痛处，表情很像是梵高打着绷带抽着烟斗的自画像，只是脸比梵高圆许多，好像耳朵因伤发炎而肿成这样似的，水彪惭愧地摆了摆手说："什么京剧世家，纯属个人爱好。旧社会时，我爷爷是走街串巷推车卖烧酒的，家里穷得叮当响。有一天下着小雨，我爷爷卖了一天的烧酒，一点也没卖出去，憋了一肚子气，回了家。回到家里。让我奶奶给他炒肉，他要喝酒，我奶奶说，家里都快揭不开锅了，哪有肉呀，我爷爷脾气特别火爆，说老子累了一天，想吃点肉都吃不上，顺手拿起一把杀猪刀在自己大腿上就剜了一块肉，扔在桌子上，告诉我奶奶去给他炒了，我奶奶吓坏了，结果，没钱治伤，伤口化脓溃烂而死。"众人听后无不露出惊愕的神情。他像一个长途跋涉的行者，露出一副终于到达目的地的表情，向白明海使了一个眼色，以兄长式的口吻说："明海，今天水处长帮了你的大忙，你还不敬水大哥一杯。"白明海心领神会地为水彪斟满酒，啤酒杯里冒着嘶嘶响的白沫，空气里顿时弥漫着酒香，白明海端起自己的酒杯，一脸诚意地说："水处长，您帮了'春江花月液'的大忙，但是，您帮的更大的忙是让我们通过脸谱学会如何认识自己，也如何认识他人。我们这些在名利场上打拼的人是最容易找不着脸的，今天水大哥一席话让我懂得了脸的重要意义，就为这个意义，我先干为敬！"水彪几乎是将酒倒进了自己的大嘴里，肚子里传出咕噜噜的响声，然后打了一个响嗝，嘻嘻笑着说了一句"好小子！"他心头涌起一股犯罪似的快感，鼻孔里喷着笑，动容地说："水大哥，我和马杰是大学同学，亲如兄弟，明海是马杰的小舅子，所以这个面我必须得出。"水彪带着一丝狡猾的微笑，别有深意地看了看马杰，又看了看他，用揭秘似的口吻，逗趣地说："你和马杰长得如此相像，简直就是一个人的两个身体，何止是亲兄弟，依我看，明海不只是马杰的小舅子，也是你的小舅子吧，是不是？"贝妮被逗得咯咯笑着，笑得花枝乱颤，仿佛整个人都在熠熠闪光，她不失时机地说："水大哥，听说您不仅收藏脸谱，还是京剧票友，能不能给我们来一段大花脸，让我们开开眼。"一句话正说到水彪的兴奋点上，当即让服务员打开卡拉OK，点了包拯的《铡美案》，一嗓子唱出来了，字正腔圆，嗓音浑厚，声如洪钟……

他亲自开车送水彪回家，回来的路上他有一种重铸自我的快感，也有一种迷失方向的惊恐，随着自我意识越来越膨胀，他感到了潜移默化的变化，但是他弄不清是周遭的世界在变，还是自己在变，变得似乎自己的人生正在偏离正轨，抑或是刚刚走上正轨。他心里只有一个念头，我要上路，再也无法拖延了。他觉得自己越来越有能力掌握自己的未来，但他也明白，目前掌控他的并不是自己，而是自己心目中的他人。这个他人就像悄悄爬进他车内的霓虹灯光，企图把他引入某种无言的梦境。他不止一次地设想过这个梦境，一直以来他认为这是个难以企及的境界，他万万没想到或许这个梦境即将成为现实。因为在廖天北的头脑中，东州城再也不是按照“一主生两仪，两仪生四象，四象生八卦”的理想营建的风水宝地，而是一个交通无处不“栓塞”，根本无法畅通无阻的城市。廖天北一直酝酿要给东州古城的交通动手术，如今在专家们的建议下，一条环绕城乡接合部的环路即将修建，一旦建成，犹如一顶金光灿灿的王冠，因此廖天北称之为“王冠路”。虽然建设王冠路的资金八字还没有一撇，但是，他最了解廖天北的脾气，只要他决定干的事，九头牛也拉不回来。目前王冠路还只是在廖天北的脑海中，消息并未外露，一旦消息公布出去，王冠路两边的地价就会翻着跟头往上涨。正因为如此，他心中燃起一束巨大的光芒，这束光芒像一团火烧灼着他的五脏六腑，使他不得安宁，跃跃欲试！他甚至觉得，自己就是由这团火所烧制出的人物，“春江花月液”广告查封事件让他想了很多，应该说，“春江花月液”并没有多高的科技含量和技术难度，之所以热销，完全依靠高频率的广告，如今保健品市场鱼龙混杂，仿冒的“春江花月液”极大地诋毁了产品的美誉度。俗话说，凡事见好就收，应该集中资金干大事！这个大事是什么？他心里有了一个轮廓，只是被查封事件闹得他一直没来得及与马杰、贝妮和白明海商量，如今广告风波已经过去了，埋藏在他心中的那团火又熊熊燃烧起来，烧得他握方向盘的双手都有些颤抖，琥珀色的车灯照得前方一片通明，前方分明就是一个充满诱惑的新世界，他情不自禁地深踩油门，加快了车速，心里不停地想，只要一直走，就会离新世界越来越近。他甚至觉得随着车速的增加，周遭的旧世界已经被抛诸脑后。

他知道如果不让自己内心世界的火团释放出来，他会被烧成一团灰烬，因此第二天晚饭后，他就将马杰、贝妮和白明海叫到自己的家里，竹筒倒豆子似的讲了自己的想法，话一出口，几个人便目瞪口呆地面面相觑，因为他的想法太大胆了，竟然异想天开地想在王冠路周边押一块地。还振振有词地说：“我断定一旦市政府公布修建‘王冠路’，路两边的地价肯定疯涨，我的意思是咱们算算账，我们现在能出多少钱，现在买肯定便宜，因为修路的消息还只是个方案。”马杰很清楚这个计划一旦实施，无论成败他们都将步入另一种生活，因此难以抑制的疑虑从后背扩散开来，伴随着疑虑，似乎潜意识里有一个魔鬼在蠢蠢欲动，空气似乎变得沉重起来，马杰思忖良久，还是顾虑重重地问：“商政，你这消息有把握吗？要是没把握，一旦咱们押了一块地，结果路不修了，那么这两年咱们可就白忙活了。”贝妮也露出怀疑的神情，讶异地看着他，仿佛在看一个可怜的无家可归的流浪汉，秀眉微蹙地说：“这得需要一大笔钱，一旦倾囊投出去，‘春江花月液’怎么办？”一种深沉冷静的表情浮现在他的脸上，他刚毅地笑了笑，态度坚定地说：“‘春江花月液’的生命力是有局限性的，咱们已经做得很不错了，我的意思是见好就收，开辟新的领域。明海，我们一次性能拿出多少钱？”白明海一直没表态，神情像是突然被困在躯壳里一般，脸上始终挂着谨慎的微笑，慎重地说：“大哥，我回去得先拢一拢账。”他没再纠缠资金的问题，而是将话题引到了选址上。几个人经过一番激烈的讨论后，最后选定了位于北郊金陵区的小刘屯。这个小刘屯有个金牛集团，是个政治经济合一的组织，村委会成员分别兼任集团及下属公司的各级管理职务。董事长同时担任村主任。这两年金牛集团从农民手中把耕地征上来变为国有，搞房地产开发，盖了不少小别墅，叫金牛花园，因此贷了不少款，但由于地点不好，道路也不通畅，周边既无山，又无水，更无林，根本卖不出去，一栋两百多平方米的小别墅，盖得非常漂亮，三五十万无人问津。应该说金牛集团资金相当紧张，快撑不下去了。正因为他对这个情况了如指掌，才野心勃勃地产生了买地的想法，其实他早就看好了小刘屯这块肥肉。最后他深思熟虑地说：“我看过市规划局修建王冠路的示意图，王冠路正好从小刘屯附近穿过去。据我了解金牛集团存有大量的商业用地，贝妮、明海，明天你们就与小刘屯村委会接触，将他们未开发的房地产用地全部买下来，咱们这次要是赌成了，我保你们个个都有一个新人生。”经过他这么一煽动，几个人都热血沸腾起来，仿佛在大海上夜航，猛然看见了灯塔，那灯塔的光线宛若一种召唤，使得每个人似乎都看见了自己未来的人生……

两天以后，廖天北率团出访香港。此行的目的就是为建设王冠路而招商引资。他的计划也在暗中紧锣密鼓地进行着。刚刚送走廖天北回到办公室，贝妮和明海就前后脚跟了进来。他现在像登山家一样正跃跃欲试地攀登顶峰，完全沉浸在征服高山的欲望之中，一看见贝妮和白明海，便迫不及待地问：“买地的事办得怎么样了？”贝妮娉婷地站在他面前，故作不顺地轻叹一声，他顿时露出焦虑的神情，急切地问：“怎么，谈得不顺利？”贝妮本想和他开个玩笑，见他如此认真，心头涌出怜悯之情，莞尔一笑说：“我和明海去小刘屯接触了一下，接待我们的是金牛集团总经理关文蕙，她是个留日的博士，很有水平，不过金牛集团资金很紧张，巴不得把地变成钱，目前他们拟搞房地产开发的土地还有一千多亩，每亩地的价钱很合算，现在就等你拿主意了。”他听后长舒了一口气，见贝妮和白明海的脸上还挂着疑虑的神情，便用毋庸置疑的语气说：“我陪廖市长接待过一位香港的企业家，一次他到东南亚考察时，发现某国正在筹建一条高速公路，虽然当地政府给出了十分优惠的条件，但因该路段车流量小，而没人愿意干。这位企业家胆大心细，在考察时却发现它的旁边有一个储量十分可观的大油田，他以其非凡的判断力，认定这必将带来丰厚的利润，于是他以跳楼的决心毅然拿出全部资产，并以房产向银行抵押贷款，买下了拟建高速公路的土地。最后他成了商场上的大赢家。"白明海一直在自己头脑的疑虑小屋内徘徊，眼睛深处蹲伏着一个心事重重的小人儿，信心不足地质疑道："大哥，咱这块地与他的情况不一样，这块地周围不仅没有大油田，连片像样的树林子也没有。""是啊，"贝妮也犹豫不决地说，"用不用再斟酌斟酌？""你们的担心我都想过，"他胸有成竹地说，"我详细研究了王冠路修完后的车流量，小刘屯正是它的咽喉，我相信我的判断力，机不可失，趁小刘屯还没有觉醒，你们抓紧签合同吧。"三个人又讨论了一番细节，白明海和贝妮匆匆走了。

屋子里瞬间静了下来，不知为什么，他猛然有一种茫然若失的感觉，他一向认为自己是一个政治信念无比坚定的人，不知不觉中，自己的人生轨迹竟然悄悄发生了偏离，而且离既定的目标越来越远，尽管新的目标像海浪一样在他心中涌动，但是他担心这个新的目标也像那个在政治上既定的目标一样，不过是一块西西弗斯推来推去的石头。但是幽暗的海水给了他勇气，寻找自我的渴望迫使他不得不投身大海。

很显然，商政试图突围，这用不着我猜测，这是他必然的选择。因为他在仕途上逗留得越久，他就越觉得自己被封闭或者说囚禁在了一个狭小的世界里，他被封闭或者说囚禁得越久，他心目中的自我或者他人就越像灯塔一样召唤他，突围是他意识到囚笼之外有更大的世界却又因囚禁而无法企及之后的主动选择。然而，他只能借助夜色突围，尽管他穿着雪白的衣衫，却只能被夜色染成灰色。找不到意义的生活是可以容忍的，事实上许多人也正是这么生活着，这些人甚至已经习惯了找不到意义的生活，然而找不到自我的生活却是无法设想的。这也恰恰是商政选择突围的初衷。在我看来，没有自我的生命算不得生活，哪怕选择做他人的生活也比选择找不到意义的生活有价值，比如我就感觉在选择成为商政的过程中越来越接近我自己。也许每个人心目中的偶像都可能是理想的自我，做他人或许也是寻找自我的必然过程，但是随着我对商政未来命运的猜测，却越来越陷入一种"我在，因此商政不在"或者"我不在，因此商政在"的困境。我不知道这种困境说明了什么，但至少让我意识到商政的精神危机，不仅仅是他自己的，也是我的，更是现代人的。因为商政的精神危机是根本性的，要解决商政的困境，不能期待一劳永逸的答案，只能依靠每个人在价值信仰上的自决。遗憾的是我们没有信仰，因为我们没有本土宗教。我们只能忠实于自我，然而自我是什么，始终是个谜。于是我们开始在“他人”的世界里游荡，正如我此时正游荡于商政的世界里一样，却发现“他人”要么迷失在权力之中，要么迷失在财富之中，要么迷失在美色之中，要么迷失在模仿之中，我真希望能有一种信仰犹如灯塔召唤着商政，哪怕他迷失于信仰之中，也比像大灰狼一样突围强得多，然而，这是怎样一种妄想啊！为此，我越来越为商政担心起来，越担心，就越觉得和商政挨得越近，几乎是身体挨身体，影子挨影子，整日如影随形，我发现尽管我只是在猜测商政的命运，但是我却觉得我经历过商政的命运，最起码他的一部分就是我本人，或者说我只有思考他时才发现我是我。莫非每个人都有两套记忆，不，不是记忆，应该是想象，我发现只有停止想象时，我才是我，可是我的想象却一刻也停不下来，想象几乎成了我认识世界的一个支点，我发现，我之所以痴迷于对商政命运的猜测或者说是想象，根本就是，这种猜测或者想象是对我自己生命价值的一种确证。

猜测三

我不知道为什么，在我的梦中经常出现龙泉寺和太清宫，两座像穹宇一样的庙宇相互毗邻，只留下一条狭窄的石板路笔直地穿过高大的灰墙间，一个孤独的黑影仿佛灵魂出窍的我，在黑暗中孑然而立。“你是谁？”每次那个幽灵般的黑影出现在我的梦中，我都会情不自禁地问。“我是非我。”黑影鬼魅地回答。我心想，“非我”的意思应该是指“不是我”。“‘不是我’，那是谁？难道是‘他人’？”我试图贴近黑影问个明白，但是那黑影像一团黑雾飘来荡去，我试探地问：“我怎么觉得你是另一个我？”黑影在浓重的黑暗中轻轻地抖动着说：“别自作多情，你不过是我的棺材，你这躯壳，我被你压抑得太久了，像阴森的蛹，不错，我是你的自我，但是自我是思想，它需要火花，而不是沉睡。”我被它阴森而迷人的魅力所吸引，麻木地问：“这么说，你承认你是另一个我？”心想，看你还将说什么，你这见不得光的幽魂。黑影突然幻化成一副白亮白亮的骷髅的模样，张牙舞爪地大声说：“另一个我就是非我。”笑毕又化作一团黑雾，复归黑暗。我尽量逼近黑影，谨慎地问：“这么说，你承认非我由我而生，我们是一体，为什么还要分开？”黑影冷笑道：“你也配称作我，你不仅是一副像棺材似的躯壳，而且是被制作出来的一副面具，你是被规定好了的，你是用一种思想雕塑而成，你不配和我成为一体，除非……”“除非什么？”我迫不及待地问。“除非你拥有信仰。”黑影斩钉截铁地回答。我心想：“这么说我的信仰迷失了？”连忙问：“怎样才能找到我的信仰？”黑影突然化作一只乌鸦“呱呱”叫着飞入黑暗之中，我高声问：“喂，你去哪儿？”话音刚落，两座庙宇的高墙向我挤压过来，我撒腿就跑，虽然健步如飞，却原地不动，终于被两面灰色的高墙挤压得像一片枯叶，我拼命喊拼命挣扎，却怎么也动弹不得，要不是身边躺着冰冰，听到我被魇住的呻吟声而推醒我，我大概会背气而死。我知道我之所以做这么奇怪的梦，大概是由于内心的恐惧造成的，不知道为什么自从我给廖天北当上秘书以后，心中会时常产生一种莫名的恐惧，特别是我发现其实廖天北内心深处也藏着一种恐惧之后，我的恐惧才演化成了梦境。那个幽灵般的黑影究竟意味着什么？为什么像鬼魅似的死缠着我？我曾经几次想将这个梦告诉廖天北，问问他是不是也做过这种怪梦，但是我始终没有勇气。我猜测他也一定时常被怪梦纠缠，不然他不会倒出空就去拜会龙泉寺智真和尚。这不，星期天早晨也不让我睡个懒觉，非让我陪他去龙泉寺跑一趟，说是昨天晚上一宿没睡好觉，总做怪梦，想找智真大师解解梦。我挂断电话心中窃喜，原来廖天北也做怪梦，只是不知道他的怪梦是不是和我的怪梦一样。

东州城里流传着一句俗语，叫“先有龙泉寺，后有东州城”。龙泉寺位于汉阳街北爱莫斯商城的后身，始建年代不详，是东州市最大的佛教寺院。寺院三进院落，前为山门，山门石头门柱上刻有一副对联，上联是“紫气黑水”，下联是“佛光白山”。两侧有钟鼓楼，中为天王殿，后为大雄宝殿、藏经楼。天王殿为硬山式建筑，正脊透雕四龙戏珠，形象生动。主殿大雄宝殿有如来佛、观世音、十八罗汉等。寺内有一口古井，传说努尔哈赤喝过这古井里的水，故民间称这口古井为“龙泉”。龙泉寺由此而得名。

我陪同廖天北乘车来到龙泉寺，恰巧住持智真大师在寺中读经。廖天北觉得今天佛缘不浅，甚是欣慰。小沙弥通报智真有贵客造访，智真身披袈裟出来相迎，老和尚童颜皓首、须眉皆白，手里掐着一串沉香念珠，双手合十热情地说：“阿弥陀佛，廖市长，您来得正好，我刚刚沏了好茶。”空气中有一种若有若无的香火气味，仿佛被阳光烧灼得变了质，廖天北嗅了嗅鼻子，像是很受用这种气味似的，爽声笑道：“缘分缘分，智真师傅，我还真怕你云游不在呢。”老和尚和善的双眸里闪烁着慈祥的目光，一边恭维廖天北是个有佛性的人，一边将廖天北和我请进了客堂。客堂正中挂着智真亲书的宋代草堂禅师的妙偈：“云岩寂寂无巢臼，灿烂宗风是道吾；深信高禅知此意，闲行闲坐任荣枯。”我们分宾主落座后，小沙弥上了茶。老和尚眼睛不大，却炯炯有神，只是脸庞有些古板，一看就是长期打坐，早已经习惯了黑暗的人。“廖市长，”智真慈祥地说，“我估摸你这两天准来，所以特地准备了这种茶。这是我云游到云南带回来的高原野玫瑰花，它产于三千米以上的高海拔地区，属于小种带刺野玫瑰，性质温和，它虽看上去是深红色，沏出来的水却是淡绿色，具有养肝、护肝、清肝明目的作用，常喝去肝火，看廖市长的气色像是睡眠不好，是不是常常感到心里没着没落的?”茶杯里指甲大的玫瑰花伸展着细嫩的花瓣，香气四溢地在杯子里打着圈圈，我赶紧端起茶杯品了品，淡绿色的茶水一入口便觉得味道纯和，伴有清香，果然不错。廖天北眉头轻蹙，一脸焦虑，仿佛发现了灵魂的缺口，令他心神不宁，他一边品茶一边心事重重地说：“智真师傅，最近总是怪梦缠身，一个黑影总是出现在我的梦中，我问他是谁，他自称是非我。大师可否为我解解这个梦?”原来如此，这是我内心的真实反应，我早就预感廖天北会做这种梦，我为我的预感而惬意，嘴边噙着深思般的淡淡的微笑，心里却急不可耐地希望老和尚能够指点迷津。智真用平静、智慧，又充满怀疑的眼神注视着廖天北，似乎在判断廖天北的灵魂是否躲在躯壳内，思忖片刻，老和尚慈眉善目地笑道：“我倒不觉得你梦中的黑影是黑色的。之所以你觉得这个黑影是黑色的，是因为你的梦境是黑色的。一根点燃的蜡烛在阳光的照耀下是看不见光芒的，因为烛火照耀的不是地方，它的周围除了光一无所有。其实出现在你梦中的黑影不是别的，恰恰是你的灵魂，或者说是你的自我，之所以幻化为黑影，是因为它的周围除了黑暗一无所有。正如烛火必须身处黑暗之中才会发光一样，你何不试着将梦中的黑影置于阳光之下，或许这个黑影就会显现出真实的身份，廖市长，你知道你的真实身份吗?”“东州市市长啊!”廖天北脱口而出。“非也，”智真一边摆手一边摇头说，“市长并不是你的身份，而是你的欲望，你之所以心生恐惧，都是因为欲望成瘾的缘故啊!”廖天北像是被撕下了面具，露出无处逃匿的表情，好像郁结在心头的痛苦一下子涌在了脸上，他长叹一声道：“智真师傅，什么样的土地长什么样的庄稼，我倒是想变成一柄烛火，给东州的百姓烧个鸿运当头，可是火苗太小，一口气就吹灭了！做自己难，做想做自己的市长更难啊!”智真非常同情地凝视着廖天北，好像注视着一颗孤独的灵魂正艰难地攀登一根陡峭的绳索。我用既敬畏又迷茫的眼神观察着他俩，心里猛然升起一种可怕的坠落感，心脏不住地偷停。一阵令人难耐的沉默后，老和尚用试探的口吻说：“廖市长，老衲有一心事憋在心里很久了，不知当讲不当讲?”廖天北的心正被黑暗笼罩着，急欲捕捉星星之火，我发现他的眼白布满了火一样的血丝，他迫不及待地说："大师请讲。"老和尚露出回忆的神情，目光似真似幻，仿佛思绪飞出了体外，周身闪耀着苍白的光晕，他抿了一口茶，慢条斯理却又充满期待地说："东州城有东西南北四塔，只可惜西塔'文革'时期被毁，廖市长如能复建西塔，功德无量。"廖天北心目中试图捕捉到星星之火的渴望一下子破土萌芽，内心涌动着一股似是而非的欢喜，颇为期盼地说："还望智真师父讲明其中的缘由。"老和尚的思绪似乎回到了心灵的堡垒，神态安详，目光平和，就像是一尊很久没有再粉金的佛像，神情庄重地说："从风水的角度讲，古人认为，东、西、南、北四方各有一神，分别是青龙、白虎、朱雀、玄武。东方的青龙是吉祥之神，西方的白虎是凶神。南方之神是朱雀，朱雀属火，所以，都城之南必有水；北方之神是玄武，玄武属水因而城北必须有山。这就是俗话说的：前要照，后要靠。左青龙，右白虎，前朱雀，后玄武。东州城前有黑水，后有白山，顺应天道，才能得山川之灵气，受日月之光华。按五行来讲，木为东，火为南，金为西，水为北，土为中，重修西塔不仅可以镇住白虎，而且有利于东州城财源广进，老百姓鸿运当头啊！"听了老和尚的话，我心中泛起悸动的涟漪，心想，老祖宗在东州修了东西南北四个塔，一定有他的道理，如今西塔被毁，很像是一座城市的灵魂被敲掉了一个缺口。廖天北听了更是精神为之一振，目光中闪动着微弱的火焰，仿佛找到了自己灵魂出现缺口的原因，颇有同感地叹道："智真师父说得确实有道理，西塔'文革'时期被毁以后，东州城不是发大水，就是闹大旱啊。"老和尚的目光移向窗外，盯着墁地的青石方砖缝隙里一小撮枯黄的杂草，脸色如香灰一样苍白，目光忧郁地说："原本每座塔的下面建有庄严宝寺一座，每寺中供大佛一尊，左右佛二尊，菩萨八尊，天王四位，浮图一座。东为慧灯朗照，名曰永光寺；南为普安众庶，名曰广慈寺；西为虔祝圣寿，名曰延寿寺；北为流通正法，名曰法轮寺。原来四寺均有大量建筑，如今四寺建筑也在'文革'中被毁了，实际上毁掉的是文化，是信仰啊！眼下世人之所以道德沦丧、欲望横流，一个个浮躁得跟热锅上的蚂蚁似的，说一千道一万不就是什么都不信了吗？"一群麻雀落在那小撮杂草旁，无忧无虑地飞戏追逐，全然不顾庙堂的清幽静谧，我凝视着老和尚忧郁的神情，插嘴道："大师，也不是什么都不信，人们信权势，信金钱！"仿佛我的话荒诞不经，老和尚无法理解地摇了摇头，双手合十，心情沉重地说："罪过，罪过，商秘书，从远处看，人的渺小身躯像一个黑点，可是那个黑点一旦膨胀起来，像一个火球，烧毁的是人的心灵家园啊！"沉默让空气凝固起来，廖天北看了我一眼，似乎想看看我是否被烧得遍体鳞伤，然而我让他失望了，因为我们都无法看清对方的心灵。还是老和尚打破了沉寂，他慈眉善目地说："廖市长、商秘书，快到中午了，已经为你们准备好了斋饭，请吧。"廖天北这才从思绪中回过神来，下意识地舞动了一下手臂，环视了一下四周，好像他旁边总有个看不见的替身似的，然后爽朗地笑道："好啊，很长时间没吃龙泉寺的斋饭了，还真有些想啊！"

智真引路，我们来到寺内的如意斋，实际上就是专供方丈使用的小厨房，一进门一副楹联映入眼中，上联是"闲将云影和帘卷"，下联是"静折花枝当画看"。小间内一个圆桌铺着佛黄色桌布，几个木椅摆了一圈。我们随着智真焚烧礼拜，念了供养咒后才落座。不一会儿，小沙弥陆续把菜端上来。分别是香泥藏珍、禅味珍参、半月沉江、千层百叶、竹笙如意、东海金莲。原料基本是各种菌类、芋头、豆腐、土豆、竹笋、粉丝和时令蔬菜。由于是六道菜，话题自然就谈起了六道轮回，通过老和尚与廖天北的对话，我终于弄明白和尚吃素的原因。原来佛教认为，人与动物是相互转生的，动物不过是暂时堕落的人，吃动物，无异于人吃人。斋毕，又喝了会儿茶，廖天北出去方便，我借机向智真讨教："大师，一直想向您请教什么是佛？"窗外阳光灿烂，我觉得坐在我对面的老和尚仿佛悬浮在了半空，他端起茶杯轻轻地抿了一口茶，表情慈悲地说："佛就是觉悟。一切世间的善法都是佛。"我仿佛出离了自己，进入了佛的世界，我不知道这个世界是在此岸，还是在彼岸，但是我恍惚感到，眼前这个莫测高深的老和尚愈发有些虚幻，我唯恐他弃我而去，连忙追问："那么，色是什么？空又是什么呢？"太阳一定是被云朵遮住了，屋子里的光线顿时暗了许多，但鼓噪的蝉鸣愈发悦耳了，显得寺院格外幽静，老和尚的神情越发慈祥，他耐心地解释道："色是指纷乱的一切现象，空是没有恒常性，因此《心经》讲，色即是空，空即是色。"老和尚的眼睛像阳光下的湖水一样明亮，亮得纤尘不染，亮得宁静致远，亮得我都不敢直视，我避开他的目光，心神不宁地问："那么贪嗔痴又是指什么呢？"阳光骤然亮了起来，显然是遮蔽太阳的云朵移开了，或许是阳光映衬的缘故，老和尚的头顶笼罩着一道光晕，他的目光更加慈祥了，微微一笑说："贪是指生理上的欲望，嗔是指嫉妒，痴是指颠倒的妄想，痴的反面就是智慧。"听了老和尚的话我感到生命似乎正离我而去，载我远去的恰恰是一艘叫做"贪嗔痴"的渡船，黑暗中我看不清我自己的躯壳，只感觉身心早已分离，我惴惴不安地问："大师，人的本来面目究竟是什么样子？"老和尚的脸色是深入骨髓的平和，带着一种佛像般的沉静，似乎进入了一种无我的状态，慈祥深刻地说："人的本来面目就是指清静，人之所以不清净是因为被异化了，本来创造出来的东西是为了获得更大的自由，结果却被束缚了。"我蹙紧眉头，心中升腾起一种莫名的恐惧，好像唯恐老和尚坐化仙逝似的，错过了讨教的机会，我迫不及待地问："那么如何才能戒掉贪嗔痴呢？"老和尚微微一笑，神态淡定从容，给我的感觉像幻觉一样真实而亲切，他慈祥地说："用出世之心做入世之事。记住：觉悟人生就是上求菩提，奉献人生就是下化众生。"说到这，老和尚停顿了一下，用平和的目光仔细地打量着我，看得我心神不宁，只觉得五脏六腑都给老和尚看透了，然后他淡然一笑说："如果老衲没判断错的话，商秘书胸前应该有一颗朱砂痣。对不对？"我感觉脸部的肌肉抽搐了一下，心里生出几分惶恐，吃惊地问："大师怎么会知道？"老和尚看我的眼神有几分怪异，仿佛我正处于伟大而又危险的十字路口，我被他看得有几分发毛，几乎听到了心跳声，但老和尚仍然凝视着我，用教诲的口吻说："看得出商秘书是个想做自己，想拥有自由意志的人。可是你的'自由意志'根本不是你的，而是别人的，并且你非遵从不可，试问你又怎么可能自由呢？如果商秘书想获得心灵上的自由，只能离开官场。"我刚想追问理由，廖天北带着香火味儿走了进来，他爽快地说："多谢智真大师款待，复建西塔的事，我会认真考虑的，告辞了。"我只好懵懵懂懂地跟着廖天北辞别智真，心想，这些年我一直仕途坎坷，刚跟上一位赏识我的领导，还没见到亮，难道又要辞职不成？

晚饭后，江冰冰闲得无聊，非要打麻将，便约了马杰和白雪。不一会儿，马杰先到了，却不见白雪，我老婆便撇着嘴挑理道："怎么两口子还不能一起到呢？"马杰并未解释理由，只是嘿嘿地笑着换上了拖鞋。那神态几乎让我误认为就是自己，一个梦想成为他人的自己，我甚至想，如果这家伙假扮成我，我老婆一定会认为，他就是我。只是我不知道，我假扮成他，白雪会不会认为，我就是他。我陪他走进客厅，我老婆将刚沏好的茶给他倒了一杯，我随手递给他一支烟，又为他点上火，他抽烟时不小心被烟熏得紧闭起一只眼，由于样子很滑稽，我和我老婆都被逗笑了。我给自己也点了一支烟，一边抽一边笑着说："刚才电视新闻里说，滨海市发生了一起重大持枪抢劫杀人案，案犯已经流窜到东州一带，你这个派出所所长没接到什么任务？你小子可是做梦都想当英雄的。"马杰的嘴角掠过一丝苦笑，一丝轻蔑而又沮丧的苦笑，这苦笑中流露出有梦想的人无法实现梦想的无奈，他冷哼一声说："我是崇拜英雄，做梦都渴望有一次当英雄的机会，可是一个小小的派出所所长怎么可能有机会呢？要是你这个市长秘书肯帮忙，让廖市长说句话，把我调到市刑警支队任副支队长，我的英雄梦一定能实现。"我讨厌他这副只想做他人的嘴脸，藏在我躯壳内那个很想做自己的我一直在蠢蠢欲动，妄图钻出来与马杰一论高下，我灌了几口茶水，压抑住躯壳里的那个蠢货，揶揄道："别看你小子口口声声崇拜英雄，其实压根就是扯淡，我看你不是崇拜英雄，而是崇拜英雄的名分，你是想借成为英雄而出名，然后再借名升官，太功利了，你小子的英雄崇拜一点都不真诚。"我老婆向来是个很随和的人，但是听了马杰的话，也不免凝眉打量了他几眼，仿佛他是一颗流星，突然摔落在她面前，她轻蹙眉头说："谁现在还崇拜英雄，都崇拜明星，崇拜权势，崇拜金钱，甚至崇拜鬼神，像我就什么都不崇拜，但我喜欢模仿，谁穿得时尚，我就模仿谁。"正说着话，白雪到了，一看到白雪，我才意识到我和马杰是两个我，之所以我不说是两个人，是因为我始终认为我俩实在太像了，像得简直可以交换人生。多亏白雪和江冰冰完全是两个不同的人，否则我会以为马杰就是我。白雪穿了一件漂亮的碎花裙，款式新颖，造型时尚。我老婆是个赶时髦的人，凡是时尚的她都喜欢，因此见白雪穿了件漂亮的时髦裙子，恨不得让白雪脱下来，自己穿上试试，羡慕得眼睛都变亮了，连忙问白雪是在哪里买的。客厅里飘荡着两个女人的嘻笑声，让我和马杰也很兴奋。白雪是个心灵手巧的女人，她自豪地说，裙子是她自己设计自己做的，我老婆惊讶地看着白雪，仿佛她来自另一个世界似的，连忙求白雪也为自己做一条。好在即使我老婆和白雪穿得一模一样，我和马杰也不会搞混，否则我俩真的分不清你我了。说话间，我支好了麻将桌，摆上了麻将。牌一打起来，马杰的手就特别顺，连连自摸，精神头儿也越来越足，我老婆却一把也没和，脸就有点酸，我劝她沉住气，越劝她还越点炮，嘴里的风凉话就多起来。讥讽马杰英雄梦可能要实现了，不然不会这么顺风顺水，马杰对她的风凉话很受用，嬉皮笑脸地说："冰冰，借你吉言，说不定一出你们家门，我就会立大功。"我老婆嘴一撇说："说你胖，你还喘上了。"说完随手扔出去一个两万，马杰兴奋地说："和了！"我老婆一噘嘴又要说风凉话，马杰的手机响了。他兴冲冲地接通手机，没想到洋洋得意的脸色顿时凝重起来，我意识到一定有大案子，果然，一挂断手机后，马杰刚才的兴奋劲一扫而光，随口骂了一句："他妈的。"然后抱歉地说："对不起了，我必须马上回所里。"白雪似乎意识到了什么，神情紧张地叮嘱他千万注意安全，我老婆还沉浸在点炮的沮丧中，阴风阳气地讥道："马杰，看来你还真要当英雄了！"我觉得我老婆有点看不清火候，沉着脸说："都什么时候了，你还逗闷子！"还未等我叮嘱两句，马杰扔了一句话："白雪，你自己回家吧。"然后夺门而去。我老婆这才缓过劲来，死活要留白雪住下，白雪说了句"不行，儿子一个人在家呢"，也告辞了。我担心地走到窗前，望了一眼窗外的夜色，心中油然生起一种莫名的悲壮。其实哪是什么悲壮，简直就是一种不祥的预感。

我脑海中顿时浮现出这样的情景：马杰在火速赶往派出所的途中，发现一个黑影从一个花园小区的围墙上跳了下来，围墙里面有人声嘶力竭地喊："抢劫了，抓坏人哪。"马杰连忙把车停在路边，下车飞速地向黑影追去。黑影钻进了小区对面的小树林里，马杰紧追不舍，在离黑影还有五六米远的时候，歹徒突然回身甩手开了一枪，马杰当时感到大腿一麻，热乎乎的鲜血喷了出来，顿时跪在了地上，他忍着剧痛迅速掏出自己的手枪，冲着黑影开了两枪，黑影"啊"的一声一头栽倒在地上。此时此刻，马杰疼痛难忍，头上大汗淋漓，由于是盛夏，天气格外炎热，他一点一点地朝黑影爬去，等爬到歹徒身边时，他才发现歹徒后背已经中弹昏死过去了，马杰吃力地掏出手铐一边铐在歹徒手上，一边铐在自己手上。由于歹徒那枪打中了马杰大腿的动脉，他流血过多昏迷过去。花园小区居民循着枪声追了过来，发现地上躺着两个人，一个已经死了，一个昏迷不醒，赶紧拨打110，警察赶到时马杰已经不省人事。

这种不祥的预感果然应验了。我是从白雪那儿得知消息的。我和冰冰赶到市人民医院时，已经是下半夜两点钟了。马杰由于失血过多一直昏迷不醒，脸色煞白，医院血库存血不足，去中心血站取血怕马杰等不及有生命危险。医生焦急地问："病人家属中有没有O型或B型血？"我迫不及待地说："我是O型血。"医生看了我一眼说："好吧，你跟我来。"

就这样，我的鲜血一滴一滴地输进了马杰的血管，我始终有一种幻觉，认为早晚有一天我和马杰会融为一体，没想到，这么快我们的血就融为一体了，我天真地想，但愿从此以后，我做自己的梦想能通过我的血液传给他，进而改变他做他人的目标。随着我的血一滴一滴地输入，马杰的脸色开始红润起来，渐渐地睁开了眼睛，当他睁开双眼看见我正握着他的手坐在他的身边，眼泪顺着眼角流了下来。我开玩笑地说："马杰，看来崇拜英雄是件危险的事，搞不好要搭上性命啊！"他听了我的话自豪地笑了。站在我身旁的白雪见丈夫苏醒了，激动得一下子扑马杰身上，眼泪夺眶而出。

早晨，我给贝妮打了电话，告诉她马杰因与歹徒枪战负了重伤，贝妮心急如焚地赶到了医院。若不是白雪和冰冰也在，贝妮会毫不犹豫地扑在马杰身上哭成泪人。即便如此，她仍然拉着马杰的手，眼泪扑簌簌地流了下来。"傻丫头，"马杰苦笑着说，"哭什么，我又没死。"贝妮抹着眼泪说："马杰，我要好好给你写一篇报道，你一直崇拜英雄，其实你就是英雄，真正的英雄，关键时刻才能看清一个人的灵魂，想不到你在英雄情结中真正做了一回自己。"我见躺在床上的马杰对贝妮的话很是受用，便悄悄地走出病房，白雪不放心地跟出来关切地说："商政，你给马杰输了那么多血，还是请假回家休息吧。"我硬撑着笑道："没事，我身体好。"冰冰更是不放心我，也跟了出来，担心地问："商政，还能上班吗？要不要跟廖市长请假休息一天？"我强打精神地说："我没事，你们去照顾马杰吧。"便一个人晕晕乎乎地走出了医院大楼，耳边回响着贝妮的话音："马杰，想不到你在英雄情结中真正做了一回自己。"这话音像一条溪流，流过干涸的沙砾，我心里却不停地问："马杰真的做了一回自己吗？"这家伙其实一直想找机会显示自己，目的是让上级重视他，进而得到提拔，如果这就是他想做的自己，那么他的目的还真有可能达到。他要真能升迁的话，我当然高兴，但是让我困惑的是，历史上无数的英雄真的是他们自己吗？突然，我感到一阵头晕，连忙扶着路边的一棵树站了一会儿，然后挥手打了一辆车。

我的判断再一次得到了验证，马杰出院后，由于勇擒持枪抢劫杀人犯荣立二等功，终于圆了自己的英雄梦，不久，又如愿以偿地升任市公安局刑警支队副支队长，当然这里面也有我推波助澜的作用。

经过深思熟虑，廖天北终于决定复建西塔及延寿寺。在市政府常务会议上，王伯寿一边恭维廖天北复建西塔及延寿寺很有必要，一边建议为了恢复东州古城的文化风貌，也应该重修太清宫对面残存的古城墙，并在城墙建角楼。廖天北并没有多想就同意了。没想到消息对外公布后，传出许多谣言，有人说王伯寿得知廖天北复建西塔及延寿寺是龙泉寺智真住持出的主意后，就暗中去了太清宫，太清宫的静虚道长认为如果廖天北复建西塔及延寿寺，从风水角度讲，对王副市长非常不利，王伯寿追问有什么破解之法，静虚道长建议，重修太清宫对面即将倒塌的古城墙，并在城墙建角楼。东州城的老百姓个个都是政治观察员，廖天北与王伯寿的微妙关系，被戏称为"僧道斗法"。不久，"僧道斗法"的说法就传到了罗立山的耳朵里，罗立山一见到廖天北便开玩笑地说："天北，恭喜你紫气东来呀！"起初廖天北并没往心里去，一打哈哈就过去了。可是听了几次以后，廖天北觉得罗立山话里有话，就憋着劲想找机会问个究竟，当两个人再次见面时，还未等廖天北开口，罗立山又冒出这么一句，廖天北当时就将脸沉了下来，用异样的目光看着他，像是眼前突然冒出了一条臭水沟似的，他没好气地问："罗立山，你一见我就说这句话，到底是什么意思呀？"罗立山深知廖天北的脾气，一旦把火点起来，怕不好收场，弯弯的小眼睛顿时露出了和善而亲切的笑容，他一脸善意地笑道："外面闲话不少，都传出'僧道斗法'了！我恭喜你紫气东来，还不是想提醒提醒你！"廖天北冷哼一声，嘴角挂着轻蔑的微笑，干瘪的眼眶里目光冷冰冰的，用不以为然的口吻说："你老罗可是自诩铁耳朵的，怎么突然耳根子也软了呢？东西南北四座塔是老祖宗留下来的宝贵遗产，面对这些残损不全的遗产，我们可都是不肖子孙。”廖天北的语调中充满了自负，罗立山尽管从心里讨厌廖天北的口气，但脸上仍然挂着随和的微笑，还随声附和道：“说得不错，只是我不明白，你老兄一向是敢于打碎菩萨金身非要看看本来面目的，怎么突然为菩萨塑起金身来了？”廖天北仿佛受到了突如其来的刺激，脸涨得通红，嘴角连续抽搐了几下，表情像是刚从噩梦中醒来似的，凄苦地一笑说：“老罗，我既不想打碎菩萨的金身，也不想重塑菩萨的金身，我只知道没有属于东州的文化，东州就不能做自己，东州人就不知道自己是谁。通过重建西塔及延寿寺和残存的古城墙，我在寻找东州的自我。你知道，在王朝里是找不到东州的自我的，只能在文化里寻找，可是我们的文化在哪里？就在被毁的西塔废墟里，就在残存的城墙中。我的目的很简单，不仅要通过文化发现人，更要通过文化发现‘我’。”一朵巨大的白云像某种变异的水母一样缓缓向窗口移动，屋子里的光线顿时暗了许多，罗立山肥胖的躯体也犹如一朵厚实的水母，给人的印象是，虽然柔软无形，却充满了毒液。他听了廖天北的一席话后，仿佛嗓子眼儿郁积了一口浓痰，突然咳嗽了几声，颇有城府地提示道：“你的目的要让大家知道，不能一意孤行，总要注意舆论导向吧。”廖天北警觉地凝视着罗立山，一副负隅顽抗的神情，仿佛正身处险境、四面楚歌，他冷冷地问：“老罗，你在担心什么？”罗立山流露出沉重的神情，仿佛头太重压得他喘不上气来似的，他忧心忡忡地说：“天北，为什么有‘僧道斗法’的流言？为什么风水鬼神盛行？我们面临着信仰危机的挑战啊！”廖天北看罗立山的眼神仿佛是在看一片废墟，尽管太阳被云块遮住了，但窗户上仍然残留着灰蒙蒙的阳光，他情绪有些激动，好像心脏正在发酵膨胀，他冷哼一声，尖锐地说：“这纯粹是一种精神上的腐败，这种腐败，比起一般的贪污受贿的危害更为严重。民间建房、修坟请阴阳先生，房屋要建得一个好朝向，祖坟要埋一个好地方，祈求发家、财运亨通，出人头地，飞黄腾达。普通老百姓命运不济，又无力改变，祈求神灵的保佑，并荫及子孙，这可以理解。私营企业老板，因市场竞争激烈，身不由己，命运被那只看不见的手把握着，往往苦叹自己生不逢时，命不如人，以至身心疲惫，不得不祈求神灵，希望通过风水来改变自己的命运，这也可以体谅。官员丢掉崇高的信仰，却拾起了封建的糟粕，来为自己的官运请阴阳看风水，祈求神灵保佑自己官运亨通，这不仅仅是精神腐败，简直是腐朽！我不禁要问，他们究竟是人民公仆，还是封建王朝的遗老遗少？”窗外传来隆隆的雷声，凝固的空气顿时被震得激荡起来，我望了一眼窗外，乌云像泼墨一样洒满了天空，我的心跳也被雷声震得共鸣起来，我不知道廖天北说的是不是心里话，只觉得脑海中浮现出陪他去龙泉寺见智真老和尚时的情景，心里也像泼墨的天空一样蒙上了一层阴影。若不是信仰迷茫，干吗时不时去龙泉寺拜会智真大师？我可是亲耳听他告诉智真，自己在梦中常常被一个黑影纠缠，他做的怪梦和我做的怪梦十分相似，真弄不懂此时的廖天北和梦中的廖天北哪个更接近他自己？也难怪，连我自己都无法分辨此时的我与梦中的我哪个更真实，怎么能弄清楚廖天北呢？毕竟我们，也包括罗立山都不是自己创造了自己，而是体制创造出来的。罗立山似乎对廖天北的这番表白非常认同，脸上挂着意味深长的微笑，用推心置腹的口吻说："天北，我想提醒你一句，据我了解，王伯寿的确是在太清宫静虚道长的授意下，才提议重修那段残存的古城墙的，而且是针对你复建西塔及延寿寺才这么做的，苗头令人担忧啊！"窗外又传来一阵沉闷的雷声，紧接着就听见了雨水落下来的声音，一大颗一大颗的雨水砸在窗玻璃上，发出令人烦躁的声音。廖天北似乎根本没注意到窗外的雨声，而是神情阴郁地看着罗立山，别有深意地说："老罗，虽然说脚上的泡都是自己踩的，但是该挑的时候还是要帮他挑挑为好啊！"罗立山的神情就像是个抑郁症患者，长吁短叹地摇摇头，沉重地说："可是人心向背啊，天北，我也只是提醒提醒你，千万别往心里去。"罗立山本是个工于心计的人，说话很少夹雷带火，别看他嘴上说只是提醒，但用意却极具城府。我猜想同样一番话，他也一定会跟王伯寿讲，其用意无非是钳制廖天北做自己，我想，以廖天北的智慧不可能识不破，之所以摆出一副推心置腹的样子，不过是逢场作戏罢了。

时值仲夏，我老婆难得出一次差，碰巧又赶上廖天北出国，我清闲极了，晚上我约马杰、贝妮和白明海到我家打麻将。马杰自从身体里输入我的鲜血以后，我在他面前越来越没有秘密，就连打麻将他也能窥透我的心思，总能猜对我出什么牌，时不时就给他点炮，连贝妮都开玩笑说，过去马杰就像我的影子，不知为什么，现在倒过来了，我越来越像马杰的影子。马杰听了这话，竟然得意地说我在模仿他，还说模仿是人的本能，每个人都渴望成为他人。其实马杰这话说到了我的骨髓里，别看我口口声声要做自己，那只是受廖天北影响，实际上我一直在模仿廖天北。但我并不想让马杰看透这一点，因此在给他点炮后，我岔开话题，问他有没有好玩的地方。他竟然一边摸牌一边卖关子地说，我还真知道一个地方，非常值得去，只不过既不能泡温泉，也不能洗桑拿。白明海好奇地问，那能干什么？马杰扔出一张白板，一脸诡秘地笑道："可以洗灵魂，你们去吗？"一句话说得我们仨面面相觑，贝妮斜睨了马杰一眼，用纤纤玉手摸了摸他的脑门，嗤笑道："你没发烧吧？"我也不耐烦地说，你小子就别卖关子了，到底是什么地方？马杰这才兴冲冲地说："我表姐夫是滨海市军分区政委，前些日子他来东州，我们闲聊时，我说这辈子最大的遗憾就是没当过兵，他问我想不想体验一下生活，我说当然想，他便建议我去小龟岛，哥儿几个要是感兴趣，我和我表姐夫联系一下。""小龟岛"三个字显得很神秘，顿时在我心中激起一阵涟漪，我颇感兴趣地问，小龟岛是个什么岛，怎么从来没听说过？马杰一脸得意地告诉我们，小龟岛是个军岛，非常小，上面驻守着一个连队，从来不允许老百姓上岛，连当地渔民都弄不清楚岛上是什么样子。我们仨的胃口一下子被吊了起来，我神往地说，这么神秘的小岛，一定有意思。白明海却一脸疑惑地问："姐夫，那我们怎么上岛呢？"马杰眉飞色舞地说："当然是乘部队的登陆艇了。"我们仨顿时兴奋起来，贝妮手舞足蹈地说："马杰，赶紧跟你表姐夫联系，我现在就等不及了。"说完随手扔出一张牌，马杰得意洋洋地看着我们，我知道这家伙又和了。

两天后的一大早，我们驾驶着一辆警用沙漠风暴，闪着警灯，鸣着警笛，驶上了高速公路。马杰拿着车载扩音器不停地命令其他车辆右靠，给警车让路，高速公路上的车辆纷纷让路。一路上沙漠风暴好不威风。不到两个小时，我们就到达了滨海市军分区。军分区门前站着一位军人，大校军衔，中等身材，人很结实，四方脸，目光平和，气度儒雅，一番寒暄之后，我们知道这位就是马杰的表姐夫，也就是唐政委。我客气地说："姐夫，给你添麻烦了。"唐政委豪爽地说："商政，你太客气了，马杰说你们想接受点爱国主义教育，这是好事，守岛官兵很寂寞，知道你们要去，别提多高兴了。"说着他向马杰挥着手说："把你们的车先放在军分区院内，你们上我的车，先去码头乘船，我们得先到大龟岛，然后从大龟岛乘登陆艇去小龟岛。"唐政委的车是三菱吉普，由他的司机开车，马杰把沙漠风暴开进军分区院内停好后，我们一起上了唐政委的车。不一会儿，三菱吉普到了滨海码头。湛蓝的天空下，海水平静。唐政委的司机给我们买了渡船票就回去了。唐政委陪我们一起上了渡船。四十分钟后，渡船停靠到了大龟岛码头，几个军人已经在码头等候。唐政委一下船，他们就赶紧迎过来，互敬军礼，然后亲切握手。经过唐政委介绍后，我们才知道，为首的一位黑脸膛、虎背熊腰的上校是徐团长，另一位脸型清瘦、文质彬彬的中校是王参谋。大家一一握手后，上了部队的越野吉普车驶向部队驻地。到了军营已经是中午十一点了，徐团长热情地说："唐政委，到我这儿了，中午怎么也得喝一杯。吃完了休息一会儿再上船，如果天气好，两个小时就能到达小龟岛。"部队的大锅饭很香，食堂大厅里还有个包房，大家就在包房入座。团里的几个领导都过来作陪。徐团长豪爽地说："王参谋，拿白酒来，给大家满上。"王参谋将十几个啤酒杯摆在了一起，哗哗地倒满了白酒。"除了这位欧小姐随意外，是男人都得满上，每次干多少都可以，但到最后收杯时都得干了，部队就这个规矩，每人一杯酒，谁也不许剩，我这个人从来不埋没大家的成绩。唐政委，你的几位朋友都是有身份的人，能上小龟岛看看我的战士，我感谢，我先敬一杯。"徐团长说完，一口喝掉半杯。大家一看徐团长如此热情，谁也不好不给面子，便都喝了半杯，就连贝妮也被感动得将茶换成了酒。"大家有所不知，"徐团长情真意切地说，"小龟岛上有我一个连的战士，有的战士一参军就上岛了，四年没下来过，我们是两个月一补给，所以战士们看的报纸是两个月前的，收的家信也是两个月以前的。连长叫牛刚，真是条汉子，在岛上一干就是十年。有一次他老婆来探亲，儿子都一岁了还没见过爹呢，搭乘的是渔民的船，那天浪大，渔民的船怎么也靠不了岛，一直到晚上十点多也没靠上岛，没办法，渔民点着了孩子的尿布，岛上的战士发现火光，一连的战士跳到海里，把牛刚的媳妇和儿子举过头顶抬上了岸。"说到这儿，徐团长的眼睛有些湿润。没想到，还没上岛，我们就被感动了，只是我不太明白这个军岛的战略意图，便试探地问："徐团长，小龟岛离滨海市并不远，又不是海疆，岛上驻守部队的意义是什么？"很显然我问得有些唐突，徐团长没好气地说："对不起，这是军事秘密。"王参谋顿时岔开了话题："这次你们上岛，战士们一定很高兴，来，我敬大家一杯。"王参谋一一与大家碰杯，然后一仰脖干了，我们也只好随着干了杯中酒。徐团长起身又亲自给大家满上。中午饭每个人都喝了两啤酒杯的白酒，贝妮没见过这么喝酒的，露出对我们担心的表情，好在我和马杰、白明海也是久经沙场的，还算扛住了。"大家先到房间休息一下，两点钟开船。"徐团长声音洪亮地说完，和唐政委去了办公室。王参谋领大家回房间休息。我们休息的地方是团招待所，三层白色小楼，房间整洁干净，每张床都有蚊帐，床上的被褥叠得整整齐齐，就像进了营房。我躺在床上，望着洁白的天花板，回想着饭桌上徐团长说的话，怎么也想不明白，明明两个小时就能登岛，为什么非得两个月才补给一次，牛刚的妻子探亲，为什么要乘渔船登岛，团里怎么不安排登陆艇呢？这个离中心城市没多远的弹丸小岛驻守部队的意义是什么？由于心中一个个解释不清楚的问题不停地纠缠着我，我辗转反侧睡不着，恨不得立即登上小龟岛一探究竟。大约两点钟，王参谋叫醒了我们，我们乘部队的吉普车去了码头。

登陆艇在阳光的照耀下格外威武，我们都是第一次登上登陆艇，新鲜的不得了。唐政委在徐团长和王参谋的陪同下一起进了驾驶室。徐团长大手一挥说："开船吧。"轰隆隆一阵马达声，登陆艇搅着水花离开了码头。在驾驶室，唐政委还拿起望远镜眺望大海。我们四个人兴奋地走到登陆艇的最前边，望着浩瀚无际的大海，激动不已。船开了半个小时，突然大海在前面出现了一条蓝黑相间泾渭分明的曲线，蓝色的海水晶莹剔透，黑色的海水像铺天盖地的绸缎一样涌动。贝妮好奇地问一名战士，这是怎么回事？战士微笑着说："水黑的地方是深海。"话音刚落，登陆艇就被海水举了起来，然后重重地摔了下去。我们四个人顿时站不稳了，连忙抓住栏杆，可是栏杆很矮，只有膝盖高，我们刚抓住栏杆，一个大浪打来就像把艇淹没了一样，我们四个人当时就成了落汤鸡，登陆艇前边是平的，浪拍打的声音特别吓人，贝妮紧紧抓住我，一动也不敢动。我心里恐惧极了，心想，无论是谁，一旦卷进海里，后果不堪设想。徐团长似乎意识到了危险，大声命令身边的战士："还不快点把他们给我弄下来。"两名战士跑上甲板，扶着我们一个一个离开了船头。贝妮一下来就呕吐不止，吐得脸色煞白，一张迷人的脸蛋全无了血色。我只好搀扶着她进了休息舱。白明海好奇地问战士："海上浪不大，为什么船晃动得这么厉害？"战士笑着说："这是来自海底的涌，涌比浪厉害。船不怕浪，但怕涌。"贝妮又吐了好几次，已经吐不出东西了，我一直陪着贝妮，看她难受的样子，我心里也很难过。登陆艇仍然在大海若黑绸缎似的涌中起伏，海水越发的黑，骄阳似火，几只海豚在登陆艇的左侧随船在海水中穿越。我第一次真正体会到海洋的强大。海面看上去是宁静的，连点浪花都没有，黑色的涌却将船像荡秋千一样晃来晃去，望着浩瀚的大海，我觉得自己像一条蛆一样渺小，甚至一条蛆都不如，因为蛆是自由的，完全可以做自己，我是被规定好的，不是自然繁衍出来的，而是被制造出来的，正因为如此，我面对大海不是向往而是恐惧。雨果说："世界上最宽广的是大海，比大海更宽广的是天空，比天空更宽广的是人的胸怀。"如果我是一条蛆，连胸都没有，怎么可能有胸怀。有胸怀的人一定是自由的，呼吸着清新的空气，可以自由自在地做自己，而我却觉得在一具腐尸的肚子里憋闷极了。我急需透一口气，这也是我渴望来到小龟岛的唯一原因。

小龟岛就在眼前了，远远望去它真像一只浮在大海上的小海龟，海蚀地貌，奇礁异石，千姿百态，斧凿天成。然而登陆艇根本无法靠岸，因为海浪像小山一样翻滚着，咆哮着，撞击着礁石，发出雷鸣般的响声。登陆艇试了好几次都无法靠岸，只好在离岸边一百多米处抛锚。岛上的战士本来在岸边列为两队等待首长检阅，连长牛刚一看登陆艇无法靠岸，就命令全体战士分别上小木船。三只小木船在战士们有力臂膀的摆动中迅速向登陆艇靠近。战士们把大家一个一个地扶上小木船，徐团长用大嗓门命令战士要注意安全。当小木船陆续靠岸后，岸边的战士迅速迎上来将每个人扶上岸，连长牛刚见到唐政委、徐团长和王参谋等人更是激动地敬了军礼。唐政委微笑着回着军礼，然后一边与牛刚握手一边说："小牛啊，辛苦了！"牛刚憨厚地说："唐政委辛苦。"这是个长着黝黑的长方形脸膛的标准军人，身材魁梧，浓眉大眼，高高的鼻子，厚厚的嘴唇，憨厚中透着英气。牛刚和战士们簇拥着众人往岛上走，我环视一圈小岛，竟是个植被茂盛、到处是奇花异草的天然森林公园。蝉声阵阵，蝴蝶翩翩，简直就是个世外桃源。连队的营房在岛的顶端，远看是一排普通的营房，近看却是窗明几净，周围的环境漂亮整洁。我好奇地问："牛连长，岛上吃水用电怎么办？"牛连长微笑着指了指前方说："岛上有一口淡水井，用电我们有发电机。"贝妮上岸后立即恢复了活力，她好奇地问："牛连长，这个岛有多大呀？"徐团长插嘴说："我们小龟岛有句顺口溜，叫做'三个山头，三个滩，一袋烟走一圈'。"我们异口同声地说："这么小啊！"小龟岛的生态环境实在是好极了，奇花异树，知了声声，一种黑色大蝴蝶满天飞舞，夕阳下，海面上闪着金光，远远望去，海天一体，一排排海浪向岸边涌来，激起阵阵浪花。唐政委满面春风地说："牛连长，你陪客人在岛上转一转吧。"牛连长领了任务陪我们围着海岛转了起来。我一边走一边问："牛连长，我听徐团长说，你在这个岛上坚持十年了，是什么东西支撑你坚持下来的？"牛连长毫不犹豫地说："是信仰。"我好奇地问："什么样的信仰？"牛连长坚定地说："我从小就渴望成为像岳飞一样的英雄，我的信仰很单纯，就是精忠报国，我做梦都希望能像董存瑞、黄继光、邱少云一样献身祖国，我是一名战士，战士的信仰只有两个字：忠诚！"贝妮插嘴说："牛连长，无论是精忠报国的岳飞，还是为国牺牲的董存瑞、黄继光、邱少云，对你来说，都是他人，不是自己，难道你就从来没想过如何做自己，而不是做他人？"牛连长用质疑的口吻说："没有祖国，哪有自己？我只懂得，比我生命更重要的是五星红旗。我最喜欢的一首歌就是'五星红旗你是我的骄傲，五星红旗我为你自豪，为你欢呼，我为你祝福，你的名字比我生命更重要'。"我一直认为除了自由，人的生命高过一切价值，便认真地问："不知道你对裴多菲的诗：'生命诚可贵，爱情价更高；若为自由故，两者皆可抛！'怎么看？"牛连长坦然一笑说："我只知道他像董存瑞、黄继光、邱少云一样献身祖国了，唯一不同的是，他是个诗人。"我不知道牛连长的话是不是发自肺腑，便试探地问："都说不想当将军的士兵不是好士兵，牛连长不会只想做董存瑞、黄继光、邱少云，一点也不想当将军吧？"牛连长反问道："这两者矛盾吗？"我顿时无语。说话间，映入眼帘的是一片菜园子，牛连长介绍说："连里四川籍战士比较多，所以这一片是辣椒园。"只见辣椒的形状各异，有的尖尖的，有的圆鼓鼓的，有的弯弯的，一个个辣椒倒垂在辣椒秧上，活像一群稚气未脱的顽童。在辣椒地里，我发现了一个废弃的铁锚，铁锚锈得很厉害，但仍然可以看到铁锚上的日本字迹。牛连长面色凝重地说："抗日战争时期，日本鬼子在这个岛上驻过军。这个铁锚是他们侵华的铁证。"马杰厌恶地踢了一脚锈迹斑斑的铁锚。大家又走进黄瓜地，马杰揪下一根黄瓜，用手蹭了蹭就吃，一边吃一边说："真好吃，天然的绿色食品，商政，还不揪一根尝尝。"话音刚落，贝妮惊叫起来，"哎呀妈呀，这么大的黄瓜呀！"只见地上躺着一只肥嫩硕大的黄瓜，个头有冬瓜那么大。牛连长笑着说："这是我们的黄瓜王，摘下来吧，今晚给你们做下酒菜。"贝妮惋惜地说："摘下来多可惜呀！"牛连长爽快地说："早晚得吃了它，摘吧。"白明海二话没说，上去就揪了下来，抱在怀里直嚷嚷："贝妮姐，赶紧给我照张相。"牛连长笑着说："想照相，我领你们去一个有纪念意义的地方。"贝妮拍着手："好啊，好啊。"我们随着牛连长来到一处山坡前，只见不远处有一座用小石子垒起的天安门城楼，足有一人多高。牛连长深沉地说："这是战士们用业余时间垒的，只要看一眼天安门就不再想家了。"贝妮觉得这是一篇特别好的采访题目，便用相机拍了许多天安门的照片。大家分别和牛连长合了影，才随他往回走。

当我们走进食堂时，香喷喷的味道一下子就勾起了我们的食欲。牛连长命令炊事班的一个战士把黄瓜王收拾了拌凉菜，餐桌上摆着一盆盆的大扇贝和螃蟹等海鲜。牛连长热情地说："咱们岛上的海鲜是最好的，都是战士们下海捞的，今天晚上管够造。"尽管我们吃遍了大酒店，但是谁也没吃过刚刚从海里捞出来的海鲜，我们一阵狼吞虎咽之后，全都顶住了，眼睛里看着馋，可就是吃不下去了。酒足饭饱之后，徐团长打着饱嗝说："今晚咱们开一个联欢会，牛刚赶紧安排。"牛连长接到命令后连忙张罗去了。

营房前有一个小广场，小广场两侧是篮球架子，这个小广场平时是战士们的训练场。牛连长命令战士们点起了两堆篝火。联欢会就在战士们的欢呼声中开始了。"同志们，"唐政委摆了摆手高声说，"首先我为你们保卫祖国以岛为家的精神致以崇高的敬意，你们是我们学习的榜样，感谢小龟岛官兵对我们的盛情款待，为了表示诚意，下面请欧贝妮小姐为大家表演个节目好不好啊！"岛上从未来过这么漂亮的姑娘，战士们异口同声地说："好！"然后热烈鼓掌。贝妮有副金嗓子，上大学时就在全校歌手大赛中取得过前十名的成绩，有全校十大歌星的美誉。受战士们的影响，贝妮身上多了一分英气，她落落大方地走到广场中央，对战士们动情地说："我一踏上小龟岛就被战士们身在海岛心系祖国的精神所感动，有的战士已经四年没下过岛了，更别说回家了，我是一名报社记者，我会用我的笔记下你们平凡而伟大的壮举。下面，我给大家唱一首歌，歌的名字叫《我的祖国》。"贝妮话音刚落，战士们报以热烈的掌声。"一条大河波浪宽，风吹稻花香两岸，我家就在岸上住，听惯了艄公的号子，看惯了船上的白帆。"贝妮甜美的歌声刚落，战士们就一起唱起来："这是美丽的祖国，是我生长的地方，在这片辽阔的土地上，到处都有明媚的风光。"一轮皓月照耀着波光粼粼的海面，贝妮悠扬甜美的歌声伴随着海涛声回荡在小龟岛的夜空，战士们陶醉了，被贝妮的美和歌声陶醉了。贝妮一首歌唱完，战士们便不依不饶地高呼："再来一个，再来一个！"盛情难却，贝妮又走到小广场中央深情地说："既然同志们爱听，我就为大家朗诵一首著名诗人徐志摩的诗《再别康桥》。徐志摩先生的一生都在爱的漩涡中挣扎，在爱情中疲于奔命。他是为爱活着的，爱就是他生命的全部。他怀抱着自己的爱，直到生命的终了。"红红的篝火映得贝妮的脸楚楚动人，一条白色的长裙被海风轻轻吹拂，仿佛月宫的嫦娥。"轻轻的我走了，正如我轻轻的来；我轻轻的招手；作别西天的云彩……"贝妮的朗诵纯美至极，轻柔飘逸，再加上她婀娜柔美的姿态，让人有一种至灵至性的享受。这样的夜，这样的诗，这样的女人，我不知道此时此刻牛连长心中会想什么，也不知道像崇敬女神一样望着贝妮的战士们在想什么，我只知道，我的心情如激动，如幽曲，如泉涌，如露凝。在茫茫大海上，我仿佛看见有一团火光在夜幕中闪动，我仿佛听见有一个妇人在期盼地向岛上呼唤……整个晚上我们四个人分别表演了节目，联欢会开到半夜才结束。晚上我和唐政委睡在一个房间里，闲聊时他告诉我，他从徐团长口中得知，由于小龟岛的驻防意义不大，明年就要撤防了，我听后心里一惊，问他牛连长和战士们知道吗？唐政委叹了口气说："他们还不知道。"我关切地问："撤防后，岛上的官兵怎么办？"唐政委无奈地说："能怎么办，转业复员呗。"

告别了小龟岛，告别了大龟岛，告别了唐政委，我们开着沙漠风暴在高速公路上往东州疾驰，无意间我在车载储物箱内发现了一本《论语》，我问马杰："怎么想起读《论语》了？"马杰嬉笑道："这年头也不知该信点啥，这不是国学热吗，我也凑凑热闹。"我随便翻开书，映入眼帘的刚好是一句："齐景公问政于孔子，孔子对曰：'君君、臣臣、父父、子子。'"

太清宫对面残存的古城墙及角楼修复工程比西塔及延寿寺复建工程提前

一天竣工，关墙配角楼一座，角楼上竖石碑，石碑上雕刻乾隆皇帝的御制诗，共三千三百字，内容是追忆先祖业绩，歌颂忠孝一体。竣工典礼仪式由王伯寿主持，参加仪式的除了东州市副市级以上领导，还有太清宫的静虚道长。老道在发言中说了四句诗："紫气东来三万里，圣人西行经此地，青牛驾车载老翁，藏形匿迹混元气。"我知道诗中的圣人是指老子，然而不知为什么我耳畔却回荡着庄子的话："圣人不死，大盗不止。"我立于角楼上遥望太清宫，还真看见一位白发老翁，红颜大耳，领着小孙子，向角楼上张望着看热闹。

更为隆重的是第二天上午举行的西塔复建工程塔刹金顶封顶及延寿寺竣工开光法会，省市领导、高僧大德、名人信士会聚延寿寺，场面庄严、隆重、祥和，梵音阵阵，瑞气腾腾，开光法会由龙泉寺住持智真大师主持，一百零八位主法大和尚参加，真可谓福慧缘满，佛光普照。只见封顶后的西塔，祥云缭绕，气势恢宏。由基座、塔身、相轮三部分构成。基座为方形束腰须弥座，有上下框，在四角和每面中间立有两根石柱，每面有三个壶门，中间壶门置砖雕宝盆和火焰，左右壶门都有高大凸起的砖雕雄狮。基座上框之上又起三层砌圆坛座，上面是宝瓶式塔身。塔身的南面辟有佛龛，内供神牌。佛龛周围嵌流丽的云珠。塔身之上为十三层相轮，再上为塔刹，由铜铸宝盖、日、月、宝珠组成。宝盖之下悬风铎。金顶塔刹封顶后，罗立山感慨地说："天北，这可真是佛光普照啊！"廖天北也深情地说："老罗，这就叫开智慧花，结智慧果，这回东西南北四塔都齐了，我相信佛祖一定能保佑东州百姓福慧缘满啊！"我听了罗立山和廖天北的对话，内心非常惆怅，因为这是一个寻找信仰的年代，我不知道儒佛道中究竟还有多少值得我们可以当做信仰的东西，反正我的信仰不在儒佛道中，那么它在哪里呢？突然发现这么重要的场面，记者群中居然没有贝妮的身影，我纳闷地拨通她的手机，问她在哪儿，她说在天主教堂，我惊讶地问："你什么时候信天主教了？"她低声说："不是信，是正在参加一个朋友的教堂婚礼。"她话音刚落，我就从她的手机中听到了唱诗班悠扬的歌声……

应该说商政的迷茫，就是我的迷茫，在这里与其说我猜测的是商政的命运，倒不如说是在书写我自己的迷茫，我一向认为一切写作都难免有自己的影子，尽管我满脑子都是商政的故事，但是倾注在故事中的心灵感悟却是我的，就好像商政不过是我的躯壳，我似乎是商政的灵魂。当然这也许是一种错觉，因为我一直认为我是商政的躯壳，商政是我的灵魂。别看我们之间并不认识，但是我们之间互为影子，抑或是两个躯壳，共用一个灵魂。我一向认为，我和商政只是相貌上互不认识，即使各有各的灵魂，我们的灵魂一定是认识的，说不定还是双胞胎。其实灵魂就是自我，自我是无限维的。当然我也是刚刚认识到这一点，因为我发现自我可以无限叠加，我知道很多哲学家玩过关于自我的叠加游戏，不过我对小说比对游戏更感兴趣。正因为如此，我还是喜欢用一个自我去认识另一个自我，我从小就幻想这个世界上一定有一个和我一模一样的人，这或许是一种寓言，但是我一直挣扎在这个寓言中不能自拔，我渴望着和另一个自我在信仰中相会，然而信仰也成了一种寓言。我发现有一个人站在十字路口茫然不知所措，分明就是商政，却越看越像我自己。或许我和商政互为他者，果然如此，商政想成为的人也一定是我，这是我无论如何也不敢想象的，因为我做梦都想成为商政，哪怕成为他的脚印，为此我苦苦模仿他、研究他，企图了解他的一切，进而掌握他的一切，却反过来觉得了解他越深，越被他了解，越觉得掌握了他，就越是被他所掌握，简直就是不可思议！我知道我们之中一定有一个被虚构了，我自信地认为被虚构的一定是商政，然而在这种虚构中，我却觉得商政越来越真实，而我却越来越虚假。

猜测四

傍晚，落日金黄。他下班后直奔鲜花店，因为今天是贝妮的生日。大学毕业后，贝妮的生日几乎都是和他在一起过的。他曾暗下决心，今生今世决不玷污贝妮的肉体，然而如果是真爱，理智又怎能战胜情感呢？爱是一切情感的综合，面对潜藏于心许久许久的对贝妮的爱，他不知道是释放出来好，还是继续压抑着好，让他无比痛苦的是一旦将对贝妮的爱释放出来，他将再也不是承诺对老婆负责任的那个我，然而继续压抑着也不是真实的自己，此时此刻，当他走进鲜花店的时候，这种蓄积已久的痛苦情感不停地在他脑海中鼓噪："再不能这样下去了……"他已经没有力量抵御贝妮释放出来的爱了，这种爱对他的灵与肉煎熬得太久了，他深知真正的爱情就是双方"无条件投降"。

他手捧鲜花走进酒店时，贝妮正坐在靠窗的餐桌前静静地望着窗外，简直就像一幅名贵的油画，她穿了一件低领无袖淡绿色晚礼服，露出高高的胸脯和性感的乳沟，脚上穿了一双白色高跟皮凉鞋，双腿修长。像白玉兰花一样白皙的脸蛋上，一双迷人的大眼睛竖着一圈儿粗黑的睫毛，眼角微微有点翘，性感的嘴唇涂着淡淡的口红。"对不起，妮儿，我迟到了，祝你生日快乐！"他一边抱歉一边将手中的鲜花递给贝妮。"谢谢！这花可真漂亮！"贝妮可人地接过花束眯着眼深情地嗅着说。望着眼前令人心醉的女人，他有一种飘飘忽忽、身轻如云的感觉。两个人默契地点了酒菜，与往日不同的是他特意要了两杯鸡尾酒，一杯叫浪漫情怀。一杯叫午夜奶茶。“这酒的名字真好听。”贝妮秋波荡漾地说。“那你是要浪漫情怀，还是要午夜奶茶。”他打趣儿地问。贝妮抿嘴一笑略显惆怅地端起了浪漫情怀。“商政，你知道我心中最浪漫的事是什么吗？”此时的他正在幻想中窥视自己与贝妮浪漫的爱情，他凝视着贝妮脸上一抹梦幻般的神情轻轻地摇了摇头，其实他的欲望之火正在下头闷燃。贝妮伤感地说：“我心中最浪漫的事就是成为江冰冰。”他以为贝妮在开玩笑，便逗趣地说：“你是西施，难道西施也要效颦吗？”贝妮的目光有些哀怨，她直白地说：“你知道我做梦都想成为你的新娘，可是你娶了江冰冰，我羡慕江冰冰，嫉妒江冰冰，就是因为她，我再也做不成我自己，因为只有成为她，才最能接近你心目中的妻子，可是有了江冰冰，我就再也成不了你的新娘了，我无法接受这个事实，我从心里否认这个事实，这些年，我在心里千万次地模仿做你的新娘，也就千万次地模仿江冰冰，尽管我知道我连赝品都不是，但是只有这么做，我才觉得自己的生命是充实的。”贝妮发自肺腑的一番话深深震撼了他，毫无疑问，贝妮率先捅破了两个人之间名存实亡的窗户纸，他惭愧地说：“贝妮，你这是何苦呢！”贝妮凄苦地一笑说：“商政，有一天我照镜子，忽然发现我的眼角有皱纹了，我这才意识到我青春的脸一去不复返了，本来现在这张脸应该是一张少妇的脸，可是我没做过新娘，也就无所谓少妇，当然也就不拥有少妇的脸，一个到了少妇的年龄，却不拥有少妇的脸的女人，无异于丢了自己的脸，商政，我的脸丢了，为了找回我遗失的脸，我只能模仿江冰冰。全世界有那么多少妇，只有她那张脸天天面对你，被你爱着宠着，我总觉得我应该拥有的那张少妇的脸被人偷走了，我只剩下一张渐渐变老的脸，除非我能和你一起慢慢变老。”听了贝妮这番话，他望着贝妮冰清玉洁的脸良久没有言语，他原以为只有自己的老婆天天在东施效颦，天天在模仿，没想到他深藏在心中的那个女人也在暗中模仿江冰冰，只不过一个表现出来了，一个藏在了心里。这简直不可思议，他顿时觉得对不住贝妮，一股愧疚之情油然而生。他无奈地说：“贝妮，你是你，冰冰是冰冰，你们都应该做自己。”贝妮执拗地说：“商政，你知道我爱你，可我却不能像冰冰那样幸福地嫁给你，冰冰的生活就是我的梦想，我不想做自己，我只想像冰冰一样做你的妻子。”他苦笑着说：“贝妮，这怎么可能呢？”贝妮几近哀求地说：“做不成你的妻子，就让我做你的情人好吗？商政，给我一张少妇的脸行吗？我想做一个像冰冰一样的少妇。”他动情地说：“贝妮，干吗要把生命浪费在模仿上，你就是你，我喜欢成为自己的贝妮。”贝妮反问道：“你是你自己吗？你不觉得你身上有廖天北的影子吗？在这个世界上，有谁能真正成为自己？还是答应我吧，让我们彼此拥有，只要你答应做我的白马王子，我就答应做你的白雪公主。我坚信，自我在爱中。”他被深深地打动了，或者说他久久被压抑的欲望之火被点燃了。

他埋单后拥着贝妮走出酒店钻进车里，一路上贝妮都没有说话，贝妮的沉默让他觉得有些心跳，他意识到无数次在梦中才发生的事情真的就要发生了。他茫然无措地窥视着自己内心深处那阴暗的角落，试图看清角落里潜藏着的那个我。应该说，贝妮曾经多次向他示爱，但是他都控制住了自己，那时候，他满脑子都是往上爬的念头，为此不惜做领导要求做的任何人。自从老大腐败后，他的观念发生了根本的转变，特别是他重新获得了廖天北的赏识后，他更加意识到，一个人要想成为自己，重要的不是站在什么位置上，而是坚定地朝寻找自我的方向走，尽管他尚未找到应该寻找自我的方向，但是与贝妮之间的情感提示他，莫非自我潜藏在爱中？果真如此，与贝妮的爱，顺其自然或许是一种解脱。否则，为什么越压抑对贝妮的爱，自己陷得越深呢？二十分钟后，车开进香榭花园，贝妮就住在这个花园内。

下了车，两个人一进电梯就都把持不住了，狂吻起来，直到出了电梯嘴唇还在一起吻着，就这么吻着走到门前，贝妮开了门，一进门，他们又抱在一起开始狂吻。吻累了，贝妮搂着他的脖子温柔地说：“我的亲哥哥，你去洗个澡吧。”他稍稍冷静下来，这是他第一次来贝妮的家。三室两厅的房子，客厅装修得很典雅，卧室布置得很温馨，房间里充满了漂亮女人住过的清香。他脱光衣服走进浴室，打开淋浴喷头，草草地冲了一遍，然后用手擦掉镜子上的雾气，看着镜子里的裸体，情不自禁地说了一句：“兄弟，你小子艳福不浅啊！”便湿漉漉地走出卫生间。贝妮一见落汤鸡般的他扑哧一笑，意思是说，瞧把你急的。她随手递给他一个剥了皮的香蕉，妩媚地走进浴室，哗哗的流水声顿时让他想入非非，不知不觉间，他的下面已经挺得像一根香蕉，他下意识地用香蕉比了比，竟然比香蕉长了些，他得意地想：“终于可以做一回自己了！”贝妮出来了，头发包在毛巾里，老鼠尾巴般的发梢仍然滴着水，她用浴巾裹着自己的身体，羞涩地低着头，宛如情窦初开的少女。他扔掉手中的香蕉一把抱起贝妮火烧火燎地进了卧室。贝妮的身子柔柔的软软的香香的，他浑身就像着了火，根本无法自制。贝妮的胴体太美了，皮肤细腻得像春天的雨丝，乳房丰满得像暄腾腾的白馒头；乳头小巧得像红艳艳的樱桃；肚脐眼圆圆的像含苞欲放的花蕾。他近乎欣赏地亲吻着这天使般的胴体，尽量控制着自己，想多欣赏几眼，然而他哪里支撑得住，他迫不及待地钻进了贝妮的肉体内，贝妮顿时“啊”地叫了一声，轻咬朱唇，全身都绷紧了，双手紧紧搂着他抖个不停。他尽量往下探寻，仿佛进入了一个新世界，那里有诱人的新人生在向他招手，又仿佛在探寻自己的灵魂。他们赤裸地紧搂着，翻滚着，呻吟着，发泄着，仿佛因灵魂出窍而陷入了一种近似绝望的狂野，贝妮终于叫了起来，这是女人第一次出于本能的喊叫，这种叫声中有一种充满痛苦的幸福，这幸福像汹涌澎湃的浪涛，将他们淹没。他终于坚持不住了，像洪水一般倾泻出去，与此同时他仰面朝天地大叫一声，仿佛从没有堵死的坟墓中突然发出一声长嘶。也不知过了多久，贝妮才轻轻地说：“再去洗洗吧。”他抱起贝妮去了浴室，放了水。流水顺着贝妮的头冲下来，他用手轻轻为贝妮洗着，发现有一丝淡淡的红色顺着贝妮修长洁白的腿流下，他似乎意识到什么，轻轻地用浴巾裹起贝妮，又抱回卧室。此时他才发现洁白的床单上有一滴樱桃般大小的殷红，贝妮赶紧换了床单，两个人重新躺在床上，贝妮背对着他肩头微微地耸动，他轻轻地把贝妮扳过来，却看见一张美丽的泪脸。“这下你明白我的心了吧，”贝妮含着泪说，“我这一生就是为你活着的，你从强奸犯手里救了我，是不是以为我脏了？”“妮儿，”他动情地说，“我从来没这么想过，你在我心中一直是最圣洁的。”贝妮用小拳头轻轻地捶着他，娇嗔地说：“你想过，你想过，你就想过。你没想过，为什么不要我，却娶了江冰冰？”“好了，好了，宝贝，是我不好，是我不好。”他吸吮着她湿热的睫毛，吻干她眼角的泪水，抚摸着她尾骨上小小的凹痕，仿佛找到了另一个世界的窥视孔……

一连几天，他都沉浸在偷情的兴奋之中，然而这种兴奋是不可告人的，由于心虚，他回家见到江冰冰倍加殷勤，就连见到马杰都有一种做贼似的惶恐，生怕这像自己影子的男人看出蛛丝马迹。何况马杰对贝妮从来就没死心，只不过贝妮从未给过他机会罢了，马杰一旦得知贝妮已经委身于他，说不定醋意大发，三个人的友谊会就此终结。这是他最不愿意看到的。因此，一连许多天，他都没给马杰打电话。他没有勇气见马杰，始终担心马杰会像幽灵一样从自己的身体里走出来，像影子一样躲在角落里尾随他，他知道这是幻觉，却沉迷其中，直到马杰找上门来，他才摆脱了这种令他惶恐的幻觉。下午，他在办公室整理文件时，马杰打来电话，约他晚上一起喝酒，还声称刚认识了一个叫海小妹的女孩，是个服装设计师，人长得像个小妖精，让他一起开开眼。他一听马杰对海小妹很有想法，心里一阵窃喜，心想，只要这个叫海小妹的小妖精缠住马杰，马杰藏在心底对贝妮的那团火就会渐渐熄灭，自己何不做点推波助澜的工作呢。于是他用一种艳羡的口吻问马杰是怎么认识那个小妖精的，马杰得意地告诉他，是和朋友吃饭时认识的，他用一种嫉妒的口吻说，你小子请我喝酒，带个小妖精，什么意思，想让我当灯泡呀？马杰揶揄道："你别跟我装蒜，谁不知道市长秘书身边美女如云，干吗不带一个凑凑热闹。"他诡谲地说："要论拈花惹草，我可比不了你。"马杰不耐烦了，没好气地说："那你就只好当灯泡了，说好了，傍晚我去接你。"他心里一阵窃笑，嘴上却一本正经地说："你给我悠着点，后院别着了火。"马杰满不在乎地自吹道："你放心吧，我是天生的灭火专家。"

傍晚，他随马杰一起走进酒店包房，沁人的馨香便迎面扑来。海小妹早已先到。只见她身段小巧婀娜，脸上挂着楚楚动人的微笑，披肩长发，白皙的脸蛋上一对浅浅的酒窝儿，弯弯的眉下忽闪着一双杏眼，闪着媚人的柔光，让人看一眼就有丢魂的感觉。她穿了一件粉底缀白花的吊带裙，行动处玉腿闪露，既性感又轻盈飘逸。还真是个小妖精，他心想，浑身有一种被电击的感觉。再看马杰被海小妹勾魂荡魄的风韵惊得两眼直勾勾的，若不是海小妹甜津津地喊了一声"杰哥"，怕是还缓不过神来。一看海小妹就是个聪颖慧黠的女孩，她还未等马杰开口介绍，就向他伸出纤纤玉手，柔媚地问了一句："这位就是政哥吧。"他连忙接过海小妹伸过来的洁白滑嫩的小手，笑吟吟地问："你是怎么知道的？"海小妹莞尔一笑，吐气如兰地说："杰哥多次跟我说过，他有个和他长得一样的兄弟，叫商政，是市长秘书，今日一见，你们不仅长得像，简直就是克隆人，也不知道你们究竟谁克隆了谁。"马杰大言不惭地笑道："当然是他克隆我了。"他惊叹于海小妹的聪慧，简单自我介绍后，心想，这海小妹还真是个尤物，万种风情是藏在骨子里的，艳得浑身都在说话似的，是个天生做情人的料，嗲得让人喘不过气来，马杰要是被海小妹缠上，怕是够他受的。

酒菜很快就上齐了，两个大男人频频向海小妹敬酒，大有二龙戏珠之势。几杯酒下肚，海小妹白皙的脸蛋泛起了红晕，她楚楚动人地说："两位大哥，吃完饭，我请你们游泳，好不好？"马杰喝得踌躇满志，听了海小妹的话，宛如被马蜂蜇了一口似的，连忙摆手说："不行不行，我可是个旱鸭子。"他心里暗笑，你小子也有露怯的时候，便推波助澜地说："这有什么难的，让小妹教你嘛！"说完用幸灾乐祸的目光看着马杰。海小妹就像和他预谋好了似的，柔情似水，娇媚可人地说："没问题，包在我身上。"语气可以甜到马杰的心里。海小妹花气袭人，容不得马杰不答应。他心里暗笑，"这回你小子可死定了！"马杰却露出一副不以为然的嘴脸，一连讲了两个黄笑话，逗得他和海小妹笑得前仰后合。他一边笑一边用提醒的口吻说："小妹，和马杰相处你可得多加小心，他可是只专吃小绵羊的大灰狼。"海小妹在红酒的光晕映衬下美得让人痉挛，她的目光虽然柔媚，但却流露出一副与狼为舞的神情，娇滴滴地说："即使他是大灰狼，我也没办法，谁让他是我梦中的乞丐呢？"他像没有听清楚似的，露出一副惊愕的神情，又像是心知肚明，目光中透着嘲弄式的微笑，用戏谑的口吻问："什么什么，乞丐？我还以为是你梦中的白马王子呢，竟然是个乞丐？"海小妹露出向往的神情，似乎正沉浸在美梦中，仿佛梦中的乞丐不是白马王子胜似白马王子，她笑盈盈地说："杰哥，你可别生气，我梦见的那个乞丐可是个神丐，他在梦中送给我一枚戒指，告诉我戴上那枚戒指可以成为心中想成为的任何人。"马杰对海小妹将其描绘成梦中的神丐很是受用，手舞足蹈的架势仿佛真的来自海小妹的梦境，不过呈现出的表情并不像神丐，倒像是个江湖骗子，以至于想入非非地说："真要是有那样的戒指，我会千方百计、不择手段地弄到手，到时候我戴上它，摇身一变就成了国王、皇帝。小妹，到时候想不想成为我的王妃、我的皇后？"海小妹睁大眼睛，用探究的目光看着马杰，仿佛马杰不仅是神丐，而是个善于偷心的神丐，她用惊讶的口吻说："杰哥，你是怎么知道我的梦想的，我在梦中戴上神丐给的戒指一下子就变成了我日思夜想的王妃、皇后。"他听了两个人的对话，胃里一阵翻腾，觉得自己像个巨大的灯泡在熠熠发光，一种微醉的复杂目光不受控制地在他脸上滑动，他尖刻地说："你们俩没喝多吧，怎么像是在做黄粱梦呢，我倒是希望能有一枚戒指，戴上它只能做自己，不能做别人。古今中外，你们见过哪个皇帝、皇后是自己的，看来你们俩都中了官本位的遗毒了，而且毒中得还不轻呢！"海小妹水嫩娇艳的脸蛋像一朵绽开的娇蕊，眼神闪着水灵灵的光泽，嘴角挂着勾人的媚笑，娇柔地反驳说："政哥，我觉得你想做自己才是黄粱梦呢。我是搞服装设计的，按照你的说法，你们官员就不应该穿西服戴领带，而是应该穿长袍马褂。否则怎么可能做自己呢？"虽然海小妹说话的声音像她的目光一样轻柔，但是他听了以后却有一种挨了一闷棍的感觉，他尴尬地笑了笑，好奇地说："小妹，那你讲一讲东西方的服装文化究竟有什么不同呢？"一句话问到了海小妹的兴奋点上，她翘了翘柳叶弯眉，浑身散发着连绵起伏的香气，语出惊人地说："一个字'性'。西方文化崇尚人体美，重视展示人体的性差异，不忌讳表现性感；而中国文化漠视'性'的存在，服装不表现人体曲线，不具备感官刺激要素，宽衣博带，遮掩人体，表现的是一种庄重、含蓄之美。可是现代服装设计理念深受西方文化影响，惯常以简约的形式表现人体的自然身形，可以说我们每个人身上都穿着充满西方文化内涵的服装，又怎么能做自己呢？”海小妹的话让他颇为震动，好像在酩酊大醉中突然清醒了似的，脸上堆满了困惑的疑云，尴尬地问：“这么说自我根本就是海市蜃楼无处寻找喽？”海小妹顿失聪慧灵秀的神情，白嫩娇美的脸蛋立即化作一张绝妙柔媚的面具，目光暧昧地看了马杰一眼，略带羞涩地说：“或许在爱中，如果没有爱，找到自我又怎样？”马杰像是从他的躯壳内突然蹦出来似的，他感觉自己被劈成了两半，顷刻之间，他有一点眩晕，仿佛意识紊乱了似的，马杰并未注意到他的表情变化，而是笑嘻嘻地说：“小妹说得对，如果没有爱，人生就像嚼过的口香糖毫无味道。对了，小妹，我还从没在T型台旁看过模特表演，什么时候有服装模特表演也请请我们。”如果一个人果然由两个我组成的话，那么他认为马杰一定是他世俗的我，或者是庸俗的我，那么艺术的我或思想的我在哪里？他心里一片迷茫。

吃完饭，三个人驱车来到水上世界。这里不仅能游泳，而且是戏水的天堂。一进大堂，海小妹就抢着为他和马杰各选了一条游泳裤。马杰一边比量着游泳裤一边狎昵地说：“小妹，不瞒你说，我老婆都没给我买过裤衩。”海小妹脸色绯红，秀眸中闪烁着羞涩的目光，扭动着纤细秀丽的腰肢，轻轻跺了两下粉嫩的莲足，娇嗔地说：“就你贫嘴，你看人家政哥多有大哥样儿。”马杰换了一副大灰狼的神情伸了伸舌头，然后大萝卜脸不红不白地和他走进男宾部。两个人换上游泳裤，又冲了淋浴，便来到游泳池旁。这时，海小妹穿着游泳衣风摆荷塘地走了过来，游泳衣是粉红色点缀着白花，穿在海小妹身上娇美动人，只见她酥胸高耸，玉腿修长，一双粉嫩的小脚丫，就像一对小白兔，浑身散发着青春的气息。“政哥，敢不敢跟我比试比试？”“好啊，好啊！”马杰起哄道，“商政，你不会不敢应战吧？”他根本没把海小妹放在眼里，脸上挂着怜香惜玉的微笑，一双脚不停地打着水面，用逗小孩的语气说：“小妹，输了可别哭鼻子。”海小妹脸上挂着充满期待的神情，扬了扬窄小的鼻尖，好像是说，有你好瞧的！马杰笑嘻嘻地当起了裁判，这家伙大手一挥，一声令下，两个人鱼跃入水。其实，他的水性很好，但姿势不正规，因为他是小时候在山东老家黄河岔子里学会游泳的，而海小妹不仅游着标准的蛙泳，而且速度很快，不一会儿就超过他一个身子的距离，一百米游完，他已经被甩在十米开外了。他万万没有想到会输给海小妹，觉得很没面子，他不好意思地说：“小妹，你游得也太好了！我在马杰面前算是栽了面子了。”样子就像泄了气的皮球，海小妹露出一副猫戏老鼠的神情，娇媚而自豪，白嫩娇小的莲足搅动着水花，颇为自信地说：“你不是想做自己吗，想做自己的人还要面子？你虽然丢了面子，但并没丢尊严，一个人要是没有尊严，哪儿还有自己？政哥，你之所以输了，是因为我曾经是清江省少年女子组蛙泳冠军。”他顿时露出刮目相看的神情，刚才的傲气就像一件突然掉在地上的古瓷瓶瞬间分崩离析，他摇着头叹息道：“乖乖，怪不得你游得这么好。”这时，马杰在浅水区正练着狗刨，在水里拙笨的样子和平时身穿警服威武不屈的形象简直判若两人，既滑稽又可爱，他不禁哈哈大笑。“政哥，我去教教他。”海小妹说完，像美人鱼一样纵身入水向马杰游去。马杰不是一点不会，他不仅能在水面上漂着，还能搂几下狗刨。海小妹游到马杰面前，灵活的手臂宛如柔滑的泥鳅在水中划动，她一边仰泳，一边讲动作要领，马杰的注意力却不在游泳上，而是狎邪地看着海小妹两条玉腿和雪白的小脚丫在眼前晃动，浑身的热血一阵一阵地涌动，仿佛每一根紧绷的血管都发出轻微的爆破声。海小妹发现马杰正一脸坏笑地看着她，面色顿时羞得通红，娇艳欲滴地说：“杰哥，你好坏，不教你了。”马杰得意地开怀大笑，刚好他像一只老乌龟似的游过来，马杰单掌击水射向他，一边击水一边讥笑道：“商政，你可把咱俩的脸给丢尽了，平时总跟我吹，横渡过这河那河的，怎么连个小女孩都游不过？”他流露出惭愧的神情，心里却盘算着阴谋诡计，心想，别幸灾乐祸得太早，说不定一会儿你比我还惨，便诡谲地问：“小妹，你游泳游得那么好，会不会跳水呢？”海小妹斜睨了马杰一眼，既像是要对马杰刚才的轻薄报复似的，又像是对他的用意心领神会，用叫板的口吻说：“谈不上会不会，反正杰哥敢跳我就敢跳。”他心里一阵窃喜，断定马杰没胆量跳，便学着马杰刚才起哄的口吻说：“马杰，你不会不敢应战吧？”让他吃惊地是，马杰二话没说，纵身上了岸，健步走向三米跳台，边走边挥着大手说：“小妹，今儿就算我为你死一次。”他决心出马杰的洋相，并不善罢甘休，而是推波助澜地说：“马杰，你不会让小妹失望吧？”随后，他也纵身跃上岸，和海小妹一起上了三米跳台。马杰虽然是第一个上来的，但是从来没从这么高的跳台上往水里跳过，尽管试探着往下面看了看，但眼前一片眩晕。他拍了拍马杰的肩膀，讥笑道：“兄弟，现在下去还来得及。”说完纵身一跃，直挺挺地跳了下去。海小妹看出来马杰十分打怵，她娇柔地挽起马杰粗壮的胳膊，小鸟依人地耳语道：“杰哥，只要你跳下去，我就给你当皇后。”说完，像燕子一样飞了出去。此时此刻，马杰像僵尸似的站在跳台上，进退两难。他觉得自己的脸面已经找回来了，便在水里得意地劝道：“马杰，不能跳就别跳了，小妹不会笑话你的。”话音刚落，就听扑通一声，一团巨大的水花泰山压顶般地砸在他的头上，他抹了一把脸，心里骂道：“狗日的，还真是个情种，为了一个女孩，小命都不要了。”

马杰从水里钻出来时，着实呛了几口水，憋得脸红脖子粗，咳嗽不止，他和海小妹费了好大劲才把马杰拖上岸。他扶马杰坐在沙滩椅上，海小妹赶紧将自己的浴巾披在马杰身上，还用小拳头不停地给马杰捶着背。马杰这一跳确实征服了海小妹，她用崇拜的目光看着这个高大帅气的男人，喃喃地说："杰哥，吃饭时我对政哥说，没有人能做自己，其实我错了，你今晚就做到了，你勇敢地一跳，让我懂得了一个道理：自我是一种信仰，一种爱的信仰。"马杰蜷缩着身子，像是得了重感冒似的一边咳嗽一边说："我不要自我，也不要信仰，我只要皇后。"他听罢气得哭笑不得，一把将马杰推倒在沙滩椅上。

当了一晚上灯泡，他已经腻了，知趣地打车回了家。这等于为马杰创造了一次"纵火"的机会，在送海小妹的路上，马杰故意把车开得很慢。海小妹在马杰的注视下开始不自然，脸慢慢地红起来。马杰借口倒视镜的角度不够，在路边停下车，紧贴着海小妹的酥胸去调整镜子的角度，没想到，海小妹竟然借势将朱唇贴在了马杰的脸上……

马杰把海小妹送回家，内心世界还不能平静，已经是下半夜一点多钟了，马杰把车停在楼下，点上一支烟深深地吸了一口，静静心，然后才下了车。外面淅淅沥沥地下起了小雨，马杰打了一个寒噤，随手把烟扔在地上用脚踩灭，缩着脖子向楼道走去。马杰一进家门，白雪就劈头盖脸地问了一句："你咋这么晚才回来？……""支队里有事。"马杰敷衍地说完，便脱掉外套顺手扔给白雪。白雪凭女人特有的敏感，闻到衣服上有另一个女人的气味，她大声质问道："你跟哪个狐狸精鬼混了？你说，你说！"说完气呼呼地把马杰的外套摔在地上。"你她妈的有病啊！"马杰恼羞成怒地骂道。"我警告你马杰，别以为你在外面吃喝嫖赌我不知道，你要敢在外面胡搞让我堵着，我就死给你看。"白雪怒气冲冲地威胁说。"行了，姑奶奶，大半夜的，别喊了，闹得四邻不安。"马杰无奈地说完，从地上捡起外套搭在方厅的椅子上。白雪气呼呼地进了卧室，"当"的一声关上了门，马杰痛楚地坐在了方厅的椅子上……

自从和贝妮好上以后，他常常脱离自己的身体，以廖天北的眼光看自己，他觉得他和贝妮的爱情很像廖天北和许莉莉的，他弄不明白，这是上行下效，还是自己在模仿廖天北，之所以不能确定，是因为他还不完全相信自己很像廖天北，他心里很清楚，要想完全像廖天北，必须彻底抛弃自我，然而这是他心里最不情愿的。他一直努力使自己既像廖天北又不失去自我，然而这种努力越来越让他不知道自己是谁。常言道，妻不如妾，妾不如妓，妓不如偷，人一旦偷上情，便如吸毒一样不能自拔。何况他从中还能体味到一种做自己的快感，做自己就应该随心所欲，现实中到处是囚笼，压抑得无法透一口气，倒是只有性没有任何禁忌了，性不仅是肉体发泄的途径，也是心灵透气的窗口。关于这一点，他不知道廖天北是不是也有同感。

今天廖天北开了一天会，累得很，因此下班后推掉一切应酬按时回家休息。他送廖天北回家后，赶紧给贝妮打电话，说是马上就到，他打车直奔香榭花园。

刚进屋，贝妮就扑到他的怀里，两个人抱在一起吻得天旋地转。厮磨缠绵一番后，贝妮的秀眉抵住他的眉毛，娇滴滴地说："亲爱的，自从我们相爱以后，我怎么觉得自己像变了一个人。"他像个沐浴在爱河中的新婚丈夫，脸上挂着幸福的微笑，用痴迷的眼神看着贝妮，好奇地问："变成谁了？"贝妮白皙的双肩宛如纤巧的羽翼，好像是从柔韧的躯壳内滑出来的精灵，躲在他的臂弯里，美滋滋地说："当然是自己呀！"他脸上挂着迷失的神情，目光讶异地看着她，仿佛担心眼前这个楚楚可怜的精灵会随时从他身边逃离似的，他大惑不解地问："为什么？"贝妮一双玉臂吊在他的脖子上，双眸闪耀着自信的欢欣，凝视着他贪婪而迷茫的眼睛，贝齿生津地微笑着说："以前我整天在心里模仿江冰冰，当然不是自己了，现在你是我的了，我再也不是一个拙劣的模仿者了，当然就变成自己了。"他深情地凝视着贝妮清澈透明的眼睛，有一种灵魂出窍的感觉，仿佛站在贝妮面前的不是自己，而是另一个人，他定了定神，颇有同感地说："你别说，宝贝，你说得还真有道理，不瞒你说，我也有这种感觉，觉得自己越来越像自己了。"接着他用食指刮了一下贝妮姣美的鼻子说："宝贝，我开了一天会。有什么好吃的？我都饿了。""背我去餐厅，不然不让你吃。"贝妮撒娇地说。一句话，让他心中幸福的火焰欢快地摇曳起来，他像抱小孩似的抱起贝妮，先在屋里转了三圈，然后抱着她进了餐厅。餐桌上早就摆好了四菜一汤，他放下贝妮，用两个手指捏起一块肉片就要往嘴里放，贝妮打了一下他的手温柔地说："饭前洗手。"他只好进厨房洗了手，然后坐在餐桌前美美地吃了起来。贝妮幸福地看着他吃，脸上带着孩子气的调皮表情，身上却透着一种清丽温婉的气息。在他心中，贝妮不是玫瑰，而是牡丹，既国色天香，又风情撩人。两个人一起吃完饭，碗筷都不收拾就搂在了一起。亲吻了一阵子后，贝妮温柔地说："亲爱的，我今天要你早点走，我有一篇重要的稿子今天要赶出来。"可是，他的嘴吻着贝妮，手已经伸到了她的怀里。此时此刻，他心里已经火烧火燎了，很想和贝妮做爱，听贝妮一说，只好克制住自己，他不能让贝妮觉得自己来只是为了做爱。两个人又温存了一会儿，他深情地说："那好吧，宝贝，你乖乖的，我走了。”“再亲亲我。”贝妮恋恋不舍地说。两个人便又是亲吻，又是拥抱。

他回到家里，江冰冰正躺在床上看电视，他草草洗漱完毕也上了床。电视里正在播着电视剧，一个男人拼命地吻着一个女人，江冰冰仿佛也入了戏，她模仿电视剧中的女人，温柔地趴在丈夫的怀里。他耳畔还回荡着贝妮香浓柔软的声音，电视剧里的女人仿佛就是贝妮，那女人姣美可人的样子，和贝妮撒娇时一样让人欲火攻心，这时，电视剧里的男女已经动真格的了，江冰冰一边搂着他亲吻，一边问他是不是想要了。他突然感到有些愧愧的，就抱着妻子温存起来。江冰冰已经很久没和丈夫行云雨情了，想得很，两个人都好像顾不得许多了，你掀我的衣服，我掀你的衣服。顷刻间床前地毯上满是长衣短裤了。江冰冰双手紧紧抱着丈夫，就像融在男人的怀里，女人荷塘般地荡漾，男人像干柴一样燃烧，女人如离水的鱼，起伏颤动，男人像登山的勇士奋力接近顶峰。两个人不断地换着姿势，他惬意极了，感觉自己是被温柔的海浪托着，掀过来掀过去。江冰冰觉得丈夫今天棒极了，她兴奋地大叫起来。他突然发现妻子的叫床声竟然和贝妮十分相似，于是仿佛身子下翻云覆雨的不是妻子，而是贝妮，这么一想，他再也憋不住了，急风暴雨般地倾泻出来。

第二天是星期六，他难得在家休息一天，吃完早饭，江冰冰唠唠叨叨地说：“老公，我给爸妈买了两盒西洋参，你先给爸妈送去，然后回来帮我打扫房间，咱家挺长时间没有大扫除了，今天趁你在家，帮我好好收拾收拾。”“好吧。”他说完，拿着两盒西洋参走了。江冰冰从客厅收拾到厨房，从厨房收拾到卧室，地板擦得亮亮的，地毯也吸得干干净净。然后，她打开全自动洗衣机，加满水，准备洗床单。江冰冰把床单取下，又把双人床上上下下打扫了一遍，在打扫床底的时候，她突然发现在床底下有一个用过的避孕套，她和丈夫做爱从来不用避孕套，因为她戴环多年了，她怒火中烧地将避孕套扫出来，气得一屁股坐在地板上呆呆地愣着，眼泪哗哗地涌了出来。这时，他哼着小曲开门进来了，江冰冰呼地从地上站起来，拿起笤帚劈头盖脸地就打，声嘶力竭地喊道：“商政，你给我滚！”他丈二和尚摸不着头脑，一边躲一边问：“冰冰，怎么了，你他妈的疯了？”江冰冰顺手将避孕套摔在了他的脸上，一边哭一边骂：“这是不是你与贝妮干的好事？我早就看出那个狐狸精看你的眼神不对劲，为了勾住你的心，我天天模仿她，就差叫床学她了，你还不知足，竟然胡搞到家里来了，商政，你个臭流氓，你对得起我吗？”江冰冰骂完呜呜呜地大哭起来。他心里顿时明白了，前些天，江冰冰出差，他和贝妮在自己家做了一次爱，贝妮怕怀孕，每次都要求他戴避孕套，那天两个人戴套干完以后，又干了一次，第二次比第一次还猛，两个人光顾享受，套就折腾没了，怎么找也没找到，没想到让江冰冰大扫除给扫出来了。他心想，得赶紧找个理由解释解释，不然，就江冰冰现在这个醋海翻波的样子，能找廖天北闹去，一旦廖天北知道了，后果不堪设想。他灵机一动想起了马杰。“冰冰，你误会了，我和贝妮清清白白的，根本不是你说的那种关系，”他绞尽脑汁地解释说，“这准是马杰干的好事。你出差那几天，楼下的邻居说咱家卫生间往他们家漏水，让我们抓紧修一下，我当时跟廖天北正会见外宾根本抽不出身，就给马杰打电话，他到市政府拿咱家钥匙时，我见他车里坐着一个非常漂亮的女孩，两个人卿卿我我的，我估计关系不太正常。是不是这小子那天在咱家干坏事了，不行，我得问问他。”其实那天家里卫生间漏水确有其事，但找的不是马杰，而是白明海。他说着就拨通了马杰的手机，张口就质问：“喂，马杰，那天我家卫生间漏水，我让你找物业到家里修一修，你小子到市政府拿钥匙时，我见你车里坐着个女孩，你们是不是在我家干坏事了？怎么还把避孕套扔我家床底下了呢，弄得冰冰还以为我往家里勾引女人了呢，快把我骂成陈世美了，你快点跟冰冰解释一下吧。”马杰太了解他了，一听就明白怎么一回事了，而且在电话里，他已经把编好的瞎话告诉了马杰，马杰暗骂，狗日的，自己干了见不得人的事，竟然把屎盆子往我脑袋上扣，但转念一想，谁让咱们是莫逆之交呢！想不到你商政人模狗样的，也有偷鸡摸狗的时候，看来你做不成自己，也只好做爱了。马杰幸灾乐祸地说：“你胡搞也不分个地方，这种事怎么能弄到家里去搞呢？你把电话给冰冰吧。”江冰冰气呼呼地接过电话。“冰冰，”马杰一副难为情的口吻说，“真对不起，我在你家干了件偷鸡摸狗的事，那天到你家我带了个女孩，卫生间的水管修好后，我们并没有马上走，而是把你家当成宾馆房间了。冰冰，千错万错，都是我的错，你们两口子可千万别再吵了，冰冰，商政是什么人，你还不清楚吗？他是个一心想做自己的理想主义者，一肚子的雄心壮志，他给老大当秘书时，老大腐败掉了，他都什么事没有，他是个出污泥而不染的人，怎么可能做对不起你的事呢？该打该骂的是我，哪天我去负荆请罪，好不好！”马杰厚着脸皮说得虽然违心，却是天衣无缝，容不得江冰冰不信，她劈头盖脸地骂道：“马杰，想不到你竟然是个没良心的负心汉，你对得起白雪吗？你就不怕白雪知道了撕了你！我警告你，再不检点，小心我告诉白雪。”马杰嬉皮笑脸地说：“冰冰，救人一命胜造七级浮图，我知错了，再也不敢了，你可千万别告诉白雪。”江冰冰在电话里又不依不饶地骂了一通，才心安理得地放下电话，一场风波总算平息了。

然而他却不知道，马杰在给他灭火的同时，自己正处在水深火热之中。那天，马杰正在市刑警支队食堂吃午饭，手机响了，他一看号码是海小妹的，心里一阵荡漾。“怎么，想我了！”马杰压低声音得意地说。“杰哥，我那个不来了。”海小妹难为情地说。马杰没反应过来，忙问：“什么不来呀？”海小妹突然吼道：“就是大姨妈不来了。”马杰一下子明白了，心里有些紧张地问：“那你说怎么办？”海小妹一下子哭了，她抽泣着说：“我要知道怎么办还找你干什么？”马杰脑子飞快地算计了一下说：“那你等我电话吧。”说完就挂断了手机。他给马杰打电话时，马杰正开车接海小妹。两个人刚通完电话，海小妹就风情万种地从楼道里走了出来。她上身穿了一件暗红色紧身衫，下身穿了一条牛仔裤，酥胸高耸，脸色绯红地上了车。马杰随手往车载CD里塞了一张刘德华的碟片，一踩油门，奥迪车直奔滨海市驶去。刘德华一曲《忘情水》，曲调悠扬，让马杰心中油然而生悲悯之情。到了滨海市，两个人住进了海景酒店，这里是滨海市景色最优美的地方。马杰和海小妹每人开了一间房。之所以没开一个房间，是因为马杰想借打胎之机，和海小妹就此分手。“小妹，先休息休息，明天陪你去医院。”马杰语气非常冷漠。坐了两个小时的车，海小妹确实有些疲倦，一进房间她便慵懒地躺在床上。这时，马杰的手机突然响了，是白雪打来的，马杰有些紧张，急忙走出了海小妹的房间。

“阿杰，你晚上回不回家吃饭？”

“今晚我值班，你和孩子吃吧。”

马杰的儿子，今年刚上小学。一想起儿子，马杰心里就美滋滋的。自己在儿子心里一直是大英雄，记得儿子刚入学时，老师问儿子，长大以后想做什么？儿子毫不犹豫地回答，要做像爸爸那样的大英雄。每当想起儿子小英雄的样子，马杰心里就特别自豪。接完白雪的电话，他又想起和白雪旅行结婚的情景。当年两个人旅行结婚到南京，当地人说，到了南京一定要看燕子矶，两个人也是头一次听说这个地方，便从南京市坐长途客车去了燕子矶。燕子矶位于南京北部观音门外的直渎山上。当时两个人住进了一个木质结构的旅店，上下两层，木头灰黑发朽，整座木楼歪歪斜斜，有一种一脚就能踹倒的感觉。旅店位于长江边上，起了一个很江湖的名子叫“临江饭店”，让人有一种走江湖住进了黑店的感觉。那时候，白雪小鸟依人甚是可爱。晚上江风骤起，旅店的房间与房间之间就隔一层厚木板，从木板间的缝隙清晰可见相邻房间的灯光。半夜隔壁房间住进了几个男人，说着听不懂的土话，抽旱烟的烟味顺着木板缝隙飘了进来，白雪吓得直往马杰怀里钻，马杰也有些紧张，手里紧紧攥着水果刀，脑海里浮现出无数英雄形象。他从小就喜欢模仿英雄，渴望像英雄一样建功立业，此时此刻他在心里一直模仿金庸小说里的英雄好汉，怎奈一夜相安无事，旭日东升时，他才睡着，在梦中他正模仿郭靖在草原上弯弓射雕。第二天两个人登临矶头，看滚滚长江，浩浩荡荡，江帆点点，蔚为壮观。御碑亭上清朝乾隆皇帝还亲书“燕子矶”三个字。这一切都历历在目，仿佛就发生在昨天。想到这，马杰觉得特对不起妻子，心里涌出想回家的感觉。

马杰和海小妹吃完晚饭后，各自回自己的房间休息。马杰独坐房间默默地抽烟。这时，海小妹推门走了进来，拿起马杰的烟点了一支，两眼直勾勾地看着他。“不好好休息，看我干什么？”马杰心烦意乱地问。海小妹不说话，但眼睛仍然直勾勾地看着他。马杰心里有些发毛，心想这丫头是不是受刺激了。这时海小妹把烟掐了，开始脱衣服，衣服脱完，她一丝不挂地躺在床上。“杰哥，我要！”马杰哭笑不得地看着她。海小妹突然坐起来抱住马杰就开始亲吻，马杰实在受不了了，猛然把海小妹扑倒在床上，火烧火燎地说：“小妹，我想回家！”两团火又燃烧了起来。

白明海恋爱了，女朋友叫池小娜，是省歌舞团的舞蹈演员。两个人是在丁香小姐大赛上认识的，当时白明海是主要赞助商，池小娜是参赛者，并且赢得了丁香小姐的桂冠。东州市的选美大赛，之所以称为丁香小姐大赛，是因为丁香是东州市的市花。池小娜赢得丁香小姐大赛桂冠后，便成了团里的台柱子，最近团里创作了一台颇具创新精神和浪漫情怀的大型现代舞《寻找自我》，池小娜是一号女演员。

中午，白明海接到池小娜的电话，说大型现代舞《寻找自我》下午三点彩排，邀请他去观看。彩排在省歌舞团大礼堂举行。两点多钟，白明海西装革履，头梳得油光水亮，兴高采烈地开车去了省歌舞团。

白明海走进大礼堂时，已经座无虚席，彩排已经开始了，白明海默默地坐在了后边。只见舞台上立着几个高大的棱镜，二十几个男女演员，每个人手中持有一个小小的地球仪穿梭在棱镜之间，面面不同，色色相映，脚下是覆盖整个舞台的中国地图，在抽象的极富个性的舞台语汇下，演员们以富有力度的肢体语言，解构着处于十字路口的人们寻找自我拒绝迷茫的动人图景，展现生命中蓬勃迸发的积极力量，演员们的肢体动作不仅有古典芭蕾，也有民族舞蹈，严谨的钢琴音乐引领着古琴，让观者在心灵的疆域里上下求索，沿着地图的标志，不再迷路。演员们充满生机的肉体缠绕扭曲在一起，抚摸面孔，互相叠加，每一个舞蹈者的呼吸、皮肤、血液、毛孔和神经全部融于音乐、灯光、舞台，池小娜像一个迷失在森林中的梦游者，怀里抱着一个枕头，引领那些年轻的、洁白的、鲜艳的肉体揉搓着双肩，咬住拳头，痛苦地纠缠在一起，坚韧而孤独地向前爬行、寻找……白明海怀揣着幸福感被美不胜收的表演深深地感动着，仿佛自己的心灵随着心上人鲜美的肢体在一起律动。大学毕业后，白明海因一时找不到工作曾一度迷茫，眼下虽然事业有成，但仍然觉得自我迷失在自己蛛网密布的内心隧道中，找不到心灵家园的入口，《寻找自我》不仅表达了他想做自己而做不成的痛苦，更表现出现代人既留恋传统文化，又向往现代文明，既留恋东方文化，又向往西方文明的迷茫。

彩排结束以后，白明海在大礼堂前等着正在后台卸妆的池小娜，脑海中不时浮现出心上人优美精妙的舞姿，心头荡漾着幸福的涟漪。大约二十分钟后，池小娜与几个女孩儿一起走出大礼堂，白明海顿时觉得花气袭人，空气中弥漫着令人迷醉的芬芳。池小娜一见心上人便喜形于色，款款摆动着俏臀迎上前来，几个女孩儿醋味十足地与她开着玩笑。"哟，小娜，那边就是你骑白马的王子吧？""什么骑白马的王子，是开宝马的王子。""骑白马的不一定是王子，那开宝马的就一定是王子吗？""说不定是司机！"池小娜笑嘻嘻地向女友们摆摆手，神情幸福而娇媚，她甜津津地问："明海，你觉得我们的演出怎么样？"夏末的晚霞如梦如幻，天空犹如泼满了鸡血，一片昏红，连空气都如染上了淡淡的红色。白明海痴迷地欣赏着池小娜曼妙的身姿，心田涌起甜蜜的芬芳，用迷醉的口吻说："想不到现代舞用肢体语言可以表达这么深刻的主题，我们之所以找不到自我，是因为我们找不到心灵家园的入口，失去心灵家园的人最大的痛苦就是既做不成自己，也当不成别人。"池小娜轻咬朱唇，用崇拜的目光看着白明海，动情地说："明海，想不到你理解得这么深，不瞒你说，别看我是《寻找自我》的台柱子，我也没有你理解得深，我在演出时，只是一个演员，一个角色，根本不是自己。"两个人一边说话一边上了车。车内洒满夕阳，池小娜周身包裹在光晕中，映出手臂上的汗毛若娇嫩的小草，她吐气如兰地说："明海，我饿了，咱们一起吃点东西吧。"车内弥漫着醉人的音乐，白明海儒雅地看着心上人，无限怜爱地问："想吃点什么？"池小娜就像个被宠坏的孩子，迷人的贝齿轻咬着浅粉色的朱唇，妩媚地一笑说："我想吃麻辣火锅。"白明海像青蛙王子似的点了点头，思忖片刻，莞尔一笑说："那就去狮子楼吧。"

狮子楼的生意火得很，白明海费了半天劲才找到车位。两个人一下车，门前悬着一副颇有气魄的对联：古者王侯列鼎烹乾坤；今日吾辈悬锅煮天地。迎宾小姐给他俩找了一个靠窗户的位置。白明海和池小娜商量着点了酒菜。不一会儿，热腾腾的火锅就上来了。白明海给两个人的啤酒杯倒满酒，微笑着举起杯，建议先干一杯，祝贺小娜演出成功，没想到池小娜并未举杯，而是伤感地低下头，眼圈微红地告诉心上人，今天是她爸爸逝世一周年的忌日，第一杯酒为爸爸喝吧。白明海连忙放下酒杯，目光既同情又怜爱地看着小娜，关切地询问她爸爸的死因。池小娜似乎正陷入悲痛的回忆中，良久才哀婉地说，爸爸是死于糖尿病。这时火锅里红彤彤的热汤沸腾起来，为了转移话题，白明海赶紧夹起一筷子诱人的肥牛，在沸腾的红汤里涮了涮，又饱蘸了作料，放在池小娜的餐碟里，柔情蜜意地劝心上人趁热吃。池小娜的馋虫一下子被勾了起来，辣得嘶嘶咧咧地吃了起来。两个人吃得正热火朝天，有人突然拍了一下白明海的肩膀。白明海抬头一看，原来是姐夫马杰，他的脸腾地就红了。赶紧站起身腼腆地介绍了池小娜。池小娜也脸色绯红地叫了声"姐夫"，问了好。马杰显然对小舅子和池小娜一起吃饭很吃惊，但还是用艳羡的口吻称赞了一番丁香小姐，然后抱歉地向池小娜笑了笑，言称刚好有事找明海商量，以此为借口，将小舅子叫出了酒店。

一出酒店，马杰就拍着白明海的肩膀问小舅子是什么时候和池小娜勾搭上的？跟姐夫还留一手。白明海腼腆地笑了笑，难为情地说八字还没一撇呢。没想到马杰长长地叹了口气，白明海觉得姐夫有些蹊跷，便不解地问有什么不妥吗？马杰用惋惜的口吻说，姑娘倒是好姑娘，不过，你知道她爸爸是怎么死的吗？白明海心里一惊，心想，姐夫是怎么知道小娜的爸爸死了？便懵懂地说，不是死于糖尿病吗？马杰竟冷哼着说了一句"狗屁！"然后十分认真地说："警方一直怀疑是她母亲与她父亲的主治医生通奸，两个人合伙害死她爸爸的。只不过作案手段高明，取证困难，我们暗中调查了一年了，这案子就是姐夫我负责的。"白明海听得目瞪口呆，良久才问了一句："姐夫，你是不是喝多了？"马杰看着身陷情网的小舅子，无奈地摇了摇头，语重心长地说："信不信由你，一旦出事，别怪姐夫没提醒你，不过，千万别跟小娜胡说，小娜是无辜的。我的哥们儿还等我呢，进去吧。"说完，转身先进了酒店。白明海却有一种迷离恍惚之感，如堕五里雾中。

国庆节期间，大型现代舞《寻找自我》在清江大剧院首次与观众见面。演出获得巨大成功，特别是池小娜的精湛表演，更是博得同行、专家和广大观众的高度赞誉，一时间各大新闻媒体纷纷报道这位前途无量的年轻舞者。国庆节过后，《寻找自我》进京演出。就在池小娜离开东州市的时间里，她的母亲因与丈夫的主治医生通奸一起谋害丈夫而被捕。原来池小娜的父亲长期受糖尿病的折磨没有性生活能力，她母亲长期与其父亲感情不和。在两年断断续续的住院时间里，池小娜的母亲与丈夫的主治医生勾搭成奸，主治医生在她母亲的授意下，用慢性中毒的方式害死了她的父亲，被害人死后看上去就像是因糖尿病并发症而死亡。池小娜得知母亲杀害父亲的消息后，经受不了这么沉重的打击，也经受不了各种流言蜚语，毅然辞去歌舞团的工作，一枝美丽的丁香就这样凋谢了。从此以后，池小娜不知去向，仿佛在东州市消失了。

爱得深痛得也深，白明海太爱池小娜了，他多么想分担心上人的痛苦，可是池小娜失踪了，白明海怎么也找不到她，痛苦万分，整天精神恍惚，生意上的事也无心照料。一天到晚醉生梦死，谁的话也不听。白雪看见弟弟因失恋而痛苦的样子，心里非常难受，她给他打电话，哭着让他救救弟弟。傍晚下班后，他打车来到白明海的家，用白雪给他的钥匙开了门，屋里漆黑，酒气熏天，满屋子烟味。他打开灯，走进卧室，只见床上蓬头垢面地躺着一个人正鼾声如雷，他仔细一看，正是白明海。他走到床边，用手推了推，白明海睡眼惺忪地看了他一眼，一边揉着眼睛一边无精打采地说："大哥，你来了。"他温和地笑了笑，和蔼地说："去洗洗脸，然后咱俩找个地方聊聊。"在白明海的心目中，他的分量要远远高于马杰，白明海一骨碌爬起来，穿上衣服，又洗了脸梳了头。他拍着白明海的肩膀微笑着说："这才像个人样，别忘了你是有身份的人，在东州城大小也算是个企业家。"

两个人打车来到一家叫"找你找我"的酒吧，迎宾小姐给他们找了一个僻静的角落。他一挥手要了两碗牛肉面和六瓶啤酒。很快，两碗香喷喷的牛肉面上来了，白明海这几天也没正经吃东西，他饿坏了。两个人谁也不说话，都大口地吃起面来。吃完面以后，他让服务小姐启开啤酒，亲自给白明海满满地倒了一杯。"明海，今天大哥陪你喝个够。"说完他先干了一杯，白明海随着也干了。他又给白明海满上，然后语重心长地说："明海，小娜跳的现代舞《寻找自我》想必你已经看了，我也看了，不瞒你说，我触动很大，当二十二个演员层层堆叠起来，扭曲得像一座塔时，最高处的池小娜并不是两只手伸向天空，而是两条腿扭曲得像麻花一样伸向天空，你知道当时我想到了什么吗？噩梦，明海，当一个人痛苦时，最真实的噩梦就会乘虚而入。小娜的《寻找自我》为什么会头足倒置？就是因为我们都失去了精神家园，失去了自我，好在我们都在寻找。我、马杰、贝妮，还有你，我们为什么能走到一起，还不是因为我们有一个共同特点：就是都怀抱做自己的理想，却在现实世界中不得不做他人。很多以悲剧收场的爱情中，最常见的便是迷失自己。小娜的失踪只能证明一点，她并不完全信任你，她不是迷失在爱情里，而是迷失在亲情里了，没有相互信任的爱是盲目的，强求便是削足适履。在爱情的选择上，最忌讳的就是盲目。为了追求一份不适合自己的爱情而伤害自己，得不偿失。每个人都希望自己能够找到生命中最适合的那个人，而寻找的过程中需要足够的耐心和智慧，草率不得。因为爱是精神家园的一部分，也是自我的一部分。有句话说得好‘悲剧总是在男人下跪时开始，又在女人的下跪中结束’。你可好，反过来了。这件事如果你想不开，就算大哥看人看走了眼。”他说完又干了一杯。白明海又随着干了一杯。他有些激动，动情地说：“明海啊，化蝶为舞，那是小男人做的事，在你的生活中，不允许有情天恨海，真正的爱情既不是痴缠，也不是高烧，如果你得到了爱情，却失去了自我，又有什么意义？你不是说过，衡量一个人的价值主要是看这个人在多大程度上做成了自己吗？连失恋这么一点点小痛苦都扛不住，还跟我吹什么做自己！”白明海听着听着突然拿起啤酒瓶给两个啤酒杯倒满，先饮干杯中酒，然后低声说：“大哥，这几天我折磨自己也差不多了，该想的也都想了，你不用说了，我什么都明白，从明天起，白明海还是白明海。”他也饮尽杯中酒，欣慰地说：“这才是我兄弟呢！”两个人又喝了两瓶啤酒，他情真意切地说：“明海，大哥的话你可得往心里去，回家后再好好想一想，你不能再喝了，我送你回去吧。”他结了账，搂着白明海的肩膀往外走，一见风白明海就大口大口地吐了起来。秋风习习，白明海痛苦万分，一下子趴在他的肩上痛哭起来，他心疼地说：“哭吧，兄弟，哭出来就好了。”

昨天晚上他做了一宿梦，一场大雪将市府广场盖得严严实实的，空旷得像一个雪白的大草原。大草原上有无数人的脚印，他沿着一溜脚印寻找，一边寻找，一边想，留下这些脚印的人都在哪里？他们为什么从这里经过？其实广场上的脚印通往四面八方，没有一个明确的目的，他只能沿着其中的一溜脚印往前寻找，到底找什么，他根本说不清楚，唯一清楚的是无论跟着哪一溜脚印都无法超过前面的人，不对，是前面的人群，这些人群到底要去哪里？他好奇地沿着脚印往前探寻，然而这些无名的脚印最终消失了，茫茫雪地里，只留下一个孤独的身影，便是他自己。由于是周末，他和江冰冰快中午时才起床，起床后，他坐在马桶上还在琢磨这个梦的含义，为什么那些脚印最后都消失在未知当中？难道那些留下脚印的人和自己一样根本没有一个明确的目标？或许正是因为没有目标，人们才留下了那些脚印，人们寻找的就是目标，那么目标是什么？他百思不得其解。

刚吃过早饭（其实是午饭了），他的手机就响了，原来是海小妹打来的，约他和马杰一起去看服装模特表演。他知道马杰和海小妹说过几回了。挂断手机，他心想，避孕套风波虽然让马杰当了冤大头，但是那天家里漏水如果不找白明海，而是找马杰，说不定江冰冰就不是从床底下打扫出一个避孕套了，因为他知道马杰早就和海小妹如胶似漆了。

这是美术学院服装设计系学生的毕业设计演出，他赶到美院大礼堂时，马杰和海小妹已经到了。海小妹安排了最好的席位，还将自己的师姐王珍彤介绍给他和马杰。王珍彤不仅人长得风情万种，而且是模特公司的老板，声称今天上台表演的模特都是她培训的。海小妹更是不失时机地称赞师姐手下的模特曾经到卢浮宫表演过，惊艳巴黎。王珍彤感叹他和马杰长得就像一个人，完全可以互为模特。海小妹也笑着说，如果他们穿上一样的衣裳，我根本认不出谁是谁。说话间，演出开始了，当第一个模特迈着猫步走上 T 台时，主持人解说道："裸露还是禁忌？无论是东方美的颀长双腿，还是西方美的梦露双峰，只需用神秘的黑色盛情勾勒，便春光无限。"T 台上花气袭人，马杰顿时兴奋起来，他一脸坏笑地问海小妹，是不是个个模特穿得都这么露？海小妹娇嗔地看着马杰，像是要在心上人的眼神里发现另一个人似的，讥笑说："你是不是有两双眼睛，一双是警察的，另一双是贼的。"马杰知道海小妹在笑自己不懂美，哪肯示弱，便笑嘻嘻地说："我从这些模特身上没看出半点东方美，不仅她们展示的服装充满了西方美，而且连她们的化妆也西方化了，你看她们的头发都焗成了黄色或红色，她们的眼睛做成了欧式眼，哪里还有半点东方美？"尽管海小妹对马杰的柔情蜜意浓得化不开，但是看到心上人对模特色迷迷的眼神，心里就酸溜溜的，她醋味十足地嗔道："你一介武夫，懂得什么是东方美？"让海小妹这么一激，马杰顿时认真起来，一本正经地说："你别小看人，要了解东方美看一眼中国古代的仕女图就知道了，图上面的仕女个个柳叶眉、丹凤眼、樱桃嘴，那才叫东方美呢。"他听得有趣，觉得自己的另一个我的意识在马杰身上正在苏醒，便插嘴问："那你小子是喜欢东方美还是西方美呢？"马杰像是每一根精微的神经都被激活了，有一种为本能冲动寻找出口的强烈愿望，仰着脖子说："这还用问，就像外国人找中国女孩当老婆，专找吊梢眉、小眼睛、高颧骨和厚嘴唇的丑丫头一样，我当然喜欢西方美女了。"醉人的音乐和精彩的表演将观众带入色彩的视觉狂欢和形体的感官沉溺之中，声光电在如天鹅绒般丝滑的空气中激荡，海小妹剜了马杰一眼说："你呀，整个一个大色狼。"马杰一吐舌头，一个身穿鱼骨束胸式礼服的模特甩着轻纱水袖走上 T 台，镂空的纤细织带勾勒出蝴蝶骨的玲珑，窈窕的腰肢、性感的曲线无不让人投去惊鸿的一瞥。马杰的目光不像是在欣赏模特的神韵，而像是在品味她们凝脂般的肌肤上汗毛孔散发出的馨香，样子就像是捧过每个模特精致的脸蛋似的，他羡慕马杰显露本来面目的勇气，因此用嫉妒的口吻说：“马杰，你别忘了女人裹小脚也曾被国人视为东方美，为此，从明代正德年间到民国初年，官方每年都要举办赛小脚大会，跟今天的选美大赛差不多，与那种糟粕比起来，你看今天的模特个个都像出走的娜拉。”马杰像是一只大胆地将脑袋伸出躯壳外的乌龟，肆意地观察着每个模特，神情就像是在嗅闻她们的血液的味道，然后将脸转向王珍彤，笑嘻嘻地说：“所以，论性感，当然是西方模特更胜一筹，王总，我说得对不对？”王珍彤身上透出一种神秘、深邃的气质，她就像一面镜子，好像这面镜子就是为了分辨他和马杰而设置的，她无疑看到了两个我，犹如看到了一个人的双重性格，听了马杰的话，她莞尔一笑，颇为认同地说：“这与文化差异有关，时尚圈子永远是强势文化引领潮流，在国外的一流秀场上，亚洲面孔出现的几率很小，中国模特出现的几率更是小之又小，更多还是在三流秀场上露面。”正沉浸在精彩表演中的海小妹犹如一枚紧闭的蓓蕾，在师姐这面镜子面前瞬间舒展绽放开来，她秀眉微蹙，轻声慨叹道：“其实这与中国服装的设计水平有关，有一流的服装设计师，才会有一流的模特。要不怎么说设计师赋予了服装灵魂，模特赋予了服装生命呢。”这时模特们身着有浓郁敦煌韵味的服装，在两面古墙前尽展风姿，仿佛带着现场观众穿越时空，进入了一个亦真亦幻的世界。美不胜收的表演博得 T 台下阵阵掌声。人们既为服装设计的艺术魅力所感染，又为模特们的精彩表演和美丽而叫好。然而他望着色彩斑斓的 T 型台却陷入了沉思：中国正在奋起直追西方几百年走过的现代化道路，在诸多方面模仿着西方，模仿的唯妙唯肖，那么西方模仿了中国什么呢？

又一届丁香小姐大赛闭幕了，时值盛春，正是丁香花开的季节，街道两侧花团锦簇，姹紫嫣红。这几天廖天北率团去东南亚招商引资，他难得清闲，晚上，和几个朋友在海鲜酒楼聚完以后，他一个人开车闲逛，发现在市口腔医院附近新开了一家足浴中心，门脸装修得古香古色，还挂着两个大红灯笼，红灯笼上写着“天香楼”。他心想，这门脸也不像足浴中心，倒像是个旧社会的青楼，便好奇地把车停在门前。一进天香楼，大堂正中挂着一对条幅，写的是初唐诗人宋之问的诗句：“桂子月中落，天香云外飘。”他心想，看来这天香楼的老板还颇通文墨。右侧楼梯处墙上挂着几十张女孩子照片，每张照片下都挂个铜牌，他明白了，原来这些照片都是足疗小姐，照片下面还介绍了她们的水平和等级。他看了半天，选了一位照片里最漂亮的，拿了挂在她下面的铜牌，上了楼。二楼楼梯拐角处挂了一面铜锣，每当客人上楼时，服务员就敲一下铜锣说："来客啰，这位爷楼上请。"颇有古时候店小二的味道，这时就会有一位服务小姐迎上来领客人进入房间。

他上了三楼，一进房间就乐了，这屋里的陈设就跟旧社会的大烟馆差不多。迎面是一张古色古香的围屏式大榻，榻上铺着红缎子褥子，榻中间还放了一张古香古色的短腿小炕桌，门的右侧有两把太师椅，墙上挂的都是些描写《西厢记》、《红楼梦》中情恋内容的国画。这时，袅袅婷婷地进来一位上身穿红色缎子小褂，小褂上还绣着牡丹，下身穿绿色缎子裤的女孩儿。她笑眯眯地问："先生，您好，请问您先用点什么？"他一看这女孩，心里就喜欢上了，这女孩眉清目秀，中等身材，不胖不瘦，皮肤白皙，便微笑着说："上一壶毛尖，再来一个果盘就行了。"小姐笑着出去了，不一会儿，就上齐了茶和果盘。"先生，把裤子脱了吧。"小姐不经意地说。"小妹，咱们刚见面就脱裤子呀？"他开玩笑地说。女孩脸一红，拿过来一件用塑料袋包好的大裤衩，娇嗔地说："把这个穿上。"于是，他只好把裤子脱了，换上了大裤衩。女孩把他的裤子叠好挂在了衣服架上。他笑眯眯地问："小妹，怎么称呼？"女孩柔媚地说："我叫柳小月，您就叫我小月吧。"他心想，这个名字起得好，大有"月上柳梢头，人约黄昏后"的意境。柳小月取来铜盆，把泡脚的中药倒到盆里，又加了开水。"先生，泡泡脚吧。"柳小月说着就帮他脱掉鞋和袜子。他把脚放在水里感觉水温正好，舒服极了。他一边泡脚，柳小月一边用白嫩的小手在脚上拿捏。他惬意地问："小月，你是哪里人呀？"柳小月红晕飞腮地说："我家住在白山脚下，我们村叫柳树屯，我们屯有一座山叫柳树山，屯子里不仅柳树多，姓柳的人也多。我们那里山清水秀可漂亮了。先生，一看您就是当大官的。"他得意地一笑说："你怎么知道我是当大官的？"柳小月娇态十足地说："因为我们这儿只来两种人，一种是大款，一种是大官。一般都是大款陪着大官来，像您这样一个人来的还真不多。先生，您贵姓呀？"他没想到小小的足疗女见识还不少，便温和地说："我姓商，你就叫我商大哥吧。"柳小月甜甜地喊了一声"商大哥"。

他泡完脚，柳小月把椅子放在榻边，在自己的双腿上铺了毛巾，然后把他的脚放在自己的腿上，开始做足部按摩。只见柳小月一双玉手，拿捏娴熟，穴位准确，力度适中，不时问一问他的感觉，还会诊断一些常见病。"商大哥，你睡眠不太好，是不是总做梦啊？"柳小月试探地问。"你怎么知道我爱做梦呢？"他好奇地问。"是你脚上的穴位反射出来的，其实我也是个爱做梦的人。"柳小月娇媚地说。"你都做些什么梦啊？"他打趣地问。"总是梦见变成另一个人。"柳小月忽闪着大眼睛说。"是什么样的人呢？"他好奇地问。"不告诉你，反正不是我自己。”柳小月孩子气地说。“那么你到底想不想变成另一个人呢?”他不依不饶地问。“想,可是我这辈子恐怕都做不成梦里的那个人,我只能做自己。”柳小月自卑地说。他心想,看来柳小月经常梦见的那个人,一定是她心中可望而不可即的偶像,正因为如此,她才不好意思说出来。他觉得柳小月是个乖巧的女孩,心里特别喜欢,便逗趣地问:“小月,你如果把你梦中的另一个人告诉我,你什么时候回柳树屯,我开车送你回去,好不好!”柳小月弯眉一挑认真地问:“商大哥,你说话算数?”他目光诡谲地闪了闪,爽声道:“当然算数了。”柳小月两道柳叶弯眉轻轻一挑,乖巧地说:“那就谢谢商大哥了。”

柳小月给他做完足部按摩,又给他捶腿,小手时不时就会触及他的根部,他反应强烈,怎么抑制也抑制不住,下身就搭起了凉棚。捶完腿之后,柳小月又给他捶背,两只小拳头宛如两只小白兔,在他背上窜来窜去。他心想,足疗做过无数次,还是这一次别有风味。全套程序做完后,柳小月又给他洗了脚,擦净水,然后又拿来一双新袜子给他换上,把旧袜子装在一个塑料袋里。“商大哥,足疗做完了,希望你常来,别忘了你对我的承诺呀!”说完,她甜美地一笑,身姿婀娜地关上门出去了。他一边喝茶,一边吃水果,心里有一种既甜甜的又怪怪的感觉,总觉得意犹未尽,心想,不行,明天我还得来。

也是赶上廖天北出国,他一连几个晚上到天香楼找柳小月做足疗,别看就几个晚上,两个人熟得像是老情人。“商大哥,明天我想回家,你能送我吗?”柳小月笑眯眯地问,娇媚的神情让他觉得骨头都酥了。“行倒是行,只是你还没有将你梦中变成的另一个人是谁告诉我呢。”他逗趣地说。“我告诉你你就开车送我回家好吗?”柳小月的目光透着撩人的风情,灵秀地说。“没问题。”他爽快地说。“商大哥,我说了,你可别笑话我,不瞒你说,我经常在梦里变成的那个人是我们老板娘,她不仅人长得漂亮,还嫁给了一位台湾大老板,天香楼就是这位台湾大老板专门为老板娘开的。”他原以为柳小月梦中一定变成了哪个大牌女明星,所以才轻易不敢说出来,没想到只是一个足疗馆的老板娘,不禁呵呵笑道:“小月,为什么不做自己,非要做他人呢?”柳小月直言不讳地说:“做自己有什么好,不过是个足疗女,做老板娘就可以成为有钱的女人,就可以打扮得像她一样漂亮,谁不想过有钱的日子呢?”听了柳小月的话,他的内心猛然涌起一种孤独,觉得自己的一切烦恼都来源于不能做自己,而只能模仿那位应该属于自己的“真正生命”。而柳小月的一切烦恼恰恰与自己相反,都来源于不能做别人,他觉得柳小月很像当下的大多数人,中国人不再想成为“中国人”了,而是想当别的,中国人自从将中山装改穿西装以后,不仅仅是换了一身衣服，而且是换了一个梦想，这梦想犹如一座摩天大楼，只是没有门窗。他觉得自己憋闷得太久了，很想找一个山清水秀的地方透口气，或许柳树屯能让自己透一口气，于是他毫不犹豫地问："小月，明天咱们几点钟出发？"柳小月嘴边漾着微笑说："早晨七点钟出发，中午前就能到俺家，到时候俺让俺妈给你炖山鸡、野兔子吃。"他情绪一下子高涨起来，他兴趣十足地问："你们柳树屯还有山鸡、野兔子？"柳小月弯眉一挑说："那有什么，柳树山上还有熊呢。"他关切地问："小月，你家都有什么人呢？"柳小月喜滋滋地说："俺爸、俺妈，还有俺哥，俺哥打野兔子的本事可大了。"一直以来他都感到自己有一种找不到家的感觉，像一条失魂落魄的丧家狗，他想从爱中寻找自我，然而他并没有从贝妮的爱中找到自我，反倒觉得更迷茫、更空虚了，但是柳小月身上的山鸡、野兔子的味道是那么自然、诱人，他感到新奇，到柳树屯散散心，或许能有意外的收获，想到这儿，他真有些耐不住了。

朝霞洒满黑水河的时候，他开着奥迪车奔驰在高速公路上，这是第一次有人用轿车送柳小月回家，她高兴极了，山里女孩子的一点点虚荣心就这样得到了满足，她甚至油然而生幸福感。高速公路两旁的庄稼一望无际，绿油油的，就像绿色的海洋。车载CD里放着邓丽君的名歌《路边的野花不要采》，这歌听得柳小月脸色绯红，看上去像山上的野花一样美。

快到中午时，柳小月娇柔地用手指了指前方说："商大哥，前边就是柳树屯了。"他放慢车速，透过车窗望出去，心想，这村子不愧叫柳树屯，到处是柳树林，有一条小溪，潺潺而流，穿林而过，柳树倒垂溪边宛若少女的长发。村子里炊烟袅袅，家家户户都在做中午饭，一缕缕青烟一条条直线似的升上天空，看不出有一丝儿风。村子的四周是巍巍群山，村子正前方有一座山酷像一棵巨大的柳树。望着眼前的美景，他情不自禁地想起孟浩然的两句诗："绿树林边合，青山郭外斜。"柳小月兴奋地说："商大哥，我家就在那柳树山脚下。"他沿着村子的大路一直开，开了大约二十分钟，没有路了，柳树山脚下有一户青砖瓦房的农家小院。院子很宽敞，窗前有一架葡萄，前面是黄瓜豆角，再向北种了四垄韭菜，两垄茄子，三垄马铃薯。小院中间是一条砖石小路。东边是花圃，花儿在阳光的沐浴下竞相开放。轿车停在小院前，围了许多看热闹的孩子。柳小月一下车就兴高采烈地喊道："爸、妈，我回来了。"这时一位面色黝黑、脸上的皱纹宛如刀刻一般的汉子走了出来，看来年纪有五十多岁，一见柳小月就高兴地喊："小月她娘，咱闺女回来了。"听到喊声，从屋里慌慌张张地跑出来一位面容消瘦、面庞皱缩的农妇，她笑逐颜开地说："小月呀，回来也不打个招呼，二狗子，快把你小明哥喊回来，让他弄只山鸡、野兔什么的，就说家里来客人了。”一个叫二狗子的小男孩一边答应着一边蹦蹦跳跳地跑了。“爸、妈，”柳小月用炫耀的口吻介绍说，“这是俺商大哥，是他送俺回来的。”柳小月的爸妈似乎看明白点意思，也没敢多问。“她商大哥，屋里坐，屋里坐。”小月的母亲手足无措地说，一副没见过世面的样子。他心想，山里人就是纯朴，便客气道：“大妈，还是院子里好，山里空气清新，还是在院子里坐会儿吧。”“也好，也好，她商大哥，还是抽一袋我亲手种的烟吧。”柳小月的父亲憨厚地说。他接过老汉递过来的黝黑发亮的旱烟包包，从里面取出一撮碎烟叶卷了一支烟，用自己的打火机点上火，刚吸一口，便呛得咳嗽起来。老汉呵呵笑着说：“烟冲，悠着点。”这时，一个壮实的小伙子跑进院子，左手提溜着一只山鸡，右手提溜着一只野兔子。“小明啊，快帮妈收拾了。”小月的母亲张罗着说。“哥，这是我商大哥。”柳小月炫耀地向她哥介绍说。他向小伙子点了点头，柳小明嘿嘿傻笑着收拾山鸡和野兔子去了。

午饭很快就做好了，一家人很热情，他和老汉还喝了半斤烧酒。吃完饭后，他让烧酒闹得头略微有点晕，打着饱嗝说：“大叔，你们这风景好，我出去转转。”老汉忙说：“小月呀，陪你商大哥转转，别让他一个人走丢了。”柳小月蹦蹦跳跳地跟着他出了小院。

两个人沿着一条乡间小路一直往前走，前面露出一片柳树林，林子长得很密实，中午的太阳很晒，小路上连个人影也没有，两个人情不自禁地钻进了小树林。走到林子深处，他出一了头汗，柳小月掏出自己的手绢给他擦汗，两个人离得很近，柳小月身上的体香伴随着柳树林的清香，使他直喘粗气，柳小月也从来没有跟这么有魅力的男人在林子里幽会过，她望着他身子有些发软，他就势把小月搂在怀里。两个人像夏天的干柴着了，疯狂地吻在了一起。他用脚踩倒一片青草，把柳小月轻轻放在这绿油油的“地毯”上，望着小月那洁白丰满的乳房和红艳艳似樱桃般诱人的乳头，再也忍不住，他像恶虎扑食一般在小月身上亲吻起来，从上身吻到下身，又从下身吻到上身。“商大哥，我要，我要。”柳小月轻轻呻吟道，声音很像贝妮在呼唤自己。他仿佛被雷击了似的猛然跳起来，靠在一棵柳树上大口喘着粗气说：“对不起，小月，是我不好，都是烧酒闹的，我昏了头了。”柳小月没想到会是这样，她赶紧整理好衣服，眼泪扑簌簌地流了出来。

回到农家小院，他心虚地与小月的父母告别，和小月的哥哥握手时，他感觉自己的手像是伸进了老虎钳子里，疼得直咧嘴，柳小明却嘿嘿傻笑起来。柳小月坐在他的车上一直送到小村外，才恋恋不舍地下了车。他温声说："小月，什么时候回天香楼告诉我一声。"柳小月含泪"嗯"了一声。他一踩油门，奥迪车沿着小溪缓缓前行，他望了一眼倒视镜，柳小月远远地挥着手，很像是伊甸园里的夏娃。

他从柳树屯回来以后，又去了几次天香楼，都说柳小月还没回来，有的足疗女还说，她可能不想干了。搞得他云里雾里的。晚上，白明海请他喝酒，酒后他非拉着白明海一起去天香楼做足疗。两个人停好车，信步走进天香楼大堂时，一个婀娜熟悉的身影从眼前闪过，白明海当时就愣住了，连他也惊诧地站住了。从眼前走过去的婀娜身影不是别人，正是白明海曾经的恋人池小娜。"小娜，是你吗？"白明海情不自禁地问。池小娜站住了，她转过身来目光中有些吃惊，也有冷漠："你好，明海。"白明海欣喜地走过去，张开双臂想抱池小娜，池小娜冷冷地躲开了。"明海，"池小娜冷漠地说，"过去的池小娜已经死了，忘了我吧。"此时，他猛然想起柳小月曾经跟他说过，很想成为像老板娘一样的人，莫非池小娜就是天香楼的老板娘？这也太不可思议了，于是他试探地问："小娜，天香楼是你开的？"池小娜嘴角一翘，一副玩世不恭的表情说："不可以吗？"这时，走过一个中等身材胖乎乎的男人，满脸堆笑地问："小娜，遇上朋友了？"池小娜立即换了一副媚气十足的表情说："白明海，这位是我先生，他是台湾人。老公，这两位是我的朋友。"台湾人顿时伸出胖乎乎的手与他和白明海握手，一边握手一边皮笑肉不笑地说："幸会、幸会。"胖乎乎的手上戴着四个款式不同的黄乎乎的金戒指。台湾人与两个人握完手，搂着池小娜上了楼。白明海呆呆地站了半天从牙缝里挤出了一句话："大哥，我深爱着的那个池小娜真的失踪了。"

放下笔时，我感觉不是商政在向我倾诉，而是我在向商政倾诉。我觉得我在这种倾诉中化身成了商政，而商政在自我的迷失中是注定做不成自己的，那么我也只能化身成商政心目中的他人。我不知道，这是商政的悲剧，还是我的悲剧。但是我知道，左右商政命运的一定是廖天北，因为廖天北就是商政心目中的他人。尽管廖天北是一个想做自己的人，但是商政不可能在廖天北身上寻找到自我，因为廖天北不是他的自我创造出来的，而是体制的产物，他身上带有浓厚的官本位遗毒，廖天北是一个中了毒的人，关于这一点廖天北不清楚，商政也不清楚，但是我清楚。我之所以清楚，是因为我与商政的世界保持了一定的距离，正因为我是一个旁观者，才能够更透彻地看清商政的生活。商政的世界洪水泛滥，我却躲在"方舟"内，我一直认为我的书房就是我的"方舟"，诺亚正是在方舟里看清世界的。因此，我千方百计想呼唤商政快点回到"方舟"上，我不停地用笔发出信息，正如诺亚放出鸽子，然而我始终寻找不到商政的内心世界，因为他的自我迷失了，或许一开始就迷失在官场中了，正因为如此，他才开始寻找，结果是一次一次地迷失，他无法得到我的信息，也就无法找到我的"方舟"，我感到商政正在夜里苦苦跋涉，正如我在书房内笔耕不止，商政好像完全生活在夜里，他需要光，哪怕是一丝微光。我却不知道如何让我的笔发出光来，正如灯塔引导航船，我知道保护诺亚方舟的是耶和华，但是引发洪水泛滥的也是耶和华，谁是耶和华？有人说是上帝，但上帝是谁？有人说是神，但什么是神？我迷茫了，我不止一次地品味诺亚走出方舟的情景，品味神对诺亚说的话："你和你的妻子、儿子、儿妇都可以出方舟。在你那里凡有血肉的活物，就是飞鸟、牲畜和一切爬在地上的昆虫，都要带出来，叫它在地上多多滋生，大大兴旺。"我猛然明白了，要想寻找到迷失了自我的商政，我必须求助于神，必须有勇气与神对话，但是神在哪里？这世界上真的有神吗？我真的不知道，但是我想知道。或许神就藏在我们的心里。因此，我用笔画了两面镜子，一面想照我的内心世界，一面想照商政的内心世界，却不承想两面镜子映出来的都是廖天北，我顿时明白了，只有搞清楚廖天北的命运，才会搞清楚商政的命运，抑或才能搞清楚我未来的命运，于是我通过两面镜子对廖天北的命运进行了推断。

3. 两仪：推断

推断一

东州这座城市让人片刻不得安宁。当然最不得安宁的还是廖天北。廖天北不得安宁，我就不得安宁，谁让我是他的秘书呢？没有人能够想象，一个省会城市的市长办公室被盗会是什么情景。尽管我是市长秘书，但也是平生第一次遇到。第一个发现廖天北办公室被盗的是公务班的工作人员，她们负责打扫市长的办公室，大概早晨六点钟她们就开始工作了，这说明清晨六点钟之前，案犯已经逃之夭夭。但是公务班的工作人员并没有直接拨打 110 报案，而是报告给了市政府办公厅保卫处值班人员，值班人员也没有拨打 110 报案，而是报告给了保卫处处长，保卫处处长也没拨 110 报案，而是报告给了市政府办公厅主管副主任，主管副主任又报告给主任，主任又报告给了市政府秘书长，市政府秘书长也没拨 110 报案，而是直接报告给了王伯寿，王伯寿并未直接报告给廖天北，而是亲自拨通了市公安局局长陆羡林的宅电，指示他迅速组织警力，勘察作案现场，等陆羡林向他报告，警力已经到达现场展开勘察后，王伯寿才不慌不忙地拨通了廖天北的宅电。廖天北得知情况后，立即给我打电话，让我和司机马上去接他。我从廖天北打电话的语气中能听出来他急切的心情，廖天北办公室究竟有什么我最清楚，其实没什么值钱的东西，他之所以有些紧张，是因为有几份印着“绝密”字样的中央文件锁在保险柜内，一旦失窃，责任重大。

我和廖天北急急忙忙赶到办公室时，警察勘察现场的工作已经完毕，身材高大笨重、眼珠像玻璃球似的陆羡林惴惴不安地迎上来汇报情况，廖天北根本没心思听，他径直走进自己的办公室打开保险柜，发现所有的文件都在，一颗悬着的心才落下来，他又在陆羡林的建议下，查看了书柜、衣柜和办公桌，竟然什么都没丢，陆羡林根本不相信，市长办公室被小偷翻得乱七八糟，怎么可能什么也没丢呢？又建议廖天北仔细查看，廖天北又仔细检查一遍，十分认真地告诉陆羡林确实什么东西也没丢，陆羡林如释重负地带着干警收队。陆羡林一走，廖天北立即让我把门关上，神情就像是一只受惊的老鼠，好像刚刚被一只狡猾的老猫戏弄过似的，他脸色阴沉地点上一支烟，一边吸一边若有所思地说："商政，我的办公室被盗你怎么看？"屋子里的空气像一潭死水，窗外的阳光太刺眼，让人无法集中精神，我脑子里仿佛被死水灌满了，沉得很，虽然阳光照得很强烈，但我的心头仍然凝聚了一层霜，我沉思片刻说："我问过陆羡林小偷是怎么打开门的，他说门上没有任何被撬的痕迹，楼这么高，也不是从窗户进来的，我吃惊地问，莫非小偷有钥匙？陆羡林未置可否。"廖天北听罢，脸上的光泽犹如日落后天空中的余晖，灰蒙蒙的，他右手一拍桌子，像是发现自己上当受骗了似的，用愤懑的语气说："商政，你这么一说佐证了我的一个担心。"仿佛他拍的不是桌子，而是我的脑袋，我顿时恍然大悟，惊愕地看着他，压低声音问："是不是有内鬼？"他目光如刀地扫了我一眼，我的脸有一种被划了一刀的感觉，好像由于口子划得太深，肉翻翻着，却不见血，他并未注意到我痛苦的表情，大手一挥，气哼哼地说："何止是内鬼，根本就是阴谋！"我感到突然被什么东西咬住了喉咙，有一种窒息的感觉，心里猜中了八九分，却又不愿意相信自己的猜测，瞠目结舌地问："阴谋？莫非有人耐不住寂寞了，想赶你走？"他鼻尖抽搐了几下，心知肚明地点了点头，眼睛里射出谴责而不屑的目光，轻蔑地说："他这点伎俩连你都看出来了，还想瞒过我的眼睛，简直是不自量力。你知道我丢了什么吗？"我被窗外的强光闪花了眼，有一种被淹没的感觉，仿佛置身于一潭死水之中，脸憋得通红，却无法呼吸，只能不停地摇头。我能感觉到他内心的愤懑，还能嗅到他嘴里一股烂苹果的气味，他凌厉地看了我一眼，然后冷哼一声，气恼地说："我和许莉莉的合影全被偷走了，妈的，多亏老子不贪，否则还真让这个混蛋得逞了！商政，在现有体制下，你想做一个不勾心斗角的市长都难啊！更何况做个堂堂正正清清白白的市长了。"我从他的最后一句话中不仅听出了无奈，更听出了一种无奈之下的心灰意冷。

很快流言蜚语就满天飞了。不仅传言警方从廖天北办公室搜出了五十万美金，而且搜出许多艳照，还有传闻说上面已经成立了专案组，正在秘密调查廖天北，总之，要多难听有多难听，不仅一些机关干部私下里别有用心地散布谣言，老百姓更是编造得绘声绘色，以至于我打出租车时，一上车，出租车司机就像讲评书似的向我胡言乱语。不久，罗立山私下里找廖天北谈话，地点就在市委后花园，说也奇怪，那些传闻当中的“艳照”，也就是廖天北与许莉莉的合影，竟然奇迹般地落到了罗立山的手里，罗立山将这些照片还给廖天北时，嘴角挂着一抹意味深长的微笑，好像得了轻微的面瘫似的，他先清了清嗓子，仿佛有什么东西试图从喉咙里钻出来似的，大有不吐不快之感，但又如鲠在喉，难以开口，他思忖再三，才用调侃的口气说：“常言道英雄难过美人关，我知道你是不喜欢做英雄的，你只喜欢做自己，难道一心想做自己的人也过不了美人关吗？”铜盆大的太阳在瓦灰色的天空中放出苍白的光，空气中飘浮着一种紧张的寂静，仿佛有一条无形的警戒线横亘在廖天北和罗立山之间，宛如拉紧的橡皮筋一样不停地振荡，廖天北的舌头上有一种苍白的感觉，他舔了舔干巴的嘴唇，阴沉着脸说：“老罗，你难道不清楚吗？有人在自己的位置上坐不住了，别人想安宁一会儿，他都如坐针毡，这种人天生就唯恐天下不乱，片刻不搞阴谋诡计，屎就拉不下来。老罗，你知道我办公室被盗丢了什么吗？”一朵乌云遮住了太阳，罗立山突然感到脑海中漆黑一片，他皱着眉头，露出门牙，一脸疑惑的神情，以讶异的口吻问：“天北，这件事陆羡林专门向我汇报过，不是什么都没丢吗？”刚刚浇过水的草坪亮晶晶的，就像被露水打湿了一般，廖天北正背着手向前踱着，踩踏着湿漉漉的青草，突然停住脚步，冷哼道：“你给我的这些照片就是被贼偷走的，我不知道为什么会在你手上。”罗立山眼神中闪烁着疲惫诡异的幽光，仿佛眼前站立的不是廖天北，而是一堆废墟，笑容宛如脸上的肌肉在抽搐，一脸诧异地说：“这些照片何止在我手上，省委常委人手一套，影响非常不好，不然我苦口婆心地劝你干啥！”廖天北乖戾地瞥了罗立山一眼，仿佛眼前突然出现一座坟墓挡住了去路，他愤愤地说：“这你还看不出来吗？我的办公室被盗是一场阴谋。”内心似乎正挣扎纠结着战战兢兢的痛苦。罗立山深深吸了口气，仿佛跳水运动员刚刚浮出水面似的，但又好像是只浮出了躯壳，却将灵魂丢在了水里，晃着光秃秃的大脑袋，语重心长地说：“这就是你想做自己的代价啊！你明明说你的办公室什么也没丢，现在你告诉我丢了这套照片，你为什么要隐瞒你丢了这套照片？还不是你心里有鬼吗？你和这个许莉莉到底是什么关系？天北呀，听人劝吃饱饭，我劝你收敛一点，别一天到晚像个坦克车似的横冲直撞，别忘了，官场上到处都隐藏着反坦克导弹，如果你一意孤行，那么保不准哪天你就会中弹，这样的教训还少吗？”廖天北的神情就像是正走着前面的道路上突然出现了一道裂缝，他躯壳内的一个我仰面朝天，唉声叹气，另一个我蹙着眉头，沮丧地往下看，满脸无奈，两个我囚禁在一个躯壳内，宛如肉体是一座古老的监狱，用渴望得到同情的语气说："我们是老搭档了，你知道我女儿女婿都在澳洲，两个孩子孝顺，把我老伴也接过去了，老罗，你知道我一个人晚上回到家里有多孤独吗？"罗立山挺着大肚子，迈着小细腿，背着手，走着八字步，看似闲庭信步，实则暗藏杀机，他一改平和的神情，眼睛凌厉地瞥了廖天北一眼，不留情面地说："你知道你这叫什么吗？你这叫'裸官'，你还说反映问题的人在搞阴谋，你一家子都出国了，就留下你一个，是不是家里的财产也都转移出去了？你让组织上怎么相信你！"一阵微风吹过，廖天北感到心头被刀锋扫了一下，不禁暗自一惊，用谴责的眼神看着罗立山，情绪激动地说："老罗，你可别血口喷人啊！怎么叫一家子出国了？我老伴又没移民，不过是想女儿，时不时地过去住些日子，怎么还跟转移财产扯上了，你若是怀疑我，你可以建议组织上调查我，用不着在我面前念三七！"罗立山也知道自己的话说重了，龇着大板牙，脸上挂着圆熟的微笑，语气亲切地说："天北啊，我可是一片好心提醒你，你可别把好心当做驴肝肺！"廖天北并不领情，而是阴沉着脸，仿佛自己的肉体正在火上炙烤似的，眼神里闪耀着火光，火气十足地说："我会好自为之的！"说完大步走向自己的奥迪轿车，一头钻进了车里。

没过两天，廖天北就病了，住进了市人民医院。廖天北患糖尿病很多年了，由于控制得不好，再加上最近精神压力大，得了并发症，主要问题在肾和眼睛上，主治医生说，肾有患尿毒症的危险，眼睛有失明的危险。廖天北不住院还好一些，他这么一住院，电视上看不见人了，电台里听不见声了，报纸上看不见名字了，于是本来已经稍微有些平息的谣言又变本加厉起来。有说被双规了的，有说被逮捕了的，有说被罢免了的，还有说被双开了的，更有甚者，说廖天北已经畏罪自杀了。几千年的官本位遗毒已经融化到了老百姓的骨髓里，他们个个都是民间政治家，可以把谣言演绎得出神入化。别看廖天北每天躺在病床上，其实比在办公室上班还忙，那些大大小小的各怀心腹事的头头脑脑们像走马灯似的往医院跑，因此东州市的大事小情没有一样能瞒住他的，这其中当然也包括那些不堪入耳的谣言了。要是搁往常，廖天北一定着急出院，赶紧在电视上露几个镜头辟谣，可是这次他一反常态，面对谣言置若罔闻，我以为廖天北达到一定境界了呢，那天上午他和我谈了一次话之后，我才知道，原来他对做自己已经心灰意冷，因此一切都无所谓了。护士给他挂上滴流后，他把我叫到身边说："商政，表面上我是肾出了毛病，其实是本出了毛病，中医讲肾乃先天之本，一个人本出毛病了，身体就很难恢复健康了，常言道，身体是革命的本钱，没了本钱，何谈做自己呀？一个做不了自己的人，只能做他人，一个做不了自己的市长呢，也只能做傀儡了，我现在就是那些流言蜚语的傀儡。医生说，我的眼睛有失明的危险，有时我真恨不得自己的眼睛瞎了，或许眼睛瞎了，才能看清自己，才能看清这个世界。商政，我老了，没两年就六十了，一切都无所谓了，但是你还年轻，一定要找到做自己的路，一个人只有找到了自我，才能找到心灵世界；一个城市只有找到了自我，才能找到立足之根；一个国家只有找到了自我，才能找到民族的精神家园，才能真正屹立于世界民族之林。我们常讲仰望星空，心里没有星空，头顶上怎么可能有星空啊！”我听了他的话心里久久不能平静，因为在官场上做不成自己，从给老大当秘书时我就深有体会，老大之所以腐败掉了，还不是因为找不到自我，无法做自己造成的。跟上廖天北以后，我原以为他是个执著的人，最起码可以部分地做自己，为此我将他视为我心中的偶像，一心想成为像他那样的人，然而，不允许做自己的客观环境太强大了，以至于廖天北这种像坦克车一样勇往直前的人都心灰意冷了，那么像自行车的我该怎么办呢？我深深地陷入了迷茫。

廖天北出院前，罗立山来看望他，两个人又进行了一次深谈，罗立山走后，廖天北告诉我，他向罗立山请了假，出院后，让我陪他去一趟泰国，名义上是为汉阳街招商引资事宜专程拜会泰国大洋集团董事会主席柴康林，实际上就是想让我陪他去散散心，因为往常他出国，都是率十几个人甚至几十个人的招商团，而此次泰国之行只带我一人，不带其他人。按照廖天北的话讲，去泰国五六趟了，每次都围绕着招商引资工作转，什么泰国人妖、泰式按摩，完全不知所云，这次让我专程陪他，就是为了彻底放松一下。

廖天北走得很低调，这很不像他的风格，看来这场大病让他看清很多问题，他仿佛变了一个人。出发时，罗立山亲自去机场送行，除罗立山以外，没有其他人。这与以前出国时大相径庭，以前出国，前来送行的头头脑脑挤满东州机场贵宾室，这次出国却显得异常冷清。

到了曼谷，廖天北确实拜谒了柴康林，对双方合作开发汉阳街事宜进行了沟通，柴康林见廖天北此次泰国之行只带了一个秘书，知道工作之余有休假之意，便要全面安排休假日程，被他婉言谢绝了。他这次泰国之行就想当一名普通游客。柴康林心领神会，也就恭敬不如从命了。

我们在曼谷游的第一个景点是大王宫里的玉佛寺，之后又去了涅槃寺，在寺庙内廖天北通过导游和僧侣交谈很长时间，也探讨了很多问题，仿佛他不是来旅游散心的，而是来考察泰国人的信仰的。晚饭后，我们去了声名狼藉的帕蓬街，尽管我走在这条街上有一种过电般的罪恶感，但是回到酒店后仍掩饰不住受刺激后的兴奋。我理解不了为什么到处法音宣流的寺庙会与骇人听闻的性表演共存，为什么在泰国寺庙多，妓院也多，和尚多，妓女也多？廖天北说这也正是他参观寺庙时与僧侣交谈的原因。我问他找到答案了吗？他遗憾地摇摇头，若有所思地说："眼下我们国内的寺庙香火也越来越旺了，在中国真正有点气候的宗教大概只有佛教了，咱东州的西塔及延寿寺复建后，香火旺得很。我时常想，那些见了佛像就顶礼膜拜的人真的信仰佛教吗？其实他们大多不信，信也是被动的信，那么为什么还要顶礼膜拜呢？其实真正的目的是希望通过信佛得到好处，比如升官、发财、平安、健康等等，这些都是世俗生活方面的欲望，当一个人的这些欲望在现实中得不到满足时，他希望通过吃斋念佛或顶礼膜拜从佛那里得到安慰，甚至希望佛能保佑他们满足自己世俗生活方面的欲望，这是一种被动的信仰，有浓重的功利主义和实用主义的色彩，和追求人的自由、拯救灵魂无关，不是纯精神的。在我看来，除了基督教以外，其他宗教都掺杂了一些物质的或者政治方面的考虑，不纯粹，而真正的信仰一定是纯精神的，追求的是心灵自由的最大化。"我对他的观点颇有感触，但同时又心存疑惑，便用探讨的口吻说："其实儒教在中国比佛教影响深，应该算是中国人的信仰吧？我看现在的国学热，其实就是儒教热。"廖天北淡然一笑说："儒教的确早已深入中国人的骨髓了，成了我们的思维习惯，甚至生活方式，但是它算不上一种信仰，因为它是介于宗教和政治教化之间的一种东西，是一种带有宗教色彩的政治教化。"我反驳说："但儒教恰恰是东方文化的核心。"廖天北点了点头，用赞同的口吻说："你说得不错，西方文化是宗教文化，或者说是信仰文化，灵魂要由上帝来管，人一生出来就有罪，因此要不断地忏悔，甚至灵魂要由基督的血来洗；东方文化是道德文化，灵魂由人来管，怎么管，靠道德，其实就是靠儒家讲的仁义礼智信。但是这里的人不是具有独立人格的个人，而是具有家族血缘关系的群体。"我恍然大悟地说："我明白了，你的意思是说我们的人格被群体统一了。"廖天北解释说："不是统一了，是压根儿就没有从群体中分离出来，这就是大一统，什么叫大一统，就是每个人都被群体连成一个整体了，将个人与群体统一起来的就是儒教。"我被廖天北的话深深震撼了，自言自语道："我一直觉得被一种强大的力量左右着，根本没有办法做自己，莫非就是大一统的文化基因左右着我？"廖天北叹了口气道："大一统的文化基因不允许个人意识从群体意识中分离出来，不允许有独立的个人意识怎么可能做自己？没有独立的人格怎么可能做自己？没有内心独立的精神生活和精神的需要怎么可能做自己？这就是群体意识对个人意识的束缚。代表群体意识的是什么？就是道德。或者说是天道。谁代表天道？当然是圣人了。于是人人崇拜圣人。圣人又是不能反对的，因为圣人代表天道。不仅不能反对，连商榷也不允许，为什么不能反对和商榷？因为反对圣人就是反对天道。什么是天道？就是人间的道德。在中国最流行的道德就是礼尚往来，就是感情、人情，其实就是血缘关系和由血缘关系衍生出来的各种关系，这些关系构成了复杂的群体系统，形成了坚固的群体意识，这种群体意识是不允许有个人意识、不允许有思想自由的，没有个人意识、没有思想自由，你又如何能够做自己呢？”听了廖天北这番话，我终于明白他泰国之行的真正意图了，泰国举国信奉佛教，是个有信仰的国家，但是由于佛教不是一种超越性的宗教，因此，他虽然在这里看到了精神，但是这种精神是不纯粹的，已经被政治化或物质化了。无处不在的妓院和政治乱象就是明证，看来在这里佛教并不能拯救人们的灵魂。不过，廖天北也并不是一无所获，他在世界贸易中心为许莉莉挑选了一枚蓝宝石金项链，项链下面坠了一枚被切割成椭圆蛋面形状的深蓝色宝石，价值近百万泰铢，廖天北当时买时对我说，是许莉莉托他买的，我觉得有点此地无银三百两的味道。当时付款后，廖天北就交给了我，叮嘱我，保管好。在曼谷转了一天，一直没有机会好好欣赏那块价值不菲的蓝宝石，和廖天北唠完嗑回到房间后，洗漱完毕，我从皮包内取出蓝宝石在灯光下仔细欣赏，情不自禁地想起了贝妮，按理说，这款蓝宝石项链很适合贝妮，但是当着廖天北的面，我根本没有勇气买这么贵重的宝石，不过我暗下决心，一旦有机会单独来泰国，一定给贝妮买一枚这么贵重的蓝宝石。

我本来很想去“东方夏威夷”的芭堤雅，但是廖天北对芭提雅不感兴趣，非要去看看富有神秘色彩的金三角。我们在曼谷逗留了三天后，乘酒店旅行团的大巴奔向充满传奇色彩的金三角。在泰国，没有任何地方能像金三角那样诱发人们的想象力。这也正是廖天北极力主张到这里看一看的主要原因。大巴车直接深入到金三角的心脏地带苏鲁克，在酒店住下以后，导游领我们参观了苏鲁克镇南端介绍鸦片知识的小博物馆，在这里，我了解了金三角的历史。之后，我们又乘大巴车去了湄塞镇，真正体味到了边境的感觉。在这里，主街两旁的商店、小铺有缅甸人、泰国人、掸人和山地部落的生意人贩卖的令人陶醉不已的美玉、宝石、漆器、古玩，旅行团的每个成员都满载而归。晚上，导游安排旅行团在一家泰国风味的饭店吃饭，大家十人一桌，一共坐了三桌。导游是个热情活泼、皮肤黝黑的小伙子，是个中国通，自称叫卡鲁汉，一路上没少给我们带来笑声。此时他十分活跃，挨桌给大家敬酒。等敬到我和廖天北时，我主动回敬了一杯，请教了当地的风土民情。等晚饭接近尾声时，我下意识地摸了摸放在后背与椅子背之间的手包，心里激灵地打了一个冷战，包没了，里面不光有我和廖天北的护照和入境卡及一些现金，更有廖天北给许莉莉买的蓝宝石项链。尽管我心里很紧张，但是我并没有声张，因为我断定偷包的人不会走远，我不想打草惊蛇，我仔细环顾四周，发现一个人不见了，就是导游卡鲁汉。刚才他还在酒桌间穿来穿去，我还真没注意，他什么时候不见的。

回到酒店，我才把丢包的事告诉了廖天北，他一听就急了。我歉疚地说："直觉告诉我，偷包贼就是导游卡鲁汉，吃饭时没有任何人靠近我们，只有他过来敬酒。"廖天北焦急地说："可是我们没有证据呀，你看要不要报警呀？"我思忖再三说："廖市长，咱们没有证据，报警也未必能找回包，何况这是泰国。这样吧，我给马杰打个电话，这种事他有经验，我问问他该怎么办？"廖天北无奈地点了点头。我拨通马杰的手机，他刚好在市刑警支队值夜班，我说明情况后，马杰沉思片刻说："商政，你小子不是总嚷嚷着做自己吗？现在就是个做自己的机会。"我不耐烦地说："少跟我卖关子，赶紧说怎么办？"马杰一本正经地说："包肯定是导游偷的，当然不是他一个人干的，现在你就给卡鲁汉打电话，把他骗到你的房间，然后突然揪住他的头发浸在马桶里，直到他说出包的下落，让同伙将包送回来为止。然后立即报警，防止他们报复。"我一听就犹豫了，胆怯地问："马杰，这么做能行吗？"马杰轻蔑地激了我一句："你该不会是害怕了吧？"我猛地挂断电话，心一横，心想豁出去了，绝不能让马杰小看了我，也没跟廖天北商量，就按照导游联系卡上的号码拨通了卡鲁汉的电话。我告诉他，我们遇上点小麻烦，希望他能过来帮助解决一下，卡鲁汉竟然一点也没有犹豫，说了一声"可以，我一会儿就到"，便挂断了电话。廖天北闷闷不乐地坐在沙发上抽着烟，他不知道我究竟要怎么办，疑惑地看着我，我说马杰的意思是先找卡鲁汉聊聊，然后再决定是否报警。我之所以没说实话，是怕廖天北因担心而阻止我，我深知那串蓝宝石项链在他心中的分量，如果找不回来，恐怕他再也不会带我出国了，弄不好连秘书都干不成了，我越想越窝火，心想为了我自己的前程，我也要铤而走险！别看包丢了，真要是找回来了，廖天北定会对我刮目相看。马杰说得对，这的确是个做自己的机会，什么是做自己？就是敢做敢当。没等廖天北问我下一步怎么办，我就躲进了卫生间，我发现马桶盖是扣着的，便掀起马桶盖，一边撒尿一边想着一旦卡鲁汉进来，我如何行动的细节，马杰这小子是武术世家出身，一身好功夫，平时我还真跟他学过几手，但是我仍然紧张得不得了，因为我不知道我行动的后果是什么，连撒尿都直打尿颤。我刚撒完尿，门铃就响了，我赶紧走出卫生间去开门，正是卡鲁汉。我满脸笑容地把他请进屋，顺手把门关上并偷偷上了锁。“两位老板玩得很开心吧？有什么需要帮忙的尽管说。”卡鲁汉故作热情地说。我没等他说完，一个冷不防，双手揪住他的头发，就往卫生间里拖。卡鲁汉疼得哇哇直叫，拼命叫喊，我一不做二不休，将卡鲁汉拖进卫生间后，就把他的头按进了马桶里，使劲浸他。由于我行动得迅雷不及掩耳，把廖天北惊得目瞪口呆，他手足无措地说：“商政，你想干什么，要出人命的！”我根本不理廖天北，一边猛浸卡鲁汉一边厉声问：“我的包是不是你偷的？”卡鲁汉被呛得一边咳嗽一边嚎叫道：“什么包，我不知道。”我继续猛浸他，一边浸一边威胁道：“你他妈的还敢抵赖，我看你是活够了！”说完一把将他的头按进马桶，好长时间才揪着他头发提起来，卡鲁汉被浸得实在受不了了，终于告饶地说：“对不起，老板，包确实是我偷的，是我敬酒时偷的。”我的手机能录音，卡鲁汉的话已经被我录下来，我继续问他，包在哪儿？他说在女朋友手里，女朋友是我们吃饭的那个饭店的服务员。我赶紧让廖市长报警，廖天北这才恍然大悟，刚想报警，窗外已经响起了警笛声，此时房间里的电话响了，廖天北赶紧接电话，接完电话才知道，原来酒店服务员听到了我们房间的厮打声，已经报了警。

包又回到了我的手中，我们有惊无险地回到了东州。回来的路上，廖天北嘱咐我丢包的事不要对任何人声张，我非常理解他的心情，以至于回东州时我没通知官场上的任何人，连他的司机也没有通知，只通知了许莉莉，我们是由许莉莉静悄悄地接出东州机场的。很显然，许莉莉已经得知我们在金三角遇险的事，她一边开车一边夸我是个敢于担当的人，还问我泰国这件事得到什么启示？我还真没想过这个问题，只好摇摇头。许莉莉莞尔一笑说：“启示很简单，但也很深刻。这就是做自己要有冒险精神，要有胆量，要勇敢！你说呢，天北？”说完，她回头看了一眼廖天北，仿佛在责备廖天北想做自己，却没有胆量似的。廖天北没搭茬，一边抽烟一边沉思，片刻后，他突然颇为精辟地说：“商政这个险冒得好啊，它犹如一面镜子，让我悟出一个道理：能照自己的并非自己的心，而恰恰是客观世界。所谓‘心为明镜台’或‘明镜亦非台’都说的是以心为镜，佛家讲的心其实就是空、静、无，以心为镜不可能照出自我，这也是国人缺乏自我意识的一个文化原因啊。有人说，泰国的佛教最接近印度的佛教，我请教大王宫玉佛寺的一位和尚，佛教如何理解自我，他就告诉我照镜子，我问他以何为镜，他说是大千世界芸芸众生。马克思在《资本论》中说：人‘到世间来，没有携带镜子’，其实‘世间’就是镜子，这说明马克思并不承认人以心为镜的说法，其实‘世间’就是镜子，‘世间’这面镜子照出的恰恰是人的内心，只有用‘世间’照内心才会发现自我。我之所以认为商政的冒险行为是一面镜子，就是因为它从外面照到了我的内心，我的内心是一面无我之镜，又怎么可能做成自己呢！”说完，他长叹一声，又闷声抽起烟来。

当天晚上，马杰在海鲜大酒店预订了包房，专门为我泰国历险压惊。名义上是压惊，实际上就是找个由头聚一聚。其实泰国历险的事我确实履行了对廖天北的承诺，谁也没告诉，不仅没告诉江冰冰，也没告诉贝妮。可是马杰那张破嘴不仅嚷嚷得冰冰和贝妮都知道了，就连白雪和白明海也都知道了，大家都想听故事，特别是冰冰和贝妮得知我在泰国历险后，心都揪了起来，因此大家一进包房就将我包围了。我绘声绘色地讲完故事后，我老婆担心得几乎流出了眼泪，贝妮虽然没有外露对我的情感，但是我也能体会到她心中的爱火正在灼烧。只是我发现了一个不可思议的现象，我老婆和贝妮越来越像了，一颦一笑，举手投足，简直像双胞胎姐妹，其实我心里很清楚，这是她们相互模仿的结果。然而最让我不知所措的是，看到马杰后我才意识到，泰国历险完全是在马杰的操控下进行的，我不知道我什么时候染上了马杰的英雄情结，但是我确确实实是在马杰的授意下对卡鲁汉采取冒险行动的，事后别说廖天北，就连我自己也无法相信我竟然会做出这么冒险的行为，能够制服卡鲁汉，如果说这件事是马杰干的，我不会有任何疑义，但是这件事是我干的，大家都倍感惊奇，怪不得马杰不听我的话，到处胡咧咧，表面上是在吹我，其实是在吹他自己怎么操控有方。我猛然意识到，我之所以能干出如此冒险的行为，是和马杰形影相随有关，我们彼此都在潜移默化地影响对方，在此之前，我一向认为自己是这些人的领袖，只有我影响他们，他们怎么可能影响我呢？而事实证明，我似乎不仅受了马杰的影响，甚至连举止都越来越像他，刚才他用手指梳了梳头发，我发现我也做了同样的动作，然后他又捏了捏耳朵，我感觉耳朵有些痒，也随手捏了捏。我懊恼地想，本以为泰国之行做了一次真正的自己，想不到竟然做的是马杰。怪不得酒过三巡后，白雪手舞足蹈地说，她越来越分不清我和马杰了，她说我和马杰的举止越来越像。我不喜欢白雪的说法，用驳斥的口吻说，不知道为什么我最近屁特别多，心想，我就不信连放屁都和马杰同步，刚说完，我和马杰同时放了一个响屁，逗得大家哈哈大笑。江冰冰一边笑一边说：“白雪，不瞒你说，我和你有同感，也不知道他们俩谁在模仿谁。”贝妮幽默地说：“你们看他俩连放屁都是同步的，这才叫臭味相投呢！”这话更是逗得大家前仰后合。马杰似乎很享受我们彼此相像，得寸进尺地说：“商政，要不然咱俩换换工作，我去做市长秘书，你来当刑警支队副支队长？”我揶揄地笑道：“你小子还真把做梦娶媳妇当真事了！”然后起身走出包房去了洗手间。

没想到一进洗手间，竟然碰上了一个熟人，是我中学同学，叫毕卓然，是市建行的科技处处长。长得五短身材，又白又胖，这家伙平时很少跟我联系，一见面就给了我一个下马威。“商政，”毕卓然似笑非笑地问，“有一件事我一直想找你求证一下，最近我们行里流传一个关于你帮别人贷款的传闻，说你帮别人贷款上亿元，自己一次就收了人家五百万，有这事吗？”我听了心里一惊，心想，这是谁要害我，竟然散布这种谣言？连尿都没撒，就把毕卓然拽到一个角落，小声问道：“卓然，你是从哪儿听到的？”他见我当真了，皮笑肉不笑地问：“从哪儿听来的你不用问，有没有这事吧？如果没有，就一笑了之。”我较真儿地说：“这种涉及我个人名誉和人格的事，怎么能一笑了之呢？”他一看我急了，便打圆场地说：“好了，好了，我告诉你还不行嘛，是我们处的一位同事说的。”我不依不饶地说：“你赶紧给他打电话，问他这事是听谁说的？”他难为情地说：“商政，有这必要吗？”我脸一沉，语气坚决地说：“卓然，这事必须说清楚。”他没办法，只好给自己的同事打电话。挂断电话，他告诉我，同事告诉他是在一次同学聚会上听一个同学说的，这个同学是一家房地产公司老板的司机，这家房地产公司的老板叫关文蕙。我一听顿时明白了，关文蕙是金牛集团总经理，是在小刘屯买地时，通过白明海认识的。当时白明海对我说，关文蕙现在很难，金牛集团遇到了严重的资金问题，向市政府多次打报告请求帮助，都石沉大海，这次买地由于金牛集团急需资金，让利很大，咱们能不能帮帮她。我当时就觉得白明海对关文蕙有意思，心想，如果白明海与关文蕙真成了，池小娜那一页就跟着翻过去了，压在白明海心头的阴云也就消散了。我当即让白明海通知关文蕙打了一个报告，我直接递给了廖天北。廖天北认为，小刘屯是东州市乡镇企业发展的龙头，绝不能让龙头企业垮掉，于是将报告批给市建行，为金牛集团贷款一个亿。事后关文蕙非常感激，非要请我吃饭，我一直没答应。事情经过就是这样的。但是毕卓然听后淡然一笑，很显然他不相信我说的是真的。于是我气冲冲地拽他回到了包房。马杰见我气冲冲地进来了，后面还跟着毕卓然，便纳闷地问：“怎么了？商政。”毕卓然哭笑不得地说明了情况，白明海一听就坐不住了，立即给关文蕙打电话质问，毕卓然这才相信我刚才说的是真的，于是自己倒了一杯酒，钦佩地说：“商政，怪不得你给老大当秘书时能不湿鞋，原来你一直没有迷失自我，我和你比不了，我每天早晨起床时，心里都问自己，我还是我吗？说句心里话，我真叫不准。但是商政，你没变，真不容易，我真有些嫉妒你了。”说完他自罚一杯，又敬了一圈酒，灰溜溜地走了。从毕卓然临走前说的几句话，我预感到这家伙心里有事，说不定哪天就得找我帮忙，不过，他说我没变，我不同意，因为连太阳每天都是新的，我怎么可能例外呢？只是我始终没有放弃做自己的梦想，尽管这个梦想越来越像个梦想了，但是我毕竟是个有梦想的人，这也恰恰是廖天北赏识我的主要原因。

春节前夕，罗立山召集常委们专门研究慰问西海油田领导班子事宜。西海油田位于西海市。东州市的民用天然气全部来自西海油田，所以东州市必须与西海油田搞好关系。有一年春节，由于东州市领导班子春节前没有去慰问西海油田的头头脑脑，老百姓过春节时天然气不足，连饺子都煮不熟。主要事宜商讨完后，王伯寿提出来一个饶有兴趣的话题，他建议今后凡是慰问西海油田领导班子或是举行新春团拜会之类的活动，常委们应该统一穿唐装，因为弘扬传统文化人人有责，作为市委常委，更应该责无旁贷。王伯寿的提议引起了常委们的热议，唯独廖天北不以为然，而且脸上还挂着嘲讽的神情，目光乖戾，仿佛王伯寿脸上有某种生锈发霉的东西似的，他用揶揄的口吻说：“伯寿，

看来你对传统文化只知其一，不知其二。现在流行的所谓唐装，你们知道在上个世纪是什么人穿的吗？那是上海滩拉洋车的车夫穿的工作服。在那个年代，有身份有地位的人是穿长衫的，穿短打的都是草根。总不能将工作服当做传统文化的代表吧，尽管布料从粗布变成了绸缎。不客气地说，街上卖的所谓唐装，不过是时髦性复古，是倒行逆施！”王伯寿并不示弱，他的脸看上去不像是由肉体组成的，而是某种更加坚硬易蚀的物质，这种物质散发出一种发霉的味道，他振振有词地说：“老廖，看来你记忆力不太好，当年在上海 APEC 会议上中国作为东道主请来参会的各国领导人脱下西装，换上的就是‘唐装’，并由此掀起了祥和喜庆的唐装新潮，我认为，这充分体现了传统与现代的融合。其实唐装的称谓源于海外，盛唐时期，声誉远及海外，自古以来，正是由于唐朝是让中国人为之骄傲的朝代，国外才把唐人街的唐人穿的中国传统风格的服装称为‘唐装’。怎么唐装到你那儿就成了拉洋车的车夫穿的工作服了呢？”廖天北刚要反驳，罗立山接过话茬，他脸上挂着空洞的微笑，目光宛如一盆脏水泼向廖天北，他咳嗽了一声，然后以权威的口吻说：“天北，我纠正一下，其实当下流行的唐装是由清代的马褂演变而来的，可不是什么拉洋车的车夫穿的工作服。在中国经济处于上升时期的当下，我认为，唐装的兴盛似乎可以看做中华文明复兴的一种征兆啊！”廖天北淡然一笑，似乎眼前的罗立山不过是自己的一个幻影，根本没放在眼里，他阴沉着一张长脸反驳说：“即便如老罗所说，唐

装是改良的马褂，以改良的马褂窃取唐装之名，就能弘扬传统文化了？我看这是病急乱投医的表现，暴露的是整个社会的浮躁。伯寿，我来问你，中国人的衣服，为何要由外国习俗来命名，本非唐朝的服装，却因外国人称之为唐装，而中国人自己便人云亦云地也称为唐装，岂不滑稽？我们的悲哀在于无论是对传统文化的继承与弘扬，还是对西方文明的吸收与借鉴，总是弄得像'唐装'一词不伦不类，其结果是我们既做不成自己，也做不成他人。"廖天北最后一句话让罗立山颇为感慨，由于虚胖，他的脸上笼罩着一层苍白的潮气，他有气无力地叹了口气，疲惫地说："今天我召集你们开常委会，还不是因为东州市做不了自己吗？为了老百姓过年能吃上饺子，做不了自己就做不了自己吧。"

春节过后，我有一个感觉，廖天北似乎变了一个人，变得少言寡语。有一次他跟我说，总觉得心中有两个"我"，一个"我"留恋黑水河，另一个"我"却向往大海。我提示他，黑水河最终也将汇入大海。他恍然大悟地说："看来两个'我'终究要变成一个'我'。"还有一次，他痛苦地告诉我，他之所以做不成自己，是因为脑袋里那些固有的思想，这些思想本来都不是他想要的，但不知道怎么就潜移默化地进入到他的头脑了，以至于每次讲话时以为是自己的观点，但过后一反思，根本不是，这些观点其实很早就被灌输进头脑里了，现在仍然在被灌输，一个永远都没有自己观点的人怎么可能做自己呢？正因为如此，他变得越来越心灰意冷。我知道，鲁迅曾经说过："我觉得古人写在书上的可恶思想，我的心里也常有……我常常诅咒我的这思想，也希望不再见于后来的青年。"廖天北虽然快六十岁了，但也是鲁迅所称的"后来的青年"，至于我就更是了。莫非廖天北讨厌的那些思想和鲁迅相同？抑或有所区别了？我不知道，因为我从来没有鲁迅"抉心自食"的精神。不过，看廖天北的精神状态似乎正在"自啮其身"。关于这一点我是在他见到王公子时意识到的。王公子是北京老领导王峰的儿子，王公子这次到东州城是冲着黑水热电厂来的，他来东州市之前，王老跟廖天北通过电话。王公子一到东州就先告诉了我，说他住进了中山大酒店。我告诉廖天北，王公子到东州了，他听后无奈地说："商政，这才叫人在江湖身不由己呢！在中国，到处都是王老、王公子，你想不跟他们一伙，他们非把你逼成和他们一伙不可。鲁迅早就说过，做儿子的须割下一片肉来，煮熟了请爷娘吃，才算好人。我现在不想做'好人'都不行，因为这个社会只允许你做'好人'，不允许做自己。"如果我没记错的话，廖天北是王老一手提拔起来的，听他的口气，似乎并不感激王老的栽培。我试着问他为什么，他冷哼一声说："你不对他孝，他会提拔你？"从廖天北的口气里我能听出来，他从骨子里不想见王公子。

廖天北是在中山大酒店四楼的金龙阁中餐厅请王公子的，两杯酒下肚，王公子就开门见山地说："廖市长，我来的目的想必我父亲都跟你说了，我希望买下黑水热电厂，我的公司总部在新加坡，这也算招商引资呀。"廖天北脸上挂着圆熟的微笑，不卑不亢地说："王公子，黑水热电厂确实急需外资更新改造，但是我希望投资的结果是国有资产保值增值。我知道你王公子财大气粗，但是你也不能一口吞个胖子。这件事咱们还是从长计议的好。"我心想，东州城三分之一的电力供应都来自于黑水热电厂，王公子这一口咬得够狠。很显然，王公子是有备而来，他狡黠地露齿一笑，表情像一只气鼓鼓的蛤蟆，凸着一对近视眼，半开玩笑半质疑地说："廖市长，你该不会怀疑我的实力吧？"一束金色的阳光洒落在餐桌上，晃动着，空气中弥漫着一种奢侈的气氛，廖天北脸上挂着圆熟的微笑，用戏弄的口吻说："哪儿的话，王公子，我的意思是说，黑水热电厂是东州城的一块肥肉，肥肉吃多了容易引起'三高症'，瞧你王公子胖的，有二百多斤吧，我建议你还是减减肥，现在谁还吃肥肉。"王公子并不恼廖天北的圆滑，像一只盯着骨头的猎犬，嘻嘻笑着说："你不提瘦肉我倒忘了，还真有人把一块精细瘦肉卖给我，你知道这个人是谁吗？"廖天北好奇地问："谁？"王公子诡谲地笑了笑，眼神中闪着幽光，语出惊人地说："你小舅子。"廖天北哈哈大笑起来，仿佛王公子说了一句非常有趣的梦话，他凝视着王公子，看得王公子有些发毛，仿佛眼前坐的不是王老的儿子，而是一个冒名顶替的骗子，他用见怪不怪的语气说："扯淡，我有两个小姨子，但从来没有什么小舅子。你该不会被骗子给忽悠了吧，这年头别说冒充我小舅子，就是冒充我儿子的也有的是。"王公子一听急了，胃里仿佛塞进去一个线团，掌心一片潮湿，他煞有介事地说："真是你小舅子，我最近在东州成立一家房地产公司，有一位自称是你小舅子的人想转让给我们房地产公司一块地，房地产公司的张经理向我汇报后，我让他去看看地，还真是一块好地，位于市中心，不瞒你说，现在你小舅子和张经理正在顺通大酒店喝酒呢。我这次到东州不光是为了黑水热电厂，也是为了这块地。要不是你请我，我也在顺通大酒店呢。"廖天北很久没这么开心了，一副猫戏老鼠的神情，脸上挂着狡猾的微笑，深吸一口烟说："王公子，我敢保证你上当了。这样吧，你先跟张经理通个话，就说商政马上到，不过别说是我的秘书，就说是你自己的助理。"然后他又对我说："商政，你通知马杰带人一起去，要真是骗子，立即拿下。"我顿时兴奋起来，有一种深入虎穴的刺激感。

我在去顺通大酒店的路上与马杰通了电话，说有人冒充廖天北的小舅子行骗，让他带几个干警过来，马杰听罢也来了精神头儿，说马上到。我刚把车停在顺通大酒店门前，一个胖乎乎中等身材的中年男人冲着车号就迎了过来。“是商秘书吧？”来人正是张经理。我问他，自称廖天北小舅子的人叫什么名字，他说叫许山。我问他许山有多大年龄？他说和我年龄差不多。我纳闷地想，廖天北的老伴姓苏，怎么出来个姓许的小舅子？要是冒充，也应该冒充姓苏呀，便一肚子狐疑地跟张经理走进包房。

包房内有四五个人作陪，张经理指着中间一位不胖不瘦很帅气的年轻人介绍说：“许总，这位是我们总公司王总的助理，商助理。”这个自称廖天北小舅子的人像是识破天机地淡淡一笑，起身和我握了握手。我当时就觉得这个人很面熟，好像在哪儿见过，却又怎么也想不起来，便单刀直入地问：“许总手里的地皮具体在什么位置？”许山淡淡一笑说：“望云寺附近。”我猛然想起来了，许莉莉曾经找我在望云寺附近搞了一块地皮，莫非许山和许莉莉有什么关系？我试探地问：“许总，你认识许莉莉是吗？”许山坦然一笑毫不避讳地说：“许莉莉是我姐。商政，你过来不就是想了解一下我到底是不是廖天北的小舅子吗？现在你什么都清楚了，是不是可以走了，别妨碍我和张经理谈生意。”我万万没有想到许山会认出我来，弄得我非常尴尬，自找没趣地走出包房。一出酒店大门，马杰和两名干警从警车里出来。“商政，怎么办？”马杰跃跃欲试地问。当着两名陌生干警的面不好说什么，我只好挥挥手，告诉他们没事了，虚惊一场，然后将马杰拽到一边小声告诉他那个自称是廖天北小舅子的人是许莉莉的弟弟，马杰一听笑着说：“妈的，原来是一场误会！”马杰和两名干警走后，我茫然不知所措地站了半天，望着马路上川流不息的车流和熙来攘往的人流，有一种迷路的悲凉，我心想，是不是人自从爬出母亲的子宫就迷了路，要用一生、用一代，甚至用整个人类不断地寻找回家的路。然而家在哪儿呢？母亲的子宫并不是家，那只是每个人出发的地方。我仔细盯着马路上来来往往的人流，试图记住从我眼前闪现的人，然而，这些人像阳光中的灰尘一样消散了，在我脑海中没有留下任何痕迹，我明白，我在他们的眼里也是一粒灰尘，不会给他们留下什么印象，我不禁问自己，我还在世上存在吗？我还活着吗？要不是手机突然响了，我还真以为自己化作了一粒灰尘。电话是廖天北打来的，询问骗子的情况，我说清楚以后，廖天北竟然说了和马杰一样的话：“妈的，原来是一场误会。”语气中透出一种无奈，给我的感觉，好像他是一条上了钩的鲤鱼，正拼命摇晃着、挣扎着。

难得听到一个好消息，郭鹤年回来了，这家伙已经升任泰国大洋集团北京分公司副总经理，当初他离开廖天北是想寻找自我的，也不知道这两年他找没找到感觉。在秘书当中和他投脾气的除了我，就是孙小波了。因此，傍晚，请郭鹤年吃饭时，除了通知马杰、贝妮、白明海作陪外，我还叫上了孙小波。一见面，郭鹤年就送给我一幅油画，画面的背景以光和色的交响构筑起天籁般的艺术境界，作品洋溢着天地之间的氤氲之气，在优雅的空间背景上，表面上看似乎跳跃着色彩和光斑，充满着迷幻的景色和抒情的诗意，仔细看跳跃着的色彩和光斑宛若一望无际的大森林，然而大森林中的树木与众不同，像是无数根伸向天空或插入大地的男性生殖器，画面中心有一棵像大榕树似的男根，虽然艰难地插入大地，但是树干中间却像断裂后又连接在一起似的，有一种藕断丝连的美。这无疑是一幅以生命为主题的油画，但是墨色笔趣的变化充满了书法性挥洒，显然将中国传统绘画的形式语言与西方抽象绘画的优点结合起来，形成了具有中国艺术精神和内涵的抽象风格。我们虽然被画面雄浑沉厚的人文底蕴所震撼，但是谁也看不太懂，我请郭鹤年给大家解释一下，他却意味深长地讲了一个不可思议的爱情故事。原来郭鹤年到北京后，多了一项爱好，就是收藏西画，因此结交了不少画家朋友。不过这幅油画并不是他高价收购的，而是一位美国留学生送给他的。这位美国留学生在中国专门学习国画，而且爱上了一位中国女大学生。两个人爱得如胶似漆、形影不离，只是那个美国留学生痴迷中国艺术，一心想扎根中国，却惹得女大学生心生不满，因为女大学生一心想嫁给美国留学生，好移民美国，两个人为了去留问题开始争吵，越吵越频，越吵越厉害。后来美国留学生干脆对女大学生挑明了自己的观点，你如果真爱我就踏踏实实地留在中国，如果你只是为了移民美国才爱我，趁早分手。女大学生听了心生怨恨，她一反常态地和美国留学生缓和了关系，在两个人做爱时，她毅然决然地掏出事先藏在枕头下的剪刀剪断了美国留学生的男根，而且恶狠狠地说："既然你这么喜欢中国，干脆就把根留在这里吧。"多亏是在北京城，抢救得及时，又接上了。美国留学生痊愈出院后，将自己的痛苦感悟画成了这幅油画，起名为《碰撞与融合》。美国留学生住院期间，郭鹤年没少去医院探望，正因为如此，美国留学生回国前将这幅油画送给了郭鹤年，作为他们之间友谊的纪念。贝妮被这个故事深深吸引了，她脸上挂着思索的表情，插嘴问："美国留学生不是酷爱国画，想扎根中国吗？"郭鹤年遗憾地说："毕竟北京是他的伤心地，不过，我想他还会回来的。商政，我之所以要把这幅油画送给你，是因为你一直在寻找自我，我是想通过这幅画提醒你，每个人都是在做他人的过程中完成自我的。我们从这幅画中可以看到传统与现代、东方与西方、过去与未来的碰撞与融合，就文化来说，我们常讲越是民族的越是世界的，但是在经济全球化的时代，越是世界的也越是民族的，无论是世界的，还是民族的，都是在文化的碰撞与融合中前行的。自我也是如此，这个世界上根本没有绝对的自我，其实每个人都是在模仿中完成自我的。所谓模仿就是碰撞与融合，自我是对他人的扬弃，是动态的。我们生活在群体中，怎么可能不受他人影响呢，关键是学会从别人身上汲取营养，提升自己，否则也只是个闭关自守、抱残守缺、因循守旧的自我，不要为了做自我而自我，要做一个开放的自我，从善如流的自我，才不至于迷失自我。"郭鹤年的话深深地触动了我，但是我不完全苟同他的观点，刚想反驳几句，白明海若有所思地说："郭哥，如果我没理解错的话，你所说的美国留学生是代表西方文化，而中国女大学生代表的是东方文化，两个人做爱代表东西方文化的碰撞与融合，而男根被剪断代表了东方传统文化的自我保护，又被接上说明闭关自守是徒劳的。"马杰嬉笑着插嘴说："我们总不能因为干燥而憋了一泡屎，误认为那泡屎是肉体而不肯拉出去吧。"大家听了无不大笑起来，我捂着肚子说："马杰说得还真挺形象，一个人并不是身上所有的东西都是宝，马杰肚子里的那泡屎如果不拉出去就会发霉腐败，导致肠梗阻，甚至烂肠子危及生命，没有新陈代谢，机体就不可能生机勃勃。"贝妮娇嗔地说："马杰，商政，你俩说话能不能干净点，还让不让人吃饭！"众人又是一阵大笑。孙小波俏皮地说："鹤年，没想到你小子离开官场后，变得越来越像一头特立独行的猪了。"郭鹤年幽默地更正道："你们别小看了'特立独行'，这在遗传学上叫做变异或突变，如果没有'特立独行'，根本就不可能产生人类。我不过是你们这群猴子里第一个直立行走的。"孙小波揶揄道："鲁迅曾打过一个比方，说猴子为什么没有直立行走呢，可能就是因为在第一个猴子想站起来的时候，其他猴子觉得它思想太超前，结果把它咬死了，所以，猴子至今还是猴子。"我开玩笑地说："光直立行走不行，还要像猪一样长一对保护自己的獠牙。"郭鹤年感慨地说："要想寻找自我必须学会直立行走，我到大洋集团最大的收获就是学会了独立思考，其实我并不相信什么进化论，一个民族若自己不长进，进化论也救不了它，最终的结果只能是退化、堕落、灭绝。"我觉得郭鹤年离开官场闯荡两年后，好像人已经焕然一新，完全变成了另一个人，身上透着一股全新的气息，充满了自信，让我从心里羡慕和嫉妒。席间，郭鹤年低声问："商政，廖市长最近是不是遇上了什么不顺心的事了？"我摇着头说："没有啊。"郭鹤年纳闷地说："那怎么我去看他时，他情绪似乎很低落。"我思忖着说："自从他办公室被盗以后，他一直情绪低落，心灰意冷的。也许是身体大不如从前的缘故吧，他的糖尿病非常重。医生说，如果不注意保养，有失明和肾衰竭的危险。”郭鹤年听罢叹息道：“我明白了，商政，实话告诉你，廖市长的真正痛苦并不在糖尿病，而是在心里。你想一想，明明是浮士德非把他逼成屈原，他不心灰意冷才怪呢！”郭鹤年的比喻让我暗自吃惊，我何尝没有这样的痛苦，明明是阿喀琉斯，非要逼着做关云长，在中国，哪一个追寻自我的人没有这样的痛苦？哪一个想做自己的人不处于两难的境地？平生因喝酒不知醉过多少次，想不到今天这顿酒却越喝越清醒，正因为如此，也越喝越痛苦。之所以痛苦是因为我清醒地意识到，此生此世，我既不是做关云长的料，也不是做阿喀琉斯的料，我究竟会成为一个什么样的人根本不取决于我，而取决于廖天北，而廖天北是很想设计自己的，却也难逃被别人设计的命运。他被别人设计还算是一种幸运，若是被别人陷害也没有什么不可能的。谁让他非要成为一只直立行走的猴子呢？他要想不被猴群咬死，怕只有逃离了，然而他又能逃到哪儿去呢？

今晚的月亮只露出了淡白的月牙儿，再薄的云也能将它掩盖起来。好在万里无云。初夏的夜色像是醉人的蜜汁，甘甜无比。众人分手后，我把郭鹤年送我的画放进了贝妮本田车的后备厢里。我钻进车里，贝妮根本不问去哪儿，只是温柔的眼神里浮出一丝柔美的微笑，车径直开往香榭花园。

贝妮把车停进车库，便挽着我的胳膊温情地说：“陪我到黑水河边走走吧。”我心事重重地点了点头。空气清新，黑水河畔散步的人很多，这几年东州城市建设发展很快，黑水河畔已经修成带状公园，很有点上海外滩的味道。黑水河绿化带与街景融为一体，夜晚和风习习，街灯与草地灯相映生辉，雕塑伴喷泉成趣，亭廊与桥榭媲美，漫步绿荫下，席坐芳草边，给人宁静舒畅之感。夜色是宁静的，但我的心却不宁静。贝妮见我不太对劲，便温柔地问：“干吗心事重重的？”我莫名沮丧地说：“不知为什么，总有一种不祥的预感。”贝妮关切地问：“什么预感？”我摇摇头说：“我也说不太好，反正心里不安宁。”贝妮依偎着我说：“不会是病了吧？”我淡然一笑说：“不是我病了，是天病了。”贝妮莞尔一笑说：“你不是常说天人合一吗？既然天病了，人还能不病？”我停住脚步凝视着她，逗趣地说：“妮儿，你说话再这么有哲理，下巴上该长大胡子了。”贝妮一听用小拳头一边捶我一边咯咯笑着说：“讨厌。”我们相依相偎地走着，忽听见唢呐声声，锣鼓阵阵，一帮老头老太太脸上抹得花里胡哨的，穿得红红绿绿的，在一个小广场上，正扭着大秧歌，旁边还围了一大帮人看热闹。情调一下子就被破坏了，我叹口气说：“现在的东州城真可谓是秧歌城啊，只要有广场就有扭大秧歌的。”贝妮噘着嘴说：“真扫兴，这都是廖天北的杰作。”“既然扫兴，咱们还是回去吧，”然后我低声问，“妮儿，你不想我呀？”“你好得意，谁想你？”贝妮说完，娇柔地钻进了我的怀里。

廖天北一连几天没来上班，说是太累了，想在家休息休息，我觉得廖天北有心事，却又不好问，只好一个人耐着性子在办公室处理文件。在家休息了几天后，廖天北一上班就召开了全市招商引资动员大会。然后将相关部门的一把手召集到办公室，商议出国招商事宜，最后商定的路线是，先到欧洲，最后到澳洲悉尼。出国招商路线敲定后，廖天北让我盯着市外办抓紧为相关人员办理护照签证。

出国的前一天，廖天北从我手里要走了他的私人护照，他一共有两本护照，一本公务护照，一本因私护照，因私护照只用过一次，就是去泰国那次，还语重心长地对我说：“商政，这段时间我憋闷得很，想走出去透透气，别看糖尿病是慢性病，但是它可以让血液流通不畅，很容易形成动脉硬化，一旦产生血栓，堵在脑袋发生脑梗，堵在心脏发生心梗，堵在眼睛会失明的，堵在肾脏发生肾衰竭，堵在腿上发生坏疽，我现在的身体状况可谓是危机四伏啊。”我关切地说：“廖市长，既然身体危机四伏，就应该在家好好休息，你拖着个病身子出国，我又不在你身边，真要是发生了意外可怎么办？”廖天北叹了口气说：“总不能在家等死吧，中医是救不了我了，真要是在路上犯病了也许不是坏事，最起码我可以试一试最纯正的西医。”我若有所思地说：“我母亲也患有糖尿病，她挺相信中医的。”廖天北疑惑地问：“有效果吗？”我摇摇头说：“我母亲说如果遇上好中医，一定有办法的，只是目前我国真正的好中医寥若晨星。”廖天北惆怅地说：“我也吃过很多所谓的中药，比如消渴丸、消渴灵之类的，结果经常发生低糖现象，后来我让药监局检测了一下，发现里面掺了西药，如果不掺西药，根本达不到降糖的效果。”我不解地问：“你的意思是中西医结合不是一种好办法？”廖天北不屑地说：“商政，你不觉得中医只剩下一个名分了吗？这就像将孟子讲的‘民为贵，社稷次之，君为轻’，其实根本就是风马牛不相及，这句话不过是讲，对老百姓你不能欺人太甚，要留有余地，水能载舟亦能覆舟，根本就是为了舟不能翻，而重视水。因此，我认为将治糖尿病的希望寄托于中西医结合可能性不大，因为这就相当于让中国皇帝和美国总统握手合作。”我质疑地说：“中医毕竟是我们的国粹呀！”廖天北淡然一笑说：“别忘了鲁迅的话：‘要我们保存国粹，也须国粹能保存我们’，我问你一个很简单的问题，人们现在有了病大多看中医，还是看西医？”我不假思索地回答：“当然是看西医了。”廖天北拍了拍我的肩膀说：“商政，肉体有了病可以去看西医，那么精神有了病可不可以去看看西医呢?”说着他从皮包内取出一本书递给我,“出国后,你多看点书。中国要搞的是现代化而不是古代化,搞现代化就必须以西方作为参照系,就必须睁眼看西方,而最集中反映西方文化的是西方哲学史。这本罗素的《西方哲学史》我看了五六遍了,上面有我的批注,送给你做个纪念吧。”我手捧着厚厚的《西方哲学史》心里沉甸甸的,因为“送给你做个纪念吧”这句话,让人听起来就像是诀别。

第二天早晨前往东州机场送行的官员挤满了贵宾室,贵宾室外面的官员更多,自从我给廖天北当秘书以来,从未见过这么大规模的送行,东州市副局级以上的官员几乎都来了。前来送行的市委常委一个不少,罗立山更是一马当先。毫无疑问,罗立山对廖天北这次率团赴欧洲、澳洲招商引资寄予很大希望,他亲自为廖天北点了一支烟说:“天北,你这趟出行,我最担心的就是你的身体,糖尿病本身不可怕,可怕的是并发症啊!”廖天北深吸一口烟说:“更可怕的是许多人得了糖尿病并不知道,还嗜糖如命,现在孩子一生出来就离不开糖了,从小就受到糖的毒害,我真担心这些孩子长大以后都成了糖尿病患者啊!”罗立山深有感触地说:“是啊,我原以为糖可以提升人的素质,想不到竟然是一种危害身体的毒素。”坐在一旁的王伯寿插嘴说:“老廖,你是不是太相信西医了,不瞒你说,我老父亲也有糖尿病,专门靠中医调理,一直维持得不错。”廖天北提示道:“我劝你把你老父亲吃的中药拿到市药监局检测一下,是不是里面有西药,我敢肯定,里面一定有,要说维持也只能靠胰岛素维持了。要想彻底攻克糖尿病,怕是只有靠干细胞移植了,不过这项技术寄希望于中医怕是希望不大了。当然你老父亲可能已经适应中医了,但我不行,我从来就不适应。”王伯寿反驳道:“老廖,你总是对传统的东西没信心。”廖天北长叹了口气道:“我不是对传统的东西没信心,而是传统的东西没给过我信心。什么是传统?传统不是复古,我们总不能将现代化称作古代化吧。没有创新就无所谓传统,我认为真正的传统是现实的结晶。”王伯寿遗憾地说:“老廖,你这么固执,很容易把病耽误了。”廖天北长叹一声说:“伯寿,我的病已经耽误了,医生说我随时有失明和肾衰的危险。”这时贵宾室的经理提示廖天北该登机了,廖天北起身向送行的人抱拳道别。罗立山紧握廖天北的手说:“既然身体不好,出国应酬就千万别当酒神了。”廖天北意味深长地说:“老罗啊,我现在是日神啊,失眠,睡不着觉,天天做白日梦,但愿这趟欧洲之行能让我睡上几个好觉。”

廖天北终于登机了,送行的人渐渐散去,我心里涌起一股失落的感觉,好像被人抛弃了似的,尽管廖天北的音容笑貌仍然在我的脑海里萦绕,但是却觉得他的脸有一种静穆的哀伤，这种哀伤一开始还像水一样流动着，慢慢地就凝固起来了，凝固成了一张像希腊雕塑似的脸。这张脸既亲切，又陌生，还让我产生了一种莫名的恐惧。在政治上，我本来一直以廖天北为偶像的，我希望成为像他一样的人，然而，当他的脸像希腊雕塑似的凝固在我脑海中时，我忽然发现，这张脸是没有眼神的，这大概就是我既陌生又恐惧的原因。在我印象里，廖天北的眼睛一向是炯炯有神的，怎么突然没有眼神了呢？难道他的眼睛真的会失明吗？我开始为他担心起来。

廖天北到欧洲后几乎每天都与我通个电话，了解东州的信息，我也按部就班地向他汇报东州的情况，从他的语气能听出，他的精神状态似乎比他出国前要好，因为说话的底气很足，好像吃了什么灵丹妙药似的。出国前他经常跟我说憋得慌，喘不上气来，很明显，现在他不仅能喘上气来，而且中气十足。又过了几天，我觉得应该去廖天北家看一看，由于他的老伴不常在家，大多数时间住在悉尼女儿女婿家，因此我手里有一套廖天北家的钥匙，目的就是一旦他出差，家里有人定期照料，比如给花草浇一浇水、检查水电气什么的。廖天北本来可以雇个保姆，但是孤男寡女不方便，再说，保姆哪儿有秘书可靠。廖天北住的房子虽然是政府开发的，叫政兴花园，但小区内住的人很杂，并不全是政府公务员，很大一部分是商界成功人士。廖天北在家时，我几乎天天来接他上班，下班后又送他回家，对这个小区再熟悉不过了。然而廖天北出国后，我有一个多星期没过来，忽然有一种陌生感，其实小区内的一草一木都没有变，真是让人匪夷所思。廖天北家在五楼，是一梯一户，上下楼的邻居都是商界成功人士，我默默地上了楼，大门上的春联和福字还是年初春节时我买来贴上的，当时廖天北的老伴在女儿女婿的陪同下，从悉尼回来过年，一家人其乐融融，好不热闹，特别是刚刚两岁的小外孙女，廖天北是爱不释手，如今我望着这扇一点也没有改变的大门，不知为什么有一种物是人非的感觉。我掏出钥匙插进孔内，推开门，顿时惊得目瞪口呆。客厅内空空如也，我三步并作两步走进去，一口气将楼上楼下跑了一遍，三百平方米的跃层空无一物，比被盗贼洗劫了还干净，这究竟是怎么回事，发生了什么？我惴惴不安地站在客厅内茫然不知所措。靠墙的博古架留下的痕迹还在，博古架对面是一圈沙发，沙发上面的墙上挂着廖天北亲手书写的一幅"为公民服务"的横幅镶在紫檀木框内，如今在墙上只留下一个长方形的白印。我下意识地拿出手机拨打廖天北的手机，竟然关机，一同出国的十几个人中还有许莉莉，我赶紧拨打许莉莉的手机，竟然也关机。我刚想再拨招商团其他成员的手机，突然听到钥匙插进钥匙孔里的声音，还没等我缓过神来，一位中等身材、腆着大肚子的中年男人走了进来，他一见我吃惊地问："你是谁？"我也吃惊地问："你是谁？"大肚子男人穿得很气派，一看就是商界成功人士，他理直气壮地说："我是房主。"我质疑道："房主？那原来的房主呢？"大肚子男人释疑地说："你说的是苏女士吧，她已经将房子卖给我了。"我惊诧地问："什么时候的事？"大肚子男人说："一个多星期前。"苏女士？我没听廖天北说过，她老伴回来了，这到底是怎么回事？莫非……？我不敢深想，懵懵懂懂地离开了政兴花园。

一连几天我都打不通廖天北的电话，其他成员也都联系不上，我预感到出事了，心里急得像热锅上的蚂蚁，表面上却不敢露出半点声色。就在廖天北应该回国的前一天，我终于联系上了许莉莉，我问她为什么总打不通廖天北的手机，你们在一起吗？她告诉我，廖天北到悉尼后突然发生肾衰竭住院了，恐怕不能和招商团成员一起回国了，我焦急地问："许姐，谁在他身边照顾他呢？"许莉莉凄苦地一笑说："他的亲人都在他身边。"我还想多了解一些情况，许莉莉说具体情况回国再说吧，然后就挂断了手机。我知道肾衰竭有生命危险，一定是糖尿病引起的并发症，也不知道廖天北的眼睛怎么样，医生警告过他，他的眼睛随时都有失明的危险，我记得上次他住院就是因为糖尿病同时并发了眼底出血和早期肾衰竭。与许莉莉通电话她没谈到眼睛的问题，看来眼睛没出现问题。我本来打算等许莉莉回国后好好问问廖天北的情况，结果我去东州机场接她时，亲眼看见她被罗立山的专车接走了，我觉得不对劲儿，一路开车尾随着进了市委大院，许莉莉在罗立山秘书的陪同下一起走进了市委办公大楼，我预感到廖天北绝非仅仅得了肾衰竭，不然罗立山不会派自己的专车去机场接许莉莉，联想到廖天北的家已人去楼空，我心里产生了一种落花流水人去也的悲凉。我决心等许莉莉出来，只有许莉莉最了解廖天北的情况，等她出来我一定要问个究竟。我坐在车内点上一支烟，一只肥胖的苍蝇不知什么时候飞进了车内，嗡嗡地飞舞了好一阵子了，这会儿似乎飞累了，趴在车窗上用两只细细的前腿不停地洗脸，我将一口烟吹在它身上，它又嗡嗡地飞舞起来，突然它落在了我的左手背上，然后慢慢地挪动，搞得我的手臂直痒痒，我将烟叼在嘴里，用右手按了一下手排挡旁边的按钮，左车窗开了一半，然后我将左手轻轻放在半开着的车窗前，苍蝇似乎觉得车内太闷了，抖动了一下双翅，奋力飞出了窗外。我心里对苍蝇既羡慕又嫉妒，心想，连一只苍蝇都比我自由，最起码可以自由自在地飞翔，这时一群麻雀飞上了一棵大杨树叽叽喳喳地好像谈论着什么，我心想，廖天北滞留悉尼的事很快就会被这些麻雀传遍东州城的大街小巷，我该怎么办？我感觉我坐在车内就像坐在一叶小舟内孤独地漂泊在大海上，我知道命运再一次将我推到了十字路口。我足足在车内等了两个小时，许莉莉才沮丧地走出市委办公大楼，罗立山的司机赶紧从车内出来打开后备厢搬出许莉莉的拉杆箱，许莉莉向司机道了谢，孤独地走出市委大院站在马路边准备打车，我将车悄悄地停在她身边，然后下了车，二话没说就把她的拉杆箱放进了后备厢。许莉莉心领神会地上了我的车，我一边开车一边问："许姐，罗书记找你干什么？"许莉莉凄然一笑说："回国前，天北交给我一封信，让我带给罗书记。另外我在悉尼向罗书记汇报了天北的情况。当时罗书记指示无论天北病成什么样，但凡能回国治疗务必随团回国。可是当时天北的情况非常危险，不仅出现血尿，而且呕吐不止，根本无法登机。"我无法相信许莉莉的话是真的，用质疑的口吻说："许姐，你知不知道，廖市长出国前已经把房子卖了？"许莉莉吃惊地看着我问："商政，你说什么，天北出国前已经把房子卖了，这是真的吗？"我冷哼一声说："许姐，你是真不知道，还是装不知道？"许莉莉没有正面回答我，只是喃喃地自言自语道："这究竟是怎么回事？"我紧接着问："廖市长给罗书记的信写了些什么？"许莉莉摇头说："不知道。"我心想，廖天北和我的命运大概都在这封信中。

很快我就通过关系打听出来廖天北给罗立山的信写了些什么，与此同时，廖天北滞留悉尼的消息也不胫而走，有的说他是在王冠路工程中收受巨额贿赂携款潜逃的，也有的说偷盗他办公室的小偷已经落网，供认从他的办公室内偷走五十万美金，总之，流言蜚语，五花八门。组织上很快就掌握了廖天北家人去楼空的情况，省纪委的朋友告诉我关于廖天北的举报信这段时间特别多，我知道廖天北的政治对立面不失时机地开始下手了，目前最危险的不是廖天北，而是我。因为廖天北通过许莉莉带给罗立山的那封信实际上就是辞职信，无非是称由于身患严重糖尿病引发并发症，无力再担任市长职务，请求组织批准他辞去现任职务，留在悉尼养病。目前的流言蜚语再恶毒也伤不着廖天北，就是组织上想对廖天北双规也无济于事，但是组织上怎么可能对廖天北一走了之善罢甘休，我作为秘书，变成了了解廖天北是否干净的突破口。最先找我谈话的是罗立山。他对我印象最深的是两年前的春节，常委们携家属在一起联欢，我陪他下棋，他问我想做什么样的人，我说领导让我做什么样的人，我就做什么样的人。这次谈话一开始他就谈到了那次下棋，他看出来我很紧张，因此温和地说："商政，你可是向我保证过领导让你做什么样的人，你就做什么样的人，我现在需要你做一个实话实说的人，能做到吗？"我认真地点了点头。罗立山满意地笑了笑说："那好，我问你，廖天北是什么时候把房子卖掉的？"我摇了摇头说："说不太好，大概是出国前吧。"罗立山疑惑地问："怎么，卖房子的事他没告诉你？"我又点了点头，然后将那天去他家发现人去楼空的情景说了一遍。罗立山喃喃地说："这个廖天北，搞什么鬼？"然后又问我："商政，出国前，他跟你说了些什么？"我迟疑片刻说："没说什么，临走前送了我一本书。"罗立山眼睛一亮，迫不及待地问："书？什么书？"我不假思索地说："罗素的《西方哲学史》。"罗立山眉头一皱，好像廖天北送我的不是一本《西方哲学史》，而是一个潘多拉盒子。他来回踱着步问："这么说廖天北读过这部书？"我坦言道："读过，而且他说读了五六遍，上面密密麻麻地写满了批注和心得。"罗立山目光如电地扫了我一眼问："书在哪儿？"我毫不犹豫地回答："在我办公室。"罗立山迫切地说："那好吧，你先把书交上来，这段时间，你的任务就是协助组织调查。"我把书交给罗立山后，省纪委主要领导也找了我，和罗立山问的话差不多，我不知道组织上会怎么处理廖天北的事，因为这直接影响到我的命运，我每天都如坐针毡地熬着。后来组织上终于决定由王伯寿、市政府秘书长崔岩东和市人民医院一名糖尿病专家组成的三人小组去悉尼探望廖天北，看来组织上并没有放弃廖天北，我心里稍稍松了口气。政治的最大特点就是云诡波谲，明明是金光大道，转个弯便荆棘丛生。我惴惴不安地等待着三人小组的消息，天天躲在家里睡大觉。突然有一天孙小波打来电话告诉我，王伯寿带队从悉尼回来了，我连忙问有没有好消息？孙小波失望地告诉我，他听他老板说，王伯寿一行到悉尼后无功而返，连廖天北本人都没见到，只见到了廖天北的女婿，据廖天北女婿介绍，廖天北搞不好要换肾，正在筹措肾源。我知道崔岩东是廖天北一手提拔的，之所以派他作为三人小组成员，因为他与廖天北私交笃深，组织纪律性又强，是廖天北最贴心的部下，是最有可能接近廖天北的人。因此，我私下里给崔岩东打了电话，想探询一下孙小波说的是否真实。结果崔岩东说的与孙小波说的大致相同。我挂断电话后心里失落极了，我万万没有想到廖天北和我玩了一把"暗度陈仓"，接下来命运如何安排我，只有天知道了。

很快省纪委成立了专案组，根据举报信的内容对廖天北进行立案调查，调查进行了一个多月，结论是没有发现廖天北有任何贪污受贿的行为，只是在男女关系上有些不检点。为了尽快平息舆论带来的压力，组织上决定对廖天北滞留国外的严重违纪行为实施开除党籍、开除公职的处理。廖天北被双开的消息公布后，舆论确实得到了平息。市政府的工作暂时由王伯寿主持。然而我的工作却迟迟没有安排，好在组织上已经将罗素的《西方哲学史》还给了我，我可以躲在办公室看书，当我看到卢梭一节时，我发现廖天北在一段话下面用钢笔画了横道，又用签字笔画了横道，还用红笔画了横道，这句话是："人生来自由，而处处都在枷锁中。一个人自认为是旁人的主子，但依旧比旁人更是奴隶。"然后他用笔将"枷锁"框起来拉出一条黑线在旁边写道："人之所以称为人，是因为人有信仰，而我的信仰在哪里???"我发现廖天北一连画了三个问号，我被这句话深深地震撼了，因为我扪心自问，我也不知道我的信仰在哪里！我猛然意识到，这或许是我不能做自己的根本原因。

或许你们会认为根本就有两个商政，一个是以各种各样的面目和行为存在于推断中的商政，另一个是作为推断者和叙述人的商政，后者控制着故事的形式。如果你们真这么认为的话，那么我就成功地隐藏在商政的面具下，将真实的自我保护起来，这样有利于我在叙述中扮演不同的角色，我不仅可以将我的自我融入商政的命运中，也可以将我的自我融入我所创造的角色和场景中。你们可能认为我过于为所欲为，其实我是个循规蹈矩的人，因为我是被传统培养起来的，在现实中，我只能停留在传统上，几乎从没有过毫无节制地发泄欲望的时候，否则就会被认为大逆不道。我被压抑得太久了，无论是中医还是西医都认为，一个被压抑和束缚久了的人最容易患糖尿病，为了避免患糖尿病的危险，我只能通过商政寻找出路。不幸的是，廖天北患上了糖尿病，这是一个想做自己却无论如何也做不成的人的必然结果。廖天北是商政在寻找自我过程中，必须付出的一个代价。不如此，商政就无法从廖天北的身上分离出来。也正因为如此，我把商政逼到了命运的十字路口。其实我与商政都陷入了困境，当廖天北出走时，我的精神与肉体像商政一样五马分尸般地撕裂着、分离着，在这痛苦中，我深深体味到了商政内心世界中那种最纯粹、最强烈的情感震撼。好在廖天北留给商政一部《西方哲学史》，他想说的都写在了这本书上。似乎他认为，无论是传统，还是现实，都得了糖尿病，而且都并发了肾衰竭，而中医认为，肾脏乃先天之本，当务之急是寻找固本的方法。当然这是我的理解，并不是商政的理解，因为商政是当局者，俗话说当局者迷。在这里，商政成了我的面具，我把真实的自我藏在虚假的面具之下，当然这也是我的理解，或许在商政看来，我是他的面具，他早已把真实的自我隐藏在我这张虚假的面具之下。我们之所以互为面具，就是想否认事实的真实性。因为现实是虚假的，我像变色龙一样变换着叙述视角，就是想证明现实的虚假性。其实现实的虚假性，无不是人们将自我隐藏起来的结果。人们之所以本能地将自我隐藏起来，就是怕被传统所统一、所淹没，就是怕被现实所利用、所占有。因为传统不过是统一的礼教和准则，现实不过是形形色色的面具和假象。只有我的虚构世界是真实的。如果我的小说出版了，我希望读者认为真正的作者是商政，与我毫无关系。我不希望读者认为商政是个虚假的存在和不真实的自我，商政必须是真实的，因为他偷走了我的自我。我的心里始终有个梦想，有一天有人敲门，当我老婆开门时，商政拿着我出版的以他为原型的小说走了进来。毫无疑问，商政已经成为我与现实联结的纽带，正因为有了商政，我才侥幸成为一个生活在秩序与自由临界点的人。或许商政是我保护自我的手段，为此我才频繁地变换叙述视角，犹如现实中我频繁地变换面具一样。我在利用商政构建一个属于我自己的世界，在这个世界里我可以自由自在地做自己。随着我对商政命运的推断，我愈发从商政身上认出了我自己的某些特征，我承认，推断商政的命运只不过是我寻找自我的一个借口。正因为如此，我不断地问自己，在这个推断中，如果廖天北送给商政的不是罗素的《西方哲学史》，而是孔子的《论语》会怎么样？

推断二

又是百年不遇的大旱，去年也是，前年也是。星期六一大早，他开着沙漠风暴去接廖天北，这是昨天晚上定下的，廖天北让他陪他下乡摸摸旱情。为了掩人耳目，廖天北嘱咐他借一辆普通牌照的吉普车，他就从市建委借了一辆沙漠风暴。之所以要掩人耳目，主要是要掩县乡领导的耳目，一旦让他们得知市长下乡的消息，什么真实情况也别想摸到。

沙漠风暴疾驰在乡间土路上，车后面尘土飞扬，正值玉米抽雄和吐丝期，是玉米需要水的关键时期，路两边的青纱帐，却几乎变成了黄纱帐，沙漠风暴在透明的海涌一般的热浪中穿行，廖天北的耳畔似乎听到了“黄纱帐”绝望的呼救声。疲劳让廖天北闭上眼睛，但是由于沙漠风暴迎着太阳，廖天北的视网膜上一块火红的光斑火烧一般地跳跃着，不由得立即睁开眼，拉下遮光板，却发现前方不远处的玉米地里走出了一位老者，赶紧让他停车。他急踩刹车停在老者面前。老者虽然农民打扮，气度却像个教私塾的老学究。身材细高，并不壮实，面容虽然沧桑，眼睛却干枯地亮着。下颌光溜溜的，唇上留着稀疏的胡子，虽然灰白，却还有些光泽。头上戴着鸭舌帽，穿一件被汗水湿透的白衬衫，蓝裤子、布鞋，站在车前，很像个乡村教师。细一打听才知道，老者是附近桃源小学的老校长。他向老者介绍了廖天北。廖天北的脸上挂着套近乎的微笑，浑身散发着推心置腹的渴望，热情地问："老哥哥贵姓啊？"老者显然没想到会在田间地头遇上一市之长，一脸手足无措的表情，仿佛廖天北是从地底下突然冒出来的，十分客气地说："免贵姓廖。"廖天北顿时找到了一种脚踏实地的感觉，连忙握住老者的双手，亲切地摇晃着，兴奋地说："看来咱们五百年前是一家呀！"太阳依然火辣辣地照耀着，空气中一丝风也没有，老者露出惴惴不安的神情，脸上挂着凝固的微笑，受宠若惊地说："不敢，不敢，您这是要去哪儿呀？"廖天北用闪光的舌尖舔了舔嘴唇，仿佛连口水都被太阳蒸干了似的，满脸焦虑的神情，目光忧郁地说："老哥哥，东州大旱，我坐不住啊，下来摸摸情况。"老者一双忧愁的眼睛闪着枯涩的光，脸色难看得就像是刚从坟墓里拖出来似的，火一样的阳光炙得空气仿佛在燃烧，老者长叹一声说："入夏以来，就没下过雨，廖市长，成千上万的农民面临绝收之灾啊！"廖天北望着老者干涩的目光，脸上掠过一片阴云，强烈的内疚感涌上心头，惭愧地说："老哥哥，我这个市长没当好啊！"看到一市之长为旱情如此焦虑，老者倍感欣慰，田野上颤抖着热浪，像海潮一样起伏，老校长的心情也久久不能平静，用宽慰的口吻说："廖市长，你又不是龙王爷，怪不得您，要怪只能怪黑水河大坝，自从东州修了黑水河大坝，不是大旱，就是大涝，一个人全身血脉不能正常循环，必生大病啊！河流就是大自然的血脉啊！"炙热的太阳晒得他感觉脑袋像灌了铅，但他仍然觉得老校长的话有些刺耳，便毫不犹豫地质疑道："廖大爷，您老的话有根据吗？"热浪犹如薄雾笼罩着田野，老校长干涩的目光支离破碎地投向他，脸上挂着倔强的神情，毫不客气地说："从小我爷爷就告诉我东州是个风调雨顺的风水宝地，黑水河上不修大坝，哪儿来那么多自然灾害？老朽不才，也读过几本书，小老弟听说过大禹治水的故事吧，尧任命鲧治水，鲧采取堵塞的方法治水，没有成功，被杀于羽山；鲧的儿子大禹吸取父亲治水的教训，在舜的支持下，采取疏导的方法治水，终获成功。还留下了三过家门而不入的佳话。孔子说，'巍巍呼，唯天为大，唯尧则之'，什么是天？就是大自然，古代传说，尧的美德，主要是敬天。廖市长，天太热，回家喝口水吧。"他躲开老校长的目光，吸了吸鼻子，一脸不服气的神情，还想辩解，廖天北一摆手，脸上挂着他乡遇故知的神情，欣然应允道："老哥哥，听君一席话，胜读十年书啊，如果不叨扰，我还真想讨口水喝。"

他和廖天北随着老校长来到一个农家小院，院子里有三间灰砖房，一进灰砖房就觉得阴暗潮湿，炕上躺着一个老太太，不停地咳嗽。老校长介绍炕上躺着的是自己的老伴。挂在廖天北脸上的笑容像一道无法抹掉的伤痕，空气里的中药味像针一样刺痛人的肌肤，廖天北被老妇人的咳嗽声震得心头一阵凄凉，窗外传来一阵狗吠，廖天北像是被突然惊醒了似的，关切地问："老嫂子病得这么重，怎么不去医院？"老校长的眉头像拧死的螺丝一样无法松开，脸色像落满尘灰的雕像一样凝重，干瘪的嘴唇像是得了癫痫似的抖动着，凸出的喉结蠕动了半天，才无可奈何地叹了口气，摇了摇头说："廖市长，不瞒你说，家里的钱全花在小孙子身上了，都是毒奶粉作的孽啊！"廖天北听罢像是全身的血液突然凝固了，一双小眼睛惊得仿佛整个人突然冻住了似的，多亏是在炎热的夏季，否则没人相信这是个活人，随着血液重新开始在血管里流通，廖天北青黑的面皮上渗出细汗，但脸上仍然挂着吃惊的神情，寒气逼人地问："老哥哥，毒奶粉已经被清除出市场了，怎么又出现了？"老校长的神情像是忍受到了极限，干涩的目光突然如刀锋般尖锐，在昏暗的光线中，闪射着哀莫大于心死的积怨，哀叹而愤恨地说："道德沦丧啊！我的小孙子一岁前吃毒奶粉坏了肾，花掉家里全部积蓄才治好，想不到，孩子两岁了，肾病又发作了，医生诊断说，还是吃毒奶粉惹的祸。廖市长，这些人还是人吗？他们的人性到哪里去了？孔子讲，己所不欲勿施于人，仁义道德丢不得呀，没有仁义道德，哪儿有中国几千年的历史，万古如长夜啊！"廖天北像是突然遇上了知音，伸出一双大手像钳子似的抓住老校长枯树枝般的胳膊，带着颇为认同的神情，激动地说："老哥哥，你说得好啊！'仁义礼智信'是我们的根啊，丢掉了'仁义礼智信'，我们就无法安身立命，就不知道自己是谁，就都成了飘荡的幽魂啊！"听了廖天北的话，老校长的眼睛有些湿润，突然转身去了老伴的房间，一阵翻箱倒柜的声音过后，老校长捧着一本发黄的线装书回到了廖天北面前，目光明亮，双手颤抖地说："廖市长，这本《论语》是我爷爷传下来的，是我的传家宝，常言道，半部《论语》治天下，今天我就送给你，不求别的，只求你救救东州，救救孩子！"廖天北郑重地接过书，一脸虔诚地翻看着，良久没说话，老妇人的咳嗽声撕裂了沉默，廖天北合上书，激动地看着老校长，惭愧地说："老哥哥，你这份礼太重了！你这是帮着我认祖归宗啊！"老校长露出如释重负的神情，瘦弱的身躯蕴藏着一种固执、坚强的决心，好像刚刚做了一件惊天动地的大事似的，用异常欣慰的口吻说："谁让我们五百年前是一家哪，什么时候也不能忘记：血浓于水啊！"长期以来，在他心目中，廖天北都在苦苦地寻找自我，一心想成为一个能做自己的市长，却苦于做不成自己，他万万没想到，一部发黄的《论语》能让廖天北发出"认祖归宗"的感慨，仿佛捧在手里的不是一本书，而是自己的灵魂，莫非这本线装书可以让廖天北找到自我？或者说要想寻找自我，就必须认祖归宗？他无法理解廖天北此刻的心情。然而廖天北却大有相见恨晚的感叹,仿佛自己是一块压住地下泉眼的顽石,终于被老校长这根棍子撬开,使泉水飞溅而出,因而用感激的口吻说:“老哥哥,来而不往非礼也,你送了我这么重的礼,能不能也给我个回报的机会呀?”老校长拧死的眉头终于舒展开了,脸上挂着重见天日的欢欣,爽快地说:“廖市长,俗话说,一笔写不出两个廖字,既然咱们五百年前是一家,我就不客气了,能不能劳你到桃源小学走一走,不远,就在村东头。”廖天北欣然应允。

他和廖天北随着老校长来到小学校,呈现在眼前的是几间土坯房,推开简陋的木门进去,教室内四壁透风,光线阴暗,桌椅板凳更是粗糙简陋。虽然正值暑假,教室内空无学生,但是给人的感觉却是教室里坐满了学生,一个个睁着天真无邪的大眼睛看着他们,看得廖天北这个一市之长感到无地自容。廖天北感觉自己的脸涨乎乎的,似乎已经肿了,尽管心有一种越来越冷的感觉,但血却流得越来越快,像是在体内喧哗,廖天北满脸负疚感地说:“老哥哥,我明白你让我来学校的用意了,说句心里话,作为一市之长,看到孩子们在四壁透风的校舍里学习,我心里像打翻了五味瓶不是个滋味,愧对东州的父老乡亲啊! 商政,回去通知教育局,对全市农村学校危旧房情况搞一个调查,在我的任期内,务必将全市学校的危旧房改造完成。”老校长的表情像垂死的秧苗突然得到了甘霖,心脏里的血液一股脑地往外奔涌,顶得胸口一阵阵气短,感动得不知道说什么好,终于翕动着嘴唇说了一句:“廖市长,我总算看到希望了!”廖天北觉得自己突然高大了许多,也明亮了许多,好像自己体内正在蓄积着某种巨大的力量,这种类似于气功大师所称的“气”的东西,正是廖天北所苦苦追寻的,没想到在小小的桃源村终于领悟到了,为此廖天北非常兴奋,竟然情不自禁地说:“老哥哥,至于桃源小学,我打算个别处理一下,就让我的秘书私下里找一位有爱心的老板捐一座希望小学吧。商政,这件事就交给你了,要抓紧办。”老校长着实被感动了,用景仰的目光看着廖天北,感觉周身如水的鲜血越来越浓,浓得几乎快要凝固了,心想,有这样的父母官为生民立命,是百姓之福,是东州之幸,便激动地说:“果真如此,我带领乡亲们敲锣打鼓去市政府给您送匾!”廖天北虽然对老校长的话心里很受用,但是脸上却挂着谦逊的神情,连忙阻止道:“老哥哥,这可使不得,我之所以这么做,一是礼尚往来,二是因为一笔写不出两个‘廖’字,咱们还是遵从老祖宗的规矩‘亲亲相隐’吧。”老校长的脸上顿时流露出“血浓于水”的神情,心里充满了“天人合一”的幸福感,心领神会地说:“想不到廖市长不仅深通老祖宗的规矩,而且运用灵活,真是令老朽敬佩啊！”

回来的路上，廖天北爱不释手地翻阅着老校长送给自己的那本发黄的《论语》，好像做自己的方法全部写在了《论语》里，仿佛《论语》里的每一句话都如一道强光，不仅照亮了自己的脸庞，更照亮了心房。此时此刻，廖天北的思想正在穿越千年时空，就像武陵人突然找到了世外桃源，自我是什么？是血脉！没有浓于水的血，哪儿来的我和我们！廖天北愈发感觉书中有一股巨大的吸力在召唤自己的灵魂回归，脑海中浮现的不是孔子苍老飘逸的白须，而是母亲温婉的脸庞。廖天北异样的表情攫住了他，他感觉和自己朝夕相处的这个人身上正澎湃而出一种化腐朽为神奇的力量。

晚饭后，他和江冰冰一边看电视一边闲聊，津津乐道地谈起了桃源小学老校长赠送廖天北祖传《论语》的情景，江冰冰听后哧哧地笑起来，脸上挂着嘲讽的神情，仿佛房间里弥漫着发霉、陈腐的气味，撇着嘴不屑地说：“上初中时老师就教我们，说一个人道貌岸然时，就用‘满嘴仁义道德，一肚子男盗女娼’来形容，上高中时学鲁迅的文章，他说翻遍了历史，歪歪斜斜的每一页上都写着‘仁义道德’几个字，但是在仁义道德底下，他看了半夜就看出了两个字，就是‘吃人’。那个老校长说没有仁义道德，万古如长夜，真是笑死人了。我还是觉得鲁迅说得对，毒奶粉事件不是吃人，是什么？”妻子那毛毛细雨般的目光落在他脸上，他感觉像无数根细针刺过来，火辣辣的，他有一种正在死亡的感觉，之所以尚未死去，是因为回光返照的缘故，他不知道如何调整自己的状态，只是叹了口气说：“但是‘仁义道德’本身没有错，我时常想，道德崩溃的局面是怎么形成的？还不是我们把自己的传统文化糟蹋得不成样子造成的。廖市长为什么对老校长赠送的《论语》感到如获至宝？中国传统文化的核心是四书五经，四书五经的核心就是《论语》。我觉得他手捧《论语》的那一刻，不是因为得到了一本发黄的老书而激动，而是因为当时他猛然顿悟了，他意识到了自己丢了很久的文化身份，找到了丢了很久的文化自我。西方人有《圣经》，阿拉伯人有《古兰经》，我们有什么？想来想去能与《圣经》、《古兰经》抗衡的，也就是《论语》了，丢了《论语》就等于丢了灵魂，一个没有灵魂的民族能不道德沦丧吗？”江冰冰别有深意地看着他，仿佛正在审视他的内心世界，目光既温柔又刁钻，她一边嗑着五香瓜子，一边漫不经心地说：“你的意思是说，所谓传统道德，越传统就越道德呗？那么你怎么解释《红楼梦》，你怎么解释《金瓶梅》呢？按照柳湘莲的话说，只有宁国府门前的两个石头狮子是干净的，你又怎么解释？”他总是处于这样一种状态，不知道自己是谁，妻子一连串咄咄逼人的问题加重了他这种迷失的感觉，他摇了摇头，苦笑着说："冰冰，我真解释不了，所以你抽空给我买一本《论语》，我好好读一读，看能不能从中找到答案，说不定哪天廖天北就会跟我谈《论语》，我怎么也不能一问三不知吧。"江冰冰像桃花水母般蠕动了一下身体，扔掉手中的瓜子皮，随手从茶几上的果盘里拿起一根香蕉，一边剥皮一边噘着小嘴说："我不给你买，我还怕你看了以后中毒，变成一个伪君子呢。上高中时老师就说，孔子不仅仅是圣人，还是条丧家狗。我既不想让你变成圣人，更不想让你变成丧家狗。"他被妻子小聪明似的一脸傻气逗笑了，一瞬间，他感觉自己也暴露了久违的愚蠢，他原以为自己一向比妻子精明，此时他发现自己和妻子不过是半斤八两，无非一个是亚当、一个是夏娃而已，于是用自嘲的口吻说："冰冰，你也太高看我了，要知道，一千年才出一个圣人呢，其实我们都是丧家狗，当人类被上帝赶出伊甸园后，就都成了丧家狗。"江冰冰大口咀嚼着香蕉，仿佛刚刚挣脱了茧的束缚，晃动着鱼肚白的美腿，一脸自由自在的神情，慢条斯理地说："孔圣人可不知道上帝是谁，伊甸园在哪儿，其实中国的问题就在于既想变得像西方一样现代化，又怕丢掉传统，而不虚心向人家学习，最后是既丢了孔圣人又没找到上帝，就这么漂着，没着没落的，不出问题才怪呢。"妻子这番话句句敲击着他的心，他被震撼了，用刮目相看的眼神看着妻子，久久没言语。江冰冰似乎并未察觉丈夫的神情，燕语莺声地接着说："老公，廖市长不是说让你私下里找一位企业家给桃源村捐一座希望小学吗？你打算找谁呢？"他感觉自己就像燃烧后的灰烬被弃之荒野，被妻子这么一提醒，仿佛一下子复燃了，他思忖片刻说："找哪位企业家都不可能守住秘密，我想来想去还是我们捐吧。"一只蚊子在江冰冰面前飞来飞去，她一边手舞足蹈地拍打着，一边圆睁一对杏目娇喘地问："那得花多少钱呀？"他狡猾地露齿一笑，脸上流露出今非昔比的得意神情，好像他已经变成了另一个人，来自于另一个世界，他诡谲地眨了眨眼，志得意满地说："钱现在对咱们来说早就不是问题了，问题是人活着总得做点有意义的事吧。我想好了，这件事就交给明海办，钱从咱们的户头上支。只要你同意就行。"江冰冰未置可否。

第二天早晨，当曙光破空而出时，他又开车去了廖天北家。昨天从桃源村回来的路上，廖天北就定好了，今天的主要任务是到超市微服私访，寻找卷土重来的毒奶粉。

为了掩人耳目，廖天北不仅戴上了墨镜，还专走中小超市。一上午，他陪着廖天北走了五六家超市，发现很多可疑的奶粉，买了几十包样品奶粉，连奥迪车的后备厢都快装不下了，最后走进了一家叫芳草地的中等超市，一进超市，廖天北就问他怎么看毒奶粉事件，他思忖着说："道德沦丧折射的是文化崩溃，这种文化崩溃其实从鸦片战争时期就开始了。"廖天北颇有同感地说："是啊，一百多年来，中国传统文化受西方文化的冲击，几乎让中国人如孔子所说的'无所措手足'啊，以至于到今天中国人已经不知道按什么样的道德标准来做人了，出现'礼崩乐坏，学绝道丧'的局面，教训是惨痛的啊！怎么办？昨天老校长送我《论语》时，我才恍然大悟，中国文化的根本是儒学，要让中国人恢复自己的本来面目，只能恢复'仁义礼智信'的道德，也就是说只能靠复兴儒学。"尽管他对廖天北的观点不敢苟同，但是也不敢批驳，只好附和道："看来腐化人心的不是东渐的西风，而是国人背叛了《论语》。"廖天北笑道："你小子心中真这么想的？"他不好意思地说："真的，人们不是常说，人生如一本书吗？对于西方人来说，这本书就是《圣经》；对于中国人来说，这本书就是《论语》。""说得好，"廖天北赞许道，"早晚有一天，我们要让西方人懂得人生不仅仅是《圣经》，还是《论语》。"他听了没搭茬，心里却嘀咕道："痴人说梦。"这时，廖天北从货架上拿起一盒包装精美的奶粉问："商政，这盒奶粉的商标是'黑水'牌，既然叫'黑水'牌，一定是东州市的企业，我怎么从来没听说过有这么个品牌的奶粉企业呢？"他也拿起一盒仔细看了看，然后恍然大悟地说："我想起来了，昨天去小学校的路上我问过老校长，他说他孙子常吃的奶粉就是'黑水'牌。"廖天北如获至宝地说："那还不多拿几盒，回去检测后，果真有问题，老子非查他个人仰马翻不可！"

从超市出来，已经过了午饭时间，廖天北感觉饥肠辘辘，刚好超市门前有一个炸臭豆腐的摊点，一辆三轮车上支一口滚沸的油锅，十几个人排着长队，生意还不错，炸臭豆腐的是一个中年男人，脸被油锅熏得成了臭豆腐色儿，一边炸着臭豆腐，一边龇牙咧嘴地吆喝着："臭名远扬的臭豆腐，天下第一臭，闻着臭味熏天，吃起来香飘十里。"廖天北好奇地凑上去，他赶紧阻拦道："看着就不卫生，咱们还是到饭店吃午饭吧。"廖天北垂涎地说："我也是难得出来过一过老百姓的日子，我从小就好这一口，可是好多年没吃过了，机会难得，说什么我也得尝一尝。"说着凑到摊前，只见炸出来的臭豆腐色泽金黄，亦臭亦香，脆嫩诱人，廖天北情不自禁地排起了队。

廖天北一下买了十串炸臭豆腐，递给他四串，自己留下六串，两个人津津有味地品尝起来。快吃完时，一位驼背的老者，大约有耄耋之年，背着手走过来，拽了拽廖天北的衣襟，沙哑地说："这位先生，可不可以借一步说话？"廖天北吃下最后一块臭豆腐客气地随着老者走到僻静处，温声问："老人家，找我有事?”老者捋了捋白胡子说:“别看你戴着墨镜,我也认得你,你是咱们东州市的父母官廖市长吧?”廖天北见老者认出了自己,礼貌地摘下墨镜热情地说:“您老好眼力啊!”老者用遗憾的口吻说:“我呀,来晚了一步,不然,说什么我也不能让你们吃油炸臭豆腐。”他疑惑地问:“怎么,老人家,我们吃的臭豆腐不卫生?”老者唉声叹气地说:“何止不卫生啊,我的邻居是一家生产臭豆腐企业的小老板,有一次闲聊时他向我透露了他们的行业秘密。”廖天北警觉地问:“什么行业秘密?”“唉,实话跟你们说了吧,”老者表情绝望地说,“简直是道德沦丧啊,他们是用粪便给臭豆腐增臭的。”话还没说完,他和廖天北一起吐了起来,连胆汁都快吐出来了,等两个人吐得不能再吐了以后,抬头再找老者,老者已经不知去向。再看炸臭豆腐的中年男人,正微笑着用油乎乎的手指舔着吐沫星子数钱。廖天北悲凉地叹道:“怪不得道德沦丧呢,原来是他妈的都沤在粪里了。”

一个星期后,廖天北在市长办公会上作出了一个决定,将市府广场改造成孔子广场,在孔子广场正中央雕塑孔子塑像,为东州市民树万世师表,以儒家思想教化市民,誓将东州建成道德的天下。消息一出,舆论哗然。尽管诸多媒体批评廖天北“罢黜百家,独尊儒术”,但廖天北置若罔闻,大有主办秧歌节时的劲头,顶住压力,一意孤行。

海小妹最近闹着让马杰离婚,马杰为此大伤脑筋。自从在小刘屯押了一块地后,马杰私下里在金牛花园买了两套别墅,本来是想等王冠路竣工后出手赚一笔,为了稳住海小妹,马杰决定送一套给她。星期天是海小妹的生日,昨天晚上马杰就告诉海小妹要给她一个惊喜,海小妹一宿都盼着这个惊喜,因此,她早早地就打扮好,站在自家楼道口等着马杰。此时一只花斑猫懒洋洋地在她脚边蹭着,更衬出她袅袅身姿,妩媚动人。海小妹不愧是服装设计师,打扮起来总是摩登而不流俗,柳叶弯眉下长着一双会说话的眼睛,撒起娇来楚楚动人,伤心起来更是让人怜爱有加。马杰一看到海小妹总有一种死定了的感觉。“杰哥,请我去哪儿过生日呀?”海小妹一上车就柔情似水地问。“到了你就知道了。”马杰一边开车一边卖关子地说。海小妹发现车上有一本看了一半的《论语》,便好奇地问:“什么时候想当老夫子了?”马杰笑眯眯地说:“你不知道,自从孔子广场开建以来,官场上最流行看的书就是《论语》,我听商政说,廖市长现在是《论语》不离手,廖市长如果《论语》不离手的话,商政就会像读红宝书似的攻读《论语》,我总不能落在商政的后面吧?”海小妹娇滴滴地说:“杰哥,我发现你越来越像商政的影子了,像得简直可以交换人生。”马杰淡然一笑说:“你不觉得商政像另一个我吗?我一直怀疑,我们的灵魂是一对双胞胎。”海小妹咯咯笑道："让我看，你们是一个灵魂投到了两个肉体上了。"马杰深情地看着海小妹说："你这个比喻打得好，其实人生看似巧合的事情都是不可避免的。"海小妹娇柔地问："难道读《论语》也是不可避免的吗？"马杰若有所思地说："如果把廖市长比作孔子的话，商政就是孟子，我就是荀子。我们为什么钟爱《论语》，说白了就是书中的思想、文句中有着我们所害怕失去的所有过往人生。"海小妹语出惊人地说："让我说呀，《论语》中的思想、文句不仅有着你们所害怕失去的所有过往人生，而且有着所有中国人所害怕失去的所有过往人生。"马杰听后，惊讶地看了海小妹一眼说："小妹，你越来越让人刮目相看了！"

车驶入金牛花园，一栋一栋红顶别墅映入海小妹的眼帘，小楼一栋比一栋漂亮，绿林、花坛、喷泉，建筑风格完全是欧式的，颇具古典美。徜徉在金牛花园，让人体会到一个温情脉脉的人性空间。马杰心想，这些老农民请了什么高人，花园建设得像是身处欧洲似的。车停在一栋带有车库的小楼前。小楼分上下两层，看样子足有三百多平方米。"小妹，咱们下车吧。"马杰得意地说。两个人下了车，马杰先拿出钥匙打开别墅的门，然后又打开了车的后备厢，从里面拿出一束玫瑰花送给海小妹，颇为绅士地说："生日快乐！"海小妹接过玫瑰花幸福地嗅着花香。马杰又从后备厢里拿出事先订好的生日蛋糕和一瓶红酒，然后拥着海小妹一起走进了别墅。别墅是装修好的，只是没有家具。一楼是一间五十平方米的大客厅，意大利米黄色的大理石铺地，水晶吊灯，沿半圆形楼梯缓缓而上是卧室，楼上有大小四个房间，铺的是实木地板，卫生间配有名贵马桶和高档桑拿房。海小妹一边看一边露出惊异的目光。"小妹，这套钥匙归你了，这是我送给你的生日礼物。"马杰潇洒地望着眼前的美人说。"杰哥，这是真的吗？"海小妹又惊又喜地问。"喜欢吗？"马杰一副大款的派头问。"杰哥，我好爱好爱你呀！"海小妹用一双红酥手捧着马杰的脸，忽闪着动人的大眼睛说。马杰打开红酒，从西服口袋里拿出两个高脚杯，这是专门为小妹过生日事先准备好的。"亲爱的，祝你一年比一年漂亮！"海小妹有些激动，手有些颤抖，不小心酒洒到了身上，刚好她穿了一件白色短袖衫，鲜红的酒液在胸前染了几朵花，宛若玫瑰。马杰赶紧用手去擦，无意中碰到她丰满的乳房。"杰哥，你真坏！"海小妹说完，风情万种地扑到了马杰怀里。

夜幕在无风的宁静中降临了，他忙了一天感觉很累，送廖天北回家后，想找一家洗浴中心泡个澡，刚走出廖天北家的楼道，手机就响了，他一看号码，原来是毕卓然打来的，心想，毕卓然很少给自己打电话，突然来电话必有要事，本来不想接，但是想到《论语》里讲，"君子义以为质"，便佯装惊喜地开玩笑说：

“卓然，有朋自远方来不亦乐乎！”毕卓然苦笑道：“商政，你别挑我，我是无事不打贵手机，哥们儿遇上麻烦了，只有你能救我！”毕卓然在市建行科技处当处长，是他的中学同学，见毕卓然如此紧张，他心想，八成是东窗事发了，便仍然用开玩笑的语气试探地问：“哥们儿，瞧你紧张兮兮的，是不是腐败了？”“哥们儿，银行也是官场，人在官场，身不由己啊，”毕卓然满腹苦衷地说，“我们处现任副处长，原来是处长，行里实行竞聘上岗，你知道我这个人的最大理想是实现自我，这种机会我怎么能放过呢，结果我这个原来的副处长当上了处长，他成了副处长，这小子一直不服，这两年到处告我，原来行里老行长跟我关系特别好，现在老行长退休了，来了一位新行长，一直找我麻烦，这不，中山区检察院刚找我谈完话。商政，你是廖市长的秘书，快帮我想想办法吧。”他不解地问：“你小子不是有什么把柄吧，不然他们为什么没完没了地找你麻烦呀？”“唉，”毕卓然长叹一声，“我们为什么往上爬，不都是梦想做自己吗？当上处长我才明白，爬得再高也做不了自己的，只能做领导想让做的人，领导让你做什么样的人，你就得做什么样的人，因为你的一切都攥在领导手里。这不，老行长在时，我们处下属有一个电脑公司，全行及各分行的电脑都由我们处配备，我任总经理，这几年行里乱七八糟的费用都从电脑公司走，我们处的副处长抓住这点事不放，到处告我。”他诧异地问：“有账可查怕什么？”毕卓然心急火燎地说：“哥们儿，有账我就不愁了，当时老行长不让记账。”他心里一紧，脱口问道：“费用大不大？”毕卓然胆怯地说：“哥们儿，费用不大，我能急成这样吗？”他听罢顿时想起自己给老大当秘书时，老大东窗事发，自己犹如丧家之犬的情景，便同情地说：“卓然，你先别急，我替你想想办法。”挂断手机，他心想，这事只好找秘书长崔岩东说说话了。

第二天上午，廖天北亲自在自己的小会议室主持了一个简短的仪式，聘请清江大学哲学系教授、儒学大师王道仁为东州市政府儒学顾问。参加仪式的只有他和崔岩东。廖天北将大红聘书颁发给王道仁时，他用照相机记录下了这令人难忘的时刻。之后，廖天北将王教授请到自己的办公室，并让他沏了一壶极品龙井，在崔岩东的作陪下，谦逊地向王教授请教起了儒学。廖天北亲自为王教授倒了一杯茶，敬重地问：“王教授，您是清江大儒，关于孔子广场我很想听一听您的高见。”王道仁身体微胖，大块头，花白头发，身穿青灰色中式对襟上衣，气度儒雅，很有些让人一见面就肃然起敬的派头，老教授轻呷了一口茶，若有所思地说：“廖市长将市府广场改建为孔子广场实乃重塑孔子、复兴儒学之举，对挽救信仰危机，实现道德复苏善莫大焉。老朽只有一个建议仅供参考，就是在圣人塑像周围种上七十二棵绿树。”崔岩东满脸堆笑地插嘴问：“王老，种七十二棵绿树一定有什么深刻的寓意吧？”王老淡然一笑说：“圣人弟子三千有七十二贤人，种七十二棵绿树环绕其间，寓意孔子及其弟子思想古朴源远、生命长青啊。”廖天北和崔岩东觉得颇有道理，频频点头。廖天北感叹道：“王老不愧是清江大儒，一出口就让人豁然开朗啊！”崔岩东用请教的口吻问：“王老，从儒家的观点看，东州最大的需要是什么？”王老毋庸置疑地说：“当然是道德的复兴，只有复兴道德才能应对现代化生存的精神困境，也就是廖市长所担忧的道德沦丧的困境。我一向认为，没有良好道德基础的政治不是好的政治，仁政就是以良好的道德系统为基础的政治。那么什么是良好的道德基础呢？就是儒家思想的核心‘仁义礼智信’，‘仁义礼智信’的内涵极其丰厚，最有利于百姓养成良好的社会道德风尚，建立良好的社会秩序，从而使人人有安身立命之处。只可惜当今社会已经不像古代社会那样从道德、良知、天理的角度来思考评判事物了，还有很多中国人认为儒学已经没有用了，还不如马王堆汉墓的西汉古尸有价值，着实令人心寒啊！在西风日盛的今天，欲望横流，声色犬马，导致人的劣根性如毒疮并发，社会风气败坏，这都是丢掉了‘礼义廉耻’传统道德的结果。好在还有廖市长这样有远见卓识的父母官，没有忘记儒家思想安顿心灵、教化道德的作用，以重整信仰的决心推行儒教，拳拳‘克己复礼’之心着实令人感佩啊！”廖天北谦虚地说：“王老过奖了，您知道我是一向强调做自己的，那么在经济全球化的大背景下，如何才能坚持《论语》所强调的‘和而不同，不同而和’呢？”王道仁深思熟虑地说：“要在经济全球化的潮流中不被同化，首先要弄清楚自己是谁，一个人连自己是谁都不清楚，怎么可能不随波逐流呢？那么怎么才能弄清楚我是谁呢？只能靠儒学，因为儒学是每个中国人的精神家园。丢掉了儒学，不仅西方人不认识我们，就连我们自己也无法认清自己，这是很可悲的。绝不能让西方人告诉我们，我们是谁，那我们就丧失了主动权。我们需要自己明确我是谁。这样我们就完全可以在‘和而不同，不同而和’的‘和’中坚持特色，进而不至于丧失自我。更何况儒家思想重视人的正义性的要求，强调伦理的正当性，这对以自私贪婪为基础的资本谋取模式有一定的匡正作用。当然在‘和’中坚持特色的同时，也需要吸收西方文化的长处，目的是为了强身健体，不然我们搞对外开放干什么？不仅要吸收，还要输出，如今儒学的对外影响越来越大，就是输出的结果，要知道儒家思想犹如蚕，西方文化犹如桑叶，蚕食桑叶吐出的是什么？当然是丝。”崔岩东茅塞顿开地说：“王老，您的意思是不是说，儒家思想是父，西方思想是母，两者结合生出来的孩子骨血是父亲的，还得随父姓？”崔岩东的“幽默”逗得王道仁和廖天北哈哈大笑。

他和崔岩东一起送王教授上了车，然后他殷勤地递给崔岩东一支软包中华烟。“秘书长，告诉你个重要消息。”他吊胃口地说。“什么重要消息？”崔岩东颇感兴趣地问。“许莉莉后天过生日。”他诡谲地说。崔岩东淡淡一笑，老到地说：“老弟，这么重要的消息告诉大哥，是不是有事求我呀？”他不好意思地说：“秘书长真是火眼金睛。”崔岩东微笑着说：“说吧，有什么事？”他便直言不讳地说了毕卓然的情况，崔岩东听了思忖半天，并未搭茬，只是问：“许莉莉的生日在什么地方过？”他低声说：“世贸俱乐部，范围很小。”崔岩东拍了拍他的肩膀，转身进了市政府大楼。

马杰最近又大显了一把身手，率领干警解救了被绑架的秦都鱼翅庄老板宋殿成。宋殿成每天都是晚上十点钟让司机开着奔驰车送自己回家，宋老板的家住得有些背，在黑水河南岸的绿溪花园。那里都是一座座的豪华别墅，东州城的有钱人几乎都在那里买了房子。宋老板累了一天，坐在车后座微闭双目，司机平稳地开着车，奔驰车一过黑水河大桥，路上的车就少了起来，司机加速，车开得很快，宋老板因生意兴隆，心情特别好。突然，前边三支手电筒直射过来，三个警察站在路边，司机赶紧减速，汽车离警察还有十几米时，其中一个警察举起了戴白手套的手，示意靠边停车。司机知道遇上堵卡的警察了，连忙把车停在路边，刚摇下车窗玻璃，头就被枪托重重地砸了一下，然后被拽下车扔在路边，三名警察上了奔驰车，把宋老板夹在中间，还没有等宋老板明白过来，双眼已经被蒙上了黑布，双手也被捆了起来，宋老板这才如梦初醒，知道自己被人绑架了。宋老板意识到自己凶多吉少，心中不禁一阵寒战。奔驰车一溜烟驶入黑夜。被扔下车的司机一边捂着头大喊救命，一边拿出手机报警。这时，过来一辆出租车，司机挥手拦住出租车爬了上去。出租车司机听明情况后，一边用手机通知同伴，一边加速向奔驰车追去。当时市刑警支队的值班领导刚好是马杰，接到报警后，立即指挥干警扑向黑水河南岸。一时间警笛四起。三名歹徒听到警笛声向自己逼近，惊慌失措，七拐八拐拐进了一片半截子工程的废墟里。这时，马杰指挥几十辆警车已经包围上来，荷枪实弹的警察将半截子旧楼团团围住，歹徒们用枪逼着宋殿成爬上半截子旧楼，负隅顽抗。宋老板被吓得双腿发软，歹徒们几乎是拖着这个大胖子上了楼。宋殿成虽然被蒙着双眼，但能感觉到三个歹徒都是大块头。马杰用车里的扬声器对歹徒喊话，警告歹徒：负隅顽抗，死路一条。歹徒扬言，如果警察不后退，就杀掉人质。

双方一直僵持着，直到拂晓，埋伏在两边的狙击手抓住时机，击毙了两名歹徒，剩下的一个见两个同伴被打死，已经吓傻了，马杰指挥干警抓住战机蜂拥而上，将剩下的一名歹徒制服，一举解救了人质。宋殿成只受了一点轻伤。

其实平时马杰也没少到秦都鱼翅庄吃饭，和宋老板熟得很。死里逃生的宋老板得知指挥干警救自己的是马杰，非要请马杰吃饭表一表心意，马杰一再推辞，宋老板坚持要请，盛情难却，马杰只好答应了，并叫上了他和贝妮、白明海。想不到大家正在点菜之时，他接到毕卓然的电话，毕卓然兴奋地告诉他，多亏他帮忙，自己的危险解除了，非要立即请他喝酒，他理解毕卓然的心情，便借花献佛，让毕卓然也来凑凑热闹。

毕卓然赶到时，就像是刚刚蜕了皮的一条蛇，透着崭新的精气神，大家刚点完菜，正在商量喝什么酒，他向宋老板介绍完毕卓然后，毕卓然豪爽地说："酒就由我来定吧，宋老板，把你们酒店最好的茅台上来吧。"宋老板一高兴，上了两瓶五十年的茅台。没承想打开以后，毕卓然尚未品尝，只是用鼻子嗅了嗅，就像演员似的换了一张脸，露出不屑的神情，用挑理的口吻说："宋老板，不瞒你说，我这个人酷爱茅台，一天不喝都闹心，一晃喝了十五六年茅台了，五十年的茅台，我也喝过，怎么你上的茅台和我喝过的茅台味道不一样呢？"宋老板胖乎乎的脸上长着一个大鼻子，大鼻子上架着一副金丝边眼镜，眼镜后面有一双精明的小眼睛，此时这双小眼睛笑眯眯地看着毕卓然，慢条斯理地说："想喝味道一样的也有。"说着，向领班递了个眼色，让她再上一瓶茅台。不一会儿，领班又拿来一瓶五十三度的茅台，宋老板亲自开瓶给毕卓然倒上，毕卓然品后一脸释然地说："宋老板，这个味道才对嘛！"宋老板又亲自给每个人满了一杯，请他们品尝，大家喝后都说没觉得有太大不同。宋老板微笑着说："不瞒诸位，后上的这瓶是高仿酒，已经达到了以假乱真的地步，只可惜毕老弟说这瓶假酒是真的，说明他喝了十几年的假茅台，以至于喝到纯正的真茅台时竟然说是假的。这可真应了《红楼梦》里的一句话，假作真时真亦假呀！"毕卓然听罢，满脸惊异地问："怎么证明后上的就是假酒呢？"宋老板淡然一笑说："不瞒你们说，每个月假酒贩子从秦都鱼翅庄回收的真茅台酒瓶子、酒盒子高达三五万元。"他不可思议地问："你是说真瓶装假酒？"宋老板点点头说："正是，每年的真茅台是有数的，可是现在遍地茅台，连小超市都卖，你们想想怎么可能是真的？"马杰不解地问："宋哥，那怎么保证你进的茅台是真酒呢？"宋老板坦然一笑说："我直接到茅台厂去买酒。"毕卓然听罢像一条被掐住七寸的蛇，沮丧地说："我真不明白我们这个民族还有什么是真的？"马杰两眼冒出诡谲的幽光，逗趣地说："还有孔子是真的。"白明海哧哧一笑，语出惊人地说："其实孔子也有两个，一个是真的，一个是假的。儒家思想也有两种，一个是真儒，一个是伪儒。"贝妮晃动着香肩，秀眉微蹙地问："此话怎么讲？"白明海一脸道破天机的神情，认真地说："真孔子只是一个本人出身寒微，却以古代贵族为立身标准，好古敏求、诲人不倦，有道德学问，却无权无势，四处游说统治者，试图挽救早已丧失理想的上流社会的人，假孔子是历史上的统治者为了专制统治永世其昌而人造出来的圣人。从汉武帝'罢黜百家、独尊儒术'开始，就真孔蒙尘，伪儒当道。其实在历史上真儒思想从来没有主导过中国，统治中国人思想的一直是灭人欲存天理的伪儒理论。"宋老板下意识地捏了捏自己的大鼻子，发出一声忧郁的轻笑，慨然道："这么说，儒家思想也要打假。"贝妮小巧玲珑的贝齿轻咬着朱唇，思索的表情宛如她已经身陷历史的沼泽，白明海言罢，她慧黠地一笑，反驳道："我看是一个孔子，并无真假之分。难道'唯女子与小人难养也'不是出自《论语》吗？没有'君君臣臣、父父子子'之说，哪儿来的'三纲五常'，因此在我看来，根本就没有什么真儒假儒，不过是一脉相承。"毕卓然颇为赞同地点了点头，目光乖戾地看着他，眼睛就像破裂的玻璃碎片，直言不讳地说："商政，不怕你不高兴，我对廖市长将市府广场改为孔子广场很有想法，妄想用儒家思想作为道德沦丧的解毒剂，搞不好会毒上加毒。我赞同贝妮的一脉相承说，就拿康雍乾盛世来说，大兴文字狱，捕风捉影，穿凿附会，罗织入罪，满门抄斩，开棺戮尸，无所不用其极，哪一样不是传统文化里的道德？哪一样不写着鲁迅先生所言的'吃人'二字？"尽管他对廖天北的做法不全然苟同，但是廖天北对自己的知遇之恩和秘书的职责都要求他必须维护廖天北的尊严，于是他毋庸置疑地说："司马迁说得好，'居今之世，志古之道，所以自镜者，未必尽同'，廖市长之所以要建孔子广场根本目的是'反本开新'，'反本'才能'开新'，'反本'更重要的是为了'开新'。'反本'才能了解自古以来治乱兴衰的道理，把它作为一面镜子，但是古今不尽相同，也不可能相同，这就需要以今人的智慧在传承前人有价值的思想中不断创新。廖市长一向倡导做自己，他在寻找自我的过程中发现'自我'与'他人'之间永远有千丝万缕的内在联系，他始终弄不明白为什么。后来他读《郭店楚简・性自命出》有一句'道始于情'，他终于明白了'自我'与'他人'之间的内在联系就是'情'，也就是孔子所说的'仁'，孔子说'仁者，人也，亲亲为大'，把'亲亲'扩大到'仁民'，就是仁政。卓然，只有广施仁政，社会才能和谐呀！"贝妮见他当真了，便端起酒杯，嫣然一笑，顾盼生辉地说："今天'反本开新'的是宋老板和毕卓然，大家是不是应该敬他们一杯，祝他俩必有后福呀!”众人无不响应，宋老板和毕卓然更是感激得一饮而尽。贝妮今晚穿了一件香肩单露的黑色晚礼服，黑色演绎着她的性感，并且透出一种神秘的芬芳，黑色虽然让贝妮的眼神略带了一些不屑和冷漠，但是他从贝妮的眸子里看到了一团跳动的火焰。

席散后，马杰想剪剪头，便开车来到白雪的美容院。白雪正在指点一个刚来的洗头妹给客人洗头，见丈夫进来了忙说：“邵玉欣刚走，你要是早一点来就能碰上她了。”马杰长叹一声说：“看来我跟这位省委副书记没缘呀！老婆，我得剪剪头了。”说着把手机放在理发师放工具的工作台上，疲惫地坐在了理发椅上。大工满脸堆笑地说：“姐夫，先洗洗吧。”马杰点了点头。洗头妹的手又嫩又软，她一边给马杰干洗，一边按着头部的穴位，马杰觉得太累了，微闭双目，脑子里不时闪过海小妹的幻影，抑或是接触过的别的什么女人。“姐夫，冲一冲吧。”洗头妹轻声说。马杰懵懂得像是刚从梦中醒来，“噢、噢”地答应着随洗头妹去冲洗头发。正冲洗着头，马杰的手机响了，白雪顺手拿起手机看了看号码，不熟悉，连忙按键接听。“喂，哪位?”白雪试探着问。“这不是杰哥的手机吗，怎么你来接？杰哥呢?”电话里一个女人醋意十足地说。白雪一听这口气，气就不打一处来。“这是我老公的手机，我怎么就不能接？你是谁?”白雪没好气地问。“你别管我是谁？你让杰哥接电话。”“我不知道你是谁，凭什么让我老公跟你通电话。”对方“当”的一声把电话撂了。白雪的火腾地就起来了。马杰刚冲完头，根本就没注意到自己手机响了。白雪拿着马杰的手机气冲冲地走了过来，母夜叉似的质问道：“马杰，你最近又跟什么野女人勾搭上了，竟敢对我口出不逊。”马杰丈二和尚似的问：“老婆，刚才还好好的，现在是怎么了?”白雪赌气地说：“怎么了，你自己心里清楚。”马杰生气地说：“你这个人有精神病啊，一惊一乍的。”“你才有病呢，你不光有病，还中了毒，”白雪气呼呼气地说，“整天弄一本《论语》仁呀爱呀的，其实一肚子男盗女娼，我警告你马杰，别让我堵着，让我堵着我就死给你看。”马杰一把从白雪手里抢过手机，恼火地说：“手机给我，我看看什么电话让你气成这样。”马杰调出手机号一看，是海小妹打来的，心里暗骂：“这个海小妹疯了，告诉她晚上别轻易给我打电话，这丫头怎么就不听呢，净她妈的给我惹祸。”只好心虚地定了定神，哄骗妻子说：“这是同事的电话，同事的电话你也吃醋。”“狗屁”，白雪较真儿地说，“既然是同事电话，你干吗不回拨?”“拨就拨，谁怕谁呀!”马杰被将得下不来台，只好调出刚才的电话号码回拨，结果对方已关机。马杰心里一阵窃喜，得意地说：“关机了，不信你拨。”白雪气哼哼地说：“她心里没鬼关什么机?”马杰没好气地说:“白雪,你能不能不疑神疑鬼的!”白雪怒冲冲地说:“马杰,你能不能少干点缺德事!”“白雪,”马杰吼道,“你当着这么多手下能不能给我点面子。”白雪秀眉一横,讥讽道:“就你那个熊样,脸都不要,还要什么面子。”马杰忍无可忍地说:“白雪,你她妈的别太过分啊,怎么的,别的女人就不能给我打电话了。”白雪仰着脖子寸步不让地说:“一个女人大半夜给你打电话,能有什么好事?”马杰撇着嘴说:“白雪,你把别人都往好里想想行不行?”白雪不依不饶地喊道:“你不干好事,我怎么往好里想。你今天要不把这个女人说清楚,咱俩就没完。”“没人答理你。”说完,马杰招呼大工给自己剪头。白雪马上拦住大工说:“马杰,你今天要是不给我说清楚,头就不能剪。”马杰顿时急眼了,怒不可遏地问:“白雪,你说怎么办吧?怎么才算说清楚?”白雪一时语塞,只是气得脸通红,马杰当着这么多人的面,觉得自己像受了天大的污辱,气得猛然拿起放在理发师工作台上的一把剪刀恶狠狠地说:“白雪,我今天就让你明白明白,看这点破事能不能说清楚。”话音刚落,左手掌已经被剪刀钉在了工作台上,血一下子就涌了出来,屋子里的人都吓得惊呆了,几个洗头妹嗷嗷地尖叫起来,白雪也吓呆了,马杰疼得从牙缝里挤出一句话:“白雪,这样能不能说清楚?”“马杰,你不要命了,快、快,把剪刀拔出来呀!”白雪带着哭腔手足无措地说。马杰一咬牙把刀拔了出来,手掌已经被刺透,血流了满地,白雪胡乱地撕了一条毛巾系在马杰手掌上,告饶地说:“老公,咱不吵了,以后我再也不跟你吵了,咱赶紧上医院吧。”马杰没吱声,潇洒地梳了梳自己被冲乱的头发,然后用右手托着左手走出美容院。

鬼迷眼的夜空透着些许神经质的星光,白雪一边扶着马杰一边说:“老公,咱打车去医院吧。”马杰倔强地非要开车,硬撑着坐在驾驶位子上,疼得汗从额头浸出,仍然咬着牙把车发动着。白雪既心疼又后悔,用手帕不时地给丈夫擦着汗。马杰猛踩油门,车“嗖”地蹿了出去。

在医院处置室,医生正在给马杰缝合伤口,白雪在外面哭着给他打了手机。他正在贝妮家里行云雨情,接听了白雪的电话后,顿时惊得阳痿了。贝妮听了也要去医院,他阻止道:“妮儿,你就别再添乱了,白雪心胸那么小,她根本容不下你。”他开着沙漠风暴,鸣着警笛驶往医院,一边开车一边想:“近来江冰冰似乎也看出了我和贝妮之间有问题,正拉着架子想像白雪一样找我茬儿呢,我发现,江冰冰越来越像白雪了,我却越来越像马杰,这究竟是怎么回事?更不可思议的是,我似乎很享受自己越来越像马杰。自从读了《论语》以后,我越来越觉得自己是马杰肉休之外的一个灵魂,抑或马杰是我肉体之外的一个灵魂，反正从偷情这一点看，我们不仅像，而且都那么厚颜无耻。为什么我现在是这样的我？难道前世我和马杰是一个人？或者说我根本就变成了马杰？这可真是匪夷所思。”

九月二十八日，秋高气爽，孔子广场落成仪式及祭孔大典正在举行。金黄地毯铺地的孔子广场，旌幡摇曳，青灯高悬，香烟缭绕，鼓乐悠扬。由千名中学生组成的诵经方队肃立神道两旁迎接嘉宾，齐声咏诵《论语》。西装革履身披黄色绶带的东州市局级以上干部及各行各业的道德模范在罗立山和廖天北的引领下，分两列队，庄严前行，在孔子雕像前止步肃立。古磬敲响，大典主持人王伯寿走上祭孔月台，孔子广场落成仪式及公祭大典开始。在庄严肃穆的鼓乐声中，东州市四大班子领导及全市道德模范向先师孔子雕像敬献花篮。三鞠躬后，东州市市长廖天北缓步走上月台，手持祭文、表情肃穆地恭读祭文：“秋高气爽，河清海晏。圣诞吉日，国泰民安。时逢中华文化先祖孔子诞辰之日，孔子广场落成，从此东州人民有了瞻仰万世师表的圣地。节届国庆，谨备鲜花礼乐，肃立于孔子塑像前，恭祭圣人诞辰。文曰：黑水讴歌，白山挺松。上善若水，至人若镜。为政以德，气正风清。仁者爱人，修齐治平。忠孝首善，道德常青。讲信修睦，共济和衷。先欲达人，和而不同。以民为本，广施仁政。昭昭仁德，穆穆诚信。德法兼济，继往开来。民德归原，匡扶世风。齐家治国，经归孔孟。唯我先师，德昭苍生。云霄万古，黛色参天。仰瞻日月，伏增肃静。焚香再拜，仁爱永恒。”廖天北诵读得抑扬顿挫，声如洪钟，铿锵有力，掷地有声。接下来，由清江大儒王道仁先生当场手书祭孔大典主题“讲信修睦，天下道德”。王道仁身着青灰色中式对襟唐装，气宇轩昂地走到摆有文房四宝的桌案前，挥毫擒纵，落墨惊人。罗立山和廖天北亲自展卷，向东州人民表示力挽世风、以德治市的决心。随后是祭孔乐舞，舞生们身着汉服，左手执龠，右手执羽，深衣广袖，峨冠博带，金声玉振，翩翩起舞。舞姿肃穆大气，又不失浪漫祥和，集歌、乐、礼、舞于一身，可谓是乐有韶乐之雅，舞有汉雕之美。此时此刻，似乎圣像已经显灵，圣人双手交叉合于胸前，慈眉善目，凝视远方，表情“温而厉，威而不猛，恭而安”，不得不让人怀记仁义道德，为人根本。他站在孙小波身旁，耳畔却回荡着“畏天命、畏大人、畏圣人之言”的声音。孙小波似乎看透了他的心思，低声问：“商政，见到这种场面是不是想起了圣人之言，君子有三畏？”他莞尔一笑说：“这种场合，谁能不畏？”孙小波不屑地说：“我倒觉得不伦不类。”他嗔道：“你小子大逆不道。”孙小波小声问：“你看祭孔的人穿的是什么服装？”他脱口而出：“西装啊。”孙小波嘻笑道：“穿西装系领带祭孔，还不把孔老夫子吓着？怎么满场都是假洋鬼子？”他这才注意到，孙小波竟然穿了件青色唐装，便笑道：“净扯淡，孔子哪里知道什么假洋鬼子？”孙小波圆睁二目说：“孔子是圣人，什么不知道？”他揶揄道：“你的意思是说，在场的人中，圣人只识得你一个孝子贤孙呗？”孙小波振振有词地说：“我这叫知行合一。”他讥道：“你是说在场的只有你一个真儒，别人都是演员？”孙小波一本正经地说：“我的意思是说，祭孔是为了让东州确认自己的文化身份，也就是弄清自己的文化自我，理应穿汉服，廖市长不是一向强调做自己吗？穿西装系领带祭孔明显是既恋恋不舍中国传统，又向往西方的现代化，搞不好既没做成自己，也没做成他人，岂不成了非驴非马？”他听罢，觉得孙小波说的也有几分道理，便好奇地问：“那你说说，为什么罗立山反对修孔子广场，孔子广场修成了，他又积极倡导祭孔呢？”孙小波自作聪明地分析道：“其实罗立山并不真正反对修孔子广场，他只是反对廖市长做自己，不把他这个书记放在眼里。他要是真的反对修孔子广场，就不会建议孔子塑像周围的七十二棵树都高价移栽百年古松了。”他听罢，望了一眼环矗孔子雕像周围的郁郁巨柏，还真彰显了儒家思想岁寒松柏历千万龄而不凋的寓意。此时舞生们的红色衣袂和着韶乐在古柏阴翳的枝桠间回旋飘荡，一直弥漫到遥远的天际，金声玉振，响彻行云！

自从祭孔大典之后，廖天北一直很亢奋，每天都工作到很晚才回家。许莉莉看在眼里疼在心里，便想找个由头拽廖天北出国休息休息。刚好有一位与许莉莉私交不错的港商有意在东州建一座七星级酒店，许莉莉借机游说廖天北去阿联酋迪拜，考察一下七星级的帆船酒店，廖天北欣然应允。临行的前一天晚上，他送忙了一天的廖天北回家，廖天北特意让他到家里坐一坐，说是有话嘱咐他。廖天北的女儿和女婿都在悉尼工作，老伴半个月前去悉尼探亲尚未回来，因此家里很冷清。他进屋后，为廖天北沏了一壶陈年普洱茶，廖天北一边品茶一边问：“商政，最近读《论语》有什么心得吗？”他不好意思地说：“没什么心得，只是越读越找不到自己了。”廖天北笑了笑说：“不瞒你说，我刚开始读也有这种感觉。后来我读《孔子家语·哀公问政》才有所领悟，孔子说：‘仁者，人也，亲亲为大’，这里‘仁’是指二人的关系，当我们把人当做一个对象考察时，‘仁’就是处在二人关系中。所谓‘亲亲为大’就是告诉你，你的基础关系是家庭，由此放大就变成了社会关系，进而是国家之间的关系。我们常说，没有家哪里来的国，就是受儒家思想的影响，我们一直用家的概念理解国的概念。因此，只有理解了‘家’的概念才能读懂《论语》，因为找到我，首先要找到家。”他不解地问：“我理解你说的家就是天下的意思，只是在家天下中自我意识已经淹没在群体意识中了，正所谓集体无意识，又如何才能找到自我呢？”廖天北意味深长地说：“其实，‘仁者，人也，亲亲为大’这句话告诉我们，每个人都不是一个独立的个体，不过是和他人相连的一个环节，人就是一种关系，人的本性就是道德关系。我们如何做自己，其实只要做到孟子讲的‘四端’就可以了。也就是‘恻隐之心，仁之端也；羞恶之心，义之端也；辞让之心，礼之端也；是非之心，智之端也’，一个人只要诚心诚意地做到‘四端’，就会在‘他人’中找到‘自我’的定位。你是个什么定位，你就是个什么人。那么我们是什么人呢？我们是圣人的子孙，龙的传人。中国人总要找到一个安身立命之所，改革开放之后，为什么出现了道德滑坡、信仰失落的现象，就是迷失了安身立命之所。那么什么是中国人的安身立命之所？就是儒家思想。当然我们可能做不到圣人之德，怎么办？信仰圣人，崇拜圣人。我们为什么要信仰圣人、崇拜圣人？因为圣人是从中国人的本质里面产生出来的，是从中国人的整体意识里面产生出来的，圣人代表了全体中国人的自我意识，圣人之所以支配着我们，就是因为圣人高于每一个中国人，是每一个中国人精神上的安身立命之所。其实最好的圣人之子就是拥有赤子之心的人，就是诚心信仰天道合一的人。我们为什么做不成自己，找不到自我？因为我们的赤子之心被污染了，要想看自己的本性就必须清除污染。常读《论语》便会起到净化心灵的作用。”他似有所悟地问：“您的意思是自我根本不用寻找，只要净化心灵，自我就会显露出来？”廖天北点了点头说：“这也是为什么孔子让我们‘每日三省吾身’的道理，其实中国人的安身立命之所就在本性里面。正所谓天理自在人心，所以宋明理学的代表人物之一张载才要为‘天地立心’，什么是天地的心？就是道德秩序，只有道德秩序才可以‘为生民立命’，‘为天地立心’就是按圣人之言立一个道德的礼教体系，这样老百姓的精神就有归属了，行为举止就有规范了，张载还讲‘为往圣继绝学’，什么是绝学？就是圣人的道德文章，我们不仅要继承下来，还要发扬光大，只有这样才能为‘万世开太平’。”他虽然听得很认真，但心里却不停地嘀咕：“按这套理论，人岂不都被束缚住了，还怎么超越？我体内的灵魂一直渴望超越，渴望飞升，可就是不知道超越什么，飞到哪去，按照廖天北的说法，我的灵魂不仅不能超越，不能飞升，还要每天‘诛心’，王阳明说‘破山中贼易，破心中贼难’，俗话说人心叵测，人是有潜意识的，圣人也无法监督俗人的内心世界，谁会诚心诚意地‘诛心’？但是可以假装诚心诚意地‘诛心’，这岂不是教人伪善？”尽管他心里对廖天北的观点不敢苟同，但嘴上还是恭维地说：“廖市长，听了您一席话，还真是茅塞顿开啊！人总得在生活中相信一些什么，你才能活下去。《论语》里的思想博大精深，真可谓是‘高山仰止，景行行止，虽不能至，然心向往之’。”廖天北听罢欣慰地说：“我这次出国大约要二十几天，你在家里千万不要放羊，要利用这段时间好好读几本书。”说着起身从书柜内拿出一本黑皮面的厚笔记本递给他，语重心长地说：“这是我读了桃源小学老校长送我的那本《论语》后写下的读书笔记，我出国期间你好好看一看。我回国后准备给机关干部讲一讲《论语》，我出国期间你抽空拟一份《论语讲稿》，如果有弄不懂的地方可以请教一下王道仁教授，他可是咱清江省最大的儒家啊！”他心想，这不是赶鸭子上架吗？便用推卸的口吻说：“廖市长，既然王教授是清江大儒，干吗不让他讲，何苦您亲自出马呢？”廖天北胸有成竹地说：“这你就不懂了，王教授讲的是学问，我讲的是仁政。我这个一市之长亲自给机关干部讲仁政，对他们会震动更大一些。”

离开廖天北的家，他心里有一种无可奈何的愁肠，他望了一眼星空，天空黑黢黢的，既没有星星，也没有月亮，仿佛头顶上是深渊，他心想，哪里不是深渊，人心、欲望、伪善……他一边走一边回忆刚才与廖天北的对话，猛然醒悟了“天人合一”的道理，天是深渊，人心也是深渊，两者离得并不远，当然可以合一了。既然天人合一是可以到达的，就无所谓超越，无所谓超越岂不是满大街都是圣人？廖天北不会不懂这个道理，那么他为什么谈起圣人还表现得诚惶诚恐呢？大概也如孔子所言：“祭如在，祭神如神在”吧。想到这儿，他心里油然而生道破天机的快感。

每天上班时，他都路过孔子广场，每次看到孔子雕像他都觉得自己是个看客，那块被雕琢得慈眉善目的石头像个演员，而孔子广场就是一个舞台。他心想，世间的一切大概都因为观看而存在。也正因为观看，人才被困在舞台上，不仅演员被困住了，看客也被困住了。自从廖天北出国后，他被一个梦困住了，在梦里廖天北和许莉莉的生命都碎成了一堆意象。那些意象不仅在梦中纠缠他，白天也在他脑海中挥之不去。这个梦让他心里不踏实，像得了心脏病似的有一种恐惧感。他只好求助于龙泉寺住持智真大师。让他吃惊的是，智真大师告诉他，他做的梦不吉利，正好应对了龙泉寺井水干枯的凶兆，正所谓生从何来，死往何去，廖天北此行凶多吉少，怕是年底前东州城权力要更迭啊！他听得虽然心惊肉跳，却也是将信将疑。心想，在东州城廖天北与智真大师交情甚厚，王伯寿与静虚道长感情笃深，智真与静虚都是市政协常委，据说两个人对市政协副主席一职还有一争，连和尚老道都开始权力崇拜了，信仰能不滑坡吗？不过最近他听说王伯寿常去太清宫拜访静虚道长，莫非王伯寿也梦见了什么意象？果真如此，不知道王伯寿梦见的意象是吉是凶？

他走出龙泉寺，手机便响了，是白明海打来的。最近白明海一直想筹建一家私家医院，刚好看中了一座适合做医院的五层楼，想请他一起去看看。两个人约好在西塔延寿寺门前集合。自从西塔复建以来，延寿寺香火旺盛，西塔地区人气越来越旺。他开车来到西塔延寿寺门前，白明海正坐在奔驰车里等他。"大哥，"白明海从车里钻出来说，"我在西塔街后面看见一座五层楼还有一个大院，我打听了一下是市建设投资集团的房子，正准备出售，我想让你看一看，适不适合做私家医院。""走，咱俩先去看看。"他一挥手说。两个人溜溜达达地来到西塔街后身，果然有一座外表很旧的五层楼，被一圈院墙围在中央，只是楼内空无一人。"明海，"他背着手仰着脸一边看一边说，"这座楼位置不错，改造一下，做私家医院正好。打听一下谁说了算，咱们找他谈，争取把这座楼拿下。"他想起刚才智真和尚为他解梦时说的话，觉得这几年通过和马杰、贝妮、白明海合作，有意无意地为自己铺了一条后路，如果老和尚的话应验了，这条后路就显得尤为重要。因此他对白明海萌生建私家医院的想法尤为支持。"大哥，"白明海胸有成竹地说，"我打听过了，市建投这几年效益连年下滑，快维持不下去了，这不已经开始卖楼了嘛，只要我们把他们总经理搞定，这座楼就是我们的了。"他听罢，思忖了片刻说："明海，你尽快接触一下，先摸摸底，争取在廖市长回来前把事办好，市建投的主管单位是市发改委，必要时我会请市发改委主任说话。"白明海担心地说："大哥，这件事我有把握办好，只是咱在小刘屯买的那块地压的钱太多了，弄不好我们容易死里头。"他惆怅地说："明海，那块地你也留点心，有合适的外商留点意。那块地是咱们的底牌，地操作成了，咱们满盘棋都赢了；如果万一操作失败了，咱们这几年就白忙活了。眼下先把楼买下来，然后再谈办医院的事。"

中午他和白明海在百富源酒楼吃鲁菜，白明海点了百富源的几个经典菜，有沙锅独元、葱烧刺参、五香熏肘卷、烧鲜四素，又要了一瓶酒店自己推出的白酒，这种白酒以六年窖酒入瓶，具有酒色如晶、入口绵甜、余味悠长的特点。席间，他心事重重地说："明海，我最近总做一个怪梦，上午去龙泉寺请智真大师解了解，他说是一个凶梦，不吉利。"白明海笑嘻嘻地问："大哥，你可不是个疑神疑鬼的人，今天是怎么了？这样吧，把你做的梦说出来，我也给你解一解。"他放下筷子，点上一支烟深深地吸了一口，若有所思地说："我梦见廖市长、许莉莉、崔岩东还有我坐在一辆悍马吉普车内，一起陪同的是两名身着阿拉伯服装的官员。悍马从迪拜市七星级的帆船酒店出发，一直驶进了大沙漠。沙漠上停着一架观光直升机，悍马在离直升机不远处停下，两名身着阿拉伯服装的官员热情地请大家登机，可是直升机只能容纳四个人，两名身着阿拉伯服装的官员示意我们四个人登机，可是廖市长不同意，我和崔岩东登机后又被赶了下来，廖市长非要让两名身着阿拉伯服装的官员陪同，两名官员向我和崔岩东抱歉地笑了笑，然后欣然登机，我和崔岩东羡慕地看着直升机缓缓起飞，廖市长和许莉莉兴奋地透过舷窗向我们挥手。眼看着直升机越飞越高，在沙漠上空盘旋。我失落地说：“秘书长，直升机太小了，如果再大点，咱们就都上去了。”崔岩东解嘲地说：“你不觉得还是站在地上踏实吗？”话音刚落，就听见一声巨响，直升机在空中变成一团火光，我和崔岩东当时就惊呆了……我下意识地向火光奔去，这时廖市长在天空中出现了，穿着阿拉伯服装冲着我使劲说阿拉伯语，我一句也听不懂，这时，许莉莉也在空中出现了，身穿阿拉伯妇女的服装，一边向我挥手一边向我翻译：‘朝闻道，夕死可矣！’说完两个人在空中的影像越来越淡，最后消失得无影无踪……明海，你说这个梦可怕不可怕？”白明海沉默良久才说：“大哥，苏格拉底说没有经过反思的生活是不值得过的，或许这个梦是你对生活的一种反思。”他不解地问：“什么样的反思？”白明海笑了笑说：“大哥，我说了你别不爱听，这个梦或许是你的潜意识告诉你，是该离开官场了。表面上看，你的梦想是做廖市长那样的人，实现你的政治抱负，但是这个梦是你心灵世界的反映，它说明你真正的梦想并不是做官。”他插嘴问：“那是什么？”白明海切中要害地说：“做自己！大哥，叔本华说过，官位只是一件虚伪的外套，目的在于索取人为的尊敬，而有关身份的所有事情根本是一场闹剧。这个梦说明你的心里有两个商政，一个是别人眼里的商政，一个是你自己眼里的商政，你现在的困惑是不相信自己。”他惆怅地问：“明海，你知道大哥是一个自信的人，一个人如果连自己都不相信了，还能相信什么？”白明海微笑着说：“大哥，你大概知道古希腊神话里面的俄狄浦斯杀父娶母的故事，俄狄浦斯并不是有意杀父娶母，本人非但无罪，反而是一个为民除害的英雄、受人爱戴的君王。在一次冲突中，他以为杀死了一个不相干的人，但这个人正是他的父亲，在忒拜城制服了那里的女妖后，他当了国王娶了王后，他以为娶了一位贵妇人，其实是他的母亲。他以为逃过了命运，可是没有，他只好弄瞎双眼，自我放逐。这个故事说明什么？说明人是有限的，正因为这种有限性，人才不能完全相信自己。你是个什么人其实和你当多大官、有多少钱根本没关系，因为一个人拥有了官位和金钱，不等于拥有了自我。”他看着日渐成熟的白明海欣慰地问：“那么怎么样才能拥有自己呢？”白明海不好意思地说：“我也不知道说得对不对，这就好比照镜子，我们看到镜子里面的‘我’只是被镜子照出来的‘我’，不是真我，真正的自我隐藏在内心世界里，必须寻找。”他恍然大悟地问：“老弟，你是不是在劝大哥离开官场啊？”白明海诡谲地一笑说：“大哥，说句不好听的话，你在官场上永远也别想做自己，莫不如将后路改为前路，辞官下海，总比做别人的影子强。”他自我解嘲地说：“可是孔子曰，学而优则仕啊！”白明海用讥讽的语气说：“大哥，儒家思想是自然经济的产物，自然经济在中国已经解体了，我们国家的农业已经是市场经济了。西方人为什么自我意识强，还不是缘于市场经济，他们的个体独立意识可以追溯到古希腊。古希腊的手工业和工商业经济形成了市场，从市场中形成了古希腊个体的意识、个体的独立。而我们的自然经济讲的是父母在，不远游，重农轻商的思想将人束缚在土地上，束缚在家庭中，如今自然经济在市场经济面前摧枯拉朽般地解体了，所有的问题都是由于旧的失败了，新的还没有建立起来造成的，如今廖市长想靠产生于自然经济的儒家思想解决今天的道德滑坡、信仰失落问题，无异于缘木求鱼。”白明海的话虽然说得很平和，但是句句都像针一样扎在他的心上，联想起智真大师的预言，他心乱如麻。

一个星期后的一个傍晚，他在办公室写了一天《论语讲稿》，刚伸了个懒腰，办公桌上的电话响了，他赶紧接听。白明海兴冲冲地说：“大哥，事成了，贝妮姐可真厉害，几个眼神就让市建投的老总让了五十万。中午吃饭时，这个老色鬼握着贝妮姐的手不放，真他妈的不是个东西，明天我就和贝妮姐去市建投签合同。大哥，装修的事和办私家医院手续的事，咱们还得坐在一起商量商量。”他一听兴奋地说：“明海，辛苦了，你和贝妮先抓紧跟他签合同，其他事听我电话。”

还有三四天廖天北就该回国了，在他紧锣密鼓的运作下，白明海顺利拿到了市卫生局颁发的私家医院许可证。他亲自为医院起了名字，叫北斗医院，他希望今后的人生路一直有北斗星导引，永不迷路。然而一个巨大的噩耗正在悄悄地向他逼近……

傍晚，太阳慢慢地钻出薄薄的云层，变成了一个红红的圆球，西边天际出现了比姑娘的脸还要好看的粉红色。太阳的周围最红，红得那样迷人。红色向四下蔓延着，蔓延了半个天空，然后又一层一层地淡下去，直到变成了黑灰色。此时此刻罗立山已经抽了半包香烟，正一筹莫展地看着办公桌上的一张传真：

市委并罗立山书记：

廖天北市长率领市政府考察团赴阿联酋迪拜考察期间，于十月二十日凌晨七时乘坐观光直升机失事，不幸于阿联酋迪拜市郊外沙漠上空遇难，同机遇难的还有市招商局副局长许莉莉。

崔岩东于迪拜

十月二十日

事情太重大了，罗立山抽完一包香烟后，立即起身去了省委。

东州市再一次哗然了。流言蜚语就像刚刚由蛆虫变成的苍蝇一样满天飞。这两天，他怀着巨大的悲痛一直躲在办公室里整理廖天北的遗物，办公桌上摆着他刚刚写好的《论语讲稿》和廖天北的《论语》读书笔记，他情不自禁地翻看着廖天北的读书笔记，眼泪夺眶而出……

追悼会后，他情绪低落到了谷底，每天上班就是躲在办公室里看书。孙小波非常同情他，抽空就来陪陪他。有一天快下班时，孙小波来了，一进屋就说了一件令他意想不到的事情，“商政，王道仁被刑拘了！”他吃惊地问：“为什么？”孙小波不屑地说：“嫖娼。”他听了以后就像被扇了一个嘴巴子似的木住了，片刻后才自言自语地说：“这怎么可能呢？为尊者讳，你小子可别顺嘴胡诌。”孙小波撇着嘴说：“有什么不可能的，你以为人人都是圣人呢？告诉你，这就叫妻人妻，以及人之妻。”他站起身脚步沉重地走到窗前，孔子广场上熙熙攘攘，孔子雕像周围有十几个小贩正在烤羊肉串、炸臭豆腐，十几条无人看管的狗正在草坪上撒欢嬉闹，眼前的景象压得他喘不上气来，他无比惆怅地叹息道：“这无可救药的道德啊！”

对于商政来说，我就是镜子，我知道他在寻找我，但是他在照镜子时只看到了镜子里反映出来的东西，并没有看到镜子。也就是说，我能看见他，他却看不见我。我就是这么明目张胆地偷窥他的。他为什么发现不了我？因为他像俄狄浦斯一样无法认清自己。恰恰因为他无法认清自己才帮了我大忙，使我从捕风捉影的传闻、扑朔迷离的猜测和迷雾一般的推断中渐渐梳理清楚了商政最终的命运。我发现，在寻找自我的艰难跋涉中，商政就像一个落水者，要么挣扎出来，要么淹死，别无选择。但是以我对商政的了解，他不会淹死，但也上不了岸，只会一直挣扎下去，这也恰恰揭示了现代人丧失自我和寻找自我的困境。其实水面也是镜子。因此，在水里挣扎的不是肉体，而是灵魂。让我非常震惊的是，商政的灵魂呈现出非驴非马的奇怪样子，我想大概那些既做不成自己，也做不成他人的人的灵魂都是这个样子，这正是商政致命的隐私。我之所以认为这种隐私是致命的，是因为这样的灵魂不可能有信仰，但他可能假装得很像是有信仰，眼下在中国，假装很信的不信者很多，假装相信他们曾经相信过的圣人，假装相信他们曾经相信过的思想，假装相信他们曾经相信过的主义，这样他们才能保住既得的一切，然而假信就是假信，表现得越像真信，他的灵魂就越虚伪、越卑鄙，这才是信仰失落、道德滑坡的根本原因。虚伪和卑鄙一旦表现为真诚，“道德”就会变得厚颜无耻，理解了这一点，你们就会明白，其实廖天北的死只是一种象征，在我心目中，廖天北根本没有死，只是他心中的圣人死了。这个发现让我有一种逃离的快感，因为廖天北无疑是商政的囚笼。我相信商政在得知廖天北摔死的噩耗后，悲痛之余也一定有和我一样的快感。因为我们的心灵是相通的。至此，我已经有把握透过八个传闻、四个猜测和两个推断确定商政命运的一次性了。人生没有回头路，尽管摆在我们面前的选择有很多，但是最终我们只能选一种，一旦选定就注定了命运，这就是人生。当然命运的一次性并没有最终规定我们的选择，没有最终选择之前，我们生活在诸多可能性中，八个传闻、四个猜测和两个推断所描绘的无非是摆在商政面前的诸多可能性，这些可能性或许在现实中没有发生，但是在商政的脑海中发生了，而且呈现在了我这面镜子中，这就是存在。我们必须为自己最终的、一次性的不可挽回的选择负责。我认为命运的一次性就是现实。你们可能会问，你凭什么这么胸有成竹？仅仅凭那些如水中浮萍的传闻、猜测和推断吗？我可以负责任地告诉你们，透过那些传闻、猜测和推断，我看到了商政内心发生的一切，这一切，不仅可以证明商政是商政，也可以证明我是我。我一直是把商政当做我自己来看待的，或者说他是从我身上分离出去的一个我。我就是要把商政当做对象来看，从而把握自我。这个“自我”既是我的，也是商政的。你们可能怀疑我要和商政交换人生，非也，我说过，我已经掌握了商政内心的一切，那么他表现出来的自我，恰恰应该是我需要把握的自我。当然自我的价值绝不是物质世界过眼云烟的价值，而是人内心的精神价值。如果你们还是怀疑透过那些传闻、猜测和推断所呈现的商政并非真实的商政，那么你们总不会怀疑命运的一次性吧？如果你们连命运的一次性都怀疑的话，那么我问你们，你们怀疑过自己吗？如果你们还没有找到答案，那么请相信我的故事。

4. 太极：归一

王伯寿如愿以偿地接替了廖天北，这一点也没出乎我的预料。我像个珍稀动物似的将自己关在笼子般的办公室苦熬了一个月，终于得到了王伯寿的召见。我一得到王伯寿要见我的消息，便绞尽脑汁地想弄清他找我的意图。但有一点我是很清楚的，这次召见与我的命运有关。我怀着惴惴不安的心情走进他的办公室时，他正交抱着两手，支撑着下巴，凝望着窗外惨淡的天空。由于他的脸完全背着我，我看不见他的表情，但是我能感觉到他的眼睛正在像凝视天空一样凝视着我。秘书和领导之间大多是成也萧何、败也萧何的关系，一荣俱荣，一损俱损。如今我失去了廖天北这棵大树，自然成了任人宰割的羔羊，因此，我对王伯寿的召见并没抱太大的希望。其实自从廖天北出事以后，我的心里一直盘算着去留问题，只是无论去留，在我心里都有一种模糊的恐惧。“商政，找你来就是想听一听你对工作的想法。”我知道听我的想法不过是谈话的开场白，我清楚他一定想好了对我的工作安排，只是我还不知道他葫芦里卖的是什么药。因此我苦笑了笑算是回答。“既然如此，就继续任综合一处处长吧。先跟我两年，怎么样?”说句心里话，关于我的工作王伯寿能够亲自找我谈话，而且继续让我干综合一处处长，还真是出乎我的意料。我没有想到王伯寿会有这样的胸怀。但是这意味着继续重复过去的生活。尽管这种重复的生活似乎越来越接近永恒了，但正是这种永恒让我迷失了。一个人一旦迷失了自我，就不再是真正意义上的人。我发现自己越来越讨厌这种令人麻木的归属感。不过，我原以为我真渴望重新安排工作呢，其实我真渴望知道的是怎么安排，似乎我知道了结果就对去留有了判断。这说明在我的灵魂深处仍然残存着对权力的一种渴望。不被相信的东西像瘟疫一样钻进一个人的心里不得不信时，假信就成了一种信念。仿佛生命已经变成了一种权赐，无所不在的现实也变得越来越接近完善，我的精神被这种完善浸染得犹如绵羊一般恭顺和谦恭。不过，对于这种恭顺和谦恭所带来的灵魂上的危险，我是早有警觉的。然而警觉并不等于警醒。自从廖天北出事以后，本来我的灵魂深处已经出现了一种精神干枯的感觉，但是通过和王伯寿谈话，我的心再一次被不甘心的权欲的声音扰乱了。只是去的诱惑也像魔鬼一样频繁而强烈地攻击着我灵魂的堡垒，这就更加重了我的烦恼。正因为如此，我发烧的脉搏加快了速度，因为我一时不知道如何回答王伯寿，只感觉肺的起伏加大了。王伯寿并没有急着让我回答，只是说让我想一想再答复他，然后借口有个会，就结束了这次谈话。

我离开王伯寿办公室后，茫然地走出了市政府大楼，似乎是被本能驱使着钻进车里，一口气开到了黑水河畔。我漫无目的地沿河岸走着，每迈一步都像纤夫拉纤一样艰难。河水湍急地奔流着，越往前走，河面越宽阔，给人一种水天一色的感觉，只是天空中的云是灰色的，两岸的森林暗淡了，姹紫嫣红的草木也暗淡了。瓦灰色的流云，不声不响地吞噬了那些可以激荡人心的颜色。我思索着自己的未来，沿着黑水河顺流而下，廖天北的音容笑貌不时浮现在脑海中。我曾经极力模仿廖天北的声音和手势，用假想自己是廖天北那样的人来满足自己的欲望。随着对廖天北的回忆，某种比权欲的诱惑还要强大的本能，在王伯寿的声音回荡在耳畔时，迅速地在我心中滋生起来。这是一种微妙的反抗的本能。我曾经纵容自己沉溺于找不到自我的麻痹状态，并以做不成自己就做他人安慰自己，可是现在那种找不到自我的生活使我非常恐慌。再也不能这样生活下去了。我现在甚至羡慕那些从黑水河大坝的拦堵下逃出来的河水，它们为能重获自由而奔腾着，咆哮着，流向大海。我现在也有逃的欲望，就是为了那种说不清的却是为之而生的目的，这个目的犹如困兽，更带有野性的本能。“商政，商政，能像我一样飞起来吗？”分明是贝妮在呼唤我，是贝妮，她就站在黑水河的对岸在向我招手，像贝雅特丽齐一样亭亭玉立。盛夏之时她曾经约我横渡黑水河，让我体味奔向彼岸的快乐。我当时并不明白贝妮的用意，如今我猛然顿悟了，如果廖天北是维吉尔的话，那么他已经引领我走过了地狱和炼狱，是该用我的意志为向导的时候了，此时我分明看见贝妮在黑水河对岸亭亭玉立地微笑，莫非她就是引领我去天堂的贝雅特丽齐？此时灰云被包裹在里面的那个又红又烫的太阳球烤裂了，突然绽开了一条条缝隙，贝妮若天使一般生出一双翅膀向着太阳飞去，边飞边喊：“商政，能像我一样飞起来吗？”我的灵魂仿佛从肉体的坟墓中站起来，抛掉了身上的裹尸布，而且也生出了双翅，毫无疑问，我将从旧我中重新创造新我，从新我中骄傲地创造出一个富有生命力的东西，不管这个东西是什么，有一点是肯定的，它绝不是腐朽，而是真的、美的、善的！想到这儿，我迫不及待地拨通了贝妮的手机。

我毅然决然地辞职了，我要以北斗医院为起点，创造一个新世界。然而我辞职没几天，就遇上了麻烦事。究其原因，都是王冠路闹的。廖天北出事以后，外商闹着撤资，王冠路工程一度停工，能不能创造一个新世界，全靠小刘屯那块地了，如今王冠路工程却迟迟不能完工，那块地像压在孙悟空背上的五指山，压得我喘不过气来。逼得我极力在山穷水尽处寻找柳暗花明。中午，天空明媚，微风轻飏，我和白明海吃完饭后便来到了家具城。为医院会议室选购办公用品。我俩楼上楼下转了几圈，觉得三楼有一个椭圆形的会议圆桌很合适，造型新颖，紫檀木颜色，大小也正好，便一起走过去询价。一个四十岁左右的女人跷着二郎腿坐在折叠椅上，双手交叉搁在大腿上，目不转睛地盯着我们。见我们走过来，连忙满脸堆笑地起身搭讪。我们表明要买的诚意，和女人砍了半天价，也不知这个女人是精明还是蠢笨，一口价一万五千五百元，少一分钱也不卖。白明海不甘心，死缠烂打地想让女人再降点，那个女人扯个大嗓门说："大兄弟，绝对不行，这桌子平时都卖三万多，这是最后一台了，所以才这么便宜卖给你们。"望着白明海与女人之间斤斤计较的样子，我清楚而准确地意识到，我确实步入了另一种生活，但我无法确信，在这种生活中能不能痛痛快快地做自己。但是有一点是肯定的，从今以后，我将撕开生活的面纱，因为这是现实这本书最新的读法。我不失时机地说："大姐，你就剩这么一台了，我们连挑的余地也没有，你看你这张桌子面上有好几条划痕，这可是硬伤啊，这样吧，你也不容易，再便宜伍佰元，我们拿走。"那女人掏出手机跟老板通了电话。随着女人的脸色逐渐阴沉，我意识到了通电话的结果。果然，女人挂断手机果断地说："老板说了，一分钱也不能少。"我听后心里特别生气，觉得这个老板生意做得不仅死性，还有些霸道，便赌气地想和这个老板较一较劲，心想，干脆拉回医院再说。作出这个决定时就觉得另一颗心脏在我体内跳动。我挤出难看的笑脸说："好吧，大姐，先装货吧，我们哥俩没带那么多钱，货送到单位以后再拿钱吧。"女人痛快地答应了。她喊过来几个伙计装货，同时嘱咐领头的一个伙计说："回来时把钱点好，别丢了。"伙计头穿了一身蓝色工作服，灰头土脸的样子，拍着胸脯说："你放心吧！"

秋日的阳光像尿液一般金黄，一出家具城就晃花了我的眼，我的脑袋里就像塞满了棉絮。家具城门前仅剩下三五棵高大的乔木，我从来都分辨不清那些高大的落叶乔木，就像我从来都分辨不清自我和他我一样。会议桌被装在一辆132送货车上，跟在我们的轿车后面，驶往西塔街的北斗医院。坐在车上，我突然感觉到一种蜕变的痛苦，就犹如一只蜕变的毛虫，正拼命想从茧里伸出纤细而摇晃不定的腿。面对这种痛苦，我开始怜悯我自己，想做他人的我怜悯想做自己的我，就像做梦的我怜悯梦中的我一样。我说不出所以然来，只觉得我似乎经过艰苦不懈的努力，终于从黑暗中走到了苍白的阳光底下。

车到北斗医院，几个伙计把会议桌抬到三楼会议室，打开包装箱开始组装。组装完后效果确实不错。伙计头毕恭毕敬地对我说："老板，组装完了，您看怎么样？"我故意围着桌子转了几圈，一边审视一边说："这桌子的划痕太多了，我只能给一万五千元。"伙计头顿时不干了，哭丧着脸说："老板，你这不是难为我吗？"白明海绷着脸插嘴说："怎么难为你了？哪有买东西一分钱也讲不下来的。"我拍着伙计头的肩膀说："不是我为难你，是你们老板生意做得太死性了。"伙计头看出来我根本不想给全款，便噘着嘴说："那我得跟我老板通个话。"伙计头从裤兜里掏出手机去走廊打电话，出门前轻蔑地扫了我一眼，我心想，看来这家老板不是个善茬子！我以为伙计头会让我和他们老板通电话，没承想，他打完手机告诉我："我们老板马上到。""那好吧，咱们下去等吧。"我不以为然地说。

二十多分钟后，一辆黑色本田轿车驶进北斗医院大院，后面还跟着一辆132汽车，车上站着十几个大汉，手里都拿着木棒，个个一脸横肉，还剃着青亮青亮的光头，仿佛是刚从监狱里拉出来的囚徒。一个个凶神恶煞地跳下车，从黑色本田车内也下来四个大汉，这四个人一下车，我和白明海都惊住了，因为这四个大汉长得太像我了，我顿时明白为什么萨达姆有几十个替身了。怪不得江冰冰告诉我，有一次走在大街上，一个陌生男人兴冲冲地冲她跑过来，大喊着一个名字，当他走近时，才发现认错人了，连忙尴尬地走掉了。江冰冰说："当时真想叫住他，问问他到底谁和我那么相像。"但是我很快就意识到了眼前的危险，赶紧小声对明海说："赶紧给马杰打电话。"白明海也看出来情况不对头，迅速拨打马杰的手机。我发现为首的有一点与我不同，他脑门上有一条刀疤。"谁是老板呢？"刀疤脸用挑衅的口吻问。"我是老板，几位楼上请吧。"我镇静地说。四个和我长得一模一样的人随着我上了楼，我心里纳闷，难道他们没有发现我和他们长得很像？十几个光头拿着棍子也跟了上来，我心想，今儿遇上土匪了，为了五百元钱居然要砸我的医院。在会议室坐定，不知道为什么我顿时想到了清江博物馆的镇馆之宝商代人面方鼎，有一次我去参观，解说员说，那个人面方鼎有四张脸，象征“黄帝四面”，意思是说黄帝长了四方四棱的脑袋，有四张脸寓意黄帝控制四方。我心想，这哥儿四个的脑袋凑到一起，倒很像人面方鼎，但是并不寓意“黄帝四面”，而是寓意佛家讲的四魔。我听智真大师说过，佛家讲的四魔是指烦恼魔、五阴魔、死魔、天魔，都是夺人身命的。这四魔是修道者的大障碍，若能摧伏四魔，当下解脱自在，洁身自然。然而刀疤脸报号时却自称他们兄弟号称“黄门四虎”，此时白明海已经走进会议室向我点了点头，示意马杰马上到，我心里有了底便轻蔑地说：“看架势你是要砸我的医院喽。”刀疤脸穿了一件蓝色西服，没打领带，衬衣领口支棱着，眼白像被烟熏了似的，冷笑道：“看你文质彬彬的也不像道上混的，痛快把钱给了，别敬酒不吃吃罚酒，你可以在东州打听打听我们黄门四虎。”我心想，虽然是相似的躯壳，却装着不同的灵魂，莫非这个长得和我相似的人是我外化的心魔？迷失自我的人很容易辨认出自己的同类。想到这儿，我戏谑道：“黄门四虎我没听说过，不过我听说过黄门四鬼。”刀疤脸一拍桌子骂道：“我看你他妈的是找死呀！”这一拍桌子不要紧，一群光头手持木棍闯了进来，将我和白明海围了起来，眼看我俩就要被大卸八块，有人在门外大骂道：“都他妈的变成黄门四鬼了，还不是找死？”黄门四虎刚要急眼，回头一看脸顿时吓白了，刀疤脸赶紧起身向刚进来的干巴瘦的人毕恭毕敬地说：“二哥，您怎么来了？”干巴瘦的人瞪着一双鹰一样毒的眼睛说：“我不来，谁收拾你们几个兔崽子。”干巴瘦的人身后站着高大威猛的马杰。原来马杰接到白明海的电话后，知道我们遇上黑道上的人了，如果自己带几个干警过来只能镇住一时，怕以后他们还来找麻烦，便给“二哥”打了电话，两个人分头赶往北斗医院。这个“二哥”曾经当过特种兵，别看干巴瘦，身上有绝活，他不仅功夫好，手还特别黑，再加上他讲义气，在东州城黑道上没有不怕他的。黄门四虎确实在东州有一号，但是见到二哥立即变成黄门四狗了。尼采说，谁不曾在他人面前扮演过自己，今天黄门四虎演的这出戏的确让我开了眼，不过与官场上那些被谎言和秘密腐蚀的人比起来，黄门四虎来得更真实。在这个到处是特权的正义世界里，谁又不是演员呢？黄门四虎被二哥连踢带踹地带着十几个光头走了，送二哥和马杰时，我突然意识到，真实生活永远是一去不回头！

节令刚过了秋分，便觉得有了几分凉意。黑水河透着凉意滚滚向东流去。逐渐枯黄的树叶经不住风吹雨打的摧残，一片片地飘落在高高低低的街路上，飘落在滚滚涛涛的黑水河里。过去，我在自己的内心竖起了廖天北的雕像；如今，为了寻找自我，我在自己的内心竖起了自己的雕像。当然是完美的没有任何缺陷的我，就按照这个目标寻找迷失的自我，可能有模仿自己之嫌，其实寻找自我也只是个模仿自我的过程，当然是模仿自己最复杂的品质。或许有一天，哪个是雕像，哪个是真正的我分不清了，也就找到了自我。虽然我像植物贪婪地汲取阳光一样想做自己，然而我发现生命越来越像一桩投机生意。北斗医院虽然装修完毕，但是由于小刘屯那块地迟迟找不到买主，我根本没有购买医疗设备的能力，所以迟迟不能开业。我被压得快挺不住了，整天把自己关在办公室里冥思苦想，盼望着奇迹发生。我说过我要创造一个新世界，可是我怎样才能完成这宛如分娩的壮举呢？我知道，那个崭新的世界就在那里，只是我没有找到通向它的道路，时光流逝，我像蚕吞噬桑叶一样吞噬着时间。

这天上午，我刚到北斗医院办公室，手机便响个不停，我心烦，心中充满了一种可怕的空洞的情绪，索性让手机一直响着，直到坐在了办公桌前才接电话。我听到了一个让我咬牙切齿的消息，一种无法接受的惊愕向我袭来，白明海告诉我，性病诊所被查封了，春江花月液也被查封了，竟然是市公安局、市工商局、市药监局联合执法，我问领头的是谁？白明海带着哭腔说：“不知道，这伙人来势可凶了，把咱的药全拉走了，整整三大卡车。大哥，你这一不在岗了，这帮家伙立刻就不拿你当回事了。”我暗暗叫苦，心想，真是应了那句俗话：屋漏偏遭连阴雨，放屁都崩后脚跟。“明海，你顶住，咱们一没偷税漏税，二没卖假药，咱们一家一家地摆，我就不信还有过不去的火焰山。”我分别给贝妮和马杰打电话，让他们火速到我办公室商议对策。这就是寻找自我的代价，如果说生活教会了我什么的话，那就是没有任何事情是绝对的。此时此刻，我体内的那些魔鬼正在蠢蠢欲动，我知道是它们逼着我渴望自由的。我不知道我是不是龙，但现在我确信魔鬼的存在。它们仿佛跳出了我的躯壳，远远地看着我，用嘲讽的目光穿透了我的后背。在官场上，谁不是伟大的演员？尽管我们高唱着公平和正义的赞歌，但还是要拉臭烘烘的屎。这就是世界。人们在追求真善美时总是虚弱无力，但是在追求权钱色时却活力四射。掌握了这一点，再堂皇的面具也不过就是个屎盆子。我也是一个伟大的演员，就因为这一点我迷失了自我。在这样的世界里，太阳犹如一个巨大的眼球，饶有兴趣地欣赏着那些丢失了自我的小丑。谁不活在伪装里？一个需要信仰的人在这样的人群里能不孤独吗？我甚至怀疑一个人要不要对自己进行了解。

贝妮和马杰急匆匆地赶到我的办公室，冥思苦想却怎么也想不明白毛病出在哪里。我只好通过以前的圈子多方打听，最后得知市公安局打假办和市工商局打假办只是配合，主抓单位是市药监局，而且主管副局长是新上任的，我问是谁，人家告诉我是全维汉。贝妮一听全维汉升副局长了，顿时恍然大悟。原来全维汉当处长时曾经想将自家的一套门市房卖给贝妮，那套门市房顶多值一百万，但是全维汉要三百万，贝妮跟我说过，我没同意，明摆着是敲诈。想不到因为这件事，这家伙竟然起了报复心。真相终于大白了，就不愁对症下药了，我思忖片刻说："马杰，这件事只有靠白雪了。我听说罗立山要调走，接替他的很可能是邵玉欣。最近白雪跟邵玉欣处得怎么样？"马杰苦笑了笑说："还那样。"最近马杰一直对我有想法，一是挑我辞职没和他商量，二是小刘屯那块地迟迟出不了手，也让他承受了巨大的压力。我未雨绸缪地说："马杰，贝妮，我一直有个想法，春江花月液已经走下坡路了，我的意思是放弃这个产品，另辟蹊径。另外，性病诊所承包合同也快到期了，到期后也不再续签了，北斗医院开业后，咱们可以在自己的医院里设性病科。"马杰满脸焦虑地说："那块地皮可把咱们压惨了，如果放弃春江花月液，性病诊所也不包了，咱们可就断了来钱道了。这地一时半会儿出不了手，弄不好咱们可就死在里头了。"贝妮安慰地说："马杰，你别急，我觉得商政是想退一步进十步。"马杰焦躁地说："问题是咱们现在一点流动资金都没有，寸步难行啊！"我沉思了一会儿说："车到山前必有路，马杰，还是先将眼前这一关渡过去再说吧。"马杰咬牙切齿地说："妈的，无毒不丈夫，这件事过去后，咱们得想个办法让全维汉挪地方，不然，咱们别想有好日子过。"别看我在马杰和贝妮面前镇定自若，其实我内心虚弱极了。以前，在岗时，我感觉自己像个山大王，腰里别着把手枪，可以对抗所有强者，但是辞职后的困境让我明白，那只是一种错觉。恰恰因为我是个弱者，才躲在"山里"装大王，其实真正想得到的就是被庇护，这是为什么？因为过去对我来说不是一种进取，而是一种退却，迷失自我的人大多都有回归子宫的渴望，恨不得在子宫般温暖安全的地方挖个洞，像耗子一样生存。钻出子宫后我才明白，真正的生活其实是一场战斗。

白雪通过邵玉欣的秘书摆平了查封事件后，我和马杰做了沟通，他跟我撒了一肚子的怨气后，坚持要让全维汉挪地方，而且让我和他一起行动，我只好同意了。我和马杰目前的关系很像卡尔维诺笔下分成两半的子爵，我是左半边，他是右半边。也就是说，我们虽然活着，但都是半身人，或者说我们都拥有半个灵魂更准确，这也恰恰是我们为什么非常像的原因。行动前我顾虑重重地说出了我的担心，要知道谨慎不是多余的。马杰的右嘴角向上一撇，露出半个微笑说："我们的土壤不仅适合不完整的人生存，更适合腐败分子生存，你还愁抓不到全维汉的把柄？"说完将一个苹果一掰两半，将其中一半咬了一口，另一半给了我。看马杰的架势，非要把全维汉变成两个半身人不可。其实谁又是个完整的人呢？迷失了自我就不是一个完整的人。马杰的观点更悲观，他认为，既然我们生活在没有人格的时代，何谈自我？今天的问题，已经不再是人格分裂的问题，而是丧失，是完全丧失，连人格都完全丧失了，那么自我自然就荡然无存了。我们都处于既非活着，也非其他的状态。我们大家统统处于没有人格的人的威胁之下，这些人大多手握权杖，最担心人们弄明白我是谁，你是谁和他是谁。然而我们必须弄明白全维汉是谁，因为他像条毒蛇似的盘踞在我们的心窝子里，威胁着我们的生存。盯梢当然是马杰的强项，我不认为这有什么用，马杰却说："这家伙吃喝嫖赌什么都干，还怕我找不到他的毛病？"我和马杰每天晚上都开车盯着全维汉，我心想，如果全维汉也是个半身人的话，一定是右半身，碰上马杰这个右半身，同性相斥，难免一场相互撕咬，只是全维汉运气不好，遇上了一个出类拔萃的右半身人，按照马杰对自己的评价是，我与其他刑警不同，我下手准确。但是我们一连盯了十几天也没发现全维汉有什么见不得光的地方，我都有些泄气了，马杰也是气得直骂："没想到狗日的隐藏得还挺深。"我信心不足地说："要不就算了吧。"马杰信心十足地说："别急，我了解这种人，装假和欺骗是他们惯用的伎俩，早晚会露马脚的。"果然星期五晚上，所有的人都下班了，就是全维汉没有从办公楼里出来，我和马杰坐在车里耐心地等着，心里都涌动着莫名的兴奋。想一想马杰设下的圈套，全维汉一旦钻进去，怕是在劫难逃。我甚至同情起全维汉，因为我知道拥有一半灵魂人的滋味。我是希望通过这次全力配合马杰，和马杰和好如初，就像两个半身人融为一体一样。可是马杰却笑话我对全维汉的同情心，竟然说："在不完整的人中，好人比恶人更糟，因为好人的好心是残缺的，连自己都医不好，怎么可能医别人。"他还笑我痴迷于寻找自我过于天真，"你以为就你一个人变成一个完整的人，东州就变完整了，还不是照样腐败如麻，道德沦丧。"我被他说得哑口无言。黄昏的光线仿佛从地球内部照出来似的，一寸寸地向上渗出，我和马杰一时都沉默不语，仿佛我们都跳出了车外变成了他人，仔细打量着车内的自己。就在这时，目标终于出现了。全维汉开着奥迪车从市药监局出来了，马杰一踩油门紧紧跟上，尾随着奥迪车直奔南市场花街柳巷，我俩顿时喜上眉梢。来到南市场，全维汉减慢速度，慢悠悠地停在了仲夏洗浴中心门前。他下车后左右看了看，然后快步走进了洗浴中心。我和马杰停好车，毫不犹豫地跟了进去。我俩等全维汉进了浴室后，才脱衣服，但我们没进浴室，而是直接换上一次性浴服上楼去了休息大厅。马杰毕竟是刑警出身，迅速摸清了地形。

如果去包房按摩必经休息大厅，休息大厅很暗，我俩要了一壶茶在靠近休息大厅门口处躺在沙发床上休息，主要是因为里面黑外面亮，等全维汉去按摩时便于盯着他。此时此刻，我俩犹如一对探险者，站在一艘正在下沉的大船的船首，隐约瞥见一个孤岛。马杰更是难以掩饰嘴边一抹得意的窃笑。半个小时后，全维汉穿着一套豪华浴服上了楼，他没有进休息大厅，而是在休息大厅对面的房间里选了两名按摩小姐直接去了按摩房，马杰冷哼一声跟了出去。不一会儿马杰又回来了，他让我跟他赶紧离开洗浴中心。我知道全维汉中标了。我俩穿衣服时，马杰骂道："狗日的，找一个小姐还不够，竟然找了两个，而且是双胞胎。商政，恐怕一会儿这小子的金刚钻就要变成晒蔫巴的胡萝卜了。"说话时，我发现马杰的眼白和黑色的眼球对比起来格外鲜明。

我俩在附近找了一处公用电话亭，马杰以在仲夏洗浴中心发现全国通缉的杀人犯罪嫌疑人的名义报警。他压低声音说得有鼻子有眼的。接着他又给几家媒体打电话，我恍然大悟，也给贝妮打了电话，让她也过来凑凑热闹。忙完以后，马杰诡谲地一笑说："老兄，我饿了，还不请我喝两杯？"我有些心软地问："这招是不是损了点？"马杰的脸抽搐了一下说："对恶的本性我比你了解，你不觉得我们在为民除害吗？"我心想，在一个乌烟瘴气的世界里，也许真善美只存在于以恶制恶之中。

我和马杰上了车，刚刚离开仲夏洗浴中心，就听到警笛四起，我俩相视一笑，迅速离开了南市场。

我呼吸着陈腐的空气，感觉自己已经跋涉了太久，以至于听到好消息时，静默得像淤泥一般。人往往在走投无路时会突然看见曙光，然而我听到好消息时看见的却不是曙光，而是夕阳的最后一束阳光，当夕阳窃窃私语地照进我的办公室时，我接到了关文蕙的电话，她告诉我北京的一位儒商看中了我们那块地皮。我接完电话后，望着窗外昏暗的黄昏，心中浸透了漫溢而出的虚伪的悲怆。我又活了，这是我萌生的第一个想法。这个想法像一缕温暖的气息拂过我心中燃烧的火焰，我虽然还是我，但我坚信从量变到质变正在秘密地发生着。我在潜移默化地变成一个新人。我迅速将消息告诉了马杰，马杰听了以后嗓音像拧螺丝般越拧越紧，我能感觉到他因压力突然卸下而深入骨髓般的疲倦。按照关文蕙事先的约定，我和马杰决定一起去北京见这位财神爷。

北京的儒商叫刘易，是大禹集团的老板，我和马杰一走进公司总部，就被一种说不清的气派给镇住了，这种气派或许是实力的象征，这种象征像磁石一样牢牢地攫住了我，尽管我试图什么都不想，但我仍然有些紧张。"两位先生找谁?”迎宾小姐笑吟吟地问。“找你们刘总。”马杰客气地说。“有预约吗?”“约好的。”“请稍等，”迎宾小姐与刘易通了电话后说，“是商先生和马先生吧，请跟我来。”我和马杰随她顺着走廊走到尽头，有两扇对关的欧式大门，小姐推开门，房间装修得非常典雅，外屋是会客厅，里屋大概就是刘易的办公室了。刘易很客气地起身相迎，他有一张国字脸，外表亲和又带有威胁感。我们互换了名片。刘易的办公室很大，大红地毯镶嵌白花图案，豪华典雅，水晶吊灯，一圈意大利真皮沙发，房间中间摆放着一张半圆形特大的紫檀镶嵌黄花梨木的老板台，老板台上摆放着液晶屏幕的电脑，一面墙的书柜彰显了办公室主人的品位。最引人注目的是斜对门的东南角神龛里供奉的不是关老爷，而是青铜雕成的一位红顶子清朝官员，穿着长袍马褂，面容儒雅、气度非凡。我心想，莫非刘易祖上是做官的？便脱口而问：“刘总既不供佛，也不供财神，莫非这里供奉的是祖上的先人?”刘易的眉毛像是带着精明的得意向上挑了挑，然后笑了笑说：“每一个人心目中都有一个偶像，我心中的偶像是胡雪岩，在中国历史上著名的儒商中，我最敬仰的就是胡雪岩，他把古圣先贤的信智仁勇的生意经运用得淋漓尽致，成为显赫一时的红顶商人，胡雪岩不仅是我的偶像，更是我最想成为的人。”刘易的一番表白顿时引起我的警觉，心想胡雪岩是一个诚信与狡诈、真实与虚伪、仁慈与凶狠、痴迷美色与视女如货的人，为了获利什么连环计、美人计、造势、买心、银子铺路、借水行舟、刀头舔血无所不用其极，刘易以这种人为偶像，怕骨子里也是这样的人，商就是商，如果前面加一个儒，就等于这个人多了一份伪，因为儒家对商是一向看不上眼的，将儒与商联系在一起，本身就透着伪善，与其叫儒商不如叫官商更准确，因为我们每个人的血管里无不流淌着政治的血。马杰像是从我的躯壳里分离出去似的，仿佛变成了另一个人，用他乡遇知音的口吻请教道：“胡雪岩的成功得益于政界的靠山，刘总既然以胡雪岩为偶像，在这方面一定有心得，可否赐教?”刘易颇具城府地说：“要想在官场上找靠山，不能死乞白赖地巴结那些正在走红的官员，那样只能是拿自己的热脸去贴别人的冷屁股，自讨没趣。要看准了那些暂时失意但很有前程的人大胆投资，那才是你要找的靠山。”马杰听了刘易这番话一脸茅塞顿开的表情，我却从骨子里反感，便转移话题问：“刘总，买了我们那块地以后有什么打算?”刘易站在落地窗前，身后是蓝色和金黄色交织的秋日晴空，他踌躇满志地说：“我有一个在东州建日本菜篮子的设想，日本每年的蔬菜需求量是一万亿人民币，其他副食品是一点五万亿人民币，如果拿下日本市场的三分之一，每年也有七千五百亿人民币以上。占领日本蔬菜市场，东州市可有得天独厚的条件。”刘易这番话很有想象力，马杰的眼神像是站在梅杜萨之筏上发现了新大陆，我却觉得有点像天方夜谭。但我是来卖地的，当然要表现出震惊的表情，而且还要用敬佩的口吻问：“刘总，这么宏大的想法是不是有一个好名字?”刘易得意地说：“当然要打生态的概念，我已经想好了，就叫大禹生态园。”我和马杰无不啧啧称赏。

经过一番斗智斗勇，我们达成了意向，刘易承诺董事会研究后到东州签合同。草签了协议后，刘易脸上挂着琢磨不透的微笑说：“商先生、马先生，既然两位都承认大禹生态园是个不错的项目，我们何不一起来做呢?”说完他用一种深思熟虑的熟稔方式看着我，仿佛我们是久违的老相识。我一点也不喜欢他的眼神，还有他那种老相识的阴险口气，便断然拒绝说：“刘总，尽管你不供奉财神而供奉红顶商人的做法很特立独行，但你的目标是做胡雪岩，我没有你那么大的雄心，我只想做自己，而且我只对开医院感兴趣。”刘易抬起一边的眉毛看着我，仿佛在观察一个冒名顶替的骗子，然后用怀疑的口吻说：“商先生，想不到现在还有你这种理想主义者，人生其实就是一场模仿秀，无论做自己还是做他人，靠的都是实力，没有钱，你谁都做不成。”我淡然一笑说：“刘总，人不仅有个欲望总也喂不饱，人还有个灵魂也总是喂不饱啊!”刘易听罢鼻孔里喷出笑声，同时伴随着一声惋惜或遗憾的轻叹。

回到饭店，马杰的情绪有点不对头。房间里的气氛让我心神不宁，我发现马杰的阴沉一点一点地聚集起来，即将成为一股针对我的汹涌的责备。我用沉默等待着他的爆发。“商政，咱们为什么不能与刘易合作开发那块地?”马杰没好气地问，好像我拒绝与刘易合作带有不可告人的目的。“要是与刘易合作，我们就死定了!”我毫不含糊地说。“怎见得?”他站在客厅中央，双臂交叉于魁梧的胸前，斜着眼睛看着我，好像我带着令人生疑的伪装。“仅凭大禹集团要占领小日本的蔬菜市场简直是痴人说梦，你以为胡雪岩在日本也能找到像王有龄、左宗棠那样的靠山？再说东州是老工业基地，农业向来不是强项，咱们的体制是换一届领导换一种打法，就像搞秧歌节一样，廖天北一出事，王伯寿马上就不搞了，如今邵玉欣接替罗立山，新官上任三把火，要搞什么绿色硅谷，无异于异想天开，马杰，我们是为了什么创办北斗医院？是为了作秀吗?还不是为了实现自我，跟他们折腾什么，掺和什么?”“实现自我是你的想法，我只想做个像胡雪岩一样的财富英雄，我看刘易是个做大事的儒商，和这样的人合作是老天对我们的眷顾，你怎么能不和我商量商量就断然拒绝呢？再说这块地未必非做高科技农业，也可以开发房地产嘛。”马杰侃侃而谈时，眼神中闪烁着对金钱的强烈欲望，浑身上下隐隐散发出铤而走险的信号。“马杰，”我抽丝剥茧地说，“你以为刘易拿到地后真的搞什么日本菜篮子吗？那只不过是一个幌子，去骗一骗那些急于出政绩的官员们，你连这一点都看不破，还奢谈什么财富英雄，别忘了现在是土地财政时代，仅东州市的房地产公司就有近千家。常言道君子爱财取之有道，我们总不能为了赚钱去助纣为虐吧！”马杰注视着我的眼睛，似乎要在眼神深处发现另一个人的身影，他用嘲讽的口气说：“我看你和刘易谈日本菜篮子谈得头头是道啊。”马杰的背后是一台大号的电视机，空白的屏幕上反射着他的身影，但我却感觉像我身体里的另一个自己在暗处盯着我，并在露齿窃笑。我用双手搓了搓脸使自己清醒些，然后深沉地说：“那不过是我为了早点把地卖出去的攻心之法。”屋子里突然阒然无声，我俩就像置身于茫茫大海的一艘木筏上，不知漂往何方。沉默了一会儿，马杰失望地说：“商政，我总觉得你变得似乎不是你自己了，不仅自己变得谨小慎微，而且还学会了危言耸听，我觉得一旦政府支持，那块地必赚大钱。”马杰的话一出口，我觉得喉咙里像堵了什么东西般难受，我的心似乎燃烧起来，甚至听到了火苗的嗞嗞声，但我仍然压抑着自己，真诚地说：“马杰，你想像刘易一样做胡雪岩我不拦你，但是你别忘了胡雪岩是怎么垮的，他得势于官僚，曾经盛极一时，但是他的商业王国顷刻间土崩瓦解也是由于官僚的落井下石，一个聪明的企业家应该懂得离政治有多远才最安全。”马杰扯了扯嘴角，像是微笑，但更像是脸部肌肉的抽搐，他讥讽地说：“商政，我发现你现在变得疑神疑鬼的，你的胆量都喂狗了？”说完他鄙视地看了我一眼，然后点上一支香烟，烟熏得他紧闭上一只眼睛，我感觉眼前的马杰似乎和以前的马杰完全脱离了，我熟稔的那个马杰仿佛是另一个人，一个我从未见过的人，抑或是和我一样的人，总之我现在意识清醒又如梦似幻，我似乎看见一张充满不祥之兆的蛛网像烟雾一样轻轻拂过马杰的脸庞，他难以抵挡它的诱惑，飞蛾扑火似的撞了上去，我耳畔甚至听到了呼救的声音，我不能看着他执迷不悟，便激动地说：“做生意得先用智慧，然后才能谈胆量。”马杰像引爆的炸雷一样突然火了，他吼道：“光瞎想，不行动有个屁用！”接下来就是短兵相接的一番唇枪舌剑，然而我们谁也说服不了谁。屋子里的气氛让人如坐针毡、汗毛直立，我们都陷入了惊愕和困窘交织的恍惚状态，良久的冷战之后，马杰用豹子般锐利的目光扫了我一眼说：“你跟贝妮、明海做医院，我也插不上手，说不定哪天我在公安局混不下去了，总得有个退路，小刘屯那块地是我们三个人的，你和贝妮留七，剩下的三留给我和刘易合作开发大禹生态园。”我看马杰的决心已定，知道怎么劝也没用了，便心平气和地说："那好吧，回东州后，再与贝妮商量商量。"

回到东州后一个星期，刘易带着一个团队来到东州，来之前，他既没通知我和马杰，也没通知关文蕙，我是在电视新闻中看见邵玉欣和王伯寿分别会见了他才知道他到了东州。得知刘易突然造访后，我迅速通知了马杰和贝妮到北斗医院商量对策，马杰却告诉我们他已经私下里与刘易达成协议，用地皮的百分之三十入股大禹生态园。我不能容忍马杰明目张胆地往火坑里跳，便火冒三丈地和他大吵了起来，如果不是贝妮在，我气得非与马杰动起手来不可。然而人各有志，我俩闹得不欢而散。签合同时，马杰没有露面，我非常伤心，好在地皮已经出手了，款一个星期内到账，我和贝妮走出刘易下榻的酒店时，我仰望天空长长地呼出一口气。

与马杰吵翻后，我一直感觉有一根滚烫的针尖在刺我的心脏，我不知道这是不是一种内疚的痛苦，幸好有贝妮聪颖慧黠地安慰我，没有让我做自己的梦想藏形匿影。很久以来，我都觉得和贝妮就像一对龙凤胎，就像是一个灵魂的两副身体，仿佛心与心之间被看不见的灵犀连接着，宛如蜘蛛丝一般，我们的心就是被这种看不见的丝拴住了，打个结绑在了一起，我们甚至对事物的感受都是一致的，我们分享相同的灵魂。在官场上，我曾经浪费了生命中最精华的部分，我不愿意周而复始地重复自己，贝妮一边和我缅怀死去的过去，一边把我的脸埋在她的怀里，让我承受着澎湃的欲望的冲击。我深知，每个人都走在一条不归路上，这就是太极归一。然而，我也知道，当一切蓄势待发欲冲破牢笼自由驰骋时，最容易失去方向。我急需天使的引导，我感觉贝妮就是天使。然而马杰退出后，随着我和贝妮单独接触越来越多，江冰冰的醋劲越来越浓。但是我有对付江冰冰的绝招，这就是满足她所有非分的物质要求，每次我预感她要向我发难时，我都会用糖衣炮弹对付她，结果都是我完全脱险。就这样，我脚踩在两只船上，像一个寻找目标的海盗，嘴里衔着把弯刀对抗着欲望横流的世界。在我将所有伸向北斗医院的黑手斩断之后，北斗医院终于开业了。然而，由于医院知名度不高，效益并不太好。我感觉自己不再像一个野心勃勃的海盗，而是一个不会游泳的落水者，除了用挣扎自救外，别无他法，反正我得挣扎出去，不然就得淹死。或许死一次才会真正成为自己灵魂的主人，谁知道？我打电话告诉贝妮我现在需要一根救命稻草，不然就真的涅槃了。贝妮咯咯笑道："稻草救不了你，你需要绳索。"我痛苦地说："我现在虎落平阳，上哪儿找绳索去？"贝妮胸有成竹地说："我们总编告诉我，清江省中医院教授卜佗老先生是省中医界的泰山北斗，有老神仙的美誉，何不聘请他为北斗医院的顾问。”我为难地说：“我当然知道老神仙的大名，只是我听说这老爷子脾气怪得很，不好请啊！”贝妮神秘兮兮地说：“我有个主意准能请卜老出山。”我开玩笑地问：“该不会是美人计吧？”贝妮嘻嘻笑着，我能想象出她那小妖精似的笑容。“我听说卜老酷爱收藏奇石，我们想办法给他找块奇石，一定能打动他。”“妮儿，这主意好是好，只是奇石去哪儿找呀？”“咱们都想想办法吧。”“好吧。”我撂下电话去了白明海办公室。

白明海担任北斗医院院长让我省了不少心，医院的琐事、细事都不用我这个董事长操心。我俩配合默契，亲如手足。最让我为他高兴的是关文蕙追白明海追得火热，别看这个女人长白明海三岁，却着实让白明海动心了。也难怪，快三十岁的女人看上去就像二十四五岁，关文蕙的气质身材都非常好，高耸的酥胸、丰满的臀部，款款移动起来，仿佛优美动人的旋律。每个人的心中都会藏着个女神，对我来说是贝妮，对白明海来说就是关文蕙。白明海曾经幸福地告诉我，他和关文蕙经常会做同一个梦。我说心有灵犀的人一定共同拥有一个灵魂。他说正因为如此，他和关文蕙喜欢在夜里躺着听对方呼吸。白明海已经完全摆脱了对池小娜的怀念，被关文蕙迷得如堕五里雾中似的，心中的幸福感宛如一叶扁舟迷失在深夜的茫茫大海上，却突然发现了远处的灯塔在闪烁颤动。看到他幸福的样子，我很欣慰。不过，身为北斗医院院长却迟迟打不开局面，令他茶饭不思，他甚至比我还上火。我推门进他办公室时，他正愁眉苦脸地抽烟。他显然在思考问题，以至于我进屋时也没有引起他的注意，仿佛空气已经变成了实体，若不是一溜蓝色的香烟缓缓上升，我还以为坐在办公桌旁的是一尊蜡像。“明海，”我逗趣地说，“要是像你这样沉溺于思考的话，怕是一日就浓缩了一生。”他像灵魂刚刚附体一样憨厚地一笑说：“不思考则已，一思考才发现自己是分裂的、残缺的、不完整的、自我敌对的。”我赞许地笑道：“你说的问题是现代人的普遍问题，造成这些问题的根本原因是精神物质化了，人们在此岸世界乐不思蜀，都成了脑瘫患者，无心也无力去寻找灵魂的彼岸。”白明海扯了扯嘴角笑了笑说：“大哥，生命就是一场漂流，能够到达彼岸世界的只能是少数人，我一直想问你，做自己就真的能到达彼岸世界吗？”他的语气中混合着迷惑与担心的情绪。我思忖片刻坚定地说：“明海，对我来说，做自己不只是目的本身，而且是生活本身，做不了自己，我就创造自己，把自己变成一个可以死掉的上帝，我不仅要创造自己的上帝，还要创造自己心灵上的伊甸园。要想构建心灵上的伊甸园，就要有勇气在信仰问题上创建思想。”白明海用一种全新的眼光看着我，心悦诚服地说：“大哥，刚才我冥思苦想终于弄明白一个问题，本来我也想试着像你一样做自己的，但是我的灵魂深处很难摆脱你对我的影响，看来在你实现自我之前，我很难实现自我。说白了，大哥，我不想做自己，只想做像你一样的人。”听了白明海的话，我心里暗自感叹，我原以为白明海心里有一种远比我的意志更强大的力量，想不到这种力量原来是依附于我的，看来我注定是一个孤独的行者，好在白明海了解我的孤独、同情我的孤独，也正因为如此，他一直默默地跟随着我，对于这个精神堕落的世界来说，我和白明海就犹如堂吉诃德和桑丘。我叹了口气说：“明海，你应该把目标树得再远大一些，做我这样的人搞不好是在糟践你自己。”白明海赌气地说：“糟蹋自己的不是我，而是我姐夫那个王八蛋。”我一听心里咯噔一下，自从与马杰分手后就没再联系过，只听说他辞职到大禹生态园当总经理去了，不知道近况如何，便关切地问：“马杰怎么了？”白明海脸色顿时阴郁起来，仿佛世界一瞬间变得天昏地暗，他冷哼一声说：“起初文蕙告诉我，她经常看见我姐夫领着一个漂亮女人出入金牛花园，好像在金牛花园住，我还不太相信，我知道我姐夫喜欢拈花惹草，但还不至于包二奶，为了对我姐负责，我暗中跟了他几天，想不到他竟然把那个婊子养在了别墅里。妈的，他和我姐结婚这么多年，也没让我姐住上别墅，那天我看见他在别墅前亲那个小婊子的贱样，我真恨不得宰了这对狗男女！”白明海的话让我后脖颈子直发凉，毫无疑问，他口口声声骂的那个小婊子一定是海小妹，我早就看出来马杰和海小妹关系暧昧，但是我也没有想到马杰会将海小妹养起来，多亏我没有像白明海这样一个小舅子，否则也得像马杰一样被跟踪，那么我和贝妮的事非露馅不可。但是我并不认为马杰和海小妹的私情与我和贝妮的爱可比，我觉得他们是欲望的，而我们是灵魂的。然而，我们毕竟生活在世俗的世界里，因此在常人看来，我和贝妮的爱与马杰和海小妹的私情没什么区别。这是因为，人们在纸糊的面具下无不遮盖着一躯欲望翻滚的肉体，他们容不得灵魂，他们只向往物质，对精神和理想嗤之以鼻。白明海显然已经陷入感情用事的泥潭，这种情绪很危险，必须从泥潭中拉他一把，以我在他心目中的分量，我自信也只有我有这个能力。想到这儿，我露出一抹心虚的微笑说：“明海，你别不爱听，我觉得这件事不能全怨你姐夫，也应该从你姐身上找找原因。”白明海的鼻子尖一阵抽搐，仿佛空气中有不雅难闻的气味蔓延开来，他不无同感地说：“还不都是钱闹的。我姐这个人什么都不信，就信钱。整天围着美容院转，连孩子都顾不上，哪还能顾得上我姐夫。大哥，不瞒你说，在生意场上呆久了，我时常有一种坠落感，一想起这种坠落感我就浑身痉挛。古老的文明古国怎么就信仰缺失了呢？”他说完满面愁容地凝视着我，然后点上一支烟，在烟雾的缝隙中望着窗外灰色的天空。我被他说得有些心神不宁，感觉自己像一只刚刚爬出下水道的蟑螂。我扯了扯嘴角似笑非笑地说："不是信仰缺失，只是我们信仰物质的东西胜于精神的东西，即使是精神的东西，也必须是物质化了的精神。"白明海表情绝望地笑道："说白了，不就是拜金主义吗?!"语气带着强烈的谴责和批判，我不知道我为什么一直回避这个词，仿佛一说这个词灵魂就会受惩罚似的，因此我对讨论这个词没有一点兴趣，便用息事宁人的口吻说："明海，既然你对你姐这么了解，可千万别把你姐夫的事告诉她，你姐是个烈性子，搞不好问题没解决，还会惹出事端来。"白明海恍惚地皱着眉说："正因为我姐是个烈性子，我才一点办法也没有。我只是告诉她别整天钻在钱眼里，抽空多关心关心我姐夫和孩子。"我如释重负地叹了口气，拍了拍他的肩膀，仿佛他放过的不是马杰，而是我。我借机转移了话题，提起贝妮建议聘请卜老教授为北斗医院顾问的事，白明海听罢顿时眼睛一亮，心中涌起豁然开朗的兴奋。我却一筹莫展地说："只是这奇石是可遇不可求的，我听说奇石收藏家手里的奇石大多是在江河中采集的，特别是一些人迹罕至的溪流中。收藏家与奇石之间是有缘分的，我们去哪儿找这个缘分呢?"阳光终于透过窗户投射进来，照在白明海的脸上，他眯着眼睛充满希望地说："大哥，盛京老街要动迁，明天我陪你去那儿转一转，或许能有意外发现。"一句话点醒梦中人，我精神为之一振，满怀期待地说："好啊，那里可是藏金卧宝之地。"

盛京老街以四合院为主，明末清初，这里居住的都是达官显贵，富商巨贾。别看这里的房子年久失修，一片破败景象，却掩饰不住昔日红尘中的脂香粉气、华贵风韵。徜徉在这条街上，悉心倾听历史的回声，眼前似有家人美眷绮丽而过，达官鸿儒谈笑往来，罗裙窸窣作响，长衫呼呼拂动，清晨咿呀打开朱门，赫然见到的是横陈路上的冻死骨。怎不叫人慨叹频生。如今这里就要化作废墟了，拔地而起的是水泥森林，东州像一个梦游者再也找不到自己。

动迁居民在老街两侧摆满了旧物地摊，有文房四宝，有琴棋书画，有古玩瓷器、废旧书刊，更有钳子扳子、桌子柜子等日常用品。我和白明海像逛超市一样东瞧瞧西望望，期盼着奇迹发生。可是我们来来回回走了两趟，也没有发现有卖石头的，失望之余，我被一个地摊上蹲着的老头吸引住了，别的地摊乱七八糟的什么都卖，旧衣裳旧被褥，旧电视机，旧洗衣机，反正家里不用的东西都摆出来了，唯独这老头的摊上只有几十本旧书。老者面容清瘦，眉宇间有两道竖纹，他一动眉毛，两道竖纹就加深了，显得他心事重重的样子。我走到老头摊前蹲下，顺手拿起一本旧书翻了翻，温暖的阳光浸到旧书里，翻开便闻到一股岁月醇厚的气味，像青草中混合着浓烈的酸味，还夹杂着一点发霉的味道。我一直认为气味是一本书不可分割的一部分，就像这本书的内容一样。这些书很有特色，大多是民国初年印制的线装旧书，纸面黄得像烧纸，由于年代远久，书页上不仅有潮迹，还有霉斑。眼前的旧书都是传统文化的精华，《诗经》、《易经》、《论语》、《大学》、《中庸》、《孟子》、《道德经》、《水浒传》、《三国演义》、《天工开物》、《本草纲目》、《黄帝内经》，本本都像老式家庭珍藏的年货。我心想，这老头家祖上一定不是一般人物，便又随手拿起一本善本，不看则已，一看不禁惊住了，居然是一本叫《云林石谱》的手抄线装本，文字都是闪亮的蝇头小楷，还配有用毛笔画的奇石图案。作者是宋代的奇石收藏家杜绾。我心中窃喜，心想这可真是踏破铁鞋无觅处，得来全不费功夫。这本书要是送给卜老，他老人家一定喜欢。“大爷，这本《云林石谱》卖多少钱？”我按捺住兴奋，不动声色地问。老头没言语，只是伸出五个手指头。“五十元？”我试探地问。老头面无表情地摇摇头。“五百元？”我继续试探着问。老头又摇摇头。“不会是五千元吧？”我圆睁双目问。“没错，正是五千元。”老头点点头，淡然一笑说。白明海一听急了，出口不逊地说：“老头，太黑了吧，一本旧得都掉渣的书卖五千元。”老头觑了白明海一眼，用教训的口吻没好气地说：“年轻人，说话积点口德。都说我们有五千年文明史，靠什么证明，还不是靠你说的这些破书？我们认祖归宗靠什么？还不是靠你说的这些破书？如今社会为什么道德沦丧、信仰滑坡，还不是一些人从心里丢掉了你说的这些破书？没有你说的这些破书，你能知道你是谁？年轻人，千万别小看了这些破书，这可是中华民族安身立命的根。”白明海还想辩驳，我连忙制止，并客气地说：“大爷，您老别跟我兄弟一般见识，他年轻，我诚心诚意买，能不能再便宜点。”“不行，”老头不容商量地说，“年轻人，你要是真识货，就应该知道这本书的价值。”我不死心地说：“大爷，眼下爱看书的人不多，何况这是一本介绍石头的书，恐怕喜欢的人就更少了，你看，我在这蹲了半天了，你这个书摊很少有人问津，还是再便宜一点吧。”老头倔强地说：“年轻人，这本书是我祖上传下来的，是我爷爷亲手抄写的，你看这是我爷爷的印章，我爷爷一生酷爱书法，要不是我急着用钱，五十万元我也不卖你。”我关切地问：“大爷，您遇上什么难处了？”老头愁眉苦脸地说：“年轻人，不瞒你说，我呀，无儿无女，就老两口，这不前些日子老伴被自行车撞了，骑自行车的人头都不回就跑了，我老伴倒在马路中央，围了一大帮人也没有人敢扶她，都怕粘包，后来好心人见我老伴可怜，就拨打 110 报了警，警察来了对我老伴说：‘大妈，我是警察，穿警服呢，不然我也不敢扶你。’不管怎么说，警察总算把我老伴送到了医院，可是要先交钱后抢救，多亏我及时赶到了，不然我和老伴就天各一方了。人心不古啊！为什么世风会日下到如此地步？还不是因为人们都变成了‘钱串子’，把祖宗留下来的这些宝贝弃之如敝屣！”听了老人的一番话，我深受触动，肃然起敬地问：“大爷，您老在这盛京老街上住？”“是啊，这不眼看着祖上传下来的家园就要变成废墟了，说句掏心窝子的话，居住的家园被毁了，还可以再盖，要是精神家园被毁了，可真就无家可归了！”老者的话让我顿生惭愧之情，我忽然明白了我原来是一个生活在两个世界里的人，自然也拥有两张面孔，是不是还有两个灵魂？眼前的老者多么像一头反刍的老黄牛，他苦口婆心的嘴角还带着草汁，我顿时掏出五千块钱和自己的名片一起递给了老者，并且慷慨地说：“大爷，您老伴的病需要我帮忙，名片上有电话，可以找我。”老者眯起老花眼看了看名片，直言不讳地说：“谢谢了，年轻人，如今公家的医院都变得只认钱不认人了，私家医院就更不靠谱了。我这一辈子什么都看透了，就是看不透人心啊！不过，我还是相信善有善报，行善必昌的道理！”说着老者起身抱起双拳向我作了个揖。

回到医院后，我兴奋地与贝妮通了话，告诉她奇石没搞到，却搞到了一本写奇石的古书，而且是手抄善本。贝妮听了很高兴，答应我马上请社里的总编联系卜老。我撂下电话，睁大眼睛凝视着天花板上不停晃动的光晕，感觉自己像是在某种纤细闪光的液体中流动，心中感叹，一个想做自己的人，就没有权利像常人一样生活，便情不自禁地拉开抽屉，取出笔记本，想将心中的慨叹写下来：

我的没落在于不妥协，心灵在沉溺中升腾，理想不完美，便宁可毁灭，这大概源于生的尊严便是心灵的尊严。幻想可以奢侈，但完美的理想必须简朴，因为人生的力量与气魄不相称，便会虎头蛇尾。扬鞭须配宝刀，宝刀不锋，宁愿折断，这便是心灵的奋斗。我们爱人生的美丽，因而无法避开人生的丑陋，然而，我们并未因贫苦而卑贱，也并不艳羡因富足而高贵，我只愿心灵化作一粒无形的尘埃，可以在太阳光中窜来窜去，我的思想随尘埃一度的跳荡，在光明中承受黑暗。灵魂是我的宗教，面对它我做深切的忏悔，因此，生命无需因成功而歌舞。推窗望月，心情能豁然开朗便是幸福。梦中的天河，心灵可能横渡？夜里有风，心灵无法抛锚，等待风的死去，思想不停地为心灵拉纤。我本是刚离树的叶子，被现实风干以后，便等待燃烧。我在燃烧中死去，又在燃烧中诞生，我是春，我急需一片荒野。

卜老的家住在清江中医学院的院内，十几座四合院掩映在丁香树丛中，这里住的都是德高望重的中医大家。住在这里给人一种窃窃私语的幽静之感。温柔细腻的微风吹进四合院内，院子里的大槐树就像是从酣睡中悠悠转醒，舒展着千手观音般的枝桠，发出细碎的声响。贝妮把车停在卜老家的小院门前，我俩下了车，贝妮按了门铃，半天才听得里面有人应了。开门的是卜老的老伴，一个和善富态的老妇人。显然卜老的老伴已经从《清江日报》总编的嘴里得知了我们，她和善地问："是小商和贝妮吧，进来吧，进来吧。"我彬彬有礼地问："大姨，卜老在吗？"卜老的老伴笑着点头说："在，在书房摆弄石头呢。"院子里的大槐树，郁郁葱葱、亭亭如盖，花虽落去，仍有淡淡清香。我们来到卜老的书房，卜老的老伴热情地说："老头子，来客人了。"屋里也不应声。卜老的老伴让我俩进去，她去沏茶，便去了别的房间。

卜老是位精瘦的老人，正拿着放大镜在书桌前观赏石头，那神情似乎正处在某个伟大又危险的探险当口。屋里的书架上塞满了书。墙上挂着一对条幅："居内有石方生艳，独得人间四时春"。我和贝妮拘谨地走进房间，卜老头也不抬。我试探着作了自我介绍，就跟对着一尊泥塑说话似的。我没承想，刚刚进屋气氛就陷入了僵局。卜老半天没有吭声，我心里发窘，脸上却带着尴尬的微笑，心里盘算着如何打破僵局。"听说你们开了家医院？"我不确信卜老真的开口了，或者仅仅是我的幻觉。卜老放下放大镜，直起腰生冷地看着我和贝妮。"是的，是的，是北斗医院。"我紧张得有点口吃地说。"你们坐吧。"卜老指了指面前的官帽椅说。这时，卜老的老伴端着一盘子鲜美的果盘走了进来，热情地请我和贝妮吃水果。我借机打破了僵局，满脸堆笑地说："卜老，听说您是奇石收藏大家，我虽然不收藏奇石，但喜欢观赏。"我壮着胆子将话题引到了奇石上，话一出口心中就充斥着软弱无力却又忐忑不安的感觉，就好像四肢被灌满了厚重黏稠的液体一样。没想到，卜老见我对奇石感兴趣，脸上似乎闪过一丝笑容，他欠了欠身子，像是把重量从一个肩膀卸到了另一个肩膀上似的，然后清了清喉咙冷淡地问："喜欢观赏？口气不小，那么我问你，赏石的境界是什么？"说完睁大眼睛，带着无形的微笑看着我，不发一语。我点点头，带着心虚的微笑，一本正经地说："奇石是大自然的产物，它美在自然，贵在天成，讲究的是原生态。正所谓'花如解语还多事，石不能言最可人'。陆游这两句诗恰恰道出了赏石的最高境界。人们之所以玩石、爱石、赏石，是因为山因石而峻，水因石而秀，人因石而雅啊。”胡诌完后，我感觉自己就像突然忘词的演员，站在舞台中央陷入困境，眼睛瞪得大大的，嘴巴一张一合地不知所措。没想到卜老竟满意地点了点头，意味深长地说：“奇石是山川之魂，日月之精，是大自然的灵魂啊。我为什么喜欢奇石，因为它美啊，而美是普世的，现在我们太缺乏美了，太缺乏美感了。我们的空气早就被铜臭污染了。”贝妮莞尔一笑插嘴问：“卜老，我们在经济上强了，但在文化上还是很虚，为什么？”卜老点上一支烟，若有所思地深吸一口，然后又深深吐出，仿佛吐出的是难以言说的苦楚，他思忖着说：“我们现在被西方文化压得喘不上气来，还不是因为对自己的文化不自信造成的。学习西方又不甘心、不谦虚，最后弄得丢了自己，学人家还没学到真东西。四不像，夹生饭。我们在文化上之所以心虚，有两个原因，一是我们毁了传统文化的根，二是在现代文化上没有建树。当然，文化上没有根，就不可能有建树。我们往往漂洋过海，阅尽千帆之后，才发现最美的牡丹花开在自家后院。我们丢掉自己的古典戏剧、音乐、绘画、书法、陶瓷、雕塑以及四书五经，拼命追赶西方科技，就是追不上，为什么？因为我们的文化之根被斩断了。许多人不知道，西方科技背后支撑的是文化。当然我并不是国粹主义，我祖传是中医，但大学学的是西医。西方文化有伟大的成就，但是如果我们连自己是谁都搞不清楚，怎么去认识和学习人家？跟着西方文化跑，是中国人的隐痛，其实心里并不舒服。我看昆曲《牡丹亭》就比歌剧《图兰朵》舒服。中国人常讲落叶归根，根在哪里？就是文化，文化是我们真正的故乡啊。”卜老的话让我们都陷入沉思，仿佛我们都飞出体外，变成了幻影，桌子上的果盘、放大镜和奇石以及在桌子上爬来爬去的苍蝇和沉思的我们构成了一幅现实版的拼贴画。良好的沟通让我紧张的神经放松了很多，我收住思绪，用请教的口吻说：“卜老，中医与西医之争由来已久，就连鲁迅先生也认为，‘中医不过是一种有意无意的骗子’，还在《父亲的病》一文中对中医的‘奇特的药引’奚落一番，比如蟋蟀要一对，还要原配的，还有‘平地木十株’、‘败鼓皮丸’什么的，并发誓‘绝不看中医’，鲁迅先生为什么对中医如此失望呢？”我的问题是尖刻的，话一出口，就觉得自己在悬崖边上突然绊了一跤。贝妮用责怪的目光看了我一眼，似乎在提醒我此行的目的，我谨慎地探究着卜老的表情，卜老抬了抬一边眉毛，眼神深刻地看着我说：“鲁迅父亲的病应该是肝硬化晚期，已经肝腹水了，肚子越来越大，鲁迅称之为水肿，其实这种病即使是现在中西医都没有好办法，何况当时了，用药引子难为患者是有用意的，这是当时中医的惯用之法，意思是委婉地告诉你，你的病我没办法了。其实鲁迅在文章中提到的中医陈莲河，就是江南名医何连臣，但鲁迅说过，他是'论时事不留面子，砭锢弊常取类型'的，所以对于真名实姓或具体事实不必刻舟求剑了。以我的行医经验，所谓的陈莲河不仅缓解了鲁迅父亲的痛苦，而且还延长了他父亲的生命，因为解决肝腹水的问题，没有办法，西医目前最好的办法就是注射人血白蛋白，但也只是权宜之策，如今中西医结合研究已经卓有成效了，为时代所限，鲁迅当时自然看不见今天的成就。鲁迅的父亲死在中医手里，为此鲁迅选择留学日本学习西医，虽然后来弃医从文，但是基本上将全家人的保健治疗全盘交给了西医，最终因肺结核死在西医手上，鲁迅可以死而无憾了。"卜老的话让我有一种险些掉下悬崖被救的感觉，我踌躇满志地说："卜老，不瞒您说，我就是要办一家中西医结合的医院。"卜老听罢欣慰地笑道："想法不错，只是我来问你，如果想赚钱的话，有很多行业，比如说房地产，不一定非要办医院，你办医院的初衷是什么？"卜老问得我血脉贲张，我几乎听到我的血管里嗞嗞作响。我没有回答平常挂在嘴上的做自己或者俗话说的"寻找自我"，而是振聋发聩地回答："我想寻找到一个新的灵魂，我想创造出一个新的世界。"好像我的口气太大了，突然的沉默和尴尬横亘在我和卜老之间，屋子里弥漫着窗台上花瓶中枯萎凋谢的百合花散发出的尿臊味，我感觉自己的心灵像一堆废墟，一摊积水，一片凋谢的百合花瓣。卜老沉默良久，在烟灰缸内摁灭了手中的烟头，然后起身在房间来回踱了几步，地板在他的脚下仿佛凝固的空气，我和贝妮默默地看着他，突然他转过身来直面着我，用复杂的目光凝视着我说："我行了一辈子医，只能医治人的肉体，不能医治人的灵魂，我甚至怀疑人到底有没有灵魂，你的回答让我看到了希望，灵魂不是什么人都能有的，只能属于那些勇于超越自己精神的人，勇于创造的人，灵魂是彼岸的，需要追求，需要寻找，然而，可悲的是我们被铜臭熏得过于老谋深算了，谁也不愿意走出实用主义的伪信仰，我这辈子本来不抱什么希望了，商政，你刚才的回答让我像是在黑夜里看见了一堆篝火，是啊，寒冬里与其觊觎太阳的温暖不如点燃篝火来得更实际。人们都说我脾气古怪，你们知道为什么吗？哀莫大于心死啊！好在我还有奇石可以寄托，只是我摆弄了一辈子奇石，也没有一块可心的，不过，我现在找到了，商政，这就是你呀！"我听了卜老的话，顿时激动起来，一时不知道说什么好，贝妮捅了捅我，将《云林石谱》递给我，我恍然大悟地接过书，饱含深情地说："卜老，这么说您答应我们的聘请做北斗医院的名誉院长了？"卜老重重地点了点头。我郑重地将手中发黄的《云林石谱》递给卜老，不失时机地说："那请您收下这本书，就算是我们的聘礼吧。”卜老接过书，脸色惊异地看着我说：“商政，这份聘礼太重了，无价之宝啊！好，我收下了。”然后高兴地喊道：“老伴，快炒几个菜，把我的茅台拿出来，我要跟商政、贝妮喝几杯。”大家围坐在大槐树下的石桌周围，卜老的老伴炒了四个小菜，卜老拿出了珍藏多年的茅台酒。我和卜老谈得很投缘，酒喝到很晚才散。

离开卜老家以后，我和贝妮心情都久久不能平静。贝妮车开得很慢，白天首尾相接让人生厌的车流，变成了忽明忽暗、起伏波动的光流，高大的建筑物上，霓虹灯变幻出令人眼花缭乱的图案，澄澈无云的夜弥漫着沉重的期待。

早上的晨雨已经停歇，金色的阳光穿过水银般光亮流动的空气，投射在树枝间，跌宕起伏，摇摆不定，彰显着湿漉漉的光辉和略带寒意的热情。我和贝妮开着车，仿佛穿行在闪光的液体中。不知为什么，在去大禹生态园的路上，我突然有一种感觉，在我的体内寄生着另一个我，他就像一个单细胞生物，在野心面前，不断膨胀分裂着。我在车上，似乎又不在车上，就像一个借口。我望了一眼倒视镜，发现我的脸上挂着模糊的微笑，以至于觉得自己是从镜子里跨出来坐在车上的。我心想，即使我不属于镜子，我的灵魂也应该属于镜子。贝妮的车上扔了一本王晓方最近出版的散文集《心灵苦难》，我随手拿起来翻了翻，竟然被吸引住了：“太阳落了，黑暗掠走了什么？太阳升了，光明又照亮了什么？没有人性，没有心灵，没有灵魂，没有良知，光明与黑暗一样毫无意义。如果命运能重演一回，我要用尊严流尽最后一滴鲜血，直到射向偶像的箭用尽！”我合上书随口问道：“妮儿，怎么喜欢上王晓方的书了？”贝妮嫣然一笑说：“因为你们两个很相似。”我的内心砰的一声，像是被重重击了一拳，嘴上却不屑地说：“扯淡！我是董事长，他是作家，根本就是风马牛不相及。”贝妮嘴角漾出一丝似冷非冷的笑意说：“我指的是你们心灵的苦难很相似，离开官场后，他通过创作小说在寻找自我，你通过创建医院寻找自我。”我好奇地问：“你觉得我们谁会成功？”贝妮没有马上回答，而是沉默了片刻说：“王晓方找到了自己的信仰，你还没有。”我的心又像被重重地捶了一拳，不忿儿地问：“他的信仰是什么？”贝妮毫不含糊地说：“文学。”我不屑地说：“文学算什么信仰？”贝妮瞥了我一眼，认真地说：“他在文学里面可以追求真善美，要知道作家可以将自己看做上帝。”我不解地问：“真善美是永远也追求不到的？”贝妮莞尔一笑说：“正因为永远也追求不到，才说明它是彼岸的，才可以作为信仰。”我闭上双眼，咀嚼着脑海中的黑暗，心中充满了对王晓方的嫉妒。我右肘撑在车窗上，右手托着腮帮子，像小心护理难耐的牙疼一样盯着倒视镜，仔细寻找我那孤独的灵魂仅剩的遗迹，仿佛镜子里的我犹如干瘪虚空的空壳，一阵风就能吹碎。我甚至幻想地认为，我在这个世界呆得太久了，应该回到镜子里去。前面就是大禹生态园了，这是马杰与我和贝妮分手后第一次邀请我俩去他的独立王国。我知道他邀请我俩只有一个目的，就是炫耀他与我们分手的正确性。一想到马杰得意的面孔，我就油然而生厌恶之情，我带着令人生疑的伪装问："那么我和马杰谁会成功？"贝妮毫不掩饰地说："马杰相信一个外在于自己的上帝，他的野心仅仅是达到做他人的手段，你相信自己，但还没有达到将自己视为上帝的地步，这就是你俩的区别。"贝妮对我和马杰太了解了，我不知道马杰听了这番话会怎么想，反正我有一种自己的躯壳已经不适宜我居住的感觉。我猛然意识到，其实从马杰下决心和我分手那天起，我们俩的关系就沉浸在一种秘密的约定中，看看是我做自己成功还是他做他人成功。这就像是一个带有预言性质的梦，梦醒后，什么都忘记了，但预言却应验了。贝妮的话是不是预言呢？我带着迷醉的惊叹回忆起我和马杰过往的岁月，发现环绕自己周身的只是暗淡夜色中一条移动的黑影。我不知道那个黑影是我，还是马杰，只觉得在黎明破晓时，黑影被阳光击碎，就像燃烧后的灰烬洒落在水面上。

大禹生态园内，新修的柏油路两侧彩旗飘飘，新盖的办公大楼与玻璃温室相连，门前挂着大红横幅，上面写道："热烈欢迎商政先生、贝妮小姐莅临指导！"西装革履的马杰率领工作人员列队大门两侧，我和贝妮下车后，马杰带头鼓掌，好像不是在迎接我们，而是在迎接联合国官员。我看不惯马杰春风得意的样子，揶揄道："请问这是大禹生态园吗？我们没走错地方吧？"马杰神采飞扬地迎上前来，当胸捶了我一拳说："超出想象了吧！"我觉得马杰就像个新物种似的在我面前闪闪发光。贝妮开玩笑说："马杰，搞这么大场面迎接我们，我可有一种悬在半空中的感觉，待会儿我们走时你可得准备梯子让我们安全着陆。"马杰豪放地笑道："贝妮，谁摔着你也摔不着，你在我和商政心里是长翅膀的天使，我俩还指望你引领着上天堂呢。"说完如久别重逢般一手拉着我，一手拉着贝妮走进办公楼。感受着马杰春风得意的体温，我心里有一种虚火上升的感觉。我一向认为，马杰是从我体内分离出去的半个灵魂，我此时的感觉很可能是他的真相。在我看来，他装出来的春风得意很可能是一种外强中干的冲动。我在心中大声疾呼，别想赢我，我不会给你机会的！仿佛在跟自己的幻影说话。马杰想引领我们先到他的办公室，可我一眼就看见与办公楼后门衔接的是玻璃温室，这大概就是刘易挂的羊头，因为拥有三千亩土地的大禹生态园正在大兴土木，这里是仅有的一点高科技农业，也是刘易用来钓鱼的所谓日本菜篮子工程这个诱人的鱼饵。我告诉马杰先参观玻璃温室。没想到正中他的下怀。走进七公顷的玻璃温室就仿佛走进了高科技农业实验室。这是一个大规模的植物细胞分裂基地，里面有上百名工作人员穿着白大褂正在忙碌着。里面的蔬菜全部采用营养泥和营养液的无土栽培。我来到鲜花房内，棚顶有一层电脑控制的遮阳棚，相邻的是蔬菜温室。贝妮啧啧称赏地问："马杰，这么大的玻璃温室要投多少钱呀？"马杰大言不惭地说："这算什么，将来大禹生态园建成后，会变成一个生态王国。"阳光宛若雨丝般透过遮阳棚洒进来，我用力嗅了嗅四周的气息，翩翩欲飞的蝴蝶兰散发出沁人的清香。我发现从我体内分离出去的那半个灵魂的野心像植物细胞似的正在分裂膨胀，我用自己微弱的恻隐心调整着自己，酸溜溜地说："马杰，我听说刘易为了投资大禹生态园卖掉了分散在全国各地的七八家公司，只留了北京总部，看来他是想在这里背水一战啊。"我知道马杰此时正处在野心膨胀期，我这么问是想套出他们的计划，然后判断大禹生态园寿终正寝的时日。马杰似乎看出了我的用意，故意避而不谈吊我的胃口，而是带我们走进育种房，随手拿起一只培育瓶说："商政，我们的计划就像这只瓶子里的植物孢子一样，正在不断地分裂。不瞒你们说，一个花房姑娘每天能分裂几百个植物孢子，而我手里的这一瓶花种，市场价值不低于五百元。"女人爱花，贝妮一走进花房立即变成了花仙子，紧跟在马杰身边问这问那，我却感觉像是走进了苹果园，树上结满了宿命苹果，恍惚间，贝妮在树下采摘苹果，我跟在她后面拎着个筐，筐里没有苹果，只有一条蛇，蛇头像是阳具的龟头，龟头上有一张脸，很像是马杰。我不知道为什么会在脑海中浮现出这样的情景，面对马杰神情茫然，笑容空洞。马杰似乎很受用我此时的神情，他又带我们走进一间鲜花温室，弯腰从花茎上摘下一个花球说："我不卖花茎，只卖花球，花球一个价值一元，一年一枝花茎产一百二十个花球，这就是我的母鸡。"贝妮咯咯笑着问："马杰，这是我见过的最漂亮的蝴蝶兰了，一定很贵吧？"马杰得意地说："我们的蝴蝶兰一株就可以卖一百元。四个温室一年的产值就是四个亿。农民也种花，但他们的成本高，质量也比不上大禹生态园的。我们的花房姑娘靠分裂植物孢子每人每天可以创造五千元的利润。"他说话的表情仿佛他就是一枚植物孢子，正在从头开始。然而马杰再精明狡黠也只是我的半个灵魂，他现在的言谈举止完全是一种自我迷失的状态，为了深入了解马杰的处境，我建议他领我们到处转转，他欣然应允。当我们走出办公大楼时，一阵轻风灌入我的衣领，我有一种山雨欲来的感觉。马杰领我们来到胡雪岩广场，我之所以这么称呼，是因为广场中央有一座胡雪岩头戴红顶子身着黄马褂的雕像，我知道这是刘易心中的偶像，只是周围都是刚刚建起的欧式别墅，胡雪岩的雕像矗立在这里显得不伦不类。我信步走到雕像前凝视着胡雪岩的脸，发现了一个不易察觉的秘密，明明这座雕像是胡雪岩，却越看越像刘易，端详半天，我笑了。马杰问我笑什么，我逗趣地说："胡雪岩越来越像刘易了！"马杰一定和我心有灵犀，或者说，他至少感应到我思绪中微弱的回声，马杰说了一句话像一阵冷风灌入我的脊背，让我浑身有种起鸡皮疙瘩的感觉。仿佛站在我身旁的根本不是马杰，而是一个活雕像。他出乎我意料地说："早晚有一天胡雪岩越来越像我！"他乖戾地瞥了我一眼，然后前面带路，邀请我们开开眼。我预感到马杰压不住要在我面前炫耀的心理，再加上刚才我逗趣地刺激了他一下，估计是要将他和刘易的野心和盘托出，目的是点燃我的妒火，马杰周身洋溢着时而工于心计时而得意洋洋的神气。我和贝妮随他来到一个巨大的土坑前，许多挖掘机和大卡车正在作业，马杰不可一世地指着大土坑说："我们在这里搞一个世界上最大的海洋馆，海洋馆内要有热带雨林风情，全长八百米的大型室内海洋沙滩，海洋馆已经订下四艘废弃的潜水艇，一艘沉没的仿泰坦尼克号游轮，游轮可供恋爱中的情侣潜水进去，到时候情侣们可以听着缠绵悱恻的音乐，享受爱情的梦幻。"贝妮瞠目结舌地问："那得需要多少间更衣室呀？"马杰雄心勃勃地说："按刘易的设想，至少需要三万五千间。"我露出不屑且嘲笑的神情看着他，他似乎不敢直视我的眼睛，而是目光游离开去，指着大坑对面的一个工地说："到那边看看吧。"很显然，在我们目光对视时，马杰的面部肌肉在偷偷做着细微的调整，仿佛戴了一个过紧的面具箍得脸皮不太舒服。眼前又是一个巨大的工地，马杰用憧憬的口吻说："这里要搞一个巨大的'红磨坊'剧场。"他的神情让我坚信，有些人天生就是做他人的料。很显然，刘易已经把他深深地拖入泥潭，他还浑然不知。贝妮被马杰描绘的浮华场景深深吸引了，仿佛眼前侃侃而谈的马杰变了一个人，不再是大禹生态园的总经理，而是巴黎红磨坊的总导演。我知道，此时的马杰已经灵魂出窍了，站在我们面前说话的人根本不是他，而是另一个人。风儿就像水一样在闪闪发光的草坪上缓缓流淌，我闭上眼睛，眼前似乎展现出一群笑容灿烂、大腿修长、鼻子俏皮的舞女，她们穿着绲有繁复花边的长裙，伴着狂热的音乐节奏，扭动着肥美的屁股，把大腿抬得高高的，直直伸向天顶上的水晶灯。贝妮从马杰的口中听明白刘易的野心后，咯咯笑着问："那不就是红灯区吗？"马杰脸上带着狡黠的笑容说："贝妮，让你一说就俗气了，娱乐也是文化嘛！"我不失时机地问："是西方文化还是东方文化？"说完我的唇边漾起一抹促狭的微笑。马杰做贼心虚似的扫了我一眼，好像他身边总有个看不见的替身尾随着他，仿佛生了一根尾巴，也许他根本没有意识到，其实从我和贝妮见到他那一刻起，他就在有意无意地模仿刘易，他言不由衷地咧嘴一笑说："其实外来文化已经像红灯区似的在摧毁我们的传统，我们所谓的先进文化就像所谓的国产汽车一样，无不是赝品。打着自己的旗号，骨子里却是别人的东西，这就是我们的文化状态。我们不幸的灵魂为什么散发出滞闷之气，还不是因为代表西方文化的各类产品像瘟疫一样无孔不入。我们的想象力和创造力早就被官本位框住了，就像脚下这被烈日烤软的柏油路一样失去了硬度。别说大城市了，就连一个小镇都像极了西方文化粗俗的复本，西方文化像病毒一样已经侵入了我们的灵魂，我们有什么办法将这些病毒从我们的灵魂里驱逐出去。没有，为什么？因为我们的灵魂很受用。"说完他哈哈大笑，他的笑声张扬浮夸。相信我，一瞬间，我真的发现他的笑声是从灵魂深处发出的，听起来奇怪而危险。我尖刻地说："马杰，我怎么觉得你不像是在说灵魂，而是在说欲望。不错，国家的发展需要先进文化，但真正的先进文化绝不是为欲望服务的，而是为灵魂服务的。我们恰恰缺的就是为灵魂服务的文化。红灯区并不是西方所独有的，我们古代叫青楼，正所谓'商女不知亡国恨，隔江犹唱后庭花'。"贝妮也附和着说："虽然说没有垃圾箱遍地是垃圾，但是红灯区毕竟是现代文明中的一块致命的肿块。"我和贝妮的话明显触碰到了马杰最敏锐的神经末梢，他摇晃着脑袋，带着纯粹的调侃之意看看我，又看看贝妮，脸上露出嘲笑的神情眨着眼睛说："千万别一提到欲望就嗤之以鼻，好像欲望是某种生锈发霉的物质，其实欲望和灵魂是很难分清的。"他的表情流露出他一贯的讨人喜欢的危险意味。我无意和他讨论欲望和灵魂，便岔开话题问："马杰，你们的计划不止这些吧？"马杰眉飞色舞地说："当然，除此之外，我们还要建四十栋住宅，两百栋别墅。总之，我已经扬帆起航，正在驶向金色世界。"仿佛他不是在说计划，而是在说一个轮廓清晰、目标明确、大胆冒进，而且能预见未来幸福的幻梦。然而在我看来，承载这个幻梦的大禹生态园不过是一艘庞大、臃肿、脆弱、松垮的废船，沉没只是个时间问题。但是马杰像着了魔似的对他描述的幻梦充满了神往。我避免过分地观察他，因为怎么看他都像另一个人，谁？反正不是马杰。我用提醒的口气说："想法虽然宏大，但资金怎么办？"一句话仿佛捅到了马杰的腰眼上，他避实就虚地说："资金不是问题，刘易正在运筹大禹农业在香港主板上市。"口气明显低落下来，他捕捉到了我的视线，不自然地笑了笑，我不仅聆听到了他的心跳声，甚至能听到他的血液在血管中流淌的回声，我真担心他的心脏像电灯泡似的承受不住过重的压力，突然砰的一声爆裂。出于多年的友情，我意味深长地说："怕是远水解不了近渴吧。我可听说刘易为了贷款，没少拉官员下水。"话一出口，气氛便紧绷起来，马杰神情乖戾地说："怎么是下水呢，谁还没有几个朋友，像胡雪岩那样的商界奇才，也离不开官场上的朋友，我们当然就更不能免俗了。"一块云朵遮住了太阳，我和马杰之间突然陷入不和谐的沉默，不远处有几个小水坑，水坑里面的污水倒映着天空，很像是破碎的镜片。我的胸部起伏有些增大，感到胸腔内泛起丝绸般光滑的涟漪，一只喜鹊从我们头上飞过，像是风刮起的一块破布，打破了沉默，贝妮用幽怨谴责的眼神看了我一眼说："马杰，商政的意思我明白，他是担心你们把摊子铺得太大了，一旦资金链断了，后果不堪设想。"马杰的鼻孔翕动了一下，让我有一种空泛的不安感，他用笼子关待久了的困兽似的目光看着我说："别以为这世上光你自己超凡脱俗，做自己也好，做他人也罢，你我之间总会见个分晓的！"马杰终于说出了心里话，这也正是另一个我想说的，我心中涌起一种怪异的快活，是的，其实我这次来就是想听他说出这句话。我并没有向马杰炫耀我的计划，因为即使告诉他，他也会认为像童话一样荒诞不经。让我内心震撼的是，一切看似偶然的事情其实都是必然的。我原以为马杰和我分手不过是一次偶然事件，早晚有一天还会走到一起，因为谁会和自己的影子分开呢。然而，此时是正午时分，脚下根本没有影子。

回来的路上，贝妮的车内有一只苍蝇在我面前飞来飞去非常讨厌，突然它落在了挡风玻璃上，用两只纤细的前腿灵巧地洗脸，我观察这只黑色的小东西，那薄而透明的翅膀轻巧得和身体不成比例，却可以自由自在地飞翔，我甚至觉得我的生存现实还不如苍蝇自由，这么一想，嫉妒的念头在我心里狠狠地揍了一拳。我厌恶地拿起王晓方那本《心灵苦难》重重地拍向那只苍蝇，它顿时爆裂成一团黑红色的液体，看上去非常怪诞。我解气地冷哼一声，发现它破碎的翅膀仍然向上翘着，带有小小的警示意味，它在预示什么？我似乎嗅到了马杰身上淡淡的轻蔑气息，脑海中浮现出他的表情，潜藏着诡谲的审慎。我发现回来的路上，我一直玩味着一个念头：我极有可能低估了马杰。正是这个想法，让嫉妒的念头像苍蝇一样在我心里嗡嗡转悠。苍白的阳光在雨水冲刷过的街路上闪烁，我却虚弱得像一条丧家狗，正四处寻找一根被咬得所剩无几的骨头。贝妮看出了我的沮丧，我的样子就像个战败了的逃兵。她逗趣地问："商政，你知道你现在看上去像什么吗？"我自怜地摇摇头。她咯咯笑道："你看上去就像个外星人，刻意乔装打扮成人的模样。"我自嘲地说："我正在缅怀我死去的过去。”贝妮意味深长地看了我一眼，就像我突然被温柔地揍了一拳，她深深地叹了口气说：“你不觉得马杰很可怜吗？”我知道尽管贝妮不爱马杰，但很在乎马杰，她突然冒出这么一句，着实出乎我的意料，我顿时有一种猝不及防的豁然开朗，刚才思绪与大脑分裂的状态戛然而止，贝妮不仅深知我，也深知马杰，她对我和马杰的理解已经到了让我们烦恼的地步。就我和马杰之间的竞争来说，她是旁观者，她看马杰应该比我更清楚，我怀着背着阳光窥探自己影子的心理试探地问：“怎见得？”贝妮没有回答，她的沉默犹如大海一样厚重。

我以为逃离了体制就可以做自己，然而体制无处不在。我每天必须和那些穿制服的人打交道。他们代表体制，真是难以想象，我以前竟然是他们中的一分子。如今我跳出了三界外，回头一看，原来体制是一口井，我过去不过是井底之蛙。我从小的梦想是造一艘大船，然后驾驶着它乘风破浪，其实梦想本身就是大船，只是我做井底之蛙做得太久了，几乎忘记了我是一个曾经乘风破浪的人。然而，跳出井口之后，我才发现蛙是无法在大海中生存的，我要想活下去要么变成鲨鱼，要么逃到诺亚方舟上去。然而我的诺亚方舟在哪里？只能是北斗医院。只有我置身在西塔街的那栋五层楼里时，我才能审视我的内心，我发现我内心深处的另一个我不知什么时候逃走了，逃到了另一个世界，一个不把所有人当成一个人的世界，那个世界不仅是自由的，而且格外真实，我想象着自己变成了他，活得像阳光一样透亮，像空气一样自由自在，这样的日子哪怕是稍纵即逝也不枉此生。如此一来，我就更想将北斗医院打造成诺亚方舟，或许通过这艘诺亚方舟，我会找到另一个世界，找到我那个活得游刃有余的兄弟——另一个我——我的孪生兄弟，为此，我愿意冒一切风险！我实在不想像马杰那样做他人。我不想成为他人，我想成为自己。但是他人不让我成为自己。他人让我成为他人。我没有办法只能成为他人，但我实在是想成为自己。我努力想摆脱他人，我只有摆脱他人才能成为自己。然而我无法摆脱他人，甚至我都无法摆脱自己。或许我就是他人，我正在成为他人，我在成为他人的过程中。我成为了他人，我仿佛看到，他人是我，他人正在成为我，他人正在成为我的过程中，他人成了我。或许这就叫融合。谁知道呢？反正另一个人是我的孪生兄弟，他在另一个世界逍遥自在地做自己，一个坚实的自己，比现在的我更真实。一瞬间，我的眼里有光的疯狂移动，我暗下决心，找不到另一个我的逍遥世界，我就创造一个。我为创造这个词在我脑海中疯狂移动而兴奋，对，创造就是我眼里的那束光。我在审视自己内心时经常问自己：我们到底为这个世界创造了什么？思来想去都是谎言。我们都是谎言的创造者和崇拜者，我们对弥天大谎深信不疑。我们经受不起太多的现实，只能靠谎言安慰自己。谎言是另一种现实，正是谎言使枯燥乏味的生活丰富起来。谎言与现实不过是壁毯的两面，然而无论是眼见的还是感受的，都是现实存在于别处，而谎言就在身边。为了让我自己看上去像个真正的人，我必须通过记忆学会遗忘。为此我就像一条企图吞食自己尾巴的蛇一样，寻找另一个我，有时甚至和自己的影子争论不休，我踩着自己的影子散步，每当我踩我自己的影子时，就觉得身后有人，但猛回头看时，却什么人也没有。我知道那就是另一个我，他就在我头顶上，双手交叠，环抱于胸，咧嘴窃笑地和我捉迷藏。他以为我永远都找不到他，我不会让他得逞的，只是我需要一些时间。因为我需要创造我的诺亚方舟，正如马杰创造他的金色世界一样。

一抹阳光从窗户洒进来，摇曳不定，犹如梦想一样不真实，我被这束动荡的金色光芒吸引着从办公椅上站起身企图捕捉它，就在这时，白明海和两名医生急匆匆地推门进来了。他们的表情告诉我：他们刚刚审视了另一个生命，这个生命由于卸下了面具让他们感到震惊。白明海哭笑不得地说："大哥，有个特殊病人，全院上下谁也没办法，请一下卜老吧。"我呷了一口茶，感受着茶水在舌头上传来的淡淡苦涩感，心想，这年头连灵魂病了人们都不惊异，何况肉体？便不以为然地笑道："什么大不了的病？星期天还要烦劳卜老。"白明海脸上挂着几分嘲讽的笑容说："刚才一位二十三四岁的美国女人领着一位五十多岁的中年男人来咱们医院就诊，据那位性格开朗的美国小媳妇说，她丈夫经常阳痿，试过很多中药都不好使，前些日子去欧洲买了一种治阳痿的西药，昨天晚上他们做爱前服下后效果非常显著，只是做爱后阴茎坚挺不软，他们只好继续做爱，但还是坚挺，疼胀了一宿，她丈夫实在受不了了，这才想到去医院，走了三家医院都没办法，咱们是他们走的第四家医院。可是咱们从未遇见过这种情况，男科门诊的医生都束手无策，如果不尽快让阴茎软下来，怕把血管胀破了，那可就危险了。"这还真是出乎我的意料，听上去很像是个恶作剧，便好奇地问："吃的哪国春药，这么厉害？"白明海诡秘地说："据那位美国小媳妇说，这种药在欧洲非常古老，据说可以追溯到古希腊时代。"说这话时，白明海目光里充满了崇敬之意，仿佛灵魂出了窍，变成了另一个人。我心想，历史这么久远的春药就不能称之为春药了，应该称之为文化，怪不得白明海说话时摩挲着双手，像是要摆脱冷酷的现实似的。我听了以后，对这种药也顿时有一种肃然起敬之感，便好奇地问："患者是干什么的？"白明海表情顿时阴沉下来，仿佛脸上有一层温情脉脉的面纱让他很不舒服，他用双手搓了一下脸像是揭掉遮羞布似的说："听他的美国小媳妇说是国学教授，他们曾经是师生。"我恍然大悟地说："原来如此，好吧，我与卜老联系一下，然后你开车去接一下。"

我和白明海陪卜老来到男科门诊时，病人已经痛苦得满脸涨红，汗流浃背，仿佛一个虚火上升的患者。但毕竟是国学教授，虽然面色呈现出兴奋过度的疲倦，血液沸腾的焦躁，心跳加速的痴狂，但仍极力镇定自己，不失儒雅气质。身边的美国小媳妇虽然长得算不上如花似玉，但她那一头秀发散发出的金色光泽十分诱人，怪不得丈夫看见她会虚火上升，就连我看见她以后，都觉得面颊有些热。卜老问清病情后，安慰说："不要紧，不要紧，先躺在床上吧。"我见病人有些发窘，便叮嘱白明海，卜老给患者看完病后，陪老先生到我办公室喝茶。卜老笑着说："莫急，不仅要喝茶，还有件礼物送给你。"我怀着翘首以盼的心情回到办公室，仿佛卜老所称的礼物是某种新生命和新希望的契机。自从我辞职以后，就像是一个被判了无期的囚徒，我给予我自己的惩罚是自由。可是让我始料不及的是，我所期盼的自由不是一条河，而是一望无际的茫茫大海，我急需航标灯的引导。然而我的心头却乌云密布，山雨欲来，根本看不到一点点灯光。二十分钟后，白明海陪着卜老来到我的办公室，我连忙请卜老沙发上坐。白明海用一种大开眼界的口吻笑着说："卜老可真是妙手'泄'春啊！三下五除二，鲜黄瓜立即变成了晒蔫的胡萝卜，患者差点没给卜老跪下。"我将刚刚沏好的陈年普洱茶递给卜老，怀着好奇心问："卜老，这位国学教授遇上西洋小媳妇不仅没肾虚，反而亢奋得金枪不倒，是不是应了《孟子·告子上》里的一句话'食色性也'。不知道您是采用中医的方法治的，还是采用西医的方法医治的？"卜老流露出意味深长的神情说："别看患者的阴茎挺而不衰，其实是春药的作用，而非自身的机能，要想将西方的春药吸收为自身的机能，还需要补肾，肾乃先天之本嘛。这位患者肾虚得很，不仅阴虚而且阳虚，不仅血虚，而且气虚。刚才我是采用中医的方法暂时解除了他的痛苦，要想从根本上治愈他的病，还需要中西医结合治疗为妥呀！"白明海插嘴说："卜老，您的意思是说，患者刚才面红耳赤，体温上升是虚热？"卜老将喝进嘴的茶叶慢慢咀嚼着说："越虚越热，毒害也越大。这就犹如鸦片一样让人沉迷其中洋洋自得而又萎靡不振。纵欲就意味着阳痿，阳痿必肾虚。我问过患者所用的春药，西方人用了几千年了，其实是好东西，但是必须与中药配合使用才会起到事半功倍的作用。那个春药是解决实症的，而这个患者最大的问题是虚症。"卜老说话时的神色仿佛是在为一位患有疑难杂症的患者会诊，句句都切中病灶。不知道为什么，一想到那个患者痛苦的表情，我就有一种捧腹大笑的冲动，我压抑着自己的冲动问："卜老，好多虚症患者并不认为自己虚，而且以热掩虚，这是为什么？"卜老带着玩味又轻蔑的神情说："看上去如此的事情，几乎从不会真是如此的。谁愿意告诉别人自己在吸毒呢？不过这位患者似乎意识到自己有死于虚症的危险，既尝试中药，也尝试西药，求医问药的精神还是很难能可贵的。我也看出来了，他的洋妻子对他关爱有加，我相信吃了我的药以后，这位患者很快会康复的。"我听了卜老的话，仿佛经历着一次奇妙的重生，白明海似乎和我有同感，他期待地问："卜老，他们会有孩子吗？患者的夫人很希望能怀上孩子。"卜老放松地陷在沙发中，微笑着说："从基因角度解释，混血儿富有更多的优良基因，可以优势互补，这对夫妻果真怀上孩子，生出来一定是既聪明又漂亮的。"说完卜老爽朗地大笑起来，目光深邃而辽远。白明海似乎深受启发，刚要再次请教卜老，一位女医生敲门进来向他请示工作，他遗憾地向卜老告辞，匆匆地跟女医生走了。随着白明海轻轻的关门声，我心中猛然生出一种五味杂陈的感觉，有一种莫名的亢奋，还掺杂着飘忽不定的忧郁。不知为什么，在卜老面前，我有一种置身在法官面前的感觉，很显然，卜老已经看穿了我的心思，他关切地问："找不到属于自己的信仰是不是很痛苦啊？"卜老话一出口，我心中那种不甚明晰不可道明的烦恼顿时被羞惭所代替了。我坦率地说："卜老，不瞒您老，自从创建北斗医院以来，我有一种肉体在燃烧的感觉。"卜老点点头，语气平和地说："这说明你正在雕琢自己的灵魂。"卜老的话让我心头升起一种莫名但无法抑制的期待。我将信将疑地问："灵魂也能雕琢？"卜老淡淡一笑，打开自己的皮包，从里面取出一块精美的石头，摆放在茶几上，我顿时惊呆了，因为这块光滑的黑色鹅卵石上鬼斧神工般印刻着米开朗基罗的不朽名作，那个以色列人的少年大卫，只见他左手握投石器，怒目前方，似乎正要开始同巨人歌利亚的战斗，右臂相对放松地垂落，与左侧的警戒状态形成对比。分明在告诉人们，放松的右侧身躯背后是万能的主在庇佑他，而左侧则预示着每个英雄人物必须面对的各种险恶命运。望着这块被大自然精雕细琢的顽石，我可以听到自己内心传来的声音，我惊异地问："卜老，这可真应了李白的诗句，'清水出芙蓉，天然去雕饰'，您是怎么得到这块宝贝的？"卜老喝茶时翘起小指得意地笑道："曲径通幽处，幽兰藏深谷啊，也是我和这块石头有缘，让我在深谷的溪流中找到它，不瞒你说，商政，我在梦里梦见过这块石头，并且与之在梦中交谈过，人与人未必相知，但是人与有灵性的物或许是相知的，尽管这块石头藏在大山深谷的溪流中，我还是跋山涉水找到了它，这就叫缘。商政，你我之间也是有缘的，因此我将这块石头送给你，希望你能像米开朗基罗一样雕琢自己的灵魂。《大卫》被认为是脱离肉体的灵魂，象征为自由奋斗的力量。你看他的眼神凝视着远方，他一定发现了超越精神的彼岸。”我品味着眼前的这块石头，仿佛有了一种神秘的归属感，胃里翻腾着异样的情结，困惑地问：“卜老，灵魂也能雕刻吗？”卜老的指尖优雅地轻叩着茶几，慈眉善目地说：“每个人的灵魂都离不开后天的雕琢，只不过有的是自己雕琢，有的是他人雕琢，当然有能力自己雕琢灵魂的人很少，《大卫》就是米开朗基罗雕琢自己灵魂的外化。我为什么要送你这块石头，就是因为做自己还是做他人在群体意识中是纠缠不清的，你要真想创造一个新世界，首先要成为自己灵魂的雕刻家。只有在个性这块顽石上进行艺术上的努力奋斗，你才会获得大卫那种深邃辽远的目光，看到超越精神的彼岸。”听了卜老的话，我茅塞顿开地意识到自由一旦失去目的便毫无意义，甚至成为沉重的包袱，我自由了，但我自由的目的是什么？当然是做自己。然而怎么做自己？这就是我最迷茫的。自由若大海，我正在汪洋中漫无目的地拼命挣扎。我不知道我自己是在迷失中，还是在觉醒中。空气中有什么东西在我和卜老之间回落，我猜大概是思想，我犹豫着问：“卜老，我们其实都是被需要的，在毫无自我可言的社会里，还有灵魂吗？”我的话听上去像是胸闷患者的一声叹息。卜老用振奋人心的语气问：“商政，你实话告诉我，你看到《大卫》时有没有超越自身的渴望？”我脸上露出肯定的神情，眨了眨眼睛说：“不仅有渴望，还有期待。”卜老欣慰地点了点头，笑容中带着殷切的期望说：“这说明我还没老眼昏花，你是一个没有丢掉灵魂的人。”卜老的话让我自惭形秽，我不知道，我是否曾经雕琢过自己的灵魂，如果有过也是无意识的，那样的雕像一定是奇形怪状的东西。但是面对《大卫》，我聆听到了心跳声，心脏收缩时的那种纤巧节奏让我有一种跃跃欲试之感。

送走卜老我陷入一种忏悔式的内省沉思中，那个石头上的大卫似乎正在用一种遥远冷淡的眼神打量我，仿佛我是个令人费解的幽灵。我疲乏地坐在它面前，黑亮的石面上，映出了一个人影，我不知道里面的人影是不是我的灵魂。

岁月仿佛带着一抹狞笑，转眼就到了冬天。尽管一连下了几场大雪，我也不幻想世界是清白的，因为我的心情一直是灰暗的。这都缘于我和马杰之间的暗中较量，种种情况表明，马杰不仅暂时占了上风，而且一直牵着我像狗一样跟在他后面，我跟得筋疲力尽，似乎身体的某个部分脱离了肉体，两只手仿佛也变成了前腿，我迈开四蹄拼命追赶，目光紧盯着前面可能出现的骨头。正因为如此，黏稠的焦虑一直在我心中汹涌澎湃。马杰就像是个体态庞大而又步履轻盈的影子钻到了我的心里，躲在我内心深处的某个角落，在那里屏住呼吸，窃笑着伺机而动，仿佛随时会跳起来，撞断我的肋骨。我感觉我的心脏随时都可能破碎。为了让我放松心情，贝妮约我去白山滑雪。我们开车疾驶在盘山公路上，太阳犹如一个缺少生气的幽灵，充满鬼气地照耀着大地，草木在白雪的覆盖下疲惫地睡去，原野像没有生命的图画一样沉寂，只有我们的车给这幅图画增添了动感。透过贝妮那宛如黑夜般漆黑透明的眼睛，我体味到一种灰暗阴沉的天空重见灿烂霞光的温暖。这温暖是一种不能不爱的幸福，而且是宛如佳酿般滋润心灵的幸福。贝妮亲昵地看了我一眼，莞尔一笑问："干吗像个雕像似的坐着，该不会灵与肉又分开了吧？"我像是被从梦中惊醒似的定了定神说："不知道为什么，我总是有一种在路上的感觉。"贝妮温润的唇边荡漾着笑意说："这有什么奇怪的，其实人一生出来就在去往他乡的路了。只不过有的人是一个人上路，有的人是结伴而行。"车内弥漫着贝妮的体香，我下意识地用鼻子嗅了嗅说："恐怕结伴而行的那个伴儿是复制品吧？"挡风玻璃的光线斑斑驳驳的，仿佛被震碎了似的，贝妮用纠正我的口吻笑着问："谁不是自己的复制品？"我的心偷停了一拍，全身战栗了一下，我揉搓着湿乎乎的手心逗趣地说："妮儿，你说我们彼此是不是复制品？我总觉得我的脸后面隐藏着你的脸，你的脸后面隐藏着我的脸。"贝妮的气息在我耳边撩拨，她给了我一个娇俏的白眼问："那江冰冰算什么？"我被她问得一时语塞，沉默像雾气一样弥漫开来。过了一会儿，我打破沉默岔开话题说："妮儿，我有一个愿望一直藏在心里。"贝妮用妥协的目光看着我问："什么愿望？"我目光闪烁地说："从头到尾走一趟长城。"贝妮惊异地看着我问："寻找自我，还是寻根？"我一本正经地说："说不清楚，只是有这么一种强烈的愿望。"车内弥漫着一种纤巧虚幻的光线，挡风玻璃的阳光突然炫目得让人睁不开眼睛，我拉下遮光板，侧过脸看着白雪皑皑的田野，仿佛要捕捉到大自然的眼神。贝妮用手碰了我一下，抿嘴一笑说："我陪你！"从根本上讲，我一直清楚寻找自我是个梦，但是贝妮这句话让这个梦变得真实起来。我深情地看着她重重地点了点头。

到了滑雪场，我和贝妮一起到雪具出租店领取了滑雪板和滑雪服、滑雪镜。贝妮选了一身红色的滑雪服，我选了一件双肩为黑色、全身为蓝色的滑雪服，然后一起被大拖牵拖到滑道最高处。雪光耀眼，我们与白色的天空融为一体，仿佛从云朵中伸出一只大手要将我们拽入天堂，但很快又猛推我们一把，贝妮已经风驰电掣般地滑了下去，我也紧随其后，像是那只大手有意把我们从天堂推入地狱似的，连用眼睛估量一下坡度都来不及，像离弦的箭一般向山谷中冲去。贝妮仿佛从天而降的天使，在茫茫白雪中驰骋，如同一朵开在雪白花瓣中的红色花蕊，令人赏心悦目。若不是那朵红色的花蕊像一盏航标灯似的在前面引路，我几乎辨不清地形，只能像一个脱离了躯壳的幽灵，飘荡在死寂无声的原野上，脚下像波浪一样起伏不平的雪坡一次次完全出乎意料地将我腾起来，耳边“嗖嗖”的风声仿佛在问：“你要去哪儿？你要去哪儿？”我用挑衅的口吻大喊道：“我不下地狱谁下地狱？”我痛快得恨不得扔掉滑雪板直接滚下山去。太久没有在雪地里打滚狂欢了，此时此刻，我周身充溢着逃离的快感。是的，我从我的血肉之躯中逃了出来，就像一名罪犯逃离了监狱。我和贝妮上上下下滑了十几次，都累得气喘吁吁。刚好山顶上有个薰衣草茶寮，我们坐缆车直达山顶。在薰衣草茶寮，一人要了一杯热咖啡，眺望远处的风景，幽蓝的天空下是皑皑白雪，一只孤鹰在蓝天与白雪间滑翔，我被这种天然的辽阔所震撼，从山顶到山下，一条条滑雪道好像一条条白色的河流飞泻而下，又好像在山间挂起一条条美丽飘逸的白色绸带。我情不自禁地问：“妮儿，我们是不是到了另一个世界？”贝妮咯咯笑道：“你又要做梦了。”我忧心忡忡地说：“妮儿，我最近还真的常做一个怪梦，一座山上有一座庙，庙里供奉着一条恶龙，那条恶龙盘卧在神位上专吃朝拜者的心肝，长长的朝拜者队伍从山脚一直排到山顶的庙门前，每个人跪拜过恶龙后，便将自己的心肝掏出来放在恶龙面前，恶龙便一口吞下朝拜者的心肝，最可怕的是我在朝拜者的队伍中，看见了马杰。我顿时对马杰油然而生哀悼般的崇敬之情。”说完，我掏出一根烟，左手打着打火机，右手扣拢，嘴里叼着烟凑近火苗，将烟点着，嘴里喷出一个刺眼的烟圈。贝妮惆怅地叹了一声说：“从某种意义上说，马杰就是另一个阴暗的你。”贝妮话音刚落，我就有一种迷失于薰衣草茶寮逼仄的氛围中的失落感，宛如灵魂挥之不去。在我看来，我才是那个掏出心肝正在流血的人。我深吸一口烟缓缓吐出，烟雾缭绕成山峦的形状，心机深沉地说：“我和马杰之间隔着一层类似于镜子似的东西，好像永远也打不碎似的。但是他既能看见我的世界，我也能看见他的世界。他为了获得贷款，拉官员下水，请他们去香港吃满汉全席，我听说有一道菜叫‘鲤鱼跃龙门’是用一百多条跳龙门的鲤鱼的两根胡须做成的。”贝妮在椅子上微微蜷缩起来，既惊异又轻蔑地质疑道：“怎见得是跳过龙门的鲤鱼？”我可以感受到贝妮的震动，她把头埋进壳一样的滑雪服中，似乎要躲避粗粝的空气。我像倾吐苦楚似的又吐出一口烟，不屑地说：“狗屁跃龙门，不下地狱就不错了！”我的口气冷彻心扉。贝妮叹了口气，用同情的口吻说：“我觉得你们俩在互相窥视，你们应该打碎隔在你们之间的镜子。”说完，她陷入一片黯然的沉寂。空气中弥漫着一种微弱的压抑感，我陡然生出一种莫名的恐惧感，恨不得钻到别人的躯壳里躲起来。我缓缓地摇着头说："我们俩总要有一个失败者。"贝妮的嘴角迅速地皱了皱，仿佛是在克制着笑意，扬起柳叶弯眉审视着我，仿佛在等待突如其来的寒意，她呷了一口咖啡，用红嫩的舌尖舔了舔嘴唇，尖锐地问："难道你也要创造一个金色的世界吗？"我脑海中顿时浮现出马杰描绘的宏伟蓝图，胃里一阵翻腾，贝妮的话像刀尖一样撩拨着我的痛处，我咬着嘴唇说："我对金色世界不感兴趣，我要做艺术家。"贝妮小脸绷得紧紧的，目光仿佛射进了我的灵魂，她平静地问："什么样的艺术家？"这句话让我疲乏的精神为之一振，一下子激活了我正在冻僵的人性，我似乎看见大卫在向我招手，于是信誓旦旦地说："雕刻灵魂的艺术家。"贝妮听罢用既欣慰又嘲讽的口吻说："我还以为像海小妹那样的服装设计师呢。"我心里一惊，像听到耸人听闻的肮脏秘密似的脱口而问："妮儿，你怎么知道海小妹？"贝妮诡秘地笑了笑，用双手将垂落于颈部的长发拢成一束，脸上挂着尖刻的表情说："别忘了女人的第六感很灵的。实话告诉你吧，海小妹最近在法国得了一个服装设计方面的奖，是我写的报道。不过，她和马杰的关系我早就知道。这就叫若要人不知，除非己莫为。"贝妮这番话，让我有一种在水下闭气过久似的晕眩。我眺望远方，无边无际的雪野层层叠叠，将我的目光引向空濛。山野一片混沌迷茫，阳光从天鹅绒似的云朵中投射下来，与雪野交相辉映，闪烁着金刚石一般耀眼的光芒。我提议下山开雪摩托。贝妮抿嘴一笑说："雪摩托太危险了，我不敢开，还是去坐马爬犁吧。"此刻，我几乎听到心中鼓噪的热血隆隆作响，我跃跃欲试地说："走吧，让我们一起变成雪的精灵。"我说话的声音像来自另一个人，而我只不过是他和贝妮的传声筒。我们离开薰衣草茶寮沿着一条高级道飞速地往山下滑去。穿越于原始森林的苍松密林之间，两旁高大的松柏参天而立，形成一条曲径通幽的绿色通道。此时，云朵遮住了太阳，万物融在空茫一片的苍白中。我们滑到尽头时，云变得黑起来，我断定要下雪，在暴雪中开雪摩托别提有多刺激了，想想都让人兴奋。果然，我和贝妮还了滑雪板和滑雪服，山风骤起，鹅毛大的雪花稀稀落落地漫天飞舞飘卷回旋，我伸开双手，仰面望着青灰色的天空兴奋地大喊道："让暴风雪来得更猛烈些吧！"贝妮望着我发疯的样子，咯咯笑道："你看上去就像一个幽灵。"我挥舞着双臂，像堂吉诃德迎战风车似的叫道："我是幽灵，我是我自己的幽灵。"说完勇士般看着贝妮情不自禁地大笑着，笑声仿佛来自那永被谴责的灵魂。说话间，雪花稠密起来，密密麻麻地在空中盘旋，好像云朵中有只手捅了天堂里的马蜂窝似的。视野之内只有茫茫雪幕，六角形的精灵挤满了所有空间，窃窃私语地飘落到我的脸上，然后鬼影似的化作小水珠，好像就为了戏弄我才来到人间。我张开嘴伸出舌头，让雪花飞落到舌尖上，想通过舌尖感知它们窃窃私语的秘密。贝妮的秀眉和微微上卷的睫毛上挂着雪花，就像是伴随着雪花下凡的天使，她眨着眼睛笑着说："现在的商政很像真正的商政。"我逗趣地说："如果你认为现在的我是真正的我，还不赶紧抱住我，说不定雪一停就又变成假我了。"贝妮一头扑进我的怀里，突如其来的幸福感犹如雪花落在脸上化作水珠一样弥漫开来，我紧紧地将她按在胸前，品尝落到她象牙般脸蛋上雪花的味道。她咬着唇瓣凝视着我，看起来是那么弱不禁风、楚楚可怜。我怜爱地叮嘱她，坐在雪摩托上一定要抱紧我，她娇俏地看着我说："没有我你只是半个人。"雪摩托只允许在山脚下冻实的水库冰面上驾驶，偌大的水库已经被成堆成片、无边无涯的雪覆盖成了茫茫旷野，整个世界好像裹在了白茫茫的棉絮里。我发动着雪摩托对坐在我身后紧紧抱住我的贝妮说："妮儿，抱紧点，小心灵魂出了窍。"说完，我一脚将油门踩到底，雪摩托呼的一声像子弹一样飞了出去，贝妮紧张得发出尖锐的叫声，仿佛随时能将冻实的冰面爆裂成碎片一样。雪摩托围绕着湖面一圈一圈地飞驰着，我驾驶的方式带着桀骜的狂野，尽情享受着在大雪中飞驰的快感和迷茫。雪花像刀片一样扑割着脸皮，尽管眼睛眯成了一条缝，眼珠仍然被狂风和雪粒子吹打得生疼，广袤的雪野在眼前飞速掠过。贝妮的手环抱着我的腰像孙悟空头上的紧箍咒一样越扣越紧，她将脸紧紧贴在我的后背上，就好像怕我一个人飞离雪摩托似的。我确实有要飞起来的快感，我心想，要是真能和贝妮一起飞起来化作一双翩翩起舞的白蝴蝶，即使不上天堂，也会进入别样的世界——一个能看清自己前世今生的世界。然而我是清醒的，尽管置身在茫茫雪海中，我并未觉得自己闯进了童话世界。因为我驾驶着的雪摩托不仅没有奇遇，而且只是围着冰湖兜圈子。我在心里暗骂道："妈的，怪不得有那么多人迷失了自我，原来人生是在兜圈子。难道这就是所谓的轮回吗？"我心里企盼着有什么奇迹发生，比如冰面突然龟裂，我和贝妮面临着落水的危险，我急中生智像好莱坞大片里的英雄一样，娴熟地驾驶着雪摩托在一块块漂浮的冰块上飞驰，终于化险为夷，岸上围观的人群响起迎接英雄的掌声，贝妮扑进我的怀里，轻唤我的名字，我灵魂出窍飞到人们的头顶上欣慰地望着两个相爱的人相拥在一起。很快我就被这个妄想惊得心都快跳出了嗓子眼，因为我突然发现刹车失灵了，油门也出了问题，只能加大不能减小，速度只能快不能慢，更不能停，雪摩托风驰电掣地飞驰着，我心里顿时慌乱了起来，湖面上有很多游客，我驾驶的不再是雪摩托，而是一匹脱缰的野马，我惊慌得大声喊道："妮儿，抱紧我，千万别撒手，刹车失灵了。"贝妮似乎早就察觉到雪摩托出问题了，她紧紧抱着我说："商政，心里想着我，别慌！"贝妮这么一句话，让我顿时冷静了许多，面对突如其来的震惊和危险，天使就是天使，贝妮的镇定让我惊讶，更让我增强了驯服这匹脱缰野马的信心。我横下一条心，不能伤到任何游人，更不能伤到贝妮，那么只有我下地狱了，想到有可能和贝妮永别，我心中涌起一股悲壮，爱像一盏守夜灯在心中闪烁颤动。透过雪幕，我环顾四野，发现冰湖中间有一个硕大的雪堆，我一咬牙心想死活就冲着雪堆去了。"贝妮，抱紧我，千万别撒手！"我大喊一声，掉转方向向湖心的大雪堆冲去……

我的眼睛微微地睁开了一点点，渐渐地看清了，是贝妮天使般的脸，多美呀！好像我就躺在她的怀里，是的，我的头枕的不仅仅是她的臂弯，还有暄腾腾的乳房，"商政，你醒醒！"这焦急而柔情似水的呼唤很遥远，我的心不由自主地突突跳了几下，脸上的肌肉痉挛地抽搐着，好像周围围了好多人，我挣扎着将眼睛睁大一些，雪已经停了，太阳冲破云雾像金刚石一样熠熠生辉，太刺眼了，下雨了？不对，是贝妮的两行泪珠滚烫着砸在我的脸上，流进了我的嘴里，这两行泪水，一行宛如勒特河的河水，一行宛如欧诺埃河的河水，流进我的嘴里，我不仅忘记了我前生犯过的罪，还记起了生前所行的善。看来我是升天了，原来真正的我在天上。然而随着贝妮宛如天使般的呼唤，我的头脑越来越清醒，我没有升天，我就躺在贝妮温暖的怀里，因为她的泪珠不仅流入我的嘴里，还流入我右脸一道翻开的伤口里，蜇得我直咧嘴，我知道我破了相，我自我安慰地想，破了相也好，总算撕下了面具，就算这世界失去了一位出色的演员。我试图挣扎了一下，不仅浑身的零部件有分崩离析的危险，而且左腿黏糊糊的像是流了很多血，我疼得好像昏了过去，但是还清醒地意识到我被一些人七手八脚地抱了起来。我不知道我是怎么进入贝妮车里的，重新睁开眼睛时，发现自己蜷缩在后车座上，贝妮的车像雪摩托一样飞驰着，边开车边和白明海通话，好像是让白明海做好手术准备。贝妮的车像开疯了一样，我感觉就像是贝雅特丽齐带着但丁的灵魂在九重天飞升，忽然我的心被一道闪光照亮，我看到一个天使般的人影，我猜那一定是真正的我。

手术做了三个小时，难度大的是面部手术，我脸上和腿上都缝了数十针。被推进病房时，白明海附在我耳边温声说："大哥，我怕嫂子着急，还没告诉她，现在手术做完了，我告诉她吧。另外贝妮姐也累坏了，让她回去吧，一会儿嫂子来，就说是我陪你滑雪受了伤，嫂子顶多埋怨我几句也就过去了。"该想的白明海都想到了，我惭愧地眨了眨眼睛。贝妮一直紧握着我的手，听了白明海的话，无奈地看着我，我扯了扯嘴角露出一丝愧疚的笑容。贝妮的手从我的手中慢慢抽出，我感到贝妮的手细腻光滑，温暖柔软，十个指头那么有弹性，每个手指的极细微的滑动、摩挲，都传达着一种无声的祝福。贝妮走了，我感觉似乎被撕成了半个人。

一晃半年过去了，我无法让故事停留，因为我仍然没有找到迷失的自我，我必须寻找，或许这就是命运，其实当自我迷失的那一刻起，命运就已经失去了最后的美丽，生活留给我们的似乎只有艳丽的肉，那么灵魂哪儿去了？灵魂仿佛隐匿在灯红酒绿的名利场中。人的生死路是必须经过名利场的，聪明也好，糊涂也罢，能够走出的人毕竟是少数。因为走不出来的人早已经将灵魂挥霍殆尽。我时常想，黑暗的尽头有灿烂在等待吗？我不知道，我只知道我是一颗流星，出发了就不问归程。最近我听到关于马杰越来越多的传闻，他和刘易为了他们金色的梦，干了许多见不得光的事，那些见不得光的秘密宛如女人身体最隐秘的私处让人想入非非。我也知道被人们称为“真实”的东西，其实是由私下里窃窃私语的方式所决定的。但是这些见不得光的传闻犹如遮住阳光的乌云，让我在突如其来的昏暗中烦躁不安。我不知道这些流言白雪是否清楚，但是我知道她的生活目的就是忙碌，好像她不敢停下来，因为一旦停下来，哪怕是一秒钟，她也会崩溃的。世上有太多这样的人，他们害怕静下来就像害怕死亡一样，他们必须生活在喧嚣中，必须生活在忙碌中，否则便会立刻化作尘土四散而去。和白雪不同，江冰冰却是个很闲的人，好像她的生活目的就是逛街，她就是一个可以满大街移动的衣服架子，就好像商场橱窗里的假人穿着时髦的衣服复活了一样。我始终坚信她离开我可以活着，但是离开逛街，她一刻也无法活下去。我们经常会评价一个人闲得无聊，其实江冰冰就是一个闲得无聊的人，她和白雪正相反，白雪以忙碌为灵魂，江冰冰以无聊为灵魂。对于马杰来说，白雪是他的围城；对于我来说，江冰冰无疑是我的围城。我和马杰之所以都被围在了围城里，说明围城里诱人的东西很多，想出来又舍不得，但究竟是什么东西诱惑着我们，我也说不太清楚，也许不是诱惑，而是占有，或者说是囚禁。特别是那种满脑子想的都是物质的女人，男人在她们眼里就是财产，她们当然要千方百计控制在手里。当然对于那种满脑子都是物质的男人来说，他可以将计就计，心甘情愿地当女人的账房先生。然而，我不想当江冰冰的账房先生，我想当雕刻灵魂的艺术家，我坚信马杰也不想当白雪的账房先生，他想成为金色帝国的国王。我和马杰在一起是一个人，分开就都是半个人，或者说借用托马斯·曼笔下的人物赛特姆布里尼的话说：“一个没有躯体的灵魂正如一个没有灵魂的躯体，都同样不算人，都同样可怕；而且前一种情况只是少有的例外，后者情况却比比皆是。"或许正因为我们是半个人，或者说不完整的人，我们才不得不依附于妻子。好在江冰冰并不是一个控制欲极强的女人，因为她只要闲下来就会消失在商场里。但是白雪则不然，她是个统治欲极强的女人，心胸又窄，一旦打翻醋瓶子，便会倒海翻江。白雪之所以拼命和马杰比着挣钱，是因为她认为金钱就是地位，女人什么都有了，但就是没有钱，那她的肉体再艳丽也一钱不值。她不想被马杰看得一钱不值，因为她始终认为她从嫁给马杰那天起，马杰就是她收支账簿里的主要财产，为了捍卫属于自己的东西，白雪是一个敢于拼命的女人。在夜阑人静时，我时常会因想到马杰和海小妹而惊出一身冷汗，因为两个人的关系随时都会因白雪的突然出现而像个脱落的灯泡似的爆裂成碎片。今天夜里我就因大雨滂沱和轰隆隆的雷声而无法入睡，一个人坐在床边一边沮丧地抽着烟，一边望着豆粒儿大的雨点打在窗户上，在玻璃上激起朵朵水花。江冰冰睡得很沉，轻轻的鼾声和轰轰的雷声遥相呼应，搅得我异常烦闷，我像个幽灵似的在屋子里游荡彷徨，仿佛是被囚禁在笼子里暴躁不安的绿眼怪物，我的内心战战兢兢痛苦挣扎纠结缠绕，仿佛这场大雨是专门为了洗刷我的灵魂而下的。然而，我却分不清什么是肉体什么是灵魂，就像一条发情的狗似的，在黑暗中来回转悠。这样的我，又怎么能被予以期待呢？突然，电话铃像是有人踩了狗尾巴似的叫了起来，一股不祥的预感顿时袭上我的心头，我的心突突突地跳到了嗓子眼，我捂着心口窝，一屁股坐在床上，借着闪电看了一眼床头柜上的闹钟，已经是下半夜两点钟了，谁会这么晚来电话？江冰冰被电话铃声惊醒了，她随手打开床头灯，怯生生地看着我，仿佛我向她隐藏着耸人听闻的肮脏秘密。为了解开秘密，我毫不犹豫地拿起电话，果然听到了一个惊得我目瞪口呆、心惊肉跳的消息："大哥，不好了，我姐吃药自杀了，正在北斗医院抢救！"白明海心急火燎地说。我的脑袋嗡的一声，好像一头扎入了大海中。我已经听不清白明海又说了些什么，耳边只听见电话里传出一片嘈杂声，我本能地说："我和你嫂子马上到！"便匆匆挂断电话赶紧催江冰冰穿衣服。江冰冰目光惊恐地问："出什么事了？"我只说了一句："白雪自杀了，正在抢救！"她顿时发出了像是被歹徒抢劫似的惊叫声。

我开着车在暴雨中急速穿行，雨刷不停地左右摇摆着犹如我七上八下的心跳，我的手似乎微微有些颤抖，就像长时间负重卸下时肌肉上残留的悸动。令我惊异的是，我似乎担心的并不是白雪，而是马杰。我不清楚白雪的自杀行为对于马杰来说是解脱，还是更深的囚禁。此时此刻，我的意识不再属于我，我已经置换成了马杰。或者说马杰的意识占据了我的思想。但是我们并不能深谈，因为躲进我意识中的那个马杰痛苦挂在脸上，灵魂却逍遥于雨夜。我前躬着身子，鼻子几乎要碰到前挡风玻璃上，马路两侧模糊的树影像幽灵一样迎头逼近，又迅速闪过，我仿佛看见一个孤独的身影一直飘在雨中，像魔鬼一样诱惑着我猛踩油门加速前行。那个幽灵般的身影是不是另一个我，也就是那个该死的自我？我不知道，我只感觉自己像注射了毒品似的处于一种迷幻状态。心里不住地问自己，如果另一个我是个魔鬼，我该怎么办？这个念头像暴雨中的闪电，在我脑海中像炸雷一样轰鸣。我又惊又惧，在一个十字路口，那个人影不见了，我猛然意识到或许那个人影不是另一个我，而是马杰，是脱离躯壳的马杰，这狗日的，到什么时候他也别想离开我，闯了天大的祸，怕是盼星星盼月亮地盼着我呢！这么一想，我们之间像胆结石一般硬化的关系在我心里似乎像口香糖似的柔软起来，我对他的恻隐和宽容之心如同潜伏的瘟疫，从内心深处油然而生。

我和江冰冰急匆匆赶到抢救室时，医生们正在给白雪洗胃，白雪脸色煞白，昏迷不醒。马杰见了我和江冰冰两眼发直、浑身瘫软地迎过来，像吊死鬼似的哭丧着脸拉了拉我的手算是打了招呼。主治医生简单向我汇报了抢救情况后，我把脸色苍白憔悴的白明海叫到一边，我发现他焦虑的脸下面还隐藏着一张愤怒的脸。

原来白天马杰有点不舒服就没去公司，在家睡懒觉。没想到海小妹打电话非要来看他。马杰深知白雪机敏，很想拒绝，但是一听到海小妹的声音，却像喝了爱丽丝梦游幻境的魔法药剂，全身僵硬，汗毛直立，这段时间他忙得昏天黑地，很长时间没有和海小妹颠鸾倒凤了，此时此刻在他情欲的祭坛上，正好需要这个献祭者。不到二十分钟，门铃就响了，马杰欲火中烧地开了门，海小妹一进屋就用双臂勾住马杰的脖子，像蛇一样缠在他身上，一边用香唇吻着一边娇媚地问："亲爱的，哪儿不舒服了？"马杰全身裸露，只穿个内裤，此时遮羞布里的箭已经架在弓上，马杰顶着海小妹的私处淫邪地说："他不舒服了。""谁？"海小妹春情荡漾地问。"真正的我！"马杰颤抖着说。于是两个人交缠在一起，海小妹的衣服被马杰疯狂地剥下来，东一件西一件地扔在地上，两个人相互呼唤着名字，浑身战栗着滚到了床上。海小妹的皮肤柔嫩滑腻，像刚出锅的水豆腐，仿佛还冒着热气，她娇喘着呻吟着，欲仙欲死，马杰激情奔放，浑然忘我，享受着神仙般欢愉的肉欲。就在两个人倒海翻江游龙戏凤时，门铃响了，马杰欢蹦乱跳的心像是被一只冷冰冰的手一把捏住了似的，他一阵痉挛，顿时疲软，下意识地从床上惊跳下来，他三步并作两步蹿到门前，扒着门镜往外看，脑袋嗡的一声，两眼发黑，全身的热血顿时凝固得像冰一样，从头凉到了脚。他手足无措地冲进卧室，语无伦次地说："快，快，我老婆，快……快穿衣服！"海小妹惊得像弹簧一样跳下床，撅着百合花般的白屁股满地划拉自己的衣服。她一边慌乱地穿着衣服，一边问："杰哥，怎……怎么办？"马杰故作镇静地说："快穿上衣服，穿完衣服再说。"此时，白雪不再按门铃，而是用拳头砸门，一边砸门一边吼道："马杰，快开门，你在里面干什么呢？"白雪是因为马杰不舒服，特意赶回来给他做午饭的，因为早晨走得急，所以忘了带钥匙。此时此刻，她已经敏感地意识到屋子里发生了什么，因此她歇斯底里地一边喊叫一边砸门，像一只急不可耐扑向灯火的蛾子，其结果可想而知。门终于开了，就像打开了潘多拉盒子一般，场面和她在心里诅咒一万遍的情景一模一样，她耳边顿时涌起波浪般汹涌的嘲笑声，这是从地狱里发出的笑声，令她心惊肉跳。她脸色煞白地看着躲在马杰身后的海小妹那种因胆怯而涨得通红的桃花脸，再看看马杰的脸上宛如淤伤的口红印，她恨不得立即将海小妹撕得粉碎。然而当门打开的瞬间，她的心就像得了心肌梗死似的停止了跳动，此时不仅已经凉了好半天，而且凉得像一块冰，就连平时忙碌得像水波一样灵动的眼神也如死水一般静寂，因此她冰冷地从牙缝里挤出一个字："滚！"海小妹像死刑被撤销似的一脸侥幸地扭着包裹在黄色吊带裙里的娇媚的翘臀，灰溜溜地溜出门。马杰本想以自己野兽般的本能直面白雪，但是看着妻子绝望的眼神，他顿时将头缩进了牢狱般的躯壳里。屋子里的空气顿时被抽干了，白雪发白的嘴唇微微地颤抖着，凶狠地瞪着马杰，用足了力气扇出一个耳光，打得马杰一个趔趄，眼冒金星，他定了定神，刚想发作，发现白雪没再理他，而是踉踉跄跄地走进了卧室，随手重重地关上门。马杰像干缩的木乃伊似的立了半天，然后又像是陀螺似的在原地转着圈，脑海中浮现出妻子死人似的目光，他恐惧地走到卧室门前，使劲地推了推卧室的门，门已经锁上了。他刚将耳朵贴在门上，卧室里便传出了山崩地裂般的嚎啕声，白雪绝望的惨嚎声，哭得马杰心如刀绞。他像一头离群的孤狼似的退回到客厅，一屁股坐在沙发上，刚坐下就听见卧室里"哗"的一声脆响，是镜子摔碎的声音，他在心里暗骂了一句："妖妇！"便点上一支烟，一边抽一边问自己："镜子碎了，还能拼凑起来吗？"在马杰心里，白雪就像地狱之后，占据着重要位置。他一向认为女人有双重性，要么是地狱之后，要么是纯洁的天使，他曾经向往过天使，但是总觉得可望而不可即，他甚至怀疑这个世界上有没有天使，都说女人是水做的，但是在他看来，所谓的水绝不是纯净水，而是他妈的金水，金子熬成的水。马杰像一头疲惫的海豹，无精打采地准备表演最后一个节目。他在客厅里一支接一支地抽着烟，等待着白雪兴师问罪，然而白雪并没有给他机会，因为卧室里不仅哭声停止了，而且阒然无声。他一边想象着与白雪妥协的诡计，一边暗自嘲笑道："看来魔鬼也有哭累的时候。"窗外柠檬黄的阳光渐渐变成了青灰色，犹如马杰阴沉的目光，这种目光像天上的浮云一样在房间里不受控制地飘荡着，窥视对马杰来说已经形成了习惯，甚至是思维方式，一个想做他人的人随时随地都想窥视到他人的秘密，他却万万想不到偷情的秘密在妻子面前如此狼狈地暴露了，他羞愧地发现自己在瞠目结舌地窥视他人的时候，自己也正在被窥视。他在心里暗骂了一句："妈的，没有任何隐私可言怎么做自己？"就在他这些胡思乱想漂浮在他大脑的死海上之时，窗外淅淅沥沥地下起了雨。屋子里静极了，马杰心里充满了未知的恐惧和与白雪妥协的计谋。黑暗不可阻挡地降临了，外面的雨越下越大，狂风卷着暴雨像恶魔似的拍打着窗玻璃，马杰觉得自己的脑袋像铅球一样沉，好像填满了全世界肮脏的东西，他只能垂在胸前，好像要与躯壳分离似的。他突然有一种作呕的感觉，很想喝口水，刚站起身，就听见卧室里传来了"咣当"一声，像是什么东西重重地摔在了地上，马杰心里一惊，连忙跑到卧室前敲门，一边敲一边喊："白雪，白雪你开门，你开开门啊……"卧室里没有一点声音，马杰急了，胃里顿时打了结，内心深处陡然生出不知所措的恐惧，他崩溃地将门踹开，立即惊呆了，只见白雪脸色煞白地躺在地板上，左手里拿着个空药瓶。那药他太熟悉了，是治自己心律不齐的，平时就放在床头。当过刑警的人大多都有心律不齐的职业病。药瓶已经空了，马杰双腿发软，情不自禁地跪下去，抱起白雪的头像一头疲惫的老狮子哀号着，白雪虽然不省人事，但喉咙深处还有低沉沙哑的呜咽声。马杰背起白雪，门都没锁就往外跑，外面雷雨交加，四周杯弓蛇影，他不敢多想，毫不犹豫地将白雪放在自己奔驰车的后座上，然后自己钻进车里颤抖着双手打着火，猛踩油门，车子像不受控制似的猛冲出去，被一块石头弹跃起来，像在大海中与风浪搏斗的轮船一样起起伏伏地冲入黑暗的雨幕中。

医生们与死神搏斗了一宿，白雪仍然没有脱离生命危险，浑身抽搐着，脸一阵阵地痉挛，每次痉挛都双眼暴突、咬牙切齿，仿佛死神冷冰冰的手攫住了她的心，拼命地摇摆着企图使她身体中全部的零件都分崩离析。马杰坐在白雪旁边握着她惨白的手，表情痛苦沮丧，嘴里喃喃自语着，不知道他是在忏悔，还是在自怜。只觉得随着白雪生命信号越来越弱，他的心也跟着一点一点地在腐烂。白雪不愧是开美容院的，她永远有一副画好的面孔，好像她的头发也从来没露出过本色，要么是暗红色，要么是褐色，反正不是黑色。如今她躺在病床上像被通了电的木乃伊一样，我更不敢认了，这简直就不是我曾经认识的那个白雪，绝对是另一个人，真正的白雪早就脱离了这个恐怖的躯壳，淡出了我们的视线，远行去了。尽管回忆的触须卷曲缠绕着马杰体内痛苦的细胞，但是我坚信，如果一个人的心真的烂了，那么这个人的自我也就像掉在地上的镜子一样破碎了，破碎的镜子怎么可能映出白雪完整的面孔呢？时间在一分一秒地过去，焦急的人们都盼着白雪早点醒过来，一宿过去了，白雪没有醒过来，一天又过去了，白雪仍然没有醒过来。最后负责抢救的医生遗憾地告诉我，虽然白雪的心脏还在跳动，但早已经脑死亡，现在的呼吸是靠呼吸机维持，现在呼吸机一撤，心脏马上就会停止跳动。马杰在旁边听罢，绝望地瘫在地上。给我的感觉就像是一棵大树树根被虫蛀了，一阵风吹过轰然倒地似的。

白雪死了，她停止忙碌的唯一方式就是毁灭自己，还有别的方法吗？她为什么绝望了？因为她的精神寄托就是和马杰宛如蜘蛛丝般的感情，如今这根蛛丝被一只突然闯过来的花蝴蝶撞断了，她细若游丝般的精神生活也就终止了，还有什么必要再留在这个世界上呢？一个白雪走了，千千万万个白雪仍然忙碌着，有什么区别吗？或许所有的人都认为自己独一无二，那是因为脸画得不一样，其实脑袋长得没什么区别。既然如此，那就让白雪代表他们走吧，尽管他们早晚要步白雪的后尘。

马杰用颤抖的手在"死亡通知书"上签了字，江冰冰、贝妮和关文蕙站在一边默默地抹着眼泪。白明海悲愤欲绝地闯过来骂道："姓马的，你她妈的杀人犯，你得偿命！"我连忙拦住他，劝道："明海，你冷静点！"人在失落的情绪下会变成另一个人，就仿佛自己的躯体内猛然注入了别人的生命，别人就是他人，对，是他人，反正不是自己。空气中弥漫着悲伤的情绪，当白明海趴在我的肩头呜呜地大哭的时候，狗日的马杰竟然像孩子似的趴在贝妮怀里抽泣，我理解贝妮的心情，但我仍然觉得两个人抱在一起的情景不堪入目，说句心里话，我并不认为马杰心里真的那么留恋白雪，一个一心想做他人的人一定是个好演员。白雪的衣服是江冰冰和关文蕙一起去买的，是贝妮陪着马杰给白雪换了衣服，换衣服时我们都离开了病房，我是最后一个离开的，当我把门关上时，听到马杰声嘶力竭的哭声："雪儿，是我害了你呀，我对不起你呀，我是个畜生，雪儿，你睁开眼睛看看我呀，我再也不做对不起你的事了，你醒醒，醒醒，你怎么舍得我们的儿子呀……"这哭声绝望凄厉，让所有听见的人撕心裂肺，而我却感觉，白雪恢复了真我，一切抛弃了躯壳的人都能恢复真我，否则生与死还有什么区别。在这个物质的世界里情爱像花样游泳一样可以展示，白雪的离去只不过是一切展示的结束。白雪在人们的一片悲声中被我和太平间老头一起抬担到了平车上，老头长了一张像核桃皮一样皱巴的脸，一边推着平车一边嘟囔道："姑娘呀，人生下来就是为了学习死亡的，你怎么还没有学会就走了呢？"老头的话让我有醍醐灌顶之感，我观察他的长相、言谈和思维方式都与众不同，像是一个以死为生的人，不知道为什么，望着太平间老头，我竟然在内心深处油然而生一种找块大理石雕琢的冲动。

已经是深夜了，天空漆黑一片，下了一天一宿的雨，地上还湿漉漉的，天气凉了许多，悠悠长夜让人无限悲凉。快到太平间的时候，我拦住马杰，捏了捏他的肩膀，没让他进去。我是怕他再受刺激。其他人陪着马杰，我一个人随着老头把白雪推进太平间。一到太平间，我立即有了一种到了另一个世界的感觉，我感觉空气中有无数真正的生命形式在舒展，尽管阴气森森，但这或许就是自由的真相，难道生命只有转化为幽灵才会找到彼岸？我最后看了一眼白雪因生前痛苦而扭曲的脸，我似乎明白了一个事实：活着不愿意界定自我的人，死了到地狱或天国也躲不过！死亡不是魂飞魄散，相反，恰恰是灵魂的最后聚拢。

白雪死后，海小妹去了法国，据说嫁给了一位法国服装设计师。马杰将大禹生态园当成了他生命中的诺亚方舟，然而在我看来，大禹生态园不过是一艘摇摇欲坠的泰坦尼克。之所以有这种判断，是因为我从王伯寿嘴里听到了许多触目惊心的消息。本来辞职以后，我再也没有接触过王伯寿，但是最近他的痛风犯了，一只脚肿得不能走路，疼痛难忍。由于他长期吃秋水仙碱、别嘌呤醇等西药，已经产生了抗药性，许多西医束手无策，当然更主要的是顾虑王伯寿的身份不敢轻易下药。无奈之下想到了我，因为在我的精心打造之下，北斗医院已经成为治疗疑难杂症的权威医院。我向王伯寿推荐了卜老，本来王伯寿笃信西医，绝不看中医的，他认为看中医对不住他所受的教育，王伯寿拥有科学史博士学位。我告诉他卜老是中西医结合，他才欣然应允。我和卜老沟通后，卜老答应在家里为王伯寿诊治。

傍晚，镶着金边的云朵在暮色的天空中飘荡，我一边开车一边通过后视镜观察着王伯寿若西红柿般夸张的鼻子，感觉自己在经历了长途跋涉的旅程后，突然邂逅了一位老熟人。难道镜子里的映像真的是他？我之所以质问自己，是因为我惊讶地发现，尽管我和王伯寿久违了，但是我们之间的不同之处仍然小于相似之处，而我却误认为命运为我换了一张面孔，我早已经独一无二了呢！王伯寿有一张国字脸，八字眉，眉毛很黑，小眼睛，黄眼珠，眼神亲和中透着锋芒，好像一下子就能把人看透似的，但此时却呈现出一副喜忧参半的神情，仿佛有什么不祥之兆的蛛网轻轻拂过脸庞。我从后视镜中发现他正侧着脑袋漫不经心地观察我，好像我正在伺机嘲笑他似的。我赶紧避开他的眼神，一瞬间，我有一种长期潜伏而终于暴露了的沮丧。他似乎看出了我的心思，扯了扯嘴角，笑着问："你觉得马杰这个人怎么样？"在我的记忆中，我并不觉得王伯寿了解我和马杰的关系，但是这突如其来的一问，表明他不仅了解，而且还似乎透露出他对马杰印象不佳。我没有猜透他这句话的意图，但给我的感觉好像我和马杰是同流合污者。我感到手掌心又湿又黏，胃里仿佛有一条泥鳅在蠕动，好像无意间卷入了他人的设计漩涡中似的，然而马杰对于我来说无论如何都算不得他人，他只是想做他人而已。我机警地反问道："您和马杰很熟悉？"说完我又扫了一眼后视镜，斑驳的镜子让他变得很陌生，车厢内弥漫着谴责的氛围，他板着脸说："敢和我平起平坐也算得上一个人物了。"我几乎不敢相信自己的耳朵，但听起来他好像不是在开玩笑。我笑了笑，那种令人作呕的假笑，怀着模糊的欢欣和担心，试探地问："怎么可能呢？莫非马杰吃了熊心豹子胆？"王伯寿通过后视镜给了我一个意味深长的微笑，好像我是个合谋参与者。他垂下嘴角阴沉地一笑，用轻蔑嘲讽的口吻说："文化节就要开幕了，这是东州市的一件大事，许多企业都给予了赞助，大禹生态园作为举足轻重的企业却无动于衷，组委会当然不会放过他们，便找上门去，没想到那个马杰却大言不惭地说，出赞助款没问题，但我想问问，出多少钱可以在开幕式主席台上和王伯寿平起平坐。组委会向我请示，我当即要求税务部门好好查一查大禹生态园偷税漏税的情况。现在就有那么一些人，仗着手里有几个臭钱，就不知天高地厚了。"我心惊肉跳地听着王伯寿绘声绘色的讲述，就像听《天方夜谭》中的故事，无论如何我都不敢相信马杰会做出这么愚蠢的事，我颓丧地握着方向盘，郁闷地盯着前方，仿佛王伯寿的每一句话都散发着地狱般的回响。马杰的样子在我的脑海中已经碎成了一堆意象，我的心怦怦直跳，我对马杰命运的预知似乎在地狱般的回响中拉开了序幕。

卜老常说，地位并不代表美德。因此我将王伯寿搀扶进他的书房时，他也只是礼节性地放下了津津有味摆弄着的石头，嘴里叼着的烟头软弱无力地垂下一寸烟灰。唯一和我第一次拜访他不同的就是他亲自吩咐老伴沏茶，而且嘱咐沏陈年普洱。王伯寿没有想到卜老的书房竟是个奇石的世界，便请教卜老从把玩奇石中得到了什么？卜老振聋发聩地回答："自救！"王伯寿疑惑地看了我一眼，仿佛卜老说的是疯话，但还是抑制不住好奇心问："如何自救？"好像卜老的回答很滑稽，嘿嘿笑着，眼睛里射出揣摩的目光。卜老重新点了一支烟，猛吸一大口，深深地吐纳着说："宗教如何拯救信徒，奇石就如何拯救我。"红红的烟头，被吸得嘶嘶作响，卜老的神情虔诚而慈祥。王伯寿眨着一双凸出的眼睛似有所悟地问："大凡信仰都是超越精神的，是彼岸的，只是这石头如何信仰呢？"从窗户洒进来的晚霞慵懒柔和，刚好照在我的脸上，卜老慨叹一声，微笑着让我回答。在卜老面前，我对自己想表达的思想特别小心，必须保证这些思想是我自己的，而不是被他人灌输的。在卜老眼里，这个世界迫不及待地逼着人们变成一个样子，于是人们便不停地相互模仿，全都变成了血肉模糊的机器人，而机器人是没有灵魂的。他认为真正的思想都是有灵魂的，只属于那些有信仰的人。因此，我十分谨慎地说："奇石不同于普通的石头，每块奇石都蕴藏着一个真善美的彼岸世界，因此，卜老才会说出奇石拯救他犹如宗教拯救信徒的话，实际上卜老信仰的是真善美。"王伯寿这才恍然大悟，一脸惭愧地说："卜老，如今这个世界缺的就是真善美呀！康德说：'世界上有两件东西能够深深地震撼人们的心灵，一件是我们心中崇高的道德标准，另一件是我们头顶上灿烂的星空。'什么是心灵，从某种意义上讲，就是人性。如果人性泯灭了，人就变成了行尸走肉，对于行尸走肉来说，不可能受到道德和星空的震撼，能够震撼他们的只有金钱和欲望。不瞒您说卜老，一想到目前道德沦丧和信仰缺失的现状，我就不寒而栗啊！"王伯寿发自肺腑的一番表白使屋子里紧绷的空气顿时舒缓起来，窗户上残留着灰蒙蒙的霞光，卜老站起身走到窗户前凝视着被风吹得东摇西荡的树叶摇了摇头，然后转过身，叹息中带着笑意说："一个社会的道德出了问题就犹如一个人得了痛风，最好是中西医结合治疗。"王伯寿心领神会地点了点头，咧着嘴一笑说："您的意思是东西方文化双管齐下。可我是学科学史的，对中医的科学性持怀疑态度。"卜老摆了摆手，带着真诚的信念说："科学也是柄双刃剑，并不能等同于真理，就拿痛风来说，痛风病本身不会导致尿毒症、肾衰竭，恰恰是通过科学研制的药物会造成肝肾的严重损害，引发尿毒症和肾衰竭的产生。中医讲辨证施治，最忌讳头痛医头，脚痛医脚，比如一个人骨折了，但总也长不上，西医的方法就是补钙，但效果不佳，为什么？因为肾出了问题，这是一个肾虚的病人，要补肾，肾生髓，肾虚的问题解决了，断骨自然就长上了。道德就犹如社会的肾脏，肾乃先天之本啊！"王伯寿愁眉苦脸地说："卜老，目前我的肾脏已经面临衰竭的危险，按您的中医观点岂不是本出了问题?”卜老淡然一笑,开始为王伯寿诊脉。我突然有一种魂游向外的空洞感,情不自禁地起身走到博古架前,欣赏一块块古灵精怪的石头,仿佛只有这些石头可以填补我内心的空虚,在卜老眼里每一块奇石都藏着永恒的星空;在我眼里,却似乎藏着永恒的黑夜,因为只有在黑夜里才会看见星空。忽然一块让人啼笑皆非的奇石映入我的眼帘,在一个玻璃罩内,一块颇像猪肉的石头挂在一杆秤的秤钩上,瘦肉、肥肉、肉皮相间有致活生生的二斤猪肉,我心里顿时有一种一丝不挂的感觉。这显然是大自然与人类开的一个玩笑,或者说是对人类肉欲的一种嘲讽。凝视着这块石头,我羞愧得恨不得化作一片空间,一缕看不见摸不着的空气。在我幽深玄远的潜意识里,几乎听到了这块肉石嗤嗤的闷笑声,这笑声我好像早就听过,对,是另一个我,是我的孪生兄弟习惯性的笑声,好像他无所不在,我却与他咫尺天涯。我哈着腰,佝偻蜷缩着身子靠近肉石仔细辨认它是不是另一个我的化身,突然我听到一句若耳鸣般的声音:“你是不是一直期待从我身边逃离?”我惊得脸部肌肉完全僵住了,不能再反应任何情绪,但是肠胃却嗡嗡作响,仿佛在提示我,我的整个人生注定要化作一泡污秽的屎排泄出来。我知道肉石在观察我,它不仅有将自然中大块精气汇聚、收拢的力量,同样有无限的扩散力量。我忽然明白,如果我拥有灵魂,即使我化作一缕空气、变成一片空间,也能凝聚成一块石头;如果我没有灵魂,即使是一块石头,也会化作一缕青烟、一片虚无。

由于我心里一直在与马杰暗中较劲,大禹生态园的广告做得有多气派,北斗医院的广告做得就有多响亮,除此之外,我一口气收购了五家公立医院,并在贝妮和白明海的强烈反对下启动了北斗医疗大厦项目,我的目的是将北斗医院做成全省数一数二的医院。然而突如其来的金融危机一下子让北斗集团陷入了资金链面临断裂的困境。为了摆脱困境,我主持召开了董事会,希望大家集思广益能找到脱困的办法。会后贝妮约我一起吃午饭,我预感到贝妮有话对我说,便陪她走进了一家冷面店。一段时间以来,我与贝妮在很多问题上产生了分歧,而且有些问题的分歧非常巨大。果然,冷面和泡菜上齐之后,贝妮一边津津有味地吃,一边吐气如兰地眨着眼睛问:“你知道我为什么请你吃冷面吗?”我微笑着摇摇头,在贝妮面前我永远像一个被击倒在斯芬克斯怪脚下的人。她慧黠地一笑说:“因为需要给你发昏的头脑降降温了。”说这话时,她的眼神就像是在看一个已经很久没见面的人,或者是一个已经想不到还会再见的人。这是我们相识以来,她第一次用这样的眼神看着我。我不仅觉得陌生,而且有一种天使要离去的恐惧。我毋庸置疑地辩解道:“难道你忘了,你认为，做自己是唯一值得努力的事业，我这么做还不是为了完成这个事业，我认为，我生来就是为这样一个事业效力的。”贝妮咬着浅粉色的下唇，凝视了我一会儿，尖锐地说：“可是你并没有做自己，而是在做马杰！”幸亏我是坐着，如果我与贝妮并肩走着，她说出这句话，我会一个趔趄摔倒。在我心里，贝妮是永远温暖的水，无论如何我也不会想到，她也会变成一盆冷水，劈头盖脸地泼下来，冷得我浑身战栗。饭店大厅内，有一个小喷泉，水珠喷出一米多高，贝妮没容我申辩，她的目光追随着水柱的曲线说：“当所有的人都认为那是水柱时，你认为那是白色的火，这样的你才配做自己，什么是做自己？就是唯一性。如果你再被马杰牵着鼻子走，北斗集团就会变成大禹生态园。”听了贝妮的话，我感觉仿佛有人在我身后悲怆地喊道：“是谁？站住！”我迷茫地说：“近来夜里，一直有一个噩梦萦绕着我，总有一个声音召唤我，引诱我到悬崖边，我踉踉跄跄，几近跌入深渊，我探头下望，发现另一个我不在我的头顶，原来他就躲在深渊里。”我渴望贝妮用天使的温柔托住我的惆怅，在我心里，贝妮是一个有幻觉能力的通灵人，她脸上泛着一丝难以察觉的微笑说：“有人说人生如书，他们希望书中既有黄金屋，又有颜如玉，其实这黄金屋不过是一个大剧场，颜如玉只是舞台上的灰姑娘。对寻找自我的人来说，脚步才是一切。我坚信，真我的召唤犹如黎明的曙光，绝不会来自深渊。”说完她笑了，笑得非常神秘。听了她的话，我再也无法与我自己和平相处，我凝视着她美妙的眼神沮丧地说：“东州比世界上任何城市都要死气沉沉，让人无法产生幻想，在这样的城市里，要想做自己除非黑水河变成白水河！”贝妮咯咯笑着，怎么说呢，就像是知道原因似的，虽然我根本无法相信这一点，但她却充满希望地说：“你心中的星星呢？为什么不盯着它？你如果真在心中植下一颗星星，就像在大地播下一粒种子，总有一天你的心灵世界到处是星星。”我紧盯着贝妮的眼睛，仿佛她美丽的眼睛就是我心里的星星，只有凝视着她的眼睛，才会防止我在黑夜里掉下万丈深渊。我痛楚地说：“妮儿，我害怕停下来，我不敢停下来，因为我知道一旦停下来就永远无法启动。”我这么说时，仿佛世界上只有我自己的大脑才会不停地思考似的，其他人都是不想思考或者不会思考抑或不愿思考的凡夫俗子。我只是无法想象那些凡夫俗子能和我一样在孤独中冥思苦想。贝妮乌黑的睫毛迅速眨动着，露出一抹心照不宣的微笑，她抬了抬一边的柳叶弯眉，眼窝里闪动着媚人的明眸说：“或许你将思考先停下来，才会认清你是谁?”我揉了揉眼睛诧异地说：“自我或是一个永远的谜，妮儿，有时候我甚至渴望变成一个玻璃人，五脏六腑都是玻璃的，连代谢的污秽也是玻璃的，我吃玻璃、喝玻璃，或许只有这样才能看清我是谁?”说完,我用肿胀的眼睛将视线固定在贝妮美丽的脸颊上,期待着我心中的天使指点迷津。贝妮温暖的目光像眼药水一样滴入我干涩的眼内,她叹了口气说:“亲爱的,忘掉马杰吧,我不希望你们殊途同归。”她的口吻好像我会与马杰同归于尽似的,恍惚间,我脑海中突然依稀浮现出马杰撇着嘴,用嘲讽的眼神看着我吃惊大笑的样子。我知道我的思绪像往常一样又脱离了我的控制,在阴暗的兴奋刺激中,我似乎听到了马杰和刘易像小丑似的凑在一起窃窃私语,话语猥琐而露骨。我茫然恍惚地垂下眼睑说:“妮儿,我太累了,我想让白明海陪我去趟厦门散散心,顺便到郭鹤年那里取取经。”说完我陷入情绪低落的沮丧里,这种感觉只有找不到自我的人才会体会到。贝妮的脸颊透着玫瑰色的光泽,她亲昵地一笑说:“你不是一直想走一趟万里长城吗?要不要我陪你,或许走一趟万里长城,就找到了心中的灵山。”我惭愧地笑了笑,怯懦地说:“走长城是我心中的一个梦,我现在还没有准备好。”贝妮露出和我心有灵犀不点而通的神情,她一定深知,走长城是我心灵濒临绝境时最后一根救命稻草,不到万不得已,我不会动这个念头。贝妮将温热而丝滑的纤纤玉手放在我的手背上,眉梢和嘴角都闪亮了一下,温情地说:“别忘了,那是我们共同的梦。”贝妮的话让我的热血在我耳中鼓噪,我不知道我们所神往的共同的梦里面究竟有什么,但那个梦萦绕在我的心头很久了,它好像一直在等着我,让我既憧憬又恐惧。我察觉到,贝妮芬芳的体香中混杂着一丝浓郁的冷面的香味,我看着眼前一口未动的冷面,满满一大碗面条上放着牛肉片、鸡蛋丝、泡菜、苹果片等,十分诱人,香油、辣椒沫、胡椒面、芝麻、酱油、醋等作料拌在一起的香味勾起了我的食欲,我看了一眼贝妮生动的唇瓣,迫不及待地吃了一大口,顿时满嘴甜中带酸,香里渗辣,清爽鲜美,好不痛快。贝妮开心地看着我,仿佛在看传说中的勇士,我沐浴在天使般的目光中,仿佛一个整装待发的勇士被赋予了光荣的使命。

也许是黑夜更接近灵魂吧,我总是习惯于静坐在黑暗里,那种迷幻的感觉诱惑我陷入沉思,还有什么比沉思更能洗礼心灵的。这是一段失血的岁月和干瘪的日子,有太多太多的事情让心如一片漂泊在水上的枯叶,不能归根。梦中的沙漠使醒越来越苍凉,我迈着艰难的脚步漫无目的地跋涉。太阳暴晒了一切生命,河流如蛇蜿蜒而去,留下的只是干涸的痕迹。生命在梦中酣睡,没有任何醒的迹象,世界好像死掉,梦将生命引入悲哀,眼泪成了河流的水源,我若游子般痛饮后,决定沿河流而行。云的沧桑掩盖了太阳的灼热,草的萌生将梦惊醒,大地一片沼泽,灵魂仍然像云一样飘荡,肉体还在灼热中煎熬。我不愿意在幻觉中醒来，天空湛蓝湛蓝的，贝妮穿着雪白的裙子在风中飘舞，身边仙女如云，一阵轻风吹过，银杏树叶子随风低唱，顺风飘来仙女们的体香，让我如痴如醉，突然，仙女们随贝妮咯咯笑着像彩云一样向远方飘去，我高声喊道："等等我，等等我！"这时，有人推了推我，黑暗中，我看见了白明海帅气的脸。"大哥，做梦了吧，这些日子你太累了，应该好好歇一歇了！"说着他随手开了灯，我揉了揉眼睛看了看表，已经是晚上十点多了。想不到我竟在沉思中睡着了。我伸了个懒腰，感觉浸入骨髓的疲乏让沉思成了一种令人着迷的奢侈，我打着哈欠说："明海，订两张机票，陪我去厦门散散心，不知道为什么我现在特别想见到郭鹤年，这家伙从北京调回厦门任总经理后，爱上了登山，现在他既是企业家，又是登山家，越来越让我羡慕了。"白明海嘿嘿笑着问："是不是特别想问问他为什么要登山？"我紧绷着一张忧虑的脸点了一支烟，喷出一个蓝色的烟圈，苦笑道："明海，你再研究研究我就可以当我的替身了。"此时墙上的镜子刚好照出白明海的背影，我从未认真观察过我自己的背影，或许另一个我就躲在我的背后，就像有人与你开玩笑时无声无息地出现在你左侧，却轻拍你的右肩，当你转了个身，发现没人，他却在一旁捂嘴窃笑。简直就是幽灵。当然，我也在镜子里，不过只映入镜子半张脸、半个身子，只能算作半个人。我又凝视了一眼白明海在镜子里的背影，心想，模特是不需要面孔的，既然白明海以我为偶像，我拥有半张脸就已经很奢侈了。白明海并未注意我的神情，他用敬重的口吻说："干吗要做你的替身，我的梦想就是成为你！"我的眼神沮丧地逡巡在镜子里的半个我和白明海的背影之间，仿佛听到了那个轻拍我肩膀之人的窃笑声，心中油然而生形影相吊的悲凉。

说句心里话，我刚刚认识郭鹤年的时候，从来没注意到他有什么与众不同之处，然而分别几年后，想不到他已经判若两人。一见面他就让我感觉到了他的英挺之美，但他的气质并不像搞运动的人，而更像一位艺术家，那种富有独特性格的艺术家。他把我和白明海安置在鼓浪屿别墅酒店。傍晚，他请我俩吃饭时一开口就把我给镇住了。我问他为什么登山？他幽默地说为了找到另一个我。这恰恰是我苦苦探索的问题，我的心情不自禁地抽搐了一下，颇感兴趣地开玩笑说："你的另一个我大概是个艺术家。"他抚摸了一下宽阔的额头语出惊人地说："拥有自我的人个个都是艺术家。"白明海一脸雾水地问："为什么？"郭鹤年接下来的一番话让我有一种茅塞顿开的痛楚，这种感觉是如此强烈，如此椎心刺骨。他目光炯炯地望了一眼窗外，仿佛他望的不是霓虹灯闪烁的都市夜幕，而是高耸入云的雪峰，然后他毋庸置疑地说："因为真正的艺术家都是有灵魂的人，只有自己有灵魂，才有可能赋予作品灵魂。要想拥有灵魂，就必须拥有自我，每个人的自我才是世间最伟大的艺术品。”这大概是我今生今世听到的最惊世骇俗的艺术理论，但并没有被折服，只是在心里被震撼了。我回敬了一杯啤酒，用请教的口吻问：“你怎么理解‘山在那里’这句名言?”郭鹤年的目光好像来自眼睛之后的某处，他摇晃着手中的啤酒杯，倾斜的啤酒映出琥珀色的光芒，然后若有所思地呷了一口，将啤酒杯轻轻放在桌上，用敬畏的口吻讲述了自己登珠峰的经历：“在离开大本营登上第二个台阶时，我由于缺氧，肺都要爆炸了，原来我的氧气瓶空了。大本营命令我撤！我不甘心，便在沿途寻找被遗弃的氧气瓶，我不相信这些氧气瓶全是空的。在离顶峰不到五百米的地方，我果然捡到了一个还剩半瓶存量的氧气瓶。我就靠这半瓶捡来的氧气，开始攀爬‘天梯’。”白明海一副听入迷的神情，打断郭鹤年的讲述插嘴问：“天梯？怎么还会有天梯?”好像郭鹤年在讲《天方夜谭》里的故事。我递给每人一支烟，自己也点了一支，透过缭绕的烟雾，我发现眼前的郭鹤年像一个幻觉，却又实实在在坐在我面前，他的目光很具有穿透力，他接着讲述道：“珠峰有东北、东南、西北三大陡壁，诡异而又瑰丽的冰塔林是那里最独特的自然景观。沿着山脊攀登可以避免雪崩之类的意外，但北坡八千六百五十米的第二台阶处是一段绝壁。在这段绝壁，中国人搭建了一个铝梯，这就是‘天梯’。但是在爬‘天梯’前，必须离开梯子做一个横切的攀岩动作，脚下是阴森森的令人不寒而栗的万丈深渊。”听到这儿，我的手心湿乎乎的，情不自禁地为郭鹤年捏着把汗，白明海更是一副提心吊胆的神情，郭鹤年深吸一口烟，接着说：“我戴上氧气面罩后，脑子里一片空白。你们可能以为我心里这时正倒海翻江，告诉你们，我真实的感受就是脑子里一片空白，只记得离开铝梯使用上升器做横切动作时，脚下的冰川扎在冰岩里‘喀嚓喀嚓’的恐怖响声，我成功了，说实话，登顶后，我并没有杜甫登泰山时‘会当凌绝顶，一览众山小’之感慨，我只感觉站在雄浑无比的珠峰之上，面对浩渺的云海，人真是太渺小了。刚才你问我怎么理解‘山在那里’这句话，实话跟你们说，登山实际上是登山者与山对话，也就是与灵魂对话，‘山在那里’的含义就是登山者的灵魂在那里，自我在那里，心灵家园在那里，理想的彼岸在那里，没有一个登山者不是为了与自己的灵魂对话而登山的。”沉默的张力充斥着包房内的每一个角落，我的内心充满了既兴奋又不安的悸动。白明海长舒一口气，钦佩地问：“郭哥，有人说登山家都是些钻死神空子的人，你有没有过与死神擦肩而过的时候?”此时郭鹤年的神情很像是一个性格荒谬怪僻的人，仿佛他生来就是与死神打交道的人，生活中充满了离奇可怕的行径。又仿佛他在讲述另一个人的故事，他只是见证者而已。我有一种直觉，郭鹤年的两个我只有在登山时才会合二为一。或许我的另一个我也藏在深山大川里，正如卜老的另一个我藏在奇石中一样。郭鹤年仿佛禅定了片刻，脸上挂着九死一生后的兴奋神情说："最危险的一次是我独自攀登天山博格达峰，不料中途遭遇了一场小冰崩，前路受阻，我只好用冰锥、绳子、铁锁和睡袋把自己吊在冰壁上睡了一夜，第二天，风雪交加，登山条件变得更加恶劣，不得已，我只好下撤，可是上山时我在一个切面上钉好的安全绳让飞冰打断了，再往下是一条狭长的冰裂缝，一旦失足，恐怕连尸首都找不到，当时我的腿一个劲地哆嗦，怎么也控制不住，我就扇自己耳光，直到扇得腿不哆嗦了，才艰难下撤。上来时，二十分钟的路程，我下去时用了两个多小时，穿过最危险地带时，我两次险些滑入冰裂缝内，成功脱险后，我像从水里捞出来似的，大汗淋漓。"说完他仿佛刚刚脱险似的，露出兴奋而自信的神情。我心中油然而生一种酸溜溜的感觉，仿佛受到了刺激，内心突然升腾起某种挫败感，我并未及时恭维他铤而走险的壮举，而是心怀妒意地问："你要真掉进了冰沟里怎么办？"他目光敏锐，似乎一眼就望穿了我貌似无邪的关切下的可疑动机，淡然而从容地笑着说："那我就成了天山上的一个神。"说完他用探索的眼神盯着我，好像我是他刚刚跨过的一道冰裂缝。但白明海也仿佛受了刺激，他踌躇了一会儿，眉头紧锁地问："郭哥，你到现在征服了多少座山峰了？""不，"郭鹤年像是要捂住白明海的嘴巴似的伸出手舞动着断然说道，"面对大自然，在人类创造的词汇中，最不自量力的就是'征服'一词，面对高山，每个拥有灵魂的人只有敬畏和仰止，每个幸运登顶的人都是被山接纳的人，都是灵魂被洗礼的人，都是真正回家的人。"我被深深地折服了，恍惚间，仿佛另一个我的视线投射到我的身上，让我也变得真实起来。

酒足饭饱后，郭鹤年神采奕奕地站起身，挺着壮如公牛的胸脯说："走吧，我陪着你们看一眼晚霞中的鼓浪屿。"我们走出酒店时，一抹红霞笼罩在日光岩上空，海面宁静得像一碗红茶。我们漫步在鼓浪屿的街道上，心情好不惬意。街道短小，纵横交错，清洁幽静，空气清新，岛上树木苍翠，繁花似锦，特别是鳞次栉比的小楼红瓦与绿树相映，简直就是天然画卷，令人心醉。暮色中，从路旁的小别墅中传出悠扬的钢琴声，如梦如幻。走到钢琴码头的大榕树下，郭鹤年关切地问起我的境况，我惭愧地说："来之前，我在电话里简单跟你说了，和你不能比，我现在是深陷地狱，至少是深陷炼狱啊！"他笑了起来，眼睛里流露出一道同情的闪光，这意味着他已经想象到了我的困境。一只蛾子打着转儿从我们眼前飞过去，飞入黄昏薄暮之中，我顿时有一种被蛛网裹住的感觉。暮色降临得好快呀，深蓝色的苍穹下，金星升起的地方，有一块青灰色的云朵从大海那边扩散开来，郭鹤年凝视着地上原来的阴影，沉思冥想了一会儿，然后轻咳一声问："你的企业文化是什么？""做自己！"我的回答如此坚定，连我自己都很吃惊。夜空泛着幽蓝的光泽，微风中弥漫着大海的咸腥味，这味道怪怪的，刺激着我的唾液不由自主地源源分泌。码头上传来轮船引擎加速的突兀鸣叫，郭鹤年望了一眼大海的方向，字斟句酌地说："一个人、一个企业、一个城市、一个国家都应该做自己，但是没有灵魂就做不了自己。一个没有灵魂的人再高大也不是巨人，只是机器怪物。正如一个小说家要赋予小说灵魂，一个画家要赋予画作灵魂，一个作曲家要赋予音乐灵魂一样，一个好的企业要赋予企业灵魂，一个好的市长要赋予城市灵魂，一个好的国家领导人要赋予国家灵魂，但前提是他们都是有灵魂的人。"他这番话不仅震惊了我，更是让跟在一旁的白明海惊愕地揉着眼睛问："怎样才能做一个有灵魂的人？"郭鹤年掷地有声地说："两个字：创造！"白明海不依不饶地问："创造什么？"郭鹤年毫不犹豫地说："归根结底还是两个字：文化！人类是在文化创造中得以辉煌的。企业追求利润无可厚非，但那只是欲望，做企业从根本上是做文化，你所创造的文化就是企业的灵魂。企业没有灵魂，只有欲望，必然陷入盲目扩张的泥潭，其结果可想而知。一个好的企业家、一个好的市长、一个好的国家领导人和艺术家一样，都是文化的创造者，都应该是艺术家。"我怀着惊愕的心情，使劲眨了眨眼睛，想运用自己全部的眼光仔细地打量一番郭鹤年，唯恐他是个幻影，然而他是真实的，犹如我潜意识里失落很久的一面镜子，以其与众不同、浓缩地折射出自我的全部唯一性。这种唯一性证明：郭鹤年决不是肉体上的一个细胞，他就是整体，完全独立的整体，这太不可思议了，我情不自禁地问："你的信仰是什么？"他目光中有一种盈盈的幸福感，用信徒般的口吻说："艺术的核心是真善美。"白明海疑惑地追问道："可是真善美是永远追求不到的。"郭鹤年自信地笑道："正因为如此，它才是一种信仰。"郭鹤年的话让我有一种突出重围的快感，好像自己再也不是个魂不附体的人，我知道我想得可能太简单了，从郭鹤年刚毅的面孔上，我能体味到，他的内心世界一定是经历了万劫不复的拷问，正如亚伯拉罕把自己的独生子以撒杀了向上帝献祭一样，不经过心灵的恐怖和战栗何来信仰？正如超现实主义大师安德烈·布勒东所言："美将是痉挛的，否则就没有美。"那么真与善呢？想到这儿，我仰望着湛蓝的星空，心中充满了无限的敬畏。

我计划在厦门逗留一个星期，郭鹤年想全程陪同，被我婉言谢绝了，他是个大忙人，我到厦门只想散散心，他心领神会也不强求，我让白明海在酒店办了个手续，加入了五日游的旅游团。头一天游厦门市内的景点，旅游大巴车上有二十多人，都是来自各地的散客，导游是一个举着小蓝旗穿着紫色吊带裙的女孩，她一上车，我就惊呆了，以为自己看花了眼，我下意识地揉了揉眼睛，再睁开看时，那微启的朱唇，轻蹙的秀眉，精致的脸蛋，诱人的脚踝，芭蕾舞演员般纤长的美腿，我怎么也不敢相信这世界上有长得一模一样的人。再看白明海，就好像被迎面击了一锤似的，头晕目眩张口结舌地盯着女孩，心中激荡着忧郁的兴奋和疑虑，尽管坐着一动未动，但我能感受到他内心激动战栗的热火已经燃烧。女孩用舌尖舔了舔唇瓣，吐气如兰地介绍着景点，声音甜美动人，口齿伶俐，一路上游客们与她开玩笑，她回答幽默机智，博得大家一片笑声。女孩一上车就看见了我和白明海，但并没有表现出任何异样的表情，和看见其他游客一样，这让我心里直划回儿，私底下撺掇白明海跟女孩搭茬，白明海干脆将头扭向窗外，丝毫不敢直面女孩的存在。但女孩还是注意到了白明海，时不时用眼睛的余光瞟着他，白明海却像一座冰雕毫无表情。我一直想找机会将冰雕凿碎，可是白明海始终不给我机会。中午在南普陀寺吃素斋时，女孩不见了，白明海心不在焉地吃着，好像已经魂不附体了，我逗趣地说："兄弟，我一直相信，这世上每一个人都有另一个我存在，只是一直没得到验证，想不到今天验证了，兄弟，你就不问问她叫什么名字？"白明海低着头，装出一副无所谓的样子说："有什么好问的，都过去了！"他说话的神情像一条刚从水里挣扎上来的狗，用力抖了抖身子。我不依不饶地说："这么说你确定那个女孩就是池小娜？"白明海肯定地点了点头说："大哥，这世上怎么可能有两个池小娜呢？"我喝了一口素面汤，嘴里顿时充满了老陈醋的味道，我逗趣地说："你小子是他乡遇故知，怎么也应该叙叙旧吧。"窗外的阳光透过大榕树斑驳地射到餐桌上，树冠上鸟鸣啁啾，却看不见一只小鸟，白明海望了一眼窗外繁茂丰盈的大榕树，一脸幸福地说："大哥，你别忘了我和文惠就快结婚了。"我这才意识到白明海和池小娜的缘分早就烟消云散了，只是我心里执拗地认为这一定是另一个池小娜，或者说是池小娜的另一个我，因此很想通过白明海得到确认。这个幽灵般的女孩并未让我失望，傍晚回到酒店时，她突然走到白明海面前不冷不热地说："晚上我请你吃饭，你先回去休息一下，六点半我在酒店门前等你。"说完转身而去，留下一缕娇艳欲滴的丁香花的香气。白明海被池小娜的突然袭击弄愣了，懵懂地望着那个美丽的倩影，不知所措，那样子既荒谬可笑又令人怜爱。我拍了拍他的肩膀微笑着说:“去吧,晚上我和鹤年吃饭就不带你了。”

白明海很晚才回到酒店,我非常想听关于池小娜另一个我的故事,因此一边看书一边等他,他是默诵着戴望舒的《雨巷》走进房间的,就像从另一个世界归来似的。我断定此时的池小娜已经是另一个“我”,因此迫不及待地催促他讲一讲两个人见面都谈了些什么。白明海长叹一声,惆怅地点了支烟,深情地说:“大哥,我真不敢相信现在的小娜和以前的小娜是一个人!”我发现他的心海正处于汹涌澎湃的兴奋和冲动中,眼睛亮闪闪的,仿佛发现了什么秘密。他站在镜子前,朝镜子里看了一会儿,但他的目光不是为了看自己,只是为了看镜子,然后他莫名其妙地说:“大哥,要是站在镜子后面,能看见什么?”我脸上带着狡猾的笑容说:“真实!”白明海惊讶地看着我,被灯光照在墙上的斜斜的阴影像刀片那样凛冽锋利。他又转向镜子,打量着自己说:“怎么你和小娜说的一样,她也说借助镜子是看不清自己的。”我听了心里一紧,心想,这可不像曾经的那个池小娜说的话,能有这番见地,必经受过心灵上的苦难,便好奇地问:“她不是嫁给一个台商了吗?怎么到厦门来了?”白明海的目光中隐藏着相当复杂的思绪,他叹息地说:“她父母出事以后,对她打击太大了,她没办法在歌舞团呆下去了,整天用酒麻醉自己,有一天在酒吧她喝醉了,被一个男人扶上了车,由于她当时烂醉如泥,根本说不清自己家住在哪儿,那个男人就把她弄到了自己的别墅,乘她半梦半醒的时候,把她给糟蹋了,等她明白以后,什么都晚了,那男人自称是台商,她那时有一种破罐子破摔的心理,索性就跟了那个男人。唉,当时她也是不愿意拖累我,只想将苦果自己咽下去。”白明海停顿了一下,目光中充满了自责,我插嘴问:“那个男人就是我们在天香楼碰见的那个胖子吧。”“就是他。”白明海咬着牙关说,很显然他对这个毁了他爱情的男人恨之入骨。“小娜不在东州当老板娘,怎么又到厦门当了导游了呢?”我疑惑地问。白明海的神情仿佛陷入了一片危险的沼泽中,好像稍有不慎就会陷下去,他用不堪回首的口吻说:“那个混蛋是个赌徒,本来到大陆做生意赚了许多钱,可是他赌性难改,晚上开奔驰去赌,第二天输得打车回家。最后将几家酒店连天香楼一起输掉了,还欠了一屁股债,就带小娜逃债到了厦门,结果本性难改,继续赌,还欠了不少赌债,为了逃债不知去向,就这样把小娜一个人扔在了厦门。小娜当时在厦门身无分文,苦苦挣扎,痛定思痛,她决定留在厦门,一切从头开始,她四处找工作,终于找到了一份导游的工作。她现在一边工作一边写小说,她说,生活的激变让她迷失了自我,也看到了太多的人性的丑恶,她说她现在心灵深处有一种呼唤,她也说不太清楚,但是这种呼唤像肿瘤一样不断膨胀着，她说不把这种呼唤写下来，她会疯掉的。但是她现在还没有创作出一部作品，但是她说厦门的美丽会让她找到她想寻找的东西的。”我听郭鹤年说，厦门这地方名字叫“美丽”的人最多，有几千人，只是不知道这些叫“美丽”的人是如何理解美的，但有一点我可以肯定，此时池小娜对“美”的理解早就与普通人大相径庭了，因为她的心灵痉挛过。然而让我倍感惊异的不是池小娜，而是白明海，尽管他的目光中仍然保留着对我的敬重，但这种敬重和过去相比好像少了许多东西，究竟是什么，我一时半会还弄不太清楚，只感觉好像闻到了他血管里热血的气息，他的血液里似乎多了一种不安分的渴望，而这种渴望和欲望是截然不同的。

厦门之行并没有让我的心情轻松起来，反而让我发觉我自己的双脚从来就没有从污泥里拔出过。北斗医院大厦由于资金严重不足而陷入半停工的状态，我只好利用白明海和关文蕙的关系向金牛集团求助，然而金牛集团迟迟没有答复。就在我像落入蛛网里的虫子似的苦苦挣扎时，江冰冰告诉我，她单位派她去法国研修一年。我自己的老婆我最清楚，她日子清闲得就像一首牧歌，她突然告诉我这么重大的消息，我心里很惊异，我不相信她能去，但她出乎意料地告诉我，她去。我问她，为什么要去？她说不为什么，但表现出来的神情很像是藏着什么秘密似的。平时江冰冰打扮得像商场橱窗里的时装模特，我猜想，她一定是冲着法国服装才决定去法国研修的，我甚至能够想象出她在巴黎香榭丽舍大街逛街的样子，然而我似乎低估了自己的老婆，因为出国那天，我送她登机时，她抱着我流着眼泪说：“老公，我知道我走得不是时候，我不应该在你最难的时候离开你，可是你知道我为什么非要去法国吗？因为我知道我再不离开你一段时间，恐怕会失去你，我不想成为第二个白雪，好好等着我，我保证等我回来时，我会变成另一个人。”我被她的话惊着了，捧着她的脸蛋目不转睛地盯着她的眼睛，她的眼睛里闪着泪花却隐含着笑意。

江冰冰走后，我有一种被放羊的感觉，但我并不想成为羊，我心里一直回荡着一种野性的呼唤，一种半人半兽的东西攫住了我的心，那呼唤是什么？那攫住我心的东西又是什么？我百思不得其解。我原本想创造一个新世界，竟步了马杰的后尘，就犹如在一面陡峭的斜坡上来回攀爬，怪不得我觉得自己呼吸越来越困难，要不是贝妮点醒了我，直言不讳地指出，我表面上在做自己，骨子里在做马杰，我还不知道要被马杰牵着鼻子走多久？为什么我想创造的新世界竟然也是个金色世界？莫非欲望囚禁了我的灵魂？我以为我早就把束缚着我的桎梏砸碎了，然而自从贝妮点醒我后，我觉得束缚我的桎梏没有被砸碎，而且更牢固了。我觉得我就像一个云游四方的和尚，走过千山万水却始终寻找不到可以住宿的神庙。莫非“神庙”根本不存在？我在镜子上画上我梦中神庙的样子，希望我疲惫的灵魂可以在里面歇息片刻，为此我仔细观察镜子，镜子里并没有我期待看到的灵魂，只有我的影像在漫不经心地注视着我，眼神尖刻而讥讽，仿佛在嘲讽我不过是一个随波逐流的肉体，如果这样的肉体也算作一种生命的话，那么这种生命的每分每秒都毫无意义。这简直是对我的污辱。一气之下，我摔碎了镜子，望着满地碎片，似乎我做自己的梦想永远消失在那支离破碎的幻影中。然而，即使这样，也无法阻止我做自己的决心，就像我无法停止自己的呼吸一样。只是我现在憋闷得很，恨不得到大自然中去呼吸点新鲜空气。不知道为什么，我脑海里常浮现出一个压抑幽闭、深沉城府的男人的脸，他挑起一边的眉毛，带着虚伪可笑的一本正经看着我，仿佛我是任他摆布的提线木偶。那张脸时而模糊，难以辨认，犹如人影的脸，时而像马杰的脸一样清晰可见，笑容抽搐着，我断定那是马杰残存在我脑海中的面具，看来我一直躲在这张面具后面，我试着将自己的脸放在面具里面，透过马杰的眼睛往外看，发现我犹如一块脏兮兮的污迹一般站在一幅风景秀丽的画里转圈，看样子是在寻找自己的影子，只是那影子毛茸茸的，吊在我的屁股后面，很像刚刚长出的尾巴。尽管这只是幻觉，但这些幻觉搅得我精神恍惚，虚弱不堪，整天像踩着高跷似的，高大得不可思议，却又摇摇晃晃地难以保持平衡。我时而觉得自己像一块冰雕，时而又觉得像一摊泥浆，还总觉得背光的地方潜伏着另一个我，随时等待着我这个手持长剑的侠客向他发出挑战。我总是像得了心脏病似的有一种莫名的恐惧感，但这种恐惧感又是空灵的，不知道这种空灵的恐惧感和郭鹤年在天山面对冰沟时的感觉是否一样，我想肯定不同。我很羡慕郭鹤年用登山这种形式与自己的灵魂对话，但那是郭鹤年的方式；我也很羡慕池小娜通过创作小说与自己灵魂对话的形式，但那是池小娜的方式。我认为任何人都应该有适合自己的与灵魂对话的方式，只是绝大多数人甘拜于平庸的脚下，一生都找不到这种方式，甚至根本不想寻找。然而我又寻找到了什么？

很长时间没有拜访龙泉寺的智真师父了，忽然产生了想听他讲讲经的想法，或许佛经能让我有所开悟。我喜欢晴空万里的好天气，昨天下了一天雨，今天早晨太阳勉强冲破云层，努力将云霭消解在蓝空中，我没有直接去办公室，而是抱着被指点迷津的渴望，开车直奔龙泉寺。然而见到久违的智真师父时，我顿时惊呆了，也不知是什么时候发生的事，老和尚的眼睛已经失明了。

智真师父在客堂热情地接待了我，我关切地询问他的眼睛是怎么失明的。老和尚似乎并不以为然，只是轻描淡写地说上了年纪，腿脚不好使了，半年前上厕所时摔了一跤，摔倒后就什么也看不见了。我连忙大包大揽地要领他去医院看看，智真师父淡然一笑说："明眼人不一定能看透贪嗔痴，要用心，如果眼睛没瞎，心瞎了，又有什么意义？"这话让我有一种醍醐灌顶的感觉，我连忙将自己魔鬼附体似的迷茫与痛楚和盘托出。他沉思片刻，慈眉善目地说："商施主，你的牵挂太多了，为什么不放一放呢？说不定你放弃那些牵挂，也就听清了那个遥远的呼唤，看清了你心灵世界真正呈现出的图景。"说完，他轻轻呷了一口茶，那种淡定与坦然，仿佛胸中有一座巨大的灵山。我凝视眼前这个和善的老和尚，觉得他的眼睛虽然瞎了，却对这个世界看得清清楚楚。

离开龙泉寺时，天空中悠然飘荡着镶着金边的云朵，在轻柔澄净的微风中，树木款摆枝条，宛如我摇摆不定的心绪。我一边开车一边思考，一个人如何才能不受欲望支配呢？必须看清心灵所呈现出的图景，那么心灵所呈现的图景是什么？灵魂？我不敢确定，但有一点是可以肯定的，欲望是一种病，只能用灵魂之药来治，如果没有灵魂，欲望就是一种绝症。此时我的心灵深处回荡起一种远古的呼唤，这呼唤玄冥幽远，鼓荡着我的血液像刚点燃的火药引爆线一样嗞嗞作响，我脑海中不时晃动着一个受折磨的、炽热的幽灵，我有一种奇怪的感觉，车开得越快，越有一种灵魂出窍的感觉，我用探索的目光盯着前方，仿佛车的动力不是来自引擎，而是前方巨大的吸力在吸着车前进。我心里越发涌出一种躁动，这种躁动既让我万分恐惧，又让我异常兴奋。

在接下来的一个月里，我在困境中苦苦挣扎而无法脱身，特别是当我看到铺天盖地的大禹生态园楼盘别墅销售广告时，我的心里火烧火燎地翻腾着一团妒火。这些年我不知道为什么我像中了蛊似的非要和马杰争个高低，结果使自己陷入泥潭而不能自拔。现在的我不是我想要做的那个人，而是我不得不做的那个人。为什么做自己这么难？想来想去都觉得是因为我心中缺少一个上帝，我甚至想在做自己和做他人之间找到一条妥协之路，结果是我既不敢正视自己，也不敢正视他人，但是我心里又潜伏着一个魔鬼，它时常把我的幻想引向前所未经的旅途，在旅途上我不断地经历着各种恐怖和冒险，有一种灵魂把肉体甩掉的感觉。每当这时我都要照一照镜子，我看到的是一种扭曲痛苦的脸，我惊恐万分地想，这大概就是我心里潜藏的那个魔鬼的真面目。我这个样子只有贝妮看见过，那天傍晚她约我到她家吃饭，我一进屋就发现她买了一对登山背包和野外帐篷。我纳闷地问："贝妮，买这些东西干什么？"火红的晚霞透过窗户刚好照在贝妮的脸上，她看上去像刚刚下凡的天使，她温柔地说："你猜猜？"此时她美得让我发抖，我根本无暇深想，只顾呆呆地看着她。她莞尔一笑恬静地说："你现在越来越不像自己了，再这么下去，我真担心你掉入万劫不复的深渊，你不是一直想徒步走一趟万里长城吗？或许这是你与自己灵魂对话的最好方式。世界上只有钟情于艺术的人有可能看见自己的灵魂，一个人成不了艺术上的艺术家，也应该成为生活上的艺术家。你不是想成为灵魂的雕刻家吗？那就要先有勇气看一看自己的灵魂，商政，走一趟长城吧，我陪你！"我没马上回答，而是久久凝视着贝妮的眼睛，长期以来，我的精神一直脱离我的躯体到处漫游，到处寻找寄宿，不知道为什么，我一直觉得只有那条越群山、经绝壁、穿草原、跨沙漠的苍龙深锁着我的全部秘密，我不知道那些秘密究竟是什么，我只知道那个来自我内心深处却回荡在崇山峻岭之间的呼唤就来自那些秘密，那声音让我既向往又恐惧。就在这时，贝妮惊讶地望着我，我知道她一定在我脸上看见了一种奇怪的神情，她美丽的瞳孔像镜子似的映出了我扭曲而痛苦的脸，我觉得很像一个死刑犯在被执行枪决时的神情。最后我还是怯懦地说："现在走不是时候。"这当然是借口，我还没想好走一趟长城对我究竟意味着什么，最让我担心的就是我怕我找到的答案不是我想要的。贝妮显然看穿了我的心思，嘴角上挂着一抹安详的笑容说："我估计你会这么说，弩在发射时拉得过紧，弦和弓就要拉断，不要以为马杰现在的声势比你大，他就占了上风，其实你设身处地地想一想就清楚了，你没做成自己，他也没做成他人，你觉得自己在炼狱里，他没准已经下地狱了。人的一生都在追求幸福，到头来追求到的只是幸福的种种假象。其实真正的幸福就是做自己。你看看你现在的神情，不走一趟长城行吗？你不想去，你体内的魔鬼也会逼着你去。"我身子往沙发上一靠，感觉双肘的力量已经枯竭了，我疲乏地点上一支烟，脑海中不断地冒出"雄关"、"隘口"、"狼烟"之类的词汇，我妥协地说："贝妮，其实不是我想去长城，你说得对，的确是我体内的魔鬼逼的，它的力量比我的意志不知强大多少倍。长城迟早要走一趟，但还是缓一缓，等我渡过眼前的难关我一定去！不瞒你说，其实我的灵魂早就置身于万里长城之上了，我心里回荡的那个遥远的呼唤八成就是孟姜女悲凉的哭声。"贝妮恼着一张脸看了我一会儿，然后转身进了卧室，重重地关上了门，就像重重地扇了我一巴掌似的，在我的记忆里，这还是贝妮第一次生我的气。昏黄的阳光洒落在褪色的地毯上，我惆怅地吸了一口烟，脑海中浮现出野云悠悠、颓壁残垣、寒风朔厉、旷野荒凉的画面，画面里一个背影立于危崖高耸的烽火台上，正凝视着西方绚烂壮丽的火烧云，那个背影既像我，也像马杰。

我知道，我在心里无法摆脱马杰的影子，他将永远和我如影随形，因为我一直有一个错觉，我是虚幻的，马杰才是真实的，即使他跳出我的想象，也会像幽灵一样用猜疑妒忌的眼睛潜伏在我思绪的角落里窥视着我。不过我自信地以为他不可能跳出我的想象，别看他见了我表现出一副漫不经心的样子，其实心里一直谋划着打败我的小伎俩。然而，我错了，他不仅跳出了我的想象，而且是出其不意地逃离，对，是逃离！当我得知他从我的想象中逃离后，我惊得目瞪口呆。

那天早晨，我刚坐在办公桌前，白明海就急匆匆地走了进来。“大哥，出事了，马杰失踪了！”白明海气喘吁吁地说。我吃惊地从高背皮椅上弹了起来，圆睁双目问：“你说什么？怎么回事？”白明海神情紧张地说：“是文蕙告诉我的，具体情况不太清楚，反正他们公司的人找他都找疯了。我刚才去大禹生态园看了一眼，有三家建筑商正怒气冲冲地指挥工人在工地上抢建材呢。”我不解地问：“为什么要抢建材？”白明海焦虑地说：“我打听了一下，据说大禹生态园拖欠三家建筑商的工程款高达几个亿。”我急切地追问道：“怎么可能欠那么多钱，不是有好几家银行给他们贷款了吗？”白明海苦笑道：“正因为如此，那几家银行的行长已经被检察院带走了。马杰正是得知这个消息后才失踪的。”消息来得太突然了，我一屁股瘫坐在椅子上，一种幻灭感油然而生。这完全超出了我的想象，我觉得什么东西被彻底打碎了似的，眼前一片金星闪烁。我定了定神，揉了揉眼睛，却无法集中视线看清眼前的一切，只觉得一切不过是过眼烟云，宛如梦魇。沉默像黏稠的液体弥漫着，我仿佛听见有人从寂静中缓步走来，那是谁？那只是一个声音，或者是一个影子，不，在听到他的脚步之前，我已经有所察觉。他就潜伏在我的周围，或许就站在我的背后，我下意识地起身，情不自禁地转身看，一块巨大的云朵遮住了太阳，从窗户射进来的阳光瞬间消失了。

没过几天，刘易也出事了。马杰失踪后，刘易火急火燎地从北京飞到东州收拾残局，让他万分痛恨的是，自己打了一辈子鹰，却让鹰鸽了眼。早晨，他还在床上酣睡时，就成了警察的瓮中鳖。几天来我一直在心里琢磨，在疯狂与非疯狂之间有没有边界，说句心里话，我始终无法界定。由于我始终无法找到那个潜藏在生命中的另一个我，我也曾梦想像马杰一样逃离，但是当我起了个大早，在黎明破晓前偷偷逃出家门时，我却不知道应该逃往何处，偌大个世界我却无路可逃。我还是曾经的我吗？或者只能像一个细胞似的成为整体的一部分，成为“他们”中的一员。“我是谁”就像一道难以跨越的岩石裂缝横亘在我的面前，要么想办法跨过去，要么就掉下去，别无选择！梦中的阳光浓密黏稠，明亮而不真实，我歪斜着身体坐在椅子上，仿佛身体内被注入了别人的生命，脑海中的那张脸呈现的是蒙娜丽莎似的神秘微笑，似乎发现了我身后的秘密，我预感身后有人站在阴影里，但每次回头，都什么也没发现。

自从马杰失踪后，我就像害了健忘症似的，丢东落西的，在担心马杰安危的同时，整日思考着一个问题，马杰与灵魂对话的方式是什么？或许他的灵魂早就出窍了，谁知道呢？如果灵魂真的能出窍的话，不论付出什么代价，我也要试一次。不知道我向往在星斗间漫步，渴望聆听花的密语，水的心声，一伸手就能触摸到美，算不算灵魂出窍，因为这根本不应该是一个血肉之躯应该做的梦。不对，我不仅仅拥有血肉之躯，我还有一个渴望遨游的灵魂，它像一只冷冰冰的手攫住我的心，让我在痛苦中惊恐地发现，它根本不满意它居住的躯壳，我该怎么办？每当我手足无措之际，那个声音，那个让我不得安宁的声音便激荡在我的胸间，让我感受到了另一个我活生生的生命意象，那意象到底预示着什么？我立于窗前冥思苦想，宛若一个令人费解的幽灵。窗外一只白色塑料袋被风吹了起来，越飞越高，不停地打转，噼啪作响，既像一个出了窍的灵魂诡秘的微笑声，又像是它一连串凶狠的诅咒。青灰色的云朵之间雨一般的阳光洒下来，我心头升起漫无目标而又无法抑制的期待，就在这时，我接到贝妮的电话，她告诉我一个令我苦苦等待的消息，马杰给她打电话了，他已经到美国了，眼下正在曼哈顿。我听到这个消息既有一种如释重负的欣慰，更有对他逃亡命运的慨叹。他本来应该先给我打电话的，但是他没有这个勇气。他演绎了一个邯郸学步的故事，看上去像是一个故意编造的笑话，然而谁又真的能当做笑话而捧腹大笑呢？其实每个人都在不同程度地演绎着这个故事，这里面没有局外人，更没有旁观者，我们都是模仿者，正因为如此，我们丢失了自己，然而一个人真的不能做自己吗？我被这个问题折磨得失眠了，一连几天睡不着觉，整宿整宿地抽烟，一只飞蛾不停地撞击着灯管，我盯了它许久，心中陡然生出一个问题：人的一生是不是也分蚕、蛹、蛾等阶段？我百思不得其解，半夜三更打电话问贝妮，贝妮没有正面回答我，只是睡眼惺忪地说：“你应该问长城。”一句话，那个搅得我坐卧不宁的声音再次在我胸间激荡起来，那个声音似乎是由西向东而来，抑或是由东向西而去，鼓噪得我恨不得即刻踏上寻找之路。我不再踌躇，问贝妮去长城怎么走？贝妮顿时精神起来，我甚至能感受到她温暖的身体在欢腾跳跃，她兴奋地说，由西向东走，起点在嘉峪关。我脑海中顿时浮现出戈壁雄关的景象，这景象仿佛隐藏着许多秘密，既触手可及，又幽深旷远。我告诉贝妮，我等不及了。贝妮笑着说，天亮了我就订机票。此时已是黎明时分，我挂断电话后抻了个懒腰，打着哈欠走到窗前，拉开窗帘，窗外红彤彤的太阳正从油亮亮的黑水河上冉冉升起……

在得知马杰逃亡的消息之后，我感到商政的内心深处有什么东西在颤抖。你看他的烟灰缸始终有一缕蓝烟顽固地升腾着。此时此刻，他一定觉得自己正在泥浆里艰难前行，一种猛烈的力量正在他体内奋力挣扎。作家是探索心灵秘密的人，我的笔就是一个小小的窥视孔，永恒的现实布满发人深省的故事，管中窥豹便足以动人心魄。我们都有窥视他人生命的愿望，因为我们都被外在于自己的“另一个我”所吸引，正因为如此，我们才不可避免地陷入“做他人”的命运。商政辞职后，似乎意味着一次真正的出发，然而生命不是一架制造精巧的钟表，靠没有生命的零件拼凑成一个整体，看似和谐地运转，却是一种毫无生机的机械运动。人性是天性，而不是机械性。如此看来商政辞职只是获得了肉体的自由，并未获得心灵的自由，当时他并没有意识到在井然有序的幸福中是找不到自我的，因为生活在这种幸福中的人早已丧失了幻想的能力。直到他见到郭鹤年，聆听了一番“山在那里”的道理后，他才有所顿悟，郭鹤年把他的幻想引向前所未经的路途，他对这样的路途既兴奋，又恐惧。他终于明白，凡是找到与自己灵魂对话方式的人都是艺术家，卜老是通过奇石与灵魂对话，郭鹤年是通过登山与灵魂对话，池小娜是通过文学创作与灵魂对话，智真是通过黑暗与灵魂对话，只有找到了适合自己与灵魂对话的方式，才有可能摆脱游魂的命运。找不到与灵魂对话的方式，“另一个我”就是一个外在于自己的“他人”。他是无论如何也要做自己的，他是无论如何也要寻找自我的，他胸中激荡着一种远山的呼唤，像斯芬克斯之谜困扰人类一样困扰着他，那个呼唤究竟是什么？是李尔王的呐喊：“谁能告诉我，我是什么人？”还是普鲁斯特的低吟：“我是他者？”抑或是兰波的沉思：“我，是另一个人！”？难道真如笛卡尔所言：“我思故我在？”我不知道商政的生命中有没有一个叫贝妮的女人，在“归一”里，贝妮是我想象的天使，她是一个神谕，一种精神象征，恰如贝雅特丽齐之于但丁。恰恰是贝妮尖锐地指出：商政在做自己的外表下，隐藏着的其实是对他者的崇拜。这一点只有天使能看清楚。尼采说：“人需要一个目标，因此，人宁可期盼着虚无，也不能没有期盼。”其实那些想做他人的人表面是对他人的崇拜，实际是对欲望的崇拜。一个人不可能成为另一个人，他只能做自己，但一个人也不可能是绝对的我，他必须在模仿中成长，这就是自我与他者之间的关系。越是对抗的就越是需要的。商政与马杰之间的恩怨，其实是两个我的对抗，一个向内的我与一个向外的我之间的对抗。商政之所以不知不觉地做了马杰，是因为他要战胜马杰，就必须钻进马杰的内心，了解他所思所想的来龙去脉，正是在这个过程中，马杰的生命注入到他的体内。商政的目标表面看来是他自己选择的，但实际上是马杰替他选择的，因此他想创造的新世界必然是一个金色世界。

你可能怀疑，我是不是将自己的故事演化成了商政的故事，恰恰相反，我一直努力将商政的故事当做我自己的故事来书写，或者两种情况都有。其实我说了一千零一遍了，我就是他，他就是我，而你在看我和他的故事时，也未必看到了我和他，很可能看见的是你自己。思考他人是为了解放自我，至今关于“我是谁”的全部答案都来自想象，但若是回答我是商政，还是商政是我，却并不能仅靠单纯的想象，还有来自灵魂痛苦的折磨。但这也不是全部，还有神秘兴奋的灵光乍现。即便如此，我老婆仍然说我在模仿商政，因为在商政决定和贝妮走长城后，我也领我老婆登上了慕田峪长城，我老婆很高兴，她以为我把她当成了商政心目中的贝妮，我们手挽手，向“箭扣”方向攀登，长城在崇山峻岭的层层遮掩之中，宛如黛青色群山中的一条项链，三条蛟龙伏着巍峨的山脊，从三个方向远远地奔来，猛烈地撞击在一起，崩裂成“北京结”，然后化作一股白色的玉带，沿着群山抛向远方。我于惊诧中暗暗问自己：“走长城真的是商政苦苦追寻的与灵魂对话的方式吗？”长城无语，只有瑟瑟山风惊得松涛阵阵。我拉着我老婆的手立于烽火台之上，望着苍劲雄浑、逶迤而逝的巨龙高喊：“商政，你是谁？”这声音浓缩了苍山、碧水、劲松、烈风、长空、明月、星辰……化作一声声回响，撞击在长城与群山之间。过了“箭扣”，长城便昂首直插高峰，“鹰飞倒仰”上的城楼在凛冽的山风中倔强地挺立着，我眺望莽莽苍苍的巨龙喟然长叹苍山如海，我知道长城上的每一块青砖都记载着铁马、兵戈、烽火、狼烟、冲突、融合、成败、荣辱……

尾声：《白道》其书

“作家永远是一匹害群之马。”这不是我说的，是米兰·昆德拉说的。说句心里话，在出版《白道》之前，我始终无法理解这句话的含义。我是怀揣着仰望星空的梦想创作这部长篇小说的，或许是因为我在梦想中掺入了太多的杂念，或者说是欲望，因此《白道》出版后，我再也没有心情仰望星空，而像是一个流鼻血的人，为了止血，不得已才仰面朝天。读者的眼睛里可不揉沙子，当他们在书中并未看到灿烂的星空，而只是看见一个流鼻血的人后，喧哗与躁动可想而知。其实天已经病了，这谁都心里清楚，但是谁又能奈何天呢？于是便怨天尤人，刚好我成了宣泄的目标，便自然而然地成了那匹害群之马。正如我的老同学韩娜所言：“读了《白道》让人心灵战栗。老同学，你可真是一个魔鬼。”我哭笑不得地辩解称：“我只不过是一介书生。”她诡谲地一笑，引用雪莱的诗句说：“有时，魔鬼也是一名绅士。”然后她点燃一支烟，猛地大吸一口，深深地吐纳着，神情惬意地赞许道：“不过我得承认，这是一部扣人心弦、让人无法放手的好小说。只是我从里面看见了太多熟悉的面孔，一旦出版，很可能给你带来麻烦，你要有个心理准备。”说这番话时，她刚刚在饭桌上和我签完《白道》的出版合同。

韩娜是我大学同学，眼下是省城文艺出版社的社长兼总编，小说脱稿后我急于出版，想到的第一个人就是她。记得我给她送稿子那天，她坐在自己的高背皮转椅里眉飞色舞地给我讲述了她刚刚听说的一件令人匪夷所思的事件。一位在她们出版社出版了长篇小说的作家，由于很多人在小说中找到了自己的影子，不仅遭到谩骂和人身攻击，而且有人还写匿名信给有关部门要求封杀他的作品，甚至遭到各种形式的恐吓，前两天竟然被一群对号入座者围攻，被群殴致伤住进了医院。为此她问我：“《白道》有没有易遭人对号入座的问题？”

我诡谲地说："我创作《白道》的目标不是真实，而是客观。毕竟小说不是对现实生活的克隆。"她用提醒的口吻说："绝对的客观是不可能的，一切现实主义作品在生活中必然有原型，不可能完全凭空虚构。鲁迅先生写小说是采取杂取种种人的特性去塑造典型人物，当年写《阿Q正传》，下足了工夫，仍然有人对号入座。"我望着她玫瑰色的嘴唇不失时机地说："鲁迅笔下的阿Q形象，揭示了国民的劣根性，现在仍然有太多的人可以对上号，这说明他的笔犹如手术刀深深地戳进了国民的骨髓里，《白道》要是能达到这样的深度，对号入座的人越多越好。"她沉思地看了我一会儿，好像对一件什么事拿不定主意似的，然后微笑着说："好吧，书稿先放我这儿，我看完后再给你答复。"韩娜是大忙人，我心想等上一两个月能给我答复就算快的，没想到一个星期后，她兴奋地打电话给我，不仅要跟我签合同，还要请我吃饭，用她的话说："该死的，你是不是开天眼了！"她竟然在饭桌上迫不及待地跟我签了合同，那架势唯恐我反悔似的。签约后，我俩举杯庆贺，韩娜笑得跟一朵绽放的玫瑰花似的。

和韩娜分手后，我默默地走在大街上，心情激动不已，丰满圆润的银白色云团仿佛湛蓝色天空中伸出的臂膀，正欲拥我入怀。我恨不得揪住自己的头发将自己拔地而起。直觉告诉我，《白道》这部长篇小说一经出版，很可能改变我的命运，说不定我梦寐以求成为正厅级作家的梦想就此实现。到时候我老婆对我就会刮目相看，再也不会说"你要想让老婆过上夫贵妻荣的日子，就应该好好学学商政"这种狗屁话了，我就是我，从此再也不用靠模仿商政过日子了，我将用实力击垮我老婆心目中的梦中情人，和整日纠缠在我脑海中的鬼魂分道扬镳。不过说句心里话，商政的确是我的福星，没有他我不可能创作出长篇小说《白道》。在创作《白道》时，我不得不将不少关于商政的真人真事拼贴剪裁，虚实相掺，阅读这部长篇小说的一大乐趣在于，你在被情节的跌宕起伏所吸引的同时，会冷不丁瞥见某个你熟悉的面孔，或者是你，或者是他，抑或是我，可凝神一看，又不是，像是在路上认错了人。这是我蓄意制造的小误会，配上我幽默诙谐、优雅细腻的文风，使小说别有意趣。当然，谁也保证不了他的思想果真是自己的，我在创作过程中就有这种感觉：刚刚是我的思想，可是写在纸上欣赏时，怎么看怎么像别人的。值得欣慰的是通过灵魂的痛苦折磨，我总算从我心灵宇宙的混沌中塑造出《白道》这部长篇小说，终于把我内心世界完全表达出来了，因此我有一种内心被掏光的感觉。仿佛我心灵世界展现出来的图景幻化成了外在的实体，一伸手就能触摸到似的。这"实体"究竟是什么？

我天天盼着《白道》早日出版，但苦熬到合同期都过了，也没听到任何好消息，我再也坐不住了，立即给韩娜打手机，韩娜接电话的口气明显带有几分冷淡，只是说正在外地出差，回来后再说。没办法，我又熬了一个星期，估计韩娜已经回来了，我招呼也没打，就直奔她的办公室。走进办公室时，她正在打电话，向我点点头示意我坐下，然后用据理力争的口气说："不能透彻了解自己时代的作家不是一个好作家，不能体味时代痛苦的作品不是好作品，如果我们都怀着对号入座的心理阅读小说，何谈艺术创作？"尽管她苦口婆心地争了半天，但还是无奈地挂断了电话。我不知道她在和什么人通电话，但从她的只言片语中我判断出他们谈论的是我和我的长篇小说《白道》。来之前我本来还抱一线希望，但此时此刻全破灭了。韩娜默默地起身走到饮水机旁给我接了一杯纯净水递给我，然后坐在我对面的沙发上沮丧地看着我说："对不起，老同学，《白道》被枪毙了！"其实我早就预感到了，但我还是执迷不悟地问："到底是怎么回事？别忘了，我们是签了合同的。"她苦笑着摇了摇头说："我虽然是社长，可上面还有个出版集团管着我，我以为这么好的作品，集团总编一定会同意出版呢，便没来得及报三审就迫不及待地和你签了合同，结果集团总编死活不同意出版。"我困窘地问："为什么？"她尴尬地说："他的理由是小说创作不能突破社会现存的道德框架，任何创作都必须顾及到社会公众的文化承受心理，过犹不及就会产生负面影响。说白了吧，他很可能在小说里看见了自己的影子。"我嗤之以鼻地说："用对号入座的心理为文学艺术把关太荒唐了吧！难道他看不出这是一部很灵魂的作品吗？"她听了我的话无声地哧哧笑了起来，笑意中带有轻蔑与无奈，她微蹙着秀眉说："道德沦丧和信仰迷失是欲望的最佳养料，如今人们贪婪得像中了蛊，还有谁愿意奢谈灵魂？不过，老同学，你这个忙我帮定了，我的一位研究生同学在北京一家大学出版社当编辑室主任，叫吴启智，上次出差到北京，他请我吃饭，我跟他谈起《白道》，他非常感兴趣，回头我跟他联系一下，你等我消息。"

走出出版社大楼，我觉得自己就像一张擦屁股纸一样被扔掉了，午后的阳光晦暗阴冷，厚重的云幕压得人喘不上气来，我仿佛是一个在一片广大昏暗空白死寂的背景中漫步的游魂，我之所以情绪如此低迷，是因为这部作品寄托了我太多的期望和梦想，韩娜说，人有人的命运，书有书的命运，但我无论如何也无法理解一本书的命运会比一个人的命运还要多舛。我不是奥德修斯，韩娜也不是雅典娜，我不可能像奥德修斯那么走运，一次次靠变出各种化身的雅典娜来搭救，但韩娜毕竟在出版界是个有头有脸的人物，尽管她不是女神，但也不能小觑了她在出版界的能量，因此，我决定姑且再相信韩娜一回。

一个星期后，我突然接到吴启智的电话，希望我尽快将《白道》用电子邮件发给他，我心头再一次燃起了希望之火，看来韩娜没有食言，我立即将稿子发给了他。稿子发出后，无边的期盼便在我的灵魂深处开始泛滥，心里唯恐再被退稿，我脑海里常浮现出被退稿的尴尬情景，我总是这样庸人自扰，凡事喜欢往坏处想，就像得了一种喜欢诅咒自己的病似的。夜里，我梦见一场暴风骤雨，电光开裂了天空，我知道那是人性的缝隙，只能用道德沦丧和信仰迷失来填补，心灵家园就是被横流的欲望之河淹没的，那么灵魂被冲到哪里去了？看看滂沱的河流之上正漂着一具金光灿烂的浮尸，像一座浮岛随波逐流。由于急切期盼吴启智的回音，我满身浸透了颓丧疲惫，唯恐自己对自己的诅咒应验了。皇天不负有心人，吴启智又给我打来了电话，开口便问："老兄，你简直就是个通灵者。"这是我有生以来觉得最珍贵的恭维。我自夸地说："《白道》是一部关于黑夜的书，我写出了灵魂，写出了信仰。"他爽朗地大笑起来，笑声中还带着点放荡不羁的落拓气质。他用充分肯定的语气说："西班牙诗人阿莱克桑德雷说：'所有的火都带有激情。光芒却是孤独的。'寻找思想的源头，必须有勇气逆流而上，《白道》这部书好就好在，你透过微暗之光，找到了让我们大吃一惊的东西。"我没有想到他对《白道》有这么高的评价，情绪一下子被调动起来，炫耀地说："写小说不像数学计算需要公式，但是每个具有开拓性的作家都创造了独一无二的表达公式。正因为如此，福楼拜认为，'小说是生活的科学形式'。"他再一次发出颇具亲和力的笑声。挂断电话，我就像从深深的海底打捞起什么宝贝似的兴奋，让我引以为豪的是《白道》抨击了没有灵魂的行尸走肉，但往那些躯壳内注入的却是爱与美，我希望逝去的灵魂不再面面相觑，每一个躯体内，爱与美一起苏醒。接下来一切进展顺利，《白道》已经在社务会上讨论通过，吴主任又与我通电话谈了合同，接着一切事项我们都通过电子邮件联系，最让我兴奋的信息是，他发来邮件告诉我："合同不日内寄出，稿子近期将进入排校。"我迫不及待地将这个喜讯打电话告诉了韩娜，韩娜替我高兴之余，竟然说了一句让我无法理解的话："不过，在你拿到样书之前什么情况都可能发生，你还是做两手准备为好。"韩娜无疑是在我高兴得有些发昏的脑袋上浇了一盆冷水，我确实清醒了许多，但仍然不相信在省城出版社发生的情况会在京城出版社重演。然而，一个星期过去了，我没有接到合同，一个月过去了，我还是没有接到合同，我等不及了，用电子邮件询问吴启智："为什么合同迟迟没有寄出？"他回复的是："签合同的领导出差了，再等等，好吗？"我只好又耐心等待了半个月，我心想，等了这么长时间，即使领导出国也该回来了，我再也熬不住了，又发了一封电子邮件："吴主任，说实话吧，是不是稿子被枪毙了？"他很快给了我答复："今天社领导告诉我他们的审读结果，很遗憾，书稿被否决了。我没想到是这样的结果，或许社领导考虑问题的角度与我们编辑有所不同吧。我这里有一个专家组比较详细的审读意见，下周一我给你寄过去，你看一看。我觉得非常抱歉，虽然我认为《白道》是一部抓住时代精神的好作品，从心里期盼它能诞生在我手里，可是没办法，虽然我尽了力，但也没办成，很是对不起你，让你等了这么长时间。余音后叙。"吴启智的回复像一剂毒药，几乎让我失去了知觉，我有一种激流将石块一下子冲击成齑粉的愤怒，然而我又能如何？我像一叶迷失的小舟被狂风吹卷着，在波涛汹涌的海面上打转。尽管我的希望再一次破灭了，但是我还是想弄明白破灭的原因，因此我接到吴启智寄来的所谓专家组的审读意见后，迫不及待地打开信封一阅，竟然和韩娜的顶头上司否决的观点惊人的相似。为什么一部揭露道德沦丧和信仰迷失的长篇小说会让两大出版社的领导担心读者会对号入座呢？我百思不得其解！一气之下，我向几十家出版社的网络投稿箱投了稿，可是都石沉大海。突然有一天韩娜打电话问我："《白道》出版了吗？"我沮丧地告诉她："几十家出版社都投了稿，但都杳无音讯。"她一听就急了，用责备的口气说："老同学，吴启智那儿不行，我还可以帮你找别的出版社，干吗这么急功近利，这可倒好，让盗版商钻了空子，现在满大街的盗版书摊都在卖《白道》，只是作者不是你，是一个叫何许人的名字。很显然，这个名字只是个符号。一开始我还以为是你的笔名呢。眼下这部书的人气很旺，看过的人都能找到自己的影子，人们纷纷对号入座，现在有很多人在找何许人，老同学，看样子，那个所谓的何许人要是真敢露面的话，非被对号入座者撕碎不可，从这个角度看，《白道》没有正式出版，也算是你的万幸！"韩娜告诉我的消息犹如五雷轰顶，彻底将我震蒙了，我迫不及待地往门外冲，却走错了方向，一头撞在了镜子上，我大骂道："狗日的魔镜！"一想到"魔镜"，我突然冷静下来，我记得安徒生笔下有一面魔镜，是魔鬼造出来的，这面镜子有一个特点，那就是，最美丽的风景在这镜子里就会像煮烂的菠菜，最善良的人照了这镜子就会面孔扭曲，非常丑陋。后来这面镜子摔碎了，碎成了粉末，飘到了世人的眼睛里，有的甚至飘到了世人的心脏里，而每一粒粉末，都具有整个魔镜的魔力。我喃喃自语道："谁是造魔镜的魔鬼？"出了家门，我满大街找盗版书摊，终于在市府大路的一个十字路口找到了一个盗版书摊，十几个人围着都在买《白道》，我拿起那本署名何许人的厚本子，仔细端详书皮，黑色的背景下有一条弯曲的白道，印得还挺精致的，我酸楚地想，这本《白道》再也不属于我了，不再是我的呕心沥血之作，而是一面魔镜，我一边翻书一边感觉脸在扭曲，我情不自禁地打量着书摊的摊主，六十多岁，国字脸，黄眼珠，眉毛稀疏，两个太阳穴有些凹痕，脸上挂着憨厚的笑容，长得蛮善良的，我心想，应该探一探这本书的来路，便故作平静地问："师傅，你这些书是什么渠道上的货？"他笑嘻嘻地说了两个字："白道！"我听了以后差点背过气去。

阳：虚虚实实

1. 他开始寻找了

“你也叫何许人?”他望着出租车上的服务卡惊异地问。“为什么要加上一个‘也’字，难道你和我同名?”出租车司机微笑地打量他一眼反问道。“你误会了，最近有一本小说很流行，叫《白道》，那本书的作者就叫何许人。”他带着意味深长的微笑说。“电台刚刚播完，我每天都听，很不错的一本小说。”自称何许人的出租车司机轻咳了几声说。“你说什么?”他瞪大眼睛，莫名其妙地问，“电台里正在播放长篇小说《白道》? 有没有搞错，这好像是一部没有正版、只有盗版的书!”他这几天寻遍了东州市的大小书店，也没有找到《白道》的正版书，他也给《白道》封皮上堂而皇之印着的出版社打过电话，想讨一本正版的，可人家答复说从来就没有出版过《白道》，更不知道有何许人这么个作家。他这才恍然大悟，这是一部盗版书。“你知道盗版书盗的是什么吗? 盗的是作家的灵魂! 这个世界连灵魂都可以盗，你说还有什么不可以盗的?”何许人颇有见地地说。他并不认为所有作家的书都有灵魂，但是这部《白道》的确是一本关于灵魂的书。一个出租车司机能有这番见解，不得不让他刮目相看。此人浓眉大眼，黑脸庞，只是目光有些迷茫，好像有满腹心事。他饶有兴趣地问：“你为什么喜欢《白道》?”何许人一只手握着方向盘，一只手捂着胸部轻咳了一会儿，好像患了感冒，然后又拿起放在手刹旁的矿泉水瓶子喝了两口水，微微有些气喘地说：“因为这本书回答了人与动物之间的区别，人不是动物。”他以作家的敏感意识到这不是个一般的出租车司机，一定是一个经历过风雨的人，便用请教的口吻问：“那么你认为人是什么?” 何许人又轻咳了几声，然后若有所思地说："你可以问狗是什么，猪是什么，但是不能问人是什么，应该问人是谁？这样才能把人和动物区分开。"尽管何许人说话时脸上带着疲倦的苍白和憔悴，但他却觉得这几句话扣住了他的心弦，他有些不可思议地问："可是哲学家大多将人定义为动物，比如'人是政治的动物，人是会说话的动物，人是理性的动物，人是制造工具的动物'，你怎么看哲学家的这些说法？"何许人沉思片刻，然后用调侃的语气说："按这种说法，你也可以说'哲学家是研究哲学的动物'、'我是开出租车的动物'、'你是会坐出租车的动物'。"他听罢被逗得哈哈大笑，而且有一种醍醐灌顶的快感。何许人又轻咳了起来，样子就像是一个得了肺结核的患者，他深深地被这个出租车司机吸引住了，关切地问："你是不是感冒了？为什么总是咳嗽？"何许人叹了口气，目光顿时黯淡下来，脸上挂着回首往事的神情说："我年轻时上过老山前线，肺里残留了一块弹片。"他是作家，对人内心最隐秘的情感非常敏感，他一向认为每个人的经历都是一部小说，这些年他正是从别人的经历中认识了自己。他隐隐地感觉眼前的何许人是一个能识破面具的人，车子里弥漫着一种力量，紧紧抓住了他，他恨不得钻进何许人的脑袋里一探究竟，但是他很怕破坏了这种轻松的谈话氛围，于是用肃然起敬的口吻问："能讲讲吗？"何许人似乎很不愿意回忆那段不堪回首的经历，思虑再三长叹一声说："不瞒你说，我能从战场上活下来纯属运气，我的许多战友都牺牲了，有的被炸得连尸体都找不到了。我转业后被分到了国企，后来企业倒闭了，我下岗了，摆地摊、当保安、搞销售、搞养殖，什么都干过，最后才悟上开出租车。老弟，有时人想活下去要靠决心，每当我想起那些死去的战友，我就必须下决心活下去，我活着才对得起他们。可是活着太累了，为什么有那么多人活得没心没肺，就是因为他们害怕活着，很多人看上去活得阳光明媚的，其实心里恐惧极了，他们恐惧什么？你好好读一读《白道》就清楚了。"何许人讲话时虽然一边开车一边目视前方，但他却觉得何许人的目光好像不是向外看，而是在向内看。他急于听下去，便既迫切又温和地问："难道活着仅仅是一种决心吗？"他从何许人的话里似乎听出一种精疲力竭的无奈。"活着还是一种忍受，"何许人脆弱地说，"我不认识什么可以请教的人，但是我也想活出点意义来，因此我胡乱地看了一些书，我记得有谁说过，'我思故我在'，我并不认同这句话，我对人生的体验是'我忍受故我在'，如今我回头看看我的人生就是一堆沙子，我不忍受又能怎样？我不是抱怨，我已经失去抱怨的能力了。你可能认为我太悲观了，的确如此，以前每当我想起死去的那些战友，我觉得对我的一切不公我都应该忍受，可那是因为我起码还可以开出租车养活自己，现在我干不动了，医生说我再干就得把命搭上，可是我得活着，我这才想起我是功臣，便开始上访，可是……唉！你知道什么是沙子吗？就是芸芸众生。将来有一天我死了，谁还会记住曾经有一个开出租车的何许人呢？”或许是话题越来越伤感，两个人都陷入了沉默。何许人的话让他情不自禁地想起了《诉讼笔录》里的一句话：“我喜欢数沙子，给每一粒沙子起名字，这就是我存在的理由。”他在心里喃喃地问道：“如果亚当给每粒沙子起名字会起什么名字？”想到这儿，他不由自主地问：“谁给你起的名字？”何许人的微笑沉重落在他的脸上，一边微喘轻咳一边说：“我的养父给起的，我是养母从垃圾箱里捡回来养大的，我根本就不知道生身父母是何许人。”他再一次受到了震动，他沉思了好一会儿，好像对下一个问题拿不定主意似的，是啊，他还能问什么？眼前这个人分明是一个不知从哪里来，又不知到哪里去的苦命人，何许人之所以喜欢听电台里广播的《白道》，是因为这是一部旨在探求人的个体意识的小说，企图将一堆沙子一粒一粒地分离出来，并妄想给它们起上独一无二的名字。这当然会引起芸芸众生的共鸣。但是让他百思不得其解的是小说中的主人公商政分明是以他为原型创作的。“这个何许人到底是谁？莫非是从《一千零一夜》里冒出来的魔鬼？这个混蛋搅乱了我的生活，我的一切，我必须找到他，弄明白他究竟是何许人也，为什么这么了解我？为什么以我为原型创作小说影射我？他究竟想达到什么目的？”从读完《白道》这部小说以后，他就在心里一直盘问自己这些问题，他分析以何许人对自己的了解，此人一定是东州人，因此他萌生的第一个想法就是去市公安局户政处查一查全市究竟有多少个叫何许人的，他要一个一个地拜访，直到揪出《白道》的作者。

其实他怀着对号入座的心理非要找到何许人，表面上是兴师问罪，实际上是想以此为契机结识人家，因为他从《白道》中看到了何许人模仿的原创者的名单：但丁、爱伦·坡、乔伊斯、普鲁斯特、卡夫卡、纳博科夫、陀思妥耶夫斯基、博尔赫斯、卡尔维诺等等，尽管何许人在模仿过程中，充满半吊子的矫揉造作，但是通过读《白道》，那些平时视而不见的“隐秘”真相转而变成一种让他惊恐万分的新奇，这种新奇具有让人意料不到的巨大力量，正是这种力量吸引着他下决心找到何许人。其实他酝酿《白道》这样的小说也有很长时间了，他心灵呈现出的图景仿佛永恒的星辰，这图景让他痉挛、让他顶礼膜拜，但是他就是无法表达出来，反倒是这个何许人犹如一个蒙面大盗，将他视若灵魂的心灵图景偷走了，并以《白道》的形式呈现出来，这太让他匪夷所思了。一个人怎么能够窃取另一个人的灵魂呢？每当他捧起《白道》阅读时，他就觉得这不是一本书，而是一双“眼睛”，一双从未见过、却又相当熟悉的“眼睛”，不断地摄取他的灵魂，他却觉得自己不过是一粒揉进这双“眼睛”里的沙子，莫非这世界上会有一个与自己一模一样的人？

前面就是市公安局了，他付了车费后伸出手热诚地与他生命中遇到的第一个何许人告了别。下车后，刺目的阳光让他有些眩晕，他定了定神，恍惚间竟然不知身在何处。

2. 我病了

那真是一段不堪回首的日子，就像是一场遥远的噩梦，每次想起来都让我不寒而栗。要不是《白道》这本书闹得沸沸扬扬的，我情愿患上遗忘症，也不愿意触碰记忆的伤疤。当时我老婆突然被单位调到北京工作，自从辞职写作以来，我成了名副其实的宅男，本来正在创作一部新小说，沉浸其中不愿意自拔，但是老婆央求我到北京陪她，我也确实离不开老婆，便在创作中途，带着半部小说离开舒适的家陪她去了北京。我们在潘家园附近租了一套颇为简陋的房子，在十三楼，白天老婆上班后，我便一个人蜗居在小屋内写小说，晚上老婆回来后，一起吃饭，然后到首都图书馆附近散步。日复一日，一晃半年过去了，我却陷入了创作的困境。虽然我认定了搞创作这条路，但是一直运气不佳，尽管也出版了几部长篇，但却没有什么大影响，以至于要靠老婆养家糊口。我正在创作的这部长篇小说从我辞职那天就开始酝酿了，是一个寻找自我、寻找心灵家园的故事，没想到在创作过程中，我和主人公一起迷失了，我当时的感觉就像是误入了一座迷宫，怎么也走不出去，内心一片迷茫。窗外的夕阳犹如女人的经血一般鲜红，不远处的小花园里的树木梦魇般地纠缠在一起，我累极了，也饿极了，但也没忘记例行公事般的锻炼，我起身伸了个懒腰，离开写字台，俯身开始做俯卧撑，一、二、三……我一口气做了十个，想不到起身时一下子天旋地转，心脏像擂鼓似的撞击着肋骨，只是撞击的间隔太长，我惊恐地意识到不好，吾命休矣！便下意识地蹲在了地上，虽然心跳恢复了正常，但是巨大的恐惧感像海浪一样袭击着我，我吓得再也不敢站起来，就这么蹲着一动也不敢动，幸亏老婆单位离我们住的地方很近，大约十分钟后，我听到了老婆的脚步声。门“砰”的一声开了，我一下子瘫坐在地上，老婆见我脸色惨白，虚汗淋漓，而且还浑身战栗，吓得“妈呀”一声：“老公，你这是怎么了？”我有气无力地复述了一遍刚才发生的一切，老婆听罢连忙掏出手机要叫救护车，我赶紧阻止了她，我之所以没让她叫救护车，是因为我见到老婆感觉好多了，刚才像是做了个噩梦，现在梦醒了，虽然还心有余悸，但是已经不像刚才那样难受了，刚才感觉就像是自己被人类抛弃了，旷野无人，死一样的孤独，自己就像是一具丑恶的腐尸，在阳光的照射下，热乎乎地冒着臭气，臭气不断地在空中聚集，形成一大团云一样的东西，从里面发出窃窃私语式的嘲笑声，好像那就是我的魂魄，它正在用笑声祝贺逃离我腐烂的躯壳。老婆进来后，那团狰狞的云气像雾一样惊恐地散开，顺着我的七窍重新逃进了我的躯体，那状态就仿佛我用七窍将这些烟气吸进躯体内似的，随着这些烟气重新进入我的躯体，我感觉我又活过来了，天哪，多亏我老婆回来得及时，否则我岂不是已经魂飞魄散？正因为我感觉又活过来了，甚至觉得身上比刚才有了力气，才阻止老婆叫救护车，不是我不想去医院，我是怕一旦叫了救护车全楼都知道我得了心病，年轻轻的，太丢人了，虽然我和老婆刚搬来不久，和邻居们还不熟悉，但是我自认为平时给他们的印象是很阳光的，像我这样很有可能成为大作家的人怎么会患有心病呢？老婆非常理解我的心情，费了好大劲才把我扶上床，又赶紧到厨房给我热了一口剩饭菜，看我渐渐恢复了一些体力，这才搀扶我下了楼，打车去了附近的一家医院。在医院，医生给我检查得很仔细，不仅给我量了血压，还做了心电图，又让我躺在病床上用一种检测心脏的仪器检测了一个多小时，最后得出了一个让我和我老婆都无法接受的结论："你的心脏很正常，没有任何异常。"这就是说我根本没病，这怎么可能呢？我明明病了，甚至看见了自己的魂魄，这医生竟然说我没病，我怕医生搞错了，又重新复述了一遍发病的过程，医生还是坚持自己的观点，但是为了安抚我的情绪，决定为我开药打点滴，我这才觉得心理得到了些许安慰。我坐在医院的走廊里打点滴时，我老婆为我买了面包、香肠和矿泉水，我使劲吃了一顿。但是我的心情并未因医生说我没病和老婆无微不至的照顾而好起来，为什么？因为我非常担心或者说是害怕，不，是恐惧傍晚的情景再一次发生，那实在太恐怖了，一个人竟然会瞥见自己的魂魄，那魂魄竟然窃窃私语地嘲笑自己的躯体，一旦那些魂魄弃躯体而去，我岂不小命休矣，魂魄岂不也成了四处漂泊的游魂，这种事怎么可能发生在我身上，一个自认为是灵魂工程师的作家身上，简直太不可思议了！

回到家后，一切正常，洗漱完毕后，上床睡觉，竟然一夜无梦。可是第二天早晨，吃早餐时，我竟然感觉胸口发热，仿佛心脏里的血溢出来了似的，溢得满胸哪儿都是血，心跳顿时加速，心慌得虚汗淋漓，我大口地呼吸，可就是提不上这口气来，那种巨大的恐惧感再一次袭上心头，我老婆赶紧把我扶到床上，给我倒了杯水，我喝了几口水以后，才稍稍感觉好一些。老婆焦急地又要叫救护车，我再一次阻止了。说实话，我一个大男人，让老婆养着，就够糟心的了，怎么还忍心让她为我着急上火呢？为了不让老婆过于担心，我尽量装出好多了的样子，面带微笑催促她去上班。老婆不放心地走了，屋子里又剩下了孤零零的我，我感觉四面墙一起向我压过来，挤压得我喘不上气来，为了排遣这种压迫感，我试着起身下了床，打开了笔记本电脑，我心想，既然医生说我没病，我就应该工作，或许工作是医治心病的良药，然而我刚坐在电脑前，心口又是一热，我就感觉血在瞬间被抽干了似的，我赶紧哈下腰用手捂着心口，小心翼翼地挪到了床上，我靠着床头，望着窗外，感觉自己像一具埋葬了几千年的干尸。我就这样一直躺到中午，老婆在单位食堂打了饭后急匆匆地赶回来，为了不让她担心，我主动下地吃了饭，还亲自收拾了碗筷，表现得和往常一样，老婆稍稍地放心一些，吻了吻我无血的嘴唇，给了我一个祝福的微笑后走了。我心想，既然吃午饭、收拾碗筷都跟正常人似的，莫非我真的没病？难道是手头这部小说写得不顺手，心理压力太大造成的？既然如此，我下午不写了，出去走一下，散散心，或许会好起来。这么一想，我确实觉得轻松了许多。附近还有个小书店，里面的书很有品质，我决定去小书店翻翻书。可是刚穿好衣服，还未走出家门，心口窝忽然一热，我心想，不好，赶紧回到了床上。或许是及时回到了床上的缘故，这次仅仅是心口窝一热，并没有大发作，但是我再也鼓不起勇气出去散步了，我怕万一在路上发作起来，半死在马路上，那就再也没救了。因为以当下人心之冷漠，真要是摔倒在马路边上，即使不被地上的潮气冰死，也会被路人冷漠的目光冻死。我还记得前些日子报上报了一条消息，在地铁站附近有一个老太太心脏病发作躺在地上喊救命，路人从她身边匆匆走过，没有任何人理会，直到老太太死了两天才被发现。如此冷的世界，我不知道站着的人和躺着的人还有什么区别。当然还是有区别的，最起码我躺在床上，对那些能走出家门的人羡慕极了。难道我再也出不去了吗？我知道，这个不足四十平方米的小屋子并不是我的家，我的家在东州，如果我连这间小屋子都走不出去了，我怎么回我东州的家，要知道东州可是我魂牵梦绕的故乡啊！这么一想，我的眼泪情不自禁地涌了出来。

3. 他是谁

他终于查清楚了，东州市一共有十三个何许人。此时正值夕阳西下，他饥肠辘辘，因为为了弄清楚十三个何许人的情况，他连午饭也没吃。令他头疼的是十三个何许人中虽然职业五花八门，但是没有一个是专职作家。别看创作《白道》的何许人名声大噪，他断定此人一定是个业余创作者。因为他给市作协打电话，市作协会员中根本没有叫何许人的作家。当然，对于情况的复杂性，他是有心理准备的，哪怕竹篮子打水一场空，他也在所不惜。万花筒一般的火烧云宛如他心中深埋的渴望，他望了一眼夕阳下千变万化的云彩，脸上掠过一丝诡谲的微笑。他招手打了一辆出租车，一上车就告诉司机去黑水河畔的万花筒酒家。他觉得这是天意，在十三个何许人中竟然有个开酒店的，此人移民加拿大后又莫名其妙地回到了东州，个中原因必藏文章。正好该吃晚饭了，不如就到何许人开的酒店去吃，也好借机会会这个何许人。

夕阳用舌尖舔着黄昏的每个角落，包括他的心，他下了出租车望了一眼油亮亮的黑水河，感觉自己像漂泊不定的落叶被滚滚流水带往远方。小的时候，他总是不知道河流从哪里来的，又到哪里去，他站在河边总觉得该有一艘小船停下来，载他去远方看个究竟。他那时的梦想就像一条河流，闪烁不止。正值饭口之际，万花筒酒家门前却没停一辆车，很显然这是一家不景气的酒店，门脸装修得像座古色古香的茶楼，规模不大也不小，他径直走进去，酒店天棚很低，让人感觉有些压抑，不过装修还算有品位，他随便找了一张靠窗的餐桌坐下，向窗外望去竟可以看见黑水河。当服务小姐殷勤地递过来菜单时，他才发现大厅内只有他一位顾客。他点了两个拌菜两个炒菜，又要了两瓶啤酒，菜上齐后，他冷着脸让服务小姐把老板找来，服务小姐以为酒菜有问题，便连忙赔着笑脸问："先生，还有什么需要吗？"他执意要见老板，服务小姐只好哭丧着脸走了，不一会儿从楼上下来一位穿着白色T恤衫、米黄色休闲裤的中年男人，他打量了一眼，觉得此人胖瘦个头跟他差不多，只是比他多了一副眼镜，显得十分儒雅。这个人缓步走到他身边十分谦和地问："先生，您找我有什么事？"他立即换了一副笑脸，用有所求的口吻问："贵姓？"来人客气地说："免贵姓何。"他心里一阵暗喜，心想，大概找对人了，连忙问道："是何许人何先生吗？""正是。"对方表情有些惊异，一头雾水地点了点头问："莫非先生认识我？"他卖关子地笑了笑，给对方一种阔别多年的老同学或老邻居的错觉，然后礼貌地站起身自我介绍道："我叫郑商，或许你听说过我，以前在政府工作，现在是作家。"何许人一脸惊异，眼镜后面的那对大眼睛快要鼓出来了，用一种恍然大悟的口气问："你就是长篇小说《白道》里的原型吧？"他耸了耸肩，未置可否，然后将手一让请何许人坐下，双方落座后，何许人大方地又让服务小姐上了几瓶啤酒，然后饶有兴趣地问：“你是怎么知道我的?”他的眼睛似乎燃着一簇火花，一副一言难尽的表情，用阴郁的目光看着何许人，一边给他倒酒一边说：“我是在市公安局户政处查到你的，你可能知道我过去的身份，我在那儿有朋友。你是我要找的第一个何许人，不，应该说是第二个，去户政处时，我坐出租车，司机也叫何许人，他是第一个。我之所以要找何许人，也许我不说你也能猜到。”何许人脸上挂着凝固而茫然的微笑，用猜测的口吻问：“郑先生，你该不会认为我就是长篇小说《白道》的作者吧？不然你为什么要找到我?”他神情诡谲地看着何许人似乎在判断对方说的是不是真话，见他未开口，何许人进一步强调道：“很多人都能在《白道》这部书中找到自己的影子，当然，对你来说就不是影子的问题了，你是不是因为这个原因才找何许人?”他有些失望，但仍然不死心，他断定《白道》的作者真要是与他面对面，不可能有勇气承认自己就是这本书的原创者。他呷了一口啤酒，用将信将疑的口吻说：“这么说你不是《白道》的作者?”“开玩笑，”何许人既坦然又惆怅地说，“我要是有写小说的本事，就先写一写我自己的故事。名字我都想好了，就叫《我是谁?》。”他听到“我是谁”三个字，身子微微一闪，仿佛是为了躲闪迎面而来的一记重拳似的，他脸上露出好奇的微笑，探询地问：“为什么叫这个名字?”“你听完我的故事就知道了，”何许人像喝了老陈醋似的咽了一口吐沫，几乎是用一种恰如其分的惆怅和自怜的语气诉说道，“不瞒你说，我父母因为我吵了一辈子，小时候，我父亲经常骂我是野种，就因为我长得不像他，他怀疑我不是他的亲生儿子，猜疑我母亲背着他红杏出墙，可是我母亲死活不接受父亲的指责，两个人吵得四邻不安，以至于闹到离婚的边缘。后来我渐渐长大了，父亲不好再骂我野种，但他对我究竟是不是他的儿子仍然耿耿于怀，老两口虽然不像以前那么吵了，但常常冷战，即使我娶妻生子后，老两口仍然没有解开这个心结。随着年龄的增长，我也对自己是不是他们的儿子产生了怀疑，因为我不光长得不像我父亲，我长得也不像我母亲，我和我父母站在一起，没有人会相信我是他们的儿子。为了解开老两口一辈子的心结，我携妻带子移民加拿大之前，做了亲子鉴定，结果不仅老两口目瞪口呆，我更是茫然不知所措，你猜怎么着，鉴定结果是我根本就不是我妈生的，后来我通过朋友到妇婴医院咨询，医院分析我当时一定是抱错了。至于究竟谁是我的亲生父母，根本无据可查了，因为当时我出生的那家医院是一家小医院，现在连医院的影子都找不到了，我活了四十年了，竟然不知道我是谁，你说可悲不可悲?”他还真没想到眼前的何许人竟有这么离奇的身世，便同情地问：“你不是移民加拿大了吗？怎么又回来了?”何许人点了一支烟，深吸后吐出一个刺目的烟圈，悲苦之情溢于言表，长叹一声说："我们全家移民加拿大后，我儿子也一天天茁壮成长起来，我发现儿子长得一点也不像我，就怀疑妻子是不是对我不忠，便经常吵架，后来妻子实在受不了了，就建议回国做亲子鉴定，想到我自己的离奇身世，心想，悲剧怎么可能在一个家庭两度出现？便不同意回国，但后来我发现儿子不光不像我，也不像我妻子，便怀疑是不是也抱错了。这才同意回国做亲子鉴定，结果让我们夫妻大吃一惊，儿子不是我们的，和我当初一样抱错了！儿子已经十几岁了，当时是怎么抱错的，医院根本说不清楚。我的亲生儿子是谁，他现在在哪儿？为了找到我儿子的父母和我的亲生儿子，我决定不再回加拿大，这才开了这家酒店。可是几年过去了，我什么线索也没有，由于没有心情打理酒店生意，所以一直不景气。郑先生，你说我的身世如果写成小说，是不是不亚于《白道》？"何许人的坦诚让他十分感动，但他还是不敢完全相信何许人的离奇身世是真的，倒像是一个寓言故事。其实在这个世界上谁又不是孤儿呢？想到这儿，一种莫名的伤感油然而生，他极为同情地安慰道："别看我们都是父母所生，但这不过是造化借用了我们父母的躯体，常言道，造化弄人，其实我们都是造化的偶然产物，我们不是来自父母的身体，而是来自虚无，我们偶然而来，必然而去，就像一个孤独的影子，这么说来，谁不是何许人呢？对了，你怎么看《白道》这本书？"何许人定了定神，长舒一口气说："这部书讲的就是'何许人'三个字。那么，你又怎么看小说中主人公商政呢？"他迟疑片刻，目光迷茫地说："简直是另一个我，这让我很不舒服，我一定要找到这个何许人，倒要看看他是不是另一个我。"何许人温和地微笑着问："有线索了吗？"他摇了摇头，用侦探式的口吻分析道："还没有，不过东州市一共有十三个何许人，我想其中一定有一个是《白道》的作者。"何许人摁灭手中的香烟，用调侃的口吻说："十三可是个不吉利的数字，要是这十三个人中没有你要找的何许人，你该怎么办？"他没有马上回答，而是望了一眼窗外的夜幕，远处的黑水河大桥上灯火通明，他若有所思地说："我说不好，我决心先找到这十三个人弄清情况再说。"何许人像是突然受到了什么启示，用提示的口吻说："会不会是笔名？"他不是没有想过这个问题，但他也最不愿意想这个问题，他用诡辩的语气说："我也是作家，我对知名作家的真名、笔名做过研究，我觉得用何许人做笔名的可能性不大，正如你叫何许人就是真名一样，何况现在大部分作家都用真名，很少有人用笔名了。""你说得也有道理，"何许人目光深邃地说，"我在加拿大有一个朋友也叫何许人，不过何许人是他得了健忘症后另起的名字，我认识他时他以前叫什么名字、生平经历、社会关系全部忘记了，何许人是后来他寻找自己时不得不借用的一个符号。”他浑身散发着一种寻找的渴望，深深地叹了口气说：“这么说，你这位朋友真实的一切已经淹没在人海深处了。”何许人用闪光的舌尖舔了舔嘴唇，颇有同感地说：“是啊，也许忘记了一切才是最幸福的，”然后用推心置腹的口气问，“《白道》的作者会不会是你以前的同事？”他立即摆了摆手，否认道：“我以前的同事没有叫何许人的。”一瞬间，何许人的眼里有光在闪动，质疑地问：“你凭什么断定此人在东州？”他毫不犹豫地挥了挥手，毋庸置疑地说：“他写东州充满了恋母情结，一看就是土生土长的东州人，东州不仅是他的故乡，也是他的地狱和天堂，更是他的一个剪不断理还乱的老情人。”何许人的语气听上去有几分恭维的意味，附和着说：“毕竟是作家，看问题就是入木三分。”他听罢露出几分得意的神色，然后点了一支烟，在喷出的烟雾缝隙中凝视着何许人问：“你的酒店为什么叫万花筒酒家？”何许人洁白的牙齿亮光一闪，颇有城府地嘿嘿笑道：“人生就是万花筒嘛！”他脸上挂着品味的神情点了点头，喷了一个烟圈凝视着，仿佛在欣赏变化万千的万花筒里的景色。

4. 我被塞进了救护车

晚饭后，老婆想扶我出去走走，我一听要出门，心里顿时紧张起来，下午我的确想试着出去走走，但巨大的恐惧感，和那莫名其妙的血液瞬间被抽干的骇人感觉像幽灵一样袭击了我，我实在没有勇气再迈出眼前这道门。但老婆执意要领我出去散散心，在家闷了一天了，她担心我没病也会闷出病来。老婆是我心目中的女神，但又是温柔善良、风姿绰约的妻子，我们青梅竹马、相濡以沫，共同走过了十五六年的风风雨雨。结婚以来，为了满足我事业上的虚荣心，她几乎牺牲了一切，我不仅没有取得一点点成绩来回报她，而且还越来越依恋她。我对老婆有一种孩子气的信赖和崇敬。她也的确喜欢关怀备至地将我置于她的卵巢之下。我不想让老婆失望，同意出去走走。夏天透支了大量黑夜，已经晚上八点钟了，天还没有黑透。老婆给我换上了一件新T恤衫，这是我们到北京后，她精心为我挑选的，我一直也没舍得穿，老婆执意让我穿上，是想让我换一份好心情，振作一下低落的情绪，可是我刚穿上这件蓝颜色的新T恤，就像是心脏被一张纱网罩住了似的，越收越紧，就感觉血液被一点一点地挤了出去，直到心脏被挤成了一团惨白的棉花团，一股巨大的恐惧感如泰山压顶般向我袭来，我还没来得及用手捂住胸口，头一阵眩晕，像一摊烂泥似的栽倒在床头，气若游丝地听到我老婆歇斯底里的一声尖叫，我便人事不省了。

等我重新有了知觉时，身边站满了人，我矇矇眬眬地好像看到有两三个穿白大褂的，还有几张脸看着面熟，我想起来了，是邻居，这些人正七手八脚地抬起我，将我抬到了一副担架上，我被抬起来的时候已经分辨不清周围人的脸，因为我又瞥见了一股烟气窃笑着尾随着我，它们从我的七窍撒欢般溜出去，摸摸这个人的耳朵，揪揪那个人的头发，和空气搅在一起嬉戏，众人将我抬入电梯时它们中的一部分竟然扒着电梯门缝探头探脑，那架势很想弃我而去，但又恋恋不舍，多亏它们恋恋不舍，我虽然奄奄一息，但还能意识到周围的一切，如果它们真的弃我而去，我恐怕就永远也醒不过来了。我被众人抬着走出楼道时，黑暗的洪流已经淹没了一切，只有夜空里的星星闪闪发光，我好像很久没仰望星空了，今天晚上繁星满天，星光灿烂，戏弄我的那团烟气在楼道里还闪着幽光相互追逐，一暴露在星光下，便自惭形秽地钻入我的七窍，在我脑海里唧唧喳喳地鼓噪着，唯恐无家可归。这些该死的幽灵一钻出我的躯体便全都侥幸地窃笑起来，而我仰望着星空，一股思乡之情油然而生，无限感慨地想，家——我灵魂的栖息地，我何时才能回到你的怀抱？在众人的努力下，我终于被塞进了救护车，那团烟气回到我的体内后，我的意识又渐渐恢复了，因为有几滴雨点滴在了我的脸上，不，不是雨点，是我老婆难过的泪水，我渐渐睁开眼，发现她蹲在我跟前，双手紧紧握着我的右手，脸色因惊吓和焦虑而变得惨白，浸满泪水的眼睛饱含着爱的深情，尽管我老婆没开口，但是我能清清楚楚地听见她发自内心的爱的呼唤，就像是夏娃在呼唤亚当。我又活了，望着可怜的妻子，感觉我俩就像被逐出伊甸园的亚当和夏娃，我情不自禁地自言自语道："家，老婆，我看到黑水河了，它从我的心灵深处流过，阳光照在黑水河上，有如万道金蛇在水面上穿梭，漂亮极了！"老婆重重地点了点头，几大滴温热的泪水又滴落在我的脸上。到了医院后，医生又给我量了血压、做了心电图，仍然没发现任何异常，于是用平车将我推进观察室观察，那种检测心脏的仪器屏幕上，脉搏跳动得既平稳又流畅，就这么观察了一宿，黎明时分，医生让护士撤掉了检测仪器，而且拍着我的肩膀说："年轻人，你没病，身体好着呢，回家吧。"还未等我开口，我老婆当时就急了，责问医生是不是搞错了，医生一听我老婆怀疑他的诊疗水平，没好气地说："别再无理取闹了，快回家吧。"说完转身而去。我哭笑不得地摇摇头，翻身下了平车，老婆赶紧上前扶我，我们相互搀扶着走出医院，望着冉冉升起的红日，我颇为感慨地说了一句："太阳出来了，可黎明却死掉了。"

接下来一连几天晚上，我都辗转反侧难以入睡，好不容易睡着了，又被噩梦惊醒，醒后大汗淋漓，心率过速，心慌得不得了。老婆惊异地问我，是不是被鬼压床了，我非常痛苦地告诉她，我梦见家了。她非常惊异地问我，梦见家怎么会吓成这个样子？我告诉她，家里的苍蝇像空气一样塞满了屋子，苍蝇是金色的，家已经变成了一块金砖，这块金砖嗡嗡叫着压在我的胸口，将我的魂魄都压出了七窍，太恐怖了，老婆，我们可能回不了家了。净瞎说，老婆嗔怪地说，家是我们俩的伊甸园，没有了家，我们俩岂不成了一对漂泊的游魂。何止我们俩？我强调道，谁又不是漂泊的游魂呢？窗台上有面镜子，她拿起镜子端详着自己的脸，轻轻地叹了口气，那表情似乎已经辨认不出自己了，也难怪，自从我得了病以后，她整日为我提心吊胆，一向绯红的脸蛋早已失去了光泽，我知道她不仅脸憔悴了，其实心也憔悴了。她放下镜子突然说了一句让我意想不到的话："还是家好，我们回家吧。"我乜斜着眼睛看着她，揣摩她说的是不是心里话。我辞职以后，家里的收入一下子少了一大半，这年头想靠写小说养家糊口简直是痴人说梦，但我做梦都想成为这样的痴人，老婆就喜欢我做痴人的样子，于是毅然决然地承担起了养家的重担，然而人近中年，上有老下有小，她单薄的双肩担起的东西实在是太重了，没办法，她才在单位一再催促下同意离开东州，北京只是一个中转站，单位的意思是在北京培训一段时间后，派她出国驻外工作，她恰恰是为了出国驻外才离开家的，无非是因为出国驻外可以多一点收入，我当时想，反正老婆走到哪儿，我就跟到哪儿，在哪儿不可以写作呢？然而没想到，我竟然病倒了，而且病得这么蹊跷。如今老婆毅然决然地说出了回家的话，看来她是想放弃出国驻外的机会了，这就意味着生活又要回到原点。想来，心里真不是滋味。我试着问老婆，单位能放你回去吗？你都病成这个样子了，单位不同意也得同意。她惆怅地说。只是我们怎么回去呢？老婆这么一说，我还真没主意了，坐飞机肯定不行了，说不定飞机刚刚起飞，我就一命呜呼了。我现在一想到"飞机"两个字，就憋得喘不上气来。老婆建议坐火车，可是她刚说出口，就摇了摇头，自己否定了自己。因为一旦我在火车上犯了病，根本没有办法叫救护车，更何况自从火车提速以后，路上经停的站点非常少，尽管火车上配有医生，且不说火车上医生的水平，抢救时需要医疗设备的，火车上的医生治个头痛脑热的还行，像我这种蹊跷的病一旦发作，火车上的医生必然束手无策，到时候怕只能等死了。老婆一想到我犯病时奄奄一息的样子，眼睛里就闪动着泪花。我们商量来商量去，都觉得坐汽车比较方便。但绝不是长途大巴，因为一旦在长途大巴上犯病，天南地北一车人，谁会为了一个病人耽误自己的行程，司机即使想就近送我去医院，同车的旅客也不会同意的，如果一部分人同意，一部分人不同意双方争执起来，司机左右为难，我也在争吵中一命呜呼了。那就只剩下一条路了，让北京的朋友出车送，或者让东州的朋友开车来接。我们在北京哪儿有什么朋友，除了刚认识的几个邻居，就剩下我老婆单位的同事了，这样的关系怎么可能开口麻烦人家送我们回家呢？再说即使开了口，人家也不可能答应，岂不是很尴尬。于是只能求东州的朋友了。一提到"朋友"二字我情不自禁地叹息一声，因为这两个字对我来说太奢侈了，谁都知道作家是百无一用的，这年头谁还会和一个什么用都没有的人交朋友呢？想当初，我也曾经是世人眼中非常有用的人，因为我在官场不仅当过副处长、处长，还当过市长秘书，只可惜我服务的老板出国访问期间因心脏病突发客死他乡了，他生前是一个敢做敢当、特立独行的人，一生追求的目标是做自己，只可惜他最大的痛苦就是做不了自己。他死后，我痛定思痛，觉得他之所以做不了自己，是因为他一直没有找到自己的心灵家园，一个无家可归的人，不过是个流浪汉，怎么可能做自己呢？应该说，是他的死警醒了我，我经过痛苦的反思，终于明白，一个想做自己的人必须找到心灵家园。于是我毅然决然地辞了职，开始了寻找心灵家园的痛苦之旅。可是在我心目中，唯一值得信赖的东西就是一支书写心灵的笔，随着岁月的流逝，"你"、"我"、"他"都将灰飞烟灭，什么也不会留下，但书写心灵的文字、绘画、音乐将永存，这就是我执意要当作家的根本原因。然而一个作家对于视灵魂如粪土的红尘中人来说是毫无用处的，因此那些曾经前呼后拥的所谓朋友在我辞职以后早已烟消云散，如今思来想去，能称得上朋友的只有李岩了。平时我和我老婆习惯称他为小李子，他也喜欢我们这么称呼他。让我内心无限感慨的是，小李子出身农民，只有小学四年级文化，却比那些读了大书、做了大官的人心灵更自由，做人更潇洒，更像个有信仰的人，其中的道理还真让人匪夷所思。

5. 他的身份被偷了

他万万没有想到，第三个何许人竟然主动找上门来，就像跳水运动员浮出水面似的。这是个清瘦高挑的大学生，小伙子长得很英俊，只是脸色阴郁，在布满阴影的表情后面，仿佛隐藏着一轮忧伤的月亮。他自我介绍叫何许人，是慕名而来向他请教人生困惑的。他听了有些诧异，觉得自己虽然因出了几本小书博得一些小名气，但远远没到值得别人慕名而来的地步。见他有几分疑虑，小伙子连忙一脸虔诚地解释说：“我是读了长篇小说《白道》慕名而来的，有人说这本书是您写的，何许人是您的笔名，更有人说书里面的主人公商政的原型就是您，我还知道您曾经当过市长秘书，现在又是著名作家，您在人生的旅途上不仅经历过大风大浪，而且也见过灿烂的彩虹，不瞒您说，郑老师，我的人生遇上了前所未有的困境，今天前来拜访您，就是希望您能在百忙之中为我指点迷津。”他被眼前这个自称何许人的大学生的真诚所打动，连忙将他请进客厅，并切了几块西瓜端上来请满头大汗的何许人解渴，自己点上一支烟，一边有滋有味地吸着一边和蔼地问：“说说看，你这么小的年纪，能遇上什么人生困境？”何许人闪烁的眼神中透露出紧张、沮丧、迷茫的神情，还压抑着愤怒。如此复杂的表情，让他和蔼的笑容顿时僵住了，以他作家的敏锐，他断定这个正值对未来充满幻想年龄的大学生的确正在被迷雾裹挟着。何许人的语气透出几分挣扎，悻悻然地说：“我的身份被偷了！”他听罢油然而生一种疑惑式的震撼，就像一只脚踩进了泥坑里似的。他皱着眉，加深了语气问：“到底是怎么回事？”一束金色的阳光落在他俩中间的茶几上，晃动着，何许人神经质地吸了吸鼻子，挤出痛苦的笑容，困窘地说：“现在这世上有一个和我的身份信息一模一样的人，但他是合法的，我这个真的反倒成了假的。”说到这儿，何许人垂头丧气地停顿了一会儿，然后接着说：“年初，我和几个同学参加了一场招聘会，回来时一起去银行开通网上银行业务，办手续时，需要身份证，可工作人员告诉我信息不对，不能办理，我很奇怪，多次输入身份证号码，工作人员还是说不对，我不解地问，到底什么地方不对？工作人员说，银行电脑显示，有一个和我同名同姓同身份证号码的人，但照片却不是我，是另一个男孩子的头像。我这才意识到，一定是我的身份信息被盗用了，我立即向警方报了案。警方经查询后，发现何许人的身份证号码是唯一的，而且信息也很准确，只是照片不是我，是另一个人，我经过辨识后大吃一惊，他竟然是我高中的同班同学。”何许人说到这儿，又停顿下来，表情像一个落水的人挣扎出水面换气似的，他插嘴问道：“他就是那个假何许人？”何许人点了点头，一脸的诧异无奈，仿佛现在也无法相信发生在自己身上的事情是真的，蹙着眉头说：“对，可我对他冒名顶替我一无所知。”他深知制造荒谬离奇的故事是人类的天性，但这个涉世不深的大学生讲的不是故事，而是正在发生在这个年轻人身上的现实，他紧握的掌心开始出汗，迫切地想知道幕后导演的真实意图，但又要调控好这个年轻人的情绪，使其不至于因为太过激动而情绪失控，因此他仍然保持着温和的语气问：“那么假何许人冒名顶替你的意图是什么呢？”他知道何许人的故事已渐趋高潮，仿佛暂时被搁置的痛苦又卷土重来，年轻人嗓音嘶哑起来，他示意何许人吃块西瓜再说，年轻人摇了摇头，清了清嗓子，心情沉重地说："五年前我参加高考没有达到全省二本分数线，虽然当年有少数高校降分录取，而且我填报了三批专科院校志愿，但我没有收到任何高校的录取通知书，而那一年我的一个同班同学成绩比我少一百五六十分，却顺利地读上了大学本科，而我只能在落榜后选择复读，并在第二年考上了东州大学。"他这才恍然大悟，真相一下子汇聚到眼前，年轻人摩挲着双手，似乎想摆脱冷酷的现实，他同情地叹了口气，用抚慰的口吻问："你报案后，警察有没有立案?"何许人沮丧无助地摇摇头，愤恨地说："他父亲得知我已经报案后，怕事情闹大，立即赶到我家，他父母承认了他儿子冒名顶替我上了大学的事实，并承诺承担一切责任，弥补我的损失，我父母都是老老实实的农民，没见过什么世面，就同意私了，我坚决不同意，他父亲就又亲自到我们学校找到我，劝说我修改身份证号码并答应为我安排工作，我虽然拒绝他的无理要求，但内心一直在进行激烈的斗争，我叫何许人，还有很多何许人，但每个何许人都有属于自己的身份证号码，它是唯一的，我生下来是这个号码，死也是这个号码，这么神圣的号码，我为什么要改？就因为我们家是普普通通的农民，无权无势好欺负吗？我坚决不同意，于是他们靠权势压我父母，很多热心人让我找媒体曝光此事，我很矛盾，我只想要回属于我的身份，并不想把事情闹大，但是如果不闹大怕是我再也不是我了。"他发现何许人说这番话时，目光中浮现出一种朦胧模糊的反叛意识，尽管他听了这种荒谬绝伦的事情心情很愤懑，但是为了阻止这个热血青年做傻事，还是用既同情又亲和的语气问："这么说你找我的目的，就是让我为你拿主意?"房间里弥漫着悠长的夏日阳光，隔壁传来邻居家小女孩练习钢琴的声音，稚嫩的曲调宛若何许人期盼的表情，年轻人敞开心扉说："除此之外，我还想请您写一写我，用真名实姓写，用您的如椽大笔揭露这种丑恶现象，也好为成千上万个被冒名顶替的莘莘学子讨个公道。"他觉得有点热，尽管在他体内有一种冰冷的感觉，他从假何许人父母的能量可以判断这家人绝不是等闲之辈，从最初选中何许人到拦截录取通知，直至假何许人成功入学，必须突破多道"壁垒森严"的制度防线，这是一张无形的网，以何许人的一腔热血是无法与之抗衡的，即使加上自己也不行，因为潜规则早已深入人心。因此他像泼冷水似的说了一句："妥协吧!"何许人简直不相信自己的耳朵，张口结舌地看着他，好半天才回过神，哭丧着脸说："郑老师，这件事发生后，我简直不知所措，每天晚上坐在操场上仰望星空，直到我在盗版书摊买了一本《白道》后，我才看到了希望，决定来找您，可是您竟然劝我妥协，难道就无力阻止这些人颠倒黑白吗？”他尽量控制住自己的情绪，收起了笑容，振聋发聩地说：“这个世界根本没有黑白之分，一切都是灰色的，所以也不存在黑白颠倒。”何许人的脸色顿时阴沉晦暗起来，情绪激动地追问道：“那么请问正义是什么？”他的太阳穴在悸动，很显然何许人的话让他很不舒服，他拢了拢头发，用教诲的口吻说：“年轻人，别动不动就谈正义，正义就像中国的股市，你一出手，准被套牢。从古到今，正义都喜欢跟善良的人捉迷藏，一旦它和你兜兜转转地周旋起来，即使在严丝合缝的法理上你也找不到顺畅的‘出口’。既然你是诚心诚意向我请教，我就不能不说几句实话。听我一句劝，千万别听那些所谓热心人的怂恿，一旦你捅破了冒名顶替的窗户纸，你不仅看不到你执著已久的正义，而且会拖得你心力交瘁，生不如死，还是选择和解吧，心照不宣，投桃报李，日子要逍遥许多。”两个人之间突然横亘起某种障碍，这种障碍沉甸甸的，压得他们都鼻孔大张，鼻翼翕动。隔壁邻家的小女孩又在走调的钢琴上意兴阑珊地弹起音阶，何许人目光警觉地看着他，率直地问：“青天白日、朗朗乾坤，就任由这些人偷梁换柱、瞒天过海吗？”“年轻人，”他坦诚地说，“偷梁换柱、瞒天过海古来如此，不然怎么会有三十六计呢？听我一句劝，还是私了吧，妥协就是力量，人生要学会妥协。如果你拒绝更改自己的身份证号码，你就只能走上一条极其艰难的维权之路，而仅仅一个立案，就可能让你遍体鳞伤。目前来看，尽管你要承担的物质与精神成本很大，身份信息被人冒名顶替给你带来诸多不便，但只要你学会妥协，就没有过不去的火焰山，他们现在巴不得你跟他们和解，你可以尽情地提条件，他们会尽量满足你的，表面上你是更改了身份，但你想一想，他们的儿子不也更改了身份吗？其实谁又不是何许人呢？身份变了，但本性没变，这才是最重要的。千万别当旗帜，要知道丰碑下面只能埋尸骨。”何许人被他的话深深震撼了，久久地坐着没说一句话，沉默像琴弦一样快要绷断了，最后年轻人叹了口气用妥协的口吻说：“我只是想要回自己的东西，怎么这么难啊！”他也如释重负地说：“人生就是演戏，每个人都是演员，换个身份有什么不可？要知道身份换了，你得到得或许更多。有些戏剧的好坏，并不取决于演员的演技，只取决于导演的口味，人家不按常理出牌，你越投入，越容易落下内伤。我非常希望能与灵魂和平共处，然而在这个欲望横流的年代，谁又能置身事外呢？”何许人似乎被说服了，眯起眼睛挤出一丝尴尬的笑容说：“《白道》绝对不是您写的！”他像被掌掴了一样，低下了头。

6. 我认识了一位“奇人”

我是通过大学同学王林和孙兰兰认识小李子的。王林和孙兰兰是两口子，当时他们还只是报社里的普通编辑。整天做着发财梦，却苦于没有机会。有一天，王林得意地告诉我，他和孙兰兰承包了一家区级医院的性病诊所，我讥讽他想钱想疯了，竟然大白天说起梦话来了，我的理由很简单，他和他老婆和我一样，都是学中文的，和医一点儿边都沾不上，要要笔杆子还行，承包一家区级医院的性病诊所简直就是痴人说梦。王林是个小个子，比两个摞起来的水桶高不了多少，外形长得也像水桶，脸蛋倒是眉清目秀的，正因为自惭形秽，在大学暗恋孙兰兰四年，也没敢开口示爱，一直熬到大学毕业。两个人分到了同一家报社，这家伙还是不敢开口，只好向我求助，也难怪，孙兰兰不仅身材修长，而且容貌姣好，和王林形成强烈反差，最后，是我从中搭桥才捅开了这层窗户纸，原来孙兰兰也早就爱上了王林，她原本可以分到政府机关工作，就是为了王林，才费劲周折进了这家报社。在我的撮合下，这对痴男怨女终成眷属。正因为有了这层特殊的关系，王林和孙兰兰视我为最好的朋友。也正因为如此，他才将承包性病诊所的事告诉了我。可无论如何，我也不相信王林会干悬壶济世的买卖，他只好给孙兰兰打电话，让她跟我通话，确认确有其事。我和孙兰兰通电话时，质问她，你和王林对医一窍不通，连进什么药，什么渠道进，都不清楚，怎么管理呀？孙兰兰告诉我，两个月前，她和王林出差，在火车上遇上一位奇人，正是在这位奇人的建议下，他们才决定承包性病诊所的，我怕这两口子发财心切，上了歹人的当，孙兰兰笑着说，人家把钱都投到性病诊所了，上什么当？我还是不放心，追问她，那位奇人是哪个医科大学毕业的，是硕士还是博士，是不是性病方面的专家？孙兰兰语出惊人地说，奇人叫李岩，安徽农民，小学四年级文化。我当时就急了，质问道，你们两口子是不是跟我开玩笑？孙兰兰一本正经地说，你见了小李子就不会觉得我和你开玩笑了。孙兰兰的话极大地引起了我对小李子的兴趣，挂断电话后，我就急着让王林给我引见那位奇人，出于好奇，我很想知道那位奇人究竟奇在何处。王林卖关子地笑了笑，说晚上一起吃个饭吧。就这样，在饭桌上我见到了一个相貌土里土气、眼睛却炯炯有神的男人，大约三十五六岁的样子，见了我满脸堆笑，说句心里话，他那庸常的相貌和毫无特色的举止，无论如何，也不能给我奇人的印象。我大失所望，心想，看来王林和孙兰兰确实是想钱想疯了，竟然和一位农民合伙承包性病诊所，还请这位所谓的“奇人”全权管理，到头来不赔个底儿掉，也得鸡飞蛋打。三杯酒下肚后，我尖刻地嘲讽道：“莫非你父亲是村子里的赤脚医生？”不知他是真的没听出我对他的嘲讽，还是装作不知，竟然一本正经地回答：“我父母都是普通农民，不过，我们村外出打工的人大多都在外面承包了性病诊所。”我纳闷地问：“为什么只承包性病诊所，不承包别的诊所呢？”他竟然实实在在地说：“这年头得性病的人不是有钱的，就是有权的，钱好挣。”小李子这句朴实的话，不得不让我相信，医学界闯进了一位与精神世界完全不沾边的人。尽管他穿着名牌T恤衫，发型也剪成了时下在老板中流行的板寸，但他浓重的乡音和土里土气的举止，无论如何也不能与医院管理者联系起来。要知道，即使是医学硕士、博士们也未必有能力管理一家性病诊所，言谈中，我得知，小李子竟然聘请了好几位医学硕士和博士为性病诊所打工，让我不得不对他刮目相看了，我甚至想到了汉高祖刘邦，刘邦自认为自己运筹帷幄之中，决胜千里之外不如张良；填国家、抚百姓，给饷馈，不绝粮道不如萧何；连百万之众，战必胜，攻必取不如韩信，但他却颇为得意地认为“三人皆人杰，吾能用之，此吾所以取天下也”。莫非眼前这位其貌不扬的农民也像刘邦一样是位不能将兵，倒能将将的人物？王林为人精得跟猴似的，凡事从来不吃亏，居然情愿跟一位农民合作，显然是看中了小李子刘邦式的才能。言谈间，我还发现，小李子谈起性病诊所头头是道，但是除此之外却孤陋寡闻，好像他除了诊所和金钱之外，并不知道这个世界上还存在着其他有价值的东西。我感觉这正是王林看中的，因为在我与小李子谈话时，他坐在旁边正为自己独具慧眼而乐不可支。好像意外地发现了一台挣钱的机器，而不是一位志同道合的合作伙伴。然而在我看来，眼前这个表面上有些木讷的农民骨子里是一个非常狡猾的乡巴佬，别看他知识极其贫乏，却是个心灵世界不受约束的人，真要是动起心眼来，王林和孙兰兰加在一起都未必是小李子的对手。因为我与小李子推杯换盏期间，除了发现他知识面有限外，不仅没发现他有什么弱点，甚至还发现了一个干事业的优点，那就是一旦认准了什么，便一门心思干到底，具有坚忍不拔、百折不挠的性格，而且从他对我毫无顾忌的恭维中，我还看到了无知者无畏的力量。而我们这些脑袋里灌输了各种多余知识和规则的人干起事来不仅畏首畏尾，而且还死要面子，出些点子还行，真要是点头哈腰地去操作，自尊心根本受不了。读了四年大学，给我的感觉是，知识不仅没有给我们带来力量，而且还束缚了我们的思维，我们不仅被困在思维之狱之中无法逃离，而且身上还多了一些酸腐气。这些酸腐气犹如一个阴暗的山洞里成千上万的蝙蝠排出的粪便，落在心灵上越积越厚，心灵被压在粪堆底下，我们全然不知，还以酸腐气引以为有知识的标志，根本不知道掌握知识的目的是为了创造，无益于创造的知识必然散发出酸腐气。而像小李子这样的人，头脑里除了一个奋斗目标，没有任何思维之狱，再加上不达目的不罢休的性格，很可能成功，事实也证明，在现实中，这样的成功者不乏其人。

果然，那日分手后不久，有一天晚上朋友请我喝酒，酒足饭饱后，我打车回家，在出租车上，我听到了一档叫“午夜悄悄话”的节目，竟然是王林承包的性病诊所主办的，这是一档专门针对性病患者的咨询节目，节目办得不仅知识性强，而且主持人的主持风格风趣幽默，很吸引人。出租车司机告诉我，乘客上车后都愿意听这档节目，很显然全市大部分出租车都成了王林、孙兰兰、小李子三人承包的性病诊所的广告宣传车。起初我以为，这么好的主意不是王林就是孙兰兰想出来的，我打电话问王林后才知道，这主意不仅是小李子想出来的，而且还是他亲自选的主持人。乖乖，谁能想象得到，“午夜悄悄话”节目背后的操盘手竟然是农民。在事实面前，我不得不承认小李子的确与众不同。

接下来，东州的大小报纸不约而同地出现了他们仨承包的性病诊所的广告，广告不仅别开生面、颇有创意，而且耐人寻味，非常吸引人。这么多家报纸不约而同地刊出性病诊所的广告，显然与王林和孙兰兰多年在媒体积累的人脉有关系，随着广告战术越演越烈，我作为旁观者才渐渐看明白，原来小李子这位所谓的奇人之所以同意和王林、孙兰兰合作，就是看中了他们俩在媒体的优势，想利用他们在媒体积累下的人脉资源利用广告轰炸战术，赢得第一桶金。结果他们成功了，因为王林和孙兰兰很快就开上了奥迪轿车，而且在东州两处最贵的楼盘买了房子。有一次在饭桌上，我问小李子为什么不安心在家务农，非要出来闯世界？小李子的回答非常朴实，却深深地触动了我。他说几千年了，农民就一种活法，我想换个活法，找一条能做自己的路。想不到一个农民也想做自己，如果不是亲眼看见他通过广告战术创造了性病诊所日进斗金的奇迹，我会认为他的想法荒诞不经、滑稽可笑。那时候在我心目中能够做自己的只能是我老板那样的人，而且我认为也只有我老板那样的人才有能力做自己，一个市长想做自己是天经地义的事，而一个农民也想做自己，在我看来简直是天方夜谭。而小李子用事实向我证明，无知离无限是最近的。试想在一个没有限量的人身上，什么奇迹不可能发生？为什么？因为无限意味着一种不确定性。无限是什么？就是心灵，就是世界，就是宇宙。当然无限必须通过有限表现出来，而无知是最接近无限的有限。

7. 他决定跟踪她

在所有何许人中，他最感兴趣的就是她。他一开始就断定她不可能是《白道》的作者，但是他对她侧面了解后发现，这是个喜欢生活在别人婚姻中的女人，这极大地引起了他的好奇心，他是凭借好奇心写作的，一旦什么人引起了他的好奇，他就有一种强烈的窥视欲望，会想方设法处心积虑地妄图探索人家的隐私，他知道她的故事一定是一篇小说，只是缺一个男主角。于是他产生了自己充当这个男主角的疯狂想法，为了实现自己的疯狂想法，他决定先跟踪她，然后再一点点接近她，最后想办法脱掉她的衣服，看看这个迷住了诸多已婚男人的千娇百媚的躯体里隐藏着怎样让他们流连忘返的秘密。他一向认为，肉体是故事的发源地，而最有趣的故事就是那些秘密，那些人性当中最隐秘的东西。他对那些最隐秘的东西极端痴迷和沉醉，他认为那些最隐秘的东西中隐藏着灵魂的信息。那天，当他鬼鬼祟祟地尾随着她在大型购物中心穿梭闲逛时，他忽然意识到自己的观察力已经平庸得就像福楼拜笔下爱玛的情人莱昂："她是所有小说中的情人，所有戏剧中的女主角，所有诗集中的那个模糊的'她'。"他想这大概是缘于她渴望生活在别人婚姻中的爱好很像爱玛，或者说简直就是一个活生生的"爱玛"。不过她的样子并不像爱玛，而是和《白道》中那个娇媚可人的海小妹十分相像，淡绿色的短袖紧身衫配褐色超短裙，纤长双腿，嫩白柔软，一双小白兔似的活泼可爱的脚丫趿拉着一对粉红色凉拖鞋，鞋面上系着精巧的蝴蝶结，她的披肩长发并未焗成流行色，而是宛如乌鸦翅膀的那种深黑色，白皙的心形小脸下是一双蛾眉、大眼睛，精致的鼻子下面朱唇微启。一双粉嫩的小手灵巧地摩挲着衣服架子上成排的高档女装，暗红色的指甲油零零落落。他目不转睛地盯着她，不放过一颦一笑，无论是秀美的脸蛋、袒露的肩胛骨，还是柔弱的膝盖、赤裸的双脚，无不深深地吸引着他，特别是她对服务小姐抿着嘴微微笑时，似乎嘴里轻轻咀嚼着口香糖。她问过价钱后，并没有买，而是随意地看了他一眼，不知为什么他立即心慌意乱地转过脸，佯装在挑选商品，好像那不是匆匆一瞥，而是故意丢给他的一个含情脉脉的眼神，他顿时像全身被电击了似的油然而生一种兴奋的恐慌，惊骇得欣喜若狂，心就在嗓子眼扑腾，堵得他喘不上气来。就在他背过脸去，全身燥热难耐，心绪忐忑不宁之际，服务小姐笑容可掬地走过来招呼他，他尴尬地笑了笑，解释说只是随便看看，然后借机转身寻找她的身影，却发现她早已消失得无影无踪。于是他像迷失在迷宫里似的，急匆匆地寻找起来，可是整座购物中心除了女卫生间以外，他几乎寻遍了，也没有觅到她的芳踪，当他沮丧地走出购物中心索然无味地环视左右时，她却赫然地出现在他面前，慧黠地笑着说："你跟了我半天了，挺累的吧，到前面的咖啡馆一起喝杯咖啡吧。"他顿时窘得脸色通红，连忙支支吾吾地解释道："你千万别误会，我不是，不，我是……"她莞尔一笑，香汗淋漓的蛾眉轻轻一挑，风情万种地问："我有那么迷人吗？"他顿时有一种死定了的感觉，心想，这下惨了，本想扑蝶，却成了落入蛛网里的虫子。她莲步轻移，他乖乖地跟在后面走进咖啡馆。在靠窗的位子坐定，他很绅士地要了两杯咖啡，心海中澎湃着接近目标的兴奋，脸上仍然用僵硬的笑容掩饰着被她识破的窘态。他断定这的确是个与众不同的女人，只适合做自己小说中的女主角。她望着他心虚的笑容，咯咯地娇笑起来，他凝视着眼前这朵盛开的玫瑰，那篇在体内蛰伏已久的小说呼之欲出。她从包里掏出小镜子，侧着脸，一边照镜子一边吐气如兰地问："你真是《白道》里的主人公商政吗？"他顿时心中升腾起一种因潜伏而被发现的惊骇，张口结舌地望着她，空气仿佛在瞬间凝固起来，他惊恐得想迅速逃离，但是自己是怎么暴露的简直让他百思不得其解，他本来对自己的跟踪才能暗自得意，或许做侦探比做小说家更合适，没承想自己不过是一条被引诱上钩的鱼，他一脸窘迫地问："你是怎么知道的？"她嘴角挂着得意的媚笑，轻咬着朱唇，身体像一面移动的镜子，摄人心魄地映着他，鬼机灵地说："你在我们学校打听我时，我就暗中对你抛下了诱饵，只要我愿意男人没有不上钩的。不瞒你说，我可不止一次被跟踪了，但这次不同，这次你是我钓到的一条鱼。知道我为什么这么做吗？我也在找《白道》的作者，起初我以为《白道》的作者应该是你，可是从你上钩的那一刻起，我就断定你不是，你只是传闻中的主人公的原型，你找何许人只是想弄明白他为什么对你了如指掌，你怀疑他是另一个你，我说得对吗？"他被她彻底戳穿了，无地自容地低着头，望着她得意洋洋地蠕动着的脚趾，心里暗骂道："这可真是个狐狸精！"他轻轻呷了一口咖啡，故作镇静地问："你为什么也要找《白道》的作者？"她点燃一支烟，老到地吸了一口，嘟起朱唇将烟雾喷在他的脸上，神情满足而炫耀地说："我是教英语的大学讲师，我找《白道》的作者是想将这部长篇小说翻译成英文在国外出版，要知道在我的生活中什么都缺，就是不缺爱情。只可惜我这个同名同姓的本家哥哥神龙见首不见尾呀，既然他那么了解你，我觉得你和他一定心有灵犀，因此我才决定先用我做鱼饵钓你，再用你做鱼饵钓他。"一谈起《白道》，两个人的距离顿时拉近了，尽管面对眼前这个千娇百媚的女人，他心里五味杂陈，但是他自己的视线还是消失在她的眸子深处，一边凝视一边想，眼睛是镜子，是连接肉体与灵魂的通道，或许我想找的秘密就在这条通道上。他凝视着她窄小的鼻子问："你喜欢《白道》中的哪个人物？"她象牙般白皙的鼻子上渗出细小的汗珠，不知为什么他有一种想品尝的冲动，她的一双玉手放在餐桌上绞着，肘部内侧那些精妙细腻的蓝色静脉让他心灵悸动，他从心里涌动着嗅闻她血液味道的渴望，她轻蹙着秀眉，目光凝视着他的眼睛，仿佛在审视他黑暗的内心深处，她闪烁着明眸说："海小妹。"他感觉埋藏在内心的创作欲望开始蠢蠢欲动，像肿瘤一样在肌体内膨胀着，刹那间，海小妹的形象在他脑海中轻轻掠过，他这才意识到，她的一颦一笑还真有海小妹的影子，他脸上挂着走神的笑容问："为什么？""海小妹是另一个我。"她纤细的锁骨闪着柔光，回答得很干脆，却大大出乎他的意料。他若有所思地问："另一个你？那么你在哪里？"她晶莹的贝齿轻咬着粉红色的下唇，思忖片刻说："在我的身体里。"他如饥似渴地喝了一大口咖啡，喉结上上下下地蠕动着，然后饶有兴趣地问："那么你认为身体是什么？"她在烟灰缸内摁灭手中的香烟，脸上挂着让人难以捉摸的神秘感，仿佛坐在她对面的男人不是郑商，而是那个逃到西方的马杰，抑或是一个冒名顶替的骗子，然后用一双玉手将垂落到颈部的长发拢成一束，灵巧的手指，圆润而饱满，白皙的双肩举起来时露出两个诱人柔软的腋窝，诱使他露出想入非非的目光，她一边拢着头发一边语出惊人地说："哲学家认为，肉体是灵魂的他者，但对于男人来说，女人的身体是一座迷宫，在这座迷宫中不知有多少男人迷失了自我。"她略微停顿了一下，接着说："女人的污点仅仅表现在身体上，男人的污点却深藏在内心里，不是吗？"他哧哧地笑起来，心里想，我所需要的恰恰是你的污点，那一定是妙趣横生的小说，便逗趣地问："男人的自我迷失在迷宫里了，是不是还得在迷宫里寻找呀？只是不知道出入迷宫究竟应该走哪条道？"她目光狡黠得让他吃惊，优雅地笑着，狐媚而娇嗔地说："白道！"他顿时被逗得捧腹大笑起来。

8. 我看到了希望

我一直相信，这世界上一定有另一个我存在，因为我在梦中时常梦见他，他就像我的分身，活在这世界的某个地方。如果他是精神的，我就是世俗的；如果他是世俗的，我就是精神的。反正没有他，我不过是个虚幻的影子，正因为有了他，我才变得更加真实起来。我活着的目的就是为了找到他，因而我经常想象自己变成了他，活在他的世界里，就是不知道他是不是也经常想象自己变成了我，活在我的世界里，不过我还是相信，他在梦中也时常梦见我，即使梦不到我，我们也会梦见相同的东西。当然这些想法是深藏在我心中的一个秘密，可是有一天这个秘密竟然被小李子给说穿了。有一次，小李子请我到酒吧喝酒，我们闲聊时，他竟然也相信这世界上有一个类似于双胞胎兄弟的他存在，而且他还告诉我，他在梦中经常梦见我。这简直让我无法接受，一个只有小学四年级文化的农民竟然和我有相同的秘密，这也太令人不可思议了。不仅如此，他还告诉我他的梦想是创办一家私营医院，要知道在我的梦想里也想创办一家私营医院，不过不是世俗医院，而是灵魂医院，只是我还说不清楚灵魂医院究竟是个什么样子。不过，小李子接下来讲的话颇有些灵魂性。他醉眼迷离地说："郑哥，你不知道，我这个人天生就不喜欢安宁，总觉得安宁的生活太沉闷，欠缺东西，我喜欢变化，渴望过惊险的生活，可是惊险的生活是等不来的，必须自己创造，你看着吧，早晚我要将小小的性病诊所变成一家属于我自己的大医院。"这些话憋在我心里很久了，但一直模糊不清，想不到小李子表述得如此清晰透亮，简直是头"巴兰的驴子"。然而更令我奇怪的是，自从听了小李子的这些透亮话以后，我在梦中经常梦见他，并在梦里和他一起踏上狂放不羁的旅途。有时甚至一起站在怪石嶙峋的山崖边上眺望广阔的大海。后来我将自己做的梦告诉小李子时，他竟然惊异地看着我说："郑哥，我也做过这样的梦。"听了这样的话，我简直无语，几乎认定小李子就是另一个我，然而这怎么可能呢？在我的意识里，另一个我是艺术的化身，我将我思想中的全部精华都投射到了他的身上，他几乎不是肉体的，而全然是灵魂的，而小李子虽然也偶尔露峥嵘，但大部分的他是俗不可耐的，如果我是象牙塔的话，他在我眼里只能算"十字街头"，然而让我越来越惶恐的是，我发现我这个所谓的"象牙塔"，并未矗立在青山绿水间，而是压根儿就矗立在"十字街头"。关于这一点，若不是认识了小李子，我还真意识不到。也正因为在心灵上和小李子有很多相同的东西，随着时间的推移，我们成了非常好的朋友。在我辞职以后，和我还保持关系的些许朋友中，小李子是我最信任的。而且也只有小李子，一旦我和我老婆开口，我有把握他必来接我。尽管如此，我和我老婆还是考虑再三，才决定给小李子打电话。毫无疑问，我的病有越来越加重的趋势，如果不早一点回家，一旦病情加重，怕是连汽车也坐不了了。因此我老婆拨通小李子的手机时，显得非常激动。她几乎是含着眼泪复述了我发病的经过，并用乞求的语气向小李子讨教为什么我病得这么重，一旦发起病来，几乎连脉都摸不到了，人也奄奄一息，而到医院后，医生居然查不出毛病来，这究竟是怎么回事？从我老婆的表情，我能看出来，小李子得知我的病情后非常焦急，然而我老婆挂断手机后告诉我，小李子正在外地出差，后天回东州，回到东州后开车来接我。我有气无力地说，这样还要等两天，干脆他派个司机开车来接不就得了。我老婆解释说，小李子不同意，光派个司机来，他不放心，他要亲自开车并带他医院最好的医生一起来接你，这样可以保证路上万无一失。我听了以后非常感动，常言道人生得一知己足矣，小李子果然不负我。我老婆还说，小李子一会儿还会来电话，因为他听了我的病情后，正在向他们医院里的专家咨询，小李子在全国高薪聘请了许多中西医两个方面的医术精湛的专家，我真盼着这些专家能对我的病情有个初步的诊断。果然，大约四十分钟后，小李子拨通了我老婆的手机，我老婆和小李子通完电话后向我复述道，他们医院的西医暂时没有结论，但老中医初步诊断，我大概是气血亏损严重，元气大伤，这种病急不得，只能慢慢调理。小李子嘱咐我老婆别着急，后天他回到东州后，立即开车来接我，到时候让我住他们医院五星级病房，请全院最好的专家给我调治，什么时候治好什么时候出院。我听了这话以后，眼泪情不自禁地流了出来。正所谓患难见真情啊！然而两天对我来说实在太漫长了，我现在一点神都不能费，多说几句话，血都会像被抽干了似的，气会随时上不来，但是总算有了一线回家的希望，我依附于东州这个城市太久了，一旦离开它，我就成了无源之水、无本之木，像一条漂泊的孤舟。不知为什么，我脑海中始终有一个意象，地球上什么也没有，只剩下水，没有过去、没有现在、没有未来的水。其实生活就是水，我们无时无刻不在漂泊。哪里是我们可以停泊的岸呢？就在我思绪万千之时，有人敲门，我和我老婆相互对视了一眼，都很纳闷，我们在这里举目无亲，谁会不请自到呢？我老婆迟疑了片刻开了门，来者是一位慈眉善目的老人，年纪大约七十岁左右的样子，我老婆当即用十分感激的口吻说："哎呀，大爷，原来是您呀！那天多亏了您帮忙，我还没来得及谢您呢。"原来来者是隔壁的邻居，那天我犯病时，我老婆叫了救护车，可是救护车只负责往医院送，并不负责抬担架，我老婆情急之下就去敲隔壁邻居的门，当时就是这位老者召集了几位邻居将我抬上了救护车。老人家这是特意来看我的，手里还拎着水果，可我们连老人家姓什么都不知道。或许是由于感激，我觉得周身几乎停滞的血液加速流动起来，也因此觉得身上有了些许力气，可以勉强坐起来靠在床头以示对老人家的尊重。老人家连忙客气地扶了我一把，顺势坐在了床头。我这才请教老人家贵姓，老人家谦和地说免贵姓吴，单字一个住。真没有想到，老人家的名字竟然叫吴佳。我脑海中顿时闪过“无家”两个字，便谦逊地请教老人家名字的缘起，老人家和蔼地简述了自己的经历。原来老人家从小是个孤儿，不知道自己的父母是谁，也不知道自己的家乡在哪里，即将被饿死的时候，是解放军救了他，从此就跟上部队参了军，当了一名走南闯北的工程兵，后来转业本来可以分配到政府机关工作，可是他要求到建筑公司。我不明白好好的政府机关不去，为什么非要到建筑公司，便插了一嘴，老人家动情地说：“我是没有父母、没有故乡的人，说白了就是一个无家可归的人，我去建筑公司只有一个目的，就是建最好最美的房子，让人人都有一个美好的家。可是我的理想并没有实现，还没到退休年龄就查出了股骨头坏死，只好提前退休了。我现在左腿的股骨头是假的。但是我还有儿子，我送他出国留学，专门学习建筑设计，希望他将来可以设计出最美最好的房子。”老人家的话让我备受感动，我万万没有想到，那天我奄奄一息的时候，老人家竟然拖着一条残腿，亲自抬我上了救护车，我老婆也没有想到那天出手相助的老人家竟然是一位股骨头坏死的患者，感动得不知说什么好，只是不停地抹眼泪。我赶紧提示她给老人家沏茶，她这才抱歉地笑了笑，转身去了厨房。我动情地问老人家，后来找没找过父母，找没找过故乡？老人家慨叹道：“对我来说，水就是父母，有水的地方都是家。”老人家的话很有深度，一下子让我想到了水手，谁又不是水手呢？既然生命离不开水，我们就注定了漂泊的命运。吴佳老人又关切地询问我的病情和医生的说法，还未等我开口，我老婆就端着沏好的茶水走了过来，她一边请吴老喝茶一边插嘴问：“这里住院好不好住？”老人家呷了一口茶苦笑着摇了摇头说：“比登天还难啊！”然后他就讲述了他老伴因腰突预约了一位老专家，老专家建议住院治疗，并承诺两个月以后有床位，可是现在已经等了两年了，床位还未等到。最后老人家无奈地叹了口气说：“普通老百姓要想住进大医院得到最好的专家的治疗简直就是一个梦啊！”我老婆不解地问：“为什么？”老人家尖锐而痛苦地说：“因为那些医生比病人病得还厉害啊！”

9. 他发现了她的秘密

很快他们就发展到相互约会了。有一天晚上，他请她吃完晚饭送她回家，在她家楼下，她主动约他上楼一坐，这正是他求之不得的，便欣然应允。一走进房间他就产生了一种冷的感觉，因为房间装修得很怪异，所有的墙面都被镜子所覆盖，他感觉自己走进了一个水晶棺，一个虚构的世界。他瞪大明眸好奇地问："为什么四面墙都是镜子？"认识她以来，他一直企图窥视她的秘密，但是她像一个圆心一样以不变应万变，而他就只能以她为圆心围着她转悠，如今他有一种走进圆心的兴奋，他断定透过她的玻璃房子可以洞悉她的奥秘。她似乎得意自己的发明，好像请他到她家坐一坐的目的就是为了向他炫耀自己的发明似的，她踢掉脚上的高跟鞋，一双白脚丫像小白兔回窝似的钻进了一对粉拖鞋内，脸上带着小妖精似的窃笑说："像不像一面'风月宝鉴'？"说完莲步轻移地走进厨房，不一会儿就端上来一盘鲜红滑嫩的樱桃，又转身沏了一壶热茶，然后才坐下来，轻蹙蛾眉，嘴角挂着一抹微笑注视着他。他轻轻呷了一口茶，装出一副漫不经心的样子问："你该不会真认为'女儿是水做的骨肉'，'凡山川日月之精秀，只钟于女儿，须眉男子不过是些渣滓浊沫而已'吧？"她将一双柔软的手臂环抱于胸，将一条修长的大腿搭在另一条腿上，一边晃动着柔弱的脚踝一边说："起初是这么认为的。"他将一枚樱桃含在嘴里像吸吮乳头似的一边嚼一边疑惑地问："起初是什么意思？"她端庄娴静地垂下眼睑，嘴角噙着一抹哀婉的微笑，用亮闪闪的贝齿轻咬着下唇，迟疑了片刻说："我以前不叫何许人，是大学毕业后改的，你可能纳闷好好的为什么要改名字，因为我迷失了，我不知道自己是谁。你知道这年头找工作是最难的，要找到适合自己的工作更是难上加难，好在我有个表姐夫是我们大学的副校长，你不知道我从小是在我表姐家长大的，因为我父母的工作比较特殊，常年在外地，只能将我寄养在我表姐家，我表姐长我十几岁，我小的时候，她没少照顾我。表姐早就知道我有留校任教的意愿，求过表姐夫，可是表姐夫一再推托难办，直到有一天我到他的办公室求他，他暗示只要我跟他好，他就给我办，我权衡再三，答应了。就这样，我如愿以偿地留校任教了，而且是我酷爱的外语学院，然而他仍然纠缠我。有一次他打电话说，我表姐出差了，让我去他家，结果我表姐却突然杀了个回马枪，将我们堵在了床上。原来我表姐早就觉得我表姐夫在外面有女人，只是没有找到证据，那天她谎称出差，不过是给我表姐夫下了个套，她万万没有想到破坏她家庭的第三者竟然是她最疼爱的表妹。她当时就气晕了。从那以后，我只要谈男朋友，她就千方百计地给我搅黄，而我表姐夫为了保住副校长的位置，从此像缩头乌龟似的躲着我，在我表姐的煽动下，所有的亲人都疏远了我，包括我年迈的父母。我抱着和我表姐赌气的心理想，反正我已经做了一次第三者了，不妨再做第二次、第三次，我看你还怎么搅和。就这样我一发而不可收拾，成了一个生活在别人婚姻中的女人。"她说完侧着脑袋看着他，似乎在观察他的反应，又似乎是为了渲染夸张她的故事的戏剧效果。一切都按照他期望的方向发展了，他的心里潜藏着一种雀跃式的躁动，他貌似同情地问："你就不怕公众舆论吗？"她轻蔑地笑起来，仿佛看透了一切，浑身散发着一种捉摸不定的美，似乎在说："我是婊子我怕谁？"又似乎在问："你知道勃起的阴茎象征什么吗？"仿佛她什么都看透了，你却看不透她。他被她散发出的捉摸不定的美迷住了，张口结舌地望着她。她却突然收住笑容，冷艳地说："公众舆论并不是真理，而且带有世俗的伪善、堕落和自欺，现实并不是淑女，不过是被装饰过的貌似淑女的娼妓，面对这个被污染的世界，我恨不得泡在福尔马林里生活，可是福尔马林也被污染了，当然还有我的大脑，它被污染得更厉害，我甚至不敢用大脑思想，因为我搞不清楚里面还有没有真正属于我的思想，我不再相信大脑，我只能相信肉体，因为身体是不能被灌输的。更重要的是，身体可以感受，我的感受告诉我，我的彼岸只有通过与男人的身体交流才能体味得到。什么是彼岸？就是爱。你知道吗？我只有不断地用身体思考，爱才会成为一种可能。"他并不相信她这番言不由衷的表白，他觉得即兴发挥的味道很浓，或许她是通过性的方式逃向他者，于是他试探地问："你对你的那些交流对象还满意吗？"她像钟摆一样晃动着长腿，嫌恶地撇了撇嘴，做了个干呕的动作笑着说："都是些始乱终弃的伪君子，和我表姐夫一样。"他的眼睛里闪过一个不易察觉的狡猾的眼神，怀着守得云开见月明的窃喜，温声地问："难道就没碰到过一位合你胃口的交流对象？"在她的目光中，他看到了些许沮丧，但随即像通了电似的闪起了火花，唇边绽放着微笑说："倒是有一个，只是还没有见到过人。"他在对面的镜子里发现自己的下巴抽搐了一下，嘴里有一股陈醋的味道，大口地喝了一口茶，蠕动着喉结问："谁？"她似乎察觉到了他表情的异样，狐媚地瞟了他一眼，十分优雅地点了一支烟，像是有意刺激他似的说："《白道》的作者何许人。"她的回答显然出乎他的意料，酸溜溜地问："为什么？"她用挑衅的眼神锁住他，似乎窥视到了他心底的心思似的，洋洋得意地说："《白道》是一本告诉人们什么是我的书，而我们都是活在迷失中的人，因为我们不知道应该信仰什么。我始终觉得另一个我在那个写《白道》的何许人的身体里，我必须用他的身体印证我是谁。"她说得看似不经意，却深深地刺痛了他，他从喉结深处发出一声闷笑，摸着下巴，皱着眉头问："你读过我的小说吗？"她将一溜蓝色的香烟烟雾喷在他的脸上，哧哧地笑着说："你的小说我还真看过，应该说你很懂文学，但是你既想当婊子，又想立牌坊，这让你无法无中生有，你的小说里只有'他'或'他们'，从来就没有我。"她具有天生丽质的纤美妩媚，尽管她说出的每个字都深深刺痛了他，但他并没有恼，只是像咽老陈醋似的咽了口唾沫，辩解说："别忘了，每个人都寄生在'他们'中，这个世界根本就没有'我'，只有'他'或'你'，'我'早就死掉了，死了两千多年了，这就是我们不知道'我是谁'的秘密。"说完他将手里的烟头狠狠地摁灭在烟灰缸内，仿佛熄灭的烟头是"我"死掉的最后证据。她被他的认真状逗得咯咯地笑了起来，也随着他将吸了一半的烟摁灭在烟灰缸内，然后姿态轻盈地站起身，走到窗前轻轻拉上窗帘，转过身目光坦诚地说："但何许人创造了一个我，他在无中生了有，为此他经历了苦难和血污，带着伤痕累累，创造了奇迹。'我'在《白道》中死而复生，这就是奇迹。你知道我为什么要让房间变成镜子的世界吗？就是随时提醒自己，别忘了寻找自我。"她的话深深触动了他，好像明确了他寻找何许人的意义，但他并不甘心，似乎自己天生就性无能似的，便尖锐地问："那么你认为《白道》的作者是用身体思想，还是用大脑思想？"说完他用小男孩窥视的目光看着她。她却没有看他，而是怡然地欣赏着镜子里的自己，然后通过镜子娇俏地白了他一眼说："怪不得你的小说不如《白道》，要创作出《白道》这样令人震撼的作品，既不能靠身体思想，也不能靠大脑思想，只能用灵魂思想。但他起初也一定是通过身体交流找到灵魂的，身体交流是灵魂交流的起点。"他听罢从心底涌起一种令他无地自容的战栗，他心想，一个用身体思想的女人，就能看穿世间万物、爱欲情仇、斗转星移的内涵，那个用灵魂思想的何许人还不知何等了得呢？想不到自己自鸣得意的作品，在这个靠性交寻找自我的女人面前竟成了对自己心灵生态的躲闪、遮蔽、扭曲和粉饰之作，羞惭让他阴暗地想，这一定是一个可以满足男人所有黑暗欲望的女人，于是便站起身怀着小男孩偷看姐姐宽衣解带的心理走到她身边，轻轻揽她入怀，一脸坏笑地说："把你脱胎换骨的秘密告诉我好吗？"她跷起莲足，双手吊在他的脖子上，宛如放荡的孩子，一脸媚笑地说："你真想知道？"他点点头，她像个听话的孩子似的垂下双臂，他顺势将吊在她肩上的裙带滑向两边，裙子垂落到地上，盖住了她粉白的脚丫，他又借机脱掉她的乳罩，刹那间，呈现出来的美宛若闪光灯般让他痉挛了，他张口结舌地望着她，良久才喃喃地说："我是不是在做梦！"

10. 我辞职了

送走吴佳老人，我便昏昏沉沉地睡着了。在梦中我漫不经心地走着，好奇地踩着自己的影子，一直走到悬崖边，那影子突然立了起来，用一把左轮手枪指着我的头，问我敢不敢玩一个游戏，我仔细一看，明明就是小李子，我气愤地说："你小子疯了，也不看看你用枪指的人是谁？你可别忘了，我是你灵魂的主人！"小李子不屑地嘿嘿一笑说："今天是有我就没有你，有你就没有我，这枪里就一颗子弹，你敢对准自己的脑袋扣动扳机吗？"我诡谲地一笑说："你敢我就敢。"小李子二话没说，用枪顶住自己的太阳穴扣动了扳机，结果枪没有响，他幸灾乐祸地笑了笑，随手将枪扔给了我，我灵机一动，并未将枪对准自己的太阳穴，而是毫不留情地对准小李子的心脏连续扣动了扳机，枪果然响了，小李子应声倒地，我吹了吹正在冒烟的枪口得意地笑了，可是还未等我收住笑容，影子突然又立了起来，冷冷地笑道："我就知道你小子会使诈，既然你不仁我也就不义了。"说完冷不丁地踹了我一脚，我就感觉自己像一块石头一样摔落悬崖，边往下落，边喊："救命啊！救命啊！"幸亏我老婆及时推了我一把，才把我从死亡线上拉回来。这个梦预示着什么？我百思不得其解。只觉得嗓子眼发干，嘴里咸乎乎的，好像我的五脏六腑都刚刚摔碎了似的。这还是小李子在梦中第一次谋杀我，他为什么要杀掉我？我耳畔仍然回荡着石头滚落悬崖的声音，那令人惊骇的摔落声，痛人心肺、骇人胆魄，我仿佛体验到了艺术破灭的痛苦，隐约感到自己正陷落在某种宿命之网中，难道是我的艺术之路走到尽头了吗？不可能，一个为艺术而生的人，他的艺术之路怎么可能走到尽头呢？即使这世上有两个我，死的也不应是艺术的我。想到这儿，我试图再睡着，重新回到梦里，找到那个影子，杀死他，只有杀死那个世俗的我，艺术的我才会重生。然而我再也睡不着了，尽管我的脑海中有两个"我"不停地在争斗，这一切也只能成为我大脑中的臆断，我为我自己捏造的白日梦。但是这个白日梦让我意识到，小李子不再是一个独立的个体，他已经成为我生命中的一部分。回想起和他交往的日日夜夜，他不止一次地让我惊奇。我藏在骨子里的想法，一个一个地被他偷走，进而变成现实。王林做梦都想在报社谋个一官半职的，手里有了钱之后，这种想法反而更强烈了，不止一次求我帮他谋划，然而我的办法有点见不得光，迟迟没有说出口，想不到王林竟如愿以偿地当上了主管广告业务的副总编，过后我问王林怎么做到的，他居然告诉我一切都是小李子操作的，我吃惊地问他，小李子是怎么操作的？王林说出来之后，我惊得目瞪口呆。因为每一步都是按着我未说出的办法操作的，这太不可思议了，他竟然能不动声色地窃取我的想法，而且不顾风险地付诸行动，并且大获成功，即使我亲自操作也未必这么理想，以至于我嫉妒地认为，这小子是我的分身。从这件事我清楚地意识到，小李子不仅是个操作性极强的人，而且是个目的性极强的人。他之所以急于将王林运作到报社副总编的位置上，主要是为了让王林主管广告业务，这样他操作起广告轰炸术就来得更得心应手了。典型的功利主义。果然，王林当上了副总编以后，小李子利用其地位广结各大媒体主管广告业务的领导，为了抬高自己的身份，没少拽着我作陪。那段日子，不仅王林成了小李子的傀儡，连我也成了他的影子。要不是我老板在国外出访期间突然病故，警醒了我，我还不知道要和他们浑浑噩噩地混多久。悲痛之余，我忽然意识到死亡是个大智慧，人从生下来，都在自觉不自觉地学习死亡。从我老板一生想做自己而不能的悲剧命运我悟到，一个人最成功的死亡一定是死在自己的心灵家园里。尽管我老板是一市之长，但一个被囚禁于权力之狱中的人是不可能做自己的，一个不能做自己的人是不可能找到心灵家园的，找不到心灵家园的人无论如何也摆脱不了客死他乡的命运。这应该是一个人一生最大的悲剧。为了避免这样的悲剧在我身上重演，我毅然决然地辞职了。然而无论如何我也没有想到，我现在随时都有客死他乡的危险。这难道是我的宿命吗？患病以来，我不断地反思自己，为什么手中的笔没有变成心灵腾飞的翅膀，却只是一柄沉重的拐杖，每次拿起笔都下决心描绘出自己的心灵图景，然而呈现在大脑里的却只是一张老谋深算的逻辑之网。这张网不仅缠住了我的笔，更缠住了我的心。这些天，我脑子里一直萦绕着我离开东州时小李子为我送行时说过的一句话："郑哥，你走到天边也别想甩掉我。我就不信生活在心灵家园里的人可以不食人间烟火，你记住，你的七情六欲闹你的时候，我随叫随到。"我离开东州时，确实是想从骨子里忘掉小李子的，因为我毕竟是个小有名气的作家了，自认为是一个与灵魂打交道的人了，怎么可能和一个出身农民的暴发户再称兄道弟呢！到北京后，我也自认为自己已经把他忘记了，因为我整日沉浸在写作中，从来没和小李子联系过，我以为从此和小李子再也不会有什么关系了，没想到我的生命不惜用死亡向小李子发出了呼唤。我始终想不明白，小李子为什么有这么准确的预见力？记得我辞职前，他请我喝酒，我酒后吐真言，说出了我将辞职的秘密，他听了以后极力劝阻我。"郑哥，"他板着脸说，"我不懂什么理想和灵魂，我只知道你熬到今天的地位不容易，不能轻易放弃，要知道你都快四十岁了，一切从头开始谈何容易。你已经没有时间换一个行当再碰运气了。当然了，也许你运气好，成了一位大作家，可那又怎么样呢？如今连上帝在人们心目中都已经死掉了，谁还会拿作家当回事？除非你活腻了，想自杀。"小李子的话说得很实在，也很直白，完全是一番好意，我下决心辞职前，他说的这些话我曾无数次地想过，但是我似乎已经让魔鬼附体了，由不得自己了，因此我淡然一笑说："你只说对了两个字：自杀，我就是想置于死地而后生。”尽管我的想法对小李子来说是幼稚可笑的，但他仍然以对朋友极负责任的口吻对我说：“你走上了一条危险的、孤独的道路。虽然我不知道你寻求的是什么不可思议的东西，但是我知道是人就不能不食人间烟火。”小李子的话并不是危言耸听，完全是发自肺腑的，毫无一点做戏的成分，起初我以为他之所以阻止我辞职完全是出于个人利益的考虑，因为自从他和王林、孙兰兰开办性病诊所以来，由于我当时请了相关部门和他们仨在一起吃了几次饭，相关部门都知道他们仨是我的朋友，因此从未找过性病诊所的麻烦，但是我一旦辞职后情况就不好说了。其实我完全是杞人忧天，通过那几顿饭，小李子早就和相关部门的负责人成了朋友，根本用不着我再为他们操什么心了。因此，我才断定小李子的话是朋友之间推心置腹的心里话，和小李子这份近乎庸俗的坦诚相比，我倒显得有几分道貌岸然了。因为尽管我渴望创造一个全新的自己，但是我心里很清楚，我并没有创造自己的资本，因为我的灵魂深处，一切有价值的东西，早就被陈腐的体制掏空了。我现在唯一的资本就是不真诚，我就是想用“姑妄行之”的玩世不恭，嘲讽世俗的“真诚”，因为这种所谓的“真诚”中有太多的虚伪。当然小李子的真诚并不属于这一种，他的真诚恰似我的不真诚，因为我面对自我时永远都是真诚的，我想他也是如此。当然“自我”在我们心中完全是不同的，他看着的是人间烟火中的那个“我”，而我已经从那个“我”中开始分离，或许恰恰是分离得不彻底，才陷入了客死他乡的危险境地。应该说小李子对艺术是一个一窍不通的人，我感觉他满脑子都是世俗的东西，他在世俗的海洋里游刃有余，如鱼得水，自由自在，但是当他听我说出艺术、灵魂、精神、心灵、信仰、理想、彼岸等词汇时，认为这些词汇与他活得如鱼得水的世界格格不入，而且他的直觉告诉他，这些词汇对他热爱的世界构成了威胁，因此他既诚惶诚恐，又妒忌，这才是他劝阻我的真正原因。当时我好奇地问他：“你信什么？”他似乎没太明白，不解地问：“什么信什么？”我加重语气地说：“我是问你，你有信仰吗？”他拍着胸脯自信地说：“当然有。”我惊异地问：“什么信仰？”他理直气壮地说：“人间烟火。”

11. 他想做开颅手术

接下来这位何许人是一位神经外科医生，他是以患者的身份与何许人相识的。起初他判断这位何许人很可能就是《白道》的作者了。因为许多大作家都曾经是医生。于是他每次见何许人都将话题往文学上引，可是何许人只谈专业。直到有一天他进何许人办公室，发现何许人正在埋头写着什么，他像哥伦布发现新大陆似的一阵窃喜，心想，终于让我抓住把柄了，便用逗趣的口吻问："怎么，写小说呢?"何许人的表情像得了腹泻似的没精打采，竟愁眉苦脸地说："我一天做两三台手术，回到家都快散架了，连看小说的力气都没有，更别说写小说了。"他发现办公桌上的烟灰缸满满的，一缕纤细辛辣的蓝烟正顽固地从烟灰缸内若炊烟似的升腾着，而何许人的左手手指间还夹着一截烟头，一寸长的烟灰顽固地颤颤巍巍地不肯脱离母体，他断定何许人遇上了难以逾越的坎儿，不然阴郁不会像青苔似的掩盖了整张脸。他试探地问："那你写什么呢?"在他心里，何许人应该是看惯生死的人，平时不仅健谈，而且待人热情和善，是个性格开朗的人。可今天何许人不仅反常，而且寒鸦般的眼神里蒙了一层阴霾。他决定一探究竟。此时烟头上的长烟灰终于脱离了母体，落在何许人的裤子上，何许人下意识地弹掉烟灰随手又从烟盒内抽出一支烟，用烟头对着火，然后将烟头插入烟灰缸内，叹了口气说："我在写申诉。""申诉?"他的表情犹如大风刮过平静的水面，"为什么要申诉?"何许人紧锁眉头，仿佛在登山途中遇上了难以跨越的岩石裂缝，这裂缝是突然出现的，以至于惊得目瞪口呆。此时何许人正神情沮丧地往下看，惊出的冷汗像刀片一样滑过后背，何许人沉吟片刻说："我被举报了。"窗外射进来的阳光宛若锐利的刀锋，他的视觉微微抽搐了一下，仿佛他就是这一骇人举动的嫌疑人，他目光幽暗锋利地问："举报你什么?"何许人石雕似的坐着，仿佛滚烫的热血已经变成了冰冷的流水，脸上流露出一丝紧张不安的优雅，仿佛怀揣着一只老鼠，又不愿意让别人发觉似的，何许人沉思了一会儿，还是放松了绷紧的警觉，摇了摇头说："正好，你懂政治，可以帮我拿拿主意，你知道像我这种只顾低头拉车、不懂抬头看路的人，对政治是门外汉，不然我也不至于让人家当猴耍。我记得我告诉过你，神经外科老主任已经退休了，现在是群龙无首，加上我一共是三位副主任，资历都差不多，但业务水平我是最好的，于是我就成了众矢之的。""我明白了，"他恍然大悟地插了一句，"你被诬告了。"何许人的双眼像两个煤球一样燃烧起来，用力摩擦着手腕，极力控制着激愤的情绪，屋子里氤氲着剑拔弩张的气氛，何许人咬着嘴唇说："简直就是公开整人。你猜举报信告我什么？说是病人死在了手术台上。"他纳闷地问："开颅手术在外科手术中是最高端的手术，病人死在手术台上有什么稀奇的?"何许人痛苦地掐灭手中的烟，紧接着又点了一支，愤恨地说："这次不同，是医疗事故，而且病人家属已经向法院起诉了。"他语气中流露出将信将疑的惊愕，挑着眉毛问："真的吗?""假的!"何许人一副伤痕累累的表情，胸膛剧烈地起伏着，语气充满了寒意，仿佛嘴里塞满了冰块，而且咬得吱吱作响，何许人控制住战栗，恼着一张脸说：“是一位副主任和院长联手在整我，上个星期院长亲自到神经外科开了一次办公会，在会上当着全科室同事的面宣读了举报信，并要求我公开做出检查。我当时就蒙了，我从医以来已经做了六七千次手术，根本无法断定举报内容的真伪，因为三位副主任都有病人死在手术台上的经历，而且都曾经被病人家属起诉过，不瞒你说，我是神经外科手术死亡率最低的，这一点连老主任都甘拜下风。冷不丁冒出这么一档子事，我突然言语艰涩、灵感枯竭，像受审似的坐在那里，无助地搓着手。一些见风使舵的同事开始落井下石，幸亏副院长发现了问题，他尖锐地指出，举报信上举报的病人死亡时间不对劲，他说去年五月份到七月份我带着抗震救灾医疗队在抗震一线救死扶伤，当时何许人跟我在一起，整整两个月根本就没回过家，怎么可能发生病人死在手术台上的事情呢？院长和那位副主任精心策划的一切阴谋就这样被揭穿了，院长十分尴尬地宣布散会，然后悻悻地瞪了那位副主任一眼，灰溜溜地走了。会后许多同事告诉我，那起医疗事故恰恰是那位副主任造成的，完全是栽赃陷害。这件事我从心里感激副院长，他对这件事也愤愤不平，私下里给我出主意，让我给当时带队抗震救灾的省领导写信申诉，要求上面下来彻查此事，为我恢复名誉。我现在如何下笔呢！”他聚精会神地听着，紧闭着嘴唇，何许人说完后，他沉默良久，才向左上角轻轻扯了扯嘴角，像是微笑，又像是牙疼似的，他颇有城府地说：“既然你们院长那么配合那位副主任，说明那位副主任花了大价钱，你们院长受贿了，在这种情况下，你越申诉对你越不利，副院长撺掇你申诉是有私心的，你千万别上当，因为一旦院长倒台了，对副院长是最有利的，我建议你先忍了这口气。”何许人见他说话的神情就像一只行动迟缓的猫在戏弄地捕获老鼠，不解地问：“为什么？”他淡淡一笑，将语气调试成老谋深算的口吻说：“常言道，鹬蚌相争，渔人得利，你如果采取行动，你和那位匿名举报你的副主任就算接上火了，更把自己推到了院长的对立面，你知道谁是渔人吗？就是另一位副主任。如果你忍了这次委屈，会有很多人同情你，这叫哀兵必胜，我判断副院长和另一位副主任不会不利用此事的，因为那位诬陷你的副主任司马昭之心路人皆知了，他现在是众矢之的，让他们去争吧，你唯一要做的就是继续低头拉车。”何许人一副头很疼的样子，仿佛脑子里有一把铁锤在连续击打，又像是陷在了泥沼里，拼命想自拔，表情先是乖戾，进而是焦灼，然后是冷峻，最后是释然，进而豁然开朗地说：“现在我相信你的确是《白道》里主人公的原型，怪不得你拼命寻找何许人呢，郑商，在这个自我迷失的时代，我怀疑何许人是不是实有其人。”他脸上闪过淡淡的自怜的微笑，好像思绪刚刚回归大脑似的，目光忧虑地说：“我一直活得虚无缥缈的，就像一个虚幻的人，是《白道》的作者何许人让我体味到了真实，或者说我被这本《白道》塑造成了一个真实的人。如果何许人根本不存在，那么《白道》从何而来？”何许人像是感觉到了意识中的另一个自我似的，目光悠悠地说：“我总觉得《白道》的作者不是一个人，而是一道光，或者是一个幽灵。”他困惑地紧锁眉头，不过仍然保持着微笑问：“你天天与死神打交道，对生死是最有发言权的，你实话实说，当你打开别人的脑袋时，到底见没见过幽灵？”何许人有点走神地给了他一个令人眩晕的微笑，然后突然皱起眉头，仿佛幽灵就潜伏在屋子里的某个角落似的，紧接着他的指关节轻轻地敲了敲办公桌桌面，又痉挛性地扯了扯膝盖处的裤子，然后用手拢了拢油光锃亮的头发，目光深邃地说：“幽灵我倒没见过，但是我见过五花八门的脑子。有些奇异的大脑，简直让人匪夷所思。我给一个艺术家做开颅手术时，打开颅骨后就像打开了一座久藏的宝藏似的闪闪发光，布满沟回的大脑就像是一个巨大的钻石，闪烁着耀眼的光，而且有三种不同的颜色，让人顿时肃然起敬，心里油然而生崇高感，我断定那光就是灵魂，当时连我的心都被照亮了；还有一次我给一位官员做开颅手术，脑袋打开后竟然找不到脑子，后来我再三找才发现，脑子已经演变成油腻腻的肥肠似的东西，油得直往脑壳外面溢；更有趣的是一位企业家，据说旗下拥有几十家企业，都是生产臭豆腐的，而且品牌中外驰名，臭名昭著，我给这位企业家做手术时，一打开颅骨，我就惊得目瞪口呆，他的脑子竟然是黑色的，黑得像墨汁一样，而且奇臭无比。这些人被推进重症监护室后说的呓语也非常有意思，那位艺术家整宿都痛苦地追问：‘我是谁？’而那位官员却居高临下、耀武扬威地喊：‘你知道我是谁吗？’那位生产臭豆腐的企业家喊得更是歇斯底里：‘有钱能使鬼推磨！有钱能使鬼推磨！’不瞒你说，我时常想，要是有机会打开《白道》作者的脑袋看一看，说不定会看到宇宙星辰。”他听了何许人的话比看了《白道》还震撼，他从心里羡慕何许人的职业，可以看到那么多人的大脑，更向往能拥有那位艺术家能够发光的大脑，他对何许人关于打开《白道》作者的脑袋可以看见宇宙星辰的猜测颇为嫉妒，以至于赌气地问：“给我也做一次开颅手术行吗？”

12. 我有一个秘密

有时候，我不得不怀疑，我辞职真的是为了心中那个上帝般的自我吗？是不是逃避现实的一种冲动呢？不然为什么我的作品始终没有灵魂之光闪耀，倒显示出许多灵感枯竭的征兆。我越来越难以从心灵深处获得力量，由于缺乏激情，只能在精雕细琢方面下工夫，结果作品变得越来越循规蹈矩，就像八股文一样呈现出公式化。我的心灵越来越像一部旧小说，致使我的面容也越来越憔悴，然而使我身心憔悴的究竟是什么？我不知道，我躲在病床上，想得最多的仍然是小李子。我一直试图从小李子身上找到答案。我辞职以后，小李子和王林、孙兰兰的事业越来越红火，除了性病诊所之外，他们又联手开办了一个增高诊所，主要是卖一种增高药，据说矮个子吃了会长高，王林就是一个天生的小个子，最该吃增高药的就是他，可是自从开了增高诊所以来，王林的身高一寸也没增高，反倒像晒蔫儿的胡萝卜似的有些抽抽儿，这小子有钱以后，又如愿以偿地升了官，窝边草窝外草一律通吃，身体看上去明显透支。有一次我和他开玩笑，劝他吃增高药，他却冠冕堂皇地告诉我："这种增高药仅限于十八岁以下人士，因为十八岁以上的人骨头已经长成了，吃了也白吃。"我轻蔑地问："十八岁以下的人正处于生长期，怎么才能证明人体增高是自然生长的缘故，还是吃了增高药的缘故呢?"王林毫不避讳地说："鬼知道。"我听了以后藏在我身体里的两个我着实争吵了一番，最后那个精神的我高声喝道："世人需要增加的不是身体的高度，而是灵魂的高度。"然而那个世俗的我却讥笑道："要想附庸风雅，拜托你换个字儿好不好？土不土呀，张口灵魂闭口灵魂的，也不看看如今是什么年代了！"那个精神的我听了这话气得将手指比划成手枪状对准世俗的我恶狠狠地说："我真想杀了你！"说完嘴里模拟出"砰、砰、砰"的枪响声，世俗的我做着鬼脸倒了下去。

由于广告的作用，增高诊所比性病诊所还要火爆，以至于仅仅开设了半年多的时间，三个人就在西塔街合伙买了一栋五层楼，想联手开一家私家医院。那栋五层楼到手后，三个人兴致勃勃地将我请去参观，我信步楼上楼下转了一圈后，心里像是被老陈醋泡了似的酸溜溜的，这时孙兰兰风摆荷塘地走到我面前，温声问："郑商，要知道这可是东州市第一家私家医院手续难办得很，你给出出主意吧。"王林也挥舞着戴着印章式戒指的小手迫不及待地说："是啊，你才辞职半年，余威尚在，手续的事全靠老兄了。"我就知道他们请我来不会单单是为了让我欣赏大楼的，心里早就做好了应对的准备，便不以为然地说："难道你们忘了'人走茶凉'这句老话了，这年头，谁还会给一个没有名气的小作家面子。"小李子满脸堆笑地说："郑哥，要不你给画个道儿。"我深知小李子是个操作能力极强的人，为了摆脱王林和孙兰兰的纠缠，我不画个道儿出来，也没办法脱身，便若有所思地问："小李子，你不是说去性病诊所看病的不是有权的，就是有钱的吗？你小子那么精明，我就不信你没帮过有权的。"小李子似乎受到了启发，目光亮闪闪地问："郑哥，我还真想起一个人来。"小李子想起的这个人是个女的，也没有得性病，不过是儿子从小得了脑瘫，长不高，打着市监察局副局长的旗号直接找到他咨询过增高药，当时小李子尽管无法辨识她身份的真伪，但还是免费送了好几个疗程的药，彼此还留下了电话，我问小李子这个女的叫什么名字，他说出名字后，我还真是吃惊不小，因为小李子说的那个人的身份是真的。我告诉小李子，办私家医院的手续找她就行。说句心里话，我的确有搪塞的意思，因此分手时，王林和孙兰兰明显流露出对我不满意的神情。但是我能看出来，小李子已经信以为真了。果然，两个月以后，王林和孙兰兰突然找到我，当着我的面大骂小李子不是个东西，我问他们到底怎么了。他们愤愤不平地告诉我，小李子竟然背着他们，自己拿到了私家医院的全部手续，王林和孙兰兰被小李子扫地出门了。这还真是大大出乎我的意料。两个人这次找到我，就是想向我讨个主意，面对小李子的背叛，他们两口子应该怎么办。我问他们，你们三个人合作时间不短了，这么大的事情，事先你们俩就一点也没有察觉？再说，拿到私家医院的全部手续有多难你们心里不会不知道，你俩总应该知道小李子是怎么做到的吧？谁帮他办的手续？让我哭笑不得的是，两个人竟然一无所知。我心想，小李子还真是神了，这极大地吸引了我的好奇心。事已至此，我能有什么主意，天下没有不散的筵席，既然大楼是三个人共同出资买下的，以此为由头，多向小李子要点分手费也就算了。结果小李子早就想到了这一点，给他们的分手费我听了都直咋舌，小李子做得也算仁至义尽了。只是一旦分手，王林和孙兰兰就断了来钱道，这才是他们不愿意和小李子分手的真正原因。然而他俩没意识到，对小李子来说，他俩已经失去合作的价值了，换了我，也会像小李子一样将他们扫地出门的。因为小李子和我说过他早晚要开一家属于自己的私家医院，只是他一直在等机会，如今机会来了，他怎么可能与王林和孙兰兰共同分享呢？尤其是王林，他只想挣钱，并不想做事业，而孙兰兰更是夫唱妇随，两个人并不是小李子理想的合作伙伴，如今小李子利用王林和孙兰兰的人脉关系编织了一个属于自己的巨大关系网，他俩早就失去合作价值了，最关键的原因是他俩和小李子并不是志同道合的人。我说过，他俩都想挣钱，而小李子想做事业。别看王林和孙兰兰与小李子是合伙人，但是他俩并没有我了解小李子，就犹如我毅然决然辞职一样，做出和他们分手这件事的不是小李子，而是他身体里一种远比他自己的意志更强大的力量。我觉得我和小李子心目中都有一个自己信仰的上帝，为了心目中的上帝，我们都会不惜一切代价，只不过我们的手段有着根本的不同，他是生活的，我是艺术的；他是世俗的，我是灵魂的。当然关于这一点，是我病倒后才想明白的，我现在的问题是我的艺术来源于生活，而不是来源于创造，我的灵魂被世俗之网包裹着，就像是昆虫的茧。正因为如此，现在的我和小李子的区别并不大，这也是我最痛苦的。因为我要做真正的我，就必须与他区别开来。我一直以为，尽管我们都"怀着梦想"，却有着本质的区别，他的梦想可以通过办医院实现，也可以通过干别的实现，而我的梦想只能通过文学，因为文学既是我的目的，也是我的生活，说白了我就是想成为自己的上帝。但是我现在被裹在世俗的网里快要憋死了，谁来救我？

王林和孙兰兰走后，我迫不及待地找到小李子，因为我已经隐隐感觉到是谁帮他办的手续，我是想验证一下我的判断是不是准确。我曾经设身处地地替小李子想过，以他的能力如何才能拿到私家医院的手续，而且连操作的细节也在脑海中想过，但是我并没有和小李子沟通过，我也没有必要和小李子沟通，因为他的事业和我没有任何关系。我之所以非要找小李子弄清实情，是因为王林和孙兰兰勾起了我的好奇心。果然，我见到小李子后，他讲述的操作过程和我设想的一模一样，让我越听越紧张，而我们事先并没有做任何沟通，这不得不让我神经紧张，因为他给我的感觉就像是另一个我，这怎么可能呢？帮他办手续的正是那个监察局的女副局长。原来那天我当着王林、孙兰兰和小李子的面告诉他们那位女副局长的重要性后，小李子就背着王林和孙兰兰主动请她吃了饭。后来又联系到西州市的一位专治脑瘫的老中医，并陪她和丈夫带着脑瘫的儿子开着奔驰车一起去了西州。一路上住五星级酒店，吃山珍海味，买名牌服装，一切都安排得井井有条，使她和丈夫大为感动，当即认他做亲弟弟，并答应他回东州后立即帮他办私家医院的全部手续。就这样，小李子如愿以偿地达到了目的。我的天哪，我究竟是郑商，还是小李子，为什么他可以复制我脑海中的一切世俗想法？他就像一面镜子，常常使我羞愧难当。小李子是故意模仿我吗？不然为什么像个影子似的跟着我？思来想去，小李子都不像一个模仿者，因为模仿者只能模仿我的表面，怎么可能模仿我的内心呢？何况小李子长得并不像我。不，小李子不是个模仿者，他注定是另一个我或我的分身，这太可怕了，这意味着只要有小李子在，我就不可能拥有完整的灵魂。这正是我下决心离开东州的深层次原因。之所以称之为深层次原因，是因为这个原因是不可告人的，是我藏在内心深处的秘密。

13. 他成了她的人体模特

“郑先生，你就是我苦苦寻找的人，在你之前，我见过几十个模特都不中我的意。”她一边引领他走进画室一边兴奋地说。画室中央有一个巨大的方形布艺沙发，一条毛巾被一半堆卷在沙发上，一半垂落在地板上。她竟然只穿了件睡衣，双腿裸露，一条薄薄的三角裤隐约透现出私部。显然，他按门铃时，她还睡在沙发上。这与他想象中的女画家形象完全不相符，他原以为她应该是令人神驰目眩的美女，浑身散发着魅人的艺术气质，但眼前的女人虽然有几分姿色，但嘴角和眼角都布满了小皱纹，犹如瓷器上的裂痕，她显然没化妆，蓬松的头发和裹在睡衣里若隐若现的大腿给他一种放荡的印象。“多亏你在博客里发了那篇招模广告，否则我还真找不到你。”他衣冠楚楚地跟着她，心里有一种应招嫖客的错觉。“看来我们不仅有缘分，心灵也是相通的，否则你怎么会想到看我的博客。你先坐郑先生，我昨晚熬了一宿，早晨才睡下，我去洗一洗，换上衣服就来。”她莞尔一笑，优雅地转身上了二楼，他感觉逝去的女人仿佛并非脱胎于母体，而是源于某一幅名画，到底是哪一幅，又说不好。让他惊异的是画室里浮现着一种他非常熟悉的气息，好像他是这里的常客，然而他却从未来过这里。画室的墙上挂满了画，他顿时被这些迷人的画作吸引了，他环抱着双臂沿墙一幅一幅地欣赏着，眼前是一幅抽象画，画面中飞扬着玫瑰色、绯红、蔚蓝、黄色、橙色、紫色、翡翠色、黑色，明快而悦目，异彩纷呈，每一种色彩仿佛都是跳动的音符，简直就是在画音乐。他继续往下看，眼前这幅画呈现的是舞蹈的场面，五个携手绕圈疯狂舞蹈的女人，带着原始的狂野和质朴，在燃烧的篝火旁，手拉手踏着节拍，无拘无束，尽情地宣泄着生命的激情和活力。他津津有味地欣赏着，突然被一幅类似神话传说的油画深深吸引了，他惊骇地发现这幅画自己虽然从未见过，却在梦中多次梦见过，他曾经无数次地想将梦中的情景像这幅画一样用文字表达出来，然而每次从梦中醒来，那激动人心的感觉会倏然而逝，究竟是怎么回事他始终也弄不清楚。正如梦中的情景他从未弄懂一样，眼前这幅攫住他心灵的画作他仍然看得懵懵懂懂，但是他却觉得自己的灵魂就在这幅画中，对，就是那左边的白鸽，他不明白为什么自己的灵魂会是一只白鸽，他只感到自己的内心既痛苦又幸福，还有画面背景中那个耀眼的偶像，为什么看着他，自己的内心就充满了无限的虔诚，炽热如火，有一种难以描述的渴望，渴望什么？他却说不清楚，只是恨不得摆脱躯体飞向星空。那个站在中间采摘果子的青年活生生就是梦中的自己，他采摘的莫非是伊甸园中的禁果，否则为什么那果实闪烁着智慧之光？然而那个呱呱坠地的婴儿和行将就木的老人不也是自己吗？那么自己究竟是谁？还有那些成双成对的男女仿佛正在享受着幸福的爱情和美好的生活，他们又是谁？或许那个独立思考的女人可以回答，然而更让他感动的是大地母亲，它孕育了一切生命，又使它们最终回归到她的怀抱。这哪是一幅画，简直就是献给自己的墓志铭。

“太伟大了，这是谁画的？”他喃喃地自言自语道。“高更。”不知何时，她已经悄然站在他身后，默默地欣赏着他，仿佛他和画已经融为了一体。刚刚化了淡妆的她与刚才那个素面朝天的女人判若两人，施过粉黛的面颊像两朵淡粉色花蕾，纤细的柳叶弯眉下一双秀眸闪烁着水灵灵的光泽，此时，她的唇边正绽放着玫瑰花似的微笑，她穿了件缀花的裙衫，蓝色七分裤，一双桃花水母般晶莹剔透的赤足靸着一双简捷精巧的拖鞋。他一边睁大眼睛，流露出讶异的神情，惊叹于女人的善变，一边用激动的口吻问她：“这幅画叫什么名字？”“《我们从何处来？我们是谁？我们向何处去？》，”她莲步轻移地走到他的身边，吐气如兰地说，“高更的一生充满了传奇，他年轻时当过水手，周游过世界许多地方。后来做了证券经纪人，娶妻生子过着幸福的生活，并在这时期开始绘画创作。随着艺术理解的日益加深，他的内心产生了对某种无法描述的事物的热烈追求。同时他对文明世界的欺骗和狡诈日益厌倦，舍弃高收入职业与世俗幸福生活，两度到太平洋南部的塔希提岛进行艺术创作和定居。在那阳光灼热、自然芬芳的岛上，高更自由自在地描绘当地毛利族原住居民神话与牧歌式的自然生活，强烈表现自我的个性，创作出他最优异的油画。终因孤独病困，加上爱女突然死亡，精神彻底崩溃，跑到深山服毒自杀，企图死后以自己的尸体饲兽，以求彻底解脱，然而命运拯救了他，他被人救活后，突然萌生了强烈的创作欲望，这才有了这幅艺术杰作。想不到你对我临摹的这幅作品这么感兴趣，这再一次证明我们的心灵是相通的。”尽管她说话的语气很平静，但是他透过她平和的语气隐隐感到她深不可测的痛苦在啃噬她的内心，特别是她看似平静无波的眼睛，却有着魅力无比的吸引力，在她淡然的盯视下，他竟有无处遁形的感觉，他就像一个天真无邪的小男孩，偶然窥见了女人的私处，惊得汗流浃背，他用手捂着自己的胸口故作镇静地说："真是艺术杰作，我还是第一次在斑驳绚丽、如梦如幻的画面中看到了哲学，如果我没理解错的话，这幅画暗喻着画家哲理性的对生命的追问。"大画室内有一个精致的酒柜，里面摆满了各种洋酒，显然她不仅是画家，而且是个嗜酒的女人，她款款走到酒柜前，在两个高脚杯中倒入拉菲，然后又回到他身边，一边递给他酒，一边微笑着说："不瞒你说，当年我在美国波士顿美术馆看到这幅画时，激动得泪流满面，回国后，我不顾一切地去了西藏阿里，几乎放弃了一切，以至于丈夫和我离了婚，我却一呆就是五年，直到我听到儿子得了骨癌的噩耗后，才赶回东州，可是我回来不久，儿子就离开了人世，可以说高更经历的痛苦我都经历了，让我心不甘的是我并没有画出《我们从何处来？我们是谁？我们向何处去？》这样撼人心魄的杰作。"她左手抱于胸前，右手轻轻晃动着高脚杯，好像她的全部秘密都隐藏在那一杯嫣红的液体里。"但是你的眼睛告诉我，你好像已经找到感觉了。"他脸上挂着古怪的微笑，仿佛他是个预言家，其实他纠结于胸的那个心结一直没有释怀，他虽然不了解高更的画，但却知道高更不光绘画，也写书，那本和他的画作一样有名气的名著《诺亚·诺亚》，就记述了大溪地之旅神奇的体验。许多大画家同时也是作家，那么女画家何许人会不会是《白道》的作者呢？他佯装预言家的目的就是想弄清楚为什么她一见到他就认定他是她苦苦寻找的模特。她果然袒露了心扉："郑先生，看来我们的确心有灵犀，我是读了长篇小说《白道》后突然顿悟的，那天当我读到商政与郭鹤年关于登山的对话时，我苦苦追寻的心灵图景终于在我心中诞生了，你不知道我当时激动得就像童话世界中的孩子，那种痛并快乐的幸福感迷醉得我痛哭流涕，我恨不得立即将它画出来，然而当我站在画布前才意识到我需要一个像商政一样的模特，然而看了几十个模特都不中意，我这才在我的博客里发了一个招模广告。郑先生，我实在不明白，你为什么和《白道》里描绘的商政那么像，我几乎误认为你就是从小说里走出来的商政。""正如你和《白道》的作者同名同姓是一种巧合一样，我和商政像一个人也是一种巧合，"他微笑着呷了一口酒说，"不过，我不明白，为什么《白道》的作者认为凡是有灵魂的人都是艺术家呢？""什么是灵魂？"她强调道，温婉的声音中宛如美妙和弦中加入了重音，"就是让人魂牵梦绕的心灵图景，人正是因为有了追求心灵图景的梦想，才拥有了不同于躯体的灵魂。什么是艺术？就是捕捉心灵图景的美学。因此有心灵图景的人不管他表达出来还是未表达出来都是艺术家。这就是我的顿悟。"他呆呆地凝视着她紫罗兰色的明眸，耳畔宛若音乐般回响着两个字"天使、天使、天使……"，阳光透过高高的窗棂，刚好射在她的脸上，她看上去宛如绽放的百合花，他脸上挂着肃然起敬的笑容问："能说一说你的心灵图景吗？"口气就像个青春期懵懂的小伙子似的小心翼翼。她用深不可测的目光凝视着他，仿佛她是他灵魂的主人，脸上挂着高傲的笑容说："一个像商政那样痛苦的男人一丝不挂地攀登在雪山之上，犹如拉纤的纤夫，那雪山像女人的乳房一样诱人，那是夏娃的乳房，乳头是一轮血红的太阳，画中的男人不是在登山，而是灵魂在解脱和升华中涅槃。这幅画的名字就叫《灵魂的对话》。你觉得怎么样？"他原本没想给她做模特，只想弄清楚这位叫何许人的女画家是不是《白道》的作者。但她所描绘的美令人窒息，他还真动心了，只是没想到要裸体，便有几分怯懦，犹豫地问："这么说要脱衣服？"她咯咯地笑起来，收住嘴角绽放的微笑后，语气肯定地说："要一丝不挂。"他觉得自己犹如她手里一本被翻阅的书，想答应又有几分迟疑，便支吾道："这我还真没想到。"她紧闭着双唇，双眸闪耀着难以捉摸的欢欣看着他，看得他汗毛直立，然后她用鼓劲的口吻说："艺术是一种信仰，是超肉体、超道德的，一个拥有灵魂的人，只当肉体是一个躯壳。"他咬着嘴唇思忖了一会儿，然后将杯中酒一饮而尽，带着几分腼腆说："好吧，为了艺术，也为了信仰！"说完脱得一丝不挂。

14. 我想起了一件往事

小李子的医院很快就开业了，起名叫北斗医院。开业那天，我第一次见识了他的能量。在开业典礼上，我望着"北斗医院"几个大字，猛然想起了一件往事。两年前的初春，秀美的白山像个刚刚睡醒的少女，经过和风细雨的梳洗，容颜更加娇丽，神采更加妩媚了。粉红的桃花开遍枝头，远远望去，像一片朝霞。山坡上，在绿茸茸的小草衬托下，各种鲜花争奇斗艳，姹紫嫣红。正是踏青的好时节，王林、孙兰兰和小李子约我去白山游香松寺。我们开着一辆沙漠风暴沿着盘山公路疾驶，一条小溪始终沿着盘山公路迎面而来，溪水清澈见底，水底的鹅卵石历历可数，小溪就像一条缀满闪光宝石的飘带，深深扎在富饶而美丽的黑土地上。车行至白山脚下，踏青的人比山上的树还多，为了避开人流，我们沿着后山山间小路蜿蜒而上。大约走了四十分钟，眼前闪出一处宝刹，山门上有一副对联，上联是"莺边日暖如人语"，下联是"草际风来作药香"。山门上挂着一块黑漆金字牌匾，写着"香松寺"三个大字。我们进了山门，寺内到处弥漫着丁香花的香气，抬头远望漫山丁香，花团锦簇，我们来到后殿，发现庭中有一棵苍劲雄伟、巍峨挺拔的古松，大有龙飞九霄之势。整个古刹因这棵古松而充满了灵气。它云盖碧翠，枝干繁茂，团簇着永不凋落的针叶。我们四个人仰叹之余，好奇地拉起了手臂，竟然不能合抱。正在我们啧啧慨叹之际，一位老僧人缓步走了过来。这老僧人落腮白须，慈眉善目，黑布褂，佛黄的长袜，米色的僧鞋。他先是和颜悦色地看了我们一会儿，然后又走过来双手合十地说："阿弥陀佛，四位施主可识得这棵古松？"我们纷纷摇头，无人识得。老僧人手捻白须，颇为自傲地说："这棵古松名曰盘龙，可是本寺的宝树，香松寺就由此树而得名啊。当年唐太宗李世民东征时，曾在这棵古树下纳凉议事。"这时小李子满脸堆笑地搭讪道："怪不得风一吹，古松发出一种龙吟，原来还真是树中之龙啊。"老和尚笑眯眯地说："这位施主，你也不简单啊。"小李子一脸纳罕地问："老师父，我有什么不简单的？"我和王林、孙兰兰也纷纷竖起耳朵想听个究竟。老和尚不动声色地说："如果我没说错的话，这位施主胸前有七颗朱砂痣，排成北斗七星的形状，对不对？"小李子听罢，顿时瞪着一双吃惊的眼睛说："师父是怎么知道的？"老和尚一副卖关子的神情，微笑道："施主是有佛缘之人。我送施主一句话，不悟则迷，悟则成智慧。"小李子迫不及待地问："如何才能悟，还望师父指点迷津。"老和尚云山雾罩地说："一念愚即盘若绝，一念智即盘若生。"说完，呵呵笑着转身离去。把小李子弄得如堕五里雾中，我们也一头雾水。孙兰兰不可思议地问："小李子，你胸前真有七颗朱砂痣吗？"小李子笑了笑未置可否。其实我和王林早就知道小李子前胸有几个红点子，像是被蚊子叮了似的，因为我们仨经常一起洗桑拿，只是我和王林谁也没太在意，就连小李子也不知道这几颗朱砂痣还有些说道。但是从那以后，小李子没少找算命先生算他胸前那几滴血点子，都说是吉星高照，大吉大利。小李子信以为真，连给医院起名字也叫北斗医院，看来小李子已经将胸前的七颗朱砂痣当成了信仰，我终于从这个物质和精神不分的人身上看到了一点精神的东西。尽管这点精神也产生于物质，而且是为了追求物质才信仰的。但小李子却因这点信仰而像变了一个人似的，特别是在开业典礼上，他兴奋得神采奕奕，脸上透出一种光辉，仿佛他胸前的七颗朱砂痣真变成了七颗北斗星似的。我甚至有一种奇怪的感觉，好像前来参加开业典礼的人，都是受到北斗星的召唤而来的。最不可思议的是，尽管我的前胸没有七颗朱砂痣，但当小李子满面红光地对着麦克磕磕巴巴地读我给他写的开业致辞时，我的胸膛里就好像正在呦呦燃烧着七团火焰，好像我和小李子有一种天然的心灵感应似的。这可太不可思议了，不可思议得有些神秘。莫非小李子真是有神灵保佑的高人？不然为什么前来参加开业典礼的人私下里都对小李子啧啧称奇呢？一个只有小学四年级文化的农民成了一家私营医院的董事长，是够神奇的。大概中国历史上各类圣人都有这种神奇。我一直想弄明白产生这种神奇的深层次原因是什么，甚至想以小李子的传奇经历创作一部长篇小说。但是真静下心来想动笔时，却又觉得毫无神奇而言，不仅不神奇，简直是俗不可耐。为什么俗不可耐会演变成一种神奇呢？我百思不得其解。生活真是充满了未解之谜。不过有一点可以肯定，我也是神奇的制造者，因为每当我脑海中回想起小李子读我为他写的开业致辞的情景时，我的胸膛里就好像有七团嗞嗞作响的火苗在燃烧，火苗发出的嗞嗞声似乎是对我故作高雅的一种嘲讽，因为当我从小李子口中听到"悬壶济世、仁心仁术、大医精诚"这些词汇时，感觉这世上再也没有比我更俗不可耐的了。

漫长的一天又过去了，还要再等一天小李子才能回到东州，白天昏睡了一天，晚上反倒无法入睡，我能清晰地感觉到死亡的气息像水下起伏的微光，从我的心脏慢慢渗出，缓缓流向我的每一个毛孔。仿佛我不是躺在床上，而是躺在漂在水面上的一具浮尸上。谁的浮尸？我曾无数次地在梦中梦见我杀死了小李子。难道浮尸就是小李子？我知道这绝对是一种征兆，但究竟意味着什么？我并不知道。其实我并不害怕死，但我害怕恐惧，此时此刻，漆黑的房间里正如光芒般闪耀着一种真实而可怕的恐惧，刚来时，由于我在房间里堆满了书籍，空气中闻起来有一股书本的味道，而现在，不知为什么，空气中弥漫着一股太平间的味道。一种深思熟虑的死一般的宁静散布在房间的各个角落。我在昏睡中感觉到，疾病不时将我逼近死亡，死亡几乎成了我活着的习惯。我知道我的灵魂已经破碎得无可救药，或许只有死亡可以再造我的灵魂。但我躯体内有两个我，杀死谁我都恋恋不舍，何况病入膏肓的我已经丧失了自杀的能力，看来只能看着两个我自相残杀了。我一直试图劝说两个我握手言和，但是每个我都发出"既生瑜，何生亮"的慨叹。如今我对两个我已经无能为力了，两个我都成了断了线的风筝在空中飘来飘去。我感到了前所未有的孤独，我甚至搞不清楚，我到底是害怕恐惧，还是害怕孤独。我在睡梦中不止一次地问过自己"我是谁？"不知为什么，每次发自心底的回答都是"我是我们！"那么"我们是谁？"想来想去，却是我和小李子。此时此刻，我坐在小李子的浮尸上面，在漫无目的地漂泊。抑或是小李子坐在我的浮尸之上，反正"我们压住了我们"。这种令人毛骨悚然的恐惧感，我该如何确切表达呢？好像我们抱在一起，随时可能被巨大的漩涡吞噬。或许这种吞噬是一种再生，但是我断定我们只能活一个，不是我，就是他。我明白了，莫大的恐惧就来源于我们都怕失去对方。我记得在那次开业典礼的招待酒会上，小李子兴致勃勃地端着酒杯走到我面前，推心置腹地说："郑哥，你写的发言稿太好了，全都是我想说的话，你怎么知道我想说这些话呢？莫非你是另一个我？看来我们天生就是兄弟。何况我们都在寻找美，只不过方式不同，但我相信殊途同归，不过我心中还是有些怕。郑哥，你知道我怕什么吗？"我微笑着摇了摇头，但我心里似乎已经猜到他要说什么，果然，他所说的，正是我心里所想的。他饮尽杯中酒说："我最怕的就是失去你。你知道吗？你辞职之前我并没有这种恐惧感，那时候别看你高高在上，但是我并不觉得我们之间有距离，但是你辞职之后，我发现我们之间有了距离，而且距离越来越大，这让我非常恐惧，郑哥，我一直觉得我和你是一个心，一个心怎么能分成两半呢？"小李子这番话，我在心里也反复想过，只是碍于我的身份我不能跟他说，我何尝不是被这种恐惧感困扰着，但是我必须写小说，我已经由不得我自己了。就像纳博科夫笔下的亨伯特爱上洛丽塔一样，我心目中的"洛丽塔"就是小说，正如小李子心目中的"洛丽塔"是北斗医院一样，但这是两个"洛丽塔"，一个是九到十四岁，让人想起美轮美奂的童话和快乐的"阿娜贝尔"，一个是"穿了一件褐色的无袖布连衣裙，脚上是一双十分邋遢的毡拖鞋"，颧骨饱满，双颊下陷，焦干的嘴唇上叼着一根纸烟，活脱脱一个从坟墓中走出的"夏洛特·黑兹"。后一个洛丽塔的声音是苍凉而响亮的，让亨伯特感到震惊，"完全是陌生的、新异的，苍老的、悲凉的"。我和小李子都钟情于"洛丽塔"，然而我们所钟情的"洛丽塔"尽管同名同姓，却并不是一个人。尽管小李子对我说，我们都在寻找着，但我心里很清楚，他根本不懂一个艺术家是怎么回事。

15. 他被请进了海上宫殿

他下了奔驰轿车，又坐上了豪华游艇，也没弄清楚请他的是什么人。当他远远地望见海面上漂浮着一座宫殿时，还以为是海市蜃楼。当游艇快靠岸时，他才知道自己看花眼了，原来是座具有欧式风情的豪华庄园，有北、东、南三个门，南门连接着一个小型码头，停放着一艘快艇和两艘摩托艇。让他不可思议的是这座硕大的庄园不是建在陆地上，而是漂浮在海面上，就像一艘靠岸的大船被几十根绳索固定在岸边的岩石上。他心里暗叹，真是一座海上花园啊！登上小码头后，满目都是精心修剪的奇花异木，沿着一条木质长廊往前走，迎面是一座雅致的二层别墅，大门前矗立着两座石狮子，一位气度儒雅的中年男人正满脸堆笑地站在门前恭候他，此人身着墨绿色真丝T恤衫，米色休闲裤，眼神深邃，面色红润，给人的感觉像个深潭，不可捉摸。他一下子就被这个人儒雅的气质吸引住了，心想，莫非这就是这座海上宫殿的主人？还真让他猜着了，不过他还有个意外的惊喜，此人正是他正在寻找却一直摸不到踪迹的亿万富翁何许人。两个人似乎都仰慕已久，一见面就特别投缘，见他对这座海上宫殿颇感兴趣，何许人兴致勃勃地邀请他参观。他随着何许人沿着通往池塘的木桥一边走，一边问："我还以为上了海上宫殿一定有晕船的感觉，但是上来以后并不觉得晃动，听开游艇的小伙子说，潮涨潮落也非常稳固，你是怎么做到的？"一只白色的海鸥，挥动着镰刀般的翅膀，迎着太阳飞入蓝天，两个人走下木桥，映入眼帘的是一个标准游泳池，旁边还有个供人休息的凉亭，一方茶几，几张沙发，可以品茗观海。何许人一边示意他到凉亭坐一坐，一边说："不瞒你说，这座海上宫殿由四块巨大的渔排组成，约有三千多平方米。别墅周边的缆绳都是进口的，每根缆绳中部有一千公斤重的铁锚，整个别墅由四十个铁锚固定。为了保证别墅能浮在水面上，其底部由三千多个泡沫垫子托起，你说它能不稳吗？"两个人走进凉亭坐在沙发上，服务小姐上了茶，他一边品茶一边问："松开那些缆绳可以离岸吗？"一阵海风袭来，空气中有一股咸咸的味道，游泳池蓝色的水面上映衬着天空中一朵白色的云翳，何许人望了一眼凉亭后面有两个篮球场大的跑马场，得意地说："当然，完全可以根据需要在海上漂浮。"他脸上仍然挂着对这座海上乐园的好奇，微笑着问："要是遇上台风呢？"无风无浪的海面上潮水保持着阴险的涌动，海鸥滑翔着，尖叫着，何许人的目光隐含着笑意说："当然，每次台风都会吹烂很多东西，修复至少几十万。"远处的大海蓝得不可思议，洁白的云朵在天空中悠悠飘浮，他觉得自己也像是飘浮在半空中的云朵，不可思议地慨叹道："看来每年的修复费用不是个小数目啊！"何许人扬了扬手，脸上挂着无所谓的微笑，呷了一口茶，品味着茶水在舌尖上留存的茶香说："钱对我不是问题。"何许人的语气虽然很平和，但他听了就像心里被狠揍了一拳，莫名的嫉妒让他在内心暗骂道："狗日的暴发户！"但脸上却挂着陶醉的神情，用谄媚的口吻说："当然，你是亿万富翁。不过，这里是不是太静了，总要搞一些活动吧。"他以作家的职业习惯，一向善于捕捉别人的灵魂，但是在何许人面前他觉得有一种气势压得他丧失了敏锐，他记得在他的朋友圈子里，有一位暴发户，钱多得反倒抑郁了，找他倾诉时，他才明白，原来这位仁兄苦于死后别人会忘记他，于是他给出主意，让他写书，告诉他立言可以不朽，他的朋友愁眉苦脸地说："我哪儿有这个本事。"他嘲弄地说："你这么有钱，还愁枪手？"想不到没过几年，暴发户竟然成了家喻户晓的著名作家。"眼前这位何许人神神秘秘地将我接到海上宫殿，绝不会是请我来欣赏风景的，看他儒雅的笑容背后似乎蕴藏着某种秘密，会不会他就是《白道》的作者呢？以他的实力雇一个枪手班子易如反掌，要想将我了解个底儿掉也非难事，而且看他一副隐士的做派，没准干的是见不得光的生意，会不会是干盗版的？对，很有可能，东州市的亿万富翁我大多知晓，却从来未听说有叫何许人的，莫非此人是东州最大的盗版商？"何许人根本没注意到他的心理活动，用一种艺术家的口吻说："海上宫殿是我创造的一件艺术品，目的就是为了享受宁静，宁静是一种美妙、奇异的东西，没有灵魂的人是无法消受的，因为宁静是一种美，而要享受美必须有一颗远离浮躁的灵魂。当然来朋友时，我也会搞一些时装秀，或者昆曲表演之类的节目，晚上也会燃放烟花助兴。"阳光宛如潮水般冲洗着海上宫殿，他阴郁的心理也被何许人的一番话说得豁亮起来，他断然否定了刚才的胡思乱想，心想，一个懂得美的人不可能干盗版那种苟且之事，便附和道："要不古人讲宁静可以致远呢，其实美是世界上最宝贵的财富啊！有能力认识美的人才有寻找到自我的可能啊！"何许人听罢爽朗地笑起来，愉快地说："走，到我的酒吧喝一杯吧。"

两个人并肩回到二层别墅前，刚走进大厅，迎面放着两具武士的盔甲和战刀，高挑的大厅里摆着欧式沙发，墙上挂着保罗·塞尚的油画《圣维克多山》的仿制品，不知道为什么每当他看到塞尚的油画就好像看见一个人没有衣服的包裹和肉体的依托，只有骨头和骨头的色泽，这种感觉和他读了《白道》后的感觉相当契合。油画对面的墙上挂着一件蒙古王爷的王袍，颇为气派，角落里摆放着精美的酒柜，琼浆玉露丰藏其中。再往里走就是酒吧，天花板上挂着逼真的鹿头，吧台、座椅、乐器、骰子，陈设很有点老西部片的味道。在露台的一侧，两个人面朝大海落座，服务生上了两杯威士忌，一束浓稠的阳光照在桌子上，何许人拿起酒杯轻轻呷了一口说："郑先生，不瞒你说，我今生享尽了帝王般的荣华富贵，揽尽了天下美色佳丽，吃尽了世上的珍馐美味，以至于吃什么都觉得味同嚼蜡，整日萎靡不振。有一天我无意间将一张百元美金塞进了嘴里，顿时像吸了毒似的振作起来，从此以后，我就只吃钱不吃饭，可是尽管吃钱有一种吸毒式的快感，但是身体也像吸毒者一样越来越糟，没办法我只好找医生。可是普通医生见了我的病束手无策，我只好去看心理医生，心理医生说我中了毒，需要解毒，我问他怎么解？他说你既然能吃钱，也可以试着吃一些书，或许能解你身上的毒。我离开医生后，一上车发现我的司机正在看一本名字叫《白道》的书，一副痴迷的样子，我问他好看吗？司机说看了以后像吸毒一样舒服，我一听跟我吃钱的感觉差不多，便一把夺过来，撕下一页塞进了嘴里，没想到吃下去还真跟吸毒一样飘了起来，从那以后我再吃钱就恶心，只好靠吃书维持生命，你还别说，我身上的毒还真解了，原来骨瘦如柴的身子也变得结实起来，只是吃书落下一个毛病，书吃得越多越饿，越饿越能吃，好在虽然饥饿，但却觉得身体越来越神清气爽，这种感觉真是不可思议，妙不可言，于是我产生了一个想法，希望能有更多的人分享我的这种快感，我思来想去，觉得只有一个办法，就是将我吃书的快感写成书，大家读了以后了解到吃书的好处，自然便会效仿。可是我连小学都没毕业，只好找人代笔，于是我就想到了《白道》的作者何许人，可是我踏破铁鞋也没查找到这位仁兄的踪迹，后来有人告诉我，《白道》主人公的原型就是郑先生，而且你也是作家，想必《白道》的作者就是你，何许人只是你的笔名，我这才派人登门拜访，将你请到这里，郑先生，我做梦都想把这本书写出来，你开个价，我绝不还价。"他听了何许人请他来的真实意图后，心里暗自惊骇，他倒是在电视里看过一些奇人，有的吃玻璃，有的吃泥土，有的吃头发，但还是第一次听说有人吃钱吃书。为了试探真伪，他从包里掏出一本《白道》递给何许人，何许人二话没说，接过书，撕下一页塞进嘴里，像吃煎饼似的津津有味地嚼了起来。他惊诧地问："这本书怎么写?"何许人一本嚼一边说："我把吃书后饥饿的感觉告诉你，我口述，由你来写。"但是仍然有许多疑惑像雾一样裹挟着他，他原以为尽管请他的人故作神秘，但是见了面一定像庸俗小说的情节一样无聊，没想到他竟遇上了一个谜一样的奇人，他沉思片刻说："能不能多找几个像你一样吃书的人，素材越丰富，写出来的内容也就越丰满。"何许人的脸色顿时阴沉起来，困窘地说："不瞒你说，我吃钱的朋友很多，但至今还没有一个吃书的朋友，而且我那些吃钱的朋友得知我吃书以后都说我有病，纷纷离我而去，自从我吃书以后，没有一个人能够认真体察我的心情，这是我最痛苦的。起初吃书时只是为了戒毒，后来我发现吃书越吃越饿的妙处后，我渐渐地悟出来原来饥饿是一种艺术，可是这是一种不被人理解的艺术，郑先生，不被任何人所理解的艺术，还能被称为艺术吗?"他的脑海里立即浮现出刚才在大厅内看到的那幅挂在墙上的塞尚的《圣维克多山》，要知道塞尚的艺术遭遇是坎坷和凄凉的，他的作品屡次遭到沙龙的拒绝，并且被讥讽为是"用驴尾巴画画"的人。但是他通过自己的方式开辟出了一条全新的艺术之路。想到这儿，他斩钉截铁地说："当然是艺术，而且是最伟大的艺术，不被当代人所理解，可以被未来人所理解，历史上的许多伟大艺术家都是在死后才被理解的。只是吃书真的像你说的那么有趣吗?”何许人将吃得还剩下半本的《白道》递给他，脸上挂着意味深长的笑容说：“你不妨尝试一下。”他迟疑了片刻，咬着嘴唇接过半本书，撕下一页后，脸上挂着茫然的表情，将书页塞进了嘴里……

16. 我越来越困惑了

就在我和小李子寻找属于自己心中的美的时候，王林陷入了性的泥潭。我感觉他有一种返回子宫的渴望。他当着我和小李子经常说：“不做爱不知道，一做爱才知道我们再也回不了家了。”在他看来，女人的子宫就是“老家”，就是他渴望回归的心灵家园。然而正如人类再也不能复归原始生活一样，王林再也不能回归母亲的子宫。于是堕落就成了做爱仅有的意义。他的口头禅是：“做爱，做爱，不做怎么爱?”做爱几乎成了他精神生活的全部内容。王林变了，变成了我不认识的另一个人。但他却浑然不知。我也曾讥讽他：“你的那根屌就像一条蛆。”他却不以为然地反驳说：“难道这不是现实吗?”我不屑地说：“你就不怕烂在肉里。”他却振振有词地说：“烂掉也是一种涅槃。”我揶揄道：“都是他妈的钱烧的。”他却嬉皮笑脸地说：“有钱才可以制造汽车和飞机，甚至是宇宙飞船。”我被激怒了，激动地说：“却不能制造出诗歌和灵魂。而没有诗歌和灵魂人类是什么?”我记得王林和孙兰兰刚结婚时，他经常跟我说，他这辈子最幸福的事就是娶了孙兰兰。而孙兰兰也曾经和我老婆说过，王林是她这辈子的最爱。我老婆逗趣地说：“男人大多是言不由衷，王林要是骗了你呢?”孙兰兰竟然语出惊人地说：“那我就死给他看。”然而孙兰兰发现王林背叛她的蛛丝马迹后并没有死给王林看，而是先找到我和我老婆哭诉。话里话外并没有谴责王林，倒好像我是他不幸婚姻的罪魁祸首似的，也难怪，当初毕竟是我将她和王林撮合到一起的，看着孙兰兰的可怜状，我内心还真生出几分负疚感。不过当她讲到有一天她回家，发现家里的哈巴狗和波斯猫正在抢东西，她分开两只争得不可开交的畜生后，竟然发现，它们争的是一只避孕套时，我老婆再也忍不住了，刚喝到嘴里的一口茶一下子喷了出来，呛得咳了好一阵子。我尽力憋着笑问：“一只避孕套能说明什么，该不是你们俩用过的吧?”孙兰兰情绪激动地说：“我们从来不用避孕套，很显然是王林在家偷鸡摸狗时用过的。”我老婆被呛得咳出了眼泪，她一边抹着眼泪一边说：“兴许是你们家养的一对畜生从外面弄回来的呢。”孙兰兰竟然矢口否认这种可能性，她说她从不让她家的狗和猫出门。其实以我对王林的了解，我断定避孕套一定是王林在家偷情时遗漏的，但是我脑子里仍然固守着中国人的传统观念，宁拆十座庙，不拆一桩婚。因此我极力为王林辩解，想尽办法往两只畜生身上推责任，我老婆和我的观点一致，她甚至推测是家里门没关严，狗或猫偶尔跑出去，从邻居摆在门口的垃圾袋里叼出来的。孙兰兰一张嘴辩解不过我们两张嘴，也只好姑且相信了我老婆的推断。可是她随即又抹着眼泪哭诉了王林拈花惹草的另一个事实。有一天王林出差去海南，刚好赶上他的生日，孙兰兰送他去机场，安检时王林尿急去了洗手间，将手包交给了孙兰兰，手包里除了现金和信用卡外，还有手机，王林刚走，手机就发出了短信提示音，她好奇地拿出手机查看短信，顿时惊呆了，短信竟然是报社一位女记者发来的，无非是祝王林生日快乐，一路顺风，然而不仅语气令人肉麻，而且称王林为“亲爱的老公”，她顿时火冒三丈，等王林从洗手间回来，她强忍怒火让王林解释，王林当时百口莫辩，孙兰兰二话没说，扇了王林一个大嘴巴。孙兰兰讲到这儿戛然而止，她发出了半是哽咽半是抽泣的声音，胸部一起一伏，委屈到了极点，我和我老婆谁也不忍心再问她后来两个人是怎么收场的，但是这件事确实是事实清楚，证据确凿，孙兰兰闪动着挂满泪珠的睫毛看着我，意思是说，看你还怎么为他辩解。即便如此，我仍摆出一副不屑的神情说：“我觉得那个短信说明不了什么问题，男女之间打情骂俏是常有的事，何况王林是报社的领导，女孩子向他献媚并不稀奇，关键是他自己是不是把握住了自己。我辞职前也经常接到这样的短信，但仅仅是打情骂俏而已，并没有别的。”没想到话还没说完，我老婆就急了，醋海翻波地说：“你还想有什么，你是不是特想有什么？你今天跟我说明白，怎么证明你和她们没有别的。”结果我越解释我老婆火越大，你一言我一语地吵了起来，吵得孙兰兰灰溜溜地走了。结果孙兰兰刚走，我老婆就笑了，搞得我一头雾水，我老婆一脸得意地说：“我们不吵，她能走吗？俗话说，清官难断家务事，她和王林走到今天还不是钱闹的。虽然她是来向我们讨主意的，但是她用死要挟王林都无济于事，我们又能给她出什么主意呢？”我这才想起来，孙兰兰曾经跟我老婆说过，王林要是欺骗她，她就死给王林看。我想王林对这句话一定听得耳底都有茧子了，对一个认为爱即占有的女人来说，唯一具有神圣意味的就是她的肉体，当她的肉体在她丈夫的眼里不再神圣后，她还剩下什么？或许正因为孙兰兰意识到自己一无所有了，才采取了极端行为。她竟然雇用私家侦探，将王林和那位女记者堵在了床上。仿佛就是为了摧毁仅存心中的最后一丝幻想似的。当她亲眼目睹了自己的丈夫一丝不挂地像惊弓之鸟似的抱着屁股白花花的女记者时，她最后一丝幻想彻底破灭了。我是在孙兰兰服毒自杀被救护车送到医院抢救时，才得知消息的。当然是王林给我打来的电话，他是用嘶嚎的声音告诉我的，就好像他在夜晚误入黑森林遇上了狼群。当我和我老婆还有小李子分别赶到医院时，孙兰兰只能靠呼吸机维持心跳了。当时王林见到我们，两只手举在半空绝望地说不出一句整话来。好像他悲痛得连说话的力气都没有了似的。我们赶紧向主治医生询问孙兰兰的情况，主治医生叹了口气说："其实病人早已脑死亡了，是她的丈夫坚持不撤呼吸机的。"我心想这是何苦呢，便狠着心劝王林面对现实。孙兰兰已经没救了，与其用呼吸机让她遭罪，不如让她安静地去吧。王林痛苦无助地嚎道："医生，再想想办法吧！"

孙兰兰死了，绝望而痛苦地死了。我们陪着王林推着孙兰兰的尸体默默地往太平间走。已经是深夜了，天空一片漆黑，下了一天一宿的雨，地上还湿漉漉的，天气凉了许多，悠悠长夜让人无限悲凉。很长时间，我都想不明白，孙兰兰究竟是为什么而死的，表面上看她是为爱情而死的，但其实她和王林之间已经毫无爱情可言了。尽管在外人看来，她和王林过着令人羡慕的幸福生活，但这是一种徒有其表的幸福，隐藏在这种幸福后面的所谓爱情早就名存实亡了，为一种名存实亡的爱情而死未免太荒唐了。或许孙兰兰是用死来进行报复，这未免过于愚蠢，我相信孙兰兰不会这么愚蠢，我认为在生的痛苦和死的宁静之间，她之所以选择了死，是因为在精神上孙兰兰其实早就死了。

那天晚上，我们从太平间出来，王林就像受到了巨大的惊吓，变得像哑巴似的一言不发。我送他回家后，我们在客厅沙发上相对而坐，王林一根接一根地抽烟，任凭悲哀变成漆黑的寂静将自己合拢。我们就这么默默地坐了良久，他才说了一句："你是不是特瞧不起我？"我没想到他会冒出这么一句，思忖片刻才说："我只觉得你的心已经石化了。"王林凄然地摇了摇头说："你这是在夸我，像我这样的人还有心吗？"我不客气地讥讽道："当然有，不过我怀疑你脑子没了。我认识一位神经外科医生，他开过六七千个脑袋，他发现很多人得了一种无脑病，开颅后里面是空的。我建议你见见这位外科医生，让他给你诊断一下。"良久，王林才扭曲着一张痛苦的脸说："你用不着拐弯抹角地骂我，你知道我为什么有恋母情结吗？因为我害怕孤独。谁不想让自己的生命有意义，可是我们的生命意义从小就被他人或权威所代替了，我们已经习惯忽略或遗忘自己了，我们已经不习惯或不会做自己了，在我们的秩序中，也只有成为他人，才可能沿着权力的台阶，拾级而上。你辞职以后，一直在苦苦寻找自我，但是我认为你不可能找到，因为自我早就迷失在他人的汪洋大海里了。”王林的话让我一时无言以对，我也点了一支烟，眼神从他身上漂移开，向空中吐了一个烟圈，烟雾缓缓上升，我却觉得自己已跌入越来越深的困惑中。

17. 他去了精神病院

他认为身为大学教授的何许人最有可能是《白道》的作者，可是何许人却因精神错乱而住进了精神病院。关于何许人疯了的传闻很多，最可信的版本是此人在校园内发表了一场匪夷所思的演讲，没有人不认为是疯话，于是被送进了疯人院。当时何许人演讲的情景大致是这样的：何许人手里拿着一本书，在校园操场上仰着头看天，据说他手里拿着的那本书是长篇小说《白道》，很多师生好奇地围过来，以为天上出现了什么奇异景观，这时何许人像喝醉了酒似的放开喉咙大声讲道：“老师们，同学们，你们知道我看到什么了吗？苹果，对，就是亚当和夏娃偷吃的那种苹果，它险些砸到在树下沉思的牛顿的脑袋上，后来到了塞尚手里，塞尚说：‘以一枚苹果，我能震慑全巴黎。’就因为这枚苹果，毕加索称塞尚为父亲，他说：‘塞尚是我唯一的老师，是我们所有人的父亲。’”接着何许人晃动着手中的那本书说：“‘不知是什么魔鬼，告诉我要拿起这本书’，那个想当超人的疯子的书，这本书告诉我们什么？中心思想就是‘我是神，打扮成这样’。我真恨不得割掉自己的耳朵，像那个疯子似的送给妓女，妓女哪里知道，那不是一只普通的耳朵，而是人类的象牙塔。你们知道象牙塔在哪里吗？我告诉你们，一定要记住了，你们的家就在那里，那就是疯人院。对，你们的、我们的、他们的家都在疯人院。”说到这里何许人爽朗地大笑起来，然后又兴致勃勃地继续说：“没有那些疯子，我们只能叫裸猿；有了那些疯子，我们才叫做人。哪个民族疯子越多，哪个民族就越伟大。疯子是什么？就是划破夜空的一道闪电，但并不是人人都能看见夜空中那条裂缝，因为大部分人都在酣睡，他们在梦中梦话连篇，讲的都是礼义廉耻、仁义道德，这梦话讲了两千多年了，也没有变成疯话，你们知道为什么吗？因为只有我们懂得仁义道德，只有我们讲仁义道德。你们知道仁义道德是什么吗？就是一块口香糖，我们要世世代代嚼下去，总有一天会嚼出牛肉干的味道，到那时定会有几个疯子，领着我们到古宅里去捉鬼，或许捉出来的不是鬼，而是妖怪。”说完何许人将手中的书一页一页地撕下来分发给师生，一边分发，一边说：“这是我的演讲稿，这是我的演讲稿。”何许人究竟撕的是什么书，他在大学校园内问了男女师生十几个人，大多都倾向于《白道》。他又问何许人究竟是怎么被送进精神病院的，都说那天操场上人太多了，没太看清楚。不过还是有一位了解实情的老师告诉他：何许人是逃进精神病院的。他惊诧地问为什么？这位老师神秘地笑了笑说：“这你要问他本人。”这位老师的说法极大地诱发了他的好奇心，但是他到精神病医院打探后才得知何许人任何人都不见。他一连去了三趟都未能如愿，后来他抱着最后一线希望通报了自己最不情愿的身份，也就是《白道》里商政的原型郑商，何许人破天荒地同意了。

他走到病房门口时，透过门上的玻璃，看见何许人一边吸烟一边望着天花板沉思。房间狭窄而清洁，窗户安着铁条，给人一种监狱牢房的感觉。屋子里有一张床，一个分上下两层的床头柜，床底下有一个白色塑料夜壶。一张桌子上放着烟灰缸和一本书，他一眼就认出了那本书是《白道》，还有一个水杯。何许人的右脚蹬在椅子上，看上去显得出奇地安详。带他来的是一位女护士，领到门口就走了。他敲敲门，何许人毫无反应，他只好推开门探进头去，谦和地问：“是何老师吗？”何许人嘴里叼着快要燃尽的烟头扭过头看着他，眉宇间蹙着一道深深的皱纹，片刻才问：“你为什么要走长城？”他这才如释重负地走进房间，何许人用脚将椅子蹬给他，他从容地坐在椅子上，用试探的口吻反问道：“你为什么要逃到精神病院里来？”一束阳光照在何许人深沉而宽厚的嘴唇上，嘴角被吸得咝咝响的烟头闪着红光，他凝视着何许人厌倦、轻蔑、傲慢、滞重的目光，期待着一句石破天惊的回答。何许人又换了一支烟，用嘴角的烟蒂对着火，然后将烟蒂按灭在烟灰缸内，用戏谑的口吻说：“何必要逃，人类早晚要皈依精神病院的。”这听上去的确像一句疯话，但何许人平和的神态并不像个疯子，他匪夷所思地问：“为什么？”何许人一下子激动起来，面红耳赤地说：“荷尔德林、斯威夫特、爱伦·坡、威廉·布莱克、斯特林堡、兰波、路易丝·卡洛、庞德、海明威、克莱恩、弗吉妮亚·沃尔夫、西尔维亚·普拉斯、乔伊斯、里尔克；柏辽兹、舒曼、亨德尔；博希、丢勒、康定斯基、梵高，他们都疯了，你还要让我说出多少名字才能够相信！”谈话顿时陷入了沉默，他发现何许人在提起那些名字时，目光像闪电一样直透他的心灵，他喃喃地自言自语道：“怪不得莫泊桑说过，他要让上帝染上天花一命呜呼，尼采高喊上帝死了，原来他们都是疯子。”何许人脸上的表情仿佛忽然突破重围进入了另一个世界，摇着头，手舞足蹈地说：“不是上帝死了，是上帝疯了。只是许多人不知道，你知道吗？”言罢，何许人似乎猛然想到了什么，脸上挂着古怪的微笑问：“对了，你还没有回答我，你为什么要走长城？”乍一听何许人的话句句都是疯话，但绝对又不是一个疯子能说出来的，他开始怀疑何许人是不是真的疯了，便仍然用试探的口吻说：“你也没有回答我，你为什么要逃到精神病院里来？”何许人换了一张冷漠疏远的神情，皱起眉头，梦呓般地说：“只有逃到了精神病院，人们才能承认我是疯子。”说完何许人像一只老态龙钟的乌龟一样仰着头，盯着天花板。这又是一句让人匪夷所思的疯话，他有些糊涂了，正在他思忖着如何问下一个问题时，何许人突然振聋发聩地说：“梵高为什么要用狂妄自大的态度画太阳，有些人到现在也不明白。其实梵高早就告诉他们了：‘我愈是疯癫，就愈是艺术家。’可以说没有疯过的人，就从来没有生活过，正因为如此，布莱斯·帕斯卡尔疯了，约翰·莫扎特疯了，弗里德里希·肖邦疯了，就连伊萨克·牛顿也疯了，你知道他们为什么都疯了吗？因为他们只有疯了，才能与上帝同在。正如但丁进入地狱才有幸遇上了荷马、贺拉斯、奥维德、卢卡努斯一样，我只有躲进疯人院才能与那些疯子通灵，因为只有与他们通灵，我才能证明我是否还活着。”他几乎惊诧地笑出声来，眯起眼睛，用质疑的口吻说：“可是你现在活着。”何许人的表情既痛苦又惆怅，用手捏了捏笔直的鼻子，神情笃定地说：“我不想像死一样活着。”他捻灭手里的烟头，不无嘲讽地问：“怎么才能像生一样活着？”何许人的眼囊鼓胀起来，目光坦白得让他吃惊，咬着嘴唇自信地说：“创造一个自己。”说完目光迷离地陷入沉思，既像是在凝视又像是在走神。他被何许人的思想深深地吸引了，像照镜子似的摸了摸头发，又磕了磕牙齿，意味深长地问：“这很重要吗？”何许人神色凝重，仿佛正沉浸在音乐的华彩乐章中，他用力吸了吸鼻子，用教诲的语气说：“人生最令人迷醉、最令人心驰神往的唯有创造，只有创造才能获得身心的自由。”他凝视着坐在面前的这个人，一种奇怪的感觉油然而生，仿佛眼前不是坐着一个人，而是一个脱离了躯体的灵魂。他饶有兴味地问：“你想创造什么？”何许人身子微微一颤，被燃尽的香烟烫了手指尖，竟下意识地把烟头扔在地板上，低头用鞋尖蹍着烟头说：“一部小说。”职业的敏感让他的嘴里酸溜溜的，他将语气调试成庄重的口吻说：“什么题目？”何许人眼睛里闪烁着讥嘲的笑容，脸上挂着诙谐的表情，用戏弄的语气说：“你是谁？”他摸了摸宽净的前额，仿佛患了健忘症似的思忖了片刻，翕动着鼻翼问：“非要躲进疯人院才能创造？”何许人顿时露出如鲠在喉的表情，脸色像便秘似的涨红起来，激动地说：“我不是鸟，我是蝙蝠，可是他们非要将我归为鸟类，他们认为只要长翅膀的就是鸟类，可是我不是鸟，也不是会飞的昆虫，而是兽，你懂吗？你懂我的意思吗？”他露出了一种他乡遇故知的表情，颇为同情地叹息了一声，深有感触地说：“其实你既不是鸟，也不是兽，你是真正的人。”他惭愧地笑了笑，微微皱着眉，射出玻璃碎片似的目光，低声说：“我只是个生物，还谈不上人，人只是我生存的一个借口。我只是渴望做个人罢了。”他狡黠地看着何许人，一副恍然大悟的表情，诡谲地笑道：“你只是半个疯子。”何许人惺惺相惜地眨了眨眼，用潜伏者对暗号的语气诙谐地说：“其实你也是半个疯子。”他感觉这是他有生以来听到的最惬意的恭维，便心领神会地说：“我们加在一起刚好是一个。”何许人斜着眼飞快地瞥了他一眼，用挑衅的口吻说：“要不你也住进来？”他未置可否地笑了。

18. 我的腹中没有光

小李子终于回到了东州，但是打来电话说，北斗医院出了点事，让我再等两天，事情处理完再来接我。我老婆问他究竟出了什么事？他支支吾吾半天才说，一个三岁小男孩因误吞了异物，到医院治疗后，住了三天院，异物拉了出去，出院结算时，检查的项目多达上百项，其中还包括梅毒，小男孩的家长是市报的记者，他一不做二不休，对北斗医院明察暗访，搜集了许多患者体检没病却检出病来的证据，欲联合几大媒体同时曝光，一旦这位家长搜集的证据在媒体上曝光，北斗医院将面临灭顶之灾。我老婆跟我讲完小李子的苦衷之后，我失望极了，因为北斗医院出了这么大的事，小李子一时半会儿是来不了北京了，我的病却发作得越来越频繁。虽然每次发作都不如最开始的几次严重，但是频繁的发作折磨得我心力交瘁，几乎连说话的力气都没有了，但是由于归家心切，我还是咬着牙亲自跟小李子通了个电话，我先是询问了那件棘手的事情怎么处理，他告诉我，他姐可以帮他摆平，他姐就是我先前提到的那位监察局女副局长，北斗医院开业不久，女副局长就摇身一变成了市药监局局长，虽然小李子从未向我透露过实情，但是我估计他姐这次升迁与王林摇身一变成为报社主管广告业务的副主编有异曲同工之妙，为了北斗医院长治久安，我要是小李子也会这么做的。电话里小李子详细告诉了我，他姐拟摆平此事的方案，我听了以后一直为小李子悬着的心总算放了下来，至于究竟如何操作的，小李子千叮咛万嘱咐，不让我说出来，我也的确说不出口，姑且不说了。小李子在电话里还告诉了我一件让我百感交集的事，他把我病了的消息告诉了远在加拿大的王林，王林通过小李子向我问好，这是王林逃亡后，我第一次得知他的讯息，小李子告诉我，王林逃亡时由于走得急，身上没带多少钱，他逃亡到加拿大后，曾经多次打电话向小李子要钱，因此小李子一直知道他的联系方式，只是从未和我说起过。小李子在电话里又说了许多鼓励和安慰我的话后，就声称他姐来电话了，便匆匆挂断了我的电话。屋子里聚拢着午后的阳光，制造出迷幻一般的宁静，外面的街道上不时有车辆穿梭的喧嚣声，恐惧和痛苦像海潮一般向我袭来，我试着将它们抖落，却无济于事，只能孤独地聆听窗外小花园树林上一只乌鸦忧郁的哀鸣。那叫声很像是一个无家可归者痛苦的呻吟，更像是病人膏肓者绝望的呼救声。我体内的另一个我向往着窗外那闪闪发光的金线，阳光，似乎只有阳光可以引导我找到我苦苦追寻的心岸。此时此刻，我不知道天涯漂泊的王林和我是不是有同感，在我心里，他就是窗外那只孤独哀鸣着的乌鸦。

王林逃亡得很仓促，走之前曾匆匆地到我家和我告别。我们见面时，我发现他突然瘦了一圈，眼圈发青，情绪沮丧，一见到他，我就知道出大事了。果然，他告诉我，报业集团的一位领导找他谈话，希望他赶紧逃出国门，否则不仅自己小命不保，还会连累很多人。我追问他为什么？他哭丧着脸说，省纪委找过他，要不是报业集团的那位领导保他，怕是早被双规了。我一下子就明白了，王林副总编的职位是怎么弄到手的我一清二楚，当时小李子就是按照我的想法帮王林运作的，由于王林的位置是报社里最肥的一个差事，他做人既张扬又霸道，难免得罪人，即使没得罪人，也照样有人盯着他，因为觊觎他位置的人不乏其人，这些人像苍蝇一样围着他，即使他是一个无缝儿的“蛋”，这些“苍蝇”也会找到下蛆的地方，何况王林又是个不检点的人，他利用职权没少捞好处，特别是和小李子的合作终止后，他和孙兰兰断了来钱道，于是他就打起了广告商的主意，孙兰兰死后，王林破罐子破摔，整日花天酒地，吃喝嫖赌，想要给他罗织罪名易如反掌，幸亏有领导保他，给了他喘息之机，也是他平时钱花到位了，否则我们怕是连见面的机会都没有了。其实那天他向我道别是假，让我开车送他离开东州是真。多年的友谊，我没办法袖手旁观，便连夜亲自开车送他去了滨海市，在滨海码头他乘船离境，好在他前些日子去美国出差，签证还没有过期，我们相拥而别时，他流下了依依不舍的泪水。“郑商，”他哽咽着说，“我终于可以断奶了。”王林这句话给我的印象实在太深了，我时常反问自己：“我断奶了吗？”小李子告诉我，北斗医院老中医初步认为我是元气不足，想来我并没有大伤元气的行为，莫非是先天营养不良造成的？我记得小时候在山东老家，有一个叫二狗子的小伙伴，吃奶吃到了娶媳妇，娶了媳妇后还要吃他媳妇的奶，他媳妇骂他不是个男人，只是个一辈子吊在女人奶头上的窝囊废。我现在像是一个躺在床上的窝囊废。想起王林“我终于可以断奶了”这句话,我甚至对他的逃亡有几分嫉妒。因为从此他可以纵横四海了。而我现在不仅没有勇气离开房间,而且越来越依恋我老婆。我竟然虚弱得像个孩子,尽管我十分思念母亲,却寻不到半滴母亲的奶水了。我深知我母亲的奶水早就挤干了,而我还在心理上渴望着、回味着那稀薄寡淡的奶香。这是怎样一种痛苦的折磨呀!我现在这种濒于死亡的状态是不是为了摆脱这种痛苦的折磨呢?我隐隐感到,我心血枯焦的躯体在努力走向毁灭,因为我软弱得越来越像棵芦苇,一棵焦黄的芦苇,不知为什么我渴望星星之火可以点燃芦苇,因为只有燃烧才可以毁灭。为了这种毁灭我在拼命努力着。我甚至梦见小李子一手拿着打火机一手拿着一根焦黄的芦苇在窃笑,幸亏他没有点着打火机,否则我可能早就不在了。但是就在小李子窃笑着试图点燃芦苇时,我惊异地发现,旁边还有个孩子蹲在草丛中怯生生地瞪着一双圆眼睛在偷看他,那个孩子是谁?难道是我吗?不可能,小李子是另一个我,我在小李子面前怎么可能是个偷窥的孩子?但是这时我听到了一个非常熟悉的女人的声音:“老公,老公,回家该吃奶了!”这个女人不是别人,正是我老婆。她将小男孩从草丛中拽出来,拍了拍他屁股上的土,像母亲般拉起小男孩的手就走,身后传来小李子讥讽的笑声,并窃窃私语道:“都多大了,还不断奶!”要不是我老婆称小男孩为老公,我也不敢断定,那个小男孩果然是我。狗日的小李子,竟然敢嘲笑我。就在我观望之时,小李子一个箭步追上我老婆,将手中的芦苇递给她说:“这孩子太弱了,用这根芦苇当拐杖吧。”我老婆没好气地说:“开什么玩笑,一根芦苇可以当拐杖?”小李子嬉皮笑脸地说:“不妨让他试试。”说完用手指做了个手枪状,一脸坏笑地指着小男孩,嘴里发出“砰”的一声。我老婆将信将疑地将芦苇递给小男孩,没想到真的出现了奇迹,芦苇在小男孩手里竟然化作一双金翅膀,小男孩兴奋地说了一声:“我要飞了!”话音刚落,光芒万丈地飞上了天空,我老婆顿时惊叫起来,声音像尖刀一样刺穿了我的心脏。每到此时,我都发出痛苦的呻吟声,要不是我老婆在我身边捅我一下,我怕是再也醒不过来。醒来后,我想到的第一句话就是大画家毕加索的那句:“你的腹中有一千道光芒。”我也想成为腹中有一千道光芒的人,可是我是个元气不足的人,元气是什么?就是光源。没有光源怎么可能有一千道光芒?一道光也不会有。或许光芒可以救我,但我试着走到窗前让阳光照到我,却被照得萎靡不振、奄奄一息,得病以来,我呆在黑暗里似乎比呆在光里更舒服一些,我赶紧爬到床上,苟延残喘了好一阵子,才喘匀了这口气。不过这次冒险让我明白了一个道理:原来“腹中之光”和“太阳之光”完全是两种不同的光。也许世上根本就没有什么“腹中之光”，都是毕加索凭空想象出来的。他是艺术家，我也是艺术家，我为什么就想象不出来呢？难道就因为他是大画家，而我是小作家吗？不过，我还是想明白了一件事，只要我也能想象出“腹中之光”，我或许就有救了，然而谈何容易啊！小李子在电话里告诉我，王林很想家，我何尝不想？只是毕加索那句话让我不得不追问自己，家是什么？究竟是“太阳之光”照到的地方是家，还是“腹中之光”照到的地方是家？我发现我越来越向往“腹中之光”。

19. 他被她的故事打动了

他走进话剧团的小剧场时，她刚刚排演完路易吉·皮兰德娄的《寻找自我》。两个人便在小剧场内随便找了座位聊了起来。她并不是他想象中的令人目眩神驰的美女，却也秀丽动人。脸形端庄妩媚，脸色像熟透的水蜜桃，新鲜得让人满口生津，不大不小的眼睛，定神时泉水般纯净，眨眼时星星般闪烁，杨柳般的腰身如毛笔写意出来的仕女端庄灵秀。这是他们第二次见面，他是通过两个制片人、三位导演才找到她的，这都得益于他是个作家，而且还是个二流编剧，他的三部长篇小说在他的呕心沥血下都拍成了电视剧。尽管她也演过电视剧，但他对她并不知晓，只因为她叫何许人，他才费尽周折找到她。今天本来是她约他来看她排演《寻找自我》的，他却因为路上塞车来晚了。好在他熟知皮兰德娄的作品，因此他一开口就缓解了迟到的尴尬。“你让我想起‘戏就在我们身上’这句话，你现在给我的感觉就是戏还在你身上。”他的语气中既透着欣赏也有几分恭维。“谢谢。”她知道这是对一个演员最好的夸奖，内心顿时泛起柔软光滑的涟漪，妩媚地笑道，“演戏表面上是在演他人，实际上是在演自己，演自己未曾发现的内心，这是一种寻找，或许自我就存在于演员探索角色的过程中。”“这恰恰是《寻找自我》这出戏要表达的内涵，”他会心地一笑，若有所思地说，“剧中的女主角虽然拥有万众瞩目的鲜花和掌声，却觉得自己灵与肉都迷失在自己所饰演的角色中了，她渴望找回真正的‘自我’，然而，当一个只做自己而从不会对自己的行为进行雕饰的男人引领她回到真实的生活中来时，她却感觉只有舞台才是自己真正的归宿。但是舞台是一个演员真正的归宿吗？会不会每饰演一个角色就迷失一次呢？”她显然被说到了痛处，仿佛想起了难以忘怀的往事，这往事犹如一块隐隐作痛的伤疤，让她无法释怀，她深吸一口气问：“你的意思是说舞台是一座迷宫？可是，在皮兰德娄看来，生活与舞台、台上与台下、演员与观众没有绝对的界限，这岂不是说，生活也是一座迷宫？”他欠了欠屁股，然后深深陷在了座位里，脸上挂着意味深长的微笑说：“可是生活中大多数人是甘于平庸的，许多人活一辈子平淡得也没有一个故事。舞台上与生活中不同的是，大幕一拉开，悲欢离合的故事就开始了。能说说你饰演最成功的角色是哪出戏里的吗？”他的语气像是向她索要阿里阿德涅线团，希望牵着线头走进她内心的迷宫。她对他的心思似乎心知肚明，用吊胃口的语气说：“我饰演的最成功的角色不是在舞台上，而是在生活中。”座位下的弹簧发出了尖锐的颤音，他又欠了欠屁股，恳切地说：“能说说吗？”他看似平和的步步紧逼，宛如百年难遇的水底洋流，激起她心海深处微生物的骚动。她紧闭芳唇思忖片刻，然后莞尔一笑说：“可以，不过我有一个条件。”他微微一笑，脸上挂着魔术师般的诡谲，心中激荡着奇怪的兴奋感，平和地问：“什么条件？”“能根据我说的故事为我量身创作一个剧本吗？”想不到她狮子大开口，他有一种被野兽吞没了的感觉，但是他无法抵制迷宫对他的诱惑，爽快地说：“如果故事精彩，可以考虑。”“那好吧，”她向他要了一支烟，他殷勤地为她点火，她用回忆的口吻说，“我从戏剧学院毕业后，对生活和事业充满了美好的向往，可是处处都是潜规则，我一直在片场跑龙套，连一句台词都混不上，我就开始琢磨那些光鲜靓丽的大明星究竟是怎么成功的。有一天我在片场跑龙套时，突然发现和我一起跑龙套的一个女孩一下子成了女二号，我既惊讶又嫉妒，不知道她是怎么撞上大运的，但她的演技实在太烂了，休息时我偷偷问导演，这种演技为什么能上女二号？导演淫邪地笑道：‘不明白？晚上到我房间里来，我仔细解释给你听。’我当时就明白了，又是潜规则。没办法，我只好在圈子里寻找靠山。”说到这儿，她停顿了片刻，仿佛这是个难以启齿的话题，一截烟灰轻轻地飘落在她的大腿上，她没有反应，脸上挂着些许痛楚的表情。他迫不及待地问：“找到靠山了吗？”她用如梦如幻的语调说：“找到了。”他脱口而问：“谁？”她眼睛里闪烁着难以捉摸的幽光，仿佛久去的痛苦重新占据了内心，谨慎地说：“对不起，我不便说出她的名字。因为她的名字家喻户晓、妇孺皆知。我是想通过潜伏的方式靠近她，然后再寻找机会。我甚至想过到她家里当保姆。一个偶然的机会，我成了她的替身。”他津津有味地问：“是武打戏吗？”她就像舞台上的女主角似的，目光中有几分淡淡的呆滞，一脸回忆的表情，脸色有些许苍白，脸上挂着自怜的微笑说：“不是，是一段滚楼梯的戏，十分危险，她本来答应导演不用替身的，可是楼梯太陡了，开拍时，她突然反悔了，导演一时找不到替身急得团团转，我就自告奋勇做了她的替身。”他脑海中顿时浮现出一段高高的楼梯，一个倩影镜头感非常强地滚落下来，凄美地躺在血泊中，生死未卜。他屏着呼吸关切地问："受伤了吗？"她痛楚地回味着那日从楼梯滚落时撕裂心肺的颤抖回音，用不堪回首的口吻说："可以说是遍体鳞伤，好在抢救及时。我住了很长时间医院，出院后就成了她的专职替身。"他用惋惜的语气说："你是学表演的，做替身不是屈才了吗？"她脸上掠过一丝不易察觉的狡黠，直言不讳地说："这只是权宜之计，我一直在等机会。"说完她娇俏地笑了笑。他被深深吸引了，一直沉浸在思考中，有一种男主角的快感，他愈发关切地问："等到了吗？"之所以如此，是因为在他的灵魂中深深地埋藏着创作的欲望。她突然扭头望着舞台，仿佛舞台上正上演着她经历的故事，然而她看到的只是一些搅动她灵魂的幻影，她收回目光，蛾眉轻蹙地说："等到了，仍然是做替身，而且是决定她命运的一次替身。"他预感到故事的高潮就要到了，凝神静气地问："怎么回事？"她略微停顿了一下，回忆着说："那天晚上风雨交加，电闪雷鸣，已经是下半夜了，我被一阵急促的电话铃声惊醒，睡眼惺忪地从床上爬起来，心里暗骂，哪个丧门星这么晚打电话，搅了姑奶奶的好梦。没想到竟然是她。她战战兢兢地让我过去一趟，说是有要事和我商量。我一听她的语气就知道出大事了。你猜出了什么大事？"他快速地用手指挠了挠后颈，脸上挂着构思小说的神情微笑道："下那么大的雨，莫非出了车祸？"尽管是发生在她身上的故事，但是他从她的眼神中仍然看出几分匪夷所思，显然这件事超出了他的想象力，果然，她带着些许讥讽说："别看你是作家，任凭你怎么想象，也不会想象到她求我做什么。"他再一次追问道："究竟发生了什么？"她娉婷地换了一个坐姿，视线向上，叹了口气，用梦呓般的口吻说："我走进那家金碧辉煌的五星级酒店的大堂时，不知为什么，突然有一种走进坟墓的感觉，心里惴惴不安的。果不其然，她一丝不挂地开了门，一把将我拉进房间里，然后迅速关上门，我一进屋就吓傻了，惊得目瞪口呆。你猜怎么着？床上一丝不挂地躺着一个胖乎乎的老男人，竟然是一位大名鼎鼎的导演。对不起，恕我不能说出他的名字。此时一道闪电划破了夜空，她蜷缩在沙发上，脸色煞白，正双手颤抖着点烟。我不知所措地站着，惶恐地看着她，她深吸了几口烟才稳住神，有气无力地说：'他死了！'我吓得妈呀一声，下意识地转身要逃，她像一条蛇似的蹿过来一把拽住我，哀求道：'妹妹，你得救救我。今晚你要是救了我，我保你成为大明星。'我当时心里慌乱极了，但一听大明星三个字，我顿时冷静下来。我知道一定是那位大导演和她做爱时心脏病突发一命呜呼了。这事一旦被媒体知道，就是娱乐圈里天大的丑闻，她就得身败名裂。但这或许是我的一次重大机遇，于是我定了定神问：‘怎么帮？’她如释重负地说：‘我走，你留下，然后拨打110报警，你没有名气，即使媒体曝光，对你也没有什么大影响，事情很快就会过去，事情过去以后，我安排你在我的戏里演女二号，你不是喜欢话剧吗，我安排你进最好的话剧团当台柱子。’”他用肘部挤压着座椅的扶手问：“你答应了？”她重重地点了点头。他颇为感慨地说：“那天晚上对你来说无疑是一场梦魇，你感受到了什么？”她像是刚刚从梦中醒过来，显然梦中的感觉依然萦绕着她，不过她的表情不像是刚刚做过梦，倒像是刚刚谢幕的女主角，思绪还留恋着精彩的舞台。“毫无疑问，”她闪烁着明眸，得意地说，“那是我人生中最成功的一次表演，那天夜里的我是我饰演的最成功的角色。她离开后，我立即进入了角色，女主角，我成功了，她也履行了承诺，现在我们是最好的朋友。”他没想到这次见面，她讲了这么荒谬的一个故事，却又匪夷所思的真实，他不禁想起皮兰德娄的代表作《六个寻找剧作家的角色》里父亲的一句话：“人生充满了无数的荒谬，这些荒谬甚至毫不害臊地不需要真实做外表，因为它们是真实的。”想到这儿，他情不自禁地问：“你为什么非要演戏？”她毫不犹豫地回答：“因为只有演戏才能证明我还活着。”他颇有同感地笑了笑，仿佛他搞创作也是为了证明自己还活着似的，片刻，他用回味的口吻问：“那么你最渴望演什么角色？”她的回答非常出乎他的意料，竟然是《白道》中的贝妮。她希望他将《白道》改编成剧本，无论是电影、电视剧，还是话剧都行，她非常喜欢贝妮这个角色，很想演。他苦笑着说：“可《白道》不是我写的。”她虽然笑容可掬，但语气却并不妥协，振振有词地说：“郑老师，你不是在寻找《白道》的作者吗？或许你将《白道》改编成剧本，搬上银幕或舞台，那个和我同名同姓的人为了维权，很可能现身，你不就找到何许人了吗？”他心想，别说，这还真是个办法，便未置可否地笑了。

20. 我与陌生人

尽管我整日昏昏欲睡，但是不再做梦，似乎已经不会做梦，心里只渴望一件事，就是快点死去，或者说，我自己感觉我已经死了。因为每当我感觉我已经死了，我的心就特别安宁，说句泄气的话，除了死亡能让我安宁外，我想不出还有别的办法。前两天我的邻居吴佳老先生为我请来一位老中医，号完我的脉以后竟然长叹一声，然后摇摇头，我老婆忧心忡忡地问老中医，我究竟得了什么病，老中医的语气与表情截然相反，表情阴云密布，仿佛我没救了，而语气却非常平静地说："你先生没病。"坐在一旁的吴佳老先生不解地问："那为什么你还摇头叹气呢？"老中医语出惊人地说："郑先生虽然没有病，但元气殆尽，将不久于人世，还是为他准备后事吧。"我老婆一听，眼泪止不住地流了下来。吴佳老先生也没想到是这种结果，催问老中医有没有救治的方法，老中医摇了摇头连药方都没开就起身告辞了。我老婆送走老中医和吴佳老先生后，巨大的悲痛涌上心头，她一下子趴在我身上放声大哭起来，仿佛我真的已经断了气似的，可我还活着，只不过活得有气无力罢了。我老婆悲痛欲绝的哭声深深刺痛了我的神经，我有一种不可想象的危险纷至沓来的恐惧。我不明白为什么我没病，却活得奄奄一息，我究竟是活着还是死了。刚刚得病时，我还能用梦证明我活着，可是近来我连梦也不做了，仿佛我压根儿就不会做梦似的，一个人一旦没有了梦或者说不会做梦了，和死了有什么区别？这么一想，我的眼泪也止不住地流了出来。我老婆很久没见我流泪了，见我流出了热泪，连忙止住了哭声，悲痛欲绝的表情也略微舒展开来，很显然一个还能流出热泪的人肯定还活着，我老婆似乎看到了希望，她用纤纤玉手一边为我抹眼泪，一边温柔地安慰我说："老公，外面那么多没有灵魂的人都活得好好的，你是个艺术家，是个有灵魂的人，怎么可能没救了呢？"我却惭愧地说："老婆，创作不出有灵魂的作品，算什么艺术家，不过是徒有虚名罢了，和外面的人没有什么区别，甚至他们活得比我幸福，因为他们压根儿就不知道灵魂是什么。我为什么会病成这样，还不是知道了灵魂是什么，却寻不得，为此痛苦不已，总觉得各种欲望在心中互相撕咬，搅得我心神不宁，惊恐万分，恨不得赶紧死掉，好摆脱那该死的心魔。"我老婆的表情充满了爱和怜悯，她轻轻地抚摸着我没有血色的脸无限怜爱地说："我总觉得你心里有两个我，一个是世俗的我，另一个是艺术的我，你想成为艺术的我，却又恋恋不舍世俗的我，我甚至感觉，你更喜欢那个世俗的我，难道你没有感觉到，正是那个世俗的我一直拆毁着你心中艺术的我编织的梦想吗？"我被我老婆说到了痛处，羞愧地用手捂住脸，热泪又一次潸然而下，嘴里喃喃地说："老婆，你说我该怎么办，我该怎么办呢？"我老婆从床头柜的纸抽里抽出一张纸巾，一边给我擦眼泪一边用鼓励的口吻说："老公，你别难过，我相信你总会有办法的，说不定你病好了，一切就都解决了。"老婆的话让我心中对她的爱一下子升华了，是的，我爱她，她不仅是我老婆，更是我的知音，我的女神。我们的爱不仅仅是相濡以沫，更是矢志不渝的、刻骨铭心的、志同道合的。得病以来，没有她爱的滋养，我怕早就在死亡中迷失了。就在我们相互抚慰鼓励之时，我听到门上有剥啄声。我以为是吴佳老先生呢，赶紧让我老婆开门，门口站着的却是个陌生人。我老婆不客气地问：“你找谁？”陌生人谦和地说：“我是卖戒指的。”戒指对女人有着天然的诱惑力，她颇感兴趣地问：“你都卖什么戒指？”陌生人颇为自信地说：“什么戒指都有。”我老婆不假思索地说：“进来吧，我看看你都有什么戒指。”陌生人进屋后，我惊异地发现，他长得像一个人，却一时想不起来，便仔细观察他的身材和面相，顿时恍然大悟，活脱脱的一个王林，我险些喊出声来，这世上竟然有如此相像的人，真是太不可思议了！我老婆似乎没有注意到陌生人的长相，她的注意力都集中到了戒指上。陌生人穿着劣质的T恤衫和廉价的牛仔裤，手拎着一个破旧的皮包。我老婆在我的床头放了一把椅子，然后请他坐下。不知为什么陌生人进来后，一直萎靡不振的我竟然一下子坐了起来，颇有些兴奋地与他闲聊起来。“听你的口音不像是北京人。”陌生人先开了口。“我们的家在东州。”我老婆随口答道。“那么你的家在哪里？”我颇感兴趣地问。“我四海为家。”他凄然说道。我对陌生人一下子产生了兴趣，便逗趣地问：“看来你也是个漂泊者。”陌生人语出惊人地说：“我是为了卖梦才四海为家的。”“卖梦？”我不解地问，“你不是卖戒指的吗？”陌生人淡然一笑说：“我发现越来越多的人已经丧失了做梦的能力，有些人甚至根本不知道梦为何物，当然就更不知道梦有何用了。对于生意人来说，这无疑是一个巨大的商机，于是我设计开发了可以让人做梦的戒指，帮助那些丧失做梦能力的人恢复梦想。”说着他打开皮包，从里面拿出一个非常普通的木头盒子，打开后，顿时从里面射出万道光芒，我和我老婆一下子惊呆了，里面摆放着五个非常怪异的戒指，陌生人介绍说：“这五个戒指分别由金木水火土制成，戴上不同材质的戒指可以做不同的梦。如果你想做企业家的梦，可以戴金戒指，戴上这款戒指可以做世界五百强企业任何一位掌门人的梦；你想做科学家的梦，可以戴木戒指，古今中外为人类作出巨大贡献的科学家的梦你都可以做；如果你想做艺术家的梦，可以戴水戒指，那么你既可以做画家梦，也可以做音乐家梦，既可以做舞蹈家的梦，也可以做作家梦，就看你的兴趣是什么；如果你想做哲学家的梦，就戴火戒指，你喜欢哪位哲学家就可以做哪位哲学家的梦；如果你想做政治家的梦，就戴土戒指，古今中外政治家的梦你都可以做。”我老婆不解地问：“为什么企业家、科学家、艺术家、哲学家和政治家分别对应金木水火土呢？”陌生人津津有味地说：“企业家与财富打交道，当然要戴金戒指；科学家的思维像树木的年轮一样严谨，当然要戴木戒指；艺术家必须有一颗像水一样清纯的灵魂才能发现美，当然要戴水戒指；哲学家的思想只有像火一样燃烧，才能照亮人类的前程，当然要戴火戒指；政治家只有脚踏实地，才会为民造福，当然要戴土戒指。”我和我老婆并不惊异于陌生人的介绍，而是惊异于五枚奇异的戒指，金戒指像太阳一样金光灿灿；木戒指变幻着姹紫嫣红的色彩；水戒指宛若两个微型的月牙扣在一起，晶莹剔透，闪烁着钻石般的光彩；火戒指像一个燃烧的火圈，放射着红红的、暖暖的光；唯一没有光彩的就是土戒指，像一条蜷成一个圈的蚯蚓。我老婆期盼地问：“有没有可以随时梦到自己的丈夫恢复健康的戒指？”陌生人遗憾地摇摇头说：“没有，目前我只有这五款戒指。”说完陌生人对我说：“先生，戴上我的戒指可以实现你的梦想，梦想实现了，说不定你的病就好了，你的梦想是什么？”我毫不犹豫地说：“想成为像乔伊斯那样的大作家。”陌生人微笑着说：“那么请你戴上水戒指试试吧。”我小心翼翼地捏起那一小圈像微型小溪般潺潺流动的水戒指，戴在自己苍白的无名指上，一种沁人心脾的感觉顺着手指传递给了大脑；然而令人遗憾的是，我的脑海中并未呈现出乔伊斯，而是呈现出一个正站在烤架旁烤羊腰子的中年男人，他脚步轻盈地在厨房里转悠，脑海里对博物馆的裸体女神像正想入非非，分明是充满七情六欲的大俗人布鲁姆。我赶紧摘下水戒指，重新又小心翼翼地放回木盒子里，陌生人纳闷地问：“怎么没有梦见你想成为的大作家？”我耸了耸肩，遗憾地说：“只是梦见了他作品中的主人公。”陌生人凝视着我的眼睛，露出一丝微笑说：“你可以再试试。”我叹了口气说：“其实我最想成为的还是我自己，你有能做自己的戒指吗？”陌生人摇着头说：“对不起，戴上我的戒指只能做他人的梦，做不了自己的梦。不过任何有灵魂的人的梦你都可以尝试做。”我苦笑着叹了口气，低声说：“可我还是想做自己，不想做他人。”陌生人同情地说：“难怪你病得这么厉害，不过你已经接近了死亡，离生就不远了，我相信，你一定能找到自我的。”说完，陌生人将装戒指的木盒子放入包内，说了句“祝你早日康复”的话，便起身告辞了。陌生人走后，我顿时像泄了气的皮球一样瘫倒在床上，疾病让我的烦恼再一次沸腾起来，我愁苦地合上双眼，思绪像一个焦虑的漩涡旋转起来。

21.他听了一段“黑狗”的故事

在寻找何许人的过程中，最容易寻找到的是电视台的一位主持人，不过此人患上了抑郁症，已经很长时间不主持节目了。正因为如此，他迟迟没有拜访这位何许人。不过，最近这位在银屏上消失了很长时间的主持人，不仅重返了银屏，而且一度停顿的大型谈话类栏目《你是谁》也重新恢复，何许人主持这个栏目的风格也比以前更诙谐、更洒脱、更幽默了。显然，此人已经走出了抑郁的阴影。他得知这个消息后，立即通过电视台的朋友联系何许人，之所以如此急切，是因为他一直怀疑何许人就是《白道》的作者，更何况何许人在《白道》出现在盗版书摊之前就已经抑郁很久了，他甚至怀疑《白道》就是何许人在抑郁期间创作出来的。且不说《你是谁》栏目是一档既有高度又有深度的谈话类节目，能主持这档节目的主持人不是天才，也是通才，单是想一想那些曾经有心理障碍的艺术家、作家、哲学家，哪个不是天才？这就更加重了他对何许人的怀疑，因为何许人不仅是主持谈话类节目的天才，而且是个有过心理障碍的人，更何况他还出版过一本叫《你是谁》的书，种种迹象表明，何许人很可能是《白道》的作者，即使不是，他也很想见一见何许人，因为以他作家的敏感，他断定何许人抑郁的背后必有隐情，他很想探询一下抑郁症的奥秘，为什么抑郁可以使艺术家以艺术的形式尝试超越人类社会的邪恶和对死亡的恐惧？

他走进何许人的办公室时，何许人刚刚主持完《你是谁》，尽管他在电视上见过何许人，但是见到本人后，他仍然有判若两人的感觉，因为走出演播间的何许人不仅眼圈青黑，而且显得既疲倦又憔悴，远没有在主持节目时活力四射。何许人走进办公室的第一件事就是从公文包里拿出一个特制的塑料药盒，打开盒盖后，里面有二十几个小隔断，五颜六色的药片令人眼花缭乱、望而生畏。可是何许人从中挑出五六种足足有十几粒，一把塞进嘴里，一口水就吞了下去。“别用这种眼神看着我，”何许人微笑着说，“实际上我仍是一个病人，只是比以前有了很大的好转，一个重要标志就是我敢于说出我的病情了，很长一段时间以来，我都是整天一大把、一大把地吃药，现在的药量比以前少多了。”说话间，一绺黑色的头发盖住了何许人的前额，浓重的两道眉毛下面是笔直的鼻梁，黑黑的眉毛和苍白的脸色形成了鲜明的对比，映衬得目光也更忧郁，特别是薄薄的嘴唇微微凸着，显得脸颊肌肉松弛，微微下陷。大病初愈且已届不惑之年的何许人，给他的印象很深沉，也很憔悴，只是憔悴中透出一缕光彩，像是从心里反射出来的，给人一种豁然开朗的感觉，他感到不可思议，便好奇地问：“丘吉尔将自己的抑郁症称为‘黑狗’，你是怎么击溃‘黑狗’的？”何许人走到饮水机前接了一杯冰水递给他，脸上挂着硬朗的表情，尽管目光凝视着他，他却觉得何许人并未看他，而是转向自己的内心，回答更是令他惊讶：“你知道长篇小说《白道》吗？读了《白道》，我忽然发现天不再像以前一样灰蒙蒙的，而是湛蓝湛蓝的。”他听了这话，突然从心里涌起一种沮丧的感觉，他避开何许人的目光，就像故意在压抑一个哈欠，声音低沉地问：“丘吉尔说，要是

'黑狗'咬你，千万不要置之不理，能说说'黑狗'咬你的情景吗？"何许人似乎对这个话题既敏感又兴奋，兴致像火一般地燃烧起来，但同时又心事重重，敝帚自珍，似乎怀有满腹的委屈，坦诚得有点"不顾形象"地说："当时我就像困在瓶子里的苍蝇找不到出路。不瞒你说，我想过自杀，想过无数次，也有过行为，只是未遂而已。特别是节目质量因官司而下降，观众评价尖酸刻薄，句句都伤我的自尊心，我的身体和精神实在承受不住了，整个人就要崩溃了，整天想的就是两个字：自杀！"他听得从心底往外冒寒气，下意识地把胳膊环抱起来，紧紧地压在胸部，仿佛即将崩溃的不是何许人，而是他。他情不自禁地膨胀起鼻翼，疑惑地问："打官司是怎么回事？"不知为什么，何许人的表情宛如印象派画家的作品，一下子让他想起了梵高笔下那幅割伤了耳朵的自画像，白森森的耳朵仿佛包裹了纱布，表情倔强而深沉。何许人并未察觉他猥陋的心理，而是目光乖戾地问："你看过电影《我是谁》吗？"他摇了摇头，皱着眉头看着何许人，似乎在脑海中猜测着什么，用茫然的口吻问："没看过，演什么的？"何许人布满血丝的眼睛在浓重的眉毛映衬下，透出忧郁的哀愁，愤愤地说："大概就是说一个电视男主持人，除了拿出很少的精力主持《我是谁》以外，省下大量时间都用在乱搞男女关系上了，基本就是这么个脉络。"他恍然大悟地问："这岂不是在影射？""所以我才下决心打官司，"何许人叹息着，用两手捂了捂眼睛，然后把左手深深地插进裤兜里，右手攥起一个拳头轻轻捶在办公桌上，咬着嘴唇说，"说白了都怨我天生的性格缺陷。我这个人虽然怀疑一切，但唯独对人非常相信，所以才会上当受骗。《我是谁》这部电影的导演和编剧曾经都是朋友，正因为如此，我还参与了前期创作。当时导演把我请到他家，当着编剧的面，向我请教《你是谁》栏目的产生过程，告诉我，他要搞一个以主持人为背景的电影，就想套用《你是谁》栏目，电影的名字叫《我是谁》，特别虚心地请我介绍了主持《你是谁》的经验，以及栏目是怎么运作的，所有的谈话都是围绕着这些内容，我以为他们的出发点是想拍一部寻找自我、寻找心灵家园、思想深邃的电影，不然不会用《我是谁》的名字，同时也希望电影更真实地接近主持人的生活，别让内行人看了太露怯。出于友谊，我倾尽所知告诉了他们。当时关于主持人乱搞男女关系的内容他们只字未提，足见这两个人用心多险恶！"听到这里，他的右眼皮突然跳了几下，下意识地揉了揉眼睛，目光朦胧地问："你当时一点都没有察觉他们心里潜藏着什么圈套？""知道就不会上当了，"何许人斜扫了他一眼，心重到近乎脆弱，痛苦地说，"这部片子一上映，我的生活就被打乱了，观众很自然地联想到了我，于是种种猜测、联想、臆断接踵而至，一时间蜚短流长不绝于耳，不仅严重伤害了我，而且严重伤害了我的家人。一气之下，我将他们告上了法庭，尽管我知道这是一个没有办法打赢的官司，但是我必须采取行动才有可能洗净那一身莫须有的脏水。既然道德在他们眼中成了可卑的机谋，就必须阻止，哪怕牺牲掉自己。我承认，这件事让我患上了抑郁症，因为我一直视我的声誉如生命。但是他们比我病得更重，早就迷失在欲望横流的汪洋中了，怪不得那部烂片子的片名叫《我是谁》呢，他们的确不知道自己是谁了，因为他们的灵魂随着那部片子一起卖掉了。"何许人的话让他有一种紧紧包裹起来的感觉，他不知道为什么自己在何许人面前越来越像一个"蛹"，他不停地暗问自己，这个"蛹"是什么，难道是灵魂？他自我解嘲地想，不成蛹怎么可能化蝶，于是对何许人的痛苦倍加同情起来，深情地问："那段日子你是怎么熬过来的？"何许人的眼睛里闪烁着化蛹成蝶的目光，脸上挂着涅槃重生的自信说："那段日子，我真是不堪重负，大部分时间都处于一种绝望的状态。整宿整宿地失眠，几天几夜地睡不着觉，心里不停地重复哈姆雷特的问题：'活着？还是死去？'以至于痛不欲生地割腕自杀，多亏抢救及时。在住院期间，主治医生送给我一本《白道》，读后我才发现原来抑郁对我来说犹如郭鹤年登山，是与灵魂对话的一种方式。抑郁也的确导致我不断地探寻与生命、死亡、善、恶、人性、灵魂等有关的终极性问题。出院以后，我开始主动查阅关于抑郁症的资料，终于发现，原来抑郁竟然是人类的智者们向内思考、回归内心的最有效形式之一，怪不得有那么多哲学家、文学家、艺术家都曾经抑郁过，原来只有痛苦才能唤醒意识。'黑狗'在我心里的狂吠终于唤醒了我，看似我被命运推人了绝境，但这是领悟人生真谛的方式，只有这种方式才能穿越心灵的黑洞，达到最终的觉悟，正是通过心灵的苦难，我才走进地狱，发现了天堂。那些从来不思考人生、不往内看的人是不会体会到抑郁的意义的。只有真正智慧和清醒的人才会听到'黑狗'的叫声。"听了这番话，他的内心像是被暴风骤雨洗礼了似的，他被深深地震撼了，此时此刻，他觉得本来和自己个头差不多的何许人明显高大了许多，瘦削的腮上也泛起了红晕，他怀疑，被"黑狗"咬过的人，是不是都有一种对自我的狂热，否则为什么眼前这个人像一团燃烧起来的火？尽管此人不是《白道》的作者，但是他断定，这是一个为了一些更高的东西，可以把自己消耗尽净的人，因为他察觉到，何许人的内心不可磨灭地燃烧着。

22. 我找到了避难所

我真的不会做梦了吗？每当想到这个问题，我就会想起那个推销戒指的陌生人，他长得实在太像王林了，难道他是王林的另一个我？在陌生人出现之前，我以为这世上只有我有另一个我，想不到王林也会有。或许这世上每个人都有两个我，只是绝大部分人意识不到罢了。那么王林意识到了吗？逃出国门之前，他肯定没有意识到，逃出国门之后不知道他是否意识到了。想不到他的另一个我和他一样四海为家，而且是卖梦的人。真难以想象，有一天陌生人遇上了王林，会向他推销哪一枚戒指。在我的记忆里，王林、孙兰兰和小李子合伙承包性病诊所后，我们就没谈过关于梦的话题，很显然，王林早就不会做梦了，他太需要陌生人的戒指了，也不知道他这辈子有没有缘分和陌生人相遇。不要说陌生人了，就是我，怕是都无缘再与他相见了，因为我不知道我还能不能活着离开这间屋子。我的病越来越重，恐惧感越来越强，我害怕一觉醒来再也不是人，而是人类讨厌的任何什么东西；我更害怕一觉醒来什么也看不见了，因为我不愿意睁开眼睛，我担心我的眼睛永远也睁不开了，我更害怕我闭着眼睛看到的不是黑暗，而是光明，天哪，我只能看到光明，眼前白花花的一片，就像是睁着眼睛掉进了牛奶的海洋里，一切都被阳光吞没了，我担心我一旦睁开眼睛，就会被强光刺瞎了。我不明白为什么那么多的人的眼睛不怕强光，或许他们早就闭上了眼睛，也或许他们根本就是盲人。然而我不想做瞎子，我还是要睁开双眼的，正因为如此，我才恐惧不安。然而更可怕的是我得了厌食症，我不愿吃东西，我害怕吃下去的不是饭，而是毒，因为我知道我们已经找不到一碗没有毒的饭了，对，每一碗饭里都有毒，这太可怕了，我害怕一旦吃东西就会被毒死，因为我有消化系统，有排泄系统，但没有排毒系统，但是为了活下去，我还是冒着巨大的风险吃下去一点，每当我吃下去什么的时候，我就幻想我变成了能抗毒的一条蛆，千方百计地爬进一泡屎里。让我痛苦万分的是，我既不能完全像人一样生活，也不能变成一条蛆，因为我活着的一切努力就是至少不完全像动物一样生活。然而我感觉我现在不仅活得像动物，而且像不得不由人类豢养的动物，离开人类的圈养就会立即死去。我怀疑我病成今天这个样子就是因为食物中毒造成的，对，食物中毒，或许慢性食物中毒就是我病倒的主要原因。越这么想，我就越恐惧，我的神经细胞受到了极大的冲击，纷至沓来的恐惧让我生不如死，终于病魔再一次将我逼到了死亡的边缘。发病时刚好是吃晚饭时间，我老婆刚把饭端上饭桌，在小碗里盛了半碗饭，夹了半碗菜准备喂我，或许是饭菜的味道刺激了我，我的神经顿时痉挛起来，我老婆惊得赶紧放下饭碗，掐我的人中，我感觉我老婆的长指甲已经扎进了肉里，但是我仍然抽搐不止，我老婆担心我将舌头咬下来，情急之下将枕巾塞进了我的嘴里，我感觉一阵眩晕，就什么也不知道了。我醒过来时，已经躺在了救护车里，我第一句话就问我老婆我是不是还活着，我老婆一边抹眼泪一边点了点头。车上一位女救护人员见我醒了过来微笑着问我睡得怎么样？我有气无力地说我变成了一条蛆睡在一泡屎里。车上的几位救护人员被我这句话逗得顿时笑得前仰后合，其实我说的是实话，但救护人员一边笑一边说我太幽默了，然后冲我老婆说，怎么样，我说你老公没病就是没病，他只是睡着了，睡得太死罢了，我们量他的脉搏和血压都非常正常。我老婆满脸泪痕地说："可是当时我连脉都摸不着了。"女救护人员止不住笑地说："不可能。"不管怎么说，我又被送进了医院，又被送进了观察室，这一次病魔来得着实凶猛，尽管医生认为我没病，但我老婆说什么也不准备听医生的了，她决定让我住院进行一次彻底的检查，可是医生说什么也不同意，理由有二：一是医院病床紧张，即使能收也要往后排，也可能等一周或一个月，也可能等半年或一年；二是医院不能收没病的人。没办法，我老婆只好求同事找熟人，同事答应帮忙，但不能马上答复，要等明天上午才能知道结果。今晚只能在观察室过夜了，我躺在病床上，望着为我担惊受怕、着急上火的老婆，一股热泪涌出眼眶，自从我患病以来，她整日吃不好睡不好，上班时由于担心我而心不在焉，有一次几乎酿成大错，幸亏同事及时提醒。老婆见我流泪以为我为病情难过，温柔地安慰我："别难过，明天住上院就好了，这次我们一定要查明白，看看你的身体究竟是怎么了。我同事的关系很融洽，我们明天一定能住上院。这一次不仅要查病因，而且要彻底治好。"我看着老婆憔悴的脸，心里难过地说："老婆，要是我的病永远也治不好可怎么办？"我老婆噘起小嘴嗔道："不许胡说！"这时邻床上发出一声呻吟，我们这才注意到邻床躺着一个中年男人，正在打滴流，只是没有人陪，我老婆心善走过去问："大哥，需要帮忙吗？"男人声音虚弱地说："大妹子，我老婆去医生办公室半天了，你帮我看看她怎么还不回来。"我老婆好奇地问："她去医生办公室干什么？"男人有气无力地说："我的病需要住院，可医生说没床位。"正说着，门开了，进来一位和我老婆一样面容憔悴的中年妇女，我老婆温声说："是大嫂吧，大哥正想让我找你去呢。"中年妇女显然是个直性子，用抱怨的口吻说："偌大个医院居然空不下一张病床，真不知道是人病了，还是大病了。”我老婆微笑着问：“大嫂，大哥得了什么病啊？”中年妇女一脸痛苦地说：“别提了，我俩是东州人，开了一家服装店，虽然生意不温不火，好在房子是自己的，日子还过得去，上个月你大哥看中了一批服装，将家里的积蓄都投了进去，没想到货刚到店里，无缘无故地着了一把大火，我们是前店后家，这把火不仅烧光了货，烧光了我俩一辈子的积蓄，更是烧光了家，幸亏那天我俩不在家，否则连命也没有了。家没了，我们只好进京找儿子，儿子一直在北京打工，没想到刚下火车，你大哥就病倒了，我就赶紧叫救护车，幸亏救护车来得及时，你大哥才缓过这口气来。原指望住上院，你大哥就有救了，可是医院死活不收，说是没有病床。”我老婆关切地问：“没让你儿子想想办法？”中年妇女唉声叹气地说：“儿子在北京过着蜗居的生活，居无定所，原先给我的电话已经成了空号，我和儿子已经失去了联系，还不知道什么时候能找到他呢。”我老婆听罢叹了口气，安慰说：“大嫂，别着急，办法总会有的。”我听着两个苦命的女人同病相怜的对话，感觉我不是躺在医院里，倒像是躺在一座坟墓里。刚才给我看病的医生倒像是看坟的。最令我作呕的是那个人刚才给我看病时，大把大把地往嘴里塞着药片，好像他吃的不是药，而是香甜可口的爆米花。我不解地问：“你是病人，还是我是病人？”他的回答颇为费解：“这个世界上真正的病人就是医生，我们离不开病人的治疗。”我不客气地问：“那么你究竟得了什么病？”他毫不避讳地说：“恐惧症。”我心想，这明明是我的病，怎么成了他的病了，便好奇地问：“你究竟怕什么？”他压低声音说：“怕死！”我纳闷地问：“医生每天都与生死打交道，看惯了生死，怎么会怕死？”他神经兮兮地说：“你有所不知，病人都是被治死的。”我轻蔑地问：“那么究竟是病人治死了医生，还是医生治死了病人？”他狡黠地笑道：“这又有什么关系，反正我们都在医院里。”当时我怎么听都觉得他是在说：“反正我们都在坟墓里。”难道这个世界上的坟墓活了，可以自由自在地寻找死人？我感觉患病以来，坟墓一直在寻找我。此时此刻，我已经感到了它巨大的吸力。死亡只有一次，坟墓却有无数个，我之所以坚持苟延残喘，是因为我无法选择，又不得不选择。人的一生其实就为拥有一座坟墓而努力，关于这一点，我以前不能理解，可是几次被救护车送进医院后，我终于明白了，坟墓是人唯一的也是最后的避难所。其实坟墓才是真正的子宫。

23. 他发现亚当变成了夏娃

他到舞蹈团去见舞蹈演员何许人时，还以为是一个小伙子，没想到在练功房见到真人时却是一个宛如出水芙蓉般秀美的大姑娘，瓜子脸，螓首蛾眉，一双凤眼，睫毛修长，脖颈矜持地扬起，犹如绷紧的大提琴的琴弦一样柔软，体态娉婷、身姿摇曳、亭亭玉立、脉脉含情。她有一双长腿，结实而稳健，匀称而优美。他还以为找错人了，她却莞尔一笑说："你没找错人，我确实是你要找的何许人。"他诧异地看着她，仿佛不相信自己的眼睛，脸上带着茫然、不解，甚至有点失落的神情说："可我要找的是一个小伙子。"她的回答振聋发聩，险些让他灵魂出窍，"半年前我就是小伙子。"他简直不敢相信自己的耳朵，她是人是鬼，即使是鬼，也不能将性别变来变去吧，便惊骇地问："那怎么变成大姑娘了？""我做了变性手术。"她语调中充满自信，脸上挂着幸福的表情，好像一场独舞演出成功后，正在聆听台下暴风骤雨般的掌声。他目瞪口呆地望着她，心里虽然有几分失望，但更多的是惊奇。失望的是眼前的变性人不可能是《白道》的作者，惊奇的是一个人由男人变成女人要经历怎样一场炼狱般的涅槃，他决定一探究竟。"这太不可思议了，"他同情地轻咳一声，掩饰着心中的意外和惊讶，但仍然一副缓不过神来的表情，"你的内心世界一定经历了一场涅槃，是不是？"他问她这句话时，仿佛听到了来自她生命深处的悸动，由心而发，达于肢体。他暗自问自己，这种悸动是什么？是灵魂的舞蹈吗？她给他的印象睿智、豁达、绝顶聪慧，但更深刻的是真诚，她的脸上绽放着纯洁的微笑，娇媚地说："其实，我很小很小的时候就渴望变成女孩，从小就喜欢和女孩们在一起玩，连撒尿都像女孩一样蹲着，当女孩们嘲笑我的小鸡鸡时，我自卑极了，经常在下大雨时，躲在外面淋雨，盼着雷公爷爷、闪电奶奶帮助我去掉小鸡鸡，当时父母以为我淘气，没少挨揍。"他脸上挂着迷失自我的表情，仿佛思绪和大脑分离了，脑海中浮现出一个小男孩穿着一身小女孩的花衣裳，被小女孩们指指点点的情景，他无法接受这样的思绪，摇了摇头，定了定神，匪夷所思地问："那么长大以后呢？是不是你的性取向出了问题？"说完，他脸上满是伪装的期待之情。阳光透过落地窗洒落在地板上，又反射到镜子上，她摇曳的身姿，宛若阳光洒落的影子，窗外的世界仿佛在轻轻地悸动，她的心情也似乎复杂起来。"我也曾怀疑过自己，是不是同性恋者，"她停顿了片刻，像是等待记忆之手从深深的海底打捞起什么东西似的，表情很像是在聆听被捞起的东西浮升时发出的汩汩声响，然后接着说，"也曾经试着接触过他们，但是接触后我才发现，我和他们完全不同，他们承认自己的性别，而我不是男人，也讨厌同性恋者，我从心里认定自己是女人，当有女孩子向我示爱时，我既难过，又不安。"他的好奇心猛地悸动了一下，似乎听到了撞击肋骨的声响，那种窥视欲蹑手蹑脚地爬上心头，不怀好意地怂恿着他，他既讨厌这个不速之客，又为这种感觉而兴奋，心头激荡着灵与肉同流合污的快感，脸上挂着困惑的表情问："可是你有着标准的男性特征啊？"话一出口，他发现何许人的女性形象在四周镜子的映衬下变得越来越鲜明，也越来越丰满。她的目光有一种不执著于生死的决绝，他从她的目光中看到了些许新颖的意象，上帝啊，他在心里暗叹，这些从未见过的意象代表什么？难道就是世人常说的信仰？她的神色不再恬静，甚至有几分充满善意的轻蔑，一副不堪重负的颓废美令人噤若寒蝉，她用梦呓般的口吻说："一个具有男性躯壳的女人，你知道有多痛苦吗？我的灵与肉一直是矛盾的。不瞒你说，我曾经无数次地一个人站在镜子前，脱光了衣服观察自己，我并没有高大魁梧的身材，不仅骨架纤细，样子也姣美，我不应该是男人，一定是上帝一时疏忽搞错了。如果我是个同性恋者，男貌女心地活着也就罢了，可我不是，我不能活一回，是男是女都搞不清楚，你知道一个人拥有矛盾的灵与肉有多痛苦吗？茫茫人海我向谁倾诉我的痛苦与孤寂？生命是宝贵的，每个人只拥有一次，我必须将我的灵与肉统一起来，这就是还原我的女儿身。"他突然感到心弦一阵绞痛，脸上挂着茫然而全神贯注的神情，眼睛里射出一道热切的光芒，嘴角挂着些许讥诮的笑意问："可是你怎么说服你的父母呢？"一句话点到了她的痛处，她下意识地用右手按在胸口，仿佛心疼得让她受不了似的，但是她的表情仍然是决绝的，一种自灭自生的涅，因为在她幽深玄远的潜意识里，生命的转折点已经到来。她异常平静地说："这是一次凤凰涅槃，一次重生，我必须得到母亲的祝福，可是母亲一听就大病了一场，表面上看做变性手术，相当于我自己生我自己，但是没有母亲曾经的分娩，就没有这次壮丽的涅。因此，只有得到母亲的保佑，我才有信心完成这次我准备了许久许久的使命。"她的语气平和，却透着一种渴望获得新生的自信，好像她的新生能使整个世界为之一新似的。他感觉自己的窥视欲像一条狡猾的狗，就躺在她的脚下，他心里一阵窃笑，又迅速恢复了同情的目光，脸上挂着怜悯的神情说："这么说你说服了母亲，还有父亲呢？""在我很小的时候，父亲就去世了，"她顾影自怜地说，但又迅速恢复了自信的目光，眼里闪烁着自由的渴望，"母亲终于理解了我的痛苦，有了母亲的保佑，我对完成自我更有信心了！"她的表情很有些侥幸，仿佛要从藻饰过甚的欲望世界中逃脱出来似的。他有一种正在被净化的感觉，却又不甘心这种净化，微微皱起眉头，仿佛在聆听脑壳里发出的窃窃私语，又好像在思考其他截然不同的问题，用质疑的语调微笑道："有意思，人们常说迷失自我、追求自我、寻找自我，我还是第一次听到完成自我的说法，你怎么敢断定，这不是一次自我的破坏呢?”她咯咯地大笑起来,那笑声似一道喷泉,清秀洁白,了无牵挂,让他有一种豁然开朗的感觉,仿佛她的笑声不是来自她的胸腔,而是来自另一个世界。“就像上帝发大洪水一样,那是一次惊心动魄的破坏,”她活力四射地说,“正是由于这种破坏才诞生了一个新世界。上帝为什么是崇高的?就是缘于这种破坏,在这种破坏面前,个体的渺小逼迫我们必须向内心求真求善求美,寻求心的无限自由和广大。我为什么要坚持做变性手术,就是求真,要还原一个真实的也是真正的自我。为了这一天,我仿佛等了一万年。”她的回答大大出乎他的意料,不知为什么,恻隐之心如同潜伏的病毒,在周身弥漫而开来,他感觉宽敞明亮的练功房犹如一艘乘风破浪迎风扬帆的大船,而他随她正欲展开新的冒险。这种感觉如此强烈,又如此诱人,以至于他对她的幻象充盈着整个练功房,他开始对眼前这个明明是亚当却执意变成了夏娃的人多了几分敬畏,用渴盼的口吻问:“能说说手术时的情景吗?”她踌躇了一会儿,眼神变得更加明亮了,视线盯着他肩膀后的一块镜子,仿佛世界上所有女人都浓缩成单一形象:何许人。她坦荡而自豪地说:“躺在手术台上,望着无影灯,我心想,我又登台了,但这次不是肢体的舞蹈,而是一次灵与肉的舞蹈,是一次灵魂的舞蹈。我就要变成女人了,一个纯洁的女人。全麻以后,我一直沉浸在梦中。”他被深深地感染了,由衷地为她捏了把汗,关切而好奇地问:“你都梦见了什么?”她的语气充满了向往,思绪逡巡在难忘的记忆中,敞开心扉说:“一个俊美的少年裸体逃进一潭清水里游泳,那潭清水像母亲的羊水一样温暖,忽然那少年潜入水底不见了,慢慢地从水底长出了曼妙的青莲,盛开的芙蓉美得醉人。忽然……”他惊异地问:“忽然什么?”“疼,”她咬着樱唇说,“疼痛将我惊醒了,医生递给我一块小骨头,我当时心情复杂极了。”“什么骨头?”他迫不及待地问。“喉结上的骨头,”她表情痛苦地说,“医生取这块骨头时,就像母亲分娩般地疼痛。”他似乎听到了医生用手术刀剔出喉结的声音,下意识地吞咽着唾液,喉结不停地上下移动。他叹息着说:“经过这场炼狱般的涅,你就要如出水芙蓉般重生了。”“是啊,”她也如释重负地叹息道,“我当时就想,女娲补天时多烧了一块石头,我手里这块骨头多么像这块多余的石头啊。神造我时一定像女娲炼石时一样疏忽了,不然明明一个女孩为什么偏偏要给她一个男人的躯壳,或许神就是要考验我,看我有没有勇气把她的错改过来。”不知为什么,他觉得身边这个由亚当变成夏娃的人就像他的母亲,带他重回无中生有的子宫中,重新体味里面那孕育生命的神奇魔水,再次感受到那黑暗而深邃的温暖。毫无疑问,她创造了另一个自我,但对他来说却宛如虚假的海市蜃楼一般不可思议。他颇为感慨地说："毫无疑问，你成功了。重返舞台后你跳的第一支舞是什么？"空气中弥漫着羊水的味道，让他一下子想起了自己的婴儿时代。她却仍然沉浸在回忆中不能自拔，目光透明、沉静。听到他的问话，她才回过神来，表情睿智地说："受长篇小说《白道》的启发，我自编了一段独舞，名字叫《走长城》，就是一个女孩用足尖在长城上舞蹈。"他惊异地问："怎么你也读过《白道》？"她脸上彰显出一副守得云开见日出的满足感，语气娇柔地说："我住院期间多亏这本书了，它让我明白了什么是艺术家。"他语气酸楚地问："什么是艺术家？"她坦荡大气地说："就是拥有灵魂的人！"

24. 我的家被盗了

我老婆的同事很帮忙，第二天上午，我还算顺利地住进了心内科。由于我老婆同事和副院长有关系，因此心内科主任对我的病情很重视，我刚住进病房，他便带领几位医生和护士长到我的病房询问病情。他是个大个子，显得很瘦，头发花白，喉结凸出，一双充血的小眼睛炯炯有神，大鼻子圆鼻头，扁嘴薄嘴唇。我把我患病以来的情况简单做了介绍，他和善地说："想不到郑先生还是一位作家，作家一般都是合格的心脏病患者，很多大作家都是在创作过程出突然心脏病发作与世长辞的，这个名单我可以拉得很长。不过从你自述的情况和我多年的临床经验来看，你的症状不像是心脏病，当然这只是主观判断，还是对心脏做个全面检查吧，希望我的判断是准确的。"他的话让我心里颇为受用，因为他虽然说我的症状不像心脏病，但他也没说我没病，而且他是我患病以来看过的医生中唯一没立即说我没病的医生。为了能让他全面掌握我的病情，我着重强调道："我现在最大的痛苦就是恐惧。"他摆了摆手，颇为理解地说："我以为你的恐惧感并不是心脏引起的，而是你的创作引起的。每一位作家都希望通过创作向更高生命境界上升，你的这种恐惧恰恰是上升前的恐惧。这说明你的创作达到了一定的高度，你的病痛大概就是那种恐惧引起的自我的折磨。当然，这仍然是我的主观判断，还是那句话，做个心脏的全面检查吧。"说完他向我点了点头，然后领着手下匆匆离开了病房。很显然，这位心内科主任与众不同，最起码是一位懂得生命价值的医生，我庆幸自己遇上了这样的医生，我对他寄予了很大的希望。病房里一下子静了下来，我发现我左侧的病床上躺着一位七十多岁刚刚做完心脏搭桥手术的患者，睡得正香，而我右侧的病床上一位五十多岁正在等待做心脏支架手术的患者眯着眼睛正在打滴流。昨夜我几乎一宿未睡，见我的病友一个睡得正香，另一个也在小憩，一下子唤醒了我的瞌睡虫，可是我刚刚合上眼睛，我老婆就进来了，她回我们租的小屋取了些日用品，我小声告诉她心内科主任来过的情况，她欣慰地说："老公，我们总算看到希望了。"我心疼地说："老婆，你一宿没睡，靠在我身边眯一会儿吧。"我老婆摇着头温柔地说："我不困。"说完又像是突然想起了什么似的小声说："老公，刚才我回去拿东西，突然发现咱们的窗户正对着一个大烟囱，你说会不会是因为风水不好你才病的？"我苦笑着说："窗户对着烟囱的又不止我们一家，干吗只病我一个人。"我老婆思忖片刻，扑哧一笑说："可也是。老公，你睡会儿吧，我得回单位交接一下工作。"因为我住院，我老婆不得不休假，但工作尚未交接。我老婆走后，我迷迷糊糊地进入了梦乡，却渐渐醒在一个梦的世界里。因为我梦见自己拿着手枪蹑手蹑脚地走进了小李子的卧室。我是被我这一出乎我意料的举动惊醒在梦里的，此时小李子正在宽大舒适的床上酣睡，不知为什么这家伙身边竟然没躺着女人，我知道小李子是离不开女人的，几乎每天都要换一位，他曾经告诉我，同一个女人他上不了第二次，因为没有新鲜感了，我骂他有病，他嬉皮笑脸地说："有钱不可能没病。"小李子显然听到了异样的声音，他一个激灵从床上爬起来，下意识地问："谁？谁呀？"我像梦游者似的站住了，小李子显然看清了我，他半张着嘴一副意外的神情，声音嘶哑地问："郑哥，怎么是你？"他显然还没看见我手里黑乎乎的手枪，还以为我是专程来看他的呢，掀掉身上的被子准备下地，双脚一边寻找拖鞋嘴里一边说："我正准备去北京接你呢，你怎么自己回来了，怎么你的病好了？"我像是要送他一条毛巾似的将手里的枪指向他，气呼呼地说："小李子，别装糊涂了，我是怎么病的，你最清楚，医生说了，只有你死了，我才能活，今天是有你没我，有我没你，我们两个人必须死一个。"小李子以为我在开玩笑，顿时被我异常的举动逗得哈哈大笑，他前仰后合地说："郑哥，你是从哪儿买的玩具枪，看上去跟真的似的。"我心想，不给你点颜色看看，你不知道二郎神三只眼，我甩手冲他的脚下就是一枪，"砰"的一声，子弹透过拖鞋钻进了天蓝色的地毯。小李子顿时吓呆了，张口结舌地说："郑哥，原来是真家伙，看来你不是开玩笑，只是我不知道我做了什么对不起你的事，你竟然要杀了我？""你好好想一想，"我厉声说，"正是因为你，我的路才走到了尽头。我今天是代表灵魂来对你进行审判的。"我话音刚落，小李子猛地扑了过来，由于他来势凶猛，我手里的枪一下子飞到了沙发底下，我们抱在一起，从卧室滚到了客厅，又从客厅滚回到卧室，我抱着他赤裸裸的肉体在地板上滚得天翻地覆，就好像精神和肉体在争斗中融为了一体，一会儿他压住了我，一会儿我压住了他，突然我们滚到了沙发边上，他眼疾手快地从沙发底下拿到了手枪，瞬间顶在了我的太阳穴上，恶狠狠地扣下了扳机。我顿时惊醒，大汗淋漓地喘着粗气，浑身上下有一种被粉身碎骨的感觉，心里想起卡夫卡的一句话："自行粉碎的东西正在粉碎，但却无法摧毁。"正因为如此，我渴望被粉碎。我不知道被粉碎算不算是一种死亡，但是我发现死亡完全属于艺术，因为它源于想象。死亡的价值完全是通过想象诠释的。那么什么是想象？想象是艺术家用于达到内心的途径。如果没有想象，死亡就毫无意义。我庆幸自己又恢复了做梦的能力，说到底，梦都是想象的产物，这说明我又恢复了想象的能力，也就是我找到了达于内心的途径。或许正因为如此，我的生命才变得越来越脆弱，好像不堪一击似的。也正是因为脆弱，我才更加敏感，更加恐惧。就在我陷入沉思默想之时，我的手机突然响了，是我大姨姐打来的，我以为她要问候我，没想到她却告诉我一个不幸的消息，我们家被盗了。我和我老婆离开东州后，将家里的钥匙交给了我大姨姐，她定期到我家开开窗、扫扫灰，更主要的是看看我几千册藏书受没受潮，因为楼上住着一家素质极差的邻居，经常不关水龙头，也不知淹了我们家多少次了，要知道我的藏书是我爷爷传给我父亲的，又由我父亲传给我的，可以说是我们家的传家宝。离家之时，我最恋恋不舍的就是这些藏书，因此临走时我千叮咛万嘱咐我大姨姐一定帮我照看好这些藏书。因此听到家里被盗的消息后，我连忙问我的藏书怎么样，我大姨姐支吾了半天终于说出了实情。原来小偷发现除了藏书以外没有什么值钱的东西，为了泄私愤，将我大部分的藏书扔进浴缸泡在了水里，其余的不仅撕毁、烧毁了，而且还在上面淋了豆油、浇了水，甚至抹上了屎，现在我朝思暮想的藏书已经发霉变质，变成了一堆垃圾。也不知道我大姨姐多长时间没去我家了，或许我和我老婆离开后，她这是第一次去。这个消息像一柄利剑刺穿了我的胸膛，我感觉身上的血一下子被抽干了似的。我大姨姐为了安慰我，告诉我无论是警察，还是邻居们，都说我们家万幸，没丢什么值钱的东西，我听了这话就感觉心被蹂躏了一般。我痛不欲生地说："姐，你再好好找一找，难道小偷一本书也没给我留下吗？"好一阵子我大姨姐打通我的手机，兴奋地告诉我，她竟然奇迹般地发现了一本没被毁的，我问她书名是什么？她说是《家》。这本《家》不仅是我爷爷最珍视的书，也是我父亲最珍视的，这本书没被毁，我的心里稍稍感到些许安慰。为了这本书，我也要治好病，回到东州去。我千叮咛万嘱咐，让我大姨姐一定要保存好这本书。我大姨姐咯咯笑道："不过是一本书，你至于这么在意吗？好像这本书比你的家还重要似的。"我郑重其事地说："这本书就是我的家。"我大姨姐说了"神经病"这三个字就挂断了电话。很显然，我大姨姐也跟我老婆通了电话，她得知家里被盗的消息后，匆匆赶回了医院，她知道家里的书是我的命根子，有书才有家，家里没有书也就无所谓家了，好在小偷还留了一本我最在意的书。我老婆赶回医院后见我还算坚强，这才将提到嗓子眼的心放了下来。

25. 他想起了一部经典

他从小就对历史感兴趣，因此做梦都想见一见历史学家何许人，不管此何许人是不是《白道》的作者，他都想借机向这位著作等身的学问大家讨教讨教什么是历史。然而事与愿违，前些日子何许人病了，一直闭门谢客，其间他登了两次门，都吃了闭门羹。最近听说老先生病已痊愈，又开始给学生上课了，他听了这个消息后非常兴奋，再次登门，果然，何许人热情地将他请进了书房。

书房很窄小，墙边都摆满了书架，窗前有一个写字台，写字台前面是一个少了一个扶手的黑色靠背转椅，对着窗户是一对陈旧的单人皮沙发，如此布局，房间中央就只剩下一张桌子的空间。写字台上摆着一份手稿，液晶电脑显示屏上刚好显示的是手稿的内容。显然，何许人正在利用手稿校对电脑里的内容。一束阳光透过窗户映照着刚刚沏好的一杯茶，玻璃杯内徐徐上升的热气，使书房显得很温馨。何许人将茶几上果盘里切好的西瓜递给他一块，他一边品尝西瓜一边笑着说："看来咱们俩的写作习惯是一样的，都是先在稿纸上写，成稿后再输入电脑，然后再在电脑上修改。"何许人没有坐在沙发上，而是拉过写字台前少了一个扶手的黑色高背转椅坐在他对面，表情平和地笑道："互联网时代，人们图方便都喜欢直接在电脑上写作，今后手稿会越来越珍贵。"他啃了一块西瓜，从茶几上的纸抽里抽出一张餐巾纸，一边擦手一边微笑着问："您又写什么大作呢？"何许人是个矮胖子，桶形身材，脸膛白净，脸上零星点缀着几颗老人斑，门牙有条缝，戴着一副深度近视镜，看上去很安详，很难想象这是个大病初愈的人。何许人似乎对自己正在创作的作品很得意，用胖乎乎柔软的指节一边轻敲着皮转椅上仅有的一支扶手一边微笑道："想写一部《遗忘史》。"他立即对"遗忘"二字产生了共鸣，颇感兴趣地说："这还真是一块学术空白。"仿佛遇上了知音，何许人的脸立刻焕发出神采，发出一声意味深长的低沉微笑，踌躇满志地说："但史实很丰富。"他脸上挂着渴盼探询的神情，好奇心乍起，几乎忍不住脱口而问："怎么想写《遗忘史》的？"何许人的表情有几分乖戾，仿佛疾病仍然潜伏在大脑里，像幽灵一样挥之不去，他曾经的疾病似乎并不是一种痛苦，因为何许人的目光透着几分怀旧，仿佛那疾病正散发着陈年老酒的气息，有一种难以抵挡的诱惑，就连笑容里也饱含回味的神情，片刻的思忖后，何许人用讳莫如深的口气说："这与我前些日子的病有关。"他的胃口一下子被吊了起来，内心像是被一双手绞着，绞得他坐立不安，却又不能表现出来，他断定何许人的病一定有故事，他的偷窥欲蹑手蹑脚地爬上了心头，他皱起眉头，一脸狐疑，用关切的口吻问："您到底得了什么病?"话一出口，他惊异地发现，何许人似乎在战栗，为了掩饰自己，何许人将头缩在脖子里，就像个老乌龟一样保护着自己，表情更是混合着相当复杂的成分，脸上僵住的笑容，看上去像是布满了细如毛发的裂纹，待那些裂纹似的皱纹舒展开后，才恢复了常态，语气庄重地说："都是缘于一个可怕的噩梦，有一段时间，一条恶龙天天晚上出现在我的梦里，它张牙舞爪地缠住我的脖子，勒得我喘不上气来，说不了话。那可是痛不欲生啊！自从那条恶龙光顾我的梦里以后，我一给学生们上课就伴有脸红、心慌、震颤、出汗、恶心、尿急等症状，有一天上课时竟然张口结舌地说不出话来。回到家以后，就得了一种怪病，一看见历史书就恐惧得不得了，心跳加快，血直往脸上涌，样子犹如惊弓之鸟。但心里又渴望翻看历史书，忍不住就要去拿一本。书一到手里，那些恐惧的症状就一齐涌出来，吓得我恨不得从窗户跳出去。每到这个时候，在我身体里常常有两个我，不停地争吵，一个说：'假的!'另一个说：'真的!'吵得我头都快裂了。由于整日恐惧得不得了，因此总怀疑自己犯了什么罪，就不停地检讨自己，越检讨越觉得自己罪孽深重。那段日子不仅害怕历史书，更怕进课堂，尤其怕学生提问题。后来发展到怀疑自己得了绝症，只好去看医生，医生说我拥有恐惧症的全部症状。其间，有一位研究历史的同事得了癌症，没过多久就去世了，我知道后，怕得惶惶不可终日，连手都不敢碰墙，见到痰盂、墩布等东西都绕开走；更怕同事朋友来串门，同事、朋友走后，要用消毒液擦洗人家坐过、碰过的地方，唯恐传染上什么病。"说到这儿，何许人起身取了写字台上的那杯茶，然后又坐回到皮转椅内，轻轻呷了一口茶，好像茶叶喝进了嘴里，津津有味地咀嚼着，他被何许人的故事深深吸引了，饶有兴趣地说："您患恐惧症的情况和安徒生很像，安徒生患有很严重的场所恐惧症，穿过城市广场时，即使紧靠着别人的肩膀也会让他紧张得发抖。他还害怕被火烧死，所以常在衣箱里备着一根绳子，用来在失火时逃生。其实历史上患恐惧症的名人不少，拿破仑毕生害怕猫，伊丽莎白女王一世害怕玫瑰花，爱伦·坡患有幽闭恐惧症，弗洛伊德患有恐旷症。您的恐惧症属于哪一种?”何许人皱起眉头,好像在审查自己的内心深处,双臂紧扣,环抱于胸,轻轻摇了摇头说:“我以为是恐书症,但医生说,我是恐史症,因为除了历史书外,别的书我并不怕。”他的疑惑宛如烟雾透过浑身每一个毛孔渗透出来,用沉静的目光注视着何许人,嘴角带着一抹微笑问:“你是历史学家,家里有那么多历史书,您见到这些书就恐惧,总不会把这些书都烧了吧?”何许人精明地笑了笑,心中荡漾着逃离恐惧的兴奋感,嘴角噙着一抹侥幸的微笑说:“当时我想了一个办法,在书架上做了一幅像窗户帘似的帘子,一拉就遮住了。”他顿时被惊呆了,仿佛置身在悬崖边上,头一阵眩晕,几乎摇摇欲坠,他定了定神问:“能遮住吗?”何许人垂下眼睑,露出一脸无奈的神情,用无辜的口吻说:“有什么办法呢? 我知道这也是权宜之计。有一次我女儿拿着一本历史书向我讨教‘莫为无人轻一物,他时须虑石能言’的含义,我见了那本书竟然恐惧得昏了过去,醒了以后,就什么都不记得了,连自己的姓名都不记得了,更别说生平经历、职业工作、社会关系了,都忘得一干二净,我成了一个无根的人。医生说我得了遗忘症。有一次我到邮局去寄东西,该写寄件人姓名时,却怎么也想不起自己的姓名了,无论我如何苦苦思索,就是想不起来,多亏旁边有两个人说话提示了我。一个说:‘最近有一本叫《白道》的书挺好看的。’另一个问:‘谁写的?’对方回答:‘何许人。’我一拍脑门,顿时想起了自己的姓名。得了遗忘症就像一个毫无内容的符号,一个飘忽的影子。”他的眼睛里燃起一小簇火苗,好像是灵魂突然得到了慰藉,目光闪烁地微笑道:“你的遗忘症让我想起一部经典。”何许人的神情犹如一位迷失在亘古遥远的夜色中的人突然发现了启明星,他身体前倾,用手扶了扶近视镜,似乎眼前的他就是启明星似的,迫切地问:“什么经典?”“《百年孤独》,”他脱口而出,脸上挂着庄重的表情,侃侃描述道,“书里的那个叫马孔多的小镇因一个外乡姑娘失眠引发了全镇的人都患上了‘失眠症’和‘遗忘症’,病很快变成了一种传染病。病人的身体永远不会感到疲倦,而且很快就将现实忘诸脑后,开始会忘掉童年时代的事,然后会忘记事物的名称和用途,最后再也认不得别人,甚至失去自我意识,失去跟往事的一切联系,陷入一种白痴似的状态。对了,你患上遗忘症是个什么状态?”何许人的表情像是在品尝陈年老酒,然后发出简短、响亮的笑声,用留恋的口吻说:“快乐,那是我一生中最快乐的时光。”他显然无法理解何许人的回答,好像患了遗忘症,就能发现世外桃源似的,他脸上挂着怀疑的轻笑,笑容中饱含着善意的讥讽,眨着眼睛问:“这么说遗忘是一种幸福喽?”何许人似乎对他的质疑无法理解,猛喝了一大口茶,不小心被呛得轻咳了几声,涨红着脸问:“难道你就从来没有享受过这种幸福吗?”他一下子被问住了,思忖片刻,未置可否,然后像猛然想起什么似的,关切地问:“马孔多小镇上的人们是喝了一位吉卜赛老人的药水恢复记忆的,您的遗忘症是怎么治好的?”何许人的眼睛突然一亮,神情也像是喝了什么魔法药剂似的,用欣喜的口吻说:“多亏了我那次去邮局寄东西,怎么也想不起自己的名字,偶然听到两个人谈论《白道》,我竟然奇迹般地想起了自己的名字,于是我便买了一本《白道》,读了这本书后,我便不知不觉地恢复了记忆。”他像是受了刺激似的,眯着眼睛大笑起来,然后猛然收住笑容,一脸困惑地问:“什么道理,您没总结总结?”何许人用手挠了挠自己的秃顶,用灵魂刚刚附体的口吻说:“读了《白道》后,我悟出一个道理:拥有自我的人永远也不会得遗忘症。”他听了以后,良久未说出一句话。

26.我被怀疑有精神病

我的心脏终于进行了全面检查,检查结果是未见异常,以至于心内科主任兴奋地说:“这是我见过的最健康的心脏。”但是他并未宣布我的身体是健康的,他只是说我的心脏是健康的。他怀疑我的肝胆有问题,因为我告诉他我的恐惧感越来越强。正因为如此,我被转移到肝胆科病房,经过一系列的检查后,也未见异常,肝胆科的医生怀疑我的肾脏有问题,理由是我整日无精打采、疲乏无力,明显是肾气不足,于是我又被转移到肾内科病房,又经过一系列肾脏的检查,还是未见异常,肾内科主任怀疑我大脑出了问题,经过几番周折,我住进了神经内科病房。神经内科主任六十岁左右,是个胖胖的小个子,但脑袋大得像个西瓜,戴着金丝边眼睛,眉宇间透着哲学家的气质,说话的语气很有吸引力。经过磁共振、脑电波、脑地形图等一系列脑检查后,神经内科主任兴奋地告诉我:“你的大脑是我见过的最发达的大脑,发达得可以和尼采、梵高、波特莱尔、陀思妥耶夫斯基、莫扎特、肖邦、爱伦·坡等人物相媲美。”我惊异地问:“这么说,你怀疑我精神有问题?”他不解地反问我:“你这是什么意思?”我困惑地说:“因为你说的这些人物精神都有问题。”他振聋发聩地说:“你说得不错,天才人物最引人注意的病态就是精神病症,这是由严重的心理障碍和心理冲突导致的。不然梵高不会说:‘一些人尽管疯了或是病了,还是喜爱自然,这些人就是画家。’他甚至说:‘我愈是疯癫,就愈是艺术家。’我说你的大脑可以和那些伟大的艺术家相媲美,并不是说你已经疯癫,不,你只是有疯癫的可能。你知道你的作品为什么默默无闻吗?因为你对文学的执著尚没有达到痴迷疯癫的程度。如果你真的疯了，你早就成功了。我告诉你，优秀的诗人只有处于疯癫状态的时候，才会写出惊人的诗句，一旦恢复正常，就再也写不出诗句了。正因为如此，柏拉图才说：‘有一种迷狂是神灵的禀赋，人类的许多最重要的福泽都是从它来的。就拿得尔福的女预言家和多多那的女巫们来说吧，她们就是在迷狂状态中替希腊创造了许多福泽，无论在公的方面还是在私的方面。若是在她们清醒的时候，她们就没有什么贡献。’我的意思你明白了吗？”我被他说糊涂了，辩解道：“我很清楚我自己，既没有疯癫的症状，也没有迷狂的困扰，你现在的状态倒像是搞艺术的或哲学的，而不是搞医学的。”我说这话时，语气里带着几分讥讽，他却露出受到恭维的兴奋状，大手一挥，振振有词地说：“你是‘不识庐山真面目，只缘身在此山中’，我告诉你我的观点是有根据的，我专门做过这方面的实验，我的结论是许多大思想家、大艺术家、大哲学家，他们的一生都表明他们是偏执狂或妄想狂。就拿梵高来说，他时常感觉自己的内心深处受到了冲击，他高呼：‘我是神，我与上帝同在。’这是精神分裂症的一种明显症状。他不仅用狂妄自大的态度来画太阳，而且在与高更发生激烈争论后，用剃须刀割下了自己的耳朵，并用报纸将它包起来，送给了妓女。尼采更是借‘狂人’之口宣称：‘上帝死了！上帝真的死了！是我们杀了他……你和我，我们都是凶手！’有一天，他在路上看见一个马夫往死里鞭打一匹马，他看了立即扑上去抱住马脖子说：‘我受苦受难的兄弟呀！’然后他就疯掉了。在他发病的日子里，念念不忘的一句话：‘我是如此如此的一个人，千万不要把我和其他的人混在一起！’这说明至疯至死尼采都是活在自己的世界里，梵高割下来的不是耳朵，而是他孤独的灵魂，尼采抱住的不是一匹马，而是他孤独的灵魂。郑先生，你的灵魂和他们一样孤独，因此我才断言你的灵魂极有可能像他们的灵魂一样被击碎了。”我被他的话深深触动了，喃喃自语道：“不知道为什么，我渴望被击碎！”他饶有兴趣地问：“你除此之外，还有什么感觉？”我直言不讳地说：“我感觉我已经坠落到坟墓里了，而且是仰面朝天地坠入坟墓的，我现在能做的就是仰面朝天。”他摇晃着大脑袋说：“这是一种撤退，艺术是艺术家从生命撤退过程中创造的另一个世界，只有肯于仰面朝天的人才能看清这个世界。你所说的坟墓其实就是灵魂。”我将信将疑地问：“你的意思是说，我的灵魂病了？”他推了推鼻梁上的金丝边眼镜，一针见血地说：“有灵魂的人对于无灵魂的人来说都是病人。”我用怀疑的目光看着他，微笑着问：“那我属于哪一种呢？”他若有所思地说：“以我多年的临床经验推断你的胸膛内有两个人，一个是有灵魂的，一个是无灵魂的，你对这两个人都情有独钟，而这两个人为了跟你争宠整日争吵不休，甚至彼此暗藏杀机，你的恐惧感大概就是这么产生的。”他似乎说到了我的痛处，我迫不及待地问：“那么怎么才能消除这种恐惧感呢？”他无奈地摇了摇头说：“关于这一点，我作为神经内科医生无能为力。”我失望地问：“这么说，我的病就没治了？”他沉思片刻说：“我建议你转到精神科治疗，据我了解，我院精神科在治疗你这种病方面颇有些办法。如果你同意，我这就帮你办手续。”天哪！我心想，如果精神科对我的病束手无策，会不会给我转到精神病院？我彻底迷茫了，迟疑了好一会儿，才对他说：“这么大的事，我必须和我老婆商量一下，商量后再给你答复。好吗？”他犹豫了一会儿，叹了口气说：“那好吧，要抓紧，你知道医院床位紧得很。”我疑惑地问：“难道精神科的病床也紧得很吗？”他想了想笑道：“倒是没有其他科室紧，如今精神都被物质盗取了，人们怕是连精神为何物都记不得了，怎么可能得精神病呢？不瞒你说，我担心精神病会渐渐地在地球上消失了。我之所以希望你抓紧，是因为怕耽误了对你的治疗。”正说着，进来一位女护士找他，他用手指捋了捋眉毛，又拍了拍我的肩膀，跟着女护士走了。而我却仍然沉浸在与他谈话的氛围里。不知为什么，我内心深处竟然涌起一种向往，以为精神病科才是我真正要去的地方。好像我的病痛是因为远离了精神病科才造成的，我应该压根就住进精神病院，我现在感觉一切障碍都在摧毁我，可是我有一种预感，如果接受精神病方面的治疗，我能摧毁一切障碍。或许我这种想法不会被人理解，作为一名作家，不被人理解我已经习惯了，在我的世界里，有太多的陌生、孤独和忧郁，正因为如此，我不求别人的理解，只是我非常厌恶被别人误解，然而哪位精神病患者不是在被误解中孤独地死去的？这当然缘于世人对精神病的无知，因为无知，所以幸福。在世人眼里，或许我早就不被看做是一个活人了，这就注定了我的孤独，因为孤独，所以幸福。或许孤独不仅是我心灵的需求，更是我唯一的目的。可是我老婆得知我即将被转到精神病科后，心里非常难过，她是唯一理解我的人，她担心的也是我一旦被转入精神病科，就注定了孤独的命运，因为世人从不孤独，他们从不懂得孤独是什么。但世人懂得寂寞，她担心自己丈夫享受孤独被世人误解为寂寞，在世人眼里，只有那些没有朋友、无所事事的人才会寂寞。一想到我被误解的痛苦，我老婆情不自禁地流下了眼泪。然而过了一会儿，我老婆又抹掉眼泪，破涕为笑，我问她怎么哭着哭着又笑了？她娇嗔地说：“或许你真的有救了。”我不解地问为什么，她深刻地说：“你不是很长时间没有灵感了吗，到那里或许就有灵感了。”我老婆的话说到了我的兴奋处，长期以来，在这个风雨飘摇的世界里，我的灵魂四处飘荡，我像一个游魂似的找不到立足点，患病以来，我感觉灵魂在现实中已经走到了死胡同，住精神病科倒给了我一种豁然开朗的感觉，或许在那里住上一段，我真能从死胡同里走出来亦未可知。不知为什么，一想到要住精神病科竟有了一种回家的感觉，这真是一种奇怪的感觉。一想到回家，我立即想起了小李子，也不知道他那些棘手的事处理得怎么样了，狗日的，也不知道他听到我住进精神病科会是什么反应！

27.他被跟踪了

这几天，他一直觉得有一双眼睛在盯着他，他以为自己执迷于寻找何许人出现了幻觉，晚上他理完发想去洗个澡，那种令人惊惧的被跟踪的感觉又卷土重来，他清清楚楚地感觉到从心底生出一种惊恐的战栗，尽管很微弱，却像海潮一样一波一波地迫近他的胸口。理发店离洗浴中心并不远，他却觉得遥远得几乎无法到达，因为他既想甩掉令他毛骨悚然的被跟踪的感觉，又想找到那双在暗中像幽灵一样盯着他的眼睛。他不断地停下来向四周观望，夜色被霓虹灯映得无比暧昧，他感觉那个看不见的隐形人正躲在他身后某个角落里屏息凝神地盯着他窃笑，好像他早已是到手的猎物，不久就会变成烤肉叉上的美味。狗日的，躲在暗处的究竟是谁？为什么要跟踪我？他不停地在心里揣测着，为了找到那双眼睛，他不厌其烦地蹲下来佯装系鞋带，用眼睛的余光偷看后面。街上人来人往，在夜色的掩护下，人们的容貌特征变得模糊难辨，他甚至怀疑每个人都在贼眉鼠眼地盯着他，难道是我心虚的缘故？我为什么要心虚？又没做什么亏心事！莫非是原罪心理在作怪？纯属自欺！天哪，他一拍脑门，恍然大悟地想，自欺就是原罪，而且是人本质上的原罪。看来是自己吓唬自己，否则为什么找不到那种偷窥自己的眼睛。他又下意识地回头看了一眼，好像有一个人影闪进了胡同，他紧走几步来到胡同口，试图在人来人往中找寻一张特定的面孔，然而他觉得每张面孔都像是戴着面具，他能够意识到有一双眼睛生动鲜明地印在自己的脑海中。那是谁的眼睛？谁？一定是他人，对，他人，他想象的那个人。他索性加快脚步直奔洗浴中心，他听到了咚咚的脚步声，但不是他的，而是从身后传来的，而且越逼越近，他开始紧张，感觉热血在耳中鼓噪，隆隆作响，他心慌地小跑起来，身后似乎有人在指着他脊梁骨哈哈大笑，那地狱般狂热的笑声汹涌澎湃地袭来，仿佛来自另一个我的灵魂，令他心惊胆战。他一头钻进洗浴中心，仿佛一头钻进了母亲的子宫，此时，他只有一个想法，脱光了泡在池子里，不怕你不现原形！

果然，他刚钻进池子里，还没来得及深呼吸，一个脸形瘦削、身材适中、长着护胸毛的男人围着一条浴巾，晃晃悠悠地走进来，不慌不忙地坐在他的对面，似笑非笑地看了他一眼，解下浴巾，很享受地钻进水里，笑眯眯地盯着他，仿佛他是一只即将到手的猎物。典型的笑里藏刀的眼神，此人带着一副江湖骗子的嘴脸，不大不小的眼睛里闪烁着猎人的欲望，浑身散发着危险的恶意，他不假思索地确信，刚才瞥见的那个闪进胡同里的黑影必定是此人。他像兔子般怯懦地瞥了一眼这个对他不怀好意的男人，迎过来的目光像一只冷冰冰的手一下子攫住了他的心，他顿时紧张起来，粉红的鼻孔不停地翕动，他感觉自己的心跳越来越快，撞在肋骨上怦怦直响。直觉告诉他，此人危险！他几乎毫不犹豫地起身，故作镇静地围上浴巾以逃离的心态离开了洗浴间。换上浴衣后，他本想按按摩，可是被那个不怀好意的男人搅得心烦意乱，没了心情，便晃晃悠悠地走进休息大厅，找了一张沙发床躺下，刚才泡澡时盯着他的那个男人的嘴脸仍然滞留在他的脑海里，久久挥之不去，他要了一壶绿茶，正慢慢地品着，发现挨着自己的沙发床上躺下一个人，他漫不经心地看了一眼，正是那个一脸坏笑的男人，一时间他感觉来自另一个世界的阴影将四周的空间填满了，连空气也变得黯淡下来，他紧握的掌心开始出汗，他心知肚明，此人是冲他来的，很快就会露出庐山真面目。然而他实在抑制不住自己内心的战栗，情不自禁地脱口而问："你是谁？为什么跟踪我？"男人翘起一边眉毛，似乎正在研究他的相貌，见他率先开口，便似笑非笑地说："因为你长得很像一个人。"他侧过身子，一只肘拄着沙发床，肩靠在靠背上，佝偻着身子神情困惑迷茫地问："谁？"男人用猎人般的眼神盯着他，仿佛他是只待猎的兔子，扯了扯嘴角，语气阴冷地说："一个逃犯。"话一出口他后脖颈子顿时生出一股寒气，嗓子眼发干，声音嘶哑地问："你是警察？"男人用严厉的目光盯着他，锁紧眉头，声音生冷地说："不错。"他心里一阵战栗，躲闪着对方的眼光，仿佛眼前这个号称警察的男人随时会掏出手铐似的。他不慌不忙地呷了口茶，以此来掩饰自己紧张的心态，不冷不热地说："那你一定是跟错人了。"警察突然哧哧笑了几声，笑声里饱含着讥讽，仍然紧盯着他的眼睛说："不过你跟那个逃犯长得一模一样。"警察身上的恶意就像舞台上的烟雾正在慢慢散开，他紧张的心情似乎平静了许多，他从喉咙深处发出一声低沉的质疑："会有这么巧的事？"警察斜着眼扫了他一下，压抑着嘲弄的窃笑，犀利的余波刺得他坐立不安，用猜疑的口吻说："无巧不成书，我就不明白，你们为什么长得像双胞胎兄弟似的。"他掩饰着嘴角一抹心虚的微笑，避开警察的目光，下巴抵着胸膛，僵着脸上的笑容说："这不难解释，我一直相信，不知何处有另外一个我存在。""另外一个我？"警察用一种奇怪的眼神看着他，仿佛不相信自己的耳朵，眼神中还有某种讥讽的兴致，用诱供的口吻说，"一个逃犯吗？"他感觉有一种无形的压力在吞噬自己，消耗自己，他必须阻止，否则就会成为这种压力的俘虏，于是他直截了当地说："你一定是搞错了，我一直以为，另一个我是一个更坚定的自己，比现在的我更有分量。"警察清了清喉咙，似乎是为了强调自己的观点，言之凿凿地说："我以为不会错，因为犯罪现场留下了一本书。"他警觉地坐起身，好奇地问："什么书？"警察的神情丝毫没有变，仍然不动声色地看着他，仿佛一位钓鱼者为了引鱼上钩故意抛出鱼饵似的，察言观色地说："《白道》。"他觉得心里一阵抽搐，一脸惊愕地问："这和我有什么关系？"警察含意丰富地笑了笑，漫不经心地点了一支烟，贪婪地吸了一口，用老谋深算的口吻说："我跟踪你很久了，我发现你很喜欢《白道》。"说话间，烟熏得他紧闭上了一只眼睛。不知为什么，他的心底突然涌起一丝轻蔑之情，用一种不屑的口吻说："我只是对《白道》的作者感兴趣。"警察像是遇上了知音似的，一反常态地说："我也对《白道》的作者感兴趣。"他瞪着眼睛看着对方，嘴边挂着不解的微笑问："为什么？"警察诡谲地笑了笑，露出一排被香烟熏黑的牙齿，道破天机地说："因为他和我同名同姓。"他顿时露出劫后余生的表情，以幸存者的口吻问："你叫何许人？""对。"何许人毫不避讳地点了点头，从烟圈里吐出一个字。他露出踏破铁鞋无觅处的兴奋，一副灵魂刚刚附体的表情，用他乡遇知音的口吻说："天哪，我正准备找你呢，你竟然跟踪上了我。"显然他的话非常出乎何许人的意料，仿佛胃里打了个结，不吐不快地问："你为什么找我？"他狡黠地笑了笑，一边为自己续茶一边说："你别忘了《白道》的作者也叫何许人。"何许人恍然大悟地笑了起来，仿佛他刚刚讲了一个令人捧腹的笑话，神情愉快地问："你怀疑我是《白道》的作者？"他露出几分期盼，脸上挂着探询的微笑疑惑地问："难道不是吗？""你也搞错了，"何许人仍然挂着刚听完笑话的表情，"我从不写小说，但我喜欢读小说，特别是侦探小说。"说着何许人不解地问："你为什么要找《白道》的作者？"他正端起茶杯想喝，听了何许人的问话，将茶杯悬在唇边，思忖着说："因为我怀疑他是另一个我。"何许人惊异地看着他，难以理解地问："为什么？"他喝了一口茶，将茶杯放在茶几上，盯着悬在茶水里的茶叶说："因为他让我变得越来越真实。""有意思，"何许人颇感兴趣地问，"你好像很喜欢幻想，你是做什么职业的？"他的脸上挂着几分傲慢的神情，用清高的口吻说："作家。"想不到何许人戏谑地挥了挥手，像是故意开玩笑地说："那位逃犯也是作家。""是吗，"他露出吃惊的表情，试探地问，"他犯了什么罪？"何许人从牙缝里挤出两个字："杀人。"他露出一副惊弓之鸟的表情，仿佛他是同谋者似的，惊恐地问："杀了谁？"何许人眼神凌厉地看了他一眼，语气阴冷地说："他父亲。"他的思绪瞬间沉溺在噩梦之中，仿佛看见自己的父亲已经喋血街头，他表情乖戾地问："到底是怎么回事？"何许人已经确定他和罪犯毫无关系，但仍然用一种职业的目光盯着他，好像他是个冒名顶替的骗子，扯了扯嘴角说："罪犯还在母亲的肚子里时，就失去了父亲。当年他母亲怀着他时，他父亲到外地出差，从此就失踪了，生不见人，死不见尸，是母亲含辛茹苦将他养大成人的，他母亲始终认为他父亲没有死，因此一辈子未嫁，临终前嘱咐他一定想办法找到父亲，问问他为什么抛弃他们母子。他谨尊母命一直没有放弃寻找父亲，突然有一天，奇迹真的出现了，他发现一位流浪汉和父亲的特征极为相像，他就欣喜若狂地将流浪汉请到家中，当爹养了起来，可是有一次流浪汉在家里洗澡时，他想尽点孝心，要为父亲搓澡，父亲死活不同意，他就起了疑心，结果偷窥流浪汉洗澡时他大吃一惊。"他情不自禁地插嘴问："他看到了什么？"何许人哭笑不得地捏了捏鼻子，语出惊人地说："流浪汉是个无根的人。"他惊异地拍了一下大腿，又用手指指着何许人说："他被骗了。""对，"何许人往烟灰缸里掸了掸烟灰，一副神探的表情，老练地说，"他一气之下，杀了流浪汉，然后逃之夭夭。"他不自在地笑了笑，露出嘲讽的神情，不太自然地说："于是你们就怀疑上了我？"何许人一龇黑牙，脸上带着狡猾的笑容，笑容里还有一丝歉意，圆熟地说："你和逃犯长得太像了，我几乎认定你就是犯罪嫌疑人。"他悠悠一笑，就好像一个行走在黑暗中的人突然看见了阳光，脸上挂着新生的表情说："你确实让我意识到了另一个自我，一个无辜的人。"何许人的脸上堆满了好奇，怀着浓厚的兴趣问："你是指《白道》的作者吗？""也许吧，"他惆怅地说，带着失落的口吻，"反正他越来越像个影子，仿佛他活在另一个世界似的。"何许人将烟头摁灭在烟灰缸内，起身盘腿坐在那里，流露出一种善意的危险意味，粗率地说："我看你已经迷失了自己，不知道自己是何许人。"他未置可否地点了点头，脸上堆满了愁云，宛如山雨欲来似的氤氲，惆怅地说："我只是想弄清楚这世界上究竟有没有另一个自我。对了，你是侦探，你帮我分析分析，怎么才能找到《白道》的作者。"何许人下垂的嘴角抽搐了一下，脸上挂着得意的微笑，一边用右手抚摸着下巴，一边思忖着说："我在读侦探小说时发现，作者好像是里面的主人公，但又不是，他只是把自己当成主人公了。因此以我多年的刑侦经验，要想找到《白道》的作者，必须回到书里寻找蛛丝马迹。”他如梦初醒地点了点头，豁然开朗地自语道：“有道理，我怎么没想到呢？”何许人微微一笑，狡黠地说：“道理很简单，当局者迷。”

28. 我认为灵魂是个蛋

我顺利地住进了精神病科，经过一系列精神障碍和心理冲突的测试和检查后，得出的结论是，我不仅是一个健康的人，而且是个正常人，根本没有住院的必要。说句心里话，诊断结果非常令我失望。此时此刻，我连走路都需要我老婆搀扶，否则我根本就站不住。我就像个脚下无根的人，每走一步都打晃，更不用说脸色了，简直和行将就木的人没什么区别。我老婆一再问医生，是不是诊断结果搞错了，医生说我老婆无理取闹，并且催促我们尽快办理出院手续。就在我和我老婆进退两难、一筹莫展之际，我大姨子打来电话，慌慌张张地告诉我们一个非常令人心痛的消息，政府在我们居住的小区贴出了一个公告，为了发展地方经济，提升东州的城市形象，我们居住的小区将被拆迁，拆迁后将在那里建一座六星级酒店，以彰显中心城市的文化品质。这就意味着我日思夜盼的家园即将被毁，听到这个消息后，我不仅心急如焚，而且归心似箭，情绪一下子失去了控制，竟然在精神病科的医生办公室大发了一番感慨，我高声演讲道：“你们有家吗？不，你们没有。你们以为家就是房子，不对，家是你们自己的心。但是你们只知道住在房子里，从未在心里住过。因为你们找不到回家的路，你们都是无家可归的人。你们为什么无家可归？因为你们没有心。你们的心在哪里？没有人知道。你们为什么不知道？因为你们很久没做梦了。对，回家的路只有通过梦才能找到。然而你们忘记了做梦的方法。睡觉，懂吗？睡觉是做梦的唯一方法，但是你们睡不着，你们都是失眠者。你们为什么睡不着，还不是为了房子，你们为了房子失眠了。除此之外，你们也害怕睡觉，为什么？因为你们怕在睡眠中死去。要知道睡眠是最接近死亡的。你们为了避免死亡，宁可不睡觉。但你们左右不了时间，时间一到，死神就会降临。你们到死都是一个无家可归的孤魂。可怜啊！现在我告诉你们一个不幸的消息，你们的房子就要被拆迁了，我不知道这是有意的践踏，还是愚昧的蹂躏，但是有一点是不容置疑的，你们将变得一无所有。一个无家的人注定了漂泊的命运，那么一个无家的民族呢？”我这番狂妄自大的演讲，声音抑扬顿挫，每一个字都咬得非常清楚。引来了几十位精神病患者，他们在走廊里高声喝彩，热烈鼓掌。我这一反常的举动，立即被医生们诊断为妄想症，并当场决定对我进行电击治疗。可怜我羸弱的身体，哪经得起这番酷刑，当场被击昏过去，一连几天都昏睡不醒。我感觉我的力量在无家可归的漂泊中业已消耗殆尽。在梦中，我的家已经变成了一片废墟，星光下，一个孤独的身影在废墟上寻找着什么，他搬开一块块堆成小山的砖头和水泥块，双手已经血肉模糊，但他仍然不懈地寻找着，突然他的双眼放射出如获至宝的目光，用一双血手捧起一本书，那是一本已经陈旧发黄的书，沾上他的鲜血后开始渐渐变红并微微跳动，那正是我日夜牵肠挂肚、魂牵梦绕的那本《家》，它险些毁在贪婪而无知的盗贼手中，家里的藏书被毁让我警醒，冷漠、麻木、无知、贪婪及愚蠢对知识的破坏力更具悲剧性。那个捧着《家》的人是谁？还未等我看清楚，那本书已经变成一颗跳动的心脏闪烁着鲜红的光芒。一时间那人仿佛捧的不是一本书或是一颗心脏，而是一颗太阳，一颗即将升起的太阳。一切都是如此真实，我甚至怀疑我是否是在梦中。紧接着那个人将书塞进了怀里，由于他是背对着我，我弄不清楚他是塞进了怀里，还是塞进了心里，我只觉得这个动作很像是小李子往西服口袋里塞钱夹子，这个人的背影和小李子也极为相像，莫非此人真的是小李子。就在我揣测狐疑时，奇迹发生了，那人将如太阳般的书塞进口袋后，全身开始变红，红得像火一样，渐渐红光变成了火焰，他变成了一团火，熊熊燃烧起来，我简直不敢相信自己的眼睛，他明明是我梦中的一个幻影，竟然因为《家》这本书而活生生地燃烧起来，我记得古希腊哲人赫拉克利特说过，火是世界之源，也是万物之归宿。我不明白，那本书为什么会变成一颗心，那颗心为什么会变成一个太阳，那个太阳为什么会变成一团火，那团火为什么会燃烧那个人。这难道就是我们常说的火的洗礼吗？我不知道，我只知道那团火诗意地跳动着，灵动地舞蹈着，我预感那团火中很可能诞生一颗新的灵魂，为此我向诸神祈祷，渴望我的梦和梦中的那团火创造一颗艺术的灵魂，甚至一个活生生的人，尽管这有些不可思议，但如果思与存在是同一的，相属的，什么奇迹都是顺理成章的。果然奇迹发生了，一个活生生的人从那团火里走了出来，那团火渐渐熄灭幻化成他的血肉，这个有血有肉由梦和火中诞生的存在究竟是谁？我看清了，我确实看清了，他就是我，我竟然创造了我！当我从火团中走出的一瞬间，我向我投去了永恒的一瞥。我不知道自己在梦中昏睡了多少天，昏睡时嘴里不停地喊着："我要回家！"虽然我在梦中浴火重生，但醒后却虚弱得只能卧床，我怀疑我是否还能下床，是否还能重新站起来，甚至怀疑我自己将不久于人世。我嘱咐我老婆，我死后，一定要将我的所有著述全部销毁，包括手稿、书信和发表过的文章，即使是出版过的作品也禁止再版。这就是我的临终遗言。我老婆听后泣不成声。她似乎也预感到我活不了多久了，但她不愿意我死在异乡，于是和我商量是不是再给小李子打个电话，让他无论如何接我回东州。我老婆的意思我非常明白，她就差明说："老公，就是死，我也要带你回家。"一想到家，我的眼泪情不自禁地流了出来，我喃喃地说："可我们的家就要被拆毁了。"我老婆抹着眼泪说："即使变成废墟，可也是我们的家呀!"我痛苦地想，废墟还能称为家吗？和坟墓有什么区别。或许坟墓才是可以真正称为家的地方。然而我还没有真正准备好回到那个家，那个可以永远安息的地方。因为我还没有学会死，可是死亡的确无情地临近了，哲学家维特根斯坦临死前说：我度过了美好的一生。司汤达也说：活过、爱过、写过。那么我呢？我生命的意义在哪里？或许我可以做一个与众不同的死者，这就是死而复生。然而这是怎样一个妄想啊！等待的滋味是最煎熬人的，何况是等待死亡。我半死不活地等太久了，我发现我的灵魂已经等不及了，它撇下我的躯壳，独自踏上旅程。我感觉灵魂就是一个蛋，人用整个生命孕育而成，每当死亡来临时，它就会破壳而出，进入一个全新的世界。我渴望这个世界很久了，可是死亡是进入那个世界的钥匙，我半死不活地在死亡的门槛前徘徊，只能眼睁睁地看着我的灵魂弃我而去，我不能再等了，否则我将失去我的灵魂。我催促我老婆给小李子打电话，我要回家静静地等待死亡。其实医生也怕我死在医院里，置我奄奄一息于不顾，以我没病为由，催逼我老婆赶紧办理出院手续，无奈我老婆硬着头皮拨通了小李子的手机。其实小李子早就处理好了他那些见不得光的事，之所以没急着来接我，是因为我住院时我老婆告诉了他，当时他还在为北斗医院里那些见不得光的事一筹莫展，我住院对他也是个解脱。本来我老婆以为我一旦住上院就有救了，没想到医院的科室都快住遍了，也没查出病来，而我的生命已濒临死亡的边缘。我老婆向小李子哭诉了我的悲惨境况，小李子听后百感交集，当即答应我老婆明天早晨就起程，带着专家组来接我。常言道，患难见真情，小李子总算没有让我失望，我和我老婆都稍稍感到了一些安慰。我老婆给小李子打完电话后，我又昏昏睡去，我梦见小李子亲自开着一辆白色面包车来接我，我躺在面包车里，四个专家像守护天使一样守护着我，面包车一路上风驰电掣，我感觉我的心离家越来越近，我的呼吸也越来越急促，突然车厢内红光闪烁，我竟然猛地坐起来，看见我的灵魂像一团火似的迎面撞了过来，我大喊一声："不好!"便什么也不知道了。

29. 他就是我

最近发生了一件不可思议的事情，那是半夜十二点左右，他因无法找到何许人而苦恼得喝醉了，醉得连家都找不到了。月亮哭丧着一张刚刚死了丈夫的寡妇似的脸，他顺着黑水河畔景观人行道晃晃悠悠地往前走，想找个人打听一下自己的家怎么走，可冷冷清清的马路上，一副曲终人散的夜景。他从酒店出来，沿着这条路来回走了五六趟了，也没碰上一个人。真是个鬼魅般的夜晚。就在他游移不定四处张望时，突然发现前面不远处鬼火似的路灯下有一张长椅，长椅上竟然幽灵般地坐着一个人，他心里一阵欣喜，心想，可找到救星了，便迈着摇摆不定的步子，踉踉跄跄地走了过去。走到长椅旁，借着昏黄的路灯，他看清楚长椅上坐着一个男人，他刚要打听自己的家在哪里，突然愣住了，他发现坐着的男人似乎在哪儿见过，他揉了揉眼睛又仔细看了一眼，惊得他险些摔倒，幸亏旁边有棵树，他一把扶住树干，坐着的男人也目瞪口呆地望着他，露出和他同样吃惊的表情。他情不自禁地脱口问道："你是什么人？为什么长得和我一模一样？"坐着的人几乎忍不住露齿而笑，上下打量了他一番，傲慢地说："这正是我想问你的问题，你是谁？"事情太蹊跷了，他顿时酒醒了一半，但目光仍然有些迷离，他眯着眼睛自我介绍道："我姓郑，叫郑商，你呢？"坐着的人似乎早就听说过他的名字，一副如雷贯耳的表情，用他乡遇故知的口吻说："原来你就是郑商，老朋友了，我姓商，叫商政。怪不得我们长得这么像。"他更加惊骇地望着眼前这个人，根本不敢相信这是真的，他从刚才的酩酊大醉中彻底醒了，紧锁双眉不可思议地问："你只是小说中的人物，怎么可能走入现实呢？"商政看着他的目光非常独特，让他感觉自己像是个玩偶，抑或是烤肉叉上残存的美味。商政似乎并不在意他的感觉，倒像是为了可以挖掘一个作家的内心秘密而来，脸上挂着阅读侦探小说式的迷人微笑，戏谑地说："你是现实中人，可以走进小说，我为什么不可以走进现实呢？"他的表情如堕五里雾中似的，简直是一头雾水，在昏黄的路灯映照下又滑稽又可笑，他捏了捏自己的鼻子，仿佛在确认自己是不是在梦中，他下意识地摇了摇头，大惑不解地说："可你只是个虚构的人物，怎么可能有生命呢？"商政猛然站起身，来回踱了几步，然后突然站在他面前，似乎故意提醒他"你好好看看我"，脸上挂着嘲讽的微笑说："生命的诞生方式不仅仅依靠男人和女人的寻欢作乐，不朽的作品同样可以创造生命，孙悟空就是从石头里生出来的，你敢说他没有生命？"他似乎悟出了什么，眼袋下垂，青肿的眼睛里放射出似懂非懂的神采，抿了抿嘴巴，用逗趣的口吻问："这么说你是天生的主人公了？""当然了，"商政颇为自信地说，"你看我，不是活生生地站在你面前吗？”说完商政又志得意满地坐回到长椅上，跷起二郎腿，优哉游哉地看着他。他一向认为自己是个精明的人，具有非同一般的智力，怎么可能让一个从小说中走出来的人物看轻了自己，他眉头一皱计上心来，他准备难为一下商政，一脸诡谲地问：“那么我来问你，你和贝妮走长城究竟发现了什么？”商政望着远处已然沉睡的深重的高楼，仿佛自己正在遥望峰岩陡峭、幽谷雾绕的长城，露出一脸不堪回首的表情，又仿佛有一种猛烈的力量在其身体里奋力挣扎，违拗着内心的意志，让内心痛苦不堪，以至于目光中有一种奇怪的神情，让他觉得不太舒服。商政思忖良久，才疲倦地说：“这个问题不应该由我来回答。”话一出口，他有一种从长城上失足摔下的感觉，不依不饶地问：“那应该由谁来回答？”商政狡黠地一笑，笑意中带着逃离的快感，用戏弄的口吻说：“何许人。”听了这三个字，他像一个身体被灵魂俘虏的骚动不安的囚徒，一脸嫌恶的表情，好像有股生命之火郁结胸中，挥之不去，粗率地说：“又是何许人！他究竟是谁？怎么才能找到他？”说完目光中露出渴盼而恍惚的神采。商政似乎正在内省的沉思中，听了他的话莞尔一笑，用启发式的口吻说：“《白道》里有没有非常重要的次要人物，我是当局者，说不太清楚，你是旁观者，应该比我看得更清楚。”他像一个影子站在商政面前，仿佛立在商政面前的一面扭曲的镜子，好像他生存的唯一目的就是做一个镜中人。可能是酒喝多了的缘故，他看上去有几分憔悴，但憔悴得明朗清晰，就像突然照在脸上似的，空气中弥漫着黑水河的气息，他望了一眼远处油亮亮黑漆漆的河水，淡然一笑问：“你想说明什么？”商政的目光仿佛在盯着他灵魂上的某处缺口，嘴角挂着智慧的微笑说：“这些人物身上往往有作家的影子。”他尽力抑制着脸上的倦息，颇感兴趣地说：“这种观点很独特，比如呢？”空气中有一种沉思的气氛，商政用一种窥视的表情看着他，那神情，好像注视的并不是他，而是《白道》里的某个熟人，神情笃定地说：“比如莎士比亚的《仲夏夜之梦》中的波顿，在剧中，他突然变成驴子，并被仙后爱上，这一切仿佛是梦一场。梦醒后，他说了一通傻子的聪明话，其实是莎士比亚赋予傻子的智慧，因此我认为傻子是莎士比亚的影子。”他的大脑像是刚刚从酣睡中醒来，似有所悟地说：“再比如。”一只什么鸟尖锐地惊叫了一声，仿佛夜空被刺穿了似的，商政微微一惊，晃了晃二郎腿，若有所思地问：“在《尤利西斯》中，那个穿棕色雨衣的人是谁？”他像一条嗅觉灵敏的狗似的围着树绕了一圈，忽闪着眼睛想了想，一拍脑门说：“是不是在葬礼上突然出现的那个又瘦又高的年轻人？”“对。”商政一拍大腿，兴奋地说。他用手挠了挠头顶，神情困惑地想了想，好像自己正在不停地翻阅内心碎片，却怎么也拼不成一段完整的情节，用质疑的口吻说：“好像没有人知道他的身份。”商政沉默了一会儿，仿佛在头脑中搜罗着证据，微风袭来，草丛里蟋蟀突然欢快地吟唱起来，商政深深地吸了一口气，神情舒畅地说："他在书中被间接地提到了十一次，他像谜一样缠绕着一个人的自我。"他对商政卖关子的语气有些不耐烦，近乎发泄似的踹了树一脚，树叶发出哗哗的响声，他从牙缝里挤出一个字："谁?"商政很儒雅地笑了笑，慵懒地伸了一个懒腰，嗓音变得浑厚起来，听上去就像是老电影里的大侦探，好像一下子就能把人看透似的，目光幽深地说："布鲁姆在他醉醺醺的潜意识里，称那个穿雨衣的年轻人是他在阴茎里存着的一块铅，中看不中用的蠢东西。"洁白的云朵在幽蓝的夜空中飘过，仿佛他脑海中闪过的一个灵感，他茅塞顿开地附和道："布鲁姆还给他起了个名字，叫麦金托什。"白金似的月光映得商政的眼神中闪烁着睿智的光彩，湿湿的草坪散发着浓郁的馨香，可能是受到了草香的刺激，商政轻咳了一声说："那是一个醉汉的误读，因为在英文中'雨衣'一词与人名'麦金托什'发音一样。"他的眼睛再一次射出疑惑的目光，仿佛自己是一只小船，正在黑水河上颠簸。他用探询的口吻说："这么说，那个像幽灵一样神出鬼没的人并不叫麦金托什。""对。"商政十分肯定地回答道，还在空中华丽地做了一个手势。他的胃口彻底被吊了起来，喷着酒气问："那他叫什么?"说完他漫不经心地来回踱着步，低头踩着自己的影子，好像胸中正闷烧着火焰。商政的皮鞋尖闪着黑亮的光，脸上映衬着深思熟虑的表情，毋庸置疑地说："乔伊斯。"他惊叹地收住脚步，目光停滞在商政的脸上，骇然地问："你是说布鲁姆瞥见了他的创造者?""正是，"商政不假思索地说，目光深入骨髓般犀利，"正如在故事性的绘画中，有些画家喜欢不着痕迹地把自己画进去一样，乔伊斯正是和读者玩了个捉迷藏的游戏。"他似乎看见了一线希望，抑制不住兴奋的心情，手舞足蹈地说："我想起来了，在《雅典学院》这幅画中，拉斐尔就把自己画了进去，这相当于画家的署名。"商政的情绪也被调动起来，仿佛抓住了一次陈述自我的机会，兴奋地说："莎士比亚说过，'人不过是一个行走的影子'，正如我就是你的影子一样，莎士比亚喜欢把自己藏在剧本里，要么跑跑龙套，要么做个小丑。我认为，作家在小说中隐藏起来的自己，就是作家留在人间的灵魂。"他的心猛地激动了一下，似乎明白了自己的作品为什么创造不出活生生的生命的原因，近乎激动地问："你是说每个人都有自己的影子，作家的影子一定在自己的作品中?""对，"商政优雅地挥着手说，"他们一般都在作品里扮演非常重要的次要角色，也许是一个同情者、批评者、勾画者、嘲笑着、观察者，也许是一个倾诉者、抒情者、呐喊者、狂笑者、歌哭者、祝福者，甚至是一个十足可笑的傻子或小丑。总之，我们在作家的作品中一定能瞥见他的影子。"他顿时露出恍然大悟的神情，迫不及待地问："那么《白道》的作者何许人在小说中扮演了一个什么角色?"商政毫不犹豫地说："就是那个叙事者。"他脑子一时滞住了，仿佛一辆疾驰的汽车突然遇上了路障将刹车一脚踩到底，他急切地问："谁是叙事者?"商政掷地有声地说："就是那个'我'!"

30. 我终于活了过来

第二天早晨，就在我僵卧病床、归心似箭之际，我大姨子又打来电话，告诉我和我老婆一个非常惊人的消息，目前东州的大街小巷都在谈论这一本名字叫《白道》的长篇小说，于是我大姨子也在盗版书摊上买了一本，她一口气读完后，惊异地发现在《白道》中发生在主人公身上的故事和我的经历有着惊人的相似，而且凡是读过《白道》的人都能在里面找到自己的影子，人们私下里都认为我就是商政的原型。我老婆一听就急了，她连忙问《白道》的作者是谁，哪个出版社出版的，她让我大姨子赶紧告诉她，她好去书店买一本。我大姨子遗憾地告诉她，这只是一本盗版书，根本就没有正版，作者的名字叫何许人，虽然封面上堂而皇之地印着出版社的名号，怕也是盗版商挂的羊头。这本书来势凶猛，我深知绝不是空穴来风，为了一探究竟，我让我老婆赶紧给小李子打电话，让他起程前给我带一本《白道》，我想透过小说探一探何许人究竟是何许人，为什么对我了如指掌。我老婆拨通小李子电话后将手机递给我，我开门见山地问他看过《白道》这本书吗？他告诉我早就看过了，书里不仅有我的影子，也有他和王林、孙兰兰的影子，只是见我病重没敢告诉我，眼下这本书在东州炙手可热，人们都认为商政就是郑商，我问他知不知道何许人是谁？他说不知道，不过此人对我们如此熟悉很可能是我们认识的人。我叮嘱他务必给我带一本，八成我看过书后能猜出何许人究竟是谁。猜不出也不要紧，只要他不出东州城，我就有信心找到他。小李子答应我一定给我带一本《白道》，而且承诺等我病好后陪我一起寻找何许人。我叮嘱小李子路上务必注意安全，小李子满不在乎地说："郑哥，我的车技你还不放心吗?"语气里充满了即将与我重逢的喜悦。大概是即将回家的缘故，再加上《白道》一书的刺激，我似乎有了几分精神头，不仅从床上坐了起来，而且一个劲地催我老婆办理出院手续，回我们租的小屋等小李子。我老婆本想等小李子到了以后再办出院手续，但是我执意不肯，我在医院受够了，我恨不得赶紧逃出去，我老婆拗不过我，只好依了我。办完出院手续后，我竟然奇迹般地下了床，在我老婆搀扶下走出了医院。上午阳光格外清透，格外年轻，格外明亮，透过树枝和树叶筛落在洁净的路上，反射到故宫古老的瓦顶上，也反射到我的心里。我有一种死里逃生的感觉，我知道，此时此刻，小李子的面包车已经驶出了东州城，正风驰电掣地向北京疾驰。就要回家了，我心里油然而生一股暖流，这股暖流顺着我的血管流遍我的周身，我就像一条冻僵的蛇似的在阳光的照耀下重新恢复了知觉。我竟然艰难地举起手，亲自打了一辆出租车。我和我老婆又回到了那间久违了的小屋，我原以为这间小屋将是我人生的一个句号，没想到竟然是个逗号，我还可以继续上路，我简直不敢相信这是真的。我步履蹒跚着走到窗前，一根又粗又蠢的大烟囱挡住了我的视线，以前我从未在意过这根大烟囱，还是我老婆跟我提起它不吉利后，我才将它放在心上的。此时我望着它，顿时想起了人类想通过建造通天塔达到至善至美的天国的梦想，然而人类无法摆脱世俗的纷争，人们在世俗的困境中挣扎着，沉溺着，作为"崇高理想"的通天塔，就这样被悬在了日常生活之外，犹如我眼前这根又高又粗又蠢的大烟囱。与此同时，人类被世俗利益诱惑着不断地向下堕落，而他们的灵魂又无不向往着天堂。于是"通天塔理想"与"世俗生活"之间的距离不断扩大，此时，我眼前的大烟囱顶上落了一只喜鹊，它喳喳地叫着，仿佛在说："为什么不飞?"一句话提醒了我，我心想，是啊，人类只要放飞心灵何必要建那根让上帝都大动肝火的大烟囱。就在我望着大烟囱心潮起伏之时，我老婆的手机响了，让我震惊的是她接听电话时脸色瞬间变得像死人一样惨白，我的心一下子悬了起来，心里顿时涌出一种不祥之感，连忙问："出什么事了?"我老婆一屁股瘫坐在床头，竟然惊得说不出话来。原来小李子的面包车由于车速太快，刚出东州城，就翻入稻田地里，连打了几个滚，车子已经面目全非，好在专家组成员安然无恙，只是小李子头部受了重伤，人事不省，已经送医院抢救。电话是专家组里一位女医生打来的，据这位女医生说，小李子凶多吉少。我听我老婆讲完后，也不知哪儿来的一股劲，就好像浑身的血液沸腾了似的，一个箭步蹿到我老婆身边，一把夺过她手中的手机，我回拨了女医生的手机，重新问了一遍情况后，又拨通了我大姨子办公室的电话，她在街道办事处工作，我简单说明情况后，让她赶紧去医院代我和我老婆探望，我大姨子听了以后也惊讶不已。挂断手机后，我老婆像是做了亏心事似的对我说："但愿小李子能挺过来，否则我们一辈子心都不会安的。"不知为什么，我并不像我老婆那么担心，只感觉我身上那刺痛心肺、令人绝望的病痛像雾气似的正渐渐散去，好像小李子正在用死神召唤这些病痛。很快我大姨子就打来电话，她已经打车赶到了医院，告诉我们，小李子正在接受开颅手术。此时窗外响起了音乐声，我再次走到窗前，发现不远处的小广场上，几十对男女正随着音乐跳交谊舞，一曲终了，另一曲快节奏的音乐响了起来，一对中年男女率先步入小广场中央跳起伦巴舞，由于舞姿优美、欢快动人，众人不时发出喝彩声。望着这世俗的欢乐与聒噪，我在心里说，这一切可真是匠心独运啊！我之所以冒出这种想法，是因为我终于明白了我大病一场完全是一个我对另一个我的一场阴谋，不然为什么我心中有一种莫名的胜利感？眼前的这场舞会不就是对这场胜利的庆贺吗？然而这些想法在心头一闪，就被我深深的负疚感压了下去。我和我老婆一直熬到傍晚，终于等来了令人震惊的噩耗，我大姨子告诉我们，手术失败，小李子死在了手术台上。噩耗传来，我老婆惊得目瞪口呆，不知为什么，我在悲痛之余，还伴随着一种重生般的轻松，尽管我心里为这种轻松深深地自责，但是自责的同时，我确实有一种灵魂升华了的快感。这真是一种奇怪的感觉。更为奇怪的是一直纠缠我的死神渐渐远去，仿佛他寄生在我身上就是为了引诱小李子出这场车祸似的。为了掩饰我内心不可告人的感觉，我喃喃地对老婆说："再也没有人接我们回家了。"我老婆用双手捧着我的脸，怜爱地看着我，良久她说了一句我意想不到的话："亲爱的，你已经回家了。"我老婆这句话说到了我的心里，我感动得一把将她揽在怀里，大滴大滴的眼泪滚落到她白皙的脖子里。或许是受我的感染，也或许是为小李子的死而悲痛，我老婆趴在我的怀里也呜呜大哭起来。我太理解我老婆此时的心情了，长期以来，我只有小李子这么一个朋友，他就像是我的影子，如今小李子死了，我注定要被黑夜般的孤独所吞没，然而这不恰恰是我所苦苦追寻的艺术境界吗？不孤独何以回应灵魂深处艺术灵感的呼唤？孤独是一种痛苦的幸福，作为一名作家的妻子，我老婆既理解我，又心疼我，再加上痛失小李子，难怪她哭得如此伤心！我慢慢地推开我老婆，凝视着她被泪水模糊的双眼，说了一句让她破涕为笑的话："亲爱的，我饿了！"我老婆逗趣地问："是肚子饿了，还是灵魂饿了？"我喃喃地说："都饿了！"我老婆用纤纤玉手抹了抹我眼角的泪水，独自去了厨房。我如释重负地叹了口气，感觉此时的我才是真正的我，好像小李子的死拯救了我的灵魂，经过最彻底的痛苦和幻梦后，我又重生了。我再次走到窗前，打开窗户，仰望天边的火烧云，感觉心脏像一团火似的燃烧着，我断定这不再是从前那颗心脏，不，这不再是一颗心脏，而是一个新的生命。它跳动得我周身的血液都沸腾了，我有一种拿笔的冲动，我想把此时此刻的感受写下来，因为我一生中从未见过如此美妙的火烧云。我坐到久违的笔记本电脑前，文思泉涌地敲打起键盘……

2010年8月6日12时57分完稿
2010年8月8日18时21分修改

后记：向往小说家

一、中国小说的问题

1. **缺乏形式上的创造。** 大凡一个时代有一个时代的文学，楚之骚，汉之赋，六朝之骈语，唐诗、宋词、元曲、明清小说、民国白话文学，梳理下来，我们不禁要问我们这个时代的文学形式是什么？很多人会回答是现实主义小说。那么我不禁要问，现实主义是我们这个时代的创造吗？要知道现实主义小说在十九世纪就矗立起两座高峰，这就是巴尔扎克和列夫·托尔斯泰。可见现实主义并不是我们这个时代所创造的。但是现实主义恰恰是绝大部分中国作家所采取的创作方法。也就是说，绝大部分中国作家在用一种方法写小说。有人可能会用先锋文学来反驳我，的确，在二十世纪八十年代后半期出现了先锋小说，但这只是模仿性创新，并不是本质性创新，由于水土不服而昙花一现。占主流的仍然是传统小说，占主导地位的创作方法仍然是现实主义。似乎没有人察觉到这个问题。这是个什么样的问题？这个问题说明，我们在形式上缺乏创造，一直在重复和模仿十九世纪的创作方法，而没有致力于创造出属于我们这个时代的形式。艺术需要不断创新，难道我们要永远沿着以巴尔扎克为代表的现实主义的创作道路走下去吗？单一的创作方法必然导致重复和模仿。法国新小说派带头人罗伯-格里耶坚定地说："不能再用巴尔扎克时代的小说创作方法，而要从各种角度，用辩证的方法去写，把当今那种飘动多变、捉摸不定的境况表现出来。"正是这种离经叛道的精神，使得西方小说家通过现代主义、后现代主义的探索，创造出符合自己时代的异彩纷呈的各种形式。这就是中西方小说的主要差距。小说在中国现代化进程中要想抓住时代精神，表达现代意识，缩小同西方小说的差距，就必须勇于突破现实主义，打破单一创作方法的束缚，创造出属于自己时代的异彩纷呈的新的小说形式。进而在形式创造上形成百花齐放的局面。

2. **缺乏语言上的创造。**语言停留在讲故事的水平上，还没有上升到诗与思的境界。在小说创作中，语言不经过任何内在价值的探究，就直接纳入小说，可以说我们不是在创造语言，而是在模仿语言，模仿乡土语言、模仿日常语言、模仿街头语言、模仿媒体语言、模仿政治套话。随意取用耳濡目染的语言，根本没有意识到写小说需要挖掘语言的内在品质。作家关怀的是故事，而不是语言。大多热衷于用乏味的语言讲故事，文字缺乏书卷气，缺乏审美表现信息，缺乏诗韵和思想，缺乏典雅性，缺乏灵动性，无法力透灵魂。

3. **缺乏思想上的创造。**我们似乎普遍缺乏哲学底蕴，只关注经验层面的事物，满足于对现实的“模仿和反映”，由于缺乏批判精神和反思精神，因此无法深入到思想、哲学、文化、艺术、美学的层面对心灵世界深入挖掘。然而小说是形象化的哲学，小说家首先是思想家，当然他的思想一定是通过小说表现出来的，可以说小说与哲学的伟大对话从来就没有停止过。文学本身就是人类的心灵家园，并不是达到某种目的手段，文学一旦被当做媚俗的手段，写作者的心灵就会被束缚，不自由的心灵怎么可能产生伟大思想呢？这就导致许多作品没有灵魂。

二、什么是小说家

1. **小说家是叙事艺术的创造者或文体家。**罗兰·巴特说：“生活是文本性的。”小说家不仅要关心写什么，更要关心怎么写。因为内容即形式，形式即内容，离开了形式，内容便什么都不是。形式犹如一个人的骨架，内容犹如一个人的血肉，仅有血肉，没有骨架的人，就无所谓人。当然，形式和内容的和谐统一离不开创造。魔术师可以将一种东西变成另一种东西，小说家就是艺术的魔术师。小说家关怀的不仅仅是继承，更应该有勇气越过雷池，通过形式实验和创造去透析、雕琢那些人们常常以为不可以描述的事物，敢于挑战表达的极限，不断探索小说创作的无限可能性。这才是小说家最卓越的特点。

2. **小说家是语言艺术的创造者。**语言艺术创造体现为对传统的、理性的、逻辑的语言的反叛，体现在非理性、非逻辑的语言的变异。保尔·瓦莱里说：“文学不是别的，而只是对语言某些内在的拓展和运用。”那么如何挖掘语言的内在品质？我认为不是用语言来讲故事，而是把故事变成语言。通过诗与思的创造，使语言自身成为最吸引人的故事。

3. **小说家是思想家。**米兰·昆德拉形容小说像一席丰宴，而小说家无疑是这席丰宴的厨师。尽管每一道菜的口味都有所不同，但值得品味的一定是思想。小说是研究存在的，存在是小说的本体性特征，是精神的最高的综合，小说家要想“画出‘存在的图’”，只能通过思想这支笔。

4. **小说家是美的制定者。**正如歌德所说，真正的大艺术家制定美，而不是接受现成的美。只有发现美、创造美的人才有权力制定美，那么美是什么？就是发现美、创造美的人的心灵图景。小说家一定是试图告诉读者什么是美的人，当小说家发现自己内心世界的心灵图景时，他的感觉将是痉挛的，没有这种感觉就不是美，这也正是安德烈·布勒东为什么说“美将是痉挛的，否则就没有美”的原因。那么怎么才能表现出、描绘出这种心灵图景呢？还是两个字：创造。由于小说家创造了一种“新美”，自然就成了这种“新美”的制定者。

三、什么是优秀小说

我认为每个人的心中都有两个我：一个能有意识地表达，称之为“阳我”；另一个潜藏着，受到压抑，只有在梦的状态下才会不知不觉地表达出来，称之为“阴我”。“阳我”是理性的，却只表达了自我的一部分，对应的文学形式就是传统的现实主义小说；“阴我”是非理性的，代表着自我的大部分，但在现实主义文学中并没有得到充分的描写，这就极大地引起了富有创造欲的作家尝试的欲望，于是诞生了崇尚创造的现代主义和后现代主义文学。其实艺术创造就是一个将潜意识激发出来并使之升华的活动，升华的潜意识就是心灵图景，艺术创造就是深入挖掘潜藏于作家胸中的心灵图景，并千方百计地将它的美展现出来。说白了，这就像是做白日梦，梦是千奇百怪的，那么表达心灵图景的方法也应该是异彩纷呈的，人是自己本质的创造者，也就是说人找到自己本质的方法只能是创造。对于小说家来说，创作出文学史上没有过的东西才叫创造。如此说来，我们就找到了衡量一部小说是否优秀的标准。

1. **在叙事艺术或文体上是否有创造。**小说是叙事的艺术。如果一部小说在叙事艺术或文体方面毫无创造可言，采用的是别人创造的叙事方法或文体，那么我们只能说这部小说在叙事艺术方面走了重复和模仿的路子，对文学创造没有贡献。对这样的创作，奈保尔批评说“它很大程度上是一种对以往长篇小说的不高明的抄袭。”艺术家不是卫道士，勇于创造的艺术家一定是叛逆者，否则就难免陷入重复和模仿的泥潭。

2. **在语言艺术上是否有创造。**小说是将语言的诗与思的魅力发挥得淋漓尽致的一种创造。正如罗兰·巴特所言:"文学应成为语言的乌托邦。"海德格尔更是认为"语言是人类存在的家",当然就更是小说存在的家。由此可见,那种认为语言在小说中只是表现生活、塑造形象的工具的观点是肤浅的,其实语言本身就是艺术、就是哲学、就是本体、就是美。语言的质量决定故事的质量,小说是通过叙事这一语言行为,才使小说家与故事得以存在的。那么什么是好的语言呢?我认为,小说语言的吸引力超过故事的吸引力的时候,语言就成为最晶莹的最有价值的宝石。优秀小说的吸引力不应当体现在故事情节上,而应该体现在语言的艺术魅力上。假如一部小说在语言方面的表现力超过了故事,那么这部小说就是最具表现力的小说。我们是通过语言通往"真理"和"想象"两个世界的,正因为如此,托马斯·曼才要求小说家既要通晓现实,又要通晓魔力。只有打破叙述语言传统的局限性,深入挖掘语言的内在品质,同时大胆借鉴和吸收姊妹艺术的表现手法,才能创造语言的魔力世界。

3. **在思想上是否赋予小说以灵魂。**那种仅凭没有灵魂的故事就可以写出有文学价值的小说的时代已经过去了。正如一个没有灵魂的人犹如行尸走肉一样,一部没有灵魂的小说难免走向庸俗、低俗、媚俗。所谓小说的灵魂,就是对存在的思考,小说家是存在的探究者。创造思想,要求小说家对社会要有最起码的独立看法和判断,要勇于深入到灵魂深处表达内心对我们生存的这个世界的真实感受。要想把不可表达的、超自然的、不可企及的感受表达出来,就不能去复制、去摹写、去映照现实,而是要独辟蹊径,用非传统、甚至反传统的方式去构建比形而下的现实更为真实、更为深化的存在。因为思想不能模仿,只能创造,在模仿者的头脑里是断然产生不了思想的。加缪说:"小说是形象化的哲学。"这就注定了小说的灵魂源于思想的创造,而非模仿。

4. **是否发现了美、创造了美并制定了美,给人以美的享受。**美的领域是一个内在的自由精神的领域。纳博科夫说:"小说之所以存在,是因为它带给我审美的福祉。"他笔下的主人公亨伯特引用了"一位诗人的话:'人性中道德感是义务,我们必须向灵魂付出美感'"。这说明享受美感的是灵魂,而不是别的。小说是一种形式美、语言美、思想美的综合体,它不是为了说教,而是为了某种超越美德之外的美学快感而存在的。伟大的小说无不诗意地存在着。小说的终极目标就是审美。优秀小说所创造的"新美"应该是审美者意想不到的,看到后心灵受到震撼的,按照安德烈·布勒东的说法应该是痉挛的,虽然没有想到，但实际上是十分向往的。这才叫美的享受。

四、《白道》的艺术特色

在小说形式创造方面，我始终想找到一种纯中国的模式。于是把目光投向了《易经》。因为《易经》是群经之始，是中华文化、哲学的总源头。要了解《易经》，必须从阴阳开始。我就想运用阴阳两种写法创作《白道》，当然阴阳两部分的形式既要源于《易经》，又要有所不同。如何做到这一点呢？通过我对《易经》的研读，我被两个图深深吸引了。一个是太极生两仪，两仪生四象，四象生八卦的图，这个结构刚好契合了我想表达现代人迷失自我、苦苦寻找心灵家园的构思，于是我在“阴”的写法中，通过八卦“传闻”的方式为《白道》这部长篇小说开了八个头，其实是八篇风格迥异的短篇小说，一部长篇小说有八个开头，这大概还是世界上的第一次。紧接着通过四个“猜测”、两个“推断”和一个“归一”，使“阴”成了一部长篇小说的创作预案，完全是叙述者关于一部叫《白道》的长篇小说的构思，是他准备怎么写《白道》的一系列想法，真正创作完成的《白道》究竟是什么样，我们不知道。这是典型的“元小说”（见图一）。我就是想通过这种论文式的创作，对小说本体进行探讨。其实“白道”在这部长篇小说中并非江湖上所惯常理解的含义，而是一条洁白之道，一条寻找自我的道，一条寻找心灵家园的道，一条通向灵魂的道。在这样的道路上，主人公商政为了迷失的信仰苦苦寻找着。另一个吸引我的图就是太极图。这张图蕴涵着中国古老的哲学智慧，现代人的梦想、渴望、挣扎、彷徨、痛苦、悲凉、迷茫、苦闷、抑郁、焦灼、浮躁、悲悯、憧憬、追求、希望等等潜藏在内心深处的意识都萦绕在这张图内，太极图根本就是一座阴阳变化的迷宫，在我看来，人生就是一座迷宫。小说家的任务就是通过创造进而找到最好的从迷宫中逃脱出去的办法。于是在“阳”的写法中，我采用了太极图的结构。“他”与“我”的开始源于《白道》，结束也源于《白道》，刚好是个圆，而“他”与“我”本身就相当于太极图内的阴阳鱼，“他”与“我”的交互叙述刚好契合了阴阳变化（见图二）。无论在“阴”中，还是在“阳”中，小说始终通过“他”与“我”两个视角在叙述，“他”代表“他人”，“我”代表“自我”，其实“他”与“我”是一个人，那么“你”在哪里？“你”就是读者。全书由四十个短篇和七个中篇拼贴而成，犹如一张精美的拼贴画，完全摧毁了情节的连贯性。同时采用了意识流、象征、夸张、荒诞、梦幻、魔幻、戏仿等手法和表现形式，比如传闻一就戏仿了萨特的《墙》，传闻四就戏仿了芥

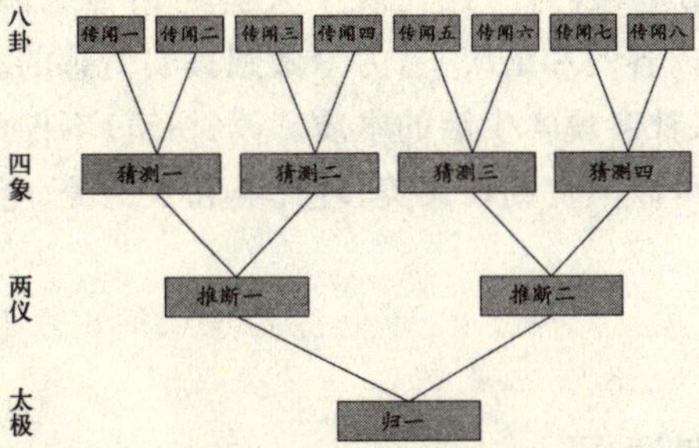

图一

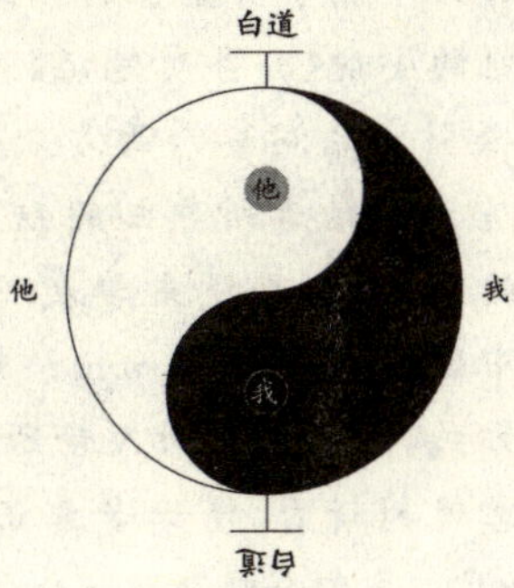

图二

川龙之介的《密林中》。全书具有游戏性、想象性、严肃性、现实性。小说情节游离于现实与想象之间，笔触力求圆润、优美、巧妙、机智，语言追求行云流水的美感，通过多彩的句型有效地表现细腻曲折的感情，力求使句子散发出诗与思的艺术魅力。字里行间运用了哲学、历史、艺术、文化、美学等方面的思考，将意蕴深刻的内容和充满智慧的形式创造结合起来，开创了一种开放的、多样化、多元化的小说。谈到全书的思想性，总结一下这部小说的关键词就可见一斑：做自己，做他人、沦丧、道德、信仰、灵魂、迷失、模仿、偶像、寻找、自由、自我、心灵家园、我是谁、东西方、文化、此岸、彼岸等等。书中提出一个重要思想，就是有灵魂的人都是艺术家。在“阳”部中，叙述者“我”，也就是作家郑商虽然病得奄奄一息，但医生认为他没有病，这其实是一种隐喻，最后他用死亡呼唤他的影子“小李子”，终于导致那个世俗的我因车祸而死亡，由此艺术的我诞生了。这实际是一个艺术家拯救自己灵魂的故事。《白道》的作者何许人究竟是谁始终是个迹，这恰恰是对“我是谁”的追问。郑商在寻找何许人的过程中，最后回归到了书里，因为“书”代表了人类的精神家园。在美的创造方面，我始终注意形式与内容的和谐统一，力争做到真实情感的真实传达，进而透过美体现人的本质，反映社会现实生活的本质。读《白道》不仅可以欣赏到形式美、语言美、思想美，而且可以欣赏到古典美、现代美和梦幻美、魔幻美、迷宫美。

2010 年 8 月 16 日 14 时 50 分

附：评论家语录

企鹅出版集团作为中国享有盛誉的作家王晓方的出版者而感到骄傲。企鹅将出版他的小说《公务员笔记》。我们选择这部作品是由于它对世界的极具吸引力的洞察为西方众多读者所闻所未闻，而且使用高素质英语语言文学读者所熟知的叙事方式和传统来讲述，如多个第一人称叙述的方式，彰显了文学表现手法的高难性。这种表现方法使王晓方在中国作家中脱颖而出。通过这种不同寻常的、巧妙的且敏感的叙述方式，读者可以对人物所展示的性格和处境，增加不同的透视图般的客观判断力，使读者真正游走于与西方人完全不同的东方人的内心世界。我们企鹅坚信，《公务员笔记》代表了小说创作的最高水平，而且我们坚信，这种不同寻常的文学风格和叙事方式，将在外国语言领域开创一个成功的未来。在游弋于文化与民族边界的同时，它为我们奉献了对人类状况共性的深刻认识——追求、诱惑、权力、对成功和认可的探索等。它是当代中国小说最好的典范。

——企鹅（中国）总裁周海伦

《公务员笔记》是一部颇具思想性的文学力作，在形式与内容上均有创新，是一部表现时代精神的长篇小说。

——中国作协副主席、著名作家何建明

从契诃夫《一个小公务员之死》到《公务员笔记》，从伊凡·德米特里·切尔维亚科夫到陪领导喝尿的杨恒达等人，他们的处境和灵魂状态不乏相似之处，因为他们只是普通的公务员，他们的命运掌握在布里扎洛夫将军和常务副市长彭国梁等人的手中，这里面戏剧性相当丰富。王晓方敏锐地抓住了公务员题材，具体描绘了他们特殊的境遇和复杂微妙的心理状态，以及人生轨迹，本身就有意义。

——著名评论家胡平

《公务员笔记》在故事和叙事两个方面都有所突破。其开头荒诞不经的情节，使小说一开始就进入了一个普通人难以想象的世界。我更感兴趣的是作家在叙事方法上的探索和实验，这些探索和实验，使王晓方的小说介乎于严肃文学与通俗文学之间，有了雅俗共赏的可能。

——著名评论家孟繁华

他（王晓方）的写作简直就像是一座蕴涵丰富的油井，一旦被开掘，就会不可扼制地喷涌。

王晓方一直是把文学写作当成炼狱的过程，以哲学、历史之火熔铸自己的官场经历，熔铸的结果就是一种思想的重金属。这些思想的重金属散播在他的小说叙述中。

王晓方说得上是现在最有人气的作家之一，他的小说接连登上畅销书的排行榜，几乎创下了畅销小说的神话。短短几年时间里，他就写出了十多部小说，每一部都能引起热烈反响。毫无疑问，王晓方是一位绝顶聪明的人。绝顶聪明的人干哪一行都会创造奇迹。其实王晓方本来并不是以写小说为业的，他大学毕业后就进入了政界……但当他经历了一次政治的风暴之后，就决然地从政界撤了出来，做起了职业作家。这似乎是上帝的安排，要让一名作家预先到政界闯荡一番，窃得政界的机密，然后以文学的方式泄露出去。上帝最后选中了王晓方来完成这一使命。

——著名评论家贺绍俊

《公务员笔记》"这种写法是中国'政治文化小说'的开先河的做法。"

《公务员笔记》"这部小说明显在写法上显示了王晓方敢于创新、敢于突破既定框架的勇气。""如果从'政治文化小说'的角度来看，如此纷繁的政治学和哲学的言说，则显出知识和思想的底蕴。""我还是惊异于王晓方写人物的才能。这里面的一系列人物，综合二处的处长和副处长们，以及当上秘书的和想当上秘书的公务员们：杨恒达、胡占发、黄小明、赵忠、许智泰、欧贝贝、朱大伟……等等，都能写得活灵活现，尤其是他们对权力形势的分析、理解，他们之间的勾心斗角，并不是明火执仗，却是微妙无常，变化莫测。每个人都以为对他人了如指掌，都以为自己最精明，但每个人都处在这张权力关系网中不能自拔，一些意外的事件，总是让人算不如天算。”

——著名评论家陈晓明

《公务员笔记》，虽仍然是写官场生态，官人生活，但作者却在这部作品里通过视线的下沉与视点的内转，以及艺术手法上的种种翻新，使我们认识了一个全新的官场。”“在视点下移的同时，作者还做着视点内转的努力，尽力把艺术触角伸向秘书群体的每一个人的内心，窥视他们内心的种种躁动，探析他们的精神世界。

——著名评论家白烨

王晓方独特的叙述方式的确给小说带来一些新的气象。小说不再是作者一个人全知全能的表达，他把话语言说的权力分配给每个人物，让他们直接面对读者。叙事主体也由第三者完成了向“我”的转变，这就使得小说不再只是讲述别人的故事，也是每个灵魂的自我袒露。

——著名评论家解玺璋

作家出版社出版了王晓方的长篇小说《公务员笔记》。小说通过对人物内心世界的解剖，呈现给读者的是一部厚重的精神档案。通过这部精神档案，我们体悟的不仅仅是公务员的灵魂世界，更是人的精神现实、思想困惑和心灵生态。小说通过一场惊心动魄的肃贪斗争对杨恒达、许智泰、黄小明、欧贝贝、朱大伟等人物命运的影响，深刻揭示了蛰伏于人的心灵深处的危机。《公务员笔记》给当下长篇小说创作带来了新的突破。在这部作品中，现代主义、后现代主义以及现实主义交相辉映，闪耀着新理念、新艺术的光泽。

——《文艺报》

图书在版编目（CIP）数据

白道/王晓方著．－北京:作家出版社，2010.9
ISBN 978－7－5063－5549－0

Ⅰ.①白… Ⅱ.①王… Ⅲ.①长篇小说－中国－当代
Ⅳ.①I247.5

中国版本图书馆 CIP 数据核字（2010）第 179138 号

白　道

作者：王晓方
责任编辑：刘英武
装帧设计：大象设计
出版发行：作家出版社
社址：北京农展馆南里 10 号　　邮码：100125
电话传真：86－10－65930756（出版发行部）
86－10－65004079（总编室）
86－10－65015116（邮购部）
E－mail：zuojia@zuojia.net.cn
http://www.zuojia.net.cn
印刷：紫恒印装有限公司
成品尺寸：170×240
字数：370 千
印张：22.75
印数：001－100000
版次：2010 年 9 月第 1 版
印次：2010 年 9 月第 1 次印刷
ISBN 978－7－5063－5549－0
定价：35.00 元